Ullstein

ÜBER DAS BUCH:

In Dijon, einer Stadt im Herzen von Burgund, wo wenige Jahre später Karl der Kühne herrschen wird, erlebt Francesco Beltrami, ein reicher Kaufmann aus Florenz, die Hinrichtung zweier junger Liebender. Marie und Jean de Brevailles, Geschwister aus adligem Hause, sind der inzestuösen Liebe angeklagt und büßen unter dem Fallbeil ihre Schuld. Beltrami rettet Fiora, das Kind dieser verbotenen Liebe, und nimmt es mit nach Florenz, wo zu jener Zeit Lorenzo der Prächtige regiert. Hier erhält das außergewöhnlich schöne junge Mädchen eine umfassende Bildung, lernt das angenehme Leben in den Palästen von Florenz kennen – und begegnet Philippe, ihrer großen Liebe. In ihrem Glück und ihrer Arglosigkeit erkennt sie nicht die Gefahren, in die sie neidische Intriganten bringen ...

DIE AUTORIN:

Juliette Benzoni, in Paris geboren, studierte am Collège d'Hulst, dann am Institut Catholique Philosophie, Jura und Literatur. Später arbeitete sie als Journalistin. Seit Beginn ihrer Schriftstellerlaufbahn 1950 verzeichnete sie zahllose Erfolge in Frankreich wie im Ausland, die auf der Verbindung von glaubhaft geschildertem historischem Hintergrund und der Entwicklung plastischer Menschenschicksale beruhen. 1973 erhielt sie den Prix Alexandre Dumas. Juliette Benzoni ist mit dem Grafen Benzoni di Conza verheiratet.

Juliette Benzoni

Fiora

Eine Liebe in Florenz

Roman

Ullstein

ein Ullstein Buch
Nr. 22911
im Verlag Ullstein GmbH,
Frankfurt/M – Berlin
Titel der Originalausgabe:
Fiora et le Magnifique
Aus dem Französischen
von Bettina Klingler

Ungekürzte Ausgabe

Umschlagentwurf:
Hansbernd Lindemann
Illustration:
Franco Accornero/Agentur
Thomas Schlück

Taschenbuchausgabe mit Genehmigung
der F. A. Herbig Verlagsbuchhandlung
GmbH, München

Printed in Germany 1992
Druck und Verarbeitung:
Ebner Ulm
ISBN 3 548 22911 5

Januar 1993
Gedruckt auf Papier mit
chlorfrei gebleichtem
Zellstoff

Von derselben Autorin
in der Reihe
der Ullstein Bücher:

Marianne – Ein Stern für Napoleon (22087)
Marianne – Das Schloß in der Toskana (22128)
Marianne – Gesandte des Kaisers (22167)
Marianne und der Mann der vier Meere (22210)
Von zwei Rosen die eine (22260)
Marianne – Flammender Lorbeer (22300)
Marjolaine – Weg der Versuchung (22335)
Marianne und der Sieg der Liebe (22377)
Cathérine und der Weg zum Glück (22465)
Cathérine im Sturm (22510)
Kavaliere der Nacht (22606)
Die Frauen waren ihr Schicksal (22712)
Die Liebe war ihr Schicksal (22781)
Die Krone war ihr Schicksal (22851)

Die Deutsche Bibliothek –
CIP-Einheitsaufnahme

Benzoni, Juliette:
Fiora: eine Liebe in Florenz;
Roman/Juliette Benzoni. [Aus dem Franz.
von Bettina Klingler]. – Ungekürzte Ausg.
– Frankfurt/M; Berlin: Ullstein, 1993
(Ullstein-Buch; Nr. 22911)
ISBN 3-548-22911-5
NE: GT

Für alle, denen »Katharina«,
»Marianne« und »Der Nebelfalke«
gefallen hat ...

In Freundschaft

J. B.

Inhalt

Anmerkung des Verfassers

Abgesehen von einer einzigen Ausnahme sind Schreibweise und Klang der italienischen Geschlechternamen in diesem Buch beibehalten worden. Davon ausgenommen wurde lediglich der Name Medici, den ich in seiner französischen Form übernommen habe, damit meine Leser wissen, daß es sich dabei um das bedeutende Florentiner Geschlecht handelt, dem Frankreich zwei Königinnen verdankt. Den Vornamen des Prächtigen allerdings und den seines Bruders habe ich in ihrer ursprünglichen Form belassen ...

Prolog

Das Schafott

Dijon – 1457

Als am Ende der ehemaligen römischen Wegführung die Befestigungsmauern der Stadt auftauchten, gab Francesco Beltrami seinem Pferd die Sporen, das sogleich in einen leichten Trab fiel, als ahne es schon die Nähe des Stalls. Der kleine Trupp mit Männern und Lasttieren, der Beltrami begleitete, beeilte sich, aufzuholen und in gleichem Tempo zu folgen.
Der junge Kaufmann aus Florenz liebte Burgund. Als Genießer schätzte er nicht nur die Weine des Landes, sondern vor allem auch die Hauptstadt Dijon, die die Herzöge zu einer der schönsten Städte Europas gemacht hatten, obwohl sie nur selten dort residierten. Francescos Auge, von Kindheit an daran gewöhnt, die Schönheiten der Welt zu sehen, erkannte die Stadt an der Pracht ihrer im gotischen Flammenstil aufragenden Kirchen, ihren herrschaftlichen Häusern und an dem großartigen, gleich einem Schmuckkästchen verzierten herzoglichen Schloß, über dem die goldgekrönte Spitze der Heiligen Kapelle aufragte, die einem Ritterorden geweiht war: dem Goldenen Vlies, das in allen Königreichen des Christentums und sogar darüber hinaus Berühmtheit erlangt hatte.
Der Ehrlichkeit halber muß gesagt werden, daß die Sehenswürdigkeiten für den Florentiner nicht der einzige Anziehungspunkt waren. Vielmehr hatte ein ganz bestimmtes Gasthaus in der Rue Porte-Guillaume einen nicht unerheblichen Anteil an der Begeisterung, mit der Francesco die Stadt Dijon wiederholt zu seinem bevorzugten Aufenthaltsort machte, wenn er sich in geschäftlichen Angelegenheiten nach Frankreich oder Flandern begab. Er schätzte das Haus wegen seiner kulinarischen Spezialitäten, aber auch wegen

seiner Behaglichkeit, die derjenigen in den vornehmsten Privathäusern in nichts nachstand, ja sie vielleicht sogar übertraf. Zudem mochte er die liebenswürdige, warmherzige und freundschaftliche Art, mit der Maître Huguet und seine Frau Bertille ihren treuesten ausländischen Gast im Goldenen Kreuz willkommen hießen. An jenem Dezembermorgen herrschte klirrende Kälte. Das Wasser der Bäche war gefroren, und Eiszapfen hingen an den Dächern, die unter der vollen Schneelast ächzten. In seinen dicken Reitmantel gehüllt, die Mütze tief im Gesicht und Pelzhandschuhe an den Händen, fühlte sich Francesco dennoch wohl in seiner Haut und war voller Lebensfreude. Vielleicht weil er jung, kräftig, wohlhabend und ruhigen Herzens war, zog er dahin wie einer, der seiner selbst, der Gegenwart und der Zukunft sicher ist. Ein Hauch von Selbstzufriedenheit umgab ihn, Merkmal des überzeugten Junggesellen, der fest entschlossen ist, es auch zu bleiben.

Zwar war der Erbe Nicolo Beltramis, der eines der mächtigsten Mitglieder der Zunft der Calimala gewesen war und in Florenz eine bedeutende Rolle gespielt hatte, weder häßlich, noch fehlte es ihm an Gelegenheiten. Immer wieder nämlich ließen die Töchter von Zunftgenossen, Bankiers und Adelsfamilien ihre Blicke wohlgefällig auf dem dreißigjährigen jungen Mann mit dem freundlichen Gesicht ruhen, der in allen Leibesübungen geschult und überaus gebildet war und dessen lebhafte schwarze Augen bisweilen samtweich und schwermütig blicken konnten. Allzu häufig kam das freilich nicht vor, denn Francesco nahm sich vor den Frauen in acht. Natürlich hatte er eine Geliebte, aber es war nicht immer die gleiche, denn er wechselte bisweilen gern. Immer aber suchte er sich eine Schönheit, weil er Freude daran hatte, sie zu schmücken; die Klügeren unter ihnen mied er jedoch, und mit diesem Arrangement kam er sehr gut zurecht, nur sein Vater hatte oft darüber geseufzt. Der alte Mann hatte sich lange schon Kindergeplapper in seinem Stadtpalast und

in seinem freundlichen Landhaus in Fiesole gewünscht, und nun war er vor drei Jahren gestorben, ohne dieses Glück erlebt zu haben. Für Francesco war die Zeit noch nicht reif gewesen, und der alte Nicolo hatte zuletzt befürchtet, daß diese Zeit nie kommen würde.
Sein plötzlicher Tod hatte den jungen Mann um so schmerzlicher getroffen, als er unerwartet gekommen war. Francesco hatte daraufhin Zerstreuung und Ablenkung in seinen Geschäften gesucht und so viel Befriedigung darin gefunden, daß er sich ihnen mit Leib und Seele verschrieb. Immer seltener sahen ihn seine Freunde und seine Mätressen, denn er war nun viel auf Reisen, nicht nur, um seine Geschäftsbeziehungen auszudehnen, sondern auch, weil er Geschmack an Entdeckungen und am Abenteuer gefunden hatte.
Zufrieden mit sich und seinem Schicksal ritt er auf die Porte-d'Ouche zu, von hier ging eine der Hauptstraßen der Stadt aus, die sie von Norden durchzog. Kaum hatte er die breiten Stadtgräben überquert, wo trotz des Frostes der Gestank von den nahegelegenen Gerbereien schwer in der Luft hing, kaum hatte er das mächtige Steingewölbe hinter sich gelassen, unter dem frierende Soldaten Wache standen, da legte sich ein Nebelschleier über sein Gemüt und erstickte jede Freude. Ohne zu wissen warum, krampfte sich sein Herz wie unter einer drohenden Gefahr zusammen. Vielleicht nur deshalb, weil sich die Stadt nicht von ihrer ihm vertrauten Seite zeigte ...
Der kleine Platz, auf den die Rue Porte-d'Ouche einmündete, war menschenleer. Die Geschäfte schienen geschlossen, und die wenigen Bürger, die zu sehen waren, huschten gebeugt, als würden sie verfolgt, vorüber, die Hände unter den warmen Gewändern vergraben. Alle eilten sie in die gleiche Richtung, und nach dem Lärm zu urteilen, der vom Herzen der Stadt auszugehen schien, versammelten sie sich an irgendeinem Ort. Da erklang auf einmal die Totenglocke ... Düster und schwer erscholl das Geläute vom

hohen Glockenturm der Kirche Saint-Jean, die dem Stadttor am nächsten lag. Neugierig schritt Francesco auf einen der wachhabenden Bogenschützen zu und berührte grüßend seine Marderfellkappe:
»Darf ich fragen, was hier vor sich geht, mein Freund? Wohin laufen all diese Menschen? Ist hier etwa ein Tumult ausgebrochen?«
Der Befragte schob mit seinem Panzerhandschuh den Helm zurück und musterte den stattlich gekleideten Reisenden einen Augenblick lang.
»Wenn es sich um einen Aufruhr handelte, dann würde man die Sturmglocke läuten«, antwortete er nicht gerade übermäßig höflich. »Das hier ist die Totenglocke!«
»Ich weiß, wie eine Totenglocke klingt. Aber wollt Ihr meine Frage nicht beantworten? Ist jemand gestorben?«
»Noch nicht, aber bald. Ganz in der Nähe, auf dem Morimont, findet eine Hinrichtung statt. Dorthin laufen sie alle, und Ihr tätet gut daran, Euch zu beeilen, wenn Ihr das Spektakel nicht verpassen wollt ...«
»Ich seh' nicht gern zu, wenn jemand sterben muß. Ich möchte nur so schnell es geht zum Gasthaus zum Goldenen Kreuz gelangen ...«
»Der kürzeste Weg führt über den Morimont. Andernfalls muß man aus der Stadt wieder hinaus und um die halbe Stadtmauer bis zur Porte Guillaume herumlaufen, um wieder hineinzugelangen. Wäre ich an Eurer Stelle, so wählte ich wohl den direkten Weg. Es ist nämlich keine der üblichen Hinrichtungen, die heute dort stattfindet. Denn Maître Arny Signart, der Henker, wird Adelsleute hinrichten: einen Bruder und seine Schwester. Man erzählt sich, sie hätten miteinander geschlafen, und das Mädchen soll schön sein wie ein Engel«, fügte der Soldat mit einem Seufzer hinzu, der unschwer erkennen ließ, wie sehr er bedauerte, das Spektakel, wie er es nannte, zu versäumen.
Beltrami nahm aus seiner Geldkatze eine Münze, die der

Mann mit Befriedigung auffing. Dann winkte der Florentiner seinen Stallmeister Marino herbei, der ihn stets auf allen Reisen begleitete.
»Was sollen wir tun?«
»Wir gehen besser geradeaus zu, Ser Francesco. Mit unseren Reittieren werden wir gut durchkommen, außerdem ist der Weg kürzer, und wir erreichen schneller unser Ziel.«
»Du hast gewiß recht. Laß uns also aufbrechen!«

Wenige Augenblicke später gelangte der kleine Trupp an die Südwestseite des weiten, rechteckig geschnittenen Platzes, hier stand das eindrucksvolle Palais der Bischöfe von Morimont, und hier wurden üblicherweise die Hinrichtungen von Dijon vollstreckt.
Oft schon hatte Francesco den Platz überquert, der gewöhnlich menschenleer war und dessen Bild bestimmt wurde durch jenes Schreckensgerüst: eine lange Rampe aus Holz und Mauerwerk, die zwei Meter über dem Boden errichtet war und die an einem Ende mit einem Galgen, am anderen mit einem Rad und in der Mitte, überragt von einem hohen Steinkreuz, mit dem Richtblock für die Enthauptungen drohte. An diesem Tag versuchte eine aufgebrachte Menschenmenge, die die Wachsoldaten nur mit Mühe mit ihren quergehaltenen Partisanen zurückzuhalten vermochten, die Stützpfeiler des Schafotts zu stürmen. Überall hingen Schaulustige in den Fenstern oder kauerten, wiewohl diese abschüssig waren, auf den Hausdächern oder auf der Karmelitermühle und auf den Trittsteinen vor dem Palais der Bischöfe von Morimont, dessen Titular nicht anwesend war. Gerade zu diesem Zeitpunkt besuchte er seine Abtei, eine der mächtigsten in der Diözese von Langres.
Die Totenglocke läutete noch immer unheilverkündend, als der Florentiner, der an dem schaurigen Spektakel herzlich wenig interessiert war, seinen Esel durch die Menge zu lenken versuchte und dabei auf gehässigen Widerstand stieß,

der in einige deftige Verwünschungen eines Straßenweibes mündete. Sie endete ihre Flüche mit dem ausdrücklichen Befehl, gefälligst Ruhe zu geben, bis alles vorüber wäre ...
»Aber Eure Hinrichtung geht mich doch nichts an!« rief Beltrami ungeduldig. »Ich will nur hier vorbei. Macht Platz!«
»Selbst wenn wir wollten, wir können nicht. Da werden die Verurteilten gebracht. Sei still, mein Guter, und laß uns zuschauen!«
Als der Henkerskarren erschien, der, von den Lanzen der Soldaten umstellt, wie ein Käfig aussah, entrang sich der gaffenden Menge ein tiefer Seufzer. Hälse reckten sich, doch statt des lauten Gegröls, das sonst gewöhnlich das Erscheinen der armen Sünder begleitet hatte, trat nun Totenstille ein. In das plötzliche Schweigen dröhnte die Glocke, und das Kreischen der Karrenräder klang unheilvoll. Das Weib, das Francesco eben noch beschimpft hatte, bekreuzigte sich langsam und flüsterte mit tränenerstickter Stimme:
»Arme Heilige Jungfrau! Wie jung sie noch sind! ... Und wie schön! ...«
Versteinert, mit aufgerissenen Augen und trockenem Mund sah Francesco die beiden jungen Leute ihrem Tod entgegengehen. Sie waren wirklich noch sehr jung: Der Jüngling war kaum älter als zwanzig, und seine zarte Gefährtin mußte etwa siebzehn oder achtzehn Jahre alt sein. Ihre Ähnlichkeit war bestürzend und ebenso ihre außergewöhnliche Schönheit. Beide hatten die gleichen klaren Gesichtszüge und die gleichen grauen Augen. Beide wirkten vornehm und unerschrocken, und beide sahen unverwandt auf das große, mit einem schwarzen Tuch bedeckte Schafott; dort warteten der Henker und seine Knechte. Nur in ihrer Haarfarbe unterschieden sich die beiden jungen Menschen voneinander, denn er war dunkel und sie blond. Ihre erlesene Kleidung war aufeinander abgestimmt, beide trugen hellgraue, goldbestickte Gewänder aus fließendem Samt. Der Kopf des

Jünglings war unbedeckt, und die goldblonden Locken des Mädchens krönte ein kurzes Spitzenhäubchen, das es wie eine Braut auf dem Weg zum Altar aussehen ließ. Man hatte ihnen keine Fesseln angelegt, und so hielten sie sich bei den Händen. Keiner hätte sie für zum Tode Verurteilte gehalten, so sehr schienen sie ihrem Triumph entgegenzugehen. Hinter ihnen rang ein alter Priester die Hände und weinte.
Francesco dachte an das, was ihm der Soldat in seiner derben Art erzählt hatte: Die beiden Kinder waren Geschwister ... und sie liebten einander. Zweifellos war es dieser Inzest, den sie mit ihrem Leben bezahlen sollten ... Wie seltsam das doch war! Und noch eigentümlicher schien das Verhalten dieser Menge, die nicht grölte, nur schwieg, in der mancher Mann, manche Frau weinte ... Plötzlich erhoben sich klagende Stimmen:
»Gnade! Gnade für ihre Jugend! ...«
Andere fielen ein, immer lauter wurde der Chor, zu dem sich nun auch die Stimme des Reisenden gesellte. Denn unversehens war Francesco Teil dieser zutiefst betroffenen Menschenmenge geworden, und es beschlich ihn das beklemmende Gefühl, daß das Leben dieser wundervollen Frau in irgendeiner Weise mit dem seinen verknüpft war. Ihm erschien in diesem Augenblick nichts wichtiger, als sie ihrem Schicksal zu entreißen ... Eine Fanfare erklang, dann rief der Gerichtsverwalter, der die Verurteilten begleitete, von seinem Pferd herab:
»Es gibt keine Gnade! Der Herzog hat die Hinrichtung befohlen!«
Die Menge begehrte auf, und Francesco spürte leise Hoffnung auf Rettung, glaubte, daß die aufgebrachten Massen das Schafott stürmen könnten, um dem Henker die Opfer zu entreißen, aber schon verebbte das Geschrei, wurde zum Raunen und schließlich zur Grabesstille. Der alte Herzog Philippe, wohl meist zu Unrecht »der Gute« genannt, strafte gnadenlos hart. Ein jeder hier wußte das ...

Allein und mutig stieg das junge Mädchen zu seinem vermummten Henker empor. Mit einer reizenden Handbewegung raffte sie dabei ein wenig ihren langen Rock, der sie wohl behinderte, und wies liebenswürdig und bestimmt die leicht zitternde Hand des Henkers zurück, die ihr Halt bot. Oben angelangt, atmete sie tief ein, bekreuzigte sich und blickte für einen kurzen Augenblick gen Himmel, aus dem sich mühsam ein schüchterner Sonnenstrahl hervorkämpfte. Dann lächelte sie in die stumme Menschenmenge, griff nach ihrem Spitzenhäubchen und ließ es fallen. Sie sank auf die Knie, strich sich die glänzenden Locken aus dem Nacken und beugte ihren zarten Hals über den groben Holzblock. Unten hatte der Priester den jungen Mann väterlich in seine Arme geschlossen und barg dessen Kopf an seiner Schulter. Der Menge stockte der Atem.
Kurz blitzte das schwere Beil auf, das mit furchtbarer Gewalt auf sie niedersauste, als auch schon alles vorbei war und sich die Henkersknechte beeilten, Platz für das zweite Opfer zu schaffen. Dabei streifte einer von ihnen ungeschickt den Leichnam des jungen Mädchens und schob ihren Rock bis zu den Knien. Empörung brach sich Bahn. Maître Signart stürzte auf den Tölpel zu und verpaßte ihm eine schallende Ohrfeige, dann packte er ihn und zwang ihn vor dem winzigen Leichnam in die Knie. Beifälliges Murmeln der Menge begleitete sein Tun.
Nun war es Zeit für den Jüngling. Schon riß er sich aus den Armen des Priesters, schwang sich auf das Podest, umfaßte das blonde Haupt zu einem letzten Kuß und ließ sich auf die Knie fallen.
»Beeile dich, Henker! Ich will zu ihr ...«
»Nur keine Angst! Ich werde keine Zeit verlieren.«
Wieder hob sich das Beil. Wieder blitzte die Klinge, wieder trennte ein Schlag den Kopf vom Rumpf. Es war vorbei, es gab nichts mehr zu sehen, das Volk zerstreute sich langsam in den umliegenden Gassen. Die Totenglocke verklang, al-

lein Francesco stand für Augenblicke wie erstarrt. Dann überließ er Marino sein Pferd und schritt auf das Schafott zu, wo der Priester, nachdem er die verstümmelten Leiber mit Leichentüchern abgedeckt hatte, auf den Knien lag und betete. Wortlos und ohne daß sie sein Gebet zu unterbrechen wagten, betrachteten ihn der Henker und seine Knechte. Ein reichgekleideter Herr in weitem schwarzem Überrock störte die Stille. Eilig kam er auf die Gruppe zu, und seine schrille Stimme klang in der kalten Luft unheilvoll wie das Krächzen eines Raben.

»Nun, Maître Signart, worauf wartet Ihr? Wollt Ihr Euch nicht nehmen, was Euch rechtens zusteht? Gehören die Kleider der Hingerichteten etwa nicht mehr den Henkern?«

Der Priester brach sein Gebet ab und blickte voller Abscheu und Schmerz zu dem Mann empor. Zugleich breitete er in einer beschützenden Geste, die hilflos und rührend war, seine Hände über die toten Leiber:

»Habt Achtung vor dem Tod, Messire Regnault! Im Namen Gottes, der am Kreuze litt, geht! Ihr habt Eure Rache erhalten!«

»Sie wird erst dann vollständig sein, wenn diese Elenden in der stinkenden Grube liegen, die sie erwartet! Nimm dir also, Henker, was dir gehört! Reiß ihnen die Kleider vom Leibe!«

Ohne zu antworten, nahm dieser mit einer müden Handbewegung die Maske vom Gesicht, die aus ihm den unzugänglichen Handlanger der Gerichtsbarkeit machte und hinter der ein derbes, trauriges Gesicht mit einem grauen Bart zum Vorschein kam.

»Nein, Messire, ich will nichts von diesen Kleidern haben, so kostbar sie auch sein mögen. Das bringt kein Glück ... weder mir noch meinen Leuten!«

Der Herr im Überrock kam nicht dazu, zu antworten. Denn plötzlich stand Francesco zwischen ihm und dem Henker und hielt diesem einige Goldstücke hin.

»Recht habt Ihr, Maître! Da es sich aber um ein Gesetz handelt, so nehmt dies: Ich kaufe Euch die Kleider ab. Ihr könnt sie in ihren Gewändern beerdigen, Padre!«
»Was mischt Ihr Euch da ein?« fuhr ihn der Fremde an, den der Priester mit Regnault angesprochen hatte. »Was mit den beiden geschieht, ist ausschließlich meine Angelegenheit. Und im übrigen sind sie bereits verdammt.«
Von nahem sah Regnault wie der leibhaftige Teufel aus. Er hatte ein haßverzerrtes gelbliches Gesicht und kleine, grausam blickende Augen. Die Galle drang diesem Mann aus allen Poren seiner häßlichen Haut. Ein heftiger Zorn übermannte Francesco, und er packte Regnault beim Kragen:
»Verdammt? Ausschließlich Eure Angelegenheit? Seid Ihr etwa Gott selbst?«
»Diese ... diese Frau ... war mir angetraut ...«, brachte der Mann halb erstickt hervor.
»Bei uns sagt die Kirche, daß die Ehe so lange währt, bis daß der Tod sie scheidet. Nun ist der Tod gekommen. Geht also!«
Gerade wollte er diesen schrecklichen Menschen vom Schafott herunterstoßen, als der Priester Francesco sanft, aber bestimmt zwang, Regnault loszulassen:
»Ihr habt gesagt, was gesagt werden mußte. Laßt ihn nun gehen! Und Ihr, Regnault du Hamel, seht zu, daß Ihr Euch von dem Haß befreit, der Euch regiert, und bittet den Allmächtigen um Vergebung!«
Mit einem tödlichen Blick in die Richtung des Florentiners rieb sich der Widerling den schmerzenden Hals und kletterte hastig die Holzstiege hinunter. Als er sich weit genug von seinem Feind wähnte, zeigte er ihm die Faust und lachte hämisch:
»Ich weiß zwar nicht, wer du bist, aber trotz deines Goldes wirst du nicht verhindern können, daß dieses Weibsstück gemeinsam mit ihrem Geliebten zu den Pestleichen geworfen wird. Die Soldaten werden darüber wachen!«

Tatsächlich versammelte der Sergeant, der der Hinrichtung beigewohnt hatte, seine Leute um den Henkerskarren, der auf seinen Wink hin herangekommen war. Francesco warf dem Priester einen fragenden Blick zu. Doch dieser schüttelte nur traurig den Kopf:

»Es ist leider nur allzu wahr, was er sagt! Die armen Kinder haben keinen Anspruch auf eine würdige Bestattung. Selbst in diesem Punkt war der Schuldspruch unerbittlich. Ja, ich hatte sogar Mühe, überhaupt das Recht zu erwirken, sie zu begleiten. Aber selbst wenn man mir diesen letzten Dienst untersagt hätte, ich wäre trotzdem gekommen. Sie verstehen ... ich kenne sie seit ihrer Geburt.«

»Dann komme ich mit Euch. Laßt mich Euch behilflich sein.«

»Was veranlaßt Euch dazu? Kanntet Ihr sie?«

»Ich habe sie heute zum ersten Male gesehen, aber ich weiß, daß ich es tun muß. Etwas in mir drängt mich dazu.«

»Ich fürchte, Ihr werdet es bedauern, wenn Ihr erfahrt, weshalb man sie verurteilt hat und was sie verbrochen haben.«

Francesco zuckte die Achseln.

»Sie waren Geschwister ... und sie liebten einander ... allzu sehr! Jemand erzählte mir davon. Aber wir vergeuden Zeit.«

Zu zweit hüllten sie die toten Leiber in die Leichentücher und trugen sie auf den Karren. Da plötzlich erblickte Francesco das zarte Spitzenhäubchen, das auf dem schwarzen Tuch liegengeblieben war; schnell hob er es auf. Diesen bezaubernden Putz in seinen Händen zu halten, der die junge Tote in ihrer anrührenden Schönheit noch vor wenigen Augenblicken geschmückt hatte, trieb ihm die Tränen heiß in die Augen. Hastig drückte er seinen kostbaren Fund unter dem Mantel ans Herz und begab sich dann zu seinen Leuten, die am Eingang des Platzes auf ihn warteten.

»Geh' und erwarte mich in der Herberge zum Goldenen Kreuz«, befahl er Marino. »Ich werde gleich nachkommen. Und kein Wort über den Anlaß meiner Verspätung!«

»Kennt Ihr mich denn nicht? Keiner wird auch nur ein einziges Wort verlieren. Seid Ihr sicher, daß Ihr keine Hilfe braucht?«
»Nein. Ich trage meine Waffe und habe Gold bei mir. Das ist mehr, als ich brauche, um mich bei Bedarf zu verteidigen.«
Francesco führte sein Pferd beim Zügel und folgte zu Fuß dem Henkerskarren, auf dem der Priester zwischen den beiden Toten kniete und betete. Sie ließen die Porte-d'Ouche hinter sich, überquerten die Stadtgräben und nahmen dann den Weg in Richtung eines baufälligen Gemäuers, das unweit der Straße nach Beaune zwischen den ehemaligen Gerbereien und einem Rieselfeld gelegen war. Der Ort war verlassen, und ein übler Geruch verpestete die Luft; einsam stand ein Mann in der Ödnis, er trug ein am Hinterkopf geknotetes Tuch, hinter dem sich Nase und Mund verbargen, und stützte sich auf einen Spaten. Inmitten der Schneelandschaft bildete das Loch, das er in den Morast gegraben hatte, einen schwarzen Fleck. Dieser dunkle Punkt war das Ziel des kleinen Zuges, dem in weitem Abstand Sire du Hamel folgte. Beim Anblick der Grube, in der einzelne Knochen schwammen, wurde Francesco von Ekel überwältigt. Er mußte etwas tun und sprach den Sergeant an:
»Ist es wirklich nicht möglich, eine andere Grabstätte zu finden? Muß es dieses verseuchte Loch sein?« fragte er und griff nach seiner Geldkatze. Der Soldat verstand die Andeutung:
»Nein, Messire. Was Ihr verlangt, ist nicht möglich. Das Gericht hat es so angeordnet. Es hat so zu geschehen, aber«, fügte er mit leiserer Stimme hinzu, »seid froh, daß sie überhaupt beerdigt werden. Wäre es nach den Wünschen des Ehemannes gegangen, so hätte man die Unglücklichen an das Kreuz geschlagen, das Ihr dort drüben am Straßenrand seht; sie wären in Wind und Regen langsam verfault und von den Gassenjungen mit Steinen beworfen worden – ein übliches Verfahren, das all jenen gilt, die dieses traurige Schicksal ereilt hat.«

Francesco verstand und wich zurück. Wenig später schloß sich das schaurige Loch über den sterblichen Überresten der beiden jungen und schönen Geschöpfe, die glücklich und unbeschwert hätten leben können, wenn ihnen die Liebe nicht eine ihrer grausamsten Fallen gestellt hätte: eine Leidenschaft wider die Natur.
Die Kälte erschien Francesco mit einem Male grimmiger und der Himmel grauer, so als hätte er soeben einen Teil seines Lichts eingebüßt. Er wandte sich zu dem alten Priester, der fröstelnd den schwarzen Mantel über seinen mageren Schultern zusammenzog:
»Ich möchte mit Euch sprechen, Padre. Meine Leute warten im Goldenen Kreuz auf mich. Kommt mit mir. Wir müssen beide wieder zu Kräften kommen und brauchen dringend Ruhe und eine Stärkung.«
Der alte Mann wollte ablehnen, aber er war nicht von der Art jener, die dem Florentiner noch widersprachen, hatte dieser einmal einen Entschluß gefaßt. Und so saß er, trotz seiner Einwände, bald auf dem Pferd des Freundes, der wie vom Himmel gefallen schien und der nun die Zügel in die Hand nahm und entschlossen auf die Stadt zuschritt, in die auch die Soldaten und der Henker zurückkehren würden. Als er an Regnault du Hamel vorüberging, der auf ihren Aufbruch zu warten schien, spuckte er wütend vor dessen Füßen aus. Nie zuvor hatte er eine solche Lust zu töten empfunden ... noch je einen Menschen so verabscheut. Und doch hatte er diesen Mann eine Stunde zuvor noch nicht gekannt. Es war ihm, als hätte es zu der Begegnung mit jenem engelhaften Antlitz kommen müssen, das seinem Martyrium entgegenging, damit Francescos eigene Welt in diesem fürchterlichen Alptraum ins Schwanken geriet, einem Alptraum, der ihn dennoch in leiser Harmonie und Gelassenheit zurückließ. Diese beiden jungen Menschen hatten mit ihrer Liebe und mit ihrem Leid sein unbeschwertes und oberflächliches Leben als Genießer und egozentrischer

Kunstliebhaber erschüttert. Und er wußte nicht einmal ihre Namen ...

»Sie heißen Jean und Marie de Brévailles, und ich bin Antoine Charruet, der Geistliche des Ortes und Kaplan der Familie. Wie ich Euch schon sagte, habe ich sie beide zur Welt kommen sehen, und sie sind mir ebenso lieb, als wären sie meine eigenen Kinder. Ihre Kindheit verbrachten sie auf dem väterlichen Schloß, einem prachtvollen Herrensitz oberhalb der gefährlichen Gewässer des Doubs. Ihre Eltern, Pierre de Brévailles und Madeleine de la Vigne, leben dort als Landedelleute und als treue Untertanen unseres Herzogs Philippe, den Gott uns erhalten möge, auch wenn er den Bitten um Barmherzigkeit nicht immer Gehör schenkt ...«
Der Priester bekreuzigte sich, griff nach seinem Becher und trank einen Schluck Wein. Er und Francesco beendeten gerade ihre Mahlzeit, die der Florentiner auf seinem Zimmer hatte servieren lassen. Ein prasselndes Kaminfeuer verbreitete angenehme Wärme. Das Gesicht des alten Mannes, eben noch bleich, bekam wieder Farbe, seine Hand aber zitterte, und es war offensichtlich, daß er mit den Tränen kämpfte.
»Würdet Ihr lieber ein wenig ausruhen, Padre?« fragte Francesco sanft. »Ich fürchte, es fällt Euch noch sehr schwer, darüber zu sprechen.«
»Nein, nein, im Gegenteil, es tut mir gut, von ihnen zu sprechen ... zu versuchen, ... jemandem ihr Verhalten zu erklären, der Anteil an ihnen nimmt ... Die Brévailles hatten vier Kinder, zwei Knaben und zwei Mädchen. Jean, der Älteste, war drei Jahre älter als Marie, doch von ihrer jüngsten Kindheit an konnte man eine beständige, tiefe und ausschließliche Zuneigung zwischen ihnen feststellen. Die Eltern kümmerten sich kaum mehr darum als ich selbst, und wenn, dann nur, um darüber zu lächeln. Man nannte sie ›die Zwillinge‹, weil sie einander verblüffend ähnlich und als einzige

von den Kindern von jener außergewöhnlichen Schönheit waren, die Euch, Messire, gewiß nicht entgangen ist. Es war eine Laune der Natur, und darin sahen wir auch den Grund für die Vorliebe, die Jean seiner Schwester Marie entgegenbrachte und umgekehrt. Die Brévailles waren stolz auf die Schönheit ihrer Kinder und lobten den zärtlichen Umgang, den sie miteinander pflegten, vor anderen als beispielhaft, ohne daß ihnen auch nur einen Augenblick lang der Gedanke gekommen wäre, daß diese Liebe mit den Jahren weniger unschuldig werden könnte. Welche Eltern kämen auch je auf einen solchen Gedanken?«

»Es ist gewiß schwierig, sich das vorzustellen, aber es gibt solche Fälle. Man hat einmal von einem Grafen von Armagnac und seiner Schwester erzählt ...«

»Vielleicht fühlen sich Menschen aus hochadligem Hause über die Gebote der Moral und der öffentlichen Meinung erhaben, wer weiß? Bei den Brévailles aber, die nur dem mittleren Adel angehören, konnte man sich einen solchen Skandal nicht erlauben. Als Jean dreizehn Jahre alt war, ermöglichte es ihm der Kanzler von Burgund, Maître Nicolas Rollin, ein Freund der Familie, als Page in den Dienst des Grafen von Charolais einzutreten, einem Sohn Herzog Philippes, um dort den Umgang mit der Waffe und den gesellschaftlichen Ton bei Hofe zu erlernen. Messire de Brévailles, der nach der Belagerung von Compiègne, wo er schwer verletzt worden war, die Waffen endgültig niedergelegt hatte, war sehr glücklich über diesen Umstand, der es seinem Sohn gestatten würde, den Ritterdienst unter einem Prinzen zu erlernen, der sich selbst als leidenschaftlicher Gefolgsmann des Ritterstandes begreift. Und so brach Jean nach Lille auf.

Maries Verzweiflung zu beschreiben ist mir nicht möglich. Ihr Kummer über den Abschied war so heftig, daß ihre Mutter zeitweise um ihren Verstand fürchtete. Monatelang litt das Kind unter der Trennung, bis es endlich wieder gesund wurde.

Jeans Abwesenheit dauerte vier Jahre. Vom Pagen war er mittlerweile zum Junker Monseigneur Charles' aufgestiegen, und als er zurückkam, um den Weihnachtsabend des Jahres 1455 mit den Seinen zu verbringen, konnte sich ein jeder davon überzeugen, daß er sich zum stolzen Junker mit edlen Gesichtszügen entwickelt hatte. Marie hatte inzwischen gelernt, ein Instrument zu spielen, zu singen, zu tanzen und den Haushalt zu führen. Sie war zu einer solch strahlenden Schönheit erblüht, daß immer mehr Verehrer sich um sie sammelten und um ihre Hand baten. Sie aber versicherte, sie wolle den Sitz ihrer Eltern nicht verlassen, weil sie sich dort vollkommen glücklich fühle.
Erst nach der Rückkehr Jeans nahmen die Dinge eine ernste Wendung. Ich hatte angesichts des Verhaltens der beiden Kinder bereits eine leise Ahnung. Seit sie sich wiedergefunden hatten, wichen sie einander nicht mehr von der Seite. Stets saßen sie beisammen und hielten sich bei der Hand. Immer öfter suchten sie nach Gelegenheiten, allein zu sein, und unternahmen gemeinsam lange Ausritte. Eines Nachts nun ... geschah das Drama – und ich bedaure, Euch gestehen zu müssen, daß es meine Schuld war.«
Antoine Charruet stand vom Tisch auf, setzte sich ans Feuer und streckte seine mageren Hände aus, die erneut zitterten.
»An jenem Abend hatte Jean Marie einen Hoftanz beigebracht, der zwar überaus graziös war, dessen sehnsuchtsvolle Figuren aber zwischen Bruder und Schwester nicht schicklich schienen. Zudem hatte ich eine gewisse Verwirrung zwischen ihnen bemerkt, ein leises Schaudern, wenn sich ihre Blicke kreuzten oder wenn sie sich bei den Händen faßten. All das hielt mich bis tief in die Nacht hinein wach. Ich wurde immer nervöser und begriff schließlich, daß ich nicht einschlafen würde, solange ich nicht mit Jean gesprochen hätte. Ich mußte ihn zu dem Entschluß bewegen, noch am nächsten Tag wieder zu Monseigneur de Charolais zurückzukehren. Und so nahm ich meine Kerze und tastete

mich in der Dunkelheit zu seinem Zimmer, das sich in einem der Türme befand, weit weg von denjenigen der Familie.
Als ich dorthin kam, sah ich einen Lichtschimmer unter der Tür hervorscheinen und war erfreut, denn das Licht zeigte mir, daß ich den Jungen nicht aufzuwecken brauchte. Ganz leise öffnete ich die Tür, in der Meinung, ihn beim Lesen oder Schreiben anzutreffen. Und was ich dann sah, war schrecklich und wunderschön zugleich: In dem großen Bett mit den roten Vorhängen, umhüllt vom warmen Schein einer Kerze, liebten sich Jean und Marie ...
Ich weiß nicht, was Ihr an meiner Stelle getan hättet. Zweifellos hätte ich in das Zimmer stürzen und Marie aus diesem Bett, aus diesen Armen reißen müssen, in denen sie ein unsagbares Glück zu genießen schien. Aber ich konnte es nicht. Einen Augenblick lang habe ich sie betrachtet: Sie waren verloren in ihrer Liebe – einer Liebe, die sie adelte ... und dann habe ich leise, ganz leise die Tür wieder hinter mir zugezogen und bin in meine Klause zurückgekehrt, um dort für den Rest der Nacht zu beten. Das Unglück war ohnehin schon geschehen, und ein paar Stunden mehr oder weniger hätten nichts mehr daran geändert.
Sobald der Morgen graute, ging ich zu Jean, der diesmal allein war. Ich gestand ihm, was ich gesehen hatte, und befahl ihm im Namen des Herrn, unverzüglich das Haus zu verlassen, das mit Schande zu überziehen er sich nicht gescheut hatte. Er widersprach nicht. Er sagte nur leise: ›Wir lieben uns, und nichts und niemand wird uns daran hindern.‹ Trotzdem willigte er schließlich ein, fortzugehen. Hätte er es abgelehnt, so wäre ich verpflichtet gewesen, seinen Vater zu informieren, und das wußte er.
Marie, die über seine plötzliche Abreise in Tränen aufgelöst war, sagte kein Wort; ich suchte ihre Eltern auf und gab ihnen zu verstehen, daß es an der Zeit sei, ihre Tochter zu verheiraten. Und zu meiner Überraschung fand ich sie bereits fest dazu entschlossen. Auch ihnen hatte der zart-sinn-

liche Hoftanz mißfallen ... diesmal würden sie Marie das Recht verweigern, den zukünftigen Gemahl zurückzuweisen, den man ihr antrüge.
Das Unglück wollte, daß ich zum damaligen Zeitpunkt gezwungen war, mich auf einige Wochen zu entfernen, doch ging ich einigermaßen beruhigt, überzeugt davon, daß ich bei meiner Rückkehr alles wieder wohlgeordnet vorfinden würde. In meiner Vorstellung glaubte ich, daß ein junger, hübscher und verliebter Ehemann die Erinnerung an Jean schnell verblassen lassen würde. Letztlich war ich davon überzeugt, daß die Szene, deren unfreiwilliger Zeuge ich geworden war, nichts weiter war als eine vorübergehende Dummheit, eine – vielleicht ernsthaftere Kinderei. Beide waren doch noch so jung!
Als ich zurückkehrte, war Marie verlobt; doch, anders als ich gehofft hatte, war ich darüber fassungslos. In einer unbegreiflichen und merkwürdigen Verirrung hatte Pierre de Brévailles trotz der inständigen Bitten seiner Frau jenen Regnault du Hamel zum Ehegespons für seine Tochter auserkoren. Ihr habt ihn selbst gesehen, ich brauche ihn Euch nicht zu beschreiben. Nur soviel: Er war als Berater und Stellvertreter des Kanzlers am Kanzleigerichtshof von Autun über alle Maßen reich und verfügte über hochrangige und einflußreiche Verbindungen, die ihn als Schwiegersohn wünschenswert machten. Überdies nahm er Marie ohne Mitgift, was bei der Entscheidung Brévailles wohl auch eine Rolle gespielt hatte. Denn seine Finanzen standen, wie ich damals erfuhr, nicht zum besten ... im Vergleich dazu maß er der Liebe kein allzu großes Gewicht bei.
Nie zuvor habe ich eine Trauung vorgenommen, die schrecklicher war. Die kleine Marie, die man zum Altar zerren mußte, war so tränenverquollen und verzweifelt, daß ich es ablehnen wollte, die Messe zu zelebrieren. Aber du Hamel hatte einen Vetter mitgebracht, einen Kaplan an der Kathedrale Saint-Benigne von Dijon, der sofort bereit gewe-

sen wäre, an meine Stelle zu treten und seines Amtes zu walten. Ich gab also dieser Verbindung meinen Segen und werde bis zu meiner letzten Stunde schwer daran tragen.
Kaum war Marie in das Haus ihres Eheherrn in Autun eingezogen, wurde das Leben für sie zur Hölle. Du Hamel war nicht nur besessen von krankhaftem Geiz, sondern er legte auch eine wahnwitzige Eifersucht an den Tag. Marie lebte hinter verschlossenen Türen, ausspioniert von den Bediensteten, schlecht ernährt und all dessen beraubt, was das Leben für eine junge Frau angenehm macht. Auch die Geburt einer kleinen Tochter, die neun Monate nach der Hochzeit zur Welt kam, änderte nichts daran. Der Eheherr wollte einen Sohn und machte seine Frau für diese ›Beleidigung‹ verantwortlich. Und nicht nur das, er schenkte gewissen Gerüchten Gehör, die von einer unlauteren Beziehung Maries zu ihrem Bruder flüsterten.«
»Woher wußte er davon?«
»Ich weiß es nicht! Eine hinausgeworfene Magd vielleicht, ein gekaufter Diener oder ein Zeuge jener langen Ausritte, die die beiden unglückseligen Kinder nur allzu oft allein unternahmen. Fest steht jedenfalls, daß Regnault du Hamel von diesem Zeitpunkt an seine Frau demütigte und mißhandelte. Geschlagen, verachtet und entehrt widerstand Marie, solange sie noch die Kraft dazu hatte; als ihr dann aber du Hamel in seiner Böswilligkeit die Tochter nahm, verließ sie der Mut. Wenige Wegstunden von ihrem Gefängnis entfernt lag der Ort ihrer Kindheit, war das Dach, unter dem sie ihr kurzes Glück genossen hatte. Eines Nachts nutzte sie die kurze Abwesenheit ihres Peinigers und gelangte mit Hilfe einer jungen Magd, die Mitleid mit ihrer Herrin hatte, ins Freie. Sie floh zurück in ihr Elternhaus, voll Sehnsucht nach einer Zufluchtsstätte, in der ihr geschundener und mit üblen blauen Flecken übersäter Körper endlich Pflege finden würde. Sie ahnte nicht, daß Jean, der seit Monaten ohne Nachricht von seiner Schwester war, seinem Pferd die Spo-

ren gegeben hatte, um endlich daheim etwas über ihr Schicksal zu erfahren. Damit nahm das Verhängnis seinen Lauf.
Als sie sich so unvermutet wiedersahen, fühlten beide jene unheilvolle Neigung, die sie zueinander trieb, ebenso heftig wie ehedem. Die Brévailles waren ratlos, und ihre Angst stieg. Mit Bitten und Drohungen suchten sie, Marie zur Rückkehr zu ihrem Eheherrn zu bewegen. Und obwohl Madeleine de Brévailles tief bewegt war vom Leid ihrer Tochter, sah sie doch das Recht des Ehemannes und die Pflicht der Frau. Hier konnte niemand helfen.
Jean indes kämpfte für seine Schwester. Man mußte ihn mit Gewalt zurückhalten und daran hindern, nach Autun zu reiten und den verhaßten Ehemann zu töten. Was immer man auch unternahm, er widersetzte sich auf das entschiedenste dem allgemeinen Wunsch, Marie möge in das eheliche Heim zurückkehren. Marie drohte, sich das Leben zu nehmen, sollte man sie fortschicken. Just in diesem Augenblick traf ein Brief Regnaults ein – ein wahrhaft brutaler und angriffswütiger Brief. Der schändliche Mensch beschuldigte darin Marie der inzestuösen Beziehung zu ihrem Bruder und kündigte an, Klage beim herzoglichen Gerichtshof zu erheben. Furcht beschlich Jean und Marie, und da sie soviel Abstand wie irgend möglich zwischen sich und ihren Widersacher legen wollten, flohen sie. Nun wäre es ein Gebot der Klugheit gewesen, getrennte Wege zu gehen. Jean hätte zum Grafen von Charolais zurückkehren sollen, von dem er sich unerlaubt entfernt hatte; Marie hätte sich in irgendein fernes Kloster retten können. Doch beide hatten weder den Mut, sich zu trennen, noch vermochten sie es, ihrer Leidenschaft zu widerstehen. Sie gelangten nach Paris und wohnten – im Vertrauen auf die Weitläufigkeit der Stadt – in einer Herberge in der Nähe des Louvre. Dort lebten sie unter falschem Namen als Mann und Frau zusammen, sechs Monate des unbeschreiblichen Glücks waren ihnen geschenkt ..., sechs Monate, die es nie hätte geben dürfen und die ich bedauere.«

»Glück sollte man niemals bedauern«, sagte Francesco ernst. »Dazu ist es viel zu kostbar!«

»Auch wenn man einen so hohen Preis dafür bezahlen muß?«

»Wenn Ihr ihr schreckliches Ende damit meint, so glaube ich, daß Ihr Euch täuscht. Ich habe sie gesehen. Sie schienen dem Paradies entgegenzugehen. Sie wußten, daß sie von nun an nichts mehr würde trennen können. Sie gingen gemeinsam in die Ewigkeit ...«

»Das zweifellos«, seufzte Pater Charruet, »was Ihr jedoch nicht wißt, ist die Tatsache, daß den Liebeswonnen schon bald eine Frucht entspringen sollte. Und diese Erkenntnis ließ sie den ganzen Abgrund ermessen, der sich zwischen ihnen und ihrem bisherigen Leben auftat. Sie wollten nach England fliehen, um dort in aller Öffentlichkeit miteinander leben zu können; doch das Geld ging ihnen langsam aus ... Und schließlich sollte, ohne daß eine Ahnung vom kommenden Unglück sie gewarnt hätte, das Schicksal zuschlagen. Sie glaubten sich in der großen Stadt Paris zunächst geborgen und wußten nicht, daß mit Gold alles erreicht werden kann. Regnault du Hamel, der beim herzoglichen Gericht Klage gegen sie erhoben hatte, setzte ungeachtet seiner sonst so überaus sparsamen Lebensführung hohe Geldsummen aus, um der beiden jungen Menschen habhaft zu werden. Von ihm gedungene Spione machten die Flüchtigen ausfindig und versicherten sich zusätzlich der Mithilfe skrupelloser Komplizen, denn es gab keine Möglichkeit, Jean und Marie am hellichten Tag festzunehmen; der lange Arm der Gerichtsbarkeit von Burgund reicht nicht bis Paris. Du Hamel zahlte, und so stürmte eines Nachts eine Gruppe maskierter Männer die Herberge, riß die beiden jungen Leute aus ihrem Bett und schleppte sie zu einer Barke, die sie die Seine hinauf trug bis zu einer Anlegestelle, wo Pferde auf sie warteten. Nach einer schrecklichen Reise, während der Marie, die ja schwanger war, hundertmal sterben zu müssen glaubte, wurden die armen Kinder schließlich hierher zurückgebracht, wo nicht nur du Hamel sie mit triumphierender Miene erwartete, sondern auch der Kerker ... Dieser furchtbare Mann wollte nicht nur den Tod der Schuldigen, er wollte auch ihre öffentliche Demütigung, wollte sie auf einen Scheiterhaufen gebunden sehen – inmitten einer von brutaler Schadenfreude aufgepeitschten und sie verhöhnenden Menge ... Sie wurden wirklich verurteilt. Der Ehemann hatte mehr Zeugen um sich geschart, als notwendig waren, eine Handvoll Elender, die für ein bißchen Gold beschworen, hundertmal hätten sie Jean und Marie in verfänglicher Umarmung gesehen ... Jeder wußte inzwischen, daß Marie ein Kind erwartete. In der Hoffnung, ihren Bruder zu retten, behauptete sie zwar mutig, sich einem flüchtigen Liebhaber hingegeben zu haben, doch es half nichts. Das Urteil wurde lediglich bis zur Entbindung des armen kleinen Geschöpfes ausgesetzt.

In meiner Verzweiflung ging ich zu Pierre de Brévailles und bat ihn inständig, doch beim Herzog zu erwirken, daß man ihnen wenigstens das Leben ließe, ein Kloster könne vielleicht Zuflucht gewähren. Doch er lehnte schroff ab. Pierre de Brévailles war tief in seinem Stolz getroffen, fühlte sich erniedrigt, entehrt, ja ich fürchte sogar, daß er angefangen hatte, sie zu hassen.

Dame Madeleine, seine Frau, schloß sich meinen Bitten an, indes vergeblich. Daraufhin machten wir beide uns auf den Weg nach Brüssel. Lehnte der Vater diesen Schritt auch ab, so unternahm die Mutter ihn doch mit einem Rest Hoffnung und ihrer ganzen ungebrochenen Liebe. In Lille warf sie sich am Ausgang der Kapelle vor dem Herzog auf die Knie. Er kehrte ihr den Rücken, ohne sie anzuhören. Vielleicht hätte dieser alte Ziegenbock, der Gott zeit seines Lebens mit zügellosen Ausschweifungen beleidigt hat, Erbarmen mit Marie gehabt, wäre sie seine Mätresse gewesen. So aber hatte er nur Verachtung für die schmerzgebeugte Mut-

ter«, erbitterte sich der Priester in einem plötzlichen Zornesausbruch, der seinen Zuhörer aufschreckte.
»Was sagtet Ihr da, Padre? ...«
Pater Charruet wurde plötzlich bis in die Wurzeln seines weißen Haarkranzes rot und lächelte schüchtern:
»Nichts! Verzeiht mir, mein Sohn! Ich habe mich von einem letzten Rest jenes Zorns hinreißen lassen, den ich damals angesichts der Tränen Dame Madeleines empfand, als sie auf den Knien inmitten eines prunkvollen Publikums unter den spöttischen Blicken der Höflinge allein gelassen wurde. Ich half ihr hoch, und gemeinsam gingen wir dann hinaus. Trotzdem wollte sie noch einen weiteren Versuch unternehmen: Jean hatte lange dem jungen Grafen von Charolais gedient. Dieser war ihm zuvor freundschaftlich zugetan, und vielleicht ließ sich der junge Prinz, dem eine reine Gesittung nachgesagt wurde, erbarmen.«
»Nun?«
»Diesmal wurden wir empfangen, doch unsere Hoffnung währte nicht lange. Graf Karl verabscheut das ausschweifende Leben am Hofe seines Vaters und bemüht sich, in seiner Umgebung für Würde und Anstand zu sorgen. Überdies ist der Prinz empfindsam und stolz, und Jean hatte sich aus seinem Dienst entfernt, ohne ihn um Erlaubnis zu bitten. Sein Urteil war ungewöhnlich streng: ›Die sich eines solchen Verbrechens schuldig machen, verdienen weder Vergebung noch Barmherzigkeit, denn sie haben ebensosehr gegen das göttliche Gebot wie gegen die Gesetze der Natur gesündigt. Die Gerechtigkeit muß daher ihren Lauf nehmen ...‹ Die verzweifelten Tränen der Mutter vermochten sein hartes Herz nicht zu erweichen, und alles, was von seiner Gnade zu erreichen war, war eine Abänderung des Urteils: Der grauenvolle Scheiterhaufen sollte der Enthauptung durch das Schwert weichen, der einzigen Todesstrafe, die eines Edelmannes noch würdig ist. Nun, Ihr wißt jetzt soviel wie ich ...«

»Etwas fehlt noch, Padre! Die junge Frau, so sagtet Ihr, war schwanger. Konnte sie ihr Kind zur Welt bringen?«
»Ja, vor fünf Tagen gebar Marie im Kerker eine zarte Tochter, die man tags darauf in die Charité brachte, wo alle verwaisten Kinder hinkommen.«
»Verwaist?« empörte sich Francesco, »aber hat denn dieses arme unschuldige Geschöpf keine Großeltern? Können sich denn die Brévailles nicht um das Kind kümmern? Schließlich ist es gleich in zweifacher Hinsicht ihr Fleisch und Blut.«
»Um nichts in der Welt würde Messire Pierre diese Frucht der Sünde unter seinem Dach dulden, und Dame Madeleine, die sich nach ihrer Rückkehr aus Flandern scharf tadeln lassen mußte, wagte nicht, dem Zorn ihres Mannes Weiteres entgegenzusetzen. Was sie im Augenblick zu erreichen sucht, ist, daß man ihr das Kind anvertraut, das Marie dem Regnault du Hamel geschenkt hat.«
»Und die andere Kleine? Was soll aus ihr werden?«
Der alte Priester breitete hilflos seine Hände aus:
»Ich weiß es nicht. Und doch bat mich Marie vor ihrem Tod inständig, mich um ihr Kind zu kümmern. Ich weiß nicht, was aus ihr werden soll. Die Ordensfrauen des Hospitals nahmen sie nur mit Widerwillen auf.«
»Wie das?«
»Ein Kind, das einem Inzest entsprungen ist, gilt als Gegenstand des Abscheus, als Ergebnis eines teuflischen Machwerks. Man fand keine Amme, die sie versorgen wollte. Nun wird sie mit Ziegenmilch ernährt, und sicher wird sie bald sterben. Ich hatte mir vorgenommen, mich um sie zu kümmern, aber welche Frau ist schon bereit, mir zu helfen? Ich wohne in Brévailles und habe keine andere Unterkunft als ...«
Ungestüm machte Francesco seiner Empörung Luft:
»Die Leute in diesen Gegenden scheinen mir seltsame Christen zu sein. Ist das Kind getauft?«

Bruder Charruet schüttelte den Kopf.
»Ich wollte sie taufen; aber man hat mir nicht gestattet, zu ihr zu gehen und ...«
»Das wollen wir doch sehen! Führt mich zu diesem Hospital, in dem Kinder Abscheu erregen!«
»Was wollt Ihr tun?«
»Das werdet Ihr sehen! He, Marino! Laß zwei oder besser drei Pferde anspannen und bereite dich darauf vor, uns zu begleiten.«
»Das ist Wahnsinn! Es wird bald Nacht, die Stadttore werden geschlossen, und das Hospital liegt an der Straße nach Beaune«, gab der Priester zu bedenken.
»Eben deshalb müssen wir uns beeilen!«
Wenige Augenblicke später waren die Männer auf dem Weg zur Porte-d'Ouche. Die Gebäude der Charité lagen direkt am Ufer der Ouche, unweit des ehemaligen Spitals der Pestkranken. Es war ein altes Gemäuer, das 1204 von Herzog Odo III. für Pilger, mittellose Kranke und Waisenkinder gegründet worden war. Die Ordensbrüder vom Heiligen Geist teilten sich dort die Pflege mit den Nonnen des Augustinerordens, die sich vor allem den Kindern widmeten.
Der Tag neigte sich, als Francesco und seine Begleiter in Sichtweite des Portals gelangten. Da ergriff Antoine Charruet den Arm Francescos und hielt ihn zurück. Denn ein Mann trat soeben heraus, der von einem Ordensbruder bis zur Türschwelle begleitet wurde.
»Seht nur«, sagte der Priester, »das ist Regnault du Hamel! Ich würde ihn überall wiedererkennen, trotz des weiten Mantels, unter dem er sich versteckt ...«
»... und unter dem er etwas verbirgt! Laßt uns ihm folgen!«
»Glaubt Ihr, daß das Maries Kind ist?«
»Ich möchte schwören! Hört doch!«
Mit dem Abendwind drang ein leises Wimmern zu ihnen herüber, das dem Priester jegliche Zweifel nahm. Du Hamel verbarg wahrhaftig den winzigen Säugling unter seinem

Mantel; sie mußten unter allen Umständen feststellen, was er mit ihm vorhatte. Francesco und sein Begleiter überließen Marino die Pferde und folgten ihm. Der Ort war menschenleer, und der Mann fühlte sich unbeobachtet. Eilig lief er auf den schauerlichen Friedhof des alten Spitals zu. Francesco sah, wie er bei einer frisch aufgeschütteten Grube haltmachte, die sich durch den beiseite geräumten Schnee von der übrigen Fläche abhob. Blitzartig begriff der Florentiner, was der Mann vorhatte, zog seinen Dolch und schoß wie ein Pfeil auf den Mann zu. Es war höchste Zeit. Du Hamel hatte aus den Falten seines Mantels das kleine Mädchen hervorgeholt, das jetzt laut zu schreien begann, als Regnault es hochhob, um es gegen einen Stein zu schleudern. Aber da bohrte ihm Francesco bereits den Dolch in die Lende ...
»Langsam, Herr Mörder! Nur langsam, wenn Ihr nicht wollt, daß ich Euch töte. Zwar wußte ich längst, daß Ihr ein elender Schuft seid, aber das ...«
Der Schmerz mußte empfindlich gewesen sein, denn Regnault gehorchte und ließ den Arm sinken.
»Was ... wollt Ihr?«
»Das Kind. Gebt es mir ..., und zwar ohne ihm weh zu tun! Her damit! Schnell! Ich habe nicht viel Geduld!«
Er bohrte ihm den Dolch tiefer ins Fleisch. Der Mann stieß einen Schrei aus und gab die Beute frei, die Francesco mit der freien Hand ergriff und an den alten Priester weiterreichte, der die beiden Männer jetzt erst außer Atem erreicht hatte.
»Es war Gottes Wille, daß Ihr zur rechten Zeit gekommen seid, Messire! Wahrlich, ich glaube, er hat Euch geschickt.«
»Ich fange an, auch daran zu glauben. Aber jetzt, was tun wir jetzt? Soll ich ihn töten?«
In diesem Moment hatte sich du Hamel, der einem Schmerz entgehen wollte, der ihm fast die Nieren zerriß, nach vorn gestürzt und landete im Morast. Er schäumte vor Wut:
»Verdammter Fremder! Das wird dir dein Leben lang leid

tun! Ich bin ein einflußreicher Mann und habe genügend Mittel, dich büßen zu lassen.«
»Ihr seid in erster Linie ein Verbrecher, den wir gerade an einem Mord gehindert haben«, erwiderte Pater Charruet unwirsch. »Ich werde das vor dem Gericht Monseigneur Philippes bezeugen, und dann werden wir sehen!«
Francesco lachte und rief Marino herbei, der die Pferde brachte. Dann nahm er aus einer der Satteltaschen einen Strick:
»Wir werden dafür sorgen, du Schurke, daß du für eine Weile niemandem schaden kannst. Hilf mir, Marino!«
Bevor du Hamel auch nur eine einzige abwehrende Handbewegung machen konnte, war er bereits gefesselt und unschädlich gemacht. Er schrie gellend, und Francesco mußte ihm den Mund mit zwei Taschentüchern stopfen. Dann schleppten ihn die beiden Männer zu dem alten, halb verfallenen Spital und lehnten ihn gegen die Außenmauer des ehemaligen Vestibüls.
»Habt Ihr keine Angst, daß er erfriert?« fragte der Priester besorgt, während er das Baby, das unter seinem Mantel eingeschlafen war, in seinen Armen wiegte.
»Das soll er mit Gott und sich selbst ausmachen! Verlangt von mir kein Erbarmen mit diesem Mörder. Er ist warm angezogen, und er ist an dieser Wand vor Zugluft geschützt. Ich traue dieser Sorte Männer nicht, und ich will Dijon den Rücken gekehrt haben, bevor er seine wilden Drohungen wahr zu machen beginnt. Schließlich hat er recht, wenn er sagt, ich sei hier ein Fremder ... Jetzt müssen wir uns aber um dieses arme kleine Geschöpf kümmern, das er so grausam umbringen wollte. Bitte, zeigt es mir doch einmal, Padre!«
Der alte Mann schlug seinen Mantel einen Spaltbreit zurück, und zum Vorschein kam ein kleines rundes Gesichtchen mit einem braunen Lockenschopf und zwei winzige Fäustchen, die sich leise bewegten. Seine Augen waren ge-

schlossen, und der kleine rosige Mund bewegte sich saugend auf und zu.
»Sie hat Hunger«, sagte Francesco. »Laßt uns schnell zum Goldenen Kreuz zurückkehren. Dame Huguet wird bestimmt Rat wissen. Um das Zartgefühl der Leute hier nicht zu verletzen, werde ich einfach erzählen, ich hätte sie auf der Straße aufgelesen.«
»Aber was wollt Ihr nur mit ihr machen?«
Francesco beugte sich hinunter und faßte nach einem der winzigen Patschhändchen, das seinen Finger sogleich umschloß. Er drückte einen zarten Kuß darauf, und seine Stimme klang ernst, als er leise antwortete:
»Ich werde sie zu meiner Tochter machen. Ich habe keine Frau und auch nur entfernte Verwandte. Ihr geht es nicht anders. Gemeinsam werden wir vielleicht ein wenig Glück finden. Ich jedenfalls werde alles dafür tun.«
»Ihr seid jung, mein Sohn. Ihr werdet vielleicht eines Tages heiraten.«
»Nein ... nein, niemals! Haltet mich, wenn Ihr wollt, für einen Narren, Padre, aber ich habe heute die einzige Frau sterben sehen, die ich je wirklich hätte lieben können. Und ich hoffe nur, daß Marie dort, wo sie jetzt ist ... Marie, die mir vertraut ist, als hätte ich sie immer schon gekannt, lächelnd auf mich herniederblickt.«
In der Ferne ertönte eine Glocke. Hinter den drei Reitern und ihrer zarten Last schlossen sich die Stadttore. Die Nacht brach herein, und die Bewohner Dijons wähnten sich sicher in ihren Mauern, die als mächtige Schutzwälle ihren Schlaf bewachten.
Die Rückkehr ins Goldene Kreuz war ein Ereignis. Dame Bertille Huguet war dem Gast, dessen außerordentliche Großzügigkeit sie seit langem kannte, sehr ergeben, und wenn sie auch das plötzliche Auftauchen eines Kindes, das vom Himmel gefallen zu sein schien, ein wenig seltsam anmutete, so hütete sie sich doch, auch nur die geringste Frage

zu stellen. Sie war von dem traurigen Los, das diesem winzigen hilflosen Geschöpf beschieden war, gerührt, beteuerte, daß es schon jetzt schön wie ein Engel sei, und vertraute es den kundigen Händen Léonardes an. Léonarde war eine Verwandte der Huguets, schon in reiferen Jahren, die besonders kleine Kinder sehr liebte. Dame Bertille stöberte in Kästen und Truhen und fand schließlich Windeln und Jäckchen, die einst ihrer Tochter gehört hatten, sogar eine Wiege entdeckte sie und stellte alles in Léonardes Kammer. Dagegen geriet sie ein wenig in Verlegenheit, als Beltrami erklärte, es müsse dringend eine Amme gefunden werden, ihn über die Alpen hinweg bis nach Florenz zu begleiten. Sie bat ihren Mann, doch um jeden Preis eine Sänfte aufzutreiben, in der Säugling und Amme transportiert werden könnten.

»Macht Ihr Euch denn morgen schon wieder auf den Heimweg?« fragte Pater Charruet erstaunt.

»Gewiß. Ich will das Kind so schnell wie möglich in Sicherheit bringen und diesem Menschenfeind keine Zeit lassen, uns zu schaden.«

»Aber ... Eure Geschäfte? Sagtet Ihr nicht, daß Ihr auf dem Weg nach Paris seid, um das Kontor aufzusuchen, das Euch dort gehört?«

»Die Reise ist nicht dringlich. Ich hatte sie angetreten, um während der Weihnachtstage nicht in Florenz sein zu müssen. In dieser Zeit starb nämlich mein Vater, und die Erinnerung daran fällt mir immer noch schwer. Ich werde einem meiner Bediensteten einen Brief mitgeben, so daß er die Tuchlieferung ohne Schwierigkeit in unser Geschäftshaus in der Rue de Lombards bringen kann. Ich selbst werde nur Marino bei mir behalten. Mehr Hilfe brauche ich nicht, um nach Marseille zu kommen, wo mich die *Santa Maria del Fiore* erwartet, die uns nach Livorno bringen wird, einem kleinen Fischerhafen, der seit etwa dreißig Jahren zu Florenz gehört ...«

»Ein Schiff? Seid Ihr etwa auch Reeder? Ich hatte angenommen, Ihr wäret nur Tuchweber.«

»Das sind wir auch; und unseren Berufsstand nennt man bei uns die *Arte di Calimala.* Wir importieren aus dem Ausland, vornehmlich aus Flandern und England, grobes Tuch, das bei uns erneut auf den Webstuhl gespannt wird und nach der Weiterverarbeitung ebenso weich und geschmeidig ist wie Seide. Unser feines Tuch ist in ganz Europa gefragt. Aber mein Vater hegte auch eine Leidenschaft für das Meer. Und so besitzen wir zwei Schiffe, die *Santa Maria* und die *Santa Maddalena,* das eine dient uns als Handelsschiff und das andere steuert die Küsten Afrikas und die Häfen in der Levante an, um seltene und kostbare Waren von dort mitzubringen ... Das alles übrigens mehr, um seine Neigung für das Schöne zu befriedigen, als um große Geschäfte zu machen. Zumindest behauptete er das immer«, fügte Francesco mit einem kleinen Lächeln hinzu, »denn die *Santa Maddalena* hat ihm bisweilen wahre Schätze in den heimischen Hafen getragen ... Aber wohin geht Ihr, Padre?«
Der alte Mann hatte sich erhoben.
»Wenn ich noch länger verweile«, sagte er, »wird das Tor des Klosters von Petit-Clairvaux, wo man mir Gastfreundschaft gewährt, verschlossen sein, und ich ...«
Hastig verstellte Francesco ihm den Weg, streckte ihm spontan beide Hände entgegen und umschloß die Hand des Priesters.
»Für diese Nacht bitte ich Euch, mein Gast zu sein. Wir werden uns das Zimmer teilen ...«
»Aber ...«
»Bitte, nehmt an! Ich möchte Euch nicht schon so bald verlieren. Morgen werde ich diese Stadt verlassen und vielleicht niemals wieder hierher zurückkehren. Es kann sein, daß wir uns in dieser Welt nicht mehr begegnen ... und ich möchte gern, daß Ihr mir noch ... von ihr erzählt!«
»Von Marie?«
»Ich wage kaum, ihren Namen auszusprechen, und doch hat sie in einem einzigen Augenblick mein Herz und mein

Leben erobert ... Bleibt also! Außerdem wird man uns bald das Abendbrot bringen.«

Tatsächlich klopfte es an die Tür, und herein trat eine große, hagere Frau, deren lange spitze Nase eine Brille zierte, die ihr das kluge Aussehen eines Storchenvogels verlieh. Hinter den metallgefaßten Gläsern blitzten lebhafte blaue Augen. Und über dem strengen schwarzen Kleid prangte eine makellose Schürze. Es war jene Léonarde, der Dame Bertille das Kind anvertraut hatte. Als sie eintrat, machte sie einen eigenwilligen Halbknicks und verzog dabei ihren schmalen Mund zu einer Grimasse, die man mit gutem Willen für ein Lächeln hätte halten können.

»Ich komme, um Euch zu sagen, daß die Kleine nun eingeschlafen ist, Messire, und daß sie trotz des traurigen Zustandes, in dem sie sich eben noch befand, bei guter Gesundheit zu sein scheint.«

»Ich danke Euch, daß Ihr Euch um sie bemüht habt«, antwortete Francesco und griff nach seiner Geldkatze.

Sie aber wehrte mit einer Handbewegung und einem kurzen »Danke, darum geht es nicht!« ab.

»Worum geht es dann?«

»Um das, was morgen geschehen soll. Dame Bertille sagte mir, daß Ihr vorhabt, nach Hause zurückzukehren und das arme kleine Ding mitzunehmen. Ja, wie heißt sie eigentlich?«

Francesco und Pater Charruet sahen sich ratlos an. Weder der eine noch der andere hatten bisher darüber nachgedacht ... Tränen der Scham schossen dem alten Mann in die Augen.

»Wir ... wissen es nicht. Wir wissen nicht einmal, ob sie getauft ist ... Sie ist ein ... Findelkind ...«

Léonarde schenkte ihm ein Lächeln, ein wirkliches Lächeln diesmal, voll Heiterkeit und unvermutetem Schalk.

»Ein frommer Mann wie Ihr sollte nicht lügen, Pater. Irgend etwas sagt mir, daß Ihr den kleinen Engel in der Charité gefunden habt ... und daß sie mit gutem Recht Marie ... oder Jeanne heißen müßte! Geht, macht nicht ein solches Gesicht! Wenn ich auch neugierig bin, so weiß ich doch meinen Mund zu halten. Was heute morgen auf dem Morimont geschehen ist, war das Traurigste, das sich denken läßt. Die unglücklichen Kinder ...«

»Wie habt Ihr das erraten?« fragte Francesco.

»Ich habe den Prozeß verfolgt. Und ich hatte mir so sehr gewünscht, daß man ihnen wenigstens das Leben ließe. Und ich habe oft Messire Charruet gesehen, der sich so viel um sie gesorgt hat ... Die Verbindung zu dem Kind ergab sich in meinem Kopf wie von selbst.«

Léonarde zog ein riesiges Taschentuch hervor und schneuzte sich geräuschvoll.

»Lassen wir sie nun in Frieden ruhen und kommen wir auf das zurück, was ich Euch sagen wollte! Ihr braucht eine Amme, Messire?«

»In der Tat. Wenn ich keine finde, muß ich eine Ziege mitnehmen.«

»Ich glaube, ich habe gefunden, was Ihr braucht. Nicht weit von hier wohnt ein armes Mädchen aus meiner Gegend, die von einem rohen Kerl vergewaltigt worden ist. Sie kam, weil sie ihre Schande vor der Stadt verbergen wollte, und ich habe mich um sie gekümmert. Ihr Kind kam vorgestern zur Welt, doch tat es nur einen einzigen Atemzug und starb, kaum daß es aus dem Schoß der Mutter herausgekommen war.«

»Wäre sie bereit, die Kleine zu ernähren? Und auch bereit, so weit von hier fortzugehen?«

»Dafür bürge ich. Aber nur unter einer Bedingung: Ich werde mit ihr gehen.«

Die beiden Männer schauten sie erstaunt und fragend an:

»Ihr wollt dieses Haus, wo man Euch schätzt, verlassen?« brachte Beltrami hervor, »und das, ohne zu wissen, wohin Ihr geht, noch, wer ich bin? *Ma perchè* ... aber warum?«

»Ich hoffe, überall geschätzt zu werden, wohin auch immer

ich gehe«, erwiderte Léonarde, ohne sich aus der Fassung bringen zu lassen. »Außerdem weiß ich einen Ehrenmann zu beurteilen. Und es gibt noch einen anderen Grund: Wenn Ihr Jeannette mitnehmt, so will ich über sie wachen können, denn diesem armen Mädchen ist schon genug Unglück widerfahren. Nehmt also hin, daß ich mich hier zwar gebunden fühle, aber ... (und die Stimme der Frau klang plötzlich anders, war eigentümlich gerührt) ... aber doch vielleicht weniger als an dieses Kind, das man mir gerade in die Arme gelegt hat und das jetzt in meinem Zimmer schläft. Als ich es in meine Arme nahm, war ich überglücklich und wie verzaubert. Es war wie ein Geschenk des Himmels, wie eine Antwort auf jene unerklärliche Angst, die ich empfand, als seine Mutter, umringt von Bogenschützen und wie eine Verbrecherin gefesselt, in die Stadt gebracht wurde.«

Francesco musterte Léonarde mit neugierigem Interesse. In der Tat kam ihm diese Frau immer erstaunlicher vor:

»Ist denn Inzest in Euren Augen kein Verbrechen, Donna Leonarda?«

»Nicht mehr offenbar als in Euren«, erwiderte sie kühn. »Meiner Meinung nach steht es Gott allein zu, über etwas zu urteilen, das letztlich nur ein Übermaß an Liebe war. Er allein vermag die Herzen zu wägen. Der einzige, dem ich den Tod wünsche, ist Regnault du Hamel: und zwar für seinen maßlosen Haß! Aber ich wollte keine Rede halten«, setzte Léonarde in der ihr eigenen Schroffheit hinzu. »Soll ich Jeannette holen?«

»Ich wäre Euch dankbar. Zuerst aber holt das Kind ...«

»Es schläft, wie ich Euch bereits sagte.«

»Das ist im Augenblick nicht so wichtig. Und bittet doch auch gleich Dame Bertille und Maître Huguet hochzukommen mit ...« – er wandte sich zu dem alten Priester: »Was benötigt Ihr, um eine Taufe vorzunehmen?«

»Wollt Ihr es jetzt taufen? ... Nun ja, warum nicht? Ich brauche klares Wasser, Salz, ein weißes Tuch, einen Paten und eine Patin ...«

»Ich werde der Pate sein und Donna Leonarda die Patin ... wenn sie möchte. Maître Huguet und seine Frau werden die Taufzeugen sein.«

Léonardes blaue Augen strahlten hinter den Brillengläsern. »Ich gehe sofort. Und danach hole ich Jeannette.«

Kurze Zeit später wurde das kleine Mädchen, das vor wenigen Stunden noch der Schande und dem Tod preisgegeben war, durch Antoine Charruet auf die Namen Fiora-Maria getauft, Adoptivtochter des Francesco Maria Beltrami, der an die Stelle des unbekannten Vaters und der unbekannten Mutter trat, und mit demselben Beltrami als Paten sowie mit Léonarde Mercet als Patin.

Der Taufzeuge öffnete aus diesem Anlaß eine seiner besten Flaschen aus Beaune, und wenn er sich auch erstaunt zeigte über den nahen Abschied der Verwandten seiner Frau, so schmerzte es ihn doch nicht übermäßig. Dame Bertille ihrerseits vergoß ein paar Tränen, im übrigen aber dachte sie sich, daß es ihr, für den Fall, daß ihre Cousine verrückt werden sollte, lieber sei, wenn dies weit entfernt von ihrem Gasthaus geschehe. Schließlich hatte ihr Gasthaus einen untadeligen Ruf. Wiewohl sie beide der große Aufwand seltsam dünkte, der hier um ein auf der Straße aufgelesenes Kind gemacht wurde, so hüteten sie sich sehr wohl, es zu zeigen, ganz im Sinne jener unantastbaren Regel, die besagt, daß der Gast immer recht hat. – Vor allem, wenn er so wohlhabend war wie der Florentiner ...

Im Morgengrauen des darauffolgenden Tages trug eine schon recht abgenutzte, aber immer noch stattliche Sänfte, die Maître Huguet mitten in der Nacht einem seiner Verwandten, dem Kaplan an der Kathedrale Saint-Bénigne, hartnäckig abgefeilscht hatte und die Dame Bertille mit zahlreichen Kissen in einen gemütlichen Aufenthaltsort verwandelt hatte, den Säugling Fiora davon. Begleitet von seiner Patin sowie der Amme Jeanette, einer jungen Frau aus Burgund mit rundlichem Gesicht, rundlicher Figur, prallem Busen und kugelrunden Augen, in denen das Erstaunen darüber stand, daß sie so plötzlich ihrem armseligen Schicksal entronnen war und nun einem unerwarteten Glück entgegenfahren sollte. Vor die Deichseln waren kräftige Maultiere gespannt. Francesco Beltrami und Marino, die bis an die Zähne bewaffnet waren, eskortierten das Gefährt, dessen braunlederne Blende herabgelassen worden war, nachdem der Wagen den Hof des Gasthauses hinter sich gelassen hatte. Und während sie auf die Porte-d'Ouche zustrebten, fuhren die übrigen Bediensteten des Florentiners mit der Tuchlieferung zur Porte-Guillaume hinaus, an der die Straße nach Paris begann.

Als die Sänfte den Morimont überquerte, wandte Francesco den Blick zum Schafott, das zwar nicht mehr mit einem schwarzen Tuch abgedeckt war, über dem aber noch immer das Kreuz, das Rad und der Galgen aufragten. Dieser Anblick würde sich ihm für immer ins Gedächtnis einprägen – als düsterer Hintergrund eines strahlenden Antlitzes, in das die Liebe jede noch so geheime Regung eines jungen Herzens eingemeißelt hatte. So konnte er auch mit Gelassenheit ein letztes Mal zum Rieselfeld hinüberblicken, in dem Marie und ihr Bruder ruhten.

Denn noch vor Morgengrauen hatte Francesco an die Tür des Henkers geklopft. Er hatte dem alten, strengen Mann Gold gegeben, damit er irgendwann in finsterer Neumondnacht die Liebenden aus ihrem schändlichen Grab herausholte und sie in geweihtem Boden an einem Ort zur letzten Ruhe bettete, den Pater Antoine Charruet ihm weisen würde ...

Bald schon stieg die Wintersonne als roter Ball herauf und tauchte die verschneite Landschaft in purpurnes Licht. Der alte Priester stand ein wenig abseits von der Laufbrücke und beobachtete, wie der Geleitzug dieses großmütigen Mannes, der ihm ein solches Beispiel an Menschlichkeit gegeben hatte, auf der Straße nach Beaune davonfuhr. Er hob den Arm, zeichnete das Segenszeichen in die frostklare Winterluft und kehrte in die Stadt zurück. Sobald er mit Arny Signart, dem Henker, den letzten Wunsch des Florentiners erfüllt hätte, würde er sich auf den Weg zurück zu den Brévailles machen, um dort in aller Heimlichkeit der Mutter in ihrem tiefen Schmerz beizustehen. Padre Antoine betrat eine Kirche und versank in ein langes Gebet, in dem er Gott dafür dankte, daß er in seiner Barmherzigkeit Francesco Beltrami just in der Stunde nach Dijon geführt hatte, da Marie de Brévailles ihrem Tod entgegenging. So wurde wenigstens das Kind, das unter so schrecklichen Umständen das Licht der Welt erblickt hatte, vor der Grausamkeit der Menschen gerettet.

Nicht einen Augenblick lang verspürte der alte Mann das Bedürfnis, nachzusehen, was aus Messire Regnault du Hamel geworden war. Dessen Schicksal war längst in Gottes Hand.

Erst am nächsten Tag hörte ein Bauer, der an dem alten Hospiz vorüberkam, ein Stöhnen und entdeckte den Berater des Kanzlers halb erfroren an der Mauer des Vestibüls. Die Sänfte freilich, die die kleine Fiora auf dem Schoß einer vor Glück strahlenden Léonarde davontrug, hatte zu diesem Zeitpunkt bereits ein gutes Stück Wegs hinter sich ...

Erster Teil

Eine Liebesnacht

Florenz 1475

1. Kapitel

Die »Giostra«

»Nein, das nicht! Und dies auch nicht! Und das hier noch weniger: Darin hat man mich schon zwanzigmal auf Festen gesehen. Oh! Nein! Bloß nicht dieses alte Ungetüm: Darin sehe ich aus, als wäre ich hundert Jahre alt, und mit diesem hier sehe ich aus wie ein Baby! Such' weiter! ...«

Mitten im Zimmer stehend und nur mit einem Hemd bekleidet, barfüßig, die Hände in die Seiten gestemmt und mit offenem, schwarzem Haar, das ihr üppig über den schmalen Rücken fiel, ließ Fiora mit Gewitterblick die Kleider Revue passieren, die Khatoun, ihre junge tatarische Sklavin, mit lässiger Geste nacheinander aus den großen bemalten und vergoldeten Zederntruhen zog, die zur Aufbewahrung der Kleider dienten. Schimmernde Satinstoffe, rosafarbener, hellblauer, weißer, schwarzer oder brauner Samt, bestickte Mousseline, Taftstoffe und leise knisternde Zindels[1], geblümte Gold- und Silberstoffe, kurz: alles, was die florentinische Seidenweberkunst und die Webereien des Orients der Koketterie und der Putzsucht einer schönen Frau zu bieten hatten, lag im Zimmer verstreut. Sie flogen in hohem Bogen aus den *Cassoni* und lagen dann ausgebreitet zu Fioras Füßen auf dem großen blauen Perserteppich, wo sie einen bunten, schillernden Haufen bildeten, der ständig größer wurde, ohne daß er vermocht hätte, seiner jungen Besitzerin die Sorgenfalten von der Stirn zu nehmen.

Schließlich war der Augenblick gekommen, da Khatoun, die

1) Das Zindel: ein im Mittelalter verwendetes kostbares, schleierartiges Seidengewebe (Anm. d. Übers.).

in der tiefen Truhe halb verschwand, mit einem letzten Schleier wieder auftauchte und sich traurig seufzend auf das Kissen zurückfallen ließ, von dem aus sie mit schmachtendem Blick ihres Amtes waltete:
»Das ist alles, Herrin. Mehr gibt es nicht.«
Fiora blickte sie mit großen, ungläubigen Augen an.
»Bist du sicher?«
»Sieh selbst nach, wenn du mir nicht glaubst.«
»Ist das denn alles, was ich habe?«
»Das ist schon reichlich viel, wie mir scheint. Es gibt sicher manche Prinzessin, die nicht soviel besitzt ...«
»Simonetta Vespucci hat mehr als ich. Jedesmal, wenn sie in der Öffentlichkeit erscheint, trägt sie eine neue Toilette. Ganz Florenz hat nur Augen für sie, und man überhäuft sie mit Geschenken ...«
Fiora spürte, wie ihr vor Wut Tränen in die Augen stiegen, drehte sich um und stützte sich mit den Ellenbogen betrübt auf das Sims des kunstvollen Säulenfensters, von dem aus man den Arno, der in der hellen Januarsonne glänzte, friedlich dahinfließen sehen konnte. Ohne den Kopf zu drehen, befahl sie dann:
»Räume den ganzen Kram weg! Ich werde nicht ausgehen.«
»Was, du willst nicht zu dem Turnier gehen?« jammerte Khatoun enttäuscht, denn sie begleitete Fiora überall hin und freute sich darauf, das Kampfspiel anzusehen.
»Nein, weder zu dem Turnier noch sonst irgendwohin. Ich bleibe hier.«
»Ich will doch hoffen, daß Ihr Euch trotz allem wenigstens ankleidet? Was soll denn das, im Hemd am Fenster zu stehen. Wollt Ihr Euch erkälten, oder habt Ihr vor, Euch von den Flußmatrosen angaffen zu lassen?«
Dame Léonarde war soeben mit einem Tablett eingetreten, auf dem warme Milch und mehrere Honigschnitten bereitet waren. Die Cousine Bertille Huguets hatte sich in den sieb-

zehn Jahren, die seit dem dramatischen Abschied von Dijon vergangen waren, kaum verändert. Sie war nur etwas weniger knochig und hatte dank des bequemen und großzügigen Lebens, das im Palais Beltrami herrschte, weichere Formen und gefälligere Züge bekommen. Gleichwohl hatte sie sich jenen strengen Befehlston bewahrt, auch und gerade im Umgang mit Fiora, die sie zwar über alles liebte, der sie jedoch nichts nachsah.

Am Ende einer anstrengenden Schiffsreise hatte die Burgunderin Florenz, das umrahmt von einer weichen Hügelkette im Sonnenlicht vor ihr lag, mit einem Entzücken begrüßt, das auch nach all den Jahren noch ungebrochen war. Die Stadt der roten Lilie schwelgte in Farben, und Léonarde hatte sie ebenso spontan in ihr Herz geschlossen, wie sie sich ehedem in den Dienst Beltramis begeben hatte, dessen Wärme und Großzügigkeit sie erobert hatten. Sie hatte Gefallen gefunden an der strengen Eleganz des Palazzo, den der Kaufmann am Ufer des Arno bewohnte, und war in der Folgezeit von einer Überraschung in die nächste geraten. So hatte sie gelernt, daß die Wertmaßstäbe, die in Burgund und in Frankreich herrschten, in der großen Handelsstadt ohne Bedeutung waren, wo statt dessen nur die oberen Zünfte, wie man sie nannte – die *Calimala:* das Woll-, das Seiden- und das Bankgewerbe –, zählten. Nahm der Adel andernorts eine beherrschende Stellung ein, so spielte er hier nur eine untergeordnete Rolle, es sei denn, er erlangte das »Privileg«, Handel treiben zu dürfen.

Florenz war eine Republik, zumindest bezeichnete es sich als eine solche, wiewohl sie bereitwillig einer ungekrönten Königin folgte, einer Bankiersdynastie, die zwar sehr reich, aber ohne jeden Tropfen aristokratischen Blutes war: den Medici.

Léonarde hatte mit Freude festgestellt, daß ihr neuer Herr zur gesellschaftlichen Spitze der Stadt zählte, wo er alle Chancen hatte, eines Tages zu einem der Prioren gewählt zu

werden, oder gar zum Gonfaloniere[1]), wenn er erst einmal die Fünfundvierzig erreicht hätte.
Die Neue war im Hause Beltrami um so leichter akzeptiert worden, als sie die toskanische Sprache mit erstaunlicher Schnelligkeit erlernt hatte. Sie hatte ihre ganze Ehre dareingelegt, galt ihr doch die Fähigkeit, zwei Sprachen zu sprechen – oder gar drei, rechnete man das Kirchenlatein hinzu – als ein Zeichen von Würde und Intellekt, das kaum schmeichlerischer hätte sein können. Fiora gegenüber, um die sie sich in der ersten Zeit ausschließlich gekümmert hatte, hatte sie es sich indes mit dem Einverständnis Beltramis zur Pflicht gemacht, nur Französisch zu sprechen, damit das Kind wenigstens diese eine Wurzel seiner Herkunft bewahrte. Das hatte ihr auch gestattet, es niemals mit dem in Florenz üblichen »Du« anzureden; denn für sie blieb das kleine Mädchen, das für alle anderen Fiora Beltrami geworden war, die »natürliche Tochter Francescos und einer Adeligen, die im Kindbett verstorben war«, noch immer das Kind von Jean und Marie de Brévailles und damit ein rechtmäßiger Abkömmling des burgundischen Adels. Fiora ihrerseits hatte beide Sprachen mit gleicher Leichtigkeit übernommen und später sogar Latein und Griechisch dazugelernt.
Fünf Jahre nach Léonardes Ankunft war Nanina, die alte Kinderfrau Francescos, sanft entschlafen, so hatte man die Burgunderin aufgefordert, an ihre Stelle zu treten. Seitdem waltete sie mit uneingeschränkter Autorität zu ihrer beiderseitigen Zufriedenheit über die verschiedenen Wohnsitze des Kaufmanns. Lediglich Marino Betti, der ehemalige Stallverweser, der dann Verwalter eines Gutshofes geworden war, entzog sich ihrem Einfluß – zur Erleichterung Léonardes, die in ihm wenn auch keinen Feind, so doch zumindest einen Gegner witterte. Denn in der Tat wußte neben dem

1) Bannerherr. Titel des Oberhauptes von italienischen Republiken (Anm. d. Übers.).

Herrn und der Gouvernante nur Marino über die Herkunft Fioras Bescheid, und er hatte sie niemals wirklich anerkannt. Beltrami hatte es deshalb für gut befunden, ihn durch einen feierlichen Eid zum Schweigen zu verpflichten, den er vor dem ersten Altar der Heiligen Jungfrau schwören mußte, an dem sie auf ihrem Weg vorüberkamen, und ihm darüber hinaus einige finanzielle Vorteile zu verschaffen, die mindestens ebenso überzeugend wirken mußten. Was Jeannette, die junge Amme, betraf, so hatte sie mit ihrem blonden, frischen Wesen einen Bauern aus dem Mugello erobert. Voller Freude war sie die Signora Crespi geworden und spendete seitdem ihre Muttermilch einzig und allein ihren eigenen Kindern, von denen sie ihrem Mann pünktlich jedes Jahr ein neues schenkte.

Freilich hatten die Florentiner nicht ohne Erstaunen von der plötzlichen Vaterschaft eines der reichsten Junggesellen der Stadt Kenntnis genommen; aber da sie sich als Erben des griechischen Geistes und der griechischen Philosophie empfanden, fühlten sie sich nicht übermäßig an die strenge christliche Moral gebunden, und so wurde auch die uneheliche Geburt keineswegs als ein hinderlicher Makel angesehen, schon gar nicht, wenn sie mit Schönheit einherging. Das Kind hatte sich zu einem entzückenden Geschöpf entwickelt, und so war es von den unzähligen Freunden des vermeintlichen Vaters einmütig willkommen geheißen worden. Nur die Frauen reagierten zunächst eher abwartend, allen voran diejenigen, die über eine heiratsfähige Tochter verfügten. Gleichwohl hatten viele mit dem Hinweis darauf, daß die kleine Tochter unbedingt eine Mutter brauche, gehofft, Beltrami zum Traualtar zu führen.

Doch Francesco hatte sich taub gestellt, wenn auch freilich nicht so sehr, daß selbst die Hartnäckigsten die Hoffnung aufgegeben hätten. Dennoch gab es eine kleine Gruppe unnachgiebiger Gegner, deren heimliche Anführerin Hieronyma war, eine Cousine ersten Grades von Francesco, die

durch die Heirat mit einem Pazzi in den Adelsstand aufgestiegen war. Ihre Motive waren offensichtlich, denn solange Beltrami nicht heiratete und keine eigenen Kinder hatte, solange waren sie und ihr Sohn Pietro die einzigen Erben, und das Erbe war in diesem Falle nicht von der Art, daß man leicht darauf verzichten mochte.
Beltrami machte sich, was ihre offensichtlichen Gunstbezeigungen betraf, nichts vor, und auch was in ihr vorging, kümmerte ihn nur wenig. Er war im Laufe der Jahre zu der Auffassung gelangt, daß die kleine Fiora tatsächlich seine Tochter war. Er vergaß zwar nicht, daß er sich einst an einem schrecklichen Wintermorgen spontan die Liebe zu einer jungen Unbekannten geschworen, deren Schönheit ihn überwältigt hatte, doch er übertrug diese Liebe nun auf das Kind und empfand zutiefst Freude darüber, sie in dem Nest wachsen und aufblühen zu sehen, das er ihr bereitet hatte. Fiora war sein ganzes Glück, bis der Tag kommen würde, da Gott es ihm gestatten würde, in ihr die schöne Geliebte von einst wiederzufinden ...
Gelassen stellte Léonarde das Tablett auf das Bett, zog Fiora am Arm zurück und schloß mit der freien Hand den Fensterflügel mit den Butzenscheiben, die von Bleibändern eingefaßt waren.
»Wollt Ihr wohl endlich vernünftig sein?« schimpfte sie.
»Ich will aber nicht vernünftig sein«, protestierte das junge Mädchen und wand sich wie eine Schlange, um dem festen Griff der Gouvernante zu entgehen. »Außerdem, was heißt das eigentlich, vernünftig sein?«
»Das heißt, sich wie eine junge Dame zu benehmen, die dieses Namens würdig ist«, erwiderte Léonarde, die das widerspenstige Wesen ihres Kindes, als das sie Fiora tief innerlich betrachtete, kannte. »Und das heißt aufzuessen, was ich Euch gebracht habe.«
»Ich will aber nicht. Ich habe keinen Hunger.«
»Na, na, tut nur so! Und dann laßt Euch ankleiden! Euer

Vater verlangt nach Euch. Und Ihr wollt doch wohl nicht im Hemd vor ihm erscheinen?«
Augenblicklich beruhigte sich der kleine Trotzkopf. Fiora liebte Francesco heiß und innig und voller Hingebung. Schon der Gedanke, ihm irgendeinen Kummer zu bereiten, und sei er auch noch so gering, setzte ihren heftigsten Zornesausbrüchen ein Ende, und Léonarde wußte das sehr wohl. Artig aß sie eine Brotschnitte und trank dazu ein wenig Milch, während die junge Khatoun auf einen Wink der Gouvernante eines der verschmähten Kleider vom Boden aufhob und sich daranmachte, ihre Herrin anzukleiden. Einen Augenblick später stand Fiora in einem Unterkleid aus weißem Satin da, über das dann das Kleid gestreift wurde, das aus schönem, herbstlaubfarbenem Samt gearbeitet und unter der Brust gerafft war, so daß der Satin des Unterkleids darunter hervorblitzte. Die schweren Falten endeten in einer kurzen Schleppe und waren oben unter der Brust von einem goldenen Band zusammengehalten, das auch die Schultern einfaßte und die schmalen Ärmel zusammenhielt, die so lang geschnitten waren, daß sie halb den Handrücken bedeckten.
Während Khatoun die Ärmel zuschnürte, deren Schlitze dem weißen Satin an Schulter und Ellenbogen ein wenig Spiel ließen, bemühte sich Léonarde, mit einer Bürste Ordnung in das üppige, tiefschwarze Haar zu bringen, das wirr über den Rücken des jungen Mädchens fiel. Mit abschätzigem Blick verfolgte Fiora in dem großen venezianischen Spiegel, den Francesco Beltrami mit großem Aufwand eigens für seine geliebte Tochter hatte kommen lassen, das Werk der beiden Frauen.
»Ich sehe schauerlich aus!« erklärte sie mit dramatischer Stimme.
»Das sage ich mir auch jeden Morgen, wenn ich hier hereinkomme«, spottete Léonarde. »Wie kann Messer Francesco als Mann von Geschmack nur eine solch häßliche Tochter in

seiner Gegenwart ertragen und sogar noch so blind sein, sich an ihr zu erfreuen? ... Sagt doch keine Dummheiten!«
Fiora aber war sich sicher. Da sie in einer Stadt aufgewachsen war, in der die Frauen nur von blondem Haar träumten und sich unendlich mühten, ihre Haare mit Hilfe einer Vielzahl von Salben und endloser Sonnenbäder zu bleichen, indem sie sie auf einer großen Hutkrempe aus Pappe ausbreiteten, wußte sie ihr zwar weiches und glänzendes, aber eben leider dunkles Haar nicht zu schätzen.
»Mein Vater liebt mich«, murmelte sie mit Tränen in den Augen. »Er sieht mich nicht so, wie ich bin. Aber ich weiß, daß mich mit dieser Haartracht niemals jemand lieben wird. Vor allem nicht ...«
Sie unterbrach sich plötzlich und wurde rot bei dem Gedanken, daß sie um ein Haar das Geheimnis ihres Herzens preisgegeben hätte. Sie wußte nicht, daß Léonarde dieses Geheimnis schon längst durchschaut hatte. Und da diese den Kummer des Kindes nicht noch größer machen wollte, tat sie so, als hätte sie nichts gehört.
»Wir dürfen Messer Francesco nicht warten lassen«, sagte sie sanft. »Wir frisieren das Haar später.« Dann streichelte sie der Kleinen zart über die Wange und fügte voller Zärtlichkeit hinzu: »Wenn Ihr schon Eurem Spiegelbild nicht glauben wollt, mein Herz, so glaubt wenigstens Eurer alten Léonarde ... und all den jungen Männern, die Euch den Hof machen: Ihr seid weitaus hübscher, als Ihr glaubt, und ich bin sicher, daß Ihr später einmal sehr schön sein werdet. Aber nun geht!«
Fiora erwiderte nichts. Sie war keineswegs überzeugt davon. Gewiß, sie hielt sich nicht gerade für abstoßend: das wäre nicht aufrichtig gewesen; und gewiß fehlte es auch nicht an Bewerbern, die sich um die Tochter des steinreichen und überaus mächtigen Messer Beltrami bemühten; aber gerade weil ihr Vater über eines der größten Vermögen in der Stadt verfügte, konnte sie der Aufrichtigkeit ihrer Verehrer nicht

trauen, und sie hätte liebend gern ein ganzes Vermögen dafür geopfert, wenn sie nur das rotgoldene Haar Simonettas hätte besitzen können ...

An der Türschwelle fragte sie:

»Wo ist mein Vater?«

»In seinem *Studiolo.*«[1)]

Fiora verließ das Zimmer und trat in den weitläufigen Säulengang, der im ersten Stockwerk des Palais um den *Cortile* herumführte – den Innenhof, den zwei antike Statuen schmückten. In großen grünen und blauen Tontöpfen wuchsen dort Orangenbäume. Obgleich mitten im Winter, war das Wetter mild und sonnig, wie sich überhaupt die schlechte Jahreszeit in der Toskana eher in Regengüssen bemerkbar macht als in großen Frostperioden; Schnee gab es nur selten. Fiora, die nicht gerne eingesperrt lebte und die den größten Teil ihrer Freizeit im Garten verbrachte, atmete die laue Luft ein, die erfüllt war vom Duft nach warmem Brot und feinen Gewürzen und in der von Ferne leise Musik herüberklang.

Heute, am 28. Januar, war ein Festtag, denn Lorenzo von Medici wollte mit Pomp das Bündnis gegen die Türken feiern, das er gerade mit der Republik von Venedig unterzeichnet hatte. Es würde das Lanzenspiel geben, ein Bankett und Tänze ...

Der Weg war nicht weit, den Fiora zurückzulegen hatte: Die Gemächer Francescos lagen auf demselben Stockwerk wie die seiner Tochter, nur zur anderen Seite des Hofes hin. Eilig schritt Fiora durch die Gänge, gefolgt von Khatoun, die nie von ihrer Seite wich.

Khatoun gehörte dem Tatarenvolk an und war genauso alt wie ihre junge Herrin. Sie war ein kleines, zierliches und gra-

1) Halb Bibliothek und halb Studierzimmer und Kuriositätenkabinett, stellte das *Studiolo* das bevorzugte Zimmer der wohlhabenden Italiener dar.

ziöses Geschöpf, das mit ihrem dreieckig geschnittenen Gesicht, mit ihren zu den Schläfen hin schlitzförmig zulaufenden Augen und ihrer kleinen flachen Nase ganz wie ein Kätzchen aussah. Auch schien sie den Übermut eines solchen zu haben, ebenso wie dessen verspieltes und anschmiegsames Wesen. Sie liebte das Haus Beltrami, Fiora und das behagliche Leben, das sie an ihrer Seite führte. Die Tatsache, daß sie als Sklavin zur Welt gekommen war, störte sie nicht im geringsten, und zwar ganz einfach deshalb, weil keiner je auf den Gedanken gekommen wäre, es sie spüren zu lassen. Fiora hätte das nicht zugelassen.

Wie in ganz Italien gab es auch in Florenz zahlreiche Sklaven, vornehmlich weiblichen Geschlechts, und der Reichtum eines Hauses wurde sowohl nach deren Anzahl als auch nach deren Eigenschaften – wie etwa nach der Fremdartigkeit ihres Aussehens – bemessen. Einige waren selten, so daß man sich um sie stritt, wie um jenes maurische Tänzerinnenpaar und die schwarze Zwergin, um die die Herzogin von Ferrara die Herzogin von Mailand, Bianca-Maria Sforza, glühend beneidete.

Die Bürger reicher Städte wie Florenz, Mailand, Venedig oder Genua konnten sich auch den kostspieligen Luxus leisten, die Sklaven mehr wie Familienangehörige denn wie einfache Domestiken zu behandeln. Die Reeder aus Venedig oder Genua brachten sie von den Märkten am Schwarzen Meer, aus Kleinasien oder von der Balkanhalbinsel mit, aber auch aus Spanien, wo noch immer die Mauren Granada besetzt hielten, aus Rußland oder der Tatarei, und der Preis, der für sie gezahlt wurde, lag zwischen hundert und zweihundert Golddukaten. Handelte es sich hingegen um Sängerinnen, Tänzerinnen oder geschickte Strickerinnen, um Musikantinnen oder auch Ammen, so stiegen die Preise natürlich leicht auf fünf- oder gar sechshundert Dukaten. Was Khatoun betraf, so war sie noch ein Säugling, als sie der Kapitän der *Santa Maddalena,* der von der Schönheit ihrer

Mutter beeindruckt war und sie deshalb nach Florenz mitnahm, in Trapezunt gekauft hatte. Doch war Djamal, die Mutter, schon wenige Monate nach der Ankunft gestorben, und so war die kleine Khatoun von Léonarde zusammen mit Fiora aufgezogen worden, deren Spielgefährtin und Zofe sie einmal werden sollte – wobei ihrer ersten Eigenschaft als Spielgefährtin weitaus mehr Bedeutung zukam denn ihrer zweiten ...

Die Tatsache, daß man sich Sklaven hielt, hatte Léonarde bei ihrer Ankunft in Florenz damals zu schaffen gemacht. In ihrer christlichen Überzeugung wehrte sie sich dagegen, doch hatte sie sehr bald feststellen müssen, daß die Sklaven in Florenz aufgrund ihrer hohen Preise oft sehr viel besser behandelt wurden als so manche Lohndiener, Bauernknechte oder Küchenmägde in den Häusern jenseits der Alpen. Sklaven zu besitzen beeinträchtigte in keinster Weise die religiösen Gefühle der Florentiner, die, obgleich sie eine tiefe Ehrfurcht vor Christus, der Jungfrau Maria und den Heiligen bezeugten, indem sie ihre Kirchen mit Fresken, Gemälden und anderen bewundernswerten Kunstwerken ausstatteten, dennoch eine sehr ausgeprägte Neigung für die griechische Mythologie und Philosophie an den Tag legten, in der Plato bei weitem der Geschätzteste war. Dank der tiefen Liebe, die ihre neuen Mitbürger gegenüber jeder Form von Schönheit empfanden – und das selbst bis in die niedrigsten Gesellschaftsschichten hinein –, und dank auch ihrer außergewöhnlichen Lebensfreude hatte ihnen Léonarde schließlich verziehen ...

Als Fiora vor der Türe ihres Vaters angelangt war, schickte sie Khatoun in ihr Zimmer zurück, um dort Ordnung zu schaffen, klopfte dann leise an die Tür und trat, ohne auf Erlaubnis zu warten, ein; mit Recht, denn sie hätte sich sonst lange in Geduld üben müssen. Das Kinn in die Hand geschmiegt und den Ellenbogen auf die Lehne seines Sessels gestützt, war Francesco in den Anblick eines Gemäldes versunken, das vor ihm auf einer Staffelei aus Ebenholz stand ... Sein Gesicht strahlte so sehr vor Glück, daß Fiora ihn ganz erstaunt anschaute.

»Vater!« rief sie leise.

Francesco zuckte zusammen wie jemand, der aus dem Schlaf gerissen wird, lächelte aber sogleich – mit jenem seltenen Lächeln, das seinem müden Gesicht so viel Charme verlieh. Er hatte mit den Jahren an Gewicht zugenommen und einige Falten bekommen, auch seine dichten schwarzen Haare wurden langsam grau, und doch verfügte er noch immer über eine große Vitalität und eine erstaunliche Schaffenskraft.

»Komm' her und schau' dir das an!« sagte er und streckte den Arm nach dem jungen Mädchen aus: »Sandro ließ es mir soeben bringen, und es ist wundervoll ...«

Eilig kam Fiora heran. Sie hatte einige Wochen zuvor einem jungen Maler aus der Umgebung Modell gestanden, den Lorenzo Medici mit Aufträgen ausgezeichnet und der bislang fast ausschließlich für ihn gearbeitet hatte. Francesco Beltrami, dessen Begeisterung für die Malerei allgemein bekannt war, hatte es verstanden, die Freundschaft dieses phantasievollen, verträumten und eigenwilligen, ja bisweilen launischen jungen Mannes zu gewinnen, dessen Werk sich aus eigenen Träumen und denen der florentinischen Dichter nährte. Er war der Sohn eines Gerbers aus dem Ognissanti-Viertel und hieß Sandro Filipepi; er war dabei, unter dem Namen Botticelli bekannt zu werden, was soviel bedeutet wie kleines Faß, ein Beiname, den er seinem um achtundzwanzig Jahre älteren Bruder verdankte, einem rechten Trinker vor dem Herrn, der sich stets so um das Kind gekümmert hatte, daß man ihn für den Vater hielt, wohingegen der eigentliche Vater als der Großvater galt. Da das Kind auf diese Weise der Sandro des Botticello »geworden« war, hieß er fortan Botticelli.

Das Gemälde, das Beltrami betrachtete, war ein Porträt, und

Fiora musterte es mit einer Betroffenheit, in die sich ein gerüttelt Maß an Enttäuschung mischte:
»Aber ... das bin doch nicht ich?«
Tatsächlich zeigte das auf Holz gemalte Bild eine noch ganz junge Frau mit leuchtend blondem Haar, die ein Kleid aus grauem, goldbesticktem Samt trug, wie Fiora es nie besessen hatte, da es einem anderen Zeitgeschmack angehörte. Anders war auch die kleine weiße Spitzenhaube in Form eines stumpfen Kegels, die die Unbekannte wie eine Krone zierte und von der ein zarter Schleier herabfiel, der das Gesicht einrahmte.
»Das stimmt«, antwortete Francesco ernst, »und doch bist du es, denn die Gesichtszüge ähneln den deinen. Das Porträt, mein Kind, ist das deiner Mutter. Als du noch klein warst, war die Ähnlichkeit nicht so augenfällig, aber in dem Maße, wie du herangewachsen bist, hat sie sich herausentwickelt und ist mehr und mehr hervorgetreten ...«
»Das stimmt nicht!« rief Fiora, den Tränen nahe. »Du machst dir etwas vor, Vater. Denn sie ist sehr schön; ich aber bin es nicht ...«
»Wer hat dir denn diesen Gedanken in den Kopf gesetzt?« fragte Beltrami erstaunt.
»Niemand, aber eine Frau mit schwarzem Haar kann gar nicht schön sein!«
»Ja, aber bist du denn verrückt? Ich werde dir beweisen, daß du dich täuschst ...«
Francesco erhob sich und ging zu einem der Schränke, deren Intarsien im Stil der Trompe-l'œils gearbeitet waren und die er in seinem *Studiolo* hatte aufstellen lassen. Fiora hatte sie viele Male bewundert und wußte, daß sie lauter wunderbare Dinge enthielten: seltene Bücher etwa mit kostbaren Einbänden, schimmernde Emaillen, Gegenstände aus Silber, Elfenbein oder Gold, chryselephantine Figuren oder Tänzerinnen aus durchscheinendem Alabaster und tausend andere schöne Dinge mehr. Er schloß einen der Schränke mit einem

goldenen Schlüssel, den er an einer Kette um den Hals trug, auf und entnahm ihm ein kleines silbernes Kästchen, das wie eine Reliquie aussah. Vorsichtig setzte er es auf eine Unterlage, öffnete es und nahm dann mit der ehrfurchtsvollen Geste eines Priesters, der die Hostie berührt, die kleine Spitzenhaube heraus, die Marie de Brévailles bei ihrem letzten Gang getragen hatte, betrachtete sie einen Augenblick und drückte sie dann an seine Lippen. Fiora sah, daß seine Hände zitterten und er Tränen in den Augen hatte, als er sich ihr zuwandte.

»Laß mich sie dir aufsetzen!« murmelte er.

Er strich seiner Tochter das schwarze Haar aus der hohen, wohlgeformten Stirn, setzte die Haube auf den Haaransatz und schlug den Spitzenschleier herunter. Dann nahm er einen Spiegel von der Wand, stellte ihn neben das Porträt und ließ Fiora vor den Spiegel treten:

»Sieh mal!« sagte er nur.

Die Spitze war ein wenig vergilbt, aber, losgelöst von dem gewohnten Rahmen, war das Gesicht, das sich Fiora widerspiegelte, dem des Porträts auf seltsame Weise verwandt. Beiden war der gleiche zarte Teint eigen, der rosig und wie von Elfenbein war, beide hatten den gleichen lächelnden Zug um den Mund, die gleiche feingeformte Nase und vor allem die gleichen grauverschleierten Augen.

»Nun?« fragte Francesco, »willst du noch immer behaupten, daß du häßlich bist?«

»N ... nein. Aber warum bin ich nicht blond wie sie? Wenn ich dieses goldene Haar hätte, würden mich die Dichter auch besingen – da bin ich sicher –, und vielleicht hätte ich dann auch eines Tages die Königin der *Giostra* sein können ...«

»Wie Madonna Simonetta?« lächelte Beltrami, und seine Augen leuchteten erheitert auf. »Ich will doch hoffen, daß meine kleine Tochter nicht auf den törichten Gedanken kommt, eifersüchtig zu sein? Gewiß, ganz Florenz bewun-

dert diese bezaubernde Frau, doch bevor Lorenzo Madonna Clarissa heiratete ...«
»Die rothaarig ist!« fügte Fiora hartnäckig hinzu.
»Die rothaarig ist ... und nicht sehr hübsch; vor dieser Heirat also hatte ganz Florenz nur Augen für die schöne Lucrezia Donati, die Geliebte Lorenzos, die dunkelhaarig war wie du.«
Ebenso behutsam und ehrfürchtig wie zuvor nahm Francesco die Haube wieder herunter und wollte sie zurücklegen, als Fiora ihn daran hinderte:
»Vater! Diese braunen Flecken auf der Spitze, woher kommen sie?«
Francesco wurde kreidebleich und sah seine Tochter verwirrt an. Hastig legte er die Reliquie zurück, schloß das Kästchen, verstaute es wieder und kehrte dann zu dem Porträt zurück, das an jenem wunderschönen Morgen alles Licht auf sich zu ziehen schien. Als er dann aber nach einem großen schwarzen Samttuch griff, um es wieder zu verhüllen, unterbrach ihn Fiora erneut:
»Laß sie mich noch ein wenig betrachten!« bat sie. »Ich kenne sie nur so wenig! Weder du noch Léonarde erzählen mir je von ihr. Alles, was ich weiß, ist, daß sie eine Adelige aus Burgund war ...«
»Das liegt daran, daß ihre Geschichte traurig ist, ja schmerzlich, weißt du. Léonarde und ich sprechen nur sehr selten darüber. Und was dich betrifft, so bist du noch zu jung, sie zu verstehen.«
»Man ist niemals zu jung, um zu erfahren, wer seine Mutter ist. Der einzige, der mir von ihr erzählen kann, seid Ihr und jetzt dieses Bild; aber selbst wenn ich es befragte, so bekäme ich doch keine Antwort, da Messer Sandro nur mein eigenes Gesicht gemalt hat.«
»Vermagst du denn in deinem Alter schon zu ermessen, was ein Porträt aussagt?« fragte Francesco überrascht.
»Aber gewiß. Ich habe bei unserer Cousine Madonna Hie-

ronyma Pazzi das Porträt gesehen, das der ehemalige Mönch, Fra Filippo Lippi, der vor sechs Jahren gestorben ist, von ihr gemalt hat. Es ist ein wundervolles Porträt, das ihrer Schönheit voll und ganz gerecht wird; und doch läßt sich daraus ersehen, daß sie eitel, geizig und grausam ist und ein falsches Herz hat. Aus diesem Bild hingegen kann ich nichts dergleichen herauslesen.«

Francesco war sprachlos. Daß seine Fiora, die er noch immer für ein kleines Mädchen hielt und die es in vielerlei Hinsicht auch noch war, so viel psychologisches Gespür besaß, verwirrte ihn ... Das junge Mädchen bemerkte es und wollte ihren Nutzen daraus ziehen:

»Bitte«, fügte sie zärtlich hinzu, »antworte mir jetzt auf die Frage, die ich dir gestellt habe ... die braunen Flecken? ... Man möchte meinen, es sei Blut!«

Beltrami wandte sich ab und ging ans Fenster, von dem aus über den Dächern der Via delle Vigna Nuova das prachtvolle Palais Rucellai zu sehen war, eines der jüngsten von Florenz und zugleich eines der schönsten. Fiora trat zu ihm heran:

»Antworte mir, Vater! Ich will es wissen!«

»Ich vergaß, daß auch du sagen kannst ›ich will‹ ... Nun also gut, ja, es ist Blut ... ihr Blut. Deine Mutter, mein Kind, ist unter schrecklichen Umständen gestorben ...«

»Wie denn?«

»Stell' mir keine weiteren Fragen, denn ich werde dir keine Antwort darauf geben. Später einmal werde ich es dir gewiß sagen ...«

»Was heißt ›später‹?«

»Wenn du eine erwachsene Frau bist. Im Augenblick bist du noch ein junges Mädchen, und ein junges Mädchen darf nur frohe Gedanken haben. Besonders an einem Festtag wie diesem!... Laß sehen, was ziehst du an, wenn du zu dem Turnier gehst, wie man in Frankreich sagt?«

Auf ihre vorigen Sorgen angesprochen, zuckte Fiora enttäuscht die Schultern:

»Ich weiß es nicht. Ehrlich gesagt, habe ich keine große Lust, dorthin zu gehen.«
»Nicht zur *Giostra* zu gehen, wo doch unsere Plätze auf der besten Tribüne reserviert sind?«
»Hinter der Turnierkönigin. Es spielt also gar keine große Rolle, was ich anziehe. Es wird mich ohnehin niemand bemerken!«
»Mit Ausnahme von Domenico Accaiuoli, Marco Soderini, Tommaso Salviati, Luca Tornabuoni und einigen anderen weniger wichtigen«, spottete Francesco, der nunmehr wieder guter Laune war.
»Genau das sage ich ja: niemand!«
Was sie nicht sagte, war, daß der einzige, der für sie überhaupt zählte – der schöne, unwiderstehliche Giuliano de Medici – nur Augen für Simonetta Vespucci haben würde.
Beltrami lachte:
»Wie du dort hingehen sollst! Du bist schon ein reichlich schwieriges Geschöpf, finde ich. Und doch werden wir dir eines Tages einmal einen Ehemann aussuchen müssen ...«
Fiora schob ihren Arm unter den ihres Vaters, stellte sich auf die Zehenspitzen und drückte ihm einen Kuß auf die glattrasierte Wange:
»Der einzige Mann, den ich liebe, kann mich nicht heiraten, denn das bist du!«
»Ah! Das ist ein Wort, das Belohnung verdient! Ich habe etwas für dich.«
Der Kaufmann machte sich vom Arm seiner Tochter los, holte aus einer Truhe ein kleines, in Seide gewickeltes Päckchen und überreichte es Fiora:
»Hier, ich hatte eigentlich vor, es dir zu deinem Geburtstag zu schenken, aber die Gelegenheit erscheint mir günstig ...«
Fioras Augen strahlten. Gleich allen jungen Mädchen liebte sie Geschenke und Überraschungen, wie überhaupt alles, was unerwartet kam. Mit vor Ungeduld geröteten Wangen wickelte sie die weiße Seide auf und fand darin einen jener

Goldreifen, wie sie von den eleganten Florentinerinnen gern getragen wurden. Der Stirnreif war Mistelblättern nachgearbeitet, deren Beeren durch Perlen ersetzt waren. Eine größere Perle in Tropfenform war so angebracht, daß sie die hohe Stirn des jungen Mädchens schmückte ...
»Oh, Vater! Das ist hinreißend! Wer hat das gemacht?«
»Der Ghirlandajo.[1] Ich hatte den Schmuck seit langem schon in Auftrag gegeben und rechnete nicht damit, ihn so bald zu erhalten; aber der Künstler verläßt Florenz, um nach San Gimignano zu gehen, wo er die Kirche Santa Fina ausschmücken soll. Ich freue mich, dir das Schmuckstück heute schenken zu können, denn du bist jetzt alt genug, um Schmuck zu bekommen und zu tragen. Du siehst also, du hast keinen Grund mehr, mich nicht zu dem Fest zu begleiten. Aber nun laß uns auseinandergehen. Ich muß mich für das Bankett im Palais Medici fertig machen ...«
»Zu dem keine Damen zugelassen sind ...«
»Ganz richtig, zu dem keine Damen zugelassen sind – wie es sich gehört, wenn Monseigneur Lorenzo Botschafter und Politiker empfängt. Dafür aber werden die Damen bei der *Giostra* und beim Ball heute abend Genugtuung erhalten ...«
Und in der Tat, das Fest versprach schön zu werden. Es war immer so, wenn il Magnifico, der Prächtige – der kaum zwanzig Jahre alt war, als man ihm bereits diesen anspruchsvollen Beinamen verlieh –, beschloß, daß seine Stadt ein paar ausgelassene Stunden verleben sollte; vergaß er doch niemals, sie an allen Ereignissen seines Lebens, ob familiärer, religiöser oder politischer Art, teilhaben zu lassen. In dieser Nacht würde in Florenz keiner ein Auge zutun. Im Palast in der Via Larga und in einigen wohlhabenden Häusern würde

---

1) Der »Girlandenkünstler« – Domenico di Tommaso Bigordi hatte diesen Beinamen in seiner Eigenschaft als Maler, Miniaturenmaler und Goldschmied erhalten.

man Feste feiern, ebenso wie auf den Straßen und Plätzen, wo der Wein aus den Brunnen fließen würde ...

Als Fiora das Palais in Begleitung von Léonarde und Khatoun verließ, die ihr bis zum Platz Santa Croce das Geleit geben sollten, wo die *Giostra* stattfand und wo Fiora ihren Vater treffen würde, hatte sie ihre morgendliche Verdrossenheit und was sie sonst noch für ihre schlechte Laune an ernsten Gründen zu haben glaubte, vergessen und ließ sich von der fröhlichen Stimmung in der Stadt und dem Gewirr von Farben und Klängen mitreißen. Von allen Campanile erschollen die Glocken in den Abend, und es klang, als müßten die Glöckner sich die Arme dabei ausreißen. An jeder Straßenecke erzählten Musiker und Sänger um die Wette von der Lust, jung und verliebt zu sein und in Florenz zu leben, der schönsten Stadt der Welt. Die Fassaden der Häuser waren mit bemalten Wandbehängen, seidenen Stoffen und roten und weißen Tüchern in den Farben der Stadt, die mit goldenen oder silbernen Borten eingefaßt waren, behängt. Fast hatte man den Eindruck, als liefe man mitten durch ein riesiges, schillerndes Fresko hindurch – ein Fresko, das belebt war von einer festlich gekleideten Menschenmenge, die gutgelaunt dem Ort des großen Spektakels zustrebte. Man hatte auf allen Plätzen große, golden glänzende Holzmasten mit langen Fahnen aufgestellt, von denen die einen die rote Lilie, das Wappen von Florenz, zeigten und die anderen den Löwen von San Marco, das Wappen Venedigs.

Um den Festtagsschmuck besser genießen zu können und um die engen Straßen nicht noch mehr zu blockieren, die von der jubelnden Menge in Beschlag genommen worden waren, ging an den Festtagen ein jeder zu Fuß. Lorenzo de Medici selbst gab allen darin ein Beispiel und führte seine illustren Gäste quer durch die Stadt – freilich mit dem Hintergedanken, sie seine Popularität merken zu lassen, die in der Tat außerordentlich war.

Vor dem Palazzo della Signoria, der mit seinem streng gegliederten Mauerwerk und seinem hohen Campanile die umliegenden Häuser beherrschte und ein starres Bild des Glaubens vermittelte, traf Fiora auf ihre Freundin Chiara Albizzi, ein reizendes Mädchen gleichen Alters, die sie seit jeher kannte und vor der sie keinerlei Geheimnisse hatte ... vielleicht deshalb, weil die junge Chiara fast ebenso brünett war wie sie und Menschen und Dinge mit dem gleichen neugierigen, scharfen Blick beobachtete. Wie Fiora war auch Chiara als adelige Tochter von einer Gouvernante und zwei bewaffneten Dienern begleitet. Denn wo der Wein in Strömen fließt, kann es jederzeit zu üblen Begegnungen kommen.

Die beiden jungen Mädchen hakten einander unter und ließen ihre wohlwollende Begleitung ein kleines Stück hinter sich. Léonarde schätzte die Gesellschaft der dicken Colomba, der Amme Chiaras, die zweifelsohne das schlimmste Klatschweib von Florenz war und die im allgemeinen immer einen Sack voller Neuigkeiten mitbrachte, von denen ihre Milchtochter natürlich stets als erste profitierte.

»Ich dachte, du wolltest nicht kommen?« sagte Chiara. »Was hat dich dazu gebracht, deine Meinung zu ändern?«

»Mein Vater. Er legt sehr viel Wert darauf, daß ich bei der *Giostra* an seiner Seite erscheine. Er hat mir zu diesem Anlaß sogar dieses Schmuckstück geschenkt.«

»Mein Kompliment! Er hat aber auch recht: Du siehst entzückend aus!« erklärte die junge Albizzi und musterte mit Kennerblick das Zusammenspiel von Brokat und hellgrauem Samt, der das Hellgrau ihrer Augen betonte, sowie das kunstvolle Gebilde aus Seidentressen, Gold und Perlen, das Dame Léonarde eine Stunde Arbeit gekostet hatte.

»Aber auch du siehst hinreißend aus«, sagte Fiora, die dankbar für das Kompliment, im übrigen aber ihrer Schönheit gewiß war. »Du siehst aus wie der strahlende Morgen. So rosig!«

»Vor allem sehe ich aus wie jemand, der sich vergnügen will, während du ganz und gar entschlossen scheint, zu leiden. Kannst du dir Giuliano de Medici wirklich nicht endlich aus dem Kopf schlagen?«
»Schscht! Außerdem leidet nicht mein Kopf, sondern mein Herz. Und gegen Herzeleid kann man nun mal nichts machen«, seufzte Fiora mit so tragischer Miene, daß ihre Freundin lachen mußte.
»Ich hoffe doch sehr, daß du auch noch andere Herzensregungen verspürst, und nicht dein Leben lang einem Burschen hinterherweinst, der nur Augen für eine andere hat. Überlasse Giuliano seinen hehren Liebschaften ... oder aber hab' Geduld!«
»Was willst du damit sagen?«
»Das, was ein jeder weiß: Die Liebesabenteuer der Brüder Medici sind nie von langer Dauer. Außerdem beginnt Marco Vespucci ungehalten zu werden. Und ein eifersüchtiger Ehemann ist lästig. Du solltest das eigentlich wissen: Schließlich liegt das Palais der Vespucci neben eurem. Aber statt zu warten, solltest du dich besser umsehen: Luca Tornabuoni ist viel hübscher als Giuliano, und er ist verrückt nach dir. Ach, übrigens ... wenn man den Esel nennt ...«
Der junge Mann, von dem die Rede war, bog soeben in Begleitung mehrerer Kameraden um die Ecke. Und sofort waren die beiden jungen Mädchen von einer fröhlichen, laut schwatzenden Schar umringt, die sich zwischen sie und ihre Begleiterinnen drängte und sie im Triumphzug bis zum Ort des Turniers geleitete. Luca Tornabuoni hatte das Gedränge genutzt und es gewagt, Fioras Hand zu ergreifen. Er drückte einen flüchtigen Kuß darauf und hielt sie fest in der seinen:
»Werden mich wohl heute Eure schönen Augen eines süßeren Blickes würdigen?« bat er auf französisch. Fiora lächelte ihn an und überlegte, daß er tatsächlich sehr gut aussah mit seiner hohen Gestalt, die sie zwang, den Kopf ein wenig zu

heben, obgleich auch sie groß war. Er hatte ein scharf geschnittenes Profil und dichtes, schwarzgelocktes Haar. Seine dunklen Augen leuchteten, als er sie ansah.
»Wieso gerade heute?« fragte sie scherzhaft.
»Weil heute ein Festtag ist, weil das Wetter schön ist, weil Ihr hübscher seid denn je und weil ...

Wer glücklich sein will, der beeile sich,
denn fraglich ist's am nächsten Tag ...«

Er hatte den Satz mit jenem Lied geendet, das Lorenzo de Medici, dessen Lieblingslied es war, komponiert hatte und das deshalb für die ganze Jugend von Florenz zu einer Art Glaubensbekenntnis geworden war. Und leiser fügte er mit flehender Stimme hinzu:
»Laßt mich mit Eurem Vater sprechen, Fiora! Sagt ja und werdet meine Frau!«
»Selbst wenn ich mein Einverständnis gäbe, so würde doch mein Vater nicht einwilligen. Er hält mich noch für zu jung ...«
»Dann gebt mir wenigstens eine Hoffnung, ein Unterpfand. Ich werde für Euch kämpfen ...«
Luca war einer von denjenigen, die sich am Nachmittag beim Lanzenbrechen mit Giuliano de Medici messen würden. Gerührt von seiner leidenschaftlichen Bitte reichte sie ihm ihr Taschentuch, das er sogleich unter sein Wams steckte:
»Danke, meine süße Angebetete«, rief er erfreut. »Jetzt muß ich den Sieg erringen, um Euch Ehre zu machen ...«
»Wie dem auch sei«, bemerkte Chiara, »es wird nicht Fiora sein, die dir den Siegerkranz aufsetzt, falls du gewinnst. Denn nicht sie ist die Königin des Lanzenturniers.«
»Wieso: falls? Zweifelst du an meinem Mut?«
»Weder an deinem Mut noch an deinem Wert, schöner Ritter, aber es wäre nicht recht, wenn Giuliano besiegt würde, da die Turnierkönigin seine Herzensdame ist.«

Wenig später trennte sich der junge Mann von ihnen. Sie waren am Platz Santa Croce angelangt, in dessen vorderem Bereich bunte Zelte aus Seide für die Turnierkämpfer errichtet worden waren. Stallknechte und in Rot und Gold gekleidete Pagen kümmerten sich um die Pferde, die prachtvolle Satteldecken in den Farben ihrer Herren zur Schau trugen. Es waren kostbare Reitpferde aus den berühmten Ställen des Herzogs von Mantua oder Araberpferde aus Venedig. Nur Giuliano de Medici sollte einen herrlichen Fuchs reiten, den der König von Frankreich erst kürzlich seinem Bruder Lorenzo zusammen mit einer Fuchsstute zum Geschenk gemacht hatte. Man sagte Ludwig XI. zwar nach, daß sein Hof der bescheidenste in Europa war, doch was Pferde betraf, so war er ein Kenner, und er wußte sich von königlicher Großzügigkeit zu zeigen, wenn es um seine Verbündeten oder um seine Freunde ging. Das Pferd war ein Beweis dafür.

Vor der schlichten rosafarbenen Backsteinfassade der Kirche Santa Croce[1] war eine große, mit purpurnen und goldfarbenen Tüchern drapierte Tribüne für den Stadtherrn von Florenz und seine Gäste errichtet worden. In ihrer Mitte stand der Thron der Turnierkönigin. Beidseits davon waren parallel zueinander und entlang der Häuserfassaden hohe Holzgalerien aufgebaut. Dort nahmen die Damen und Demoisellen der Stadt in ihren schönsten Toiletten neben ihren Ehegatten, ihren Vätern oder ihren Liebhabern Platz. Das Bild, das sie auf diese Weise boten, glich einer zweireihigen, buntschimmernden Girlande, die eines Königshofes würdig gewesen wäre, und auch das niedere Volk, das sich in farbenfrohen Gewändern hinter den seidenen Absperrungsseilen drängte, störte das Bild keineswegs. Überall wehten Bänder, Banderolen und Fahnen leicht im Wind. Es knisterte und ra-

1) Beschrieben wird hier das ursprüngliche Aussehen der Kirche. Die Fassade wurde später verändert.

schelte, und ganz Florenz schimmerte an diesem schönen Tag in Seide, Gold und Silber, gleich einem gewaltigen Wandbehang, der auf das Wort eines allmächtigen Zauberers zum Leben erweckt zu sein schien.

Und genau in diesem Augenblick trat der Zauberer in Erscheinung. Unter den Triumphklängen langer, silberner Trompeten, an denen viereckige weiße Zindelbanner mit der roten Lilie von Florenz hingen, angekündigt von Standartenträgern, die ihre bunten Fahnen umherwirbelten und in die Luft warfen, zog ein prunkvolles Gefolge ein. An seiner Spitze schritt, in dunkelgrünen, mit Zobel besetzten Samt gekleidet, eine große ziselierte Goldkette um den Hals und mit einer von unschätzbar kostbaren Perlen und Rubinen gezierten Kappe auf dem Kopf, Lorenzo de Medici einher, der ungekrönte König dieser erstaunlichen Republik, der siebenundzwanzig Jahre alte Herrscher, dem die Stadt ihr Herz geschenkt hatte, obgleich er ebenso häßlich war sie sein Bruder schön. Aber wieviel Größe lag doch in dieser Häßlichkeit! Das Gesicht des Prächtigen über dem langen, schmalen Körper ähnelte fast dem eines Affen, und doch verliehen ihm das alles überragende Genie und die außergewöhnliche Intelligenz, die sich darin widerspiegelten, eine Art von Schönheit. Sein schwarzer, struppiger Haarschopf und seine lange, spitze Nase, seine ausgeprägten Gesichtszüge und der große, schmale Mund wogen nichts im Vergleich zu der Faszination, die einen jeden ergriff, der ihm begegnete, noch zählten sie im Vergleich zu der Anziehungskraft, die sein geheimnisvolles und finsteres Aussehen auf Frauen ausübte.

Nach dem Tod ihres Vaters, Piero dem Gichtbrüchigen, war die politische Macht auf die beiden Brüder übergegangen; doch die ausgewogene Machtverteilung war nur eine scheinbare. So war der eigentliche Herrscher dieser außergewöhnliche Mann, auf dessen breiten Schultern neben einem der größten Vermögen Europas auch die Verantwortung ruhte, die in seiner Machtfülle lag. Er war es, der die verworrenen Fäden einer Politik in der Hand hielt, die sich nicht nur auf die Beziehungen zu den anderen italienischen Staaten beschränkte, sondern die auch diejenigen zu den Großmächten wie Frankreich, England, Deutschland, Kastilien und Aragon einschloß. In seiner Eigenschaft als Geldgeber der Könige, die auf ihn zählten, hatte der Prächtige die freundschaftlichen Bande zu Frankreich noch verstärkt – Bande, die einst von seinem Vater geknüpft worden waren, dem König Ludwig XI. die besondere Gunst erwiesen hatte, die Lilie auf eine jener sieben Kugeln zu übernehmen, aus denen sein Wappen bestand.

Lorenzo gelangte somit an den Gipfel seiner Macht und wußte doch sogleich um ihre Schwächen. Er hatte die Grenzen von Florenz erweitert, hatte Sarzana erobert, die Revolten von Volterra und Prato niedergeschlagen, die Partei der Pitti besiegt und sie in die Verbannung geschickt und eine römische Prinzessin geheiratet; für all das war ihm das Volk dankbar. Er hatte aus dem Rat der Republik einflußreiche Adelsfamilien verdrängt, wie die Guicciardini, die Ridolfi, die Nicolini und die Pazzi, um Leute aus einfachen Verhältnissen an ihre Stelle zu setzen; die verdrängten Familien nun, deren Vermögen immer noch stattlich waren, schluckten zwar ihren Zorn hinunter, unterhielten aber einen Anhängerkreis, der jederzeit imstande war, Unruhe zu stiften und Mörder zu dingen. Und so bewahrte Lorenzo hinter einer heiteren und gelassenen Miene stets wachsame Vorsicht, ja sogar Mißtrauen, denn wiewohl er auf seinen Vater gefolgt war, ebenso wie dieser auf seinen Vater, Cosimo dem Älteren, so wußte er doch, daß er die Macht vom Volk erhalten hatte und nicht etwa kraft göttlichen Rechts. Doch er regierte – er, der ungekrönte König –, während sein jüngerer Bruder Giuliano sich glücklich und ohne mehr zu erstreben mit der liebenswürdigen Rolle des Märchenprinzen begnügte, einer Rolle, der er auf wundervolle Weise gerecht wurde. Florenz liebte ihn um seiner Jugend, seiner Schönheit, seiner Eleganz und selbst um seiner verrückten Einfälle willen, bot er doch der Stadt ein verführerisches Bild ihrer selbst ...

Der Prächtige erwiderte die begeisterten Vivatrufe, mit denen ihn die Menge begrüßte, mit einem Lächeln und einer Handbewegung und schritt dann auf die große Tribüne zu. An der Hand führte er die Dame, die die Königin dieses Turniers sein sollte, jene Simonetta Vespucci also, der man fast ebenso emphatisch Beifall spendete wie ihrem Begleiter und die Fiora mit der ganzen eifersüchtigen Inbrunst ihrer siebzehn Jahre verabscheute; um so mehr, als sie gezwungen war einzugestehen – auch wenn es ihr schier das Herz zerriß –, daß ihre Rivalin absolut hinreißend aussah.

Feingliedrig und hoch gewachsen, mit einem reizenden, geschmeidigen Körper voller Grazie, einem zierlichen, biegsamen Hals, einer kleinen, leichten Stupsnase und großen braunen Augen, die den samtenen Blick einer Hündin hatten, trug Simonetta stolz ihren kleinen, vollendet geformten Kopf, den ihr schweres, rötlich-goldenes Haar wie eine Haube umschloß. In ihm schimmerten von Perlenspangen gehaltene Tressen und ein zierliches, geflochtenes Goldband, das über der Stirn in eine *Brochetta* mündete, ein zartes Schmuckstück aus Gold und Perlen, das einer winzigen Aigrette glich.

Perlen – Simonetta liebte nichts als Perlen, diese aber leidenschaftlich – übersäten ihre leuchtend weißen Kleider, die mit feinen goldenen Blättern bestickt und mit weißem Hermelin besetzt waren. Sie sah so schön darin aus, daß Fioras Herz sich zusammenkrampfte: Niemals würde sie diese Vollkommenheit erlangen! Simonetta war einzigartig, einfach unvergleichlich ...

»Ich gebe zu, sie ist schön«, sagte Chiara unzufrieden, »aber das ändert nichts daran, daß dieser übertriebene Kult doch etwas Abstoßendes an sich hat, den nicht nur Giuliano um sie macht, dessen Geliebte sie sicherlich ist, sondern auch der ewig für sie dichtende Lorenzo – ohne alle die Verrückten wie Botticelli oder Pollaiuolo mitzuzählen, die ihr zu Füßen liegen. Sie ist immerhin verheiratet, zum Teufel noch mal! Und kannst du mir vielleicht sagen, wo sich Marco Vespucci jetzt zu dieser Stunde aufhält?«

In der Tat, Simonetta war verheiratet. Als Tochter einer reichen genuesischen Reederfamilie, den Cattanei, in Porto-Venere geboren – ein Name wie geschaffen für sie: der Hafen der Venus! –, hatte sie im Alter von fünfzehn vor sechs Jahren Marco Vespucci geheiratet, den ältesten Sohn einer Adelsfamilie aus Florenz, deren Palast neben dem der Beltramis lag. Seitdem sie das erste Mal anläßlich der Hochzeitsfeierlichkeiten von Lorenzo de Medici und der römischen Prinzessin Clarissa Orsini in der Öffentlichkeit aufgetreten war, hatte sie die beiden Brüder erobert, und nicht nur sie, sondern die ganze Stadt, die entzückt war vom »Stern von Genua«, wie man sie voller Begeisterung nannte ...

»Ich kann suchen, soviel ich will«, seufzte Fiora, »ich sehe ihn nicht ...«

»Weil er nicht da ist. Ebensowenig wie Madonna Clarissa. Sie bleibt artig zu Hause, während ihr Ehemann und ihr Schwager Feste geben, um ihren ›Stern‹ zu feiern. Täusche dich nicht! Der Botschafter von Venedig ist nur ein Vorwand ... Und höre um Himmels willen auf, ein solches Gesicht zu machen! Du solltest deinen Kopf genauso hoch tragen wie Simonetta. Wann wirst du endlich begreifen, daß du das Recht hast, auch auf dich selbst stolz zu sein?«

Fioras Augen blitzten auf:

»Ich bin stolz auf den Namen, den ich trage. Ist das nicht genug?«

»Nein, es wird Zeit, daß du begreifst, daß du kein kleines Mädchen mehr bist, sondern eine junge Frau ... und eine sehr verführerische dazu!«

Fiora lachte aus vollem Herzen:
»Mein Vater und Léonarde sagen genau das gleiche wie du. Ich werde euch dreien am Ende doch noch glauben müssen.«
»Du wirst gut daran tun! Außerdem werden auch noch andere dich davon zu überzeugen suchen, sofern du nur zugibst, daß man dir auch um deiner selbst willen den Hof machen kann und nicht nur im Hinblick auf das Vermögen deines Vaters. Übrigens frage ich mich, woher du solche Gedanken nimmst?«
»Oh! Das reicht weit zurück. Damals muß ich wohl sieben oder acht Jahre alt gewesen sein, als eines Tages Donna Hieronyma ...«
»Deine Cousine?«
»Die meines Vaters, ja. Sie ging mit einer Freundin durch den Garten, in dem ich gerade spielte, und blieb stehen. Dann griff sie mir in die Haare und sagte: ›Die Kleine ist wirklich häßlich! Ein wahres Ägyptermädchen! Ohne die Mitgift, die sie einmal bekommen wird, würde sie später gewiß keiner haben wollen.‹«
»Und du hast ihr geglaubt? Nun, was Häßlichkeit betrifft, so muß sie sich wahrhaftig damit auskennen: Ihr Sohn ist ein Ungeheuer.«
»Ich bitte dich, laß uns nicht mehr davon sprechen! Es ist weder der geeignete Ort noch der geeignete Augenblick dafür.«
Die große Tribüne füllte sich allmählich. Die Turnierkönigin nahm auf ihrem Thron Platz, flankiert von dem Prächtigen auf der einen Seite und dem Botschafter von Venedig, Bernardo Bembo, auf der anderen. Auch Francesco Beltrami trat in Begleitung des Onkels von Chiara auf die Seitengalerie, die der Tribüne am nächsten war, und gesellte sich zu den beiden jungen Mädchen.
»Nun, ihr jungen Damen?« sagte er gutgelaunt, »ich hoffe, ihr seid zufrieden mit euren Plätzen? Es kann euch nichts

entgehen, weder vom Lanzenbrechen noch von dem, was auf der Tribüne der Königin vor sich geht.«

Was dort geschah, war in der Tat interessant, und die beiden Freundinnen vergnügten sich eine Weile damit, all diejenigen mit Namen zu nennen, die dort Platz nahmen. Da waren zunächst mit ihren pelzverbrämten Kappen und ihren purpurnen Samtdalmatiken die Prioren der Signoria in Begleitung des Gonfaloniere[1] Petrucci sowie einige der edelsten und reichsten Männer der Stadt. Auch die sonstigen Vertreter aus dem Umfeld des Herrschers waren zugegen: der Philosoph und Mediziner Marsile Ficino, der ihn in der Lehre Platons unterwiesen hatte, der in griechischer Sprache schreibende Dichter Angelo Poliziano, der engste Vertraute des Prächtigen und von diesem mit der Aufgabe betraut, seinen Sohn zu erziehen; sodann die drei Schwestern Medici, Bianca, Maria und Nannina, sowie der alte Gelehrte Paolo Toscanelli, jener Astronom, der eine neue Technik für die Gnomone[2] erfunden hatte und einen davon sogar auf der Kirche Santa Maria del Fiore installieren konnte, jener Kathedrale also, jenem wundervollen Dom aus weißem, rotem und grünem Marmor, auf den die Florentiner mit Recht stolz waren. Toscanelli war überdies der Kustos der mediceischen Bibliothek, und Fiora kannte ihn gut, da sie von ihm Unterricht in der Astronomie erhalten hatte, so wie sie von anderen Lehrern im Griechischen, im Lateinischen und in der Mathematik unterrichtet worden war und Singen, Tanzen, Dichten und all die Dinge gelernt hatte, die anderswo unüblich waren und die die Töchter aus vornehmem Hause in Italien zu wahren Gelehrten machten. Neben dem alten Mentor kaute dessen Lieblingsschüler, Amerigo Vespucci, der junge Schwager Simonettas, selbstvergessen an

1) »Bannerträger der Gerechtigkeit«, Beamter in den italienischen Stadtrepubliken des Mittelalters.
2) Vorläufer der Sonnenuhr.

seinen Nägeln und beachtete nichts und niemanden, doch sein Hang zur Träumerei war nur allzu bekannt, als daß sich irgend jemand aus seiner Umgebung darum gekümmert hätte.

Ein heftiger Stoß mit dem Ellenbogen setzte den Beobachtungen Fioras ein Ende.

»Sieh' mal!« raunte Chiara höchst aufgeregt: »Wer ist denn das? ...«

»Wer denn?«

»Siehst du diesen Mann dort, der gerade neben Monseigneur Lorenzo Platz nimmt? Sicher ein Fremder, denn ich habe ihn noch nie gesehen.«

Mit einer freundlich einladenden Geste hieß der Prächtige zu seiner Linken einen Unbekannten von hoher Gestalt Platz nehmen, der etwa fünfundzwanzig bis dreißig Jahre alt sein mochte und dessen Verhalten ebenso auf einen Herrn von Stand schließen ließ wie auf einen Krieger. Der Kopf über den breiten Schultern war stolz erhoben und trug vermutlich sonst eher einen Helm als die schwarze Samtkappe mit der großen goldenen Medaille, die nun die kurzen braunen Haare bedeckte. Das Gesicht mit dem kräftigen Kinn, der großen, verächtlich gebogenen Nase und den schmalen Lippen, die sich auf einer Seite spöttisch verzogen, war zuwenig symmetrisch, um Anspruch auf griechische Vollkommenheit erheben zu können; lächelte er aber, so offenbarte sein harter Mund strahlend weiße Zähne, und die nußbraunen Augen unter den geraden Augenbrauen sprühten vor Intelligenz und Ironie. Der weite Radmantel, den der Unbekannte lässig über den Schultern zurückgeschlagen trug, ließ eine schwarze Samtweste erkennen, von der sich eine große goldene Kette abhob, an der ein seltsames Schmuckstück in Form eines auseinandergeklappten Widders hing.

»Vater«, bat Fiora, »könnt Ihr uns sagen ...«

»... wer dieser interessante Fremde ist?« ergänzte Beltrami

und lächelte den beiden Neugierigen amüsiert zu. »Er heißt Philippe de Selongey, ist Ritter vom Goldenen Vlies und außerordentlicher Gesandter des mächtigen Herzogs Karl von Burgund, den man oft den großen Herzog des Abendlandes und noch öfter, wenn auch hinter vorgehaltener Hand, den Kühnen nennt wegen seines unbezwingbaren Mutes und seines aufbrausenden, stolzen Wesens, die ihn bisweilen recht gefährliche Wege einschlagen lassen! Er ist erst heute morgen eingetroffen, deshalb findet sich auch sein Wappen nicht neben dem unseren und dem Venedigs. Doch jetzt vergeßt ihn, denn das Turnier beginnt ...«

Wieder erklangen die Trompeten, und wieder wurden die Standarten von den Fahnenträgern geschickt durch die Luft gewirbelt, da erschien unter dem Beifall der Menge das märchenhafte Gefolge jener Ritter, die gegeneinander antreten sollten. Statt des üblichen Kriegerharnischs trugen sie goldene Waffen, Rundschilde und phantasiereiche, mit Schimären und Drachen verzierte Helme, nach griechischem Vorbild mit Lorbeerzweigen oder kunstvollen Ziselierarbeiten geschmückt, wie sie Alexander der Große getragen haben mochte. An den Helmen wehten üppige, bunte Federbüsche, und die Brustpanzer waren nach antikem Muster gefertigt.

Giuliano trug unter seinem in Silber und Gold gearbeiteten Harnisch eine perlenbesetzte Tunika aus rot-weißem Samt, und auf seinem goldenen Schild prangte die Gorgone, die auf ihrer Stirn stolz den Libro, den größten Diamanten der Medici, zur Schau trug. Der junge Mann strahlte vor Jugend und Lebensfreude. In seine Hüfte gestemmt hielt er eine große Standarte, deren symbolische Darstellung so rätselhaft war, daß ihre Bedeutung der überwiegenden Zahl der Zuschauer entging, obgleich sich Sandro Botticelli viel Mühe damit gegeben hatte.

Sie zeigte eine in Gold gefaßte Lanzenfahne aus alexandrinischem Taft, auf deren oberem Teil eine Sonne und darunter

die Gestalt einer Pallas zu sehen war, die zu blauen Kothurnen[1] eine goldene Tunika mit weißem Unterkleid trug und die sehr große Ähnlichkeit mit Simonetta aufwies. Die Füße der Gestalt ruhten auf Flammen, in denen Olivenzweige verbrannten, während weiter oben andere Zweige unbeschadet blieben. Sie trug, nach antikem Vorbild, einen glänzenden Helm auf dem Kopf, und ihre Haare waren geflochten. In ihrer Rechten hielt sie eine Lanze und in der Linken das Schild der Medusa. Eine Blumenwiese und der Stumpf eines Olivenbaumes, an den der Liebesgott mit goldenen Hörnern gefesselt war, vervollständigten das Rätselbild. Zu Eros Füßen lagen ein Bogen, ein Köcher und zerbrochene Pfeile. In einem Olivenzweig stand in goldenen Lettern in französischer Sprache das Wort geschrieben: »Die Unvergleichliche«. Die Pallas blickte unverwandt zur Sonne.
Das Kunstwerk machte großen Eindruck; gleichwohl hörte Fiora von ihrem Platz aus, wie der Botschafter von Venedig seinen Nachbarn, einen gewissen Augurelli aus Rimini, fragte, was es bedeute. Dieser freilich konnte nur ahnungslos die Schultern zucken. Indes ließ die Erklärung nicht lange auf sich warten: Denn Poliziano begann von der Tribüne aus, ein langes, selbstverfaßtes Gedicht vorzutragen, das angeblich einen Traum Giulianos wiedergab, während die Reiter unterdessen auf ihren Pferden stolz auf und ab ritten, um ihre edlen Tiere und ihre eigene Geschicklichkeit zur Schau zu stellen:

Es will ihm scheinen, daß er seine Herzensdame sieht,
von einem Antlitz grausam, streng und stolz,
sieht, wie an die grüne Säule von Minervas
glücksbeseeltem Strauch Cupido sie bindet,
sie, die geharnischt über ihrem weißen Kleid

---

1) Der Kothurn: Hochsohliger Bühnenschuh der Schauspieler im antiken Trauerspiel.

und ihre keusche Brust mit der Gorgone schützend,
ihm die Federn aus den Flügeln einzeln zu entreißen
schien,
und nicht allein den Bogen, auch die Züge des
Unsel'gen zu zerbrechen.

Im Traum aber verspricht Giuliano der Pallas, auf dem Turnierplatz ihre Farben zu tragen, und damit endet das Gedicht, das – nicht ohne Erleichterung – mit großem Beifall aufgenommen wurde. Fiora betrachtete, um sich die Langeweile zu vertreiben, den Fremden, der ihre Neugier so sehr erregt hatte; doch mußte sie den Blick oft abwenden, da sich ihre Augen zumeist mit denen des Herrn aus Burgund kreuzten, was ihr ein seltsames Gefühl von Unbehagen bereitete, in das sich Freude mischte.

Das Lanzenbrechen fesselte schließlich die Aufmerksamkeit aller, obgleich es mehr einem wohlgeordneten Reigen denn einem echten Wettstreit glich. Die Waffen, mit denen gekämpft wurde, waren stumpf, und der junge Medici wurde mit fast allen Gegnern ohne große Mühe fertig. Nur zwei machten ihm zu schaffen.

Der eine war Luca Tornabuoni, an dessen Helmzier das kleine weiß-goldene Taschentuch Fioras steckte. Er kämpfte wahrhaft heroisch, um den Jüngeren der beiden Medici zu besiegen. Indes, ohne Erfolg. Wie die anderen, so wurde auch er abgeworfen, und Fiora verspürte darüber eine leichte Verärgerung: Schließlich hatte sie diesem Dummkopf ihr Pfand nicht gegeben, damit er es in den Schmutz warf ...

Der andere Gegner trat unerwartet auf. Giuliano sollte gerade zum Sieger gekürt werden, da erschien ein Reiter, der sich von den anderen prachtvoll ausgestatteten Kämpfern durch seine einfache Rüstung unterschied, und pochte mit seiner Lanze auf das Schild Giulianos. Es war ein junger, häßlicher Mann von gedrungener Gestalt, schwarzem Haar-

wuchs und dunkler Haut. Als er ihn sah, runzelte Lorenzo die Stirn.
»Du kommst reichlich spät, Francesco Pazzi. Warum hast du nicht früher bekanntgegeben, daß du an der *Giostra* teilnehmen willst?«
»Weil ich keine Lust habe, mich zu verkleiden. Ich komme, wann es mir paßt, oder ist bei diesem Turnier etwa nicht jeder zugelassen?«
»Warum sollte er es nicht sein? Und wenn du dich mit meinem Bruder messen willst ...«
»Mit ihm oder irgendeinem anderen, das ist gleich! Ich will von der schönen Simonetta gekrönt und von ihr geküßt werden. Oder ist ihre Gunst etwa ausschließlich deinem Bruder vorbehalten?«
»Wenn du das willst, so kämpfe darum«, schnaubte Giuliano wütend. »Aber es wird dich Mühe kosten ...«
»Das werden wir sehen!«
Der Kampf, der diesem Geplänkel folgte, wurde ohne Rücksicht geführt. Francesco Pazzi kämpfte mit ebensoviel Verbissenheit wie Giuliano mit Wut, und so kam es zu einem Schlagabtausch, der den Beifall des Publikums erntete. Fiora war zufrieden mit diesem gnadenlos geführten Kampf, hatte er doch endlich das ironische Lächeln, das um den Mund Philippe de Selongeys spielte, zum Verschwinden gebracht. Bisher nämlich hatte der Fremde den Eindruck vermittelt, als betrachte er die glanzvolle *Giostra* eher als ein Kinderspiel.
Schließlich aber lag Pazzi am Boden und stahl sich unter den Buhrufen der Menge davon, denen sich Fiora von ganzem Herzen anschloß. Der Besiegte war der Schwager ihrer verhaßten Cousine Hieronyma, und Fiora schloß in ihren Abscheu unterschiedslos alle Pazzi ein. Zudem machten diese aus ihrer Feindschaft gegenüber den Medici kaum einen Hehl, und es wurde erzählt, daß Francesco eines Tages versucht hatte, die Gunst Simonettas mit Gewalt zu erzwingen.

Ihn besiegt zu sehen war also eine Genugtuung, und Fiora vergaß darüber fast ihren kleinen Kummer, als der von allen erwartete Augenblick und Höhepunkt des Ereignisses nahte: die Ehrung des Siegers durch die Turnierkönigin. Giuliano kam und kniete vor Simonetta, die ihn mit einem Veilchenkranz krönte und ihm dann einen Kuß gab, der vielleicht ein wenig länger währte, als es die Sitte erforderte. Als sie das sah, klatschte die Menge begeistert Beifall; die Männer jubelten, und die Frauen weinten vor Rührung, Mützen wurden in die Luft geworfen, kurz, die Begeisterung war auf ihrem Höhepunkt, als plötzlich ein junger Mann von der Tribüne herunterstürzte und sich neben den Thron der Königin stellte. Es war ein magerer Bursche mit kantigem Gesicht und störrischem blondem Haar, das aussah wie Stroh. Seine klaren, streng dreinblickenden Augen hätten auch die eines Mönchs oder eines Propheten sein können.

»Meine Schwester«, sagte er ruhig, »erscheint es dir nicht auch schicklich, daß dein Platz im Heim deines Mannes ist?«

»Du meine Güte!« flüsterte Fiora begeistert, »endlich ist unser guter Amerigo von seinen geliebten Sternen herabgestiegen ...«

»... um sich dem von Genua zu widmen«, ergänzte Chiara, die sich stets über jeden noch so kleinen Zwischenfall freute. »Sollte etwa bei den Vespucci doch nicht alles so ganz zum besten stehen, daß sich der Schwärmer der Familie einschaltet?«

Aber da fiel auch schon der Prächtige dem Störenfried ins Wort:

»Tretet zurück, Amerigo Vespucci! Simonetta herrscht über Florenz dank ihrer Schönheit, und die Ihrigen sollten stolz darauf sein. Wenn ihr Ehemann keinen Gefallen daran finden konnte, sie zu begleiten, so bedauern wir das, aber wir tragen keine Schuld daran.«

»Er weiß nur zu gut, daß er hier nicht willkommen wäre!

Und so gehe ich also, da du es befiehlst, aber du sollst wissen, daß die Familie es nicht gutheißt ...«
Jemand kam und zog ihn am Ärmel mit sich fort, und Fiora erkannte in ihm ihren Porträtisten. Sandro Botticelli und der junge Vespucci waren Freunde, und das Haus des einen und der Palast des anderen lagen im Viertel Ognissanti nebeneinander. Fiora und Chiara wollten gerade deutlich Partei für Amerigo ergreifen, da beschwichtigten Vater und Onkel die aufgeregten jungen Mädchen.
»Du solltest eigentlich wissen, daß die Leute den Verstand verlieren, sobald man ihr Idol antastet«, sagte Albizzi unwirsch. »Was die Medici betrifft, so haben wir bereits am eigenen Leibe erfahren, wie nachtragend sie sind, und ich habe nicht die geringste Lust, wie mein Vater verbannt zu werden.«
Francesco begnügte sich damit, seiner Tochter zuzulächeln und sie dazu zu bewegen, wieder Platz zu nehmen, denn noch war das Spiel nicht zu Ende. Fiora setzte sich wieder und blickte unwillkürlich zu dem Gesandten aus Burgund hinüber, wandte sich aber sogleich ab, errötend bis in die Haarwurzeln: Nicht nur, daß sich der Unverschämte unterstand, ihr zuzulächeln, er warf ihr auch noch eine Kußhand zu ...
Während die Märchenprinzen mehr oder weniger verschmutzt und mit Beulen übersät in wohlgeordneter Reihenfolge die Zelte betraten, die für sie errichtet worden waren, ließ der Prächtige, um ihm zu gratulieren, den Mann vor den Thron Simonettas treten, der das prachtvolle Spektakel inszeniert, die Kostüme entworfen und für die Ausstattung gesorgt hatte: Andrea di Cioni, genannt Verrocchio. Er war zu jener Zeit der berühmteste Maler und Bildhauer von Florenz, und in seinem Atelier, aus dem auch Botticelli hervorgegangen war, drängten sich die Schüler.
Verrocchio trat unter dem Beifall der Menge hervor, und wäre er nicht so elegant gekleidet gewesen, man hätte ihn

ohne weiteres für einen Bauern gehalten, klein und gedrungen wie er war, mit seinem großen, runden Kopf und den schwarzen Kräuselhaaren; neben ihm ging sein Lieblingsschüler, der ihm bei der Vorbereitung des Festes geholfen hatte, und dieser nun zog alle Blicke auf sich, da er groß und schlank und blondhaarig war und von der erhabenen Schönheit einer griechischen Götterstatue. Er sah aus wie Hermes, der auf die Erde zurückkehrt. Und während Verrocchio überströmte vor Dankesbezeugungen, nahm der griechische Gott die Glückwünsche des Herrschers mit einer Verneigung und einem Lächeln entgegen, ohne das geringste Wort zu sagen.

»Onkel«, sagte Chiara, »wenn dieser junge Mann Maler ist, so solltest du ihn darum bitten, mein Porträt zu malen. Ich würde ihm gerne Modell sitzen ...«

»Du verrücktes Kind! Darum kannst du später einmal deinen Ehemann bitten, wenn du einen hast. Außerdem wissen wir noch nicht einmal, wie er heißt.«

»Wenn es nur das ist«, sagte Beltrami, »so kann ich dir helfen. Er ist der Sohn eines Notars hier aus der Gegend, mit dem ich unlängst eine Angelegenheit zu regeln hatte. Dieser junge Mann heißt Leonardo ... Leonardo da Vinci, und Verrocchio hält große Stücke auf ihn. Er ist ein sonderbarer Junge, aber er hat viel Talent ...«

»Leonardo? Ich mag diesen Namen nicht allzusehr. Er erinnert mich an deine Gouvernante«, sagte Chiara mit einem spöttischen Lächeln.

Fiora zuckte die Schultern.

»Was ist schon ein Name? Außerdem ist dieser junge Mann wirklich viel zu schön, als daß man ihn mit Dame Léonarde vergleichen könnte ...«

Die Nacht brach schnell herein. Und wie von Zauberhand war der Platz mit einemmal von Hunderten von brennenden Fackeln erleuchtet. Unter dem Jubel der Trompetenklänge, die zum nächtlichen Himmel emporstiegen, formierte sich erneut der Geleitzug der Turnierkönigin. Lorenzo reichte Simonetta die Hand, um ihr vom Thron herunterzuhelfen. Im flackernden Licht strahlte die junge Frau wie ein Stern ...

»Meine Freunde«, verkündete der Prächtige mit der ihm eigenen heiseren Stimme, »uns ruft nun die Pflicht gegenüber unseren Damen. Laßt uns tanzen!«

Hinter ihnen erhoben sich die Gäste von ihren Plätzen. Fiora sah, daß der Fremde sie noch immer anblickte.

2. Kapitel

Der Gesandte aus Burgund

»Madonna, Ihr müßt mir glauben, ich wäre eher bereit gewesen zu sterben, als vor Euren Augen besiegt zu werden ...«

Luca Tornabuoni lag vor Fiora auf den Knien und flehte sie an, während sie gerade zwischen einem mit Goldfäden durchwirkten Wandteppich aus Utrecht und einer Kredenz saß, auf der venezianisches Glas in matt schimmernden Farben und kostbare Goldschmiedearbeiten ausgestellt waren; sie befanden sich im abgelegensten Saal des Palais Medici, wohin das junge Mädchen geflüchtet war, um ein wenig zur Ruhe zu kommen ... Es waren nur wenige Leute im Raum, da sich der überwiegende Teil der Gäste im angrenzenden Saal aufhielt, wo eine flotte *Romanesca* die Tänzer zum Klang von Bratschen, Harfen, Flöten und Trommeln mit sich riß.

Wie alle Florentiner liebte Fiora die Musik; an diesem Abend aber hörte sie lieber zu, statt zu tanzen, war ihr doch der Anblick Giulianos, der mit Simonetta den Ball anführte, nicht sonderlich angenehm. So war sie in diesen etwas ruhigeren Raum geflüchtet. Und nun – leider – hatte ihr dieser Tölpel auch dorthin folgen müssen! Sie lohnte seine leidenschaftliche Beteuerung mit einem säuerlichen Lächeln:

»Zu sterben vielleicht ..., aber nicht, Monseigneur Lorenzos Mißfallen zu erregen«, sagte sie. »Jeder wußte, daß Giuliano der Sieger des heutigen Tages sein würde, da der Stern von Genua diesmal die Königin der *Giostra* war. Sie durfte schließlich nicht enttäuscht werden, denn wer Simonetta enttäuscht, der findet auch kein Gefallen bei Lorenzo ...«

»Wollt Ihr etwa damit sagen ..., daß ich mich absichtlich habe schlagen lassen?«
»So ungefähr. Denn schließlich, Luca, seid Ihr doppelt so stark wie Giuliano und außerdem einen halben Kopf größer als er! Daß Ihr Lorenzo nicht besiegt habt, dagegen sage ich nichts. Aber gegen seinen Bruder hättet Ihr siegen müssen. Ich hatte gehofft, daß Euch mein Pfand dabei hilft. Da das aber nicht der Fall war ..., so gebt es mir zurück!«
Der junge Mann preßte seine Hand auf die Brust, so als könne er das kostbare Gut auf diese Weise besser schützen: »So grausam werdet Ihr doch wohl nicht sein?«
»Ich mag keine Versager. Gebt mir also mein Taschentuch zurück! Für Tränen der Reue ist es nicht gemacht.«
Ein fröhliches Gelächter ließ das junge Mädchen herumfahren. An den Wandteppich gelehnt und die Arme über der Brust verschränkt, auf der noch immer die Kette mit dem Widder prangte, musterte Philippe de Selongey das Paar mit einem ironischen Lächeln, das das junge Mädchen einfach abscheulich fand. Als Fiora ihn ansah, klatschte der Gesandte aus Burgund spöttisch Beifall:
»Bravo, Demoiselle! Offenbar verfügt Ihr trotz Eurer Jugend über ein außerordentliches Einschätzungsvermögen ...«
»Was wollt Ihr damit sagen?« erwiderte Fiora von oben herab.
»Daß Ihr Euch – ebensowenig wie ich – etwas vormachen laßt, was diese martialische Komödie betrifft, die vorhin aufgeführt wurde. Das Drumherum war perfekt, nur die Rollen waren schlecht gespielt.«
»Was soll das heißen?« fuhr Luca ihn an und ging auf den Störenfried zu, was dem jungen Mädchen zu der Feststellung verhalf, daß Tornabuoni zwar größer war als Giuliano, aber kleiner als der Gesandte aus Burgund.
»Mir scheint, das ist klar«, erwiderte Selongey mit einer solchen Herablassung, daß Fiora das Blut in die Wangen schoß,

»das Spiel, das wir gesehen haben, war zwar wunderschön ..., aber es hatte beileibe nichts mit einem richtigen Turnier zu tun.«
»Was wißt Ihr denn schon davon? Immerhin haben wir mit Turnierwaffen gekämpft ...«
»Das nennt Ihr Turnierwaffen? Ich würde das eher symbolische Waffen nennen ... oder besser noch: gar keine Waffen. Wenn Ihr wissen wollt, was ein richtiges Turnier ist, dann kommt nach Brüssel, Brügge, nach Gent oder Dijon, und dann könnt Ihr Euch davon überzeugen, daß unsere Turnierwaffen sogar auf dem Schlachtfeld eingesetzt werden könnten ... zum Beispiel gegen Leute wie Euch!«
Lucas hübsches Gesicht war plötzlich rot vor Zorn; er zog den Degen aus der kostbaren, aus Korduanleder gearbeiteten Scheide, die an seinem Degengurt hing, und stürzte mit gezückter Waffe auf den Mann zu, der ihn so dreist herausforderte.
»Das werdet Ihr noch bereuen!«
Der andere nahm noch nicht einmal die Arme auseinander und musterte den Angreifer mit einem nachsichtigen Lächeln, das man Kindern gegenüber aufsetzt oder Narren:
»Was habt Ihr vor? Wollt Ihr Euch etwa hier an diesem Ort und zu dieser unpassenden Stunde beweisen ..., oder wollt Ihr mich vielleicht sogar töten?«
»Ich verlange, daß wir uns auf der Stelle – meinetwegen im Garten des Palais – schlagen, damit ich Euch zeigen kann, ob ich ein Kind bin oder ein Narr! Kommt Ihr so mit, oder muß ich Euch erst schlagen?«
»Ist Euch wirklich daran gelegen?«
»Ja ... in allem Ernst!«
»Gott, was seid Ihr langweilig! Habt Ihr denn wirklich so unbändig Lust, heute nacht mit ein, zwei Löchern in der Brust im Bett zu enden? Es gibt wahrlich Besseres zu tun an diesem Abend.«
»Was denn zum Beispiel?«

»Nun ... Euch zu betrinken beispielsweise. Die Weine von Monseigneur Lorenzo verdienen Wertschätzung, auch wenn es keine Burgunder sind. Ihr könntet auch irgendeine schöne Dame zum Tanz auffordern. Alles, was ich möchte, ist, daß Ihr von hier verschwindet. Ich würde nämlich zu gerne Euren Platz zu Füßen dieser hübschen Demoiselle einnehmen, der mich bisher noch keiner vorstellen wollte ...«
Es war offensichtlich ein Abend der Unterbrechungen, denn plötzlich erscholl eine tiefe, rauhe Stimme, und die hohe Gestalt des Prächtigen tauchte jäh zwischen den beiden Männern auf, die daraufhin beide voller Respekt einen Schritt zurückwichen und sich leicht verneigten.
»Das ist eine Lücke, die ich leicht schließen kann«, sagte Lorenzo in vollendetem Französisch. »Gestattet, Madonna Fiora, daß ich Euch den Grafen Philippe de Selongey vorstelle, Ritter des Goldenen Vlieses, wie Ihr seht, und Botschafter Seiner Durchlaucht des Herzogs Karl von Burgund. Was euch betrifft, Messire Philippe, so hoffe ich, daß Ihr die Ehre zu schätzen wißt, Donna Fiora Beltrami begrüßen zu dürfen, die zu den schönsten Zierden dieser Stadt zählt und die Tochter eines Mannes ist, dem ich große Hochachtung entgegenbringe. Seid Ihr nun zufrieden?«
»Voll und ganz, Monseigneur!«
Und die Verneigung, die Philippe daraufhin vor Fiora machte, hätte selbst eine Kaiserin aufs höchste zufriedengestellt.
»Habt nun die Güte, Euch in mein Münzkabinett führen zu lassen. Wir haben miteinander zu reden. Savaglio wird Euch dorthin begleiten. Und was Euch betrifft, verehrte Fiora, so gewährt mir das Vergnügen, diese *Piva* mit Euch zu tanzen!«
Die Stimmung, die einen Augenblick zuvor noch so bedrohlich gewesen war, hatte sich wie durch Zauberhand wieder besänftigt. Die beiden Widersacher trennten sich: Philippe

de Selongey, um dem Gardehauptmann des Palais zu folgen, und Luca Tornabuoni, um sich einer jungen rothaarigen Dame zuzuwenden, die gerade im richtigen Augenblick erschienen war. Fiora selbst schritt auf den Ballsaal zu, geführt vom Herrscher, der ihre schmale Hand so hoch hielt, als wolle er auf diese Weise seine Tänzerin besser zur Geltung bringen. Und während die Musiker zu spielen begannen, nahmen sie gemeinsam die Spitze der Tänzer ein, die sich in zwei Linien aufgereiht hatten.

Der Tanz verlangte vollendete Figuren und zwang sie deshalb, für einen kurzen Augenblick zu schweigen. Fiora genoß zutiefst das Vergnügen, sich mit ihrer ganzen jugendlichen Glut, in die sich auch ein leiser Stolz mischte, im Klang der Musik zu wiegen. War es nicht berauschend, mit »dem Prinzen« zu tanzen, wie viele ihn heimlich nannten, und so im Mittelpunkt aller Blicke zu stehen? Die feste Hand, mit der er sie hielt, gab ihr eine eigentümliche Sicherheit. Zum ersten Mal in ihrem Leben genoß das junge Mädchen die Freude, schön zu sein und bewundert zu werden. Und dieses Gefühl rührte von dem gänzlich neuen Ausdruck her, den sie in den dunklen Augen Lorenzos lesen konnte. Er blickte sie an, als hätte er sie nie zuvor gesehen, und Fiora fühlte, wie sie unter diesem eindringlichen Blick rot wurde.

»Wie alt bist du?« fragte Lorenzo unvermittelt.

»Siebzehn, Monseigneur.«

»Tatsächlich? Ich hätte dich älter geschätzt. Das liegt gewiß an der stolzen Haltung deines Kopfes und deinem geraden Blick. Die meisten Mädchen deines Alters schlagen schon beim geringsten Wort die Augen nieder, und ich hatte stets den Eindruck, daß in diesem Verhalten eine gute Portion Heuchelei liegt. Bei dir indes kann ich nichts von alledem finden! Du bleibst in jeder Situation gelassen ... zumindest vermittelst du den Eindruck.«

»Etwa weil ich nicht vor Aufregung in Ohnmacht gefallen

bin, als mich der Herrscher zum Tanz aufforderte?« Sie brach in ein melodisches Lachen aus, dem der warme Klang ihrer Stimme unerwarteten Charme verlieh. »Und was meine Gelassenheit betrifft, so darf man ihr nicht trauen. Denn ich kann zornig werden. Und auch rot ...«

»Das habe ich gesehen ... und das ist sehr hübsch. Denkt dein Vater schon daran, dich zu verheiraten?«

»Ich glaube nicht, daß er das jetzt schon will. Und ich auch nicht, Seigneur Lorenzo, wenn ich ehrlich sein soll ... Außerdem heiraten die Mädchen hier selten, bevor sie zwanzig Jahre alt sind.«

»Was für ein eigenartiges Geschöpf du doch bist! Seitdem sie zehn sind, träumen deine Altersgenossinnen von einem Ehemann, und nach alledem, was ich sehen konnte, mangelt es dir nicht gerade an Verehrern. Wenn zwei Männer bereit sind, sich deinetwegen zu schlagen, so scheint mir das doch ein Beweis dafür. Kann denn keiner von beiden dein Herz erobern?«

»Nein. Außerdem war es nicht meinetwegen, weshalb Luca Tornabuoni und der Fremde sich schlagen wollten, sondern wegen der unterschiedlichen Auffassung, die man hier und in Burgund von einem Turnier hat ...«

»Wie ungezogen von ihnen! Wenn ich das gewußt hätte, hätte ich sie einsperren lassen. Mit einer schönen Frau sollte man nur über sie selbst sprechen. Wirklich, ich bin enttäuscht.«

»Ich nicht«, erwiderte Fiora ruhig. »Denn weißt du, Monseigneur, ich bin gar nicht sicher, daß man mir ausschließlich um meiner selbst willen den Hof macht ... Ich höre viel zu oft, daß über das Vermögen meines Vaters gesprochen wird, und ich bin schließlich seine einzige Tochter.«

Lorenzo, der gerade den Arm um Fioras Taille gelegt hatte, faßte sie etwas fester und sagte mit strenger Stimme:

»Solche Sachen schicken sich nicht für dein Alter! Sie sollten dir gar nicht in den Sinn kommen. Du solltest dich vielmehr freuen, daß du jung und bezaubernd bist, und an nichts anderes denken als an das Glück, das dir eines Tages begegnen, und an die Feste, die dir die Liebe einmal bescheren wird. Ich fange wahrhaftig an zu glauben, daß es im Palais Beltrami keinen einzigen Spiegel gibt, der diesen Namen verdient ...«

Das Paar ging auseinander, um sich zum Schluß nochmals voreinander zu verneigen. Dabei blickte der Prächtige Fiora mit einem schelmischen Lächeln direkt ins Gesicht:

»Ich werde dir einen schicken lassen. Jetzt aber gebe ich dich wieder frei, schöner Vogel, und gehe, wohin die Politik mich ruft ...«

Die Tänzer waren vor den Prunksesseln Lucrezias, der Mutter von Lorenzo und Giuliano, stehengeblieben, einer großen, in ihrem schwarzen, silbern schimmernden Samt stattlich wirkenden Dame, und Clarissas, der rothaarigen Clarissa Orsini, der Ehefrau Lorenzos, die in braunen Brokat und goldglänzendes Tuch gekleidet war. Voller Ehrfurcht machte Fiora einen Knicks und wurde dafür mit einem zweifachen Lächeln belohnt; dann entfernte sie sich. Mit den Augen suchte sie nach Giuliano, um zu sehen, ob er Zeuge ihres Triumphes geworden war; doch der junge Mann, der auf einer Samtdecke zu Füßen Simonettas saß, die ihrerseits von einem Kranz von Dichtern umgeben war, schenkte dem Tanzgeschehen keinerlei Aufmerksamkeit. Statt dessen hatte er nur Augen für die schöne Genueserin, die sich häufig lächelnd über ihn beugte. Beide stellten sie ein so vollkommenes Bild jener höfischen Liebe dar, wie sie in Ritterromanen gern beschrieben wird, daß Fiora ihre Eifersucht darüber vergaß, um gewissermaßen mit Künstlerblick das Gruppenbild zu bewundern, das sie boten – eine Symphonie in Weiß, von der sich sanft das Schimmern der Juwelen und der weiche Glanz der Perlen abhob. Dennoch lag in der Vollkommenheit der jungen Frau etwas Zerbrechliches, das ihre Betrachterin plötzlich betroffen machte. Die so weiße

Haut Simonettas schien in der letzten Zeit noch zarter, ja fast durchsichtig geworden zu sein, und wenn der weite Ausschnitt ihres Kleides den bewundernden Blicken auch den Ansatz einer bezaubernden Brust preisgab, so schienen doch die zarten Linien, die ihr Schlüsselbein markierten, stärker hervorzutreten. Und die Hände, von denen eine auf Giulianos Schulter ruhte, waren von einem geradezu durchscheinenden Weiß ... War Simonetta etwa krank?
Weit davon entfernt, sich einer Vorstellung zu erfreuen, die, wenn sie sich bewahrheitete, Giuliano freigäbe, empfand Fiora jäh tiefes Mitleid. Konnte der Schöpfer wirklich zulassen, daß eine wie auch immer geartete Krankheit eines seiner vollkommensten Werke mitten in seiner Blüte dahinraffte? Zu jung noch war Simonetta und zu strahlend, als daß man bei ihrem Anblick an ein düsteres Grab dachte.
Das Gefühl, daß jemand hinter ihr stand, ließ das junge Mädchen derart brüsk herumfahren, daß sie dabei gegen eine Person stieß, die sie noch nie zuvor gesehen hatte.
»Oh! Verzeiht!« sagte sie auf französisch.
Der Mann schien nichts bemerkt zu haben. Noch nicht einmal seine Augen zuckten, während er zu dem Paar Giuliano-Simonetta hinüberblickte.
»Und dennoch«, sagte er, »ist es unausweichlich. Ihr denkt, junges Fräulein, Monna[1)] Simonetta sei zu jung, um schon zu sterben? Und es wäre schade darum ...«
»Wie könnt Ihr das wissen?« hauchte Fiora erstaunt.
»Ich weiß es nicht: Ich fühle es und höre es. Ich kann gelegentlich die Gedanken der Menschen förmlich hören. Was diese junge Frau betrifft, so denkt an das, was ich Euch heute abend sage: Sie hat nur noch fünfzehn Monate zu leben. Danach wird Florenz Trauer tragen, doch Ihr werdet das nicht mehr miterleben.«

---

1) Monna ist die Kurzform von Madonna.

Eine plötzliche Angst schnürte Fiora mit einem Male die Kehle zu.
»Weshalb? Werde denn ... auch ich dann ... tot sein?«
Der Unbekannte senkte seine dunklen Augen tief in die des jungen Mädchens, und sie hatte den sonderbaren Eindruck, als könne er in ihrer Seele lesen.
»Nein ... aber Ihr werdet es vielleicht bedauern, denn Ihr werdet weit fort von hier sein, und ich glaube nicht, daß Ihr darüber glücklich sein werdet.«
»Weit fort ... soll ich sein? Aber wo denn ...?«
Mit dürrer Geste winkte der Mann ab und verschwand. Fiora sah ihn in seinem langen schwarzen Gewand, wie es auch von Ärzten getragen wurde, zwischen den farbenfrohen Ballkleidern entschwinden, und doch konnte sie ihm durch die erleuchteten Säle hindurch mit den Augen folgen, da der Mann sehr groß war und sein Kopf, auf dem er einen hohen Hut mit einer goldenen Spange trug, fast alle anderen überragte. Zu gerne wäre Fiora ihm hinterhergestürzt; aber dazu war sie nicht in der Lage: Seine Worte hatten ihr das Herz gefrieren lassen. Es lag eine vage Drohung darin, die sie ängstigte, weil sie sich dem Verstand entzog.
Die vertraute Stimme Chiaras erlöste sie von diesem Gefühl der Beklommenheit und ließ sie aufschrecken.
»Ich bringe dir hier einen Unglücklichen, der es nicht einmal mehr wagt, dir unter die Augen zu treten, so sehr ist er davon überzeugt, daß du ihn verachtest. Ich habe ihm versichert, daß dein Herz nicht ganz so hart ist, wie er glaubt.«
Geistesabwesend blickte Fiora ihre Freundin und den jungen Tornabuoni an, die sogleich beunruhigt waren über ihr bleiches Gesicht. Stützend schob Chiara ihren Arm unter den ihrer Freundin.
»Was ist geschehen? Bist du krank? Du zitterst ja ... So hole ihr doch ein Glas Wein, Luca! Sie wird ohnmächtig.«
Der junge Mann stürzte zu einem der großen Buffets, die an jedem Saalende errichtet waren, nicht ohne sich mehrere

Male umzudrehen und ohne sich um die zu scheren, die er anstieß. Chiara führte ihre Freundin in eine Fensternische und ließ sie dort auf einer mit Kissen ausgepolsterten Bank Platz nehmen. Mit noch immer zitternder Hand fuhr sich Fiora über die Stirn und lächelte dann in das Gesicht, das voller Unruhe über sie gebeugt war.
»Es geht mir schon besser, siehst du. Ich weiß nicht, was über mich gekommen ist; ich glaube, ich habe plötzlich Angst.«
»Angst, du, die niemals irgend etwas in Schrecken versetzen kann? Wovor denn, großer Gott?«
»Vor einem Mann, den ich noch nie zuvor gesehen habe, den du aber vielleicht bemerkt hast. Er ist sehr groß und von leicht gebeugter Haltung. Er hat ein dunkles Gesicht mit einem kurzen Bart, graue Haare und Augen, die von der gleichen Farbe sind wie sein Gesicht. Er trägt ein langes schwarzes Gewand und einen hohen Hut ... Er hielt sich gerade eben noch hier auf.«
»Ich habe tatsächlich jemanden gesehen, der auf deine Beschreibung paßt, aber ich weiß nicht, wie er heißt. Warum hast du Angst vor ihm?«
»Weil er mir schreckliche Dinge vorausgesagt hat. Ihm zufolge wird Simonetta im nächsten Jahr sterben. Und was mich betrifft, so soll ich weit weg von hier sein, und das keineswegs zu meinem Glück.«
Chiaras Augen leuchteten auf.
»Ein Hellseher? Das ist ja großartig! Ich muß unbedingt mit ihm sprechen, damit er mir sagt ...«
Und schon wollte sie davonstürmen. Fiora indes hielt sie mit fester Hand zurück.
»Bleib' hier! Das ist kein Mann, an den man sich heranmachen kann, um ihn nach der Zukunft zu fragen. Dir gefriert das Blut in den Adern, wenn er dich ansieht. Und bitte: Kein Wort über das, was ich dir soeben anvertraut habe.«
Chiara nickte, aber ihrer Miene konnte Fiora ansehen, daß

sie keineswegs überzeugt war. Zum Glück kam Luca mit einem Glas Malvasier zurück. Fiora verspürte keinen Durst, nippte aber ihrem Freund zuliebe daran, der sie mit treuen Hundeaugen ansah, glücklich, festzustellen, daß die Wangen des jungen Mädchens wieder ein wenig Farbe bekamen.

»Es geht schon besser, nicht wahr? Womit kann ich Euch jetzt ...«

»Versuche herauszufinden, wer eine gewisse Person ist, die uns außerordentlich interessiert!« sagte Chiara, die von ihrer Idee nicht ablassen wollte.

»Welche Person?«

Das junge Mädchen beschrieb den Mann, so gut es ging, da sie ihn nicht selbst gesehen hatte. Fiora unterbrach sie:

»Gib dir keine weitere Mühe! Ich sehe ihn, er spricht dort hinten mit Messer Petrucci ...«

Luca drehte sich nach ihm um und runzelte die Stirn.

»Der Gonfaloniere ist der letzte, mit dem es dem Hexer Spaß machen dürfte, sich zu unterhalten. Letztlich ist er es, der über den Gang zum Scheiterhaufen bestimmt ...«

»Ein Hexenmeister? Und du kennst ihn?«

»Ich kenne ihn nicht, ich weiß nur, wer er ist«, sagte Luca von oben herab. »Das ist nicht das gleiche ...«

»Einerlei! Sprich endlich, wenn du schon Bescheid weißt, statt uns schmoren zu lassen.«

»Das ist nett gesagt – bei jemandem, der den Teufel verehrt!« sagte der junge Mann hämisch. »Nun gut, ihr Neugierigen, so wißt, daß dieser Mann Demetrios Lascaris heißt. Er ist Arzt und stammt aus Griechenland, und mein Vetter Lorenzo hält wegen seines Wissens große Stücke auf ihn. Er hofft, daß dieser Lascaris, der behauptet, von den Herrschern von Byzanz abzustammen, ihm seinen fehlenden Geruchssinn[1] wiedergibt, und hat ihm ein Haus in der Nähe

---

1) Lorenzo der Prächtige hatte in der Tat keinen Geruchssinn.

von Fiesole geschenkt. Doch wird erzählt, daß sich dort seltsame Dinge ereignen ... daß man zum Beispiel dort den Teufel heraufbeschwört!«

Die Stimme Lucas war immer leiser geworden, während er sprach, und ging schließlich in ein dramatisches Flüstern über, das Fiora gereizt machte:

»Auch wir besitzen eine Villa[1)] in Fiesole und haben trotzdem noch nie irgend etwas über diesen griechischen Arzt gehört. Es ist erstaunlich, was man alles zu lästern weiß, sobald ein Mann es wagt, aus dem üblichen Rahmen herauszufallen ...«

Nicht für ihr Leben hätte sie zu sagen vermocht, warum sie plötzlich für einen Mann Partei ergriff, der sie kurz zuvor noch derart in Schrecken versetzt hatte. Vielleicht weil sie von ihrem Vater im Geiste der griechischen Philosophie erzogen worden war, fand sie dieses abergläubische Geschwätz abstoßend. Der Mann war außergewöhnlich – daran bestand kein Zweifel –, und er schien über eine seltene hellseherische Gabe zu verfügen. Ihn aus diesem Grunde aber für einen toll phantasierenden Wahrsager zu halten, wie sie mancherorts in der Umgebung von Florenz auftauchten, das war doch recht weit hergeholt!

»Es ist vielleicht besser, solche Gerüchte nicht weiterzuverbreiten«, fügte sie hinzu. »Es würde mich sehr überraschen, wenn ein Mann von so klarem Verstand und so viel Geist wie Monseigneur Lorenzo von irgendeinem dahergelaufenen Teufel Aufhebens machte!«

»Was ist nur in dich gefahren?« fragte Chiara empört. »Sieh doch nur den Armen, wie du ihn in einem fort schlecht behandelst! Er hat ja schon Tränen in den Augen ...«

»Dann möge er mir verzeihen. Ich bin nervös heute abend und vielleicht ein wenig reizbar«, sagte Fiora und erhob

1) Gemeint ist hier die ursprüngliche Bedeutung des Wortes.

sich. »Es gibt eben solche Tage, an denen mir nichts recht zu machen ist.«
»Mein Pech ist nur«, seufzte Luca, »daß ich immer an solche Tage gerate!«
Fiora brach in Lachen aus und um ihren unglücklichen Verehrer ein wenig zu trösten, strich sie ihm mit dem Finger über die Wange:
»Schon Plato sagte, daß keiner seinem Schicksal entrinnen kann! Guten Abend, ihr beiden! Geht und tanzt diese *Calata* miteinander, zu der die Musiker gerade aufspielen! Ich werde zu meinem Vater gehen und ihn bitten, mich nach Hause zu geleiten ... Ich bin müde!«
Die Flinkheit, mit der sich Fiora auf dem Absatz umdrehte, widerlegte zwar ihre letzten Worte, doch Chiara wußte ebensogut wie Luca, daß es nutzlos war, sie zum Bleiben zu überreden, wenn sie keine Lust dazu hatte. Beide seufzten – wenn auch aus unterschiedlichen Gründen – und sahen, wie ihr schimmerndes Brokatkleid durch die Menschenmenge hindurchglitt und den Festsaal verließ.
»Nun«, seufzte der junge Tornabuoni, »dann laß uns miteinander tanzen, da sie es nun einmal so will!«
»Das nenne ich aber eine galante Aufforderung«, sagte Chiara mit spöttischer Miene. »Nun, warum nicht? Ob ich dies tue oder irgend etwas anderes, bleibt sich letztlich gleich!«
Fiora fand Francesco Beltrami im Musiksaal. Er stand neben dem Kamin, in den schwarze Sklaven fortwährend duftende Holzscheite legten, und plauderte mit Bernardo Bembo, dem Botschafter von Venedig, mit dem er bei früheren Aufenthalten an der Adriaküste bereits mehrfach zusammengetroffen war. Als Fiora hinzukam, war er es, der gerade sprach, und so wagte sie nicht, zu unterbrechen.
»Seitdem Papst Pius II. mitten in den Vorbereitungen für den Kreuzzug gegen die Türken verstorben ist, kämpft Venedig allein gegen den Ungläubigen, der sie nahezu aller ihrer

Kolonien in Griechenland und Kleinasien beraubt hat. Keiner scheint das wirkliche Ausmaß der Gefahr zu erkennen, die von einem Sultan vom Schlage eines Mohammed II. für das Abendland ausgeht. Und zwar weder Papst Sixtus IV., der ausschließlich damit beschäftigt ist, in Rom Prachtbauten zu erstellen und seine Neffen mit Reichtümern auszustatten, noch Ferdinand von Neapel, noch Sforza in Mailand, noch natürlich Genua, das sich über unsere Verluste an Land, Leuten und Schiffen die Hände reibt. Alle Welt scheint die Augen davor verschließen zu wollen, daß Mohammed Byzanz erobert hat und selbst über dem Parthenon inzwischen das Banner des Propheten weht und daß nur die weite Adria die päpstlichen Staaten vor der Bedrohung durch die Türken schützt; immerhin sind ihre Armeen vor zwei Jahren bis in das Friaul vorgedrungen.«

»Und doch hat die Republik Venedig damals einen strahlenden Beweis ihres Muts und ihrer Schlagkraft erbracht, als sie den Feind von den Stadtmauern von Skutari zurückschlug, das unmittelbar vor ihrer Haustüre liegt.«

»Gewiß! Loredano hat mit nur zweitausendfünfhundert unserer Leute zehntausend Türken ins Meer zurückgeworfen. Aber das ist nur ein Tropfen auf den heißen Stein, und wer weiß, ob Skutari zu dieser Stunde noch immer unser ist. Die türkischen Kreuzfahrer greifen unsere Schiffe fast schon vor den Durchfahrten zum Lido an. Und zu allem Unglück ist unser Doge, Pietro Mocenigo – obwohl er erst achtundsechzig Jahre alt ist – geschwächt von den zahlreichen Verwundungen, die er sich im Kampf gegen die Korsaren und Janitscharen Mohammeds zugezogen hat. Es wird nicht mehr lange dauern, und wir werden einen jungen, kraftvollen Führer brauchen.«

»Sei es, wie es will, Eure Seefahrer sind nicht zu übertreffen; außerdem besitzt Ihr in Bartolomeo Colleoni den bedeutendsten Condottiere von Italien ...«

Bembos Stirn umwölkte sich.

»Colleoni starb vor kurzem in seinem Schloß in Malpaga. Sein Ruf war so überragend, daß man darüber sein Alter vergaß.«

»War er denn schon so alt?«

»Er ging auf die Fünfundsiebzig zu. Allerdings hat er der Republik einen Betrag von hunderttausend Golddukaten vermacht, damit er selbst nach seinem Tod noch am Krieg gegen die Türken würde teilhaben können. Doch hat er eine Bedingung an sein großzügiges Vermächtnis geknüpft: daß Venedig ihm auf dem Platz San Marco ein Denkmal errichte ...«

»Teufel noch mal!« erwiderte Beltrami lachend, »mitten im Herzen von Venedig!«

»Wir haben das Problem umgangen: Das Denkmal wird auf dem Platz der Scuola di San Marco stehen. Und wenn ich nun hier bin, so natürlich in erster Linie, um Monseigneur Lorenzo darum zu bitten, uns bei der Befestigung unseres Landbesitzes zu helfen für den Fall, daß der Türke anrückt; aber auch, um den Auftrag für diese Reiterstatue Eurem bedeutendsten Bildhauer, Verrocchio, zu erteilen. Möge Florenz ihm die Erlaubnis dazu geben!«

»Beide werden gewiß höchst erfreut darüber sein.«

Dann wechselte Beltrami unversehens den Tonfall und zog Fiora zu sich heran, die zwei Schritte hinter ihm stand und auf das Ende des Gesprächs wartete.

»Was aber dieses junge Geschöpf betrifft, von dem Ihr sicher bemerkt habt, daß sie uns zuhört, erlauchtester Herr, so gestattet, daß ich sie Euch vorstelle: meine einzige Tochter, Fiora.«

Das Gesicht des Venezianers hellte sich auf, als das Mädchen vor ihm in einen graziösen Hofknicks versank.

»In der Tat hatte ich bemerkt, daß man uns lauschte, aber die Neugierige ist so hübsch, daß ich mich unaufmerksam werden fühlte. Ich hoffe nicht, irgendwelche Dummheiten gesagt zu haben.«

»Im Gegenteil, ich versichere Euch. Was möchtest du, Töchterchen? Warum tanzt du nicht – nach der Ehre, die dir Monseigneur Lorenzo erwiesen hat?«
»Eben darum, weil mir nach ihm kein Tänzer mehr recht gefallen will ...« Dann bat sie leiser: »Vater, ich würde gerne nach Hause gehen ...«
Am dringlichen Unterton in der Stimme seiner Tochter merkte Francesco, daß es sich nicht nur um eine Laune handelte.
»Wie du möchtest, aber gewähre mir noch einen Augenblick. Wir gehen, sobald Monseigneur Lorenzo sein Gespräch mit dem Gesandten aus Burgund beendet hat. Dann wird er sich Seigneur Bembo widmen.«
Er hatte kaum ausgesprochen, als der Prächtige in Begleitung Philippe de Selongeys erschien. Lorenzo war heiter und liebenswürdig wie immer; der Gesandte aus Burgund hingegen hatte ein rotes Gesicht, und seine Augen blitzten, so als könne er sich nur mit Mühe beherrschen. Beide kamen nahe heran, so daß es möglich war, mitzuhören, was sie sprachen.
»Was ich gesagt habe, ändert nichts daran, daß Ihr mein Gast seid, Graf! Ihr seid jung, und der Abend gehört den Damen.«
Die Stimme Philippe de Selongeys klang deutlich wie die Fanfaren auf dem Turnierplatz kurz zuvor:
»Vielen Dank, Monseigneur, aber ich kann nicht an dem Fest teilnehmen. Wie ich Euch schon sagte, befindet sich Herzog Karl, mein edler Herr, im Kampf, und mit ihm ganz Burgund. Ich bin Soldat, kein Galan, und da wir uns nichts weiter mehr zu sagen haben, gestattet, daß ich mich zurückziehe ...«
»Ganz wie es Euch gefällt. Wir sehen uns noch.«
»Hat das noch Sinn?« fragte Selongey von oben herab.
»Gewiß doch. Sollte ich Euch etwa nicht ein Schreiben für den großen Herzog des Abendlandes mitgeben, da er mir

doch die Ehre erwiesen hat, Euch zu mir zu senden? Ein Schreiben ... und ein Zeichen meiner Verehrung.«
»Der Verehrung? Mein Herr braucht dergleichen nicht, wenn er nicht bekommt, was er verlangt. Der Mailänder jedenfalls hat sich als klüger erwiesen: Er hat auf die Vorschläge der Herzogin Yolande von Savoyen, der Verbündeten Burgunds, gehört.«
»Sie wendet sich gegen ihren eigenen Bruder, den König von Frankreich?« Die Stimme des Medici wurde plötzlich schneidend. »Eine Prinzessin, die ihre Herkunft verleugnet, kann des allseitigen Beifalls gewiß sein. Ich bleibe meinen Familienbanden treu. Bedenkt, daß die Lilien meine Waffen zieren! Zwar«, fügte er mit einem feinen Lächeln hinzu, in das sich ein gut Teil Verachtung mischte, »zwar trägt auch Burgund die Lilien im Wappen, aber es scheint sich kaum darum zu kümmern ... Ich wünsche Euch eine gute Nacht, Messire de Selongey! Ah! Seigneur Bembo, Euch habe ich gesucht! Wollt Ihr mich bitte begleiten?«
Die beiden Männer gingen in Richtung des Festsaales davon. Fiora und ihr Vater waren stehengeblieben, um dem Gesandten aus Burgund nicht im Wege zu sein. Denn wie alle Treppen in den Palästen von Florenz war auch die in dem prachtvollen Medici-Palast eng und steil. Philippe de Selongey aber rührte sich nicht von der Stelle. Die Hände zur Faust geballt, kämpfte er sichtlich gegen den Wunsch an, Lorenzo nachzueilen und sich vielleicht ebenso schonungslos wie prompt für die verächtlichen Worte, die soeben gefalllen waren, zu rächen. Doch er hielt sich zurück, zuckte nur mit den Schultern und beschränkte sich darauf, mit seiner Stimme zu schmettern, die laut genug war, daß sie der Prächtige noch hören konnte:
»Nicht immer wird alles nach Eurem Belieben gehen, Seigneur Lorenzo! Wenn Monseigneur Karl die schweizerischen Lumpenkerle besiegt und Burgund wieder zu dem Reich gemacht haben wird, das es einmal war, dann werdet

Ihr schon sehen, was es heißt, seinen Zorn auf sich zu ziehen!«
Er winkte zwei Männer herbei, die in einer Ecke des Saales warteten und zweifellos zu seiner Gefolgschaft gehörten. Doch gerade als er sich zum Gehen wandte, bemerkte er die Beltramis und ging auf sie zu. Ein Lächeln huschte über sein Gesicht, das eben noch so verschlossen wirkte:
»Demoiselle Fiora, Euch wünschte ich noch zu sehen, ehe ich das Palais verlasse. Ich hatte vor, mit Euch wenn auch nicht zu tanzen – denn das kann ich nicht –, so doch zumindest einen Augenblick zu plaudern. Ich glaube, ich werde meinen Aufbruch noch etwas hinausschieben.«
Er reichte Fiora die geschlossene Hand, damit sie die ihre darauflegte. Beltrami jedoch hielt ihn sanft zurück.
»Schiebt Euren Aufbruch nicht länger hinaus, Messire! Eure Äußerungen machen Euren Aufenthalt in diesen Räumen wenig wünschenswert. Und was meine Tochter betrifft, so sehe ich nicht recht, worüber Ihr Euch mit ihr unterhalten solltet.«
»Nun ... über all die reizenden Dinge eben, an denen ein junges Mädchen eben Interesse hat, und vielleicht auch darüber, weshalb ihr Gesicht mir fast vertraut erscheint. Es will mir so vorkommen, als sei ich ihr bereits irgendwann einmal begegnet, ohne daß ich sagen könnte, wann oder wo ... Was mich beschämt: Denn eine solche Schönheit sollte man nicht vergessen.«
Fiora wollte schon sagen, daß der Ritter sicher einst ihrer Mutter begegnet sei, doch Beltrami ließ ihr dazu keine Zeit.
»Da müßt Ihr Euch täuschen, Messire. Meine Tochter ist erst siebzehn Jahre alt und hat dieses Land noch nie verlassen. Es sei denn, es handelt sich hier um eine kleine List ... wie sie häufig angewandt wird, um ein Gespräch mit einer Unbekannten anzuknüpfen, die gefällt! Guten Abend, Messire! Wir gehen.«
Der Ton Beltramis war höflich, duldete aber keinen Wider-

spruch. Und so bestand Selongey nicht weiter auf seinem Vorhaben und trat mit einer Verbeugung zurück, um Vater und Tochter vorbeizulassen. Heimlich fing Fiora seinen Blick auf: Er war verträumt und fragend zugleich. Auch verspürte sie diesmal keineswegs die leichte Verärgerung, die sie bei den vorangegangenen Begegnungen empfunden hatte, sondern im Gegenteil ein seltsames Gefühl des Bedauerns. Dennoch hatte sie zuviel Respekt vor dem Willen ihres Vaters, als daß sie ihm widersprochen hätte ... es sei denn unter vier Augen.

Am Fuße der Treppe trafen sie auf die Diener, die auf sie warteten, um sie mit Fackeln nach Hause zu geleiten. Den Weg zu leuchten war in dieser Nacht freilich kaum nötig, da die Straßen im Glanz der Lichter strahlten und von Musik und Freude erfüllt waren. Auch auf den Plätzen wurde gefeiert, wo auf Anordnung Lorenzos das *Popolo minuto,* das niedere Volk, freigehalten wurde, und überall zogen Sänger und Gaukler andere Sänger mit sich oder führten ihre Kunststücke der bewundernden Menge vor. Die Nacht, die über dem feiernden Florenz lag, war schön und sternenreich ...

Vor den Bronzetoren des Baptisteriums, deren golden glänzende Figuren im Licht zum Leben erweckt schienen, wurden der Kaufmann und seine Tochter plötzlich von einem fröhlichen Kreis von Studenten, Lehrjungen und Mädchen umringt, die sie für einen Augenblick von ihren Bediensteten trennten:

»Es regnet Zärtlichkeiten[1] heute nacht, Messer Francesco«, rief einer der Burschen, und sogleich fielen die anderen im Chor ein. »Noch ist es nicht an der Zeit, nach Hause zu gehen, sondern zu tanzen ...«

»Ich bin nicht mehr im rechten Alter, um zu tanzen, meine

1) Ein florentinischer Ausdruck, der besagt, daß man glücklich ist.

Freunde«, rief Beltrami gutgelaunt, »und meine Tochter ist müde ...«
»Müde? Und das mit diesen Augen?«
Ein Bursche, der eine Laute auf dem Rücken trug, war aus dem Kreis hervorgetreten. Er kniete vor Fiora nieder, die amüsiert zusah, und sang:

O Rose, die du vom grünen Zweig gebrochen wardst,
du wardst gepflanzt in einen Garten der Liebe ...

Das Lied war berühmt. Alle fielen im Chor ein, und Fiora streckte lächelnd ihre Hand dem jungen Sänger entgegen, der einen Kuß darauf drückte. Gleichzeitig nahm Beltrami aus seiner Geldbörse eine Handvoll Münzen und warf sie in die Runde:
»Die Nacht ist noch lang, Kinder! Amüsiert euch damit so gut wie möglich auf unsere Gesundheit!«
Man klatschte Beifall, und rasch wurden die Münzen aufgesammelt; danach geleitete der ganze Trupp Vater und Tochter unter Lauten-, Flöten- und Tambourklängen bis zum Palast, wo die Diener, die die Fackeln getragen hatten, mit Erlaubnis ihres Herrn einen Trank anboten, bevor sie dann mit den anderen zurückkehrten, um bis in den Morgen hinein zu tanzen. Fiora und ihr Vater hingegen gingen hinauf, und da Beltrami die Absicht geäußert hatte, in seinem *Studiolo* an einem griechischen Manuskript, das er erst kürzlich erstanden hatte, zu arbeiten, folgte ihm Fiora dorthin nach. Nachdenklich ging sie auf das Porträt zu und schlug das Tuch zurück, um es sich noch einmal zu besehen.
»Es ist nicht der rechte Augenblick dafür!« wehrte Francesco sanft ab. »Du solltest schlafen gehen ...«
»Ich bitte dich, Vater, laß sie mich noch ein wenig betrachten! Bedenke doch, daß ich sie gerade erst entdeckt habe! Noch nicht einmal ihren Namen hast du mir je genannt.«
»Ich habe dir gesagt, daß sie Marie hieß.«

»Es gibt so viele Frauen, die Marie heißen! Das genügt nicht.«
»Trotzdem muß es dir im Augenblick genügen. Später einmal werde ich dir mehr sagen ...«
»Wenn du das so sagst, dann heißt das, daß ich noch viele Jahre warten muß, nicht wahr? Und ich würde gerne so viel wissen ... Dieser Fremde, dieser ... Philippe de Selongey«, fügte sie plötzlich errötend hinzu, »könnte er sie gekannt haben?«
»Falls das überhaupt möglich ist, dann müßte er damals noch sehr jung gewesen sein ...«
»Aber diese Ähnlichkeit, von der er sprach?«
Beltrami nahm die beiden Hände Fioras in die seinen.
»Dringe nicht weiter in mich, mein Kind! Du wirst mich nicht dazu bringen, dir etwas zu sagen, was ich für mich behalten will. Außerdem tust du mir weh damit! Gehe jetzt schlafen! Da kommt ja auch schon Donna Leonarda, um dich zu holen ...«
Tatsächlich war an der Türe das leichte Kratzen zu hören, mit dem die Gouvernante ihr Kommen gewöhnlich ankündigte. Und im gleichen Augenblick schon trat sie ein.
»Ich erwartete Euch erst am frühen Morgen. Was ist geschehen?«
»Nichts, ich war es, die nach Hause gehen wollte. Ich habe mich nicht in dem Maße vergnügt, wie ich gehofft hatte«, sagte Fiora.
»Monseigneur Lorenzo hat mit ihr getanzt, und sie beklagt sich!«
Doch Léonarde hörte nicht mehr hin. Sie hatte das Porträt entdeckt, das Fiora soeben umgestellt hatte, um es im Schein des Kaminfeuers besser betrachten zu können. Sie stutzte einen Augenblick und wandte sich dann Beltrami mit weit aufgerissenen Augen zu:
»Woher habt Ihr dieses Bild?« fragte sie mit tonloser Stimme.

»Ich habe es nach dem Ebenbild Fioras malen lassen. Es ist erstaunlich, nicht wahr?«
Er lachte kurz und gezwungen auf, doch Léonarde verstand noch immer nicht.
»Warum habt Ihr das getan?«
»Weil ich es so wollte. Ist das nicht genug?«
Der Gouvernante entfuhr ein tiefer Seufzer, der an das Blasen eines Schmiedebalgs erinnerte:
»Ihr allein müßt das entscheiden, Messer Francesco, aber Ihr werdet mir die Bemerkung gestatten, das ich das nicht gut finde. Ein lebendiges Gesicht zum Vorbild für ein anderes zu nehmen, das nicht mehr existiert, das heißt, das Schicksal herauszufordern ... wenn nicht gar den Teufel. Wenn das Kind ...«
»Ach was, albernes Geschwätz! Wollt Ihr etwa solche Gedanken einem Mädchen in den Kopf setzen, das ohnehin schon viel zuviel Phantasie hat ... und viel zu neugierig ist? Sie hat gesagt, daß sie müde ist: Also bringt sie zu Bett!«
Fiora, die den kurzen Wortwechsel mit größter Aufmerksamkeit verfolgt hatte, bot ihrem Vater daraufhin die Stirn zum Kuß und ließ sich ohne Widerrede hinausführen. Ihr war die Verwirrung Léonardes keineswegs entgangen, und so fragte sie, kaum daß sie in ihrem Zimmer angelangt war, während Khatoun sie halb verschlafen zusammen mit der Gouvernante entkleidete, um sie ins Bett zu bringen, unvermittelt auf französisch, damit nur Léonarde sie verstünde:
»Und Ihr, wollt auch Ihr mir nichts sagen?«
»Worüber?«
»Über meine Mutter. Warum darf ich nur ihren Vornamen wissen?«
»Es genügt, wenn Ihr für sie betet. Wenn Euer Vater Euch nichts sagt, dann weil er seine Gründe dafür hat. Versucht jetzt zu schlafen!«
»Ich bin aber nicht müde. Außerdem glaube ich, daß die Ge-

schichte meiner Mutter eine ganz schreckliche Geschichte ist.«

»Wie kommt Ihr darauf?«

»Durch das Verhalten meines Vaters heute morgen ...«

Und sie erzählte, was sich im *Studiolo* zugetragen hatte, als Francesco ihr hatte beweisen wollen, daß sie ebenso schön war wie die, deren Andenken er bewahren wollte.

»Ich bemerkte einen braunen Fleck auf der Spitze, und mein Vater mußte zugeben, daß es sich dabei um Blut handelt. Um das Blut meiner Mutter! Könnt Ihr mir nicht sagen, wie sie gestorben ist?«

Léonarde, die während Fioras Bericht zunehmend Zeichen von Erregung gezeigt hatte, bekreuzigte sich mehrere Male:

»Nein! ... Nein, zählt nicht auf mich! Nur dies eine sage ich Euch: Eure Mutter war ein liebenswertes, anbetungswürdiges Geschöpf, das Zeit seines Lebens vom Unglück verfolgt war. Die Liebe, die Euer Vater ihr geschenkt hat, ist das einzig Schöne, das ihr das Schicksal je gewährt hat. Das ist auch der Grund, weshalb wir niemals aufhören werden, für sie zu beten. Aber nun schlaft!«

Sie griff nach den weißen Damastvorhängen des Alkovens und wollte sie zuziehen, doch Fiora wehrte ab:

»Ihr wißt sehr wohl, daß ich nicht gerne hinter vorgezogenen Vorhängen schlafe. Außerdem habe ich noch etwas zu erzählen: Heute abend nämlich hat mir ein seltsamer Mann im Palast der Medici eine Weissagung gemacht.«

»Auch das noch! Was für eine Weissagung denn?«

Fiora wiederholte sie und fügte hinzu:

»Eure Freundin Colomba, die ja immer alles weiß, muß von diesem Demetrios Lascaris gehört haben. Ich wüßte gern, was sie über ihn denkt.«

»Sicherlich nichts Gutes!« brummte Léonarde. »Das kann nur ein Scharlatan sein und ein schlechter Mensch dazu! Einem Kind wie Euch solche Gedanken in den Kopf zu setzen! Ich hoffe, Ihr glaubt ihm kein Wort davon. Und was

Monna Simonetta betrifft, so weiß ganz Florenz, daß es ihr gesundheitlich nicht sonderlich gutgeht. Daß ein Arzt in der Lage ist, in die Zukunft zu schauen, ist gut möglich; aber deshalb hat er Euch noch längst nicht in seine verrückten Ideen miteinzubeziehen. Wo solltet Ihr schon im nächsten Jahr sein, großer Gott, wenn nicht hier in Fiesole? ... Es sei denn, Euer Vater hätte beschlossen, Euch auf eine seiner Reisen mitzunehmen, wo Ihr dann vielleicht seekrank werdet. Es besteht keine Veranlassung, an irgend etwas anderes zu denken, da der Herr Euch nicht allzu bald zu verheiraten gedenkt.«

»Glaubt Ihr?« fragte Fiora erleichtert, die an diese Möglichkeit noch gar nicht gedacht hatte.

»Aber gewiß doch, mein Vögelchen. Vergeßt das alles! Morgen werde ich Messer Francesco sagen, daß er etwas mehr auf die Leute achten soll, die in Eure Nähe kommen, wenn ich nicht dabei bin ...«

Léonarde schickte Khatoun, die ohne Unterlaß gähnte, in das mit Kissen und Fellen ausgepolsterte Bett zurück, das dieser in einer Ecke des großen Zimmers gehörte, und löschte dann die Kerzen bis auf eine duftende Öllampe. Um die frische Nachtluft hereinzulassen, hatte sie auf Fioras Bitte hin das Fenster halb geöffnet.

Fiora streckte sich in ihrem großen Bett aus, murmelte, da sie nicht sonderlich fromm war, nur ein kurzes Gebet und schloß, als sie merkte, daß ihr die Augenlider schwer wurden vor Schlaf, die Augen.

Doch im nächsten Augenblick schon schreckte sie auf. Ein kurzes, klirrendes Geräusch, gefolgt von einem dumpfen Schlag, riß sie aus dem Bett. Etwas war gegen den Flügel des halb offenstehenden Fensters geflogen und hatte dabei eine der kleinen Butzenscheiben zerschmettert, und dieses Etwas lag nun auf dem Teppich.

Im Schein der Nachtlampe entdeckte Fiora einen Stein, um den ein Stück Papier gewickelt war. Mit wild klopfendem

Herzen hob sie ihn auf und blickte dann flüchtig zu Khatoun hinüber; aber die kleine Sklavin hatte nichts gehört und schlief mit geballten Fäusten zusammengerollt in ihrem wohlgepolsterten Nest.

Fiora setzte sich auf ihr Bett, stellte die Nachtlampe zurück, löste mit ihren Zähnen das Band, das die sonderbare Nachricht zusammenhielt, faltete sie auseinander und las. Sie bestand aus nur wenigen Worten:

»Ich werde morgen den ganzen Vormittag über in der Kirche Santa Trinita auf Euch warten. Könntet Ihr nicht zum Beten dorthin kommen? Ich muß Euch unbedingt sprechen!« Die Unterschrift lautete: Ph. de S.

Verwirrt und mit geröteten Wangen, so als wäre der Gesandte aus Burgund persönlich in ihr Zimmer eingedrungen, drehte und wendete Fiora das Stück Papier in ihren Händen, ohne zu wissen, ob sie darüber mehr erbost oder mehr geschmeichelt sein sollte. Daß dieser Unbekannte den Mut hatte, sie zu einem Rendezvous zu bestellen, empörte sie, und doch empfand sie, ohne sich dessen so recht bewußt zu sein, eine Mischung aus Stolz und Erregung angesichts des Abenteuers, das sich ihr bot. Ein Abenteuer – das hatte sie erfahren, als sie Léonarde und Colomba beim Schwatzen zuhörte –, wie es manchen jungen Frauen und Mädchen in der Stadt widerfuhr. Die Frage war, ob sie in die Santa Trinita gehen sollte oder nicht. Die Kirche lag ganz in ihrer Nähe, und sie wußte, daß sie sich dorthin begeben konnte, auch wenn nur Khatoun sie begleitete. Léonarde war regelmäßig jeden Morgen zur kleinen Frühmesse dort und hielt es nicht für notwendig, noch ein zweites Mal dorthin zu gehen, wenn sich Fiora einmal ausnahmsweise in frommer Stimmung fühlte und bereit war, an einem anderen Tag als an einem Sonntag oder an großen Festtagen eine Messe zu hören. In ihrer Unschuld wußte das junge Mädchen noch nicht, daß die Frage in dieser Form zu stellen, sie bereits zu beantworten hieß, und als sie schließlich einschlief, nach-

dem sie das Papier verbrannt, den Stein aber wieder dorthin zurückgelegt hatte, wo sie ihn aufgehoben hatte, war sie entschlossen, sich mit Philippe de Selongey zu treffen.
Als Dame Léonarde am nächsten Morgen den Stein und das beschädigte Fenster entdeckte, wurde sie stutzig. Die Unschuldsmiene der beiden Mädchen – gut gespielt im Falle Fioras, doch ganz und gar authentisch bei Khatoun, die nichts gesehen und nichts gehört hatte – brachte sie zu der Überzeugung, daß der Vorfall irgendeinem Betrunkenen zuzuschreiben sei, wie es sie in solchen Festnächten zu Hunderten gab. Sie wußte natürlich, daß ein durchs Fenster geworfener Stein ein gängiges Mittel war, um eine Nachricht zu übersenden; aber sie dachte, daß in diesem Falle Fiora wohl den Stein ebenso wie das Billett hätte verschwinden lassen. Und sie beruhigte sich ganz mit dem Gedanken, daß der Absender, wenn es sich denn um einen Kavalier handelte, nur Luca Tornabuoni sein konnte oder einer der anderen Verehrer des jungen Mädchens. Und in diesem Falle war schließlich nichts Schlimmes dabei.
»Ich werde dieses Fenster zur Reparatur schicken, sobald Ihr euer Bad genommen habt.«
»Bitte laßt es gleich vorbereiten, Dame Léonarde. Ich würde gerne in die Santa-Trinita-Kirche gehen und die Messe hören.«
»Fühlt Ihr Euch nicht wohl?«
»Wenn ich mich nicht wohl fühlte, Dame Léonarde, bliebe ich im Bett«, sagte Fiora würdevoll. »Aber nach alldem, was mir gestern widerfahren ist, ist es, glaube ich, notwendig, daß ich beten gehe.«
Léonarde drang nicht weiter in sie, aber da diese plötzliche Anwandlung von Frömmigkeit bei einem Mädchen, das Plato, Hesiod oder Sophokles mehr zu schätzen schien als die Evangelisten, ihren Argwohn erregte, versprach sie sich, ein Auge auf sie zu haben, ohne es sich anmerken zu lassen; freilich mußte sie heimlich lachen bei diesem Gedanken,

denn wenn die Kleine anfing, sich für einen anderen als Giuliano de Medici zu interessieren, so war das eher gut. Und so schickte sie Khatoun fort, um das Bad zu überwachen.
Eine Stunde später war Fiora auf dem Weg zur Santa-Trinita-Kirche – gehüllt in einen weiten, braunen, fehgefütterten Kapuzenmantel, denn es war plötzlich frisch geworden, und gefolgt von Khatoun, die ein Kissen und ein Stundenbuch unter dem Arm trug. Nach dem Tod ihrer Mutter war die junge Tatarin auf den Namen Doktrovée, der Namenspatronin jenes Tages, getauft worden, aber keiner hatte sie je so genannt. Khatoun war und blieb Khatoun, dank ihrer Taufe jedoch konnte sie Fiora zu den Andachten in die Kirche begleiten.
Die Santa-Trinita-Kirche, vor deren Portal die Damen und Demoisellen von Florenz ein jedes Jahr die Rückkehr des Frühlings feierten, war eine erhabene, streng gegliederte, gotische Kirche, die ohne die zahllosen Kerzen, die in den verschiedenen Kapellen brannten, recht düster gewirkt hätte. Unter den einzelnen Deckengewölben, die mit Fresken Baldovinettis ausgeschmückt waren, bildeten die Kerzen große Lichtersträuße, die in den Altarvergoldungen ringsum widerstrahlten.
Im Chor wurde gerade mit einer Messe begonnen, und so beschloß Fiora, zunächst daran teilzunehmen, bevor sie sich anhören würde, was der Ritter aus Burgund ihr so Wichtiges zu sagen habe. Sie hatte sofort, als sie die Kirche betrat, in der zweiten Kapelle links vom Chor vor den Fresken Giovanni da Pontes seine hohe dunkle Gestalt bemerkt. Selongey blickte zu dem prachtvollen Grabmal Federighis von Luca della Robbia empor und schien jedes Detail mit aufmerksamem Kennerblick zu studieren; aber Fiora, die sich scheinheilig unter ihrer Kapuze versteckte, sah, daß er jede Person, die in die Kirche kam, mit einem flüchtigen Blick streifte. Ohne sich anmerken zu lassen, daß sie ihn gesehen hatte, enthüllte sie daraufhin ihr Gesicht gerade so weit, daß

er sie erkennen konnte, und kniete dann mitten in der Kirche etwas abseits der wenigen Personen, die sich dort aufhielten, nieder ...

Nie zuvor sicherlich ward einer Messe weniger Aufmerksamkeit zuteil. Fiora betete nicht, ja hörte kaum zu, so vollständig waren ihre Sinne von der Anwesenheit jenes Mannes in Beschlag genommen, den sie hinter sich fühlte. Ohne sich umdrehen zu müssen, wußte sie, daß dieser Mann, der ihr noch vierundzwanzig Stunden zuvor gänzlich unbekannt gewesen war, ganz dicht hinter ihr saß, und wiewohl sie sich die Erregung, die sie darüber verspürte, nicht erklären konnte, nahm sie sie nicht ohne Mißvergnügen hin ... Khatoun, die keinen Grund hatte, sich nicht umzudrehen, flüsterte ihr zu:

»Genau hinter uns sitzt ein schöner Herr und betrachtet dich unentwegt, Herrin!«

»Ich weiß«, flüsterte Fiora zurück. »Er wird uns gleich ansprechen, aber das darfst du niemandem erzählen. Versprichst du mir das?«

Ohne Rücksicht auf den heiligen Ort, an dem sie sich befanden, spuckte Khatoun auf den Boden und streckte dabei die Hand aus, was ihrer Art zu schwören entsprach, seitdem sie zwei Arno-Schiffer dabei beobachtet hatte. Fiora mußte lächeln, hinter ihrem Rücken hörte sie jemanden deutlich ein Lachen unterdrücken. Ein Lachen, das allerdings sogleich verstummte und in ein Hüsteln überging.

Die Messe näherte sich ihrem Ende. Ein junger Kirchendiener mit wirrem Haar schwenkte kräftig das Weihrauchfaß, von dem etliche Spritzer sowie duftende Rauchschwaden ausgingen, und hüllte damit den Chor in so dichten Nebel, daß das buntschimmernde Meßgewand des Priesters und die kostbaren Kultgegenstände dahinter verschwammen, während Fiora noch immer auf den Knien lag und mehr dem Schein nach als wirklich ein Gebet sprach. Da plötzlich drang eine gedämpfte Stimme an ihr Ohr:

»Ich erwarte Euch beim Weihwasserbecken ...«
Sie nickte leicht mit dem Kopf, rührte sich jedoch nicht von der Stelle, da sie sich das typisch weibliche Vergnügen gönnen wollte, den Mann, der sie so überaus galant zu einem Treffen eingeladen hatte, ein wenig warten zu lassen. Auch erlaubte ihr das, abzuwarten, bis die Kirche sich fast vollständig geleert hatte. Nur noch der Küster war anwesend und löschte die Kerzen auf den großen Kandelabern mit Hilfe eines langarmigen Kerzenlöschers, als Fiora sich ein letztes Mal bekreuzigte und sich endlich erhob. Langsam und gemessenen Schrittes ging sie auf das Portal zu, bog dann aber unvermittelt ab, um auf den zuzuschreiten, der im Schatten eines Pfeilers auf sie wartete.
Kaum war sie bei ihm angelangt, als Selongey sie auch schon bei der Hand nahm und in die nächstgelegene Kapelle zog, die von spärlichstem Kerzenlicht erleuchtet war.
»Wer ist das Mädchen, das uns folgt?« fragte der Gesandte aus Burgund trocken, ohne sich um irgendeine Höflichkeitsformel zu scheren. Sprachlos vor so viel Impertinenz entwand ihm Fiora ihre Hand:
»Das ist Khatoun, meine Sklavin. Und rechnet nicht damit, daß ich sie fortschicke: Sie weicht niemals von meiner Seite!«
»Eine Sklavin? So etwas gibt es bei Euch noch, und Ihr sagt mir das in aller Gemütsruhe, hier in einer Kirche? Was für Christen seid Ihr denn?«
»Ich glaube nicht, daß Ihr uns in dieser Hinsicht Lektionen zu erteilen habt. Unsere Sklaven werden besser behandelt als Eure Domestiken oder Eure Bauern. Da wir sie für teures Geld kaufen, pflegen wir sie auch gut!«
»Ihr seid wirklich erstaunliche Menschen, und ...«
»Lassen wir das, Messire! Ihr habt mich wohl nicht heute morgen hierherkommen lassen, um unsere Sitten und Gebräuche mit mir zu diskutieren. Das ist ein Kapitel, an dem ich keine Kritik dulde.«

»Verzeiht! Es war nicht meine Absicht, Euch zu kränken. Ich wollte Euch in erster Linie eine Frage stellen, wenn Ihr erlaubt.«

»Das hängt ganz von der Frage ab«, sagte Fiora, noch immer auf der Hut. Mit kerzengerader Haltung stand sie ihrem Gesprächspartner gegenüber und blickte Philippe stolz ins Gesicht. Dieser lächelte daraufhin plötzlich und murmelte mir veränderter Stimme:

»Eure Augen sind so klar. Man muß jede noch so geringe Regung Eurer Seele daraus ablesen können ...«

»Auch dafür habe ich mich nicht eigens hierher bemüht ... Nun, wie lautet Eure Frage? Falls Ihr tatsächlich eine habt ...«

»Gewiß. Man sagte mir, daß Eure Mutter nicht aus dieser Gegend stammte, sondern eine Adelige aus dem Ausland war.«

»Ich wußte zwar, daß Gerüchte hier schnell herumgehen«, erwiderte Fiora empört, »aber daß sie so schnell herumgehen, wußte ich nicht! Ihr seid doch gerade erst hier angekommen.«

»Ich werde auch bald wieder aufbrechen; doch man braucht nicht viel Zeit, um Gefallen an jemandem zu finden! ... So sehr, daß man alles wissen will, was diesen Menschen betrifft. Wenn ich Euch nach dem Namen Eurer Mutter frage, so wegen der Ähnlichkeit, die Ihr mit einer meiner Kindheitserinnerungen habt. Als ich etwa zwölf Jahre zählte, war ich Page des Grafen von Charolais, der nunmehr Herzog von Burgund ist.«

»Bitte erzählt weiter!«

»Monseigneur Karl hatte damals als Stallmeister einen jungen Mann, der sehr schön war ... und sehr traurig. Er lächelte nur selten – was äußerst bedauerlich war, denn sein Lächeln war bezaubernd ... ganz wie das Eure. Ich habe diesen jungen Mann, der damals übrigens plötzlich verschwand, nie vergessen. Er hieß Jean de Brévailles und war

aus gutem burgundischem Adel, wenn auch von geringem Vermögen. Ihr seid ihm auf seltsame Weise ähnlich – soweit ein junges Mädchen einem Jüngling ähneln kann.«
»Und Ihr habt nun, als Ihr von meiner Geschichte erfuhrt, gedacht, daß dieser junge Mann vielleicht aus meiner Familie stammte?«
»Genau. Das ist der Grund, weshalb ich Euch nach dem Namen Eurer Mutter fragte, auch auf die Gefahr hin, Euch indiskret zu erscheinen.«
»Ich würde es Euch gerne sagen, wenn ich es nur wüßte, aber mein Vater hat es mir nie erzählen wollen – zweifellos in dem Bestreben, seine Erinnerungen für sich zu bewahren ... und vielleicht auch aus Rücksicht auf die Ehre einer Familie, da ich außerehelich geboren bin. Ich weiß nur das eine: daß sie Marie hieß.«
Zwischen den beiden jungen Leuten trat eine Stille ein, wie sie leeren Kirchen eigen ist, deren Mauern dem Lärm von außen ein unüberwindbares Hindernis entgegensetzen, eine Stille, die ebensosehr von göttlicher Erhabenheit herzurühren schien wie von der lichten Höhe unter den Gewölben, in der selbst der geringste Laut noch anschwillt und Widerhall erzeugt. Während Fiora, wie schon tags zuvor, in einer plötzlichen Gefühlsaufwallung das Engelsgesicht jener jungen, blonden Frau vor ihrem inneren Auge sah, betrachtete Philippe Fiora.
Khatoun, die der Schicklichkeit halber auf der anderen Seite des Pfeilers stehengeblieben war, hustete plötzlich, und die ganze Kirche schien es ihr nachzutun. Fiora, die aus ihren Gedanken gerissen wurde, erschauerte, zog sich den Mantel enger um die Schultern und schaute zu dem Ritter auf, der sie noch immer ansah, ohne daß es ihr möglich gewesen wäre, seine Gedanken auch nur zu erahnen. Sein braunes Gesicht schien wie erstarrt, und das junge Mädchen glaubte, aus der spöttischen Falte um seinen Mund Verachtung herauslesen zu können.

»Hat man Euch denn nicht gesagt, daß mein Vater nicht mit meiner Mutter verheiratet war? Nun wißt Ihr es also. Ich bin ein Bastard – um es noch deutlicher zu sagen. Allerdings muß ich hinzufügen, daß das bei uns keine große Rolle spielt. Wir Florentiner sind in der Tat seltsame Menschen«, setzte sie mit einem angedeuteten Lächeln hinzu, »halbe Wilde ...«
Ihre Ironie verunsicherte Selongey.
»So redet doch keine Dummheiten. Ich habe nie etwas dergleichen gesagt. Außerdem ist die uneheliche Geburt auch in unseren großen Familien kein Makel.
Nur das Blut des Vaters zählt. So ist der beste Feldherr von Monseigneur Karl sein Halbbruder – der übrigens weitaus älter ist als er selbst: der große Bastard Antoine ...«
Diesmal lächelte Fiora erheitert und zeigte dabei kleine Grübchen auf ihren Wangen und feucht schimmernde, makellose weiße Zähne.
»Um das zu sagen, braucht Ihr keineswegs diesen entrüsteten Ton anzuschlagen, Messire. Und da wir einer Meinung sind, so gestattet, daß ich mich jetzt zurückziehe. Meine Gouvernante könnte sonst die Messe für ein wenig zu lang halten ...«
»Werdet Ihr so streng bewacht?«
»So, wie es sich für ein Mädchen meines Alters und meiner Stellung ziemt«, erwiderte Fiora kurz angebunden. »Dagegen dürftet Ihr wohl nichts einzuwenden haben.«
»Das habe ich auch nicht gesagt. Aber ich flehe Euch an, geht noch nicht. Ich ...«
Er schien plötzlich zu zögern, und Fiora wurde ungeduldig.
»Habt Ihr etwa noch weitere Fragen? Wenn ja, beeilt Euch bitte. Ich muß zurück!«
»Ich hätte Euch so vieles zu sagen, aber da Ihr in Eile seid ...«
Bevor Fiora auch nur die Andeutung einer Geste machen konnte, hatte er sie bereits in die Arme geschlossen und

küßte sie leidenschaftlich. Atemlos fühlte sich das junge Mädchen von einer unwiderstehlichen Macht fortgerissen, die grausam und doch unendlich süß war und die sie unfähig machte zu jeder geringsten Gegenwehr. Während sonst schon die kleinste Andeutung einer Zärtlichkeit von seiten eines ihrer Verehrer ihren stolzen Zorn hervorrief, ließ sie sich nun wie trunken von einem Mann mitreißen, dessen Herz schwer gegen ihre Brust schlug. Er roch nach Leder, nach frischer Luft, feuchtem Gras und nach Pferden, und dieser Duft hatte etwas Betörendes an sich, ebenso wie der Kuß – der erste, den sie je erhalten hatte. Er brachte ihr Blut in Wallung und versetzte sie in einen Glückstaumel, der sie schwindeln machte. Es eröffnete sich ihr plötzlich eine neue Welt, die flammende Welt der Liebe, die kaum mehr etwas mit ihren rosigen Jungmädchenträumen gemein hatte und die weder aus kunstvollen Versen bestand noch aus leisen Seufzern ...

Zu unschuldig noch, um die Zärtlichkeiten zu erwidern, überließ sich Fiora kraftlos und mit wild klopfendem Herzen den Armen Philippes, und als er sie schließlich ebenso abrupt losließ, wie er sie ergriffen hatte, wäre das junge Mädchen um ein Haar gestürzt. Doch er hielt sie fest und zog sie, sanfter diesmal, erneut an seine Brust. Behutsam hob er ihr Kinn zu sich empor und küßte sie leicht auf Nasenspitze und Augen:

»Ich liebe dich!« murmelte er mit einer Leidenschaftlichkeit, die sie erröten ließ. »Ich liebe dich, und ich will dich haben ...«

Diesmal machte er sich endgültig von ihr los und lief, ohne sich umzudrehen, aus der Kirche. Fiora, die noch immer im Bann des Traums stand, den er ihr gezeigt hatte, fiel auf die Knie. Über ihr lächelte im schwachen, diffusen Licht zweier Kerzen eine Heiligenfigur, die sie, verwirrt wie sie war, nur mit Mühe zu erkennen vermochte. Und da sie unter allen Umständen wieder zu sich kommen und ihrem Herzen Zeit

geben mußte, sich zu beruhigen, begann Fiora automatisch zu beten ...
Schließlich kam Khatoun und kniete sich ganz nah neben sie, griff nach ihrer Hand und schmiegte ihre Wange daran:
»Es ist spät, Herrin«, flüsterte sie. »Wir müssen gehen.«
Leicht verwirrt sah Fiora sie an:
»Glaubst du? Ich ... ich habe keine Lust, nach Hause zu gehen. Nicht jetzt! Doch nicht jetzt!«
Das kurze, leise Lachen der jungen Tatarin klang wie das Gurren einer Taube.
»Ich weiß, warum. Du hast Angst, daß man es deinem Gesicht ansieht.«
»Was?«
»Daß du jetzt weißt, was das ist: Liebe ...«
»Du Verrückte, du! Glaubst du etwa, ich liebte diesen Mann? Weißt du denn nicht, daß ich Giuliano liebe?«
Sie war überrascht, als sie den Namen aussprach, daß er ohne Klang mehr für sie war und ohne Farbe. Was sie einst für den jungen Medici empfunden hatte, verblaßte wie ein Traum, an den man sich schon am nächsten Morgen nur noch mit Mühe erinnert.
»Nein«, sagte Khatoun, »du hast dir nur eingebildet, ihn zu lieben. Der aber soeben von dir gegangen ist, der wird dich mitnehmen ... und das weißt du auch.«
Fiora erwiderte nichts. Statt dessen barg sie ihr Gesicht in den Händen, als wolle sie sich noch mehr in das Gebet vertiefen; doch in Wirklichkeit tat sie es nur, um in diesem Moment nicht dem Blick des Mädchens begegnen zu müssen, das aus dem fernen Asien kam und zu ihr mit einer Sicherheit von Dingen sprach, die sie selbst noch kaum zu fassen wagte.

3. Kapitel

Liebesüberraschungen

Am Morgen des darauffolgenden Tages begab sich Francesco Beltrami in Begleitung seiner Tochter zum Laden des Buchhändlers Vespasiano Bisticci. Sie hatten einander untergehakt und gingen eiligen Schrittes, da die Temperatur weiter gefallen und es beinahe kalt geworden war. Das beeinträchtigte indes nicht das Vergnügen Fioras, die es über alles liebte, zusammen mit ihrem Vater zu dem Buchhändler zu gehen, bei dem sich die geistige Elite der Stadt traf; allein dorthin zu gehen wäre für sie nicht schicklich gewesen. Sie betrachtete den Besuch als eine Ehre, und ihre Liebe zu Büchern fand dort stets reiche Nahrung.

Zu jener vormittäglichen Stunde war die Via Larga, in der Bisticci seinen Laden hatte, überaus belebt. Hausfrauen gingen, einen Korb an jedem Arm, zum Markt, Damen, verborgen hinter Schleiern oder Kapuzen, kehrten von einer Messe in der Kirche San Lorenzo zurück, die neben dem Palast der Medici lag und durch einen Kreuzgang von der Biblioteca Laurenziana getrennt war; ein Ziegenhirte trieb seine Herde vor sich her; Maurer transportierten Steine auf einem Holzkarren aus dicken, eigens dafür ausgesuchten Stämmen; Bürger schritten in langen, schwarzen Sergegewändern und bebänderten Kappen vorüber, und in einer Hausnische spielten Knaben jauchzend mit einem Kreisel.

Immer wieder wurde Francesco Beltrami auf seinem Weg gegrüßt. Und ein jedes Mal grüßte er liebenswürdig und höflich zurück, erfreut darüber, sein hohes Ansehen an dieser Elle messen zu können. Da plötzlich, als Vater und Tochter in unmittelbarer Nähe von Bisticcis Laden angelangt waren, rannte eine Schweineherde in die Straße und hätte die

beiden fast zu Boden gerissen. Ihnen hinterher lief ein kleiner Junge. Als er den reichen Kaufmann erkannte, wurde er über und über rot und warf sich mitten auf der Straße vor ihm auf die Knie:
»O verzeiht, Messer Beltrami, verzeiht vielmals!«
Er schien außer sich vor Schrecken.
»Aber, aber, du Pechvogel«, sagte Francesco lachend, »wenn du so auf den Knien liegen bleibst, werden dir deine Schweine ausreißen. Laufe ihnen lieber hinterher, du kleiner Dummkopf, anstatt dich bei mir zu entschuldigen! Und warte! Nimm dies hier für den Fall, daß du sie nicht mehr alle wiederfindest. Es muß ja nicht sein, daß du von deinem Herrn Schläge bekommst ...«
Er hielt dem verblüfften Kind einen Goldflorin hin und zog Fiora weiter, während der kleine Schweinehirte überglücklich seine beiden Beine in die Hände nahm und davonsauste.
»Eigentlich sollte man dir den Beinamen ›der Prächtige‹ geben«, sagte Fiora zärtlich. »Du bist der großzügigste Mensch auf der Welt.«
»Weil ich ihm einen Florin gegeben habe? Aber der Prächtige selbst hätte ihm zwei gegeben. Es ist schon gut so, wie es ist.«
Einen Augenblick später waren sie bei dem Laden des Buchhändlers angelangt.
Vespasiano Bisticci galt in Florenz als der große Spezialist für alte Schriften, und unentwegt waren seine Geschäftspartner in den Städten Griechenlands und des Orients auf der Suche nach seltenen Manuskripten. Er selbst war ein Mann von etwa sechzig Jahren, groß und würdevoll, von besonderer Freundlichkeit und überaus gebildet. Seine klaren Gesichtszüge waren von unzähligen Falten durchzogen, doch seine dunklen Augen sprühten vor Jugendlichkeit, und seine Stimme war überaus wohlklingend.
Als die Beltramis eintraten, wandte er sich von seinem Gesprächspartner ab und kam eilfertig auf sie zu.

»Sei willkommen, Ser Francesco, und auch du, Fioretta! Obgleich ich den Besuch deines Vaters offen gestanden ein wenig erhoffte, dachte ich nicht, daß du ihn mit deiner Anwesenheit versüßen würdest. Du siehst aus wie der Frühling selbst ...«
»Du machst sie mir noch eingebildet«, protestierte Francesco. »Ich komme, um nachzufragen, ob die Abschrift der *Kommentare* fertig ist, um die ich dich gebeten habe.«
»Fast. Ich habe meine besten Kopisten daran gesetzt, und ich hoffe, dir das fertige Buch bald geben zu können, aber ich habe da noch etwas anderes bekommen, das dich, glaube ich, interessieren wird.«
Beltramis Augen leuchteten auf.
»Sag schnell! Was ist es?«
Er folgte Bisticci in den hinteren Teil des Ladens und stieß dabei gegen die Person, mit der sich der Buchhändler zuvor unterhalten hatte. Er entschuldigte sich sogleich, doch der Mann hatte sich bereits umgedreht, und Fiora erkannte in ihm den griechischen Arzt wieder, der ihr auf dem Ball bei den Medici so viel Furcht eingeflößt hatte.
»Ihr braucht Euch keineswegs zu entschuldigen«, sagte er mit der ihm eigenen ernsten Stimme und grüßte höflich, »ich stand Euch im Wege. Und wenn ich hier bin, achte ich auf nichts anderes als auf die Bücher um mich herum ...«
»Und doch glaube ich, mich bei Euch entschuldigen zu müssen. Wir haben durch unsere Ankunft Eure Unterhaltung mit Messer Bisticci unterbrochen ...«
»Das spielt keine Rolle; ich wollte ohnehin gerade gehen. Ich war nur gekommen, um die Abschrift einer wertvollen medizinischen Abhandlung von Ibn Sina, der hier im Abendland Avicenna genannt wird, zu erstehen, deren Original mir Messer Bisticci nicht verkaufen will.«
»Ich sagte Euch schon, daß das nicht möglich ist, Messer Lascaris, da Monseigneur Lorenzo es zurückbehalten hat, aber er ist damit einverstanden, daß Abschriften davon ge-

macht werden«, erwiderte Bisticci, der gerade mit einem dicken, in ein schwarzes Tuch eingeschlagenen Paket zurückkam. »Das Pech ist, das mein arabischer Kopist mit hohem Fieber daniederliegt und ich deshalb für die Abhandlung um recht langen Aufschub bitten mußte.«
»Wichtig ist nur, daß sie überhaupt eines Tages kommt«, sagte der Grieche freundlich. »Aber jetzt ziehe ich mich zurück und lasse euch miteinander plaudern ...«
Fiora, die von seiner Anwesenheit unangenehm berührt war, hatte sich etwas abseits gehalten und tat so, als lese sie interessiert in dem griechischen Evangeliar, das auf einem Lesepult lag. Um hinauszugelangen, mußte Demetrios an ihr vorbei; nachdem er sich aber mit einem kurzen Blick rückversichert hatte, daß der Buchhändler und sein Kunde an einem polierten Eichentisch standen, über dem Bisticci gerade eine große Öllampe anzündete, ging er auf das junge Mädchen zu.
»Das ist aber ein recht trockener Text für so junge Augen!« sagte er in makellosem Französisch. »Lest Ihr denn griechisch, Mademoiselle?«
Abrupt drehte sich Fiora um und sah ihm ins Gesicht. Noch immer flößte ihr dieser Mann Furcht ein, aber das war nur ein Grund mehr, ihm nicht auszuweichen.
»Allerdings. Und auch lateinisch. Ihr aber, Messire, lest Ihr immer in den Gedanken, so wie Ihr es kürzlich abends bei mir getan habt?«
»Ein Gedanke ist leicht zu erraten, wenn ihm eine starke Empfindung zugrunde liegt oder wenn die Seele des Betreffenden vollkommen rein ist. Ihr wäret zweifellos eine bemerkenswerte Schülerin für mich, wäret Ihr nicht von hohem Stande ... Trotzdem bitte ich Euch, dies eine in Erinnerung zu behalten: Sollte je das Unglück an Eure Türe klopfen, so werde ich allzeit bereit sein, Euch zu helfen. Mein Name ist ...«
»Ich weiß. Man hat es mir bereits gesagt. Aber das ist nun

schon das zweite Mal, Messire, daß Ihr mir düstere Zeiten voraussagt. Könnt Ihr mir darüber denn weiter nichts sagen?«

»Im Augenblick nicht, da Eure Gedanken ganz mit der Liebe beschäftigt sind und da Ihr ohnehin während dieser Zeit nichts anderes tun könnt, als Euer Schicksal über Euch ergehen zu lassen; doch erinnert Euch meiner, wenn es einmal soweit ist. Monseigneur Lorenzo hat mir ein Haus in Fiesole geschenkt ...«

»Auch wir besitzen eines dort.«

»Ich weiß. Es wird also einfach für Euch sein, mich zu finden.«

Der griechische Arzt grüßte, indem er sich leicht verneigte und dabei die Hände über der Brust kreuzte. Dann entfernte er sich, während Fiora sich versonnen ihrem Vater und Bisticci zugesellte, die viel zu beschäftigt waren, als daß sie ihre kurze Unterhaltung mit Demetrios auch nur bemerkt hätten. Vorsichtig hatte der Buchhändler ein dickes Buch ausgepackt, das in altes Pergament gebunden und mit silbernen Beschlägen und einem silbernen Kreuz verziert war, auf denen Topase und Türkise prangten. Fiora hörte, wie er sagte:

»Einer meiner Agenten konnte diese Rede des Lysias auftreiben, und ich dachte mir, daß du sie gern zumindest einmal sehen würdest ...«

Unendlich liebevoll nahm Francesco das Buch in die Hand, hob es auf ein großes Bücherpult und betrachtete voller Staunen das Kreuz auf dem Einband:

»Wundervoll! Wo kommt es her? Ich sehe ein Kreuz und ein Wappen, das, wenn ich mich nicht täusche, das Wappen einer Abtei ist?«

»Du bist so neugierig wie eh und je«, sagte Bisticci und lächelte. »Das Buch stammt aus der Abtei von Einsiedeln, aber mehr verrate ich dir nicht ...«

Ehrfurchtsvoll wendete Beltrami die dicken, raschelnden

Seiten um, auf denen von kundiger Hand zarte Illuminationen in den griechischen Text eingefügt waren.
»Welchen Preis du auch immer dafür verlangst, Vespasiano, ich nehme es! Sieh mal, Fiora: Es ist wirklich wundervoll!«
Bisticci lachte:
»Ich war mir sicher, daß du es würdest haben wollen. Wie hoch der Preis ist, werde ich noch sehen, aber du kannst es gleich mitnehmen, wenn du möchtest.«
»Willst du keine Abschrift davon machen lassen?«
»Das ist bereits geschehen. Willst du jetzt mitkommen und dir ansehen, wie weit dein Cäsar ist?«
Voller Bedauern riß sich Beltrami vom Anblick des Buches los, während Fiora zärtlich mit der Hand darüber strich. Sie folgten Bisticci beide in einen Raum im hinteren Teil des Hauses, der zum Garten hin lag. Es war ein länglicher, lichtdurchfluteter Saal mit großen Fenstern, vor denen Bücherpulte aufgereiht waren. Hinter den Pulten waren etwa zehn Männer damit beschäftigt, Wort für Wort zu übertragen. Einige schrieben den Text ab, andere kopierten die großen, illuminierten Buchstaben und wieder andere die Miniaturen. Manche waren jung, manche älter, und einige von ihnen gehörten fremden Rassen an. So war ein Deutscher da mit heller Haut und roten Haaren, ein Grieche mit schwarzem Bart, ein Sizilianer, braun wie eine Kastanie, und sogar ein Schwarzer aus dem Sudan. Nur der weiße Turban von Ali Aslam, dem arabischen Kopisten, fehlte; sein Platz blieb leer ...
Für gewöhnlich sah Fiora den Kopisten Bisticcis sehr gerne bei der Arbeit zu; doch auch das zweite Zusammentreffen mit Lascaris bestätigte den Eindruck, den sie bei ihrer ersten Begegnung gewonnen hatte, und sie beschlich eine vage Angst. Geistesabwesend sah sie den geschickten Händen zu, wie sie Arabesken malten, zarte Farben und hauchdünne Goldhöhungen auftrugen. Ihr Vater, der den Künstlern förmlich über der Schulter hing und ganz und gar in seiner

Liebe zu den Büchern aufging, lobte deren Arbeit mit so herzlichen Worten, daß die meisten Gesichter erfreut aufleuchteten – allen voran das des altererfahrenen Kopisten, der für den reichen Kaufmann die *Kommentare* Cäsars zu Ende übertrug und zum Anreiz ein dickes Goldstück von ihm erhielt.

Als er nach vorne in den Laden zurückkehrte, fragte Beltrami Bisticci mit gesenkter Stimme:

»Hast du endlich das berühmte *Mainzer Psalterium* auftreiben können, dessentwegen Johann Fust Gutenberg die beweglichen Lettern gestohlen hat?«

»Nein. Das *Psalterium* muß irgendwo versteckt gehalten werden, und es ist unmöglich, daran zu kommen. Ich bin mir noch nicht einmal sicher, ob überhaupt eine Abschrift davon existiert. Das Werk scheint noch besser gehütet zu werden als die berühmte *Bibel mit den zweiundvierzig Zeilen*, das erste Werk Gutenbergs. Warum, weiß ich allerdings nicht ...«

»Aber es müssen doch schließlich Abschriften zu finden sein, da doch auch das neue Verfahren eigens dafür entwikkelt wurde! Natürlich kann nichts an das von Künstlerhand Geschaffene heranreichen, doch mag man es als eine Kuriosität ansehen, und insofern interessiere ich mich dafür ...«

»Auch mir geht es so. Trotzdem glaube ich, daß unser beider Neugier bald befriedigt werden kann. Vor etwa drei Jahren nämlich sind zwei Männer nach Venedig gekommen: der Franzose Nicolas Jenson und der Deutsche Johannes von Speyer, und ich bin sicher, daß sie das Verfahren Gutenbergs dorthin mitgebracht haben ...«

»Wie kommt es dann, daß sie noch nichts veröffentlicht haben?«

»Der Kirche wegen sicherlich ... und vielleicht auch wegen des Rats der Zehn. Neuerungen werden in Venedig nicht allzusehr geschätzt. Ich habe die Absicht, in Kürze selbst dorthin zu reisen und zu sehen, was es damit auf sich hat.«

»Dann sei vorsichtig! Es ist nie gut, mit dem Rat der Zehn zu tun zu haben, auch für einen Fremden nicht ...«
Soeben traten zwei neue Kunden in das Geschäft, und Bisticci bemühte sich eifrig um sie, handelte es sich doch um Lorenzo de Medici und seinen Freund Poliziano, die gewissermaßen als Nachbarn herübergekommen waren. Man begrüßte sich und tauschte allerlei Höflichkeiten aus, doch hielt Beltrami das Manuskript von Einsiedeln unter seinem Mantel wohl verborgen.
»Es war Zeit, daß wir gekommen sind«, flüsterte er Fiora zu. »Ein paar Minuten später, und der *Lysias* wäre mir vielleicht verloren gewesen ...«
»Aber sagte Messer Bisticci denn nicht, daß er ihn für dich reserviert hatte?«
»Das sind Redensarten eines Händlers. Wenn es sich um so wichtige Kunden wie Lorenzo und mich handelt, siegt immer der, der zuerst kommt ...«
»Heißt das, daß du viel Geld dafür bezahlen wirst?«
»Ja, aber das spielt keine Rolle. Geld ist nur dazu da, um sich sein Leben mit den erlesensten und ausgefallensten Dingen zu verschönern. Wenn ich einmal sterbe, wirst du ein prachtvolles Erbe antreten.«
»So prachtvoll es auch sein mag, es wird dich doch niemals aufwiegen«, sagte Fiora und drückte den Arm ihres Vaters, in den sie sich wieder eingehakt hatte, noch fester an sich.
»Jedenfalls werde auch ich etwas zu unseren Schätzen beitragen; Messer Bisticci schenkte mir nämlich dieses Sonett von Petrarca zum Abschied.«
»Zeig' her!«
Fiora rollte das winzige Stück Pergament auseinander, das wie alle Werke des großen Dichters mit Laubwerk und Lorbeerblättern verziert war, und las vor, was geschrieben stand:

Ist es nicht Liebe, was ich verspüre, was dann?
Ist es aber Liebe, o Gott, wie kann Liebe dann sein?

Ist sie gut, warum erscheint sie mir so bitter und streng?
Ist sie aber schlecht, warum sind all die Liebesqualen dann so süß?

Fiora spürte, wie sie beim Lesen rot wurde. Nur zu gut ging der Dichter auf die Fragen ein, die sie seit dem Vortag verfolgten und sie in der Nacht um einen Großteil ihres Schlafs gebracht hatten. Der Augenblick, den sie in den Armen Philippes genossen hatte, war himmlisch gewesen, aber kaum war sie wieder allein, hatten Logik und Verstand, die ihren Freunden, den Philosophen, so lieb und teuer waren, den plötzlichen Aufruhr ihres Herzens niederzuringen und zu besänftigen gesucht. Im Gegensatz zu Khatoun, die in der leidenschaftlichen Geste des Ritters aus Burgund eine Art göttlicher Offenbarung sah, war Fiora zu dem Schluß gelangt, daß Selongey nur einem flüchtigen Impuls gefolgt war, dem Wunsch gewissermaßen, eine angenehme Erinnerung aus einer Stadt mitzunehmen, die ihm nicht das gewährte, was er dort eigentlich zu erhalten gehofft hatte ...

»Und doch hat er gesagt«, erwiderte Khatoun hartnäckig, »daß er dich haben will.«

»Das hat er zwar gesagt, aber das bedeutet noch längst nicht, daß er bei meinem Vater um meine Hand anhält. Ich bin mir fast sicher, daß er heimkehren wird, ohne daß wir ihn noch einmal wiedersehen ...«

Sie wußte, daß sie kein Wort davon glaubte und sich nur selbst etwas vorzumachen suchte, doch war es letztlich nur eine Schutzbehauptung für den Fall, daß Philippe tatsächlich abreisen sollte, ohne daß sie ihn wiedersehen konnte.

Einstweilen aber wollte sie soviel wie möglich über ihn erfahren, und so gelang es ihr auch am Nachmittag, Léonarde dazu zu überreden, mit ihr in das Palais Albizzi zu gehen, um sich dort für eine Weile mit Chiara zu treffen. Allzuviel Mühe kostete sie das nicht, denn die Aussicht, ein oder zwei

Stunden in Gesellschaft der unerschöpflichen Colomba zu verbringen, mißfiel der Gouvernante keineswegs. Ganz zu schweigen von dem Vergnügen, das es ihr bereitete, von den kandierten Pflaumen zu naschen, die der dicken Colomba gelangen wie keiner anderen.

Leider erfuhr Fiora nicht allzuviel: Der Gesandte Karls des Kühnen hatte mit seiner Gefolgschaft in der besten Herberge am Ort, im Croce di Malta, am alten Markt Quartier bezogen. Er lebte dort fürstlich, trank von den besten Weinen – die ihm freilich nie gut genug waren! – und aß gut; indes hatte er nur ein- oder zweimal sein Quartier verlassen, und auch das nur für kurze Zeit.

»Du scheinst dich sehr für diesen Fremden zu interessieren?« bemerkte Chiara.

»Vielleicht deshalb, weil ich ihn aufregend finde. Du nicht?«

»Doch, natürlich; aber eher ein wenig so wie eine Kuriosität. Gewiß, er wirkt vornehm, und sein Gesicht gehört nicht zu denen, die man leicht vergißt, aber ich glaube, er macht mir ein wenig Angst ...«

»Angst? Er hat doch nichts Furchterregendes an sich.«

»Aber etwas Kriegerisches. Den gleichen Eindruck hatte ich auch letztes Jahr, als ich dem Condottiere Guidobaldo da Montefeltro begegnet bin. Das sind Männer, die nur vom Krieg und für den Krieg leben. Und dann sind diese Menschen aus dem Norden auch nicht so wie wir, sie mögen nicht das, was wir mögen ...«

»Und doch sagt man, daß der Hof des Herzogs von Burgund der glanzvollste in ganz Europa sei, so wie er selbst als dessen reichster Mann gilt ...«

»Warum hat er dann Messire de Selongey geschickt, um bei den Medici Geld zu leihen? Mein Onkel, der gestern darüber sprach, sagte, daß Herzog Karl König werden wolle und aus diesem Grunde unentwegt Kriege führe. Seit drei Monaten schon belagert er die Festung Neuß in Deutschland. Und Kriege sind teurer als Feste ...«

»Führen wir etwa nie Krieg? Hast du denn die Belagerung von Volterra vor ein paar Jahren vergessen und wie Lorenzo die übergebene Stadt behandelt hat?«
Chiara begann zu lachen.
»Jetzt sprechen wir beide so, als hätten wir über die Geschicke der Stadt zu entscheiden. Du interessierst dich wahrhaftig sehr für Messire de Selongey. Nun, er hat neulich allerdings auch viel zu dir herübergeblickt ... Solltest du ihn zwischenzeitlich etwa noch einmal gesehen haben?«
»Nein«, sagte Fiora, ohne daß sie vor einer so großen Lüge zurückgeschreckt wäre; aber sie wollte den Augenblick in der Santa-Trinita-Kirche mit niemandem teilen. Diese Minuten sollten ihr ganz allein gehören. Sie waren wie ein verborgener Schatz, den man nicht vergeuden durfte, auch nicht mit einer so guten Freundin wie Chiara. Khatoun reichte aus, um über Philippe sprechen zu können, wenn er zu seinem Herrn, dem großen Herzog des Abendlandes, zurückgekehrt sein würde ...
»Dann versuche, nicht mehr an ihn zu denken, da er ohnehin bald abreist und du ihn aller Wahrscheinlichkeit nach nie mehr wiedersehen wirst. Wenigstens wird er dir dabei geholfen haben, dir Giuliano aus dem Kopf zu schlagen, und vielleicht findest du am Ende doch noch Gefallen an dem armen Luca Tornabuoni, der sich schier nach dir verzehrt. Wäre er denn nicht ein ausgezeichneter Ehemann?«
»Warum heiratest du ihn nicht selbst, wenn er dir so gut gefällt?«
»Weil er mich erstens nicht liebt, weil wir zweitens gar zu alte Freunde sind und weil ich drittens, wie du weißt, sozusagen schon verlobt bin mit meinem Vetter Bernardo Davanzati. In zwei Jahren werden wir heiraten, wie es unsere Familien beschlossen haben. Gewiß, ich sehe ihn nicht sehr oft, weil er in Rom die Interessen seines Hauses vertritt, aber ich weiß, daß er mich liebt.«

»Und du? Liebst du ihn auch?«
»Er gefällt mir nicht übel. Deshalb sehe ich auch keinen Grund, irgend etwas an den Plänen zu ändern, die man für uns ins Auge gefaßt hat. Ich denke, wir werden ein sehr ordentliches Paar abgeben«, setzte Chiara lächelnd hinzu.
Es war sicherlich eine gute Sache, das Leben so schön geradlinig vor sich zu sehen. Angesichts ihrer jüngsten Erfahrung indes sah Fiora das Leben mit anderen Augen.
»Bist du sicher«, fragte sie plötzlich, »daß du niemals einem Mann begegnen wirst, der sehr viel mehr vermag, als dir nicht zu mißfallen? Der dein Herz höher schlagen läßt ... und dem du bis ans Ende der Welt folgen würdest?«
Chiara antwortete nicht gleich. Zärtlich und doch voller Unruhe blickte sie Fiora aus ihren braunen Augen an. Sie ließ die verräterischen Worte der Freundin verklingen, holte von einer Anrichte eine blaue Glasschale mit kandierten Pflaumen und stellte sie vor Fiora hin. Diese nahm auch davon, während sie selbst einen Augenblick lang die gezuckerte Frucht betrachtete, die sie zwischen ihren zarten Fingerspitzen hielt, und dann seufzend sagte:
»Wenn du mich fragst, so ist es höchste Zeit, daß ein gewisser Herr aus Burgund wieder in den nebligen Norden zurückkehrt!«
Fiora kam nicht mehr dazu, zu widersprechen. Das Eintreten Léonardes und Colombas, die sich in der Küche aufgehalten hatten, wo die Gouvernante Chiaras ein neues Rezept für das Füllen von Tauben ausprobiert hatte, setzte dem Gespräch ein Ende. Colomba schlug den beiden Mädchen vor, Fiora bis nach Hause zu begleiten und dabei den Laden des Apothekers Landucci zu besuchen, wo sie sich eine bestimmte Zitronenkrautsalbe für die Hände besorgen wollte, die wahre Wunder vollbrächte.
»Das ist eine gute Idee«, sagte Léonarde, »auch wir haben kaum mehr etwas.«
Gemeinsam gingen sie durch die Straßen, die beiden Freun-

dinnen vorweg und Léonarde und Colomba hinterher. Als gute Florentinerinnen liebten sie es, mitten im Lärmen und Treiben einer Stadt spazierenzugehen, in der die Einwohner lieber auf der Straße lebten als zu Hause. Frauen unterhielten sich von Fenster zu Fenster oder in den Hauseingängen, und wenn sich der Tag neigte, kamen die Männer heraus, um einander zu sehen und über die Belange der Stadt zu sprechen, sich Geschichten zu erzählen oder Scherze auszutauschen. Die Händler und Handwerker trafen sich am alten Markt, während sich die elegante Jugend der Stadt auf der Brücke Santa Trinita einfand, um von dort aus zuzusehen, wie der Tag langsam im Fluß versank. Was die einflußreichen Honoratioren betraf, so fand man sie unter den Arkaden der Loggia dei Priori im Schatten der Signoria, und nicht selten war auch der Prächtige unter ihnen zu finden. Bei schönem Wetter wurden häufig Tische vor die Häuser gerückt, an die sich die Leute zum Schachspielen zusammensetzten. Die Frauen bereiteten währenddessen das Nachtmahl, und war die Arbeit getan, dann plauderten sie miteinander. Die Knaben füllten die Straßen und Plätze mit ihrem Geschrei und dem Lärm ihrer Spiele ... Erst wenn das Angelus erklang, ging ein jeder wieder nach Hause, da es nicht gut war, nach Einbruch der Dunkelheit noch außer Hause herumzuirren.

Von der Stadtmauer und ihren achtundsechzig Wach- und Wehrtürmen geschützt und von Soldaten bewacht, begab sich dann der ehrbare Teil von Florenz zur Ruhe, während der andere Teil, das Florenz der Vergnügungssucht und des Verbrechens, der öffentlichen Mädchen und der Halsabschneider, erst aufzuleben begann, aus seinen Schlupflöchern hervorkroch und wie eine trübe Flut in die schummrigen Gassen sickerte, die nur hie und da von einem eisernen Fackelhalter am Portal eines Palastes beleuchtet waren.

Außerhalb der Befestigungsmauer herrschte Friede über den sanften Hügeln, der Nachtwind säuselte leise in den Zweigen einer Zypresse, und in den Olivenhainen und Weinbergen von San Miniato oder Fiesole erklang das nächtliche Klagelied eines Vogels wie eine Antwort auf den fernen Glockenschlag, der von einem Kloster auf dem Lande herüberklang; in der Stadt indes wüteten dann Ausschweifung, Schrecken und Totschlag, bis der Hahnenschrei die Nachtvögel verjagte und sie in ihre zweifelhaften Schlupfwinkel zurücktrieb, feige und lichtscheu, wie sie waren. Und gellte auch einmal zu nächtlicher Stunde zwischen den Rundgängen der Wachsoldaten ein Schrei durch das Dunkel, so schliefen doch die Bürger von Florenz deshalb nicht weniger friedlich; sie vertrauten auf die Wehrhaftigkeit ihrer Stadt und auf den Schutz der heiligen Reparata, ihrer Schutzpatronin: Das Blut in den Rinnsteinen würde die Lilie von Florenz ohnehin nicht röter machen, als sie war.

Weder Fiora noch Chiara ahnten etwas von jenem Florenz, so abgeschirmt lebten sie hinter den dicken Mauern ihrer Paläste, die von unzähligen Dienern bewacht waren. Sie kannten Florenz nur am Tage und von seiner liebenswürdigen Seite, kannten es nur von den wenigen Stunden, in denen die Sonne den bunten Marmor des Doms erwärmte, jener bewundernswerten Kathedrale Santa Maria del Fiore, die ihren Namen der prachtvollen Kuppel Brunelleschis verdankt.

Die Spaziergängerinnen verweilten einen Augenblick vor den Löwenkäfigen, die hinter der Signoria standen. Die königlichen Tiere waren die Fetische der Stadt, und diese wachte eifersüchtig über sie; es genügte, daß eines der Tiere keinen Appetit hatte, und schon sprachen Eingeweihte von einer drohenden Katastrophe. Starb aber eines von ihnen, so läutete die Vacca – die große Glocke der Signoria, die nur dann ertönte, wenn es Alarm zu schlagen galt –, als sei eine Rebellion im Gange.

Schwatzend und die zahlreichen Grüße erwidernd, die man ihnen entbot, schlenderten sie zum Canto dei Tornaquinci, wo der Apotheker seinen Laden hatte. Die Kreuzung war

dank des Bestattungsinstitutes, das sich gleichfalls dort befand und dessen Angestellte in Erwartung eines Kunden vor der Eingangstüre Scheibenwerfen spielten, stets belebt.
Zielstrebig öffnete Colomba eine niedrige Türe im Erdgeschoß eines schönen, mit einer Loggia und kleinen Marmorsäulen versehenen Hauses, an dem ein großes, buntbemaltes Schild hing mit der Inschrift: »Zu den Sternen ... Ser Luca Landucci, Apotheker«. Die vier Frauen traten in einen großen, etwas tiefer gelegenen Raum ein, dessen schöne Decke bemalt und mit Stuck verziert war, denn Landucci war ein wohlhabender und angesehener Mann und in der Stadt nicht ohne Einfluß. Auch er war ein Freund Francesco Beltramis, und Fiora ging zu ihm noch lieber als zu Bisticci, weil er fröhlich und liebenswürdig war und weil es in seinem Hause so wunderbar nach getrockneten Pflanzen und edlen Gewürzen duftete.
Sein Geschäft mit den reihenweise angeordneten, blauen und grünen Majolikatöpfen, den schmalen, langhalsigen Phiolen aus durchsichtigem Glas, den Mörsern aus Steingut und Bronze, den silbernen Dosen und Kästchen aus exotischen Hölzern sowie den großen kupfernen Waagen, die über den Ladentisch aus schöner, dunkler, makellos polierter Eiche verteilt waren, strahlte die Ordnung und – im allgemeinen jedenfalls – auch die Ruhe aus, die sich für Gelehrte ziemen. Als die kleine Gruppe eintrat, war indes gerade ein heftiger Streit im Gange und ließ das Haus erzittern: Zwei Frauen, die ihrer eleganten Kleidung nach der oberen Gesellschaftsschicht angehörten, beschimpften einander mit einem Eifer und mit einer Heftigkeit, die der Marktweiber auf dem Fischmarkt des Mercato Nuovo würdig gewesen wäre.
»Du alte Kuh«, keifte die eine, »du sollst mich noch kennenlernen!«
»Das tue ich schon lange. Wenn du ein richtiger Bulle wärest

und keine Kuh, dann könnten wir wenigstens etwas miteinander anfangen ...«

»Böses Weib! Du kannst ja nichts als Gift und Galle spukken. Du bist ja schon ganz gelb vor Neid!«

»Nicht so gelb wie du! Dir muß dein Verstorbener wahrhaftig jeden Morgen ins Gesicht gemacht haben!«

Die diese Beleidigung einstecken mußte, war keine andere als Hieronyma Pazzi. Außer sich vor Wut, suchte sie nach irgendeinem Gegenstand, den sie ihrer Widersacherin an den Kopf werfen konnte; und so griff sie nach einem Glas mit Malvenblüten, dem die andere gerade noch rechtzeitig ausweichen konnte, so daß es auf dem Steinboden zerschmetterte. Als der Apotheker das sah, warf er sich mutig zwischen die Streitenden und versuchte, die beiden Frauen zu besänftigen, die nunmehr drauf und dran waren, handgreiflich zu werden.

»So kommt und helft mir doch!« rief er seinen beiden Ladenjungen zu, die mit aufgestützten Ellenbogen über dem Tresen hingen und mit Kennermiene genüßlich das Geschehen verfolgten. Sie gehorchten nur widerwillig, da ihnen im Grunde wenig daran gelegen war, den Streit zwischen der Dame Pazzi und der adligen Cornelia Donati beendet zu sehen, zumal, wenn es sich dabei um einen Streit handelte, der so trefflich begann. Die beiden Frauen haßten einander seit jeher wegen eines alten Liebeszwists, in dem Cornelia die Oberhand behalten hatte: Sie schnappte nämlich Hieronyma den Mann vor der Nase weg, den diese heiraten wollte. Seitdem war Hieronyma zwar eine gewisse Genugtuung zuteil geworden, da Augusto Donati seine Frau mit jedem Weiberrock betrog, der ihm in die Nähe kam; dennoch war die Feindschaft bestehen geblieben, und jedesmal, wenn sich die beiden Frauen begegneten, kam es wegen des geringsten Anlasses zum Streit. An jenem Tag nun war der Anlaß zur Kriegserklärung ein unschuldiges, kleines Pomadentöpfchen mit roter Farbe für die Lippen, ein Meister-

werk aus der Apotheke Landuccis, das jede der beiden Widersacherinnen für sich beanspruchte, wobei das Unglück es wollte, daß es nur noch ein einziges davon gab.
Es gelang schließlich, die beiden Zankweiber voneinander zu trennen, die bei der Auseinandersetzung alle beide Federn gelassen hatten; und während sie noch nach Luft rangen, setzte der Apotheker dem Streit kurzerhand ein Ende, indem er streng erklärte:
»Ich werde dieses Präparat keiner von euch beiden verkaufen! Madonna Catarina Sforza, die erlauchtigste Nichte Seiner Heiligkeit, Papst Sixtus IV., ließ mich soeben darum bitten, da der Ruf dieser Pomade bis zu ihr gedrungen ist. Ich werde sie also nach Rom senden.«
Mit würdevoller Geste nahm er daraufhin das Töpfchen, das verloren auf dem Ladentisch herumstand, schloß es in einen seiner eisenbeschlagenen Schränke und erklärte dann:
»Das ändert allerdings nichts daran, Madonna Hieronyma, daß Ihr mir den Preis für das Glasgefäß schuldig seid, das Ihr zerbrochen habt, und für die Malvenblüten, die darin enthalten waren und die nun nicht mehr zu gebrauchen sind ...«
»Ich hätte das Gefäß gar nicht zerbrochen, wenn mich diese Xanthippe nicht so in Rage gebracht hätte«, rief die Dame Pazzi empört. »Sie muß genausoviel bezahlen wie ich!«
Trotz ihres blauen Auges hatte Hieronyma wieder ganz ihre alte Sicherheit zurückgewonnen. Sie war eine schöne Frau, die sich mit ihren fünfunddreißig Jahren viel von ihrer jugendlichen Frische bewahrt hatte. Ihr üppiger Körper war noch immer reizvoll, und man munkelte, daß sie sich für ihr Witwendasein mit heimlichen Liebhabern schadlos hielt, oder mit solchen, die ein noch größeres Interesse daran haben mußten, ihre Liebschaften geheimzuhalten – mit Dienern des Hauses nämlich. Denn der alte Jacopo Pazzi, der als Patriarch über die Familie herrschte, galt als einer, der außerordentlich hart mit denjenigen aus seiner Hausgemein-

schaft verfuhr, die sich schlecht benahmen. So erzählte man sich – natürlich unter dem Mantel der Verschwiegenheit – von einem unehrlichen Diener, der auf so grausame Weise von den Jagdhunden angefallen worden war, daß er daran verblutete; oder von einer allzu geschwätzigen Magd, die man erdrosselt und den Mund voller Erde in einem Waldstück gefunden hatte; oder von einer jungen Cousine, die unglücklicherweise schwanger wurde und an einer eigenartigen Auszehrung starb, deren Ursache war, daß man ihr sorgfältig alles Blut abgezapft hatte. Und wenn es stimmte, was man über Hieronyma sagte, so riskierte sie eine Menge; andererseits war sie klug und wußte ihren Schwiegervater zu nehmen, auf den sie starken Einfluß hatte, da sie beide von der gleichen Leidenschaft besessen waren – dem Geld.

Wütend warf Hieronyma eine Münze auf den Ladentisch und wollte gehen, doch Fiora hielt sie fest:

»Du kannst so nicht unter die Leute gehen, Cousine! Bitte Messer Landucci wenigstens um eine Salbe, damit du das Auge damit abdecken kannst. Er verfügt über wahre Wundersalben ...«, sagte sie arglos.

Hieronyma freilich verstand das ganz anders. Sie musterte das junge Mädchen von oben bis unten und zischte sie wütend wie eine Schlange an:

»Mein Schleier wird ja wohl genügen. Und was dich betrifft, du elende Bastardin, die du dir erlaubst, mich wie deinesgleichen zu behandeln, geh' mir gefälligst aus dem Weg!«

Fiora war keine, die sich so ohne weiteres beleidigen ließ:

»Du würdest es nicht wagen, das vor meinem Vater zu wiederholen! Ihm gegenüber verhältst du dich wie Milch und Zucker, und hier bist du schließlich bei einem Freund meines Vaters.«

»Hört nur, wie sie redet!« spottete die andere. »Das Mädchen ist doch wahrhaftig eine Prinzessin ...«

»Ich bin mehr als eine Prinzessin; ich bin die Tochter von Francesco Beltrami ...«

»Bist du dir dessen so sicher?«

Wenn Fiora diese hinterhältige Frage verwirrte, so ließ sie sich jedenfalls nichts davon anmerken. Stolz warf sie den Kopf zurück und erwiderte:

»Mein Vater ist sich dessen sicher! Das ist mehr, als manch ein anderer von sich behaupten kann ...«

Cornelia Donati, die sich von dem Schrecken wieder erholt hatte, den das ihr nachgeworfene Glasgefäß bei ihr ausgelöst hatte, stellte sich auf die Seite des jungen Mädchens.

»Laß dich doch nicht auf einen Streit mit dieser Schlange ein, Kleine! Dein Vater ist ein ehrbarer Mann, das ist allgemein bekannt. Er ist hoch angesehen. Etwas, was man von den Pazzi nicht immer behaupten kann. Geh' uns aus den Augen, Hieronyma! Wir haben deinen Anblick lange genug ertragen müssen.«

»Jawohl, ich gehe, aber wir werden uns noch einmal sprechen, Cornelia Donati! Und was diese da betrifft, so ist der Tag nicht mehr fern, da ich sie bei mir zu Hause in meiner Gewalt haben werde, und dann soll sie schon noch wissen, was es heißt, mich in aller Öffentlichkeit herauszufordern.«

Und sie entschwand in einer Wolke von Schleiern und Tüchern – allesamt in Veilchenblau, ihrer Lieblingsfarbe, die, wie sie meinte, außerordentlich gut zu ihrem üppigen blonden Haar paßte. Sprachlos über diese letzte Äußerung Hieronymas schauten sich die im Laden Zurückgebliebenen an:

»Was will sie damit sagen?« fragte Chiara. »Ich verstehe nicht recht, wie sie Fiora in ihr Haus bekommen sollte?«

»Es sei denn, sie zwingt sie dazu, ihren Sohn zu heiraten«, hauchte Cornelia ...

»Diesen widerwärtigen, buckligen und hinkenden Gnom?« sagte Chiara empört. »Messer Francesco müßte verrückt geworden sein ..., das wird er niemals tun.«

»Und doch ist es ihre Absicht«, sagte die dicke Colomba. »Eine ihrer Dienerinnen machte neulich beim Kerzenzieher eine Andeutung in dieser Richtung. Donna Hieronyma

glaubt, auf diese Weise das Vermögen Beltramis am besten in der Familie halten zu können. Ein jeder weiß, daß Donna Fiora die Erbin ihres Vaters sein wird ...«
»Was nur rechtens ist!« bekräftigte Cornelia Donati. »Aber ich kann mir vorstellen, daß es Hieronyma auf dieses Vermögen abgesehen hat – schließlich käme es ihr zu, wenn es Fiora nicht gäbe. Mit einem solchen Verlust findet man sich nicht so leicht ab. Um so weniger, als ihr verstorbener Ehemann nicht der älteste Sohn war und sie somit von dem alten Jacopo nicht allzuviel zu erwarten hat. Das Erbe, das er einmal hinterlassen wird, wird an den armen Pietro gehen. Und das wird nicht viel sein für ihn und seine Mutter ...«
Fiora sagte kein Wort. Sie war wie gelähmt vor Schreck bei dem einfachen Gedanken, was aus ihr werden könnte, wenn sie dieser Frau in die Hände fiele – einer Frau, die gesprochen hatte, als sei sie sich ihrer Sache sicher. Zum Glück erriet Léonarde ihre Gedanken und legte ihr schützend den Arm um die Schultern:
»Macht Euch keine Sorgen, mein Herz! Daß man von Unmöglichem träumt, kommt bei jedem einmal vor. Der Traum von Donna Hieronyma bleibt, was er ist: ein Traum ...«
Aber sie war sich dabei selbst nicht so ganz sicher, hatte ihr doch die kleine Bemerkung mißfallen, die vermuten ließ, daß Beltrami nicht Fioras Vater war. Aber sie beruhigte sich sogleich wieder: Denn um die Wahrheit zu wissen, müßte Hieronyma schon der Teufel selbst sein oder zumindest dessen Tochter. Trotzdem nahm sie sich vor, mit Beltrami darüber zu reden.
In dem Bestreben, die schlechte Stimmung wieder zu bereinigen, die er für sein Geschäft als überaus abträglich empfand, bot der gute Landucci den Damen ein Schlückchen Zypernwein an, um sie auf diese Weise den unangenehmen Zwischenfall bei ihm vergessen zu lassen.
»Ich fand das eher amüsant«, sagte Chiara.

»Ich keineswegs!« erwiderte der Apotheker. »Donna Hieronyma kann sich einen anderen Lieferanten suchen. Hier kommt sie mir nicht mehr herein.«

»Wenn das so ist, gibt es keinen Grund, weshalb ich Eure Creme nicht kaufen sollte, oder?« sagte Cornelia, die den Anlaß des Streits keineswegs aus den Augen verloren hatte. »Ich habe sie mir, wie mir scheint, heiß erkämpft.«

»Das scheint mir auch so«, erwiderte Landucci lachend und wies einen seiner Ladenjungen an, das Töpfchen einzupakken.

Als sie ihre Einkäufe beendet hatten, trennten sich Fiora und Léonarde von Chiara und Colomba. Es war bereits spät, und wenn das Palais der Beltrami auch ganz in der Nähe lag, so war doch der Weg für die Bewohnerinnen des Palais Albizzi noch recht weit. Außerdem wurde es langsam dunkel. Cornelia Donati schloß sich Chiara und Colomba an, während der Apotheker seinen Dienern befahl, den Laden zu schließen. Er selbst hatte noch in der Signoria zu tun, wo er mit dem Prior des Stadtviertels zusammentraf, um eine heikle Frage zu erörtern: Sein Nachbar vom Beerdigungsinstitut hatte sich das Recht angemaßt, bestimmte Mittel zu verkaufen, die zur Einbalsamierung von Leichnamen dienten – Mittel, die bislang ausschließlich bei dem Apotheker erhältlich waren. Landucci mußte sich beeilen, denn der Prior war sein Freund und würde ihm vielleicht vierzehn Tage später schon nicht mehr helfen können. Denn die Prioren wurden immer nur für zwei Monate gewählt – ein Umstand, der Florenz in ständige Wahlhektik versetzte ...

»Auch mit Messer Francesco muß ich noch sprechen«, sagte er zu Fiora, als er sich von ihr verabschiedete, »aber ich werde morgen zu seinen Lagerhäusern in der Via Calimala gehen ... Er wird mich gewiß unterstützen.«

Das Angelus erklang, und im gleichen Augenblick hörte man Hunderte von Holzläden klappen, die die Händler oder ihre Ladenjungen allerorten an ihren Geschäftsbuden befestigten. Allmählich kehrten auch die eleganten Spaziergänger von der Santa-Trinita-Brücke zurück, um sich anderen Orten des Vergnügens zuzuwenden. Dabei scharte sich eine Gruppe Lärmender um einen jungen, nicht sehr großen, schlanken Mann, der über weißen, silberbestickten Samthosen einen Rock aus weißem Satin trug – alles von äußerster Erlesenheit. Ein Umhang, Stiefeletten und ein Barett aus rosafarbenem Samt, das eine lange Reiherfeder zierte, vervollständigten das Kostüm, das bei den anderen helles Entzücken hervorrief. Eine goldene Kette mit einer schweren Medaille um den Hals und an jedem Finger einen Ring, stolzierte der junge Geck würdevoll einher und drehte den Kopf nach allen Seiten, um zu sehen, ob man ihn gebührend bewunderte.

Auch Fiora hatte ihn gesehen. Jäh packte sie Léonarde beim Arm und zog sie unter einen Hausbogen, hinter dem eine Gasse abging.

»Was ist denn in Euch gefahren?« protestierte die alte Dame.

»Seht Ihr denn nicht, wer uns da entgegenkommt? Dieser Laffe von Domenico Accaiuoli mit seinem Rattenschwanz von Höflingen.«

»Was hat er Euch denn getan? Ich dachte, er gehört zu Euren Freunden? Macht er Euch denn nicht sogar den Hof?«

»Kann denn so einer einem Mädchen überhaupt den Hof machen? Er täte es sicherlich lieber, wenn ich ein Junge wäre wie er. Er sucht eine reiche Ehefrau, gewiß, aber ich bin mir noch nicht einmal sicher, ob er überhaupt in der Lage wäre, Kinder zu zeugen. Jedenfalls sähe ihn die Arme nicht allzuoft in ihrem Schlafzimmer ...«

Sprachlos sah Léonarde Fiora an und blickte dabei drein wie eine Henne, die plötzlich feststellt, daß sie eine Ente ausgebrütet hat:

»Woher habt Ihr denn so etwas? Von mir könnt Ihr das doch nicht haben?«

Fiora lachte und preßte den Arm der Gouvernante fester an sich.
»Dafür seid Ihr viel zu anständig! Chiara sagte es mir. Ihr Vetter Tommaso gehört zu dem Kreis um Domenico. Und, unter uns Frauen, man sagt ...«
»Ich sehe schon, Ihr wißt mehr, als man meint«, sagte Léonarde halbwegs empört.
»Macht doch nicht ein solches Gesicht! Ihr schätzt Domenico genausowenig wie ich. Und Ihr könnt sicher sein: Wenn ich einmal heirate, dann suche ich mir einen Mann aus, der diesen Namen auch verdient.«
Ihr kam die mächtige Gestalt Philippe de Selongeys in den Sinn, und als sie an seinen Kuß dachte, verspürte sie ein leises, vertrautes Schaudern. Sie fühlte es jedesmal, wenn sie an den unvergeßlichen Augenblick dachte, der sie zutiefst aufgewühlt hatte und der gewiß niemals wiederkehren würde ...
»Wenn Ihr nichts dagegen habt, so könnten wir jetzt vielleicht nach Hause zurückkehren«, murmelte Léonarde, »der Weg scheint jetzt wieder frei zu sein. Außerdem ist es teuflisch kalt in dieser Gasse; ganz abgesehen von dem Latrinengestank, der hier herrscht. Messer Domenico riecht wenigstens gut ...«
Sie traten aus ihrem Versteck hervor und setzten den Weg fort.
»Allzu gut«, sagte Fiora. »Seine Mutter und seine Schwester riechen nicht so stark nach Parfum wie er. Ein richtiger Mann, der muß nach Seife riechen, gewiß, aber auch nach Leder, frischem Gras ... und auch ein wenig nach Pferd«, fügte sie schwärmerisch hinzu, ganz und gar versunken in ihre Erinnerungen und ohne daran zu denken, daß sie nicht allein war.
»Hat Euch das etwa auch Donna Chiara beigebracht?« fragte Léonarde immer verblüffter.
»Nein«, erwiderte Fiora und lächelte voller Unschuld bei

dem Gedanken an ihr süßes Erlebnis. »Ich stelle mir das nur so vor.«

Unterdessen spielte sich in dem großen, streng in dunkler Eiche getäfelten Zimmer im ersten Stockwerk des stattlichen Eckgebäudes zwischen der Via Calimala und dem Mercato Nuovo, vom dem aus Francesco Beltrami seine zahlreichen wichtigen Geschäfte führte, eine eigenartige Szene ab; eine jener Szenen, in denen die Heftigkeit der Gefühle von höflichen Umgangsformen gedämpft wird und sich kaum mehr in Worten zu äußern wagt. In dem hohen Ledersessel hinter dem langen, von einem sechsarmigen Bronzeleuchter beschienenen Tisch saß der Kaufmann und blickte zu Philippe de Selongey hinüber, der mit verschränkten Armen leicht an einen Schrank gelehnt vor ihm stand.
Die beiden Männer sahen einander an, als wollten sie sich duellieren – mit vom Fackelschein funkelndem Blick der eine und Augen, die so düster wie sorgenvoll blickten, der andere. Es herrschte Stille in jenem Augenblick, eine Stille, die nur dann und wann vom Rattern eines Karrens, von Pferdegetrappel oder von dem Geschrei der auf dem Platz spielenden Kinder unterbrochen wurde ... Beltrami schien der letzten Äußerung des Ritters aus Burgund nachzulauschen, die allmählich in ihm verklang. Dann erhob er sich seufzend und ging zu dem Kamin aus grauem Stein hinüber. Dort wärmte er sich die Hände, indem er sie leicht gegeneinander rieb, so als wasche er sie sich über den Flammen ...
»Das ist eine merkwürdige Geschichte, die Ihr mir da erzählt habt, Graf«, sagte er mit milder Stimme, »und wir Florentiner lieben schöne Geschichten ... aber ich sehe nicht recht, was sie mit mir zu tun haben soll.«
»Sie betrifft Euch in allererster Linie: Das steht doch deutlich in den Gesichtszügen Eurer Tochter geschrieben.«
»Laßt bitte meine Tochter aus dem Spiel! Anlaß des Gesprächs war, wenn ich mich recht entsinne ..., die Verlegen-

heit, die Euch die Tatsache bereitete, zu Seiner Durchlaucht dem Herrn von Burgund zurückkehren zu müssen, ohne das Darlehen in Händen zu halten, um das er gebeten hatte ...«

»Monseigneur Karl bittet niemals um irgend etwas!« widersprach Selongey scharf.

»Verzeiht dieses Wort, das in der Tat in der Diplomatensprache nicht enthalten ist! Laßt uns also lieber sagen: die er von der Bank Medici zu erhalten wünschte, um in Italien Söldnertruppen zusammenzutreiben. Ein Darlehen, das Monseigneur Lorenzo aus Loyalität gegenüber König Ludwig von Frankreich ablehnen mußte, da seine Familie seit langem schon mit ihm verbündet ist. Und Ihr wünschtet nun, mit mir eine gleiche Vereinbarung zu treffen. Ich mußte Euch daraufhin daran erinnern, daß ich kein großes Bankhaus leite und daß ...«

»Macht mir doch nichts vor, Beltrami! Ihr seid ebenso Bankier, wie Ihr *auch* Reeder seid. Auch wenn es weniger auffällt, so ist doch Euer Vermögen möglicherweise genauso groß wie das der Medici. Aber diese Frage haben wir ja bereits erörtert, und ich sehe keinen Grund, weshalb Ihr darauf zurückkommt. Wir wollen uns lieber mit dieser schon weit zurückliegenden Geschichte befassen, die Euch zu erzählen ich die Ehre hatte ...«

»Und die ich auch durchaus zu schätzen wußte, aber die ...«

»Genug der Spitzfindigkeiten, Messire Francesco! Sie sind zu abgeschmackt, um mein Gefallen zu finden. Beantwortet mir nur diese eine Frage: Wart Ihr vor etwas mehr als siebzehn Jahren an eben jenem Tag in Dijon, als auf dem Platz Morimont Jean und Marie de Brévailles hingerichtet wurden? Und denkt daran, daß ich an Eure Ehre appelliere – eine Ehre, die durch eine Lüge ... eine unnütze Lüge zumal, Schaden nähme.«

Beltramis Gesichtsausdruck versteinerte so sehr, daß er schließlich einer tragischen Maske glich, hinter der sein Ver-

stand wie wild arbeitete. Seit dem Augenblick, da dieser junge Mann sein Haus betreten hatte, hatte er geahnt, ja gefühlt, daß er ihm Unglück brächte. Aber zuerst mußte er ja antworten ...
»Ich war tatsächlich zu jenem Zeitpunkt dort«, sagte er mit fester Stimme. »Ich habe auf meinen Reisen nach Paris nach Flandern oft in Dijon halt gemacht. Ich liebe diese Stadt, obgleich ich mich nie lange dort aufhalte. Immer breche ich schon am nächsten Tag wieder auf.«
»Damals aber seid Ihr nicht alleine aufgebrochen. Ihr nahmt ein Neugeborenes mit, ein kleines Waisenmädchen. Und zwar die, die Ihr heute Eure Tochter nennt. Wollt Ihr das leugnen?«
Beltrami packte eine jähe Wut, die die ganze Zurückhaltung hinwegfegte, die er sich schon eine ganze Weile lang auferlegt hatte:
»Und wenn es so wäre? Ich glaube nicht, daß Euch das, in welcher Form auch immer, irgend etwas angeht! In was mischt Ihr Euch da überhaupt ein, Ihr mit Euren Anspielungen und Fragen nach Schulmeisterart? Was habt Ihr denn schon mit den beiden armen Geschöpfen zu tun, die mit ein wenig Mitleid am Leben hätten bleiben können, und mit diesem Kind, dem mit ein bißchen Menschlichkeit wenigstens eine Mutter erhalten geblieben wäre und das ich vor dem Haß eines niederträchtigen Menschen gerettet habe, der es auf dem Schandgrab, in das die vermeintliche Gerechtigkeit Eurer Herzöge seine Eltern geworfen hatte, zugrunde richten wollte? Haltet Ihr mich etwa für so einfältig, daß ich Euer Spiel nicht durchschaue? Seitdem Ihr diesen Raum betreten habt, spracht Ihr mir von Geld, und dann, urplötzlich, erzählt Ihr mir diese schauerliche Geschichte, die Ihr, weiß der Teufel wo, ausgegraben habt ...«
»Was soll das heißen?«
»Daß Ihr trotz Eures goldenen Rittersporns, trotz des berühmten Ordens, dessen Insignien Eure Brust schmücken,

nichts anderes seid als ein Erpresser, Messire de Selongey!«
Philippe erblaßte und faßte mit seiner Hand unwillkürlich an die Schwertglocke, die an seiner Hüfte hing:
»Ihr beleidigt mich!«
»Nein. Ich behandle Euch nur, wie Ihr es verdient! Geht jetzt! Ihr werdet nicht einen einzigen Florin von mir bekommen!«
Aug in Aug standen sie einander gegenüber, so nah, daß Selongey den schweren Atem Beltramis spüren konnte; aber er hatte nicht die Absicht, diesen Mann bis zum Äußersten zu treiben. Und so wandte er sich um und ging zum Fenster, das zu dem nunmehr fast dunklen Platz hinaus lag, und sah einen Augenblick dem Kommen und Gehen der Einwohner dieser seltsamen Stadt zu, in der Geburtsadel nichts bedeutete und keineswegs automatisch das Recht auf Respekt einschloß. Nur das Geld zählte hier, und der Mann, der ihm gegenüber stand, war einer der reichsten.
»Ich sagte doch, Ihr möget gehen!« wiederholte Beltrami mit hörbar matter Stimme ...
»Nein. Ich habe mich mißverständlich ausgedrückt und bitte Euch dafür um Verzeihung. Ich hoffte in der Tat, Euch als Geschäftsmann für die Sache meines Herrn, des edelsten Fürsten im ganzen Abendland, zu interessieren. Er hätte sich Euch dafür von königlicher Dankbarkeit gezeigt ... einer Dankbarkeit, die der Krone gerecht gewesen wäre, die er eines Tages einmal erhalten wird. Aber es war nicht nur das, worum ich Euch heute abend bitten wollte ...«
»Was wollt Ihr denn noch?«
»Die Hand Eurer Tochter. Ich will sie heiraten ...«
Der Kaufmann war so verblüfft, daß es ihm die Sprache verschlug und er das unangenehme Gefühl hatte, die Wände drehten sich um ihn herum. Er ging zu einem Schränkchen, das sich hinter der Holzvertäfelung verbarg, nahm eine Karaffe mit Chiantiwein und einen silbernen Becher daraus, füllte ihn und trank. Nun fühlte er sich schon besser, um

dem neuerlichen Kampf standzuhalten, der unfehlbar auf ihn zukommen mußte.
»Wahrhaftiger Gott!« bemerkte Philippe mit einem leisen Lächeln. »Ich glaubte nicht, Euch damit derartig in Aufruhr zu versetzen!«
»Laßt meine Empfindungen aus dem Spiel. Ihr wollt Fiora also heiraten? Ihr?«
»Ich, ja!«
»Und das, obgleich Ihr mir zu verstehen gegeben habt, daß Ihr sehr wohl über Ihre Herkunft Bescheid wißt, eine Herkunft, die zweifellos von Adel und doch durch das Schafott mit Schande behaftet ist? ... Zumindest nach den Gesetzen Eures Landes und Eurer Gesellschaftsschicht.«
»Nach den Gesetzen in allen Ländern und allen Gesellschaftsschichten. Glaubt Ihr denn, daß Euer Vermögen sie vor der Verachtung retten könnte, wenn man hier in dieser eigenartigen Republik wüßte, daß sie einem Inzest, der zugleich auch ein Ehebruch war, entsprungen ist, der dann auf dem Schafott endete und von der Kirche ebenso verurteilt worden ist wie von dem Fürsten?«
Francesco Beltrami spürte, wie ihm ein eisiger Schauer über den Rücken lief, und wandte sich dem Feuer wie einem hilfreichen Freund zu. Dieser Teufel von Mann hatte recht, und er wußte das auch.
»Und Ihr«, erwiderte er bitter, »die Ihr das Vertrauen eines großen Fürsten besitzt, Ihr, Graf von Selongey, Ritter vom Goldenen Vlies, der Ihr zweifellos einer der ersten in Eurem Lande seid, Ihr wollt nun ausgerechnet dieses Kind zur Frau haben, von dem Ihr selbst sagt, daß seine Geburt mit einem Makel behaftet ist. Warum?«
»Ich will gar nicht erst versuchen, Euch die Wahrheit zu verschweigen«, antwortete Selongey grob. »In erster Linie, weil ich sie liebe ...«
»Nun, nun! Ihr habt sie schließlich nur zweimal kurz gesehen: bei der *Giostra* und im Palast der Medici ...«

»Ich habe sie in der Kirche Santa Trinita ein drittes Mal getroffen. Aber eine einzige Begegnung schon reichte aus. Ihre Schönheit ... hat mir das Herz zusammengepreßt. Wie ein Zauber, der sich über mich gelegt hat ...«

»Und Ihr glaubt nun, daß das die Liebe ist? Daß ein Augenblick genügt, um ...«

»Um das Leben eines Mannes zu ändern? Ihr solltet eigentlich der letzte sein, der daran zweifelt. Oder wie erklärt Ihr mir dann, weshalb Ihr, der Ihr jung, reich und frei von jeder Bindung wart, Euch ein Kind aufgeladen habt von Leuten, die Ihr nicht kanntet, ja die Ihr nur für einen kurzen Augenblick in ihrer Todesstunde gesehen habt? Marie de Brévailles war sehr schön, nicht wahr? Und Ihr habt sie sterben sehen ...«

Beltrami schloß die Augen und suchte die Tränen zurückzuhalten, die ihm bei der Erinnerung an jene schreckliche Stunde kamen, da die große Liebe seines Lebens hingerichtet worden war. Wütend wischte er sich die Tränen aus den Augen ...

»Ihr spracht von zwei Gründen ... Was ist der zweite?«

»Ich will ihre Mitgift haben, um damit Truppen von Monseigneur Karl mit Waffen auszustatten!«

Es trat eine kurze Stille ein, die schließlich vom freudlosen Lachen Beltramis unterbrochen wurde:

»Endlich ist das große Wort heraus, und wir wären wieder beim Geld! Aber ich werde Euch Fiora nicht geben. Ich werde nicht zulassen, daß Ihr sie in Euer barbarisches Land mitnehmt, wo sie nur zugrunde gehen würde. Sie ist ein zartes Gewächs, das dank unendlicher Mühen unter der Sonne herangewachsen ist. Sie hat bisher nur Freude und Schönheit gekannt, den Umgang mit den Künsten, den Wissenschaften gar und der Literatur. Sie hat das Wissen und das Herz einer Königin. Und solange ich lebe, wird dieses Werk meiner Hände und meiner zärtlichen Liebe nicht zerstört werden. Ich weigere mich, mich von ihr zu trennen.«

»Aber ich werde Euch nicht von ihr trennen. Das stand nie in meiner Absicht«, sagte Philippe mild.
»Ich verstehe Euch nicht. Wie meint Ihr das?«
»Wir befinden uns im Krieg, und dieser Krieg ist gnadenlos. Burgund wird siegen, oder es wird untergehen. Unter solchen Umständen ist es mir unmöglich, eine Frau mitzunehmen. Und wo wäre sie besser aufgehoben als bei ihrem Vater? Wenn Ihr sie mir zur Frau gebt, werden wir heimlich, aber doch so, daß es nicht möglich ist, die Ehe anzufechten, heiraten. Und gleich am Tag darauf werde ich aufbrechen ... und Ihr werdet mich gewiß nicht mehr wiedersehen.«
»Ich verstehe immer weniger! Eben noch spracht Ihr von Eurer Liebe ...«
»Die tief ist ... und leidenschaftlich, aber an der ich sicherlich zugrunde gehen werde. Soll ich mich, was das Abkommen betrifft, das ich mit Euch schließen will, noch deutlicher ausdrücken? Fiora wird meinen Namen erhalten und damit vor weiteren Nachforschungen, die ja jederzeit möglich sind, geschützt sein. Sie wird Gräfin von Selongey sein, aber in Eurer Nähe leben und um mich trauern, wenn es einmal soweit ist ...
»Und Ihr, was werdet Ihr davon haben, da Ihr Fioras Mitgift Eurem Herzog geben wollt?«
»Eine Liebesnacht! Eine einzige Nacht, die ich wie einen Schatz in meinem Herzen verwahren werde – oder aber eine Nacht, die mich vielleicht ein für allemal von einer brennenden Leidenschaft kuriert. Ihr werdet die Heirat verkünden, sobald Euch die Zeit dafür reif erscheint. Gewiß wird das erst recht spät der Fall sein, wenn Ihr den Groll der Medici nicht auf Euch ziehen wollt, deren Haltung sie zu Gegnern Burgunds macht. Das ist der Grund, weshalb ich von einer heimlichen Trauung sprach. Nach meinem Tode wird Fiora, sofern sie das möchte, ein zweites Mal heiraten können ...«
»Euer Tod, Euer Tod! Es ist noch keineswegs ausgemacht, daß Ihr sterbt. Weshalb liegt Euch soviel daran?«

»Weil ich mit meinem Blut den Makel auf meinem Wappen auslöschen will, der dadurch entsteht, daß ich die Tochter von Jean und Marie de Brévailles heirate. Nur ich allein werde um diesen Makel wissen, da ich keine Familie mehr besitze. Er wird mit mir untergehen; und der, die meine Frau sein wird, werde ich in der kurzen Zeit, die uns verbleibt, so viel Liebe schenken, daß sie niemals etwas davon wissen wird. An ihrem Leben in Eurer Nähe wird sich nichts ändern; ich indes werde all das bekommen haben, was ich von dieser Welt nur erhoffen kann ...«

»Ihr vergeßt nur eines: Was ist, wenn dieser einen Nacht ein Kind entspringt?«

»In diesem Fall werdet Ihr es aufziehen, bis es alt genug ist, Waffen zu tragen und seinen Herren zu dienen. Dann werdet Ihr es, ausgestattet mit allen Mitteln, die es ihm erlauben, sich zu erkennen zu geben, auf das Schloß von Selongey schicken, und ich selbst werde in Frieden ruhen, da das das Zeichen dafür sein wird, daß meine Vorväter mir mein Vorhaben verziehen haben ...«

Was für ein merkwürdiger Mensch das doch war! Francesco war verwirrt über diese Mischung aus Zynismus und Unschuld. Diese Ritterseele voller Leidenschaft und Selbstbewußtsein, die imstande war, seinem Herrn und seinen eigenen Begierden alles hinzuopfern, und doch zugleich entschlossen war, den Preis dafür zu zahlen, koste es auch sein Leben ...

»Euer Vorhaben? Ich habe Euren Vorschlag noch nicht angenommen.«

»Aber Ihr werdet ihn annehmen. Seid Euch darüber im klaren, daß ich zu allem bereit bin, um Fiora zu bekommen, versteht Ihr? Zu allem, damit sie mein wird. Solange ich lebe, wird sie niemandem anderen gehören als mir.«

»Wie weit würdet Ihr gehen? Etwa so weit, allen die Wahrheit über ihre Herkunft preiszugeben? Ihr würdet auf der Stelle niedergemacht ...«

»Vielleicht, aber auch Ihr würdet Euch davon nicht wieder erholen. Ihr wäret gezwungen, sie in ein Kloster zu sperren. Es ist besser, meinen Vorschlag anzunehmen, Messire Beltrami, und das wißt Ihr auch. So könnt Ihr sicher sein, daß sie Euch niemals verlassen wird. Das müßte in Euren Augen viel wert sein ...«
Francesco spürte, wie er rot wurde. Dieser Mann hatte den Finger auf seine wunde Stelle gelegt, hatte erneut jenen Widerwillen in ihm geweckt, den er bei dem Gedanken empfand, sein über alles geliebtes Kind eines Tages am Arm eines Ehemannes vielleicht weit fort von ihm gehen zu sehen, eines Ehemannes, der sie gewiß niemals so zu lieben vermöchte, wie es ihr Vater tat ... Ihm war klar, daß der Ritter aus Burgund gewonnen hatte, aber noch wollte er nicht nachgeben:
»Das ist eine wahrhaft grausame Liebe, die Ihr da an den Tag legt, Graf! Ich habe keinerlei Grund zu der Annahme, daß meine Tochter sich damit zufriedengeben könnte. Und ich würde sie niemals zu irgend etwas zwingen ...«
»Warum fragen wir sie nicht einfach selbst? Wenn sie einverstanden ist ...«
»Dann werde auch ich einverstanden sein«, sagte Beltrami ernst, »aber seid Euch darüber im klaren, daß Ihr eine Verpflichtung eingeht, die Ihr nicht mehr brechen könnt – auch dann nicht, falls Ihr ... später einmal Eure Meinung ändern solltet.«
»Da kommt wieder der Geschäftsmann in Euch zum Vorschein!« erwiderte Selongey mit einem verächtlichen Lächeln. »Ich habe nur ein Ehrenwort, nehmt das zur Kenntnis, Messire Beltrami. Und noch niemals habe ich ein einmal gegebenes Versprechen zurückgenommen ...«
»Wenn das so ist, dann laßt uns zu mir gehen!«
Seite an Seite gingen sie durch die Straßen; Philippe führte das Pferd, das er vor dem Eingang des Geschäftshauses zurückgelassen hatte, am Halfter. Noch nie war er soviel gelau-

fen wie seit seiner Ankunft in Florenz, schienen doch die Einwohner dieser Stadt den Gang zu Fuß jeder anderen Form der Fortbewegung vorzuziehen. Gewiß, die Straßen waren sauber; sie waren in der Mitte gepflastert und hatten auf jeder Seite eine Wasserrinne. Aber es war doch eigenartig, die hochgestellten Persönlichkeiten der Stadt genauso zwanglos und selbstverständlich umhergehen zu sehen wie das einfache Volk. Das mußte in erster Linie mit der ausgeprägten Neigung aller zum Plaudern zusammenhängen. Nie konnte man sicher sein, daß man die Zeit auch einhielt, die man veranschlagte, um von einem Punkt zu einem anderen zu gelangen, weil man nie wußte, wem man begegnete und wieviel Zeit man dem Betreffenden widmen würde.

Auf dem Weg vom Mercato Nuovo zu dem Palais am Ufer des Arno hörte der Gesandte aus Burgund mindestens zwanzigmal den Gruß der Florentiner an seinen Begleiter.

»Gute Nacht, Messer Francesco! Gott möge dich behüten und es dir wohl ergehen lassen! – Heil dir, Messer Beltrami, und allem, was dir lieb ist! ...« Die Formulierungen waren unterschiedlich, aus allen aber klang Respekt, ja Zuneigung.

»Ich wußte nicht, daß Ihr so beliebt seid«, bemerkte Selongey, »aber wie kommt es, daß ein jeder sich hier duzt?«

»Sagte man denn in Rom etwa ›Ihr‹? Das Lateinische kennt kein ›Ihr‹, und Latein ist hier die Sprache der Poeten und Gelehrten. Unsere Umgangssprache leitet sich vom Lateinischen ab, wie übrigens auch die französische Sprache, und Monseigneur Lorenzo, der in toskanischer Sprache dichtet, gibt sich große Mühe, die Sprache aufzuwerten – was ihm zweifellos auch gelingen wird, da er in jeder Hinsicht ein großer Künstler ist ...«

»Ist er es auch als Politiker? Da habe ich meine Zweifel. Es ist ein schwerer Fehler, dem allmächtigen Herzog von Burgund eine Abfuhr zu erteilen ...«

»Ich möchte Euch nicht zu nahe treten, Messire de Selongey, aber es wäre gewiß ein noch größerer Fehler, das Bündnis mit König Ludwig von Frankreich zu brechen, der möglicherweise der geschickteste Politiker unserer Zeit ist!«

»Die jämmerliche Figur?« erwiderte der Graf verächtlich. »Er ist kein Ritter.«

»Wenn man die Verantwortung für ein Königreich trägt, das über hundert Jahre hinweg die Belagerung durch die Engländer ertragen hat, ist es sicherlich besser, ein großer Diplomat zu sein, denn ein Ritter ohne Furcht und Tadel. König Ludwig ist durchaus nicht feige. Das hat er bei vielen Gelegenheiten gezeigt.«

»Ich sehe, daß Ihr ihn sehr bewundert. Darf ich Euch ... als zukünftiger Schwiegersohn gewissermaßen, den Rat geben, Euch andere Freunde zu suchen, solange noch Zeit dazu ist? Im vergangenen Juli unterzeichnete König Eduard IV. von England mit Herzog Karl ein Abkommen, in dem sich England dazu verpflichtet, nach Frankreich einzumarschieren, während Burgund seinerseits zugesichert hat, mit zehntausend Mann dazuzustoßen – und das noch vor dem 1. Juli dieses Jahres. König Ludwig wird hinweggefegt werden, und Eduard wird in Reims zum König von Frankreich gekrönt, wie es die Vernunft gebietet.«

»Nicht aber die Geschichte! So sollte Euer Herr England tatsächlich die Krone des Heiligen Ludwig überlassen, von dem er selbst abstammt? Das wäre meiner Meinung nach ein schwerer Fehler. Es hat Herzog Philippe dem Guten einst nicht allzuviel Glück gebracht, daß er den jungen Heinrich als König anerkannte und nicht Karl VII. ... Der Himmel könnte möglicherweise eine neue Jeanne d'Arc auf den Plan rufen ... aber wie dem auch sei, es ist nie gut, sich im König zu irren. Außerdem hat König Ludwig XI. noch nicht sein letztes Wort gesprochen. Seid versichert, daß Monseigneur Lorenzo über all dies sehr wohl Bescheid weiß ..., und dennoch hat er es abgelehnt, Euren Herrn zu unterstützen!«

»Nun, dann irrt er sich eben! Bedenkt, daß die eigene

Schwester König Ludwigs XI., die Herzogin Yolande von Savoyen, die Verbündete Burgunds ist, zu dessen Gunsten sie ein weiteres Bündnis mit dem Herzog von Mailand geschlossen hat ... der wiederum Euer Verbündeter ist.«
»Nicht aber unser Freund. Das ist mir ein schöner Verbündeter, den Ihr da habt! Galeazzo-Maria ist ein Hohlkopf, der mit den Sforza nicht mehr gemein hat als den Namen und der keinerlei Ähnlichkeit mit seinem Vater besitzt – jenem bedeutenden Francesco, der der Freund Ludwigs XI. war. All seine Gedanken kreisen nur um seine Favoritin, die schöne Lucia Marliani; und in seinen Briefen an Monseigneur Lorenzo ist immer nur von einem gewissen hellen Rubin die Rede, der den Medici gehört und den der Mailänder für seine Mätresse begehrt. Euer Herzog wird noch Überraschungen erleben ...«
»Wer tut das nicht, wenn es um eine Frau geht?«
Selongey, dem plötzlich bewußt wurde, was er da gesagt hatte, errötete und schwieg. Die beiden Männer gelangten in Sichtweite des Beltramischen Portals, das von zwei Öllampen in eisernen Ampeln beleuchtet war, deren Flammen im kalten Wind, der durch die Gassen fegte, unruhig hin und her flackerten. Francesco betätigte den schweren bronzenen Türklopfer in Form eines Löwenkopfes, der mit einem lauten, dumpfen Schlag auf das Tor zurückfiel. Als der Diener öffnete, trat er beiseite, um den Mann, der nun unerwartet sein Gast geworden war, eintreten zu lassen:
»Bleibt nur die Frage, wer von uns beiden die Überraschung erleben wird«, sagte er mit ernster Stimme.

Die Abendmahlzeit rückte heran, und Fiora erwartete ihren Vater in dem großen Saal, in dem vor dem knisternden Kaminfeuer die Tafel gedeckt war. Sie saß an einem Schachbrett aus Ebenholz, Elfenbein und Gold und spielte mit Khatoun, umgeben von jener heiligen Stille, die das schwierigste aller Spiele gebot. Sie waren so vertieft, daß sie noch nicht einmal das leise Knarren der Tür hörten, die sich vor den beiden Männern auftat. Nur Léonarde, die bei den jungen Mädchen saß und stickte, hob den Kopf; doch Beltrami gebot ihr mit einem kleinen Wink Schweigen, um für einen kurzen Augenblick das liebliche Bild in sich aufzunehmen, das die beiden Spielenden boten ...

Fioras Tressen glitzerten lebhaft im Schein des Feuers, ebenso wie der Goldschmuck auf ihrer Stirn und die Falten ihres tiefroten Kleides aus Zindeltaft. Ihre schwarzen, leicht gebogenen Wimpern lagen wie ein zarter Schatten über ihren samtweichen Wangen, und ihre weißen Zähne, mit denen sie an einem ihrer schmalen Finger knabberte, blitzten hie und da zwischen ihren feuchten Lippen hervor. Ihr gegenüber saß Khatoun, die mit ihrer Tunika und ihrem leuchtend grünblauen Schleier aussah wie ein kleines Fabelwesen aus einem orientalischen Märchen.

Beltrami, dessen Herz sich in plötzlicher Angst zusammenkrampfte, hätte diesen friedvollen, lichten Augenblick, der die Ruhe seines glückbeseelten Vaterdaseins noch unbeschadet in sich barg, bis in alle Ewigkeit ausdehnen mögen. Er brauchte sich nicht umzudrehen, um zu erraten, mit welch brennender Leidenschaft der Fremde sein Kind betrachtete. War es wirklich möglich, daß sie, kaum der Kindheit entwachsen, bereits die Leidenschaft eines Mannes geweckt hatte? ... Zum ersten Mal in seinem Leben sah er Fiora mit anderen Augen, betrachtete ihre graziöse Taille, die vollendete Rundung ihres Halses, den der schimmernde Stoff trefflich zur Geltung brachte, die seidige, wie Elfenbein schimmernde, zartrosa Haut und die Grazie, mit der ihre schmalen Hände einen kostbaren Gegenstand berührten ... Der Gedanke, daß ein Mann die Absicht hegen konnte, dieses Wunder an Anmut und Schönheit sein eigen zu nennen, war ihm mit einem Male unerträglich. Er hätte nicht übel Lust gehabt, seine Leute herbeizurufen und den dreisten Bewerber hinauswerfen zu lassen ... Aber da hatte Khatoun die beiden Männer schon gesehen und wies mit einer flüchtigen Geste auf sie. Fiora hob den Blick und stieß den Sessel zurück.

»Vater«, rief sie in fröhlich-vorwurfsvollem Ton, »du kommst recht spät nach Hause und ...«

Plötzlich bemerkte sie Philippe, der Beltrami mit seiner hohen Gestalt überragte, und ihr schoß das Blut in die Wangen. Um ihre Verwirrung zu verbergen, machte sie einen Knicks.

»Ich wußte nicht, daß wir einen Gast erwarteten«, murmelte sie. »Du hättest uns etwas davon sagen sollen.«

»Mein Besuch kam ganz und gar überraschend«, sagte Philippe sanft, »und ich bitte Euch, Demoiselle, mir zu verzeihen, wenn er Euch unvorbereitet trifft. Im übrigen kann es sein, daß ich ... nicht sehr lange Euer Gast bin.«

»Bitte laßt uns alleine, Dame Léonarde«, sagte Beltrami kurz. »Auch du, Khatoun ...«

Ohne ein Wort zu sagen, verließen die beiden Frauen mit stummem, fragendem Blick den Raum und ließen Fiora allein mit den beiden Männern zurück. Als die Tür sich hinter ihnen geschlossen hatte, nahm Beltrami seine Tochter bei der Hand und geleitete sie zu dem Sessel zurück, von dem sie aufgesprungen war.

»Setz' dich, mein Kind«, sagte er sanft. »Was wir dir zu sagen haben, ist ernst ... und von größter Bedeutung für die Zukunft ...«

»Was ... ihr ... mir zu sagen habt? Wollt ihr denn beide jetzt noch mit mir sprechen?«

»Jawohl ...«

Beltrami spürte, wie es ihm den Hals zuschnürte, und er schluckte nervös. Nun war der schreckliche Moment gekommen – jener Moment, den er sich hatte aufzwingen lassen, weil dieser Mann sein Geheimnis kannte ... Und mit einem Male wollte er es schnell hinter sich bringen. Alles war besser als diese Ungewißheit. Im übrigen kannte Fiora

Selongey kaum und würde niemals in die Ehe mit ihm einwilligen ... Sie würde ihn mit dem gleichen Lächeln zurückweisen, mit dem sie auch die Gunstbezeugungen Luca Tornabuonis zurückwies. Glaubte er nicht bemerkt zu haben, daß sie in Giuliano von Medici verliebt war? Und so sagte er mit klarer Stimme:
»Messire Philippe de Selongey ist heute abend gekommen, um bei mir um deine Hand anzuhalten ...«
Kaum waren die Worte heraus, hätte er sie am liebsten zurückgenommen. Fiora nahm sie mit höchster Verwunderung in den Augen auf, aber schon sah er einen Funken in ihnen aufleuchten – einen Funken, der ihm weh tat ...
»Ihr wollt mich ... heiraten?« fragte das junge Mädchen.
Selongey kniete vor ihr nieder:
»Nichts wünsche ich mehr«, sagte er mit bebender Stimme. »Was Euer Vater nicht gesagt hat, Fiora, ist, daß ich Euch liebe und niemals eine andere lieben werde als Euch.«
»Niemals ... eine andere als mich?«
»Solange ich lebe! Ich lege mein Ritterwort vor Gott dafür ein, der unser Versprechen gewiß erhören wird, wenn Ihr die Meine zu werden bereit seid!«
Fiora betrachtete das stolze Gesicht, das sich ihr zuwandte, blickte in jene Augen, deren Glut sie zu versengen schien, auf jene Lippen, deren Kuß sie nicht mehr loslassen wollte, und auf die Hand, die sich ihr entgegenstreckte. Sie suchte den Blick ihres Vaters, doch Beltrami hatte die Augen abgewandt. Leiser, eindringlicher diesmal, setzte Philippe hinzu:
»Antwortet, Fiora! Wollt Ihr meine Frau werden?«
Unbändige Freude überkam das junge Mädchen. Es schien ihr, als würde sie von einer jener großen, blauen, ach so wohligen und warmen Wellen erfaßt, in denen sie eines Sommertags in Livorno gebadet hatte. Der Traum, der unter dem strengen Gewölbe der Santa-Trinita-Kirche seinen Anfang genommen hatte, ging weiter, und diesmal würde er nie, nie mehr enden. Mit einer Geste, die ebenso bezaubernd wie

spontan war, legte sie ihre beiden Hände in die, die sich ihr entgegenstreckte:
»Ja«, sagte sie mit fester Stimme ..., »ja, ich will!«
Francesco Beltrami schloß für einen kurzen Augenblick die Augen, um nicht mitansehen zu müssen, wie Philippe die zarten Hände der, die nunmehr seine Braut war, voller Zärtlichkeit küßte. Es war alles gesagt, und nun mußte es auch bis zum Schluß durchgestanden werden. Die Überraschung war auf seiner Seite gewesen ... Er klatschte plötzlich in die Hände und rief mit lauter Stimme:
»Wein! Man bringe uns Wein!«
War es nicht angebracht, die bevorstehende Vermählung Fioras mit Wein zu begießen? Zum ersten Mal nach langer, langer Zeit war Francesco Beltrami eher nach Weinen zumute ...

4. Kapitel

Die Nacht von Fiesole

Zwei Tage später um die gleiche Zeit wartete Fiora mit klopfendem Herzen auf den Augenblick, da sie für immer mit dem Mann verbunden sein würde, den sie liebte und der wie ein Orkan über ihr Leben gekommen war. Alles war so schnell gegangen, daß ihr der Kopf ein wenig schwindelte ...
Als sie Philippe ihre Hand versprochen hatte, war sie der Meinung gewesen, daß man zunächst ihre Verlobung feiern und daß dann ihr zukünftiger Ehemann in sein Heimatland zurückkehren würde, um an des Herzogs Seite zu kämpfen. Wäre der Krieg dann beendet, käme er zurück, um Hochzeit zu feiern und sie in sein Heimatland zu entführen, wo sie bei Hofe dem großen Herzog des Abendlandes vorgestellt würde. In Gedanken sah sie bereits eine prachtvolle Hochzeitsfeier stattfinden, die diejenige der einzigen Tochter des reichen Francesco Beltrami sein würde ...
Doch in Wirklichkeit war nichts so, wie sie es sich in ihren kindlichen Träumen vorgestellt hatte; nicht einmal der Tradition würde Genüge getan. Es gäbe kein großes Essen anläßlich des Ringtauschs als Zeichen der Vermählung, auch keine Geschenke würden überreicht. Und auch die jungen Leute kämen nicht, um ein Band oder eine Blumengirlande über die Straße zu spannen, auf der sie entlangkäme, während einer – der Schönste von ihnen – ihr einen Blumenstrauß überreichen würde, woraufhin dann der Bräutigam das zarte Band durchschnitte. Auch einen Damenzug würde es nicht geben, der die Braut bis zum Dom geleitete, während in der Loggia del Bigallo nahe des Baptisteriums Trompetenklänge den Sieg der Liebe verkündeten. Es gäbe kein großes Bankett, zu dem die Musik aufspielte, keinen Ball,

keine Nüsse, die man auf die Fliesen vor dem Brautgemach würfe, um zu verhindern, daß man hörte, was dort vor sich ging; keine Späße, kein Gelächter, keine Bänkelgesänge, die die Hochzeitsgesellschaft erheiterten, und auch keine Liebeslieder ...

Statt dessen würde alles in dem großen Landhaus, das Beltrami in Fiesole besaß, stattfinden, mitten in der Nacht und in aller Heimlichkeit, damit die Medici nichts von dieser Heirat, die sie in ihren Freundschaften und ihrer politischen Haltung verletzen könnte, erführen. Außerdem hatte es Philippe eilig. Er war allzusehr in Fiora verliebt, als daß er bereit gewesen wäre, von ihr zu gehen, ohne die Gewißheit zu haben, daß kein anderer Mann sie ihm je nehmen konnte ...

»Das wäre auch nach der Verlobung nicht anders gewesen«, hatte das junge Mädchen dazu bemerkt, »und auch ohne daß Ihr mir etwas anderes gegeben hättet als Euer Wort. Es hätte genügt, daß Ihr mich gebeten hättet zu warten. Und ich hätte gewartet ... mein ganzes Leben lang.«

»Vielleicht werdet Ihr tatsächlich Euer ganzes Leben lang auf mich warten müssen. Denn ich könnte getötet werden, Fiora, und niemals mehr zurückkehren. Deshalb lag mir so sehr an dieser Heirat, deren Eile Euch vielleicht erschreckt. Ich will, wenn ich aufbreche, sicher sein, daß Ihr mir gehört. Ist es Euch so leid um ein prunkvolles Hochzeitsfest?«

»Es wäre mir vor allem leid, wenn Ihr es nicht so eilig hättet. Und es wäre mir leid, wenn ich Euch nicht liebte ...«

Es war alles gesagt. Seit einer Stunde hielten sich Beltrami und sein zukünftiger Schwiegersohn zusammen mit einem Notar, der ein treuer Freund Beltramis war, in dem Arbeitszimmer des Kaufmanns auf. Sie handelten den strengen Vertrag aus, den Beltrami seiner Tochter zuzusichern gedachte. Fiora selbst ließ währenddessen in ihrem Gemach die Bemühungen ihrer Kammerfrauen über sich ergehen. Léonarde und Khatoun – die eine mit verschlossener Miene, die andere mit vor Aufregung zitternden Händen – hatten sie in eine aufwendige Robe aus weißem Satin gekleidet, die über und über mit Gold bestickt war. In ihr üppiges, hochgekämmtes Haar hatten sie sternförmige Smaragde gesteckt und ein zartes Goldband hineingeflochten, und am Ausschnitt ihres Kleides hatte Léonarde direkt zwischen ihren mädchenhaften Brüsten eine Schimäre mit smaragdenen Augen befestigt, deren weite Flügel ebenfalls mit Smaragden besetzt waren. Und in wenigen Augenblicken würden sie den großen Schleier auf ihrem Kopf befestigen, der gemäß dem Brauch am Morgen des gleichen Tages im benachbarten Kloster gesegnet worden war ...

Seit der alten Gouvernante die Heirat Fioras mitgeteilt worden war, hatte diese kaum ein Wort gesagt; dafür aber hatte sie viele Stunden in der Kirche zugebracht. Fiora, die ihr vorwarf, nicht mehr Freude darüber zu zeigen, daß sie einen einflußreichen Edelmann aus Burgund, ihrem eigenen Heimatland, heiratete, hatte Léonarde zur Antwort gegeben:

»Ich weiß, daß er ein einflußreicher Edelmann ist, und ich kenne sehr wohl das Schloß Selongey, eine ebenso mächtige Festung wie nobler Wohnsitz. Ich weiß auch, daß Ihr einen tapferen Mann heiratet und daß Ihr an seiner Seite eine hohe Stellung einnehmen werdet. Ich weiß ...«

»Wißt Ihr auch, daß ich ihn liebe ... und daß er mich liebt?«

»Das muß wohl so sein, wenn man innerhalb von zwei Tagen eine Heirat beschließt; aber ich muß gestehen, daß ich nicht recht verstehe, daß ein so weiser und so bedachter Mann wie Euer Vater seine Einwilligung gibt zu einer solchen ...«

»Verrücktheit? Ich denke, mein Vater weiß, daß aus einer augenscheinlichen Verrücktheit großes Glück erwachsen kann.«

Léonarde hatte darauf nichts erwidert, war aber gleichwohl ein wenig errötet. Besser als irgend jemand sonst wußte sie, daß Francesco Beltrami zu scheinbar sinnlosen Handlungen fähig war. Sie hatte versucht, mit ihm zu sprechen, aber da der Kaufmann einer Unterredung auswich und sie zu fliehen schien, war es unmöglich gewesen, an ihn heranzukommen. Und so hatte die alte Dame es vorgezogen zu schweigen ... Dafür aber redete Khatoun für zwei.

Unaufhörlich pries die kleine Tatarin die Herrlichkeit des Bräutigams und weissagte ihrer jungen Herrin ein Leben voller Liebe, die sie unter Lautenklängen mit allen Liedern besang, die sie kannte. Sie hatte, ohne zu zögern, versprochen, niemandem zu erzählen, was geschehen sollte, und Fiora wußte, daß sie sich eher töten ließe, als daß sie ein ihr anvertrautes Herzensgeheimnis verriete.

Am schwersten fiel Fiora, daß sie ihrer Freundin Chiara nichts sagen durfte. Sie hätte gern wenigstens die reizende Freundin in jener Stunde bei sich gehabt, da ihre Ehe gesegnet würde. Und wie gern hätte sie mit Chiara ihre Freude, ihr ganzes Glück geteilt, von dem ihr Herz überquoll, aber Beltrami hatte sich unerbittlich gezeigt:

»Vergiß nicht, daß ihre Colomba die größte Klatschbase der ganzen Stadt ist! Ihr ein Geheimnis anzuvertrauen bedeutet, daß es in Windeseile herumgeht. Bedenke überdies, daß die Albizzi lange Zeit viel reicher und mächtiger als die Medici gewesen sind und daß sie später verbannt wurden; man brächte sie vielleicht in ein schlechtes Licht, wenn sie in diese Heirat verwickelt würden. Die einen oder anderen könnten das seltsam finden.«

»Werde ich denn niemals das Recht haben, vor allen anderen den Namen meines Mannes zu tragen? Ich wünschte so sehr ...«

»Daß man weiß, daß du Gräfin bist?« ergänzte Beltrami lächelnd.

»Nein. Daß man weiß, daß ich seine Frau bin ...«

»Das wird schon noch kommen, sei unbesorgt! Vielleicht schneller, als du glaubst. Ich will mir nur Zeit lassen, bevor ich es dem Prächtigen persönlich mitteile. Denn es wird leichter sein, wenn er glaubt, daß du ... ohne mein Wissen geheiratet hast!«

Diesmal hatte Fiora begriffen. Sie kannte die Medici gut genug, um zu wissen, wie sehr sie auf ihre Autorität bedacht waren, und das um so mehr, als sie ihnen nicht von Rechts wegen zukam. Und so gab sie sich denn der Freude hin, bald schon Philippe ganz anzugehören. Je näher freilich die Stunde heranrückte, desto heftiger schlug ihr Herz ...
Sie stand am Fenster und träumte mit offenen Augen. Vor ihr ruhten der terrassenartig angelegte Garten und weiter unten im Tal die Stadt Florenz, die wie ein grau-rosafarbener Teppich zu Füßen der früheren etruskischen und romanischen Akropolis, die Fiesole einst gewesen war, ausgebreitet lag. Vom Glanz vergangener Zeiten war nur noch eine gigantische, halb verfallene Ringmauer übriggeblieben sowie zahllose alte Steinbrocken, die von einem ehemaligen Theater stammten. Fast in allen Gärten waren Überreste zu finden – und Gärten gab es überall, denn Fiesole war wenn auch keine Heeressiedlung mehr, so doch eine Stätte der Erholung und ohne Zweifel der reizvollste Ort in der Umgebung von Florenz. Selbst wenn die Gärten, wie zu Beginn jenes Februars, nicht blühten, blieb doch die liebliche Hügellandschaft mit den schwarzen, spindelförmigen Zypressen und den Eiben, blieben die gedämpften, erdigen Farben und die silbern schimmernden Olivenbäume, deren verkrüppelte Wurzeln von Mäuerchen aus rotem Stein eingegrenzt waren. Es blieb die Eleganz der wenigen herrschaftlichen Landsitze, ebenso wie der reizvolle Gegensatz, der auf dem kleinen Platz des Ortes, der nur noch ein größeres Dorf war, von der alten romanischen Kathedrale mit dem zinnenbewehrten Turm und dem danebenliegenden, eleganten neuen Palais ausging.
Die Sonne war als glutroter Ball untergegangen – was stets Wind verhieß – und hinterließ auf den Dächern des kleinen Franziskanerklosters, das auf dem Hügel lag und in dem der Leichnam des berühmten heiligen Antonius aufbewahrt war, den ganz Florenz verehrte, einen letzten Schimmer. In

dieser Kapelle nun sollten Fiora und Philippe nach Einbruch der Dunkelheit von dem ehrwürdigen Abt getraut werden ...
Selongey, sein Stallmeister Mathieu de Prames, der ihm als Trauzeuge dienen würde, und die wenigen Männer, die zu seinem Gefolge gehörten, waren am Morgen zu den Stadttoren von Florenz hinausgeritten, ohne freilich ernsthaft an Heimkehr zu denken. Auf einem Umweg waren sie zu dem Landhaus Beltramis gelangt, durch den Hintereingang eingetreten und warteten nun auf den eigentlichen Aufbruch, der im Morgengrauen des nächsten Tages stattfinden sollte. Die beiden Edelleute waren ohne Begleitung in das Haus gekommen, doch was Fiora nicht wußte, war, daß in der Truhe ihres Vaters bereits ein Wechsel über hunderttausend Goldflorin bereitlag, der bei Fugger in Augsburg einzulösen war und der ihre geradezu königliche Mitgift darstellte ...
Lange stand Fiora so da und sah zu, wie der Tag zur Neige ging und die Nacht allmählich über das wundervolle Bild, das sich ihr bot, hereinbrach. Nur vereinzelt waren noch helle Punkte oder flammendrote Tupfer auf den Stadtmauern zu sehen, und fast schien es, als gehörten sie zu den Sternen, die am Himmel blinkten. Der Abend, der anbrach, zog einen Schlußstrich unter die glücklichen und sorglosen Tage ihrer Kindheit, und morgen, wenn ein neuer Tag anbräche, würde ein neues Geschöpf vor ihm erstrahlen, ein Geschöpf, das durch die geheimnisvolle Zaubermacht der Liebe zu neuem Leben erweckt sein würde.
Wie die meisten Mädchen ihrer Zeit wußte Fiora, daß es nicht die kirchliche Trauung war, die sie zur Frau erblühen ließ, sondern die Vereinigung zweier Körper, und daß diese Vereinigung zunächst schmerzhaft sein konnte, ja bisweilen unerträglich – dann nämlich, wenn der Liebesakt zur Vergewaltigung wurde, wie sie es kürzlich aus den Berichten gehört hatte, die man sich über die Plünderungen von Volterra und Prato durch florentinische Söldner erzählte. Sie freilich

fürchtete nichts dergleichen von einem Mann, der sie liebte und bei dem sie glücklich war, sich hingeben zu dürfen, da er sie mit einem einzigen Kuß nur erobert hatte.
Das Eintreten Léonardes, so leise es auch geschah, setzte ihren Träumereien ein Ende. Die Gouvernante brachte den Schleier und breitete ihn über das junge Mädchen, dann hüllte sie sie in einen weiten schwarzen Umhang mit Kapuze, der ihr prachtvolles Kleid verbarg.
»Es ist Zeit!« sagte sie. »Kommt! Man erwartet uns ...«
Plötzlich faßte sie Fiora bei den Schultern und umarmte sie voller Zärtlichkeit.
»Ich hoffe, Ihr werdet glücklich, mein Täubchen, glücklich für lange Zeit.«
»Ich war noch nie in meinem Leben so selig!« murmelte Fiora voller Überzeugung. »Hat Messire Philippe nicht alles, was man zum Glück braucht?«
»Gewiß, aber er ist Soldat, und das macht die Sache nicht gerade einfach. Ihr werdet lange Abwesenheiten zu ertragen haben ...«
»Um so schöner wird es sein, wenn er wieder nach Hause kommt! Laßt uns nun gehen, da man schon auf uns wartet.«
Léonarde erwiderte nichts. Statt dessen öffnete sie nur die Türe vor diesem Kind, das sie so gut zu kennen glaubte und das sich dennoch jeden Augenblick zu verändern schien. Die Heirat gefiel ihr immer weniger, aber sie wußte, daß sie nicht in der Lage war, das Schicksal, das so unvermittelt seinen Lauf genommen hatte, aufzuhalten.
Vier schwarze Gestalten – Beltrami, Philippe, sein Freund Prames und der Notar Buenaventura – warteten unter dem Eingangsportal auf sie. Als die beiden Frauen bei ihnen angelangt waren, nahm der Kaufmann die Hand seiner Tochter und ging mit ihr auf die Gärten zu, die im Dunkeln vor ihnen lagen. Der Weg war von keinem Licht erhellt, doch war die Nacht nicht allzu finster, und so war es möglich, ohne Gefahr zu Fuß zu gehen.

Sie hatten kaum das Grundstück verlassen, als sie den Pfad zum Kloster hinauf fanden. Kein Laut war zu hören. Das Land um sie herum war so still, als hielte es den Atem an. Sie hörten weder einen Vogel noch einen Hund, noch hörten sie einen der zahllosen Feldbewohner durch das Gras schleichen. Mit ihren weiten Mänteln sahen die sechs Menschen aus wie leibhaftige Spukgestalten ... Fiora wandelte wie im Traum ...

Und wie in einem Traum sah sie auch, wie sich die Tür zu der kleinen Kapelle öffnete, die nur schwach beleuchtet war. Eine große Wachskerze brannte in einem silbernen Leuchter auf dem Boden, ebenso wie zwei weitere zu beiden Seiten des alten Altarsteins, der nur mit einer makellosen Decke geschmückt war. Es war düster und kalt. Keinerlei Schmuck begleitete diese nächtliche Messe; lediglich die liturgischen Gefäße waren kostbare Goldschmiedearbeiten, und das Meßgewand des Priesters, der die Messe las, glänzte goldener noch als das Kleid der Braut.

Wie in einem Traum fühlte sie das Trauungszeremoniell an sich vorüberziehen, und wie im Traum auch streckte sie ihre Hand aus, damit Philippe ihr den schweren goldenen Ring ansteckte. Nur die Worte des Priesters und das Schluchzen Léonardes, die hemmungslos weinte, durchbrachen die Stille des Klosters. Doch die Wirklichkeit kehrte schon bald zurück, als Fiora nach der Kirche am Arm Philippes zu Hause angelangt war und das zerknirschte Gesicht Francesco Beltramis sah, als sie mit Léonarde und Khatoun in das für die Hochzeitsnacht bereitete Zimmer hochgehen wollte und ihm ihre Stirn darbot, damit er sie küßte und segnete ...

Als seine Tochter von ihm ging, nicht um in ihr Mädchenbett zu steigen, sondern in das Bett ihres Mannes, hatte Beltrami bleiche Lippen und sah aus wie ein gepeinigter Märtyrer. Aber was konnte qualvoller sein als das, was er empfand? Zu der demütigenden Einsicht, einer Erpressung nachgegeben zu haben, kam eine geradezu verzehrende Eifersucht. Er hätte in jenem Augenblick nicht übel Lust gehabt, diesen allzu verführerischen Mann zu töten, der nur wenige Minuten gebraucht hatte, um Fioras Herz zu erobern, und der nun das Recht hatte, als Ehemann in ihr Zimmer zu treten und ihren Leib zu besitzen.

Ehrlich wie er war, fragte er sich, ob wohl alle Väter dieses schreckliche Gefühl der Enttäuschung empfanden und das gleiche schmerzhafte Ziehen im Fleisch? Er erinnerte sich an andere Hochzeiten und mußte die Frage verneinen und schämte sich sogleich der Gedanken, die er hatte, und der Bilder, die ihm in seiner fiebrigen Phantasie vor Augen getreten waren. Wäre Fiora wirklich sein Kind gewesen, so wäre ihm all das sicherlich erspart geblieben, aber sie war eben nicht seine leibliche Tochter, und so reagierte er selbst wie ein Mann, dem man die Frau wegnahm, die er liebte. Ihm war, als verlöre er Marie zum zweiten Mal ...

In dieser Nacht trank der ehrbare Francesco Beltrami ein wenig mehr, als ratsam war, in Erwartung des Tages, jenes glorreichen Tages, der ihm das Ende des Alptraums bescheren und ihm ein für allemal den Abschied des verhaßten Ritters aus Burgund bringen würde und ihm Fiora damit für alle Zeit, die er noch zu leben hätte, überließe. Es fiel ihm im Augenblick noch zu schwer, sich einzugestehen, daß es nur dieser einzige Umstand war, der ihn dazu bewogen hatte, auf die unsinnige Forderung Selongeys einzugehen. Der Graf hatte nur eine einzige Nacht. Er hingegen hätte sie sein ganzes Leben lang, was niemals möglich gewesen wäre, lebte der Ehemann in Florenz ...

Unterdessen richteten Léonarde und Khatoun Fiora in dem großen Prunkgemach, in dem es angenehm warm war, duftete und das mit Blumen und Zweigen ausgeschmückt war, für die Nacht her. Sie lösten das komplizierte Kunstwerk, zu dem ihr Haar aufgetürmt war, und kämmten und bürsteten ihre langen, schwarzen Locken, bis sie ebenso schimmerten und ebenso weich waren wie Satin. Dann nahmen sie ihr den Schmuck ab, halfen ihr aus dem prachtvollen Kleid und aus ihrer Wäsche und rieben ihr Körper und Beine sanft mit einem zarten, duftenden Öl ein, das nach Wald und frisch geschnittenem Gras roch. Dann nahmen sie sie bei der Hand und führten sie nackt zu dem großen Säulenbett, über das ein purpurner Samtüberwurf mit Goldfransen gebreitet war und das wuchtig wie ein Opferaltar die gesamte Mitte des Raumes einnahm.

Sie betteten sie in die angewärmten seidenen Laken und breiteten ihr Haar wie einen schwarzen, glänzenden Kranz auf dem Kopfkissen aus. Dann zündete Léonarde die Nachtlampe an, küßte Fiora auf die Stirn, zog den Bettvorhang vor und verließ schließlich mit Khatoun das Zimmer, die noch immer vor sich hinsummte und dazu auf der Laute spielte ...

Ganz allmählich jedoch verlor sich der Lautenklang, und Fiora blieb mit wild klopfendem Herzen allein im rötlichen Schein der Nachtlampe zurück.

Doch sie mußte nicht lange warten. Leise knarrte die Tür, Schritte waren zu hören, gedämpft von den Teppichen, dann wurde der Vorhang mit beiden Händen auseinandergezogen. Fiora schloß die Augen, öffnete sie jedoch sogleich wieder, da sie sich nicht auch nur ein Bild dieser einzigartigen Nacht entgehen lassen wollte. Sie sah Philippe vor sich. Die Hände noch immer am Samtvorhang, stand er neben dem Bett und sah sie an. Seine Augen in dem gebräunten Gesicht funkelten. Er war nackt, bis auf eine kurze weiße Hose, und im flackernden Licht der Öllampe traten die kräftigen Muskeln seiner Oberschenkel, seiner behaarten Brust und seiner Arme plastisch hervor.

Fasziniert sah ihn Fiora an und dachte, daß er noch wohlgestalteter sei als die Hermesstatue, auf die Lorenzo von Medici so stolz war; doch schon hatte Philippe Laken und Bettdecke ergriffen und riß sie hastig zurück ... Mit jäh erglühenden Wangen schloß Fiora die Augen und wartete, daß er sprach, daß er irgend etwas sagte, ganz gleich was, oder daß er sich bewegte, doch Philippe ließ sich Zeit. Er hatte die Nachtlampe ergriffen und hielt sie über das junge Mädchen, dessen Körper sich in der Erregung straffte. Er sah, daß Fiora zitterte und lächelte:

»Wovor hast du Angst? Hat dir denn dein Spiegelbild nie gesagt, wie schön du bist? ... Wie schön! ... Und wie lieblich! ...«

Er stellte die Nachtlampe zurück, ließ sich auf die Knie nieder und berührte mit seinen Lippen den Bauch Fioras, die sogleich von einem zarten Schauer erfaßt wurde. Er spürte es und lachte leise vor sich hin:

»Was für ein schönes Instrument«, murmelte er und liebkoste ihre jungen, bebenden Brüste, »was für ein wundervolles Liebeslied werde ich auf dir spielen können ...«

Ohne sich von den Knien zu erheben, bedeckte er ihren ganzen Körper mit kleinen Küssen und streifte zärtlich die rosigen Spitzen ihrer Brüste, die sich unter seinen Lippen aufrichteten, während seine Hände über ihre Hüften und die seidige Haut ihres straffen Bauches glitten. Er folgte seinen Händen mit den Lippen, tiefer und tiefer, bis er bei jenem süßen Hügel angelangt war, der sich unter seinen Zärtlichkeiten sanft öffnete. Mit großen Augen und wild klopfendem Herzen fühlte Fiora, wie sich ein Sturm in ihr erhob, eine Glut, zu der sie sich bislang gar nicht fähig glaubte ... Ihr ganzer Körper schrie nach diesem Mann, der auf ihr spielte wie auf einem Instrument und der ihr Seufzer und süße Klagen entlockte, die nach ihr noch unbekannter Vollendung riefen ... Schließlich glitt er auf sie, hüllte sie in seine Arme und beugte sich mit einem verzehrenden Kuß über ihren Mund, der ihr schier den Verstand raubte ... Ihr Leib straffte sich und bäumte sich auf, als wolle er dem Gewicht, das auf ihm lastete, entfliehen, doch sanft zähmte Philippe ihren ungestümen Körper, und sie fühlte plötzlich, wie er in sie eindrang ...

Sie verspürte einen kurzen, leichten Schmerz, aber schon erstickte Philippe ihren Schrei mit einem Kuß. Regungslos verharrte er einen Augenblick in ihr und begann dann, die Hände in der seidigen Flut ihrer Haare und trunken von deren Duft, langsam, ganz langsam seinen Liebestanz, dem sich Fiora schon bald leidenschaftlich hingab ... Gemeinsam wurden sie von einer sengenden Woge der Leidenschaft fortgetragen, auf den letzten Augenblick der Lust zu. Dann verebbte die Woge und ließ sie keuchend wie Schiffbrüchige zwischen den aufgewühlten Laken zurück, auf denen die Blutstropfen wie kleine Sterne prangten ... Noch immer hielt Philippe sie umklammert ...

Diesem neuen Wesen, das er zur Liebe erweckt hatte, verdankte er, ohne daß es davon etwas wußte, eine absolut überwältigende Erfahrung: die unerwartete Gefühlstiefe, zu der sein Herz fähig war. Er hatte geglaubt, Fiora zu lieben, wie er schon oft eine Frau geliebt hatte. Diesmal indes war der Jäger in die eigene Falle getappt, und Philippe hatte nicht mehr die geringste Neigung, sich aus dieser Falle zu befreien. Und doch mußte es sein, sobald der Morgen anbräche. Er würde gehen müssen, gefangen in seinem eigenen Ehrenwort, und seine Frau – eine Frau, von der er niemals geglaubt hätte, daß er sie je würde finden können – zurücklassen in einem Leben, das ihm gänzlich fremd war. Man würde ihm nicht gestatten, etwas an der Abmachung zu ändern, die er mit Beltrami geschlossen hatte, am allerwenigsten dieser selbst. Das hatte Philippe begriffen, als er den tödlichen Blick auffing, mit dem ihm der Kaufmann nachgesehen hatte, als er zu Fiora hinaufging ...

»Ich liebe dich!« murmelte er, das Gesicht in ihren Haaren verborgen. »Niemals wirst du wissen, wie sehr ich dich liebe ...«

»Warum nicht? Hast du denn nicht die Möglichkeit, mir das in all den Jahren, die noch vor uns liegen, zu beweisen?«

»Wissen wir denn, ob wir überhaupt gemeinsame Jahre vor

uns haben? Ich werde fortgehen und dich hier zurücklassen, da ich dich nun einmal nicht mitnehmen kann.«
»Warum eigentlich nicht?«
»Du weißt es selbst sehr wohl. Man nimmt keine Frau mit in den Krieg.«
»Und doch könnte sie sich dort in einer Weise verhalten, die dich in Erstaunen versetzen würde. Um dir zu folgen und dir nahe zu sein, würde ich unzählige Gefahren auf mich nehmen.«
»Sollte ich etwa eine junge Löwin zur Frau haben?« fragte er und umarmte sie. »Du machst es mir damit nur um so schwerer, mein Herz, mein Augenstern, mein süßer Schatz. Aber du mußt hierbleiben ... und sei es auch nur, um deinen Vater nicht in Gefahr zu bringen. Man sagt, daß die Rache des prächtigen Lorenzo um so mehr zu fürchten ist, als es ihm von Rechts wegen kaum zusteht, seine Macht auszuüben. Und ich hege keine Zweifel an seinen Gefühlen gegenüber meinem Herzog. Wenn er jetzt erführe, daß dein Vater dich mir zur Frau gegeben hat, ohne ihn auch nur nach seiner Meinung zu fragen, könnten die Folgen, wenn ich den Mann richtig einschätze, recht ... unerfreulich für euch beide sein.«
»Dann werde ich eben auf dich warten«, seufzte Fiora, »aber selbst wenn ich nur eine Woche lang warten müßte, so würde mir diese Zeit doch lang ... Mußt du wirklich schon morgen früh aufbrechen?«
»Ich kann nicht anders ...«
»Dann dürfen wir keine Minute verlieren von dieser einen Nacht, die uns das Schicksal gewährt. Liebe mich! Philippe, liebe mich, damit ich von der Erinnerung zehren kann während all der Tage und Nächte, die ich ohne dich leben muß.«
Philippe hatte auf diese Bitte nur gewartet, denn von neuem war die Begierde in ihm erwacht; doch fürchtete er, dieses Kind, das sich ihm so voller Vertrauen hingegeben hatte, zu erschrecken und möglicherweise gar zu verletzen, wenn er

seiner Lust freien Lauf ließe. Und so hielt er sich ein wenig zurück.
»Nicht so schnell, mein Herz ... du bist noch so jung und so unerfahren ... Ich fürchte so sehr, dir weh zu tun!«
»Du kannst mir gar nicht weh tun, da ich es doch bin, die dich dazu auffordert. Es ist so schön, dir anzugehören.«
Erstaunt und entzückt zugleich sah er sie an ... Die Nachtlampe warf zarte Schatten auf ihren Körper, ließ die vollendeten Rundungen ihrer Brust im goldenen Licht schimmern und warf einen Lichtstrahl auf ihre beiden Oberschenkel, die rund und schlank waren. Mit einer Hand zog er das schöne Gesicht mit den klaren Zügen zu sich empor, dessen halboffener Mund sich ihm darbot, während sich die Lider ihrer großen hellen Augen senkten. Niemals zuvor ward ihm eine solche Schönheit zum Geschenk gemacht, und sein Herz krampfte sich zusammen bei dem Gedanken, daß sie fern von seinem Blick zu voller Reife erst noch erblühen würde.
»Willst du?« fragte er mit belegter Stimme. »Willst du wirklich? ...«
Das fröhlich schallende Gelächter, in das Fiora daraufhin ausbrach, war kindlich und doch verwirrend.
»Gewiß will ich! Plato sagt, daß es gut ist, schöne Dinge zwei- oder dreimal zu wiederholen!«
Er war sprachlos vor Erstaunen. Plato war sicherlich der letzte, den er in seinem Hochzeitsbett erwartet hätte. Aber wie hätte er auch auf den Gedanken kommen können, daß dieses anbetungswürdige Geschöpf, das gerade erst der Kindheit entwachsen war, sich in griechischer Philosophie auskannte? Seine eigene Bildung reichte kaum über die *Kommentare* Cäsars hinaus, und so war er ein wenig irritiert.
»Und was sagt Plato über die Liebe?« fragte er, während seine Hände über ihre weiche Haut glitten.
»Er ... er spricht kaum darüber«, flüsterte Fiora atemlos,

während ihr Blick in seinem versank ... »Aber er sagt: ... ›Gib, so wirst du empfangen!‹ Ich ... ich gebe mich dir für immer hin! Und ich will dich haben, ganz und gar ...«
Daraufhin nahm er sie ebenso rücksichtslos wie irgendein Mädchen in einer eroberten Stadt. Sie schrie auf vor Schmerz, aber er erstickte ihre Schreie. Er spürte, wie ihr die Tränen über das Gesicht liefen, und begriff, daß er ihr weh tat, doch empfand er darüber nur eine schändliche Freude, die noch gesteigert wurde durch den schrecklichen Gedanken, daß dieses Mädchen, das aus einem inzestuösen Verhältnis hervorgegangen und mit einer ketzerischen Philosophie aufgewachsen war, vielleicht nichts anderes war als eine Abgesandte des Teufels. Er hätte Lust gehabt, sie zu töten, um sich von den Fesseln zu befreien, die sie unmerklich um seine Seele legte. Schon umspannten seine Hände ihren zarten Hals und wollten ihn würgen, als Fiora ihre großen hellen Augen, in denen Tränen funkelten, weit aufriß und ihre geschwollenen Lippen seinem Kuß darbot.
»Philippe!« murmelte sie, »mein Liebster, mein Meister ...«
»Der Teufel ist dein Meister!« fuhr er sie an. »So viel Schönheit kann von Gott nicht gewollt sein ...«
Plötzlich ernüchtert, wollte sie sich von ihm losreißen.
»Wenn der Teufel mit im Spiel ist, so hast du ihn hervorgelockt«, sagte sie mit so schmerzerfüllter Stimme, daß er sich schämte. Die Tränen, die ihr über das Gesicht rannen, waren nun keineswegs mehr Tränen des Glücks. Er aber saugte sie eine nach der anderen auf und neigte sich dann in einem langen Kuß über ihren bebenden Mund. Und ein weiteres Mal trieb er ihre Lust dem Höhepunkt zu, bevor er sein eigenes Verlangen stillte.
»Verzeih!« flüsterte er schließlich. »Ich glaube, du bringst mich noch um den Verstand ...«
»Nun, dann verlieren wir eben beide den Verstand«, erwiderte Fiora getröstet und schmiegte den Kopf an die Schulter ihres Mannes.

Sie war müde jetzt, wollte aber noch nicht schlafen. Ihr blieb noch genug Zeit, wenn Philippe nicht mehr da und sein Bett leer und kalt war.

»Ich wußte nicht«, seufzte sie, »daß Liebe so viel Freude machen kann, und ich würde dir gern ebensoviel Freude bereiten wie du mir ...«

»Spürst du denn nicht, wie glücklich du mich machst?«

»Vielleicht ... aber vor einem Augenblick noch schien es mir, als haßtest du mich.«

»Denke das nicht ... Im Gegenteil: Du bist zu schön, und deine Schönheit macht mir Angst.«

»Warum, da doch alles, was ich bin, auch ganz und gar dein ist? Oh! Mein Liebster, lehre mich, dich zu lieben ... Lehre mich, wie auch ich dir Lust bereiten kann ...«

»Das sind Dinge, die man eine anständige Frau nicht lehrt«, sagte er mit gespielter Strenge.

»Warum soll ich in dieser Nacht eine anständige Frau sein? Ich werde dafür später noch jede Menge Zeit haben. Jetzt aber will ich nichts anderes sein als deine Frau ...«

Gerührt führte er ihr bei ihren ersten Versuchen die Hand, doch die Schülerin erwies sich schon bald als ihres Meisters würdig, und so trat hinter den purpurnen Vorhängen, die die zwei Liebenden wie die Schale einer reifen Frucht umschlossen, eine Stille ein, die nur dann und wann von langen Seufzern unterbrochen wurde. Dreimal noch triumphierte Philippe über diesen jungen, scheinbar unersättlichen Körper, bis Fiora schließlich erschöpft einschlief. Philippe lag mit dumpf klopfendem Herzen auf dem Bauch, das Gesicht in den Kissen vergraben, und versank gleichfalls in tiefen Schlummer.

Schon nahte der Morgen. Irgendwo auf dem Land krähte ein Hahn ... Leise öffnete Léonarde die Türe zum Brautzimmer und verharrte einen Augenblick regungslos auf der Schwelle, bezaubert von dem Anblick, den ihr im matten Licht der Nachtlampe gleich einer rötlich schimmernden

Muschel der offene Alkoven bot, mit den beiden nackten Leibern, die von der Liebe besiegt schienen. In ihrer unzüchtigen Haltung sah Fiora aus wie eine trunkene Bacchantin, und Léonarde bekreuzigte sich mit gerunzelter Stirn erst zweimal, bevor sie lautlos auf das Bett zuging, in das sie vor einer Ewigkeit, wie ihr schien, eine unschuldige Jungfrau gebettet hatte.

Sanft und sorgsam darauf bedacht, sie nicht aufzuwecken, legte sie die junge Frau in das Bett zurück, die im Tiefschlaf einige unverständliche Worte murmelte, auf dem Kopfkissen einmal auflächelte und sich wie ein Kätzchen zusammenrollte, das froh war, sich wieder in sein Körbchen kuscheln zu können. Léonarde deckte sie zu und ging dann um das Bett herum zu Philippe, rüttelte ihn sanft bei der Schulter und beugte sich zu seinem Ohr herab.

»Messire«, flüsterte sie. »Ihr müßt aufstehen! Es ist Zeit.«

Philippe, der durch die harte Ritterschule gegangen und seit Kindheit daran gewöhnt war, an jedem beliebigen Ort zu schlafen und beim ersten Laut aufzuwachen, drehte sich sogleich um und sah die Gouvernante mit nahezu hellwachen Augen an.

»Was sagt Ihr da?« brummte er.

»Schscht! ... ich sage, der Tag bricht an, und Eure Leute machen sich für den Aufbruch fertig. Messire de Prames frühstückt bereits.«

»Schon? ... Warum müssen wir so früh aufbrechen?«

»Das solltet Ihr eigentlich selbst wissen. Damit Ihr kein Aufsehen erregt. Hattet Ihr das mit Messire Francesco nicht so beschlossen?«

»Ja ... aber das war noch bevor ...«

Er beugte sich über Fiora, um sie zu umarmen, aber Léonarde hielt ihn zurück:

»Weckt sie nicht auf! Es wird einfacher sein ...«

»Ihr wollt, daß ich aufbreche ..., ohne ihr Lebewohl zu sagen?«

»Ja. Das wird besser für sie sein ... und für Euch auch! Oder wollt Ihr lieber ein tränenüberströmtes Gesicht in Erinnerung behalten?«
»Nein! ... Nein, Ihr habt recht ...«
Behende und ohne das Bett zu bewegen, stand er auf, gähnte und reckte sich ausgiebig, ohne auch nur im geringsten daran zu denken, seinen Körper zu bedecken, der Narben von früheren Verletzungen aufwies und leichte Kratzspuren von Fioras Fingernägeln. Bevor er den Morgenrock aufhob, in dem er am Abend zuvor das Zimmer betreten hatte, sah er ein letztes Mal zu der jungen Frau hinunter, die friedlich, die Wange in die Hand geschmiegt, in der Flut ihrer aufgelösten schwarzen Haare schlief ... Mit den großen bläulichen Schatten, die unter ihren geschlossenen Augen lagen, schien sie ihm schöner denn je, und bei dem Gedanken, daß er sie nie mehr wiedersehen würde, schnürte es ihm die Kehle zu ... Es wäre so schön gewesen, ein Leben lang an ihrer Seite zu leben, aber der Vertrag, dessen Klauseln er selbst diktiert hatte, gewährte ihm nur eine einzige Nacht ... Schnell beugte er sich zu ihr herab, griff zärtlich nach einer ihrer schwarzen Locken und drückte einen Kuß darauf.
»Lebwohl! ...«, murmelte er ..., »lebwohl, mein süßes Herz!«
Als er sich wieder aufrichtete, sah er, daß ihm Léonarde mit einem eigentümlichen Gesichtsausdruck eine Schere hinhielt ... Er nahm sie mit einem Lächeln, das die alte Dame überwältigte. Sie hätte nicht geglaubt, daß dieser Mann, von dem sie nichts Gutes gehalten hatte, dieses entzückte Kinderlächeln haben könnte.
»Danke!« sagte Philippe.
Er schnitt eine kleine Locke ab und schloß sie fest in seine Hand. Dann gab er Léonarde die Schere zurück, nahm sein Gewand und verließ das Zimmer, ohne sich noch einmal umzudrehen.
Léonarde, die allein mit der schlafenden Fiora zurückgeblie-

ben war, zog vorsichtig den Bettvorhang vor, damit die junge Frau nicht vom Morgenlicht geweckt würde, und verließ dann ihrerseits auf Zehenspitzen das Zimmer.

Unterdessen machte sich Philippe de Selongey in der großen, mit weißen und schwarzen Marmorfliesen ausgelegten Vorhalle bereit, sich von Beltrami zu verabschieden, der am Treppenabsatz auf ihn wartete.

Francesco hatte, wie seine feuchten Haare zeigten, seinen Kopf in eine Schüssel kalten Wassers getaucht, um seinen Alkoholdunst zu vertreiben, doch waren seine Augen noch immer rot unterlaufen, als er den Gesandten aus Burgund in Stiefeln und weitem Reitmantel die letzten Treppenstufen herabkommen sah. Zornig stellte er fest, daß er aussah, wie ein Mann, der kaum geschlafen hatte und dessen Schritt schwerer als sonst zu sein schien ... Offenbar hatte Selongey die eine Nacht, die er gefordert hatte, gut genutzt, und Beltrami fühlte, wie eine unsinnige Wut in ihm hochstieg. Er hätte zu dem Zimmer hinaufstürzen mögen, in dem seine schöne Fiora vielleicht gebrochen, schluchzend und krank vor Ekel daniederlag, nachdem sie der unerbittlichen Lüsternheit dieses Mannes über Stunden hinweg als Spielzeug gedient hatte, aber da bemerkte er Léonarde, die im Dunkeln langsam die Treppe herunterkam, und so hielt er sich mit aller Kraft zurück. Nur eines war wichtig: daß dieser Wüstling für alle Zeiten aus seinem Gesichtsfeld verschwand! Mit Zärtlichkeit würde er dann sein Kind vergessen machen können, was sie erlitten hatte.

Mit einer Stimme, deren Zittern er zu unterdrücken suchte, fragte er:

»Habt Ihr ihr Lebewohl gesagt?«

»Nein ... Sie schläft, und ich habe sie nicht geweckt. Sagt ihr an meiner Stelle Lebewohl ... Und sagt ihr ...«

»Was denn?« fragte der Kaufmann scharf.

Über Philippes Gesicht huschte jenes eigenartige kleine Lächeln, und er zuckte die Schultern.

»Nichts! Ihr könntet ohnehin nicht ...«

»Was auch immer es gewesen wäre, ich hätte ihr nie etwas davon gesagt! Und ich werde alles tun, was in meiner Macht steht, damit sie Euch vergißt ... Und das so schnell wie möglich! Ihr habt eine einzige Nacht gewollt, und Ihr habt sie gehabt. Jetzt ist es Eure Aufgabe, Euer Versprechen einzuhalten und Euch töten zu lassen!«

»Habe ich das versprochen?« fragte Selongey von oben herab.

»Mir scheint, ja! Habt Ihr denn vergessen, was Ihr gesagt habt: Nach dem Makel, den eine Heirat mit meiner Tochter für Eure Ehre bedeutet, habt Ihr keine andere Wahl, als diesen Schandfleck mit Eurem Blut auszuwaschen. Sollte sich daran etwas geändert haben?«

»Nein! Wie könnte ich am Hofe von Monseigneur Karl eine Frau vorstellen, die bis in die kleinsten Züge hinein einer Mutter gleicht, die wegen Inzests und Ehebruchs hingerichtet wurde? ... Nein, es hat sich nichts daran geändert, aber Ihr macht Euch keine Vorstellung davon, wie sehr ich das bedaure!«

»Diese Nacht war offenbar nicht lang genug?« bemerkte Beltrami mit einem sarkastischen Lächeln. »Wünscht Ihr vielleicht, daß ich Euch einlade, wiederzukommen?«

Philippe sah den Mann einen Augenblick lang schweigend an und begriff plötzlich, wie sehr dieser darunter gelitten hatte und noch immer darunter litt, daß er Fiora ihm überlassen mußte. Er ahnte, welch verworrene Gefühle diese eigenartige Hochzeit in der tiefsten Seele dieses Mannes aufgewühlt hatte. Sicherlich hatte der Florentiner gerade die Entdeckung gemacht, daß seine Vaterliebe doch nicht ganz so väterlich war, wie er es sich vorgestellt hatte, und Philippe empfand angesichts dessen mehr Mitleid denn Groll.

»Habt keine Angst! Ich werde nicht versuchen, wieder zurückzukommen – ich würde nur meine Seele dabei verlieren. Aber Ihr sollt wissen, daß ich innerhalb weniger Stunden alles Glück erlebt habe. Niemals werde ich diese Nacht vergessen ... Und ich hoffe, daß auch Fiora sie nicht vergessen wird! Jetzt lebt wohl, Messer Beltrami! Gebt gut auf sie acht!«

Philippe streifte die großen Lederhandschuhe über, die er am Gürtel trug, und wandte sich zur Türe. Doch Beltrami hielt den jungen Mann zurück und streckte ihm eine versiegelte Pergamentrolle entgegen, die er unter seinem langen schwarzen Samtgewand hervorholte.

»Einen Augenblick noch, Graf! Ihr vergeßt dies hier. Ist das nicht der Preis für den vielzitierten Makel, der Eure Ehre so sehr belastet?«

Philippe wurde blaß und machte eine abwehrende Handbewegung. Dann sagte er zögernd:

»Ich wünschte, ich könnte Euch Euren Wechsel an den Kopf werfen«, fuhr er ihn an, »aber Monseigneur Karl braucht das Geld nur allzu dringend. Doch seid gewiß: Ihr werdet den Betrag – und weit mehr noch – zurückbekommen, sobald meine Frau mein Erbe antritt.«

Wütend riß er Beltrami die Rolle aus der Hand, steckte sie in seinen Wams und lief unter den hämischen Spottrufen des Kaufmanns davon. Er rannte durch einen Teil des Gartens, der im grauen Morgenlicht dalag, bis er die Wirtschaftsgebäude erreichte, wo seine Leute auf ihn warteten und wohin ihm Prames vorausgeeilt war.

Léonarde, die im Schatten der Treppe die Auseinandersetzung der beiden Männer abgewartet hatte, bekreuzigte sich schnell, als sie hörte, daß die Schritte dieses Menschen, den man Fiora zum Ehemann gegeben hatte, in der Ferne verhallten. Was sie soeben mitangehört hatte, erklärte ihr vieles, und sie durchschaute nun auch, warum dieser Vertrag geschlossen worden war, der ein Kind in die Arme eines Mannes getrieben, den sie nie zuvor gesehen hatte. Langsam kam sie die letzten Treppenstufen herab und ging auf Beltrami zu, der auf der Schwelle der Eingangstüre stand und

mit wütend geballter Faust in den Garten hinaus drohte.
»Wußte er also Bescheid?« fragte sie leise.
Francesco, der vergessen hatte, daß sie da war, schreckte zusammen und sah sie wortlos an. Kraftlos ließ er den Arm fallen und seufzte:
»Wenn er nicht Bescheid gewußt hätte, glaubt Ihr dann, ich hätte ihm Fiora gegeben? Lorenzo von Medici hat ihm das Darlehen verweigert, das er für den Herzog von Burgund zu erhalten hoffte. Die Hand meiner Tochter ... und ihre Mitgift waren der Preis dafür, daß er schweigt. Ein schöner Preis, nicht wahr?«
»Ein Mann seines Namens und seines Standes sollte sich zu einem so schäbigen Handel herablassen? Es fällt mir schwer, das zu glauben. Die Selongey sind immer rauhbeinig gewesen und oft schwierig im Umgang, doch unerschütterlich, was die Treue zu ihren Herzögen betrifft, und außerstande, irgendeine Gemeinheit zu begehen. Und wofür das alles? Für Geld etwa? Arm sind sie niemals gewesen, und sie genießen offenbar die ungeteilte Gunst des Herzogs ...«
»Das ist auch seine einzige Entschuldigung: Er wollte das Geld nicht für sich selbst. Habt Ihr gehört, was er sagte? Gott sei Dank ist er jetzt fort, und das für immer! Wir werden ihn niemals mehr wiedersehen!«
»Niemals? Hat er denn wirklich die Absicht, eine junge Ehefrau zu verlassen, in die er, wie es scheint, trotz allem heftig verliebt ist.«
»Nein, aber er hat die Absicht, im Krieg sein Leben zu lassen. Er liebt Fiora – sagt er zumindest, und vielleicht stimmt das auch –, aber er glaubt seinen guten Namen beschmutzt zu haben, dadurch, daß er die Tochter entehrter Leute geheiratet hat.«
»Er hat die Tochter eines der einflußreichsten Männer von Florenz geheiratet. Mir scheint, er braucht sich dessen nicht zu schämen, auch wenn er ein Selongey ist. Keiner hier hat jemals etwas von den Brévailles gehört ...«

»Gewiß, aber er, er weiß um die Hintergründe Bescheid. Und das genügt, damit der Schandfleck für ihn unerträglich ist.«

»Wie kommt es, daß er davon wußte?«

»Bei meiner Ehre – ich habe keine Ahnung. Er behauptete, von der Ähnlichkeit betroffen gewesen zu sein. Als Bruder und Schwester hatten die beiden jungen Brévailles viel Ähnlichkeit miteinander, und ihre Tochter ist ebensosehr das Abbild des einen wie der anderen. Aber jetzt bitte ich Euch, Dame Léonarde, laßt uns nicht mehr von diesem Menschen sprechen; ich will ihn so schnell wie möglich vergessen.«

»Glaubt Ihr denn, daß Ihr auch Fiora dazu bringen könnt? Sie hat sich ihm zu spontan hingegeben, als daß ihr Herz unbeteiligt daran gewesen sein konnte, und sie – das schwöre ich – gehört zu denen, die nicht ein zweites Mal lieben. Sie wird sehr leiden ...«

»Nicht jetzt! Noch nicht jetzt! Sie weiß, daß er ohne sie aufbrechen muß, um mit seinem Herzog vor Neuß zusammenzutreffen. Sie wird auf ihn warten. Erst wenn sie von seinem Tod erfährt, wird sie trauern. Ich hoffe nur, daß sie nicht lange warten muß: Ihr Schmerz wird möglicherweise sehr heftig sein, aber dafür kurz.«

»Das kann lange dauern. Ein Ritter hat nicht das Recht, freiwillig zu sterben, wenn er nicht seine Ritterseele – und in gewisser Weise auch seine Ehre – dabei aufs Spiel setzen will. Er darf sich nur töten lassen, wenn er sich verteidigt und auf jemanden trifft, der stärker ist als er selbst. Und wenn ich den Erzählungen seines Stallmeisters Glauben schenken darf, dann wird ein solcher Gegner nicht leicht zu finden sein ... Ihr habt da einen seltsamen Handel abgeschlossen, Ser Francesco! Hoffentlich macht Euch Gott keinen Strich durch die Rechnung ...«

»Nun, wir werden sehen. Im Augenblick jedenfalls sollten wir uns darüber freuen, daß uns unsere Fiora nicht weggenommen wird. Und daß wir weiterhin um sie sein und sie umhegen können.«

»Heißt das, daß sie niemals den Namen ihres Mannes tragen wird?«

»Aber nicht doch. Sobald es die politische Lage erlaubt, ohne daß wir Gefahr laufen, die Medici zu kränken, werden wir die Heirat verkünden.«

»Und wenn wir sie gleichzeitig mit dem Tod des Ehemannes verkünden könnten, dann wäre das noch besser, nicht wahr?« bemerkte Léonarde mit einer Verbitterung, die sie nicht mehr zurückzuhalten vermochte. Es war ihr nun klar, daß Beltrami diesen unglaublichen Handel vollkommen nach seinem Geschmack gefunden hätte, hätte Philippe die Hochzeitsnacht nicht gefordert, und sie begriff, daß selbst der beste Mann zu einem erbarmungslosen Egoisten werden konnte. Francesco Beltrami hatte wahre Höllenqualen in dieser Nacht erdulden müssen, da Fiora dem Verlangen eines Mannes ausgesetzt war, aber nun wollte er an nichts anderes mehr denken als an das Glück, seine Tochter für immer bei sich zu behalten.

»Nun, dann ist ja alles in bester Ordnung!« seufzte sie. »Aber jetzt ist es höchste Zeit, daß ich zu ihr nach oben gehe, um da zu sein, wenn sie aufwacht. Denn es ist gut möglich, daß sie diesen Morgen nicht ganz so beglückend findet wie Ihr ...«

Léonarde konnte ihren Zorn nur mit Mühe unterdrücken. Mit wie vielen Tränen würde ihr Kind wohl ein Glück bezahlen müssen, das nur drei Tage und eine Nacht gedauert hatte? Begriff Beltrami denn nicht, daß sie niemals mehr die gleiche sein würde, nun, da sie wußte, was körperliche Liebe war? Und was wäre, wenn nun ein Kind daraus hervorginge?

»Ich glaube nicht, daß ihr das zu wünschen ist«, gab sie sich selbst zur Antwort. »Würde Fiora Mutter, so könnte sie niemals mehr diesen Ehemann, der es nur für ein paar Stunden

gewesen ist, vergessen; und daß sie ihn vergißt, ist das, was man ihr noch am ehesten wünschen kann.«
Doch sie glaubte nicht daran. Langsam und ebenso behutsam wie zuvor trat sie in das Zimmer, in dem die junge Frau noch immer schlief, und zog sich einen Stuhl ans Bett, um abzuwarten, bis sie aufwachte. Sie wollte nicht, daß Fiora die Augen öffnete und das Zimmer leer sah. Als Fiora aufwachte, blickte sie in das vertraute Gesicht Léonardes und schenkte ihr ein strahlendes Lächeln.
»Ihr seid schon da? Ist es denn schon so spät?«
»Fast Mittag. Habt Ihr gut geschlafen?«
Fiora schaute sich suchend um. Ihr Bett war plötzlich so groß geworden, aber noch immer erkannte sie darin den Körperabdruck ihres Geliebten.
»Philippe! ... Wo ist er?«
Léonarde erhob sich von ihrem Stuhl und setzte sich ganz dicht zu der jungen Frau.
»Er ist fort«, sagte sie so sanft wie nur möglich. Sie hatte plötzlich Angst, mitansehen zu müssen, wie Fioras schlaftrunkene Augen mit einem Schlag wach würden und groß vor Entsetzen.
»Fort? ... Aber doch etwa nicht, um ...«
»Um mit dem Herzog von Burgund zusammenzutreffen. Er hat das Haus verlassen.«
»Und Ihr habt mich schlafen lassen?«
Noch nie hatte Fiora ihre alte Freundin mit so zornigem Blick angesehen.
»Er wollte nicht, daß Ihr wach werdet. Er fürchtete sich, glaube ich, davor, von Euch Abschied nehmen zu müssen. Das ist immer schwer. Nur eine Locke von Eurem Haar hat er sich abgeschnitten und mitgenommen.«
»Mußte er denn wirklich schon so schnell fort? Konnte er denn nicht noch wenigstens ein paar Stunden warten? Wir waren so glücklich miteinander! ... Aber er ist ja vielleicht noch nicht sehr weit ...«

Und ohne auch nur daran zu denken, sich ein Kleidungsstück umzulegen, sprang Fiora aus dem zerwühlten Bett, rannte ans Fenster und öffnete es weit. Der Himmel war grau, und der feine Regen, der seit dem Vormittag eingesetzt hatte, fegte im Wind, doch Fiora scherte sich nicht darum: »Philippe!« rief sie aus Leibeskräften, »Philippe! Komm' zurück!«

Beltrami, der im Garten noch ein wenig umherging, um den letzten Rest von Benommenheit nach jener verwünschten Nacht loszuwerden, hörte sie rufen und hob den Kopf. Er war sprachlos über den Anblick, der sich ihm bot: eine Frau, die nackt und mit wallendem Haar voller Verzweiflung in die windige Nässe hinausrief – eine Frau, die nicht seine Tochter war, sie nicht sein konnte. Unmöglich konnte dieses Brüllen einer Löwin, die nach dem Löwen rief, die warme, süße Stimme Fioras sein ...

Doch weder verhallten die Rufe, noch verschwand das schamlose, erschreckende Bild vor seinen Augen. Und blindlings, die Hände auf die Ohren gepreßt, um nichts mehr hören zu müssen, stürzte der Unglückselige geradewegs durch die winterlich kahlen Beete zu einer kleinen Muschelgrotte, wo er, wenn auch nur vorübergehend, doch unerreichbar für alle Rufe, Schutz fand und wo aus einem Springbrunnen, den ein Löwenkopf zierte, Wasser in ein Becken plätscherte. Dort nun, ausgestreckt auf dem feuchten Boden, beweinte Francesco Beltrami den Verlust seiner Illusionen. Nur eine Nacht hatte der Fremde gefordert, und diese eine Nacht hatte ausgereicht, um aus Fiora eine andere Frau zu machen – »seine« Frau. Nie wieder würde sie das Kind von ehedem sein ...

5. Kapitel

Hieronyma

»Du hast dich verändert, Fiora ... Seit Tagen schon beobachte ich dich, und jedesmal, wenn ich dich sehe, fällt es mir mehr auf. Heute mußte ich es dir einmal sagen.«
Fiora lächelte ihre Freundin an. Tatsächlich war auf Chiaras freundlichem Gesicht eine Sorgenfalte zu erkennen, die ganz und gar ungewöhnlich bei ihr war und die ihr ein ernsteres Aussehen gab.
»Inwiefern habe ich mich denn so sehr verändert?«
»Du lachst weniger als früher, und wenn wir zusammen sind, stelle ich manchmal fest, daß du mit deinen Gedanken ganz woanders bist. Du antwortest nicht auf die Fragen, die ich dir stelle, oder aber du antwortest verkehrt. Aber noch etwas Schlimmeres fällt mir auf ...«
»Etwas Schlimmeres? Was denn, du lieber Gott?«
»Vorgestern, als wir in der Nähe des Baptisteriums standen und der Geschichte lauschten, die der alte Bänkelsänger erzählte, kam Giuliano de Medici, der gerade mit Freunden vorüberging, auf uns zu und begrüßte uns. Du bekamst sonst immer einen hochroten Kopf, wenn du ihn sahst. Diesmal hingegen blicktest du ihm direkt ins Gesicht, und ich habe den Eindruck, daß es ihn geärgert hat.«
»Nun, er wird sich davon schon wieder erholen. Was braucht er denn auch die Aufmerksamkeit und die Bewunderung sämtlicher Frauen, wenn doch seine eigene ausschließlich Simonetta gilt? Das ist nichts als Überheblichkeit!«
»Aber wie sprichst du denn? Liebst du ihn denn nicht mehr?«
»Habe ich ihn denn je geliebt? Ich glaube eher ..., daß er mir

nur recht gut gefiel. Aber jetzt gefällt er mir eben nicht mehr, zumindest nicht mehr so gut.«

Fiora ließ ihre verwunderte Freundin stehen und ging einige Schritte auf das Trockenmäuerchen zu, von dem aus man über ganz Florenz blickte und noch weit darüber hinaus. Wie jedes Jahr im Frühling waren die beiden Freundinnen in Begleitung ihrer Gouvernanten und Khatouns nach San Miniato geritten, um dort Veilchen und Weißdorn zu pflücken, die in der Umgebung der Kirche San Miniato al Monte und des Bischofspalastes üppig gediehen. Die Florentiner sagten, daß sie an diesem geweihten Ort schöner blühten denn irgendwo sonst und daß man von dort oben aus stets den Eindruck hätte, als bestünde die ganze Stadt aus einer einzigen riesenhaften Blüte. Im hellen Frühlingslicht schien Florenz die Schönheit verschwenderisch anzuziehen.

Gern hätte Fiora diesen Spaziergang mit Philippe unternommen, hätte mit ihm dieses rosafarbene Meer aus Dachziegeln und Mauern in warmem Ocker, sanftem Grau oder milchig schimmerndem Weiß betrachten mögen, das sich hinter dem langen, hellglänzenden Flußlauf des Arno erstreckte, dessen Brücken unter der Ansammlung von Läden, die darauf errichtet waren, jeden Moment zusammenzubrechen schienen. Florenz war wie ein Rosenteppich, aus dem hie und da Juwelen hervorblitzten: wie die korallenfarbene Kuppel des Doms, der aus schimmernden Einlegearbeiten zu bestehen schien, oder die silberne, niemals ganz aufblühende Lilie über dem Palast der Ratsherren oder die Türme aus Karneol, deren Zinnen wie Schmetterlinge aussahen, und die marmornen Campanile, die in ihren fröhlichen Farben wie Osterkerzen wirkten. Überall quoll das junge Grün in den Gärten hervor, in denen bereits Glyzinien und Fliedersträucher, Lorbeer und Kamelien zu blühen begannen: Nirgendwo auf der Welt war der Frühling schöner als in Florenz ... und es wäre wundervoll gewesen, hätte sie an der Hand ihres Mannes mit ihm den Frühling bewundern und dann, wenn der Abend hereinbräche, mit ihm heimkehren können im Glanz der untergehenden Sonne – ganz wie damals in Fiesole –, um eine Liebesnacht mit ihm zu verbringen. Doch Philippe war weit fort, war Hunderte von Meilen von ihren Armen entfernt, und Fiora konnte sich noch nicht einmal damit trösten, daß sie genau wußte, wo er war.

Zwei Monate waren nun schon vergangen, seit er die Villa Beltrami verlassen hatte – zwei Monate, die ebensogut zwei Jahrhunderte hätten sein können, denn nie zuvor war Fiora die Zeit so lang erschienen. Erst nach drei Tagen, in denen sie sich in ihrem Zimmer eingeschlossen hatte, ohne hinuntergehen zu wollen und ohne jemand anderen zu sehen als Khatoun, die ihr die Mahlzeiten hinaufbrachte, ja ohne gar zu erlauben, daß man die Laken des Bettes wechselte, in dem Philippe sie geliebt hatte, war sie schließlich bereit gewesen, wieder zu erscheinen, und auch das erst, nachdem Léonarde gekommen war, um ihr zu sagen, daß sich ihr Vater zu einer Reise nach Venedig rüste. Sie konnte ihn unmöglich fortgehen lassen, ohne ihn umarmt zu haben.

Als sie ihn aufsuchte und sein blasses Gesicht mit den traurigen Augen sah, das sie noch nie so gesehen hatte, schämte sie sich ihrer egoistischen Zurückgezogenheit. Mußte sie ihn denn bestrafen, nur weil ihr eigenes Glück vergangen war? Aber dann war sie schließlich doch dem Impuls ihrer töchterlichen Liebe gefolgt und hatte sich ihm in die Arme geworfen; und eine ganze Weile hatten sie so verharrt und geweint – aus verschiedenen Gründen zwar, und doch im Schmerz vereint ...

»Liebst du ihn denn so sehr?« hatte Francesco sie mit unsicherer Stimme gefragt. »Liebst du ihn ... so sehr, daß du mich nicht mehr liebst?«

»Dich nicht mehr lieben? O Vater, ich hoffe, du hast nie etwas Derartiges geglaubt? Keiner kann dich je aus meinem Herzen verdrängen. Bei ihm ist es etwas anderes ..., er ist mein Ehemann. Das ist nicht das gleiche. Ich bitte dich für diese drei Tage um Verzeihung, aber ich wollte nicht, daß du mich weinen siehst ...«

»Aber du weinst ja jetzt, Fiora ..., und ich auch. Glaubst du nicht, daß der Kummer leichter zu ertragen ist, wenn man ihn teilt?«

»Fährst du deshalb fort? Um ihn auf diese Weise besser zu teilen? Oder willst du mich bestrafen?«

»Nein. Ich reise, weil Lorenzo von Medici von meiner Freundschaft mit Bernardo Bembo erfahren und mich gebeten hat, auf einige Tage dorthin zu fahren. Frage mich bitte nicht warum ...«

Er hätte es ihr auch nicht sagen können. Denn tatsächlich war die Reise nur ein Vorwand, um für einige Zeit Abstand von Fiora zu gewinnen und wieder zu sich selbst zu finden, unbeobachtet von einem Blick, der möglicherweise alles nur zu gut durchschaute. Er brauchte ein wenig Abstand, um sich besser an die neue Fiora gewöhnen zu können, die er an jenem schmerzvollen Morgen im Regen vor sich gesehen hatte: eine Frau voller Glut und Leidenschaft, die mit Leib und Seele einem anderen gehörte ...

Die junge Frau nahm diese kurze Trennung mit heimlicher Befriedigung auf. Sie hatte erahnt, daß ihrem Vater die Heirat wenig angenehm war und daß er nicht sehr erbaut davon wäre, sie den ganzen langen Tag nur immer von ihrem Eheliebsten erzählen zu hören.

Beltrami reiste ab, und so konnte Fiora, die auf seinen Wunsch hin in den Palazzo am Ufer des Arno zurückgekehrt war, Léonarde und Khatoun gegenüber nach Herzenslust ihre Liebe zu Philippe rühmen. Dann wurde sie allmählich ruhiger. Nach Abschiedskummer und rückblickender Freude wartete Fiora nun auf die Rückkehr – von der sie hoffte, daß sie nicht allzu lange auf sich warten ließe – oder doch zumindest auf eine Nachricht. Viele Stunden lang verweilte sie in ihrem Zimmer oder im Garten, lauschte dem

Singen Khatouns und betrachtete den großen goldenen Ring mit dem Wappen der Selongey, den Philippe ihr an den Finger gesteckt hatte, als er sie zur Frau nahm. Er war zu weit für ihren schmalen Finger, und da es nicht möglich war, ihn von einem Juwelier enger machen zu lassen, ebensowenig wie ihn in der Öffentlichkeit zu tragen, hatte ihn die junge Frau über eine lange, schmale Goldkette gestreift, die es ihr gestattete, ihn unter ihren Gewändern zu tragen. Der Ring ruhte auf ihrer Brust, und es war ihr nicht möglich, ihn hervorzuholen. So liebte sie es, ihre Hand auf ihn zu legen, um ihn auf diese Weise besser zu spüren.
Als sie Francesco bei seiner Rückkehr die Stirn zum Kuß bot, war ihre Miene wieder heiter geworden, und das Leben im Hause Beltrami ging wie in früheren Zeiten weiter. Nur Léonarde hatte erleichtert aufgeseufzt, als sie feststellte, daß die junge Ehefrau auch nach über einem Monat noch keine Anzeichen einer Schwangerschaft zeigte ...

Chiara ließ ihre Freundin einen Augenblick lang in Gedanken verweilen. Auch sie selbst brauchte ein wenig Zeit, um wieder Ordnung in ihren Kopf zu bringen. Sie nutzte die Pause, um den großen Veilchenstrauß, den sie in der Hand hielt, noch ein wenig zu ergänzen, und warf dann, als sie der Meinung war, daß der Augenblick des Schweigens lang genug gewährt hatte, einen Blick zu Léonarde und Colomba hinüber, die schwatzend im Schatten einer Pinie saßen und so taten, als seien sie mit einer Stickerei beschäftigt. Dann schob Chiara ihren Arm unter den ihrer Freundin:
»Hast du genug geträumt?« fragte sie gutgelaunt. »Du betrachtest unsere Stadt, als sähest du sie heute zum letzten Mal.«
»Du solltest eher sagen, als sähe ich sie zum ersten Mal. Wir sind oft zu dieser Jahreszeit hierhergekommen, aber in diesem Jahr hat Florenz einen ganz anderen Reiz. Selbst die Be-

festigungsanlagen und die Wachtürme scheinen an der Schönheit teilzuhaben. Ich würde gern ...«

»Mit jemand anderem hier sein als mit einer alten Freundin! Ich dachte es mir schon: Du bist nicht mehr in Giuliano verliebt, weil du dein Herz einem anderen geschenkt hast ... Einem anderen, der weit fort von hier ist! Ich wette, es ist Messire Philippe de Selongey!«

Fiora hatte nicht damit gerechnet, diesen Namen zu hören, der seither ihr eigener war, und war so verblüfft darüber, daß sie zusammenzuckte und feuerrot wurde.

»Sprich nicht so laut, ich bitte dich! Oder besser noch: Sprich überhaupt nicht davon!«

»Ist es denn so ernst?« flüsterte Chiara erfreut. »Verzeih'! Ich war der Meinung, es handele sich nur um eine flüchtige Liebelei, wie sie manchmal vorkommt und die ebenso schnell verfliegt wie der Wind – so wie deine Zuneigung zu Giuliano. Weißt du denn wenigstens, ob du ihn je wiedersehen wirst?«

»Ich glaube schon«, erwiderte Fiora mit einem Lächeln, das sich mehr auf ihre eigenen Gedanken bezog denn auf die Frage ihrer Freundin. »Aber jetzt laß uns von etwas anderem sprechen! Sollten wir denn nicht überhaupt heimkehren? Wir haben genug Blumen für zwei oder drei Kirchen!«

Wie jedes Jahr brachten sie die Blumen zum Dom Santa Maria del Fiore und legten ihrer duftenden Opfergabe ein großzügiges Almosen für bedürftige Kinder bei, um die sich die Pfarrverweser der Kathedrale kümmerten. Sie wollten sich gerade Colomba und Léonarde zuwenden, die gleichfalls ihre Sachen zusammenpackten, als Fiora plötzlich ihre Freundin festhielt.

»Warte!« sagte sie beklommen ...

»Was ist? Bist du krank?«

»Nein ... nein, aber ich habe ein eigenartiges Gefühl. Du sagtest gerade eben, ich betrachtete die Stadt, als sähe ich sie zum letzten Mal ...«

»Das ist wahr ... aber das war ein Scherz. Ich sagte das nur, weil du ein so begieriges Gesicht machtest ... so als wolltest du alles mit deinen Augen aufsaugen. Und du hast mir geantwortet ...«

»Ich weiß ..., aber jetzt frage ich mich, ob du nicht doch recht hattest. Etwas in mir sagt mir, daß ich niemals mehr an diesen Ort zurückkehren werde!«

»Was für ein verrückter Gedanke! Du denkst doch nicht etwa noch an die Weissagung des griechischen Arztes?«

»Nein. Ich schwöre dir, nein, ich dachte sogar nicht im entferntesten daran, aber ich hatte so etwas wie eine Vorahnung, als ob Florenz mir plötzlich feindlich gegenüberstünde und mich abwiese, mich, die ich die Stadt so sehr liebe!«

»Du glaubst, sie ist dir böse, weil du es dir erlaubst, einen Fremden zu lieben, wo doch so viele Söhne der Stadt sich nach dir verzehren? Schlage dir solche Gedanken aus dem Kopf! Du hast viel zu zurückgezogen gelebt in der letzten Zeit. Was du brauchst, ist ein schönes Fest, das dich in vollem Glanz erstrahlen läßt, ein Abend, an dem der große Medici noch einmal mit dir tanzt! Siehst du! Das ist es, was du brauchst!«

Just in diesem Augenblick versammelte sich eine fröhliche Schar von jungen Leuten, angeführt von Luca Tornabuoni, auf dem kleinen Vorplatz der Kirche.

»Ich war sicher, Euch hier zu finden«, sagte der junge Mann, indem er auf die Knie fiel und die Mütze vom Kopf zog. »Ist es nicht jener Tag im Jahr, da Ihr für die Madonna Blumen pflückt?«

»Kommt Ihr, um uns zu helfen?« fragte Chiara lachend.

»Euch all das zu tragen? Aber gewiß. Und wir wollen Euch bis zum Dom geleiten, um uns dort Euren Bitten anzuschließen!«

»Da seid Ihr aber recht fromm geworden, Ser Luca!« bemerkte Léonarde, als sie auf die Gruppe zukam. »Ich dachte, Ihr wäret ein treuer Schüler Platos; und jetzt sprecht

Ihr mir von der Madonna, als wolltet Ihr ins Kloster eintreten.«
»Diesen Wunsch habe ich nie gehegt, und alles hat seine Zeit – Plato ebenso wie das Gebet. Mir scheint«, fügte er mit einem zärtlichen Blick auf Fiora hinzu, »daß sie meine Bitten vielleicht eher erhört, wenn ich mich in Begleitung eines gewissen jungen Mädchens vor sie hinknie ...«
Er hatte erwartet, daß die junge Frau darüber lachen würde, doch diese wandte nur betreten den Blick ab und tat so, als hätte sie nichts gehört. In der Meinung, allzu kühn gewesen zu sein, griff Luca daraufhin Fioras Pferd beim Halfter und half ihr in den Sattel.
»Irgend etwas sagt mir, daß ich heute keinen guten Tag habe, Fiora«, sagte er leise und suchte ihren Blick, »aber ich wünschte so sehr, daß Ihr mir erlaubtet, meinen Vater zu Eurem Vater zu schicken! Ich weiß, er hält Euch noch für zu jung, aber wenn wir doch wenigstens schon verlobt wären ... Ich würde so lange warten, wie Ihr nur wollt! Wir alle haben Mut, wenn wir nur wissen, daß wir hoffen können!«
Zum ersten Mal in ihrem Leben sah sie ihn mit einer gewissen Zärtlichkeit an. Sie, die nur noch von der Hoffnung lebte, konnte verstehen, was der junge Mann empfand; doch sie hatte kein Recht mehr, ihm auch nur die geringste Hoffnung zu machen.
»Sprecht nicht mehr davon, Luca! Ihr vergeudet mit mir nur Eure Zeit und Euer Herz. Ich will meinen Vater nicht allein lassen, und ich ...«
»... und Ihr liebt mich nicht! Ihr seht, ich spreche Euren Satz zu Ende. Ich sage, was Ihr nicht zu sagen wagt. Aber wenn Ihr mich jetzt noch nicht lieben könnt, vielleicht könnt Ihr mich später lieben. Ihr habt es selbst gesagt: Ihr seid noch sehr jung ... Nein! Sagt nichts mehr! Es ist Frühling, und die Sonne lacht. Laßt mich noch ein wenig träumen!«
Er stieg auf sein Pferd, und die kleine Gruppe machte sich,

beladen mit großen Blumensträußen und duftenden Zweigen, auf den Weg zurück in die Stadt, während einer der jungen Männer ein Loblied auf den Frühling anstimmte. Sie sangen den Refrain im Chor mit, und es wurde viel gelacht; nur in Fiora wollte keine fröhliche Stimmung aufkommen. Je weiter sie vorankamen, desto größer wurde die Traurigkeit, die in San Miniato über sie gekommen war. Hinzu kam das Gefühl einer drohenden Gefahr. Abergläubisch wie jede Florentinerin glaubte sie, daß Philippe im Krieg in ständiger Gefahr schwebte und in diesem Augenblick möglicherweise einer besonders ernsten Gefährdung ausgesetzt war, und in ihrer Liebe empfand sie das wie eine schlimme Vorahnung ... Bald schon wurde ihr die ganze Heiterkeit, die sie umgab, unerträglich, und als sie den Ponte Vecchio hinter sich gelassen hatten, wo zu dieser Tageszeit die Metzgerläden bereits geschlossen waren, schützte sie ein plötzliches Unwohlsein vor und begab sich mit Léonarde und Khatoun auf den Heimweg; nicht einmal Chiara durfte sie begleiten – mußte denn nicht wenigstens eine der Blumenpflückerinnen die Blumen zur Kirche bringen? Sie hatte es eilig, nach Hause zu kommen, ohne daß sie zu sagen vermocht hätte, woher diese Ungeduld rührte. Sie erwiderte gerade noch den fröhlichen Gruß Gian-Battista di Rinaldos, eines Flußschiffers, den Beltrami vor dem Ruin gerettet hatte. Fiora war Patin eines seiner Kinder.
»Nehmt es ihr nicht übel«, rief Léonarde dem braven Mann zu, um zu vermeiden, daß er es als eine Beleidigung auffaßte, »Donna Fiora fühlt sich nicht wohl, und ich bringe sie nach Hause!«
»Gott möge sie segnen und ihr Gesundheit schenken. Wir werden heute abend zu Hause für sie beten!«
»Ein paar Gebete werden uns jedenfalls nicht schaden«, murmelte Léonarde und maß Fiora mit einem beunruhigten Blick. »Was habt Ihr denn, mein Kind? Seid Ihr tatsächlich krank? Ihr seht wirklich sehr blaß aus ...«

»Ja ... nein ... Ich weiß nicht. Aber ich muß nach Hause. Ich möchte gerne meinen Vater sehen!«
»Macht Ihr Euch deshalb Sorgen, weil er Euch heute morgen gesagt hat, er fühle sich ein wenig abgespannt? Ich glaube, Ihr übertreibt.«
Fiora erwiderte nichts. Wozu auch? Wenn sie sagte, daß sie das Gefühl habe, ein Unglück erwarte sie im Palast, so würde Léonarde mit ihrem gesunden Menschenverstand alles daransetzen, ihr zu beweisen, daß sie sich irrte. Außerdem waren sie ohnehin gleich da ...
»Es sieht so aus, als hätte Euer Vater Besuch!« bemerkte Léonarde und wies auf ein Maultier in prachtvollem, rotem Harnisch und auf zwei weitere, bescheidener ausgestattete Tiere, die neben dem Trittstein angebunden waren und ruhig warteten. »Gott verzeih' mir! Ich glaube gar, das ist die Kutsche Eurer Cousine Hieronyma. Was will sie hier? Ihre Besuche haben nie etwas Gutes zu bedeuten«, setzte die Gouvernante hinzu, die noch die Drohungen im Ohr hatte, die Hieronyma Fiora im Laden des Apothekers Landucci an den Kopf geworfen hatte.
»Das ist wahr«, sagte Fiora, »wir werden es ja gleich wissen.«
Kaum war sie unter dem Eingangsgewölbe des Palasts angelangt, als Fiora vom Pferd sprang, einem Diener die Zügel zuwarf und über den Innenhof eilte, wo tatsächlich die Begleiterin Hieronymas sowie einer ihrer Diener warteten. Sie stürzte die Treppe hinauf und stieß dabei fast gegen den alten Rinaldo, den Leibdiener Francesco Beltramis, der zuvor schon unter dessen Vater gedient hatte.
»Wo ist mein Vater?« fragte sie.
»Im Orgelsaal, Donna Fiora, aber er ist nicht allein.«
»Ich weiß, wer bei ihm ist. Danke, Rinaldo! ...«, sagte die junge Frau leicht überrascht, denn der betreffende Saal war ebenso wie das *Studiolo* einer der Räume, in denen sich der Kaufmann am liebsten aufhielt. Schon als kleines Kind hatte

er Orgel zu spielen gelernt, und so zog er sich von Zeit zu Zeit in diesen großen Raum zurück, der mit seinen freskengeschmückten Wänden und seinem Marmorboden über eine Resonanz wie in einer Kapelle verfügte. Daß er dort seine unliebsame Cousine empfing, war ganz und gar ungewöhnlich, aber vielleicht war er von der unerwarteten Ankunft der Dame überrascht worden.

Als sich Fiora der Türe näherte, hörte sie, wie erregte Stimmen nach außen drangen, und ging langsamer. Wenn Beltrami mit Hieronyma gerade eine Auseinandersetzung hatte, so wäre er möglicherweise nicht sehr erbaut darüber, seine Tochter eintreten zu sehen ... Leise also, ganz leise, öffnete die junge Frau die Türe, so daß sie die vor Wut bebende Stimme ihres Vaters deutlich vernehmen konnte:

»Niemals, verstehst du, niemals werde ich meine Tochter deinem Sohn zur Frau geben! Ich empfinde tiefstes Bedauern für den armen Jungen, der für sein Äußeres schließlich nichts kann; aber man kann von einer jungen, schönen Frau nicht verlangen, daß sie ihr Leben mit einem solchen Ehemann verbringt.«

»Weil er hinkt und ungestalt ist? Wenigstens ist Pietro adlig und von reiner Geburt. Er jedenfalls ist kein Bastard!«

»Es ist bisher noch keinem eingefallen, Fiora ihre uneheliche Geburt zum Vorwurf zu machen, außerdem weiß das jeder, glaube ich!«

»Das wohl ..., aber nicht jeder weiß alles ...«

Es trat eine Pause ein, und Fiora meinte, ihren Vater plötzlich schwerer atmen zu hören. Sie hätte Lust gehabt, hineinzugehen, und doch war sie dazu nicht fähig – etwas, das stärker war als ihr Wille, hielt sie zurück. Gewiß, die Neugierde – aber in sie mischte sich so etwas wie Schrecken ... Dann endlich seufzte Beltrami auf und fuhr mit der leichten Arroganz eines Mannes, dem man zur Last fällt, fort:

»Was soll das heißen?«

»Muß ich mich wirklich noch deutlicher ausdrücken? Du

bist bleich geworden, Francesco, und das bedeutet, daß du erraten hast, wovon ich sprechen will! Du glaubst mir nicht? Du zuckst die Schultern? ... Nun gut: Dann werde ich im Klartext sprechen. Deine kostbare Fiora, die du wie eine Prinzessin erziehst, ist nicht deine Tochter. Und du hattest auch nie ein Abenteuer mit irgendeiner Dame im Ausland. Sie ist die Frucht einer inzestuösen und ehebrecherischen Liebe, sie ist die Tochter von Leuten, die wegen ihrer Vergehen vom Gericht in Burgund zum Tode verurteilt worden sind, und du hast sie aus der Gosse aufgelesen ...«

Wenn das Haus über ihrem Kopf zusammengebrochen wäre, Fiora hätte nicht betroffener sein können. Sie mußte sich an einem Wandbehang festhalten, dann an der Lehne eines Sessels, um nicht zusammenzubrechen. Noch klang ihr die giftige Stimme Hieronymas in den Ohren, mit all dem Haß, der darin mitschwang. Beltramis Stimme hingegen blieb kühl:

»Und selbstverständlich hast du Beweise für das, was du da behauptest?«

»Ich habe sogar noch etwas Besseres: einen Zeugen ..., einen Augenzeugen. Jemanden, der bereit ist, alles auszusagen, nur um mir gefällig zu sein.«

Beltrami hatte begriffen. Sein flinker Verstand hatte bereits kombiniert. Hieronyma lebte die meiste Zeit über in Montughi auf dem Besitz ihres Schwiegervaters, und in der Nähe von eben diesem Montughi führte Marino, der einst sein ganzes Vertrauen besessen hatte, seinen Hof – der gleiche Marino, der die Adoption des Kindes niemals gutgeheißen und von dem Beltrami geglaubt hatte, daß er ihn mit einem heiligen Schwur sowie zahlreichen Wohltaten zum Schweigen verpflichtet hätte. Es waren ihm gewisse Gerüchte zu Ohren gekommen, die er verächtlich von sich gewiesen hatte und die den Lebenswandel der üppigen Witwe betrafen, die sich, da sie keinen Ehemann mehr hatte, anderweitig Trost suchte. Sie war noch immer schön und konnte einen

Mann wie den früheren Stallmeister durchaus verführen ...
Hieronyma, die sein Schweigen für Betroffenheit hielt, sagte spöttisch:
»Ich sehe, du hast verstanden, mein lieber Vetter. Du siehst, daß ich mich außerordentlich großzügig verhalte, indem ich dir eine Heirat zwischen meinem Sohn und deiner Bastardin vorschlage, die außerdem auf diese Weise bis ans Ende ihrer Tage in den Genuß deines Vermögens kommt. Ihr Glück ist, daß mein Pietro in sie verliebt ist und sie zur Frau begehrt. Und ich will nicht, daß mein Sohn unglücklich ist. Er wird seine Häßlichkeit in den Armen deiner hübschen kleinen Hexe vergessen, die ihrerseits nichts anderes zu tun hat, als ihm hübsche Kinderchen zu schenken ...«
»Und wenn ich ablehne?«
»Das wirst du nicht tun. Du weißt nur allzu gut, daß ich schon morgen eine Klage gegen dich erheben könnte wegen Verhöhnung der Signoria, da du es gewagt hast, aus einem Schandfleck der Menschheit, den man bei der Geburt hätte beseitigen müssen, eine Florentinerin zu machen.«
Außerstande, sich noch länger zu beherrschen, ließ Francesco seiner Wut freien Lauf:
»Woher willst du deinen Zeugen nehmen? Du vergißt eines, Hieronyma. Es gehen Gerüchte über dich um. Man sagt, daß du deine Witwenschaft nicht mehr achtest als das Haus deines Schwiegervaters. Es würde reichen, Marino Betti zu dem Geständnis zu bewegen, daß er dein Liebhaber ist, und dann würdest du kennenlernen, was es heißt, wenn der alte Jacopo für Gerechtigkeit sorgt. Was seine Ehre betrifft, so ist mit ihm nicht zu scherzen.«
»Aber er wäre vielleicht beglückt darüber, ein Vermögen von der Größenordnung des deinigen auf die Pazzi zukommen zu sehen. Er ist nicht mehr sehr reich, und er leidet darunter. Ich glaube eher im Gegenteil, daß er mich mit aller Kraft unterstützen würde ... Aber natürlich wäre von Heirat dann keine Rede mehr. Das ließe er nicht zu. Es wäre ganz einfach

so, daß deine Fiora nach deiner Verurteilung und der Enteignung deines Besitzes, der mir dann als deiner natürlichen Erbin zukäme, Pietros Laune ausgeliefert wäre ..., und danach würde man sie, um sie loszuwerden, in einem Bordell unterbringen. Du siehst also: du hast allen Grund, auf meinen Vorschlag einzugehen. Danach – das verspreche ich dir – werden wir eine glückliche Familie sein ... ohne irgendwelche Geschichten!«
»Scher' dich fort! Mir aus den Augen!«
»Du bist wirklich unvernünftig. Aber ich denke, eine lange Nacht, in der du darüber nachdenken kannst, wird dir schon zeigen, was richtig für dich ist. Morgen um die gleiche Zeit werde ich wiederkommen und mir deine Antwort holen. Ich wünsche dir einen guten Abend.«
Ein Schauder des Abscheus schüttelte Fiora und gab ihr ihre ganze Kraft zurück. Sie hatte verstanden, daß die Frau gehen wollte, und da sie nicht von ihr dabei überrascht werden wollte, versteckte sie sich hinter einem Wandteppich und versuchte so gut wie möglich, ihr wild klopfendes Herz zu besänftigen. Kalter Schweiß stand ihr auf Stirn und Rücken, so als hätte sich der schreckenerregende Abgrund der Hölle vor ihr aufgetan. Sie schob den schweren Behang ein wenig zur Seite und sah, wie Hieronyma ohne jede Eile aus dem Orgelsaal hinausging. Siegesgewiß und voller Hochmut stolzierte sie durch den Raum und maß die Möbel und Kostbarkeiten, die um sie herumstanden, mit einem gierigen Blick, als sei sie bereits deren Eigentümerin.
Zum ersten Mal in ihrem noch jungen Leben empfand Fiora Lust, jemanden zu töten; Lust, diese abscheuliche Frau niederzumetzeln. Lautlos trat Fiora aus ihrem Versteck hervor, griff nach einem schweren bronzenen Kandelaber und ging langsam auf Hieronyma zu, die stehengeblieben war, um die auf einer Kredenz stehenden Goldschmiedearbeiten zu bewundern. Aber als hätte die Dame Pazzi geahnt, daß ihr eine Gefahr drohte, verließ sie im gleichen Augenblick, da Bel-

trami eintrat, ohne sich umzudrehen den Saal. Als er Fiora mit dem Kandelaber in der Hand sah, entschlossen, hinter Hieronyma herzustürzen, begriff er, was sie vorhatte und rief:
»Nein, Fiora! Tu' das nicht!«
»Entweder sie oder wir, Vater! Laß mich!«
Er rannte daraufhin auf sie zu, riß ihr den Kandelaber aus der Hand und stellte ihn auf eine Truhe. Voller Verzweiflung sah Fiora, daß er um zehn Jahre gealtert war und Tränen in den Augen hatte. Sie warf sich ihm an den Hals und umklammerte ihn, und beide weinten sie über das, was diese abscheuliche Hieronyma in ihnen zerbrochen und beschmutzt hatte. Dort fand sie nach einer Weile auch Léonarde, die nach Fiora gesucht hatte.
»Was ist geschehen?« fragte sie. »Soeben bin ich Donna Hieronyma begegnet, die mich wie eine alte Kupplerin behandelt hat und mir befahl, meine Sachen zu packen!«
»Wir stehen am Rande des Abgrunds, meine arme Léonarde«, sagte Beltrami. »Diese Frau ist die Geliebte Marinos geworden. Er hat ihr alles erzählt und ist bereit, gegen mich auszusagen ... Es sei denn natürlich, ich verheirate Fiora mit ihrem Sohn!«
»Aber sie ist doch schon verheiratet, oder etwa nicht? Habt Ihr ihr das denn nicht gesagt?«
»Das wäre das letzte gewesen, was ich hätte tun dürfen. Die einzige Hoffnung auf Rettung, die ich noch habe, ist, Monseigneur Lorenzo alles zu erzählen. Er achtet mich und hegt mir gegenüber freundschaftliche Gefühle, während er die Pazzi verabscheut. Gewiß, die Heirat wird ihn aufs höchste verärgern, aber davon werde ich ihm nichts sagen ...«
Fiora, die sich noch immer an Beltrami klammerte, machte sich von ihm los und sah ihn mit angstvollen Augen an:
»Vater! Stimmt es, daß ich nicht deine Tochter bin? Stimmt es, daß ich ...«
»Du hast also alles gehört?«

»Alles! Ich stand an der Tür und hatte sie einen Spaltbreit geöffnet. Oh, Vater! Es war schrecklich, und ich glaube, jetzt ist es sogar noch schlimmer! Ich war so glücklich, deine Tochter zu sein! Und nun bin ich ein Nichts ..., ja sogar weniger als das! Jeder Bettler hat nun das Recht, auf mich herabzusehen und ...«

»Schweig', Fiora! Um Himmels willen, schweig'! Solange du nicht alles weißt, kannst du auch nicht urteilen. Du bist sehr wohl meine Tochter, weil ich das so wollte und dich als meine Tochter anerkannt habe ... und weil ich dich liebe! Komm', komm' mit mir! Laß uns in das *Studiolo* gehen! Vor dem Bild deiner Mutter will ich dir die Wahrheit sagen. Es ist eine traurige und schmerzvolle Geschichte, die Léonarde sehr gut kennt und die ich dir nun wohl erzählen muß. Komm', mein Kind!«

Francesco legte Fiora den Arm um die Schultern und geleitete sie die Galerie entlang bis zu dem kleinen, vertrauten, freundlichen Zimmer, das von dem Lächeln Marie de Brévailles erfüllt war. Léonarde folgte ihnen und schickte Khatoun fort, die an der Türe wartete und aus deren hübschem Gesicht Angst herauszulesen war, weil Fiora Tränen in den Augen hatte – sie, die doch niemals weinte:

»Warte in ihrem Zimmer auf sie! Sie wird dir dorthin gleich folgen. Ich selbst komme auch nach.«

»Es wäre mir lieber, wenn Ihr mit uns kämet, Léonarde«, sagte Beltrami. »Unser beider Erinnerungen sind besser als nur eine, wenn man nichts vergessen will ...«

Gemeinsam betraten sie das *Studiolo*. Francesco ging auf das Porträt Maries zu, zog das schwarze Samttuch herunter, setzte sich an seinen Schreibtisch und wies Léonarde einen Sessel. Fiora zog es vor, sich zu Füßen ihres Vaters auf ein Kissen zu kauern.

»Du wirst Mut brauchen, mein Kind, denn die Geschichte, die ich dir nun erzähle, ist schrecklich und doch auch schön und ergreifend, eine Geschichte, von der Hieronyma in ihrer Gehässigkeit nur die schauerlichsten Seiten wiedergegeben hat ... Du erinnerst dich an die Spitzenhaube, die ich dir gezeigt und die Sandro Botticelli auf diesem Porträt hier abgebildet hat? Du hattest Blutflecken darauf bemerkt, und ich wollte dir damals auf deine Fragen nicht antworten.«

»Du sagtest, daß du mir später einmal darauf antworten wolltest, wenn ich eine Frau wäre. Jetzt bin ich eine Frau.«

»Ich habe mich noch gar nicht daran gewöhnt«, sagte Francesco und strich ihr zärtlich über das seidige Haar. »Aber an jenem Tag habe ich dich belogen. Ich hatte niemals die Absicht, dir die Wahrheit zu sagen, weil ich wollte, daß sie mit mir und Léonarde verschwände. Bei uns beiden war diese Wahrheit gut aufgehoben. Es bedurfte des Verrats eines Mannes, den ich für treu ergeben hielt ...«

»Die Leute aus Montughi und Umgebung tuscheln, daß Hieronyma Feuer unter dem Hintern habe«, brummte Léonarde, »wir haben uns so manches Mal darüber unterhalten, Jeannette und ich, aber ihr Mann verbot uns aus Angst vor dem Schwiegervater den Mund. Es wäre gewiß eine schöne Bescherung, wenn er von dem Lebenswandel seiner Schwiegertochter erführe.«

»Damit habe ich meiner Cousine auch gedroht, aber davor hatte sie keine Angst. Sie weiß nur zu gut, daß der alte Schuft keinen Augenblick zögern würde, hätte er sich zwischen ihrem Fehlverhalten und meinem Vermögen zu entscheiden ..., auch auf die Gefahr hin, daß er die Sünderin erst ein wenig später bestrafen könnte. Etwas, worüber sie sich trotz allem Gedanken machen sollte. Für uns aber wäre der Schaden dann bereits angerichtet.«

»Vater«, bat Fiora, »lassen wir doch diese Frau beiseite! Ihr habt mich hierherkommen lassen, um mir die Geschichte meiner Mutter zu erzählen, und alles, was ich darüber weiß, ist, daß sie auf tragische Weise gestorben ist. Sagt Ihr mir, wie sie gestorben ist?«

»Auf dem Schafott; sie wurde zur gleichen Zeit hingerichtet

wie dein wirklicher Vater. Sie hießen Marie und Jean de Brévailles ...«

»Ich habe diesen Namen schon einmal gehört ...«

»Bitte, Fiora, unterbrich mich nicht mehr. Es ist schon schwer genug für mich, mir diese Stunden, in denen sich für mich alles geändert hat, noch einmal vergegenwärtigen zu müssen.«

Fiora drückte ihrem Vater einen Kuß auf die Hand und behielt sie dann in der ihren, während er, den Blick auf das Porträt gerichtet, zu erzählen begann:

»Wie oft habe ich in schlaflosen Nächten jenen grauen, kalten Dezembertag in all seinen Einzelheiten vor Augen gehabt, da ich nach Dijon, in die Hauptstadt der Herzöge von Burgund, kam – diese schöne Stadt, die ich gut kannte und in der ich gern verweilte.«

Die Stimme des Erzählers, ein wenig belegt zunächst, wurde allmählich fester und gewann ihren farbigen Klang zurück. Wie fast alle Florentiner war auch Francesco ein Poet und verfügte über die Gabe, fesselnd zu erzählen und Situationen lebendig vor Augen zu führen. Und so ließ er vor seinen beiden Zuhörerinnen in erstaunlicher Plastizität das Bild jenes Platzes wiederauferstehen, der unter dem Geläut der Totenglocke von einer schweigenden Menge bevölkert war. Mit vor Schmerz bebender Stimme schilderte er das junge verurteilte Paar, das in dem jammervollen Henkerkarren so schön und strahlend wirkte, als ginge es seiner Hochzeit entgegen, beschrieb die sorgenvolle Gestalt des alten Priesters und beschwor das düstere Bild des maskierten Henkers, erzählte vom Mitleid der Henkersknechte und seiner eigenen Erschütterung angesichts des Todes dieser bezaubernden jungen Frau. Auch von Regnault du Hamel sprach er, dessen Name einen bitteren Nachgeschmack in ihm hinterließ, und von seinem Haß und seiner unerbittlichen Grausamkeit. Er erzählte, was Antoine Charruet ihm berichtet hatte, und seine Stimme zitterte vor Erregung, als er das Martyrium beschrieb, durch das Marie im Hause ihres Ehegatten gegangen war, und die verzweifelten Anstrengungen ihrer Mutter, Gnade für sie zu erlangen, was man ihr – zweimal sogar – unbarmherzig ausgeschlagen hatte. Und er erzählte schließlich, wie er den Säugling vor dem Tode gerettet und beschlossen hatte, ihn zu seinem Kind zu machen, und wie sich Léonarde spontan erboten hatte, fortan für das kleine mutterlose Geschöpf zu sorgen.

Als er geendet hatte, weinte Léonarde; Fioras Augen hingegen funkelten vor Zorn und Empörung.

»All diese Menschen haben den Tod mehr verdient als ... meine armen Eltern! Vor allem dieser du Hamel, der nichts anderes ist als ein Schuft, so wie der Vater, der seine Kinder nicht in Schutz nehmen wollte. Und dann dieser Herzog Philippe und dieser Graf von Charolais, die kein Erbarmen kannten und für die öffentliche Hinrichtung, für dieses Ludergrab und diese Schande verantwortlich sind!«

»Herzog Philippe ist tot, Fiora. Und was den Grafen von Charolais betrifft, so ist er jetzt jener Herzog Karl, genannt der Kühne, dem Messire de Selongey absolute Treue geschworen hat ...«

Der Name ihres Mannes brachte Fiora wieder in die Gegenwart zurück.

»Philippe! ... Er war es, der mir von Jean de Brévailles erzählt hat! Er kannte ihn einst, als er selbst Page des Grafen von Charolais war, und ihm war seine Ähnlichkeit mit mir aufgefallen ... Wußte er ... wußte er davon?«

»Ja ... Und gerade, weil er alles wußte, habe ich auch in eure Heirat eingewilligt.«

Fiora sprang so ungestüm auf, daß sie gegen den Tisch stieß und dabei einige Papiere zu Boden fegte.

»Sagt bloß nicht, daß er zu dem gleichen Mittel gegriffen hat wie diese abscheuliche Hieronyma, um mich zur Frau zu bekommen – zu der gleichen schändlichen Erpressung?«

Hilfesuchend blickte Beltrami zu Léonarde hinüber.

Konnte er nach allem, was er Fiora erzählt hatte, ihr auch diese Wahrheit noch zumuten? Um das zu ertragen, war sie noch recht jung ... Léonarde, die sich die Tränen aus den Augen gewischt hatte, stand auf und stellte sich hinter die junge Frau, als fürchte sie, Fiora könne unter dem Schock ohnmächtig werden.

»Ihr müßt ihr die ganze Wahrheit sagen, Ser Francesco. Sie hat eine starke Seele, und es gibt Dinge, die sie nicht erst später selbst entdecken darf. Denn das wäre noch viel härter für sie.«

»Ihr habt recht«, seufzte Beltrami. »Ich werde ihr alles sagen; es stimmt, Fiora, Messire de Selongey hat leider tatsächlich zu diesem Mittel gegriffen. Er wollte dich um jeden Preis haben und sagte mir, daß er zu allem, auch zum Schlimmsten, bereit sei, um dich zu bekommen. Gewiß, die Ähnlichkeit war ihm aufgefallen, aber vor allem steht er mit den Brévailles auf vertraulichem Fuß, und so hat er, auf welche Weise auch immer, erfahren, was an jenem Unglückstag geschehen war. Er wußte, daß die Tochter Maries bei einem reichen Kaufmann, der sie zu seiner Tochter gemacht hatte, in Florenz lebt. Als er dich dann sah, ahnte er, wer du bist, und sprach nur deshalb zu dir von dem jungen Stallmeister Jean ...«

Bei alledem zählte für Fiora nur eines: daß Philippe fähig war, eine Ungesetzlichkeit für sie zu begehen! Ihr Gesicht strahlte, so unendlich glücklich war sie darüber.

»So sehr liebt er mich also! Oh! Philippe! Eine andere würde dir vielleicht einen Vorwurf daraus machen, daß du zu solchen Mitteln gegriffen hast, ich aber danke dir, denn es hat mir erlaubt, dir zu gehören und deine Frau zu sein, bis daß der Tod uns scheidet.«

Beltrami konnte die vor Leidenschaft bebende Stimme seiner Tochter nicht mehr ertragen. Weiter vielleicht, als er es eigentlich wollte, riß ihn die Eifersucht mit sich fort.

»Du wirst ihn nie mehr wiedersehen, Fiora! Er wird dich

niemals holen, wie du glaubst, und dich auf sein Schloß und an den Hof seines Herrn führen. Nur eine Nacht wollte er von dir, eine einzige Nacht, um die brennende Leidenschaft zu stillen, die du in ihm geweckt hast; du mußt dein Leben hier bei mir verbringen!«

Das Strahlen auf Fioras Gesicht erlosch, als schöbe sich eine Wolke vor die Sonne. Sie taumelte unter der Wucht des Schlages. Léonarde, die fürchtete, sie fiele, wollte sie in ihre Arme schließen, doch Fiora stieß sie sanft zurück.

»Das ist noch nicht alles, was ich weiß, nicht wahr? Der Notar und der Segen im Kloster – das alles war also nur Komödie und falscher Schein.«

»Nein. Du bist wirklich Gräfin von Selongey, und daran kann sich auch nichts mehr ändern ..., es sei denn er stirbt! Dein Ehemann wird deshalb nicht mehr zurückkehren, weil er im Kampf für den Herzog von Burgund sein Leben lassen will.«

»Er will sterben? Aber weshalb?«

Diesmal zögerte Beltrami. Was er nun sagen mußte, war zu schrecklich ... Doch der Blick, den Fiora auf ihn richtete, war hart wie Stein. Mit fast gellender Stimme wiederholte sie:

»Ich will wissen weshalb!«

Beltrami, der diesen grauenvollen Blick nicht mehr zu ertragen wagte, sah zum Porträt hinüber, als wollte er es um Hilfe bitten. Und wie im Traum drang die klare Stimme Léonardes an sein Ohr:

»Ihr müßt bis zum bitteren Ende gehen, Ser Francesco! Ihr müßt das Geschwür beseitigen. Um so schneller wird die Wunde heilen.«

Ohne Fiora anzusehen, sprach Beltrami die bittere Wahrheit aus:

»Er will sich selbst dafür bestrafen, daß er seinen Namen in den Schmutz gezogen hat, indem er die Tochter von Jean und Marie de Brévailles heiratete ...«

»Warum hat er es dann getan? Ich war wahnsinnig in ihn verliebt, und ich glaube – Gott möge es mir verzeihen –, daß er mich auch ohne diese Komödie hätte haben können!«
»Aber deine Mitgift hätte er auf diese Weise nicht bekommen! Und die wollte er, um seinem Herrn den Krieg damit zu finanzieren, nachdem Lorenzo abgelehnt hatte, diesem ein Darlehen zu gewähren ... Ich werde natürlich einmal mit seinem Besitz dafür entschädigt, wenn du Witwe bist. Dann wirst du das Recht haben, seinen Namen zu tragen ..., wenn auch nicht das, auf seinem Schloß zu leben.«
»Und wenn ich nun ein Kind von ihm hätte?«
»Dann müßten wir es großziehen, bis es alt genug ist, den Dienst an der Waffe zu tun. Danach würde es uns verlassen, um in Burgund sein Erbe anzutreten und den Ritterdienst zu erlernen ...«
»Vorausgesetzt, es wäre ein Junge! Wenn es nun aber ein Mädchen wäre, was sollten wir dann mit ihm tun? Es in den Fluß werfen sicherlich, oder?«
Fiora drehte sich auf dem Absatz um und lief aus dem *Studiolo* hinaus, um sich in ihr Zimmer zu flüchten. Sie hörten, wie die Tür hinter ihr zuschlug.
»Lassen wir sie!« seufzte Léonarde. »Sie wird bis zur Erschöpfung weinen, und in diesem Falle ist das sanfte Wesen Khatouns ein besserer Balsam, als es alle meine Einwände wären. Aber laßt uns noch einmal auf Donna Hieronyma zurückkommen. Was beabsichtigt sie zu tun, Ser Francesco?«
»Ihr habt recht. Wir müssen versuchen, das Vergangene beiseite zu schieben und an die Zukunft zu denken. Ich fürchte, Ihr werdet heute nacht nicht allzuviel schlafen, Dame Léonarde, denn Ihr werdet Fioras und Eure Sachen zusammenpacken müssen. Und zwar so weit, daß Ihr sie schnell mitnehmen könnt, wenn es sein muß ... Unterbrecht mich nicht! Ihr reist unter dem Schutz zweier Diener zusammen mit Fiora und Khatoun ab: und zwar mit Jacopo, dem Sohn

meines alten Rinaldo, und dessen Vetter Tommaso; Ihr sagt, daß Ihr zum Beten in die Kartause von Vallombrosa aufbrecht, und wenn Ihr dann die Stadttore hinter Euch gelassen habt, macht Ihr einen kleinen Umweg nach Livorno, wo Ihr an Bord der *Santa Maria del Fiore* geht. Ich gebe Euch einen Brief für den Kapitän mit. Dort wartet Ihr dann auf eine Nachricht von mir. Nehmt nur wenige Dinge mit, so wie es sich für Damen ziemt, die nur für einen Tag verreisen. Den Rest lasse ich Euch nachschicken ...«

»Brechen wir schon am frühen Morgen auf?«

»Nein. Ihr wartet, bis ich gegen Mittag zurückgekehrt bin. Ich werde morgen früh in den Palast in die Via Larga gehen, Lorenzo von Medici sehen und ihm, mit Ausnahme der Heirat Fioras, alles sagen. Er ist schließlich der Herrscher hier, und ein jeder gehorcht ihm. Außerdem hat er eine Schwäche für Liebesgeschichten. Und die meine wird ihn vielleicht erweichen ...«

»Wenn das so ist, warum schickt Ihr uns dann nach Livorno?«

»Weil ich mir seiner Unterstützung nicht sicher bin. Er ist ein unberechenbarer Mann. Er kann die Güte in Person, aber ebensosehr kann er auch von grausamster Kälte sein. Er sieht weit voraus, weil er ein großer Politiker ist, und so kann man nie wissen, wie er eine Bitte ... oder aber ein Geständnis aufnimmt. Häufig hängt es von dem Stellenwert ab, den die Angelegenheit in seinem ausgeklügelten politischen Mosaik einnimmt. Es ist möglich, daß Ihr gar nicht abreisen müßt; aber es ist ebensogut möglich, daß Ihr die Stadt auf schnellstem Wege verlassen müßt. Ich bitte Euch lediglich, Euch bereit zu halten.«

»Das werden wir tun, seid unbesorgt.«

»Gut! Nach dem Abendessen bitte ich Euch, noch einmal hierherzukommen, um mit Euch gewisse Dinge zu besprechen, die mir am Herzen liegen. Ich muß für den Fall Vorsorge treffen ..., daß ich Fiora nicht mehr wiedersehe. Denn

sie gehört zu denen, die die Kirche unweigerlich mit dem Bannfluch belegt.«
»Ich dachte, Seigneur Lorenzo hielte nicht viel von der Kirche?« bemerkte Léonarde sarkastisch. »Nur Philosophen, Dichter und die griechischen Götter, so glaubte ich, hätten Anspruch darauf, von ihm verehrt zu werden ...«
»... aber es kommt doch vor, daß er sich in eine der Zellen von San Marco zurückzieht. Ich hatte oft den Verdacht, daß er nur deshalb dorthin geht, um sich in aller Muße die göttlichen Malereien des Angelico anzusehen; denn er bittet jedesmal um eine andere Zelle. Tatsache jedenfalls ist, daß er dorthin geht und daß er dem Prior Ergebenheit und Respekt entgegenbringt und zu dem Bischof die besten Verbindungen unterhält. Wir müssen also aufpassen ...«
Nach dem Abendessen, das Francesco Beltrami nur im Beisein Léonardes eingenommen hatte, schloß er sich mit ihr im *Studiolo* ein, wo bis tief in die Nacht hinein Kerzenschein flackerte. Bevor er sich auf das schwierige Spiel einließ, das auf ihn zukam, wollte der nach den Medici reichste Mann von Florenz seine Angelegenheiten regeln – und zwar in Absprache mit jener alten Seele, der er einst durch Zufall begegnet war und die seitdem vielleicht der einzige Mensch auf Erden war, dem er neben seiner Tochter ganz und gar vertraute.
Unterdessen lag Fiora, die nicht eine einzige Träne vergossen hatte, mit großen Augen ausgestreckt auf ihrem Bett und dachte nach. Unter dem Schlag, den die Eröffnungen ihres Vaters ihr versetzt hatten, hatte sie nicht nur ihre Kindheit zusammenbrechen sehen, sondern mit dieser auch ihre Vorstellungen, Träume und Hoffnungen. Sie hatte geglaubt, als die Tochter eines der reichsten Männer in Europa geboren worden zu sein, und war doch nur die Frucht einer mit Fluch beladenen Liebe; sie hatte an die Liebe eines Mannes geglaubt, und dieser Mann hatte von ihr nichts anderes gewollt als ihren Körper und ihre Mitgift; sie war verheiratet,

und doch hatte sie nicht das Recht, den Namen ihres Mannes zu tragen, weil der, der ihr seinen Namen gegeben hatte, sie so sehr verachtete, daß er lieber sterben wollte, als an ihrer Seite zu leben. Er erhob den Anspruch, ein Ritter ohne Furcht und Tadel zu sein, und trug das Goldene Vlies am Hals, das so viele Edelleute begehrten, und doch hatte er auf unbarmherzige Weise nicht nur ihr Herz mißbraucht, sondern auch ihre Unschuld und ihr Vertrauen. Nicht einmal einen letzten Kuß hatte er ihr gegeben, als er aufgebrochen war, obgleich er genau wußte, daß er nicht mehr wiederkommen und daß diese Ehefrau für eine Nacht bis in alle Ewigkeit auf ihn warten würde – so lange, bis sie keine Tränen mehr hätte und ihr Haar weiß wäre. Er hatte Liebeslust und Leidenschaft in ihr entfacht, und doch hatte er ihr nur diese einzige Nacht gewährt, im Tausch gegen eine schier unvorstellbare Menge Gold, die er seinem über alles geliebten Herrn zu Füßen gelegt hatte – jenem Herrn, der kein Erbarmen mit seinem jungen Stallmeister gehabt hatte und ihn elendiglich auf ein paar schwarzverhangenen Brettern hatte sterben lassen, hingerichtet im Angesicht des Himmels zusammen mit seiner allzu reizvollen Schwester, die er über alles auf der Welt liebte ...

In dieser langen, verzweiflungsvollen Nacht durchlief Fiora die bittere Schule des Hasses. Khatoun, die vergeblich versucht hatte, ein Wort aus ihr herauszubringen, hatte es am Ende aufgegeben und war zusammengerollt am Fußende des Bettes mit der Laute in den Armen eingeschlafen. Sie wirkte so klein, so zart und so verloren, daß Fiora gerührt aufstand und eine warme Decke über sie breitete. Von nun an, so hatte Fiora beschlossen, wollte sie ihre Zuwendung nur noch denen schenken, die schwach waren und die ihrer bedurften.

Es war etwa ein Uhr nach Mitternacht, als Léonarde auf Zehenspitzen in ihr Zimmer trat, überzeugt davon, daß sie nach all den vergossenen Tränen erschöpft eingeschlafen sei.

Erschreckt fuhr sie deshalb zusammen, als sie im gelben Schein ihrer Kerze Fiora wie ein weißes Gespenst am Fußende ihres Bettes stehen sah ...
»Schlaft Ihr denn nicht?« entfuhr es ihr, ohne daß sie darüber nachgedacht hätte, was sie da sagte.
»Das seht Ihr doch ...«
»Nun, dann werdet Ihr mir behilflich sein. Und Khatoun ...«
»Laßt sie schlafen! Sie hat viel geweint heute abend.«
»Mehr als ihr, Fiora? Und doch ...«
»Ich kann nicht weinen. Trotzdem glaube ich, daß es mir guttäte, aber es ist nicht möglich. Es kommt mir so vor, als sei mein Herz mit einem Schlag ausgetrocknet«, erwiderte sie mit kläglicher Stimme. »Vielleicht deshalb, weil ich nicht mehr weiß, über wen oder was ich weinen soll: über meine Eltern, die so elendiglich hingerichtet worden sind, oder über meinen Vater, der jetzt in Gefahr ist, oder aber über mich selbst, die ich ...«
»... die ebensosehr in Gefahr schwebt wie er! Wir können uns ein andermal über Sinn und Wert von Tränen unterhalten. Heute nacht haben wir Besseres zu tun ...«
Sie ging zur Tür und kehrte mit einem ledernen, mit Nägeln beschlagenen Reisekoffer zurück, den sie mitten ins Zimmer stellte, holte dann einen zweiten, einen dritten und schließlich sogar noch einen vierten Koffer, der viel kleiner war und leicht an einem Sattelbaum halten würde.
»Was habt Ihr vor?« fragte Fiora.
»Eure Sachen zu packen. Wir brechen morgen mittag nach Livorno auf, wo wir dann auf Nachricht von Eurem Vater warten.«
Während Léonarde Fioras Kleider und Mäntel, ihre Wäsche und ihre Schuhe einpackte, weihte sie die junge Frau in die Entscheidungen Beltramis ein: Es war notwendig, daß seine Tochter weit weg von Florenz war, wenn Hieronyma sie tatsächlich denunzierte. Fiora bemühte sich, ihr behilflich zu

sein, aber sie war sichtlich nicht bei der Sache, und so nahm ihr Léonarde schließlich das Kleid aus der Hand, um es selbst zu verstauen.

»Laßt mich nur machen! Ich bin schneller ohne Euch fertig!«

»Aber was machen wir, wenn mein Vater nicht nach Livorno nachkommt?«

»Der Kapitän der *Santa Maria del Fiore* wird Anweisungen erhalten. Wenn Messer Beltrami nicht innerhalb von achtundvierzig Stunden zu uns gestoßen ist, wird der Kapitän die Segel setzen und uns nach Frankreich bringen. Wir werden eine lange Reise vor uns haben, die uns auf dem Wasserweg bis nach Paris führen wird, wo wir dann bei Agnolo Nardi, dem Milchbruder Eures Vaters, Quartier nehmen werden, der dort das Kontor des Hauses führt. Dann werden wir weitersehen ... Aber jetzt müssen wir uns beeilen ...«

»Das ist nicht nötig. Ich will meinen Vater nicht verlassen. Entweder wir reisen mit ihm oder wir reisen gar nicht.«

Léonarde, die gerade die Koffer zuschnallte, richtete sich wieder auf und fragte, die Hände in die schmerzenden Nieren gestemmt:

»Liebt Ihr Euren Vater?«

»Was für eine Frage! Natürlich liebe ich ihn!«

»Dann hört auch auf ihn, ohne die Heldin spielen zu wollen! Wenn er das so beschlossen hat, dann deshalb, weil er glaubt, daß es so am besten ist. Findet Ihr nicht, daß er mit diesem Teufelsweib nicht schon geschlagen genug ist, die die Absicht hat, ihn zu ruinieren? Meint Ihr nicht, daß er nicht schon genug Angst haben muß?«

»Ich will seine Sorgen nicht noch größer machen, aber wäre es nicht besser, wenn wir alle zusammen fortgingen?«

»Fliehen heißt eingestehen, daß man schuldig ist, oder doch zumindest, daß man Angst hat. Es ist möglich, daß wir nie nach Frankreich reisen. Das hängt von Lorenzo de Medici

ab! Aber stellt Euch vor, er beschlösse, um den Skandal zu vermeiden, Euch mit Eurem Vetter Pietro zu verheiraten. Dann kann Euer Vater wenigstens sagen, Ihr wäret geflohen und er wüßte nicht, wo Ihr seid. Aber wenn Euch Euer Vetter Pietro so sehr reizt ...«
»Wie könnt Ihr es wagen, so mit mir zu sprechen? Ich bin verheiratet, wie Ihr wißt.«
»Ich weiß vor allem, daß eine Heirat, besonders dann, wenn sie heimlich stattgefunden hat, annuliert werden kann. Das ist oft nur eine Frage des Geldes. Und man munkelt, daß Papst Sixtus IV. Geld mehr schätzt, als es sich für einen päpstlichen Herrscher ziemt. Habt Ihr jetzt begriffen?«
»Ja. Laßt uns fertig werden und dann versuchen, noch ein wenig auszuruhen. Ihr seht recht blaß aus, Léonarde!«
»Ehrlich gesagt bin ich sterbensmüde. Ich wäre wirklich froh, wenn ich mich noch eine oder zwei Stunden schlafen legen könnte. Vor allem, wenn wir morgen den halben Tag zu Pferd zubringen müssen.«
Das Gepäck war fertig. Nur die Kleidungsstücke, die sie am nächsten Tag brauchten, hatten sie zurückbehalten. Was für unterwegs notwendig war, befand sich in dem kleinen Koffer. Die anderen wurden in einer Abstellkammer neben Fioras Zimmer untergebracht. Bevor aber Léonarde sich zurückzog, nahm sie die junge Frau bei den Schultern und hielt sie einen Augenblick in den Armen.
»Worunter leidet Ihr am meisten, Fiora?« fragte sie ernst. »Unter der Eröffnung über Eure Herkunft ... oder unter dem Verhalten Eures Ehemannes?«
»Das läßt sich nicht miteinander vergleichen. Ich empfand Liebe für meine Mutter, ohne sie zu kennen, und ich glaube, ich liebe sie noch mehr für all das, was sie erlitten hat. Was Philippe de Selongey betrifft ... Oh! Ich wünschte, er wäre tot!«
»Und doch werdet Ihr weinen, wenn Ihr erfahrt, daß er getötet worden ist. Glaubt Ihr mir, wenn ich Euch sage, daß er

Euch mehr liebt, als er sich selbst dessen bewußt war, und daß er in seine eigene Falle getreten ist?«

»Ich habe Euch immer geglaubt ..., aber diesmal müßte ich schon einen schlagenden Beweis haben! Und auch dann bin ich mir nicht sicher, ob ich ihm verzeihen würde ... Geht nun schlafen!«

Léonarde wandte sich zur Türe, als Fiora sie noch einmal zurückhielt:

»Einen Augenblick noch, bitte!«

Ruhig holte sie die Kette hervor, die sie unter ihrem Hemd am Hals trug, öffnete den Verschluß, nahm den goldenen Ring herunter, den ihr Philippe gegeben hatte, und hielt ihn der alten Demoiselle hin:

»Nehmt ihn! Macht damit, was Ihr wollt! Ich mag ihn nicht mehr tragen ...«

Léonarde blickte ihr in die Augen; sie mußte wohl darin lesen, daß es Fioras fester Wille war, denn sie nahm den Ring wortlos an sich und ging.

Fiora konnte trotz ihrer Müdigkeit keinen Schlaf finden. Kaum war Léonarde hinausgegangen, als sie die Angst überkam, die sie schon in San Miniato befallen hatte und die so beklemmend war, daß sich Fiora zusammenreißen mußte, um nicht der alten Demoiselle hinterherzulaufen und sie zu bitten, sie bei ihr schlafen zu lassen, wie sie es als Kind so oft getan hatte. Ihr Stolz hielt sie zurück. Und das zu ihrer eigenen Überraschung: Denn konnte sie wirklich noch einen Funken Selbstachtung haben, nach alledem, was sie am Abend erfahren hatte?

Sie stand auf, trank ein wenig Honigwasser und ging zum Fenster, um in die Nacht hinauszublicken, die über der Stadt lag und wie ein Königsmantel funkelte. Einen Augenblick lang lauschte sie den vertrauten Geräuschen, den Schritten der Wachen auf den Pflastersteinen, dem Knarren eines Ruders auf dem Fluß, dem Schrei eines Wasservogels und den Glocken eines Klosters, die zur Mette riefen. Der Gedanke, daß sie all dies morgen nicht mehr hören würde, fiel ihr schwer: Sie merkte, daß sie an diesen einfachen Dingen hing. Wenn sich Lorenzo nicht als großherzig erwies und nicht wie ein wahrer Freund handelte, so würde sie morgen schon in irgendeinem Gasthaus am Wege übernachten und am Abend darauf an Bord der *Santa Maria del Fiore* sein, jenem Schiff, das sie einst mit ihrer Amme und Léonarde aus Frankreich fortgebracht hatte und das sie nun möglicherweise schon bald in unbekannte Gefilde trug, vor denen ihr ein wenig bange war – freilich nur, weil sie fürchtete, ohne das sichere Geleit ihres Vaters dorthin gehen zu müssen. Wenn Francesco ihr nachkam, wäre alles gleich sehr viel einfacher.

Da kam ihr jäh die Erinnerung an die Weissagung des Demetrios in den Sinn. Der Arzt hatte gesagt, daß sie unglücklich und weit weg von Florenz wäre, wenn über Simonetta der Tod käme, und das war für sie jetzt ganz und gar einsichtig. Sie würde möglicherweise für immer fortgehen, und auch ihr Vater wäre nicht mehr bei ihr, da sie ja aufgehört hätte, glücklich zu sein ...

»Ich werde nicht fortgehen!« entschied sie laut, »Léonarde kann sagen, was sie will: Ich bleibe bei meinem Vater, komme, was wolle! Das Unglück kann ohnehin nicht größer werden, als es schon ist ...«

Gestärkt ging sie ins Bett zurück, wo Khatoun in glücklicher Unschuld noch immer schlief, schloß die Augen ... und versank auf der Stelle in tiefen Schlaf.

Es war schon sehr spät, als sie erwachte, und sie schimpfte mit Khatoun, daß sie sie bis spät in den Morgen hinein hatte schlafen lassen.

»Dame Léonarde hat es so befohlen!« wandte die Kleine ein. Aber Fiora hörte nicht hin. Sie hatte sich in der Nacht geschworen, mit ihrem Vater zu reden, bevor er zum Palast der Medici ginge, und da sie hoffte, daß es noch nicht zu spät dafür war, stürzte sie aus dem Zimmer. Rinaldo, der ihr auf der Galerie entgegenkam und der mehrere Kleidungsstücke auf dem Arm trug, um sie zu reinigen, sagte ihr, daß Francesco bereits vor einer guten Stunde aus dem Hause gegangen war ... Und so machte sie sich auf die Suche nach Léonarde, doch diese war in der Küche, und Fiora hatte Verbot, dort hinunterzugehen, außer in Begleitung der Gouvernante, wenn diese sie in die Pflichten einer guten Hausfrau einwies und in die Geheimnisse, die in der Führung eines großen Haushalts lagen. Außerdem hatte sie sich in der Eile nur ein leichtes Hauskleid über ihr Nachthemd geworfen und war barfüßig.

In der Meinung, nichts weiter mehr tun zu können, ging sie wieder in ihr Zimmer hinauf und machte sich an ihre Toilette. Wenn sie erst einmal angekleidet wäre, könnte sie ihren Entschluß auch mit mehr Würde vortragen – nämlich unter allen Umständen so lange abzuwarten, bis Beltrami zurückkehren würde ... Fiora war traurig, daß sie nicht mit ihm hatte sprechen können, bevor er gegangen war; aber entschlossen, nicht eher aufzubrechen, als bis sie ihren Vater wiedergesehen hatte, glaubte sie, es sei noch nicht zu spät ...

Daß sie sich irrte und daß es in Wirklichkeit bereits viel zu spät war, merkte sie, als wenige Minuten später eine schreiende und wild gestikulierende Menschenmenge den leblosen Körper Francesco Beltramis in den Palast zurückbrachte. Während er im Gewühl des Mercato Nuovo ein paar Worte mit einem Kunden wechselte, hatte ihm eine unbekannte Meuchelhand einen Dolch in den Rücken gestoßen.

6. Kapitel

Requiem für einen edlen Menschen

Die Männer, die den Leichnam Francesco Beltramis trugen, legten ihn auf sein Bett, während die Diener nur mit Mühe die aufgebrachten Menschen zurückdrängen konnten, die den Leichnam begleitet hatten. Der Palast hallte von lauten Klagen und Todesdrohungen wider, die aufrichtig gemeint waren, da der reiche Kaufmann geachtet wegen seines Vermögens und beliebt wegen seiner Mildtätigkeit war. Léonarde, die immer kühles Blut bewahrte, dankte allen von der Treppe aus, ermunterte all die braven Leute zu beten und befahl schließlich, daß man ihnen guten Wein brächte, um ihnen in ihrem tiefen Schmerz neue Kraft zu geben. Auch ließ sie einige Geldstücke unter die Bettler verteilen, und als sich am Ende alle zurückzogen, lobten sie die Großzügigkeit der Damen im Hause Beltrami und beklagten den grausamen Verlust, von dem sie betroffen waren.

Danach ging die Gouvernante eilig zu Fiora hinauf, die, das Gesicht in die Samtdecke vergraben, am Bett ihres Vaters kniete und hoffnungslos schluchzte. Doch die junge Frau war nicht allein im Zimmer, und als Léonarde eintrat, erblickte sie einen großen hageren Mann in einem langen schwarzen Samtgewand mit weiten Ärmeln, dessen hoher Stehkragen mit einer kostbaren goldenen Agraffe geschlossen war. Eine passende Kappe bedeckte sein graues Haar, das in einen kurzen Bart überging. Voller Achtung vor ihrem Schmerz betrachtete er Fiora wortlos mit verschränkten Armen; als er aber das Geräusch vernahm, das Léonarde beim Eintreten verursachte, wandte er sich zu ihr um.

»Ich bin geblieben, weil ich ihr noch etwas zu sagen habe«, antwortete er auf die stumme Frage der alten Demoiselle in

französischer Sprache, was sie sehr überraschte. »Ich war dabei, als das Verbrechen verübt wurde ...«
»Und Ihr habt den Verbrecher nicht festgehalten?«
»Nein. Das Wichtigste war, festzustellen, ob Messer Beltrami wirklich bereits jenseits aller menschlichen Hilfe war. Ich bin Arzt, und diese junge Frau kennt mich«, fügte Demetrios hinzu und wies mit dem Kinn auf Fiora. »Der Mörder muß seinem Opfer gefolgt sein. Er hat offensichtlich einen heftigen Streit zwischen zwei Geflügelhändlerinnen und zwei Fischverkäuferinnen genutzt, der in eine Schlägerei ausartete und einen Auflauf verursachte. Ich habe nicht gesehen, wie er zustieß, aber ich habe bemerkt, wie plötzlich ein Messer im Rücken Eures Herrn steckte, der übrigens keinen Schrei von sich gegeben hat. Der Mörder ist in der Menge untergetaucht, möglicherweise, indem er durch die Beine der Leute und unter den Ständen hindurchgeschlüpft ist, von denen einige umgekippt waren. Aber ich werde ihn finden. Dank dieses Beweisstücks hier!«
Der Grieche zog ein großes, spitzes Messer mit scharfer Klinge und einem Heft aus poliertem Horn ohne irgendein besonderes Merkmal aus dem Ärmel, das Léonarde voller Abscheu betrachtete.
»Ich habe aus der Wunde diesen Dolch herausgezogen und bitte Euch um Erlaubnis, ihn behalten zu dürfen. Ich glaube nicht, daß sein Anblick Donna Fiora sonderlich angenehm ist ...«
»Das glaube ich auch nicht, aber warum wollt Ihr ihn behalten? Sicherlich wird der Gonfaloniere kommen. Müßte man ihm den Dolch nicht aushändigen?«
»Er wüßte damit gewiß nichts anzufangen, während ich den Dolch zum Sprechen bringen kann. Eine Mordwaffe kann mehr verraten, als Ihr glaubt.«
»Wenn das so ist, dann behaltet ihn! Wenn es Euch gelingt, den Schurken dingfest zu machen, werden Euch alle hier dankbar sein ...«

Ohne zu antworten, wickelte er das Messer wieder in sein Taschentuch und ließ es im Ärmel verschwinden. Dann ging er auf Fiora zu, die viel zu sehr in ihren Schmerz vertieft war, als daß sie ihn auch nur bemerkt hätte. Er beugte sich herab und faßte sie mit fester Hand bei der Schulter. Die junge Frau stand auf. Mit verquollenem Gesicht und blind vor Tränen wandte sie sich ihm zu:

»Was willst du von mir? ... Kann ich denn nicht einmal in Ruhe weinen?«

»Ich muß mit dir sprechen«, sagte Demetrios jetzt in Fioras Landessprache. »Du erinnerst dich! Ich habe dir gesagt, daß du mich rufen kannst, wenn du Hilfe brauchst ...«

»Ich entsinne mich. Du bist doch der Arzt aus Griechenland? Man sagt, daß du ein gelehrter Mann seist, aber auch du kannst meinen Vater nicht zum Leben erwecken, und alles andere interessiert mich nicht.«

»Gewiß, ich bin nicht Gott, aber ich habe mehr Macht, als du glaubst. Und ich komme, um dir zu sagen, daß du keine Zeit mehr hast, um noch weitere Tränen zu vergießen. Du mußt fliehen, und das so schnell wie möglich; denn dir droht Gefahr – und zwar von seiten einer gewissen Frau ...«

Fiora sah ihm ins Gesicht:

»Wenn du all das weißt, so mußt du doch auch diese Frau daran hindern können, mir zu schaden? Hat sie mir im übrigen denn nicht schon geschadet? Ich bin sicher, sie war es, die den Mörder gedungen hat ...«

»Ich kann den Gang der Dinge nicht aufhalten. Außerdem bin ich fremd in dieser Stadt; aber ich kenne ihre Wankelmütigkeit. Du könntest morgen schon ebenso viele Feinde haben, wie du heute Freunde zählst. Geh' also! Und sei es nur, um dir selbst Zeit zum Nachdenken zu geben.«

»Es war ausgemacht, daß wir gegen Mittag aufbrechen sollten«, merkte Léonarde an.

»Ich war fest entschlossen, nicht ohne meinen Vater abzureisen«, sagte Fiora und wischte sich unwillkürlich die Tränen

aus Augen und Gesicht. »Verzeiht, liebe Léonarde, daß ich meine Meinung geändert habe, aber ich war gerade auf der Suche nach Euch, um Euch davon zu unterrichten, als dann ... das hier geschah, und nun kann von Abreise keine Rede mehr für mich sein. Du sagst, daß diese Stadt sich gegen mich wenden könnte? Vielleicht tut sie das tatsächlich; aber sie täte es ganz gewiß, wenn ich fortginge und den Leichnam meines Vaters fremden Menschen überließe. Ich will ihm die letzte Ehre erweisen, wie es sich für eine liebende Tochter ziemt ... Und ich will ihn rächen!«
»Wie willst du Rache nehmen, wenn dir ein Unglück zustößt? Geh' fort von hier!«
»Nein. Ich will hierbleiben. Später, wenn mein Vater in Frieden ruht, werde ich von hier fortgehen ... doch die Gerechtigkeit, die ich ihm widerfahren lassen will, ist nicht das einzige, was mich hier zurückhält.«
Sie wurde vom Eintreten des alten Rinaldo unterbrochen. Er kam, um die Ankunft des Gonfaloniere zu melden, der einen Augenblick später ins Zimmer trat.
Cesare Petrucchi war ein kleiner, untersetzter Mann von etwa sechzig Jahren, der die scharlachrote Robe, die ihm sein Amt gebot, mit angestrengter Würde trug. Er stammte aus einer alten sienesischen Familie und hatte es dank seiner Hartnäckigkeit und seines gänzlichen Mangels an Güte geschafft, sich bis in die Signoria emporzuarbeiten, wo er – wie man sich erzählte – mit Furcht und Schrecken über die übrigen »Ratsherren« herrschte. Er hatte sie seit einer Ratsversammlung fest im Griff, auf der er in einer heiklen Frage keine Abstimmung erzielen konnte. Damals hatte er sich die Saalschlüssel bringen lassen, unter seinen Sitz gelegt und erklärt, daß keiner eher gehen dürfe, als bis in seinem Sinne abgestimmt worden sei. Er erklärte sich lediglich dazu bereit, seine Ratskollegen so lange mit Speis und Trank zu versorgen, bis sie einen ihm genehmen Entschluß gefaßt hätten ...
Fiora wußte, daß er ihren Vater nicht mochte. Er machte

ihm dessen allzu großes Vermögen zum Vorwurf, ohne daß er indes gewagt hätte, konkrete Anschuldigungen gegen ihn vorzubringen. Aber sie vermutete, daß er höchst erfreut gewesen wäre, hätte er ihm in irgendeiner beliebigen Angelegenheit einen Fehler nachweisen können. Und sie wußte auch, daß sie von ihm weder Mitleid noch irgendeine Form von echter Hilfe zu erwarten hatte und daß seinerseits Francesco Beltrami den Gonfaloniere der Gerechtigkeit ein wenig verachtete oder doch zumindest Argwohn gegen ihn hegte.

Als der Gonfaloniere eintrat, dem die Wachen in ihren grünen Kitteln – der Farbe der Signoria – vorangingen, grüßte ihn Fiora vorschriftsmäßig und wartete dann, daß er sprach. Petrucchi verneigte sich zunächst vor dem Leichnam und trat dann an das Kopfende des Bettes, um ihn näher zu betrachten.

»Hat man festgestellt, wer der Mörder ist?« fragte er in gewichtigem Ton.

»Nein, hochgebietender Herr«, antwortete Fiora. »Und alle in diesem Hause setzen ihre Hoffnung auf die Gerichtsbarkeit von Florenz, die in deiner Person vertreten ist!«

»Du kannst gewiß sein, daß wir uns um die von dir geforderte Gerechtigkeit bemühen werden. Dein ehrwürdiger Vater – Gott möge ihn behüten –, hatte er Feinde?«

»Welcher reiche Mann hat das nicht? Wir dachten freilich nicht, daß es jemanden geben könnte, der so feige ist, einen Mann hinterrücks zu ermorden, der sein ganzes Leben lang darum bemüht war, Gutes zu tun ...«

Die Stimme versagte ihr. Die protokollarische Schauspielerei, zu der sie gezwungen war, war ihr unerträglich, aber es war nicht möglich, sich ihr zu entziehen, da der »hochgebietende Herr« größten Wert auf die äußeren Formen im Zusammenhang mit seinem Amt legte. Zum Glück wandte sich Petrucchi, der nicht allzu schmerzerfüllt schien, Demetrios Lascaris zu, der die Hände in die Ärmel geschoben hatte

und ihn mit unbeweglicher Miene von oben herab musterte.
»Was machst du denn hier?« fragte der Magistratsherr scharf. »Gehörst du zur Familie? Oder bist du ein enger Freund?«
»Weder das eine noch das andere, wie du sehr wohl weißt, hochgebietender Herr«, antwortete der Arzt, und in seiner tiefen Stimme schwang ein sarkastischer Unterton mit. »Ich bin inmitten der aufgebrachten Menge hierhergekommen, deren Rufe du sogar hier noch vernehmen kannst.« Tatsächlich drang Lärm von der Straße herauf, was bewies, daß sich die Menschenmenge nach wie vor vor dem Palast Beltramis aufhielt. »Ich war gerade zufällig auf dem Mercato Nuovo, als Messer Beltrami ermordet wurde. Ich wollte ihm meine Hilfe anbieten, aber das war leider nicht mehr notwendig; er starb auf der Stelle. Und dann ...«
»Vielleicht wäre es gut, wenn wir dich als Zeugen vernähmen?« fiel ihm Petrucchi ins Wort. »Du bist ein wertvoller Zeuge ...«
»Aber einer, der dir auch nicht mehr sagen kann, als alle anderen, die dabei waren. Und dann dachte ich mir, daß Monseigneur Lorenzo vielleicht froh über meine Gegenwart hier wäre. Ich möchte der Tochter eines Freundes mit ein wenig Trost beistehen. Sie ist durch ein scheußliches Verbrechen zur Waise geworden, und ihr Schmerz gebietet Achtung. Was Donna Fiora in dieser Stunde braucht, sind nicht so sehr Magistratsherren als Freunde.«
Petrucchi wurde über diese doppelte Zurechtweisung, was Schicklichkeit und was die Macht des Medici betraf, rot wie die Robe, die er trug. Er murmelte einige unverständliche Kondolenzworte und zog sich dann mit äußerst würdevoller Miene zurück. Sein gravitätischer Schritt, in den er die ganze Feierlichkeit des Gesetzes legte, verhallte in der Galerie. Dann wandte sich Fiora, die allein sein wollte, zu Lascaris:
»Danke!« sagte sie mit fester Stimme. »Ich weiß zwar nicht,

weshalb du dich so sehr für mich interessierst, aber dennoch bin ich dir dankbar ..., auch für das, was du diesem eingebildeten Menschen gesagt hast.«

»Willst du meinem Rat denn noch immer nicht folgen?«

»Ich kann nicht, und ich will auch nicht. Mag aus mir werden, was immer Gott will ...«

»Ich weiß seit langem, daß man nicht gegen sein Schicksal angehen kann und daß es noch schwieriger ist, einen Mann vor dem Abgrund zu bewahren, hat er sich einmal dafür entschieden. Aber was Frauen betrifft ... Doch denke daran, was ich dir gesagt habe: Rufe mich, wenn du nicht mehr ein noch aus weißt.«

Er grüßte und verschwand wie ein Schatten. Verwirrt blieb Fiora zurück. Sie wußte wahrhaftig nicht, was sie denken sollte. Dieser Mann schien über die Gabe zu verfügen, in der Zukunft zu lesen, ohne daß er freilich Genaueres erkennen konnte. Außerdem verstand die junge Frau nicht recht, weshalb er ein derartiges Interesse an ihr nahm, wo sie doch nur eine junge Florentinerin unter vielen anderen war. Und schließlich wollte es ihr nicht so recht gelingen, ganz und gar Vertrauen zu diesem eigenartigen Menschen zu fassen, noch im übrigen aufrichtige Sympathie für ihn zu empfinden. Irgend etwas in Demetrios zog sie an und stieß sie gleichzeitig ab. Aber was?

Léonarde, die hinausgegangen war, um einige Anweisungen zu geben, fand Fiora, als sie zurückkam, allein im Zimmer, voller Schmerz im Anblick des ausgestreckten, leblosen Körpers, der auf dem purpurnen Bett so eigentümlich blaß wirkte. Ein Leichnam, der noch zwei Stunden zuvor ein Mensch voller Intelligenz und Leben gewesen war, ein Mann, der für das Glück derjenigen, die er zu seiner Tochter erwählt hatte, kämpfte ... Léonarde faßte sie zart beim Arm.

»Kommt, mein Kind, Ihr müßt mich mit den Dienern Euren Vater herrichten lassen. Und auch Ihr selbst solltet Euch zurechtmachen, denn der Tag wird, ebenso wie der morgige und der Tag danach, lang und schwer sein. Ich habe in Eurem Zimmer alles gerichtet, was Ihr braucht, und Khatoun wartet auf Euch ... Aber ruht Euch auch ein wenig aus! Ihr werdet es brauchen.«

Eine Stunde später wartete Fiora, bis zum Kinn in ein mattschwarzes Trauergewand gehüllt und einen Schleier über ihrem streng geflochtenen Haar, in dem mit schwarzen Tüchern ausgelegten Zimmer neben der sterblichen Hülle ihres Vaters auf den angekündigten Besuch des Herrschers von Florenz.

Entsprechend dem Brauch in der Republik, der da wollte, daß alle Bürger im Tode gleich waren, war der Leichnam Francesco Beltramis in ein einfaches weißes, mit Taft gefüttertes Siebtuch gehüllt und sein Kopf mit einer schmucklosen Kappe bedeckt. Sonst trug er nichts – keinerlei Schmuck, nicht das geringste Zeichen von Reichtum. Man hatte ihn auf den üblichen Strohsack gebettet, diesen dann allerdings auf das große purpurne Bett gelegt[1)], das in dem trauergeschmückten Zimmer wie ein riesenhafter Blutfleck aufleuchtete, vor dem sich die Blässe des Verstorbenen wie ein Lichtreflex abhob. Nur zwei mächtige Kerzen brannten zu beiden Seiten des Bettes, das nun unversehens zum Katafalk geworden war. Sie würden so lange brennen, bis die Beerdigung stattfinden und der Leichnam, in ein weißes Laken gehüllt, zu seiner Grabstätte getragen würde. Als Ausnahme vom Gesetz, dem zufolge die letzte Ruhestätte für alle das öffentliche Beinhaus war, würde Beltrami – der mächtigste Mann in der Zunft der Calimala – in der Kirche Orsanmichele begraben werden.

Fiora hatte aufgehört zu weinen. Das Feuer, das in ihr brannte, hatte ihre Tränen aufgezehrt. Als der Prächtige in

---

1) Sterbende wurden in der Regel außerhalb des Bettes auf einen Strohsack gelegt als Zeichen der Demut (Anm. d. Übers.).

Begleitung seiner Freunde Poliziano und Ridolfi eintrat, warf sich ihm die junge Frau zu Füßen:

»Gerechtigkeit, Seigneur Lorenzo! Gerechtigkeit für meinen Vater, der mitten in deiner Stadt ermordet wurde! Ich als seine Tochter werde nicht Rast noch Ruhe finden, bis der Mörder unter deiner erhabenen Hand fällt!«

Der Prächtige beugte sich herab und ergriff die Hände, die sich ihm flehentlich entgegenstreckten.

»Ich, Lorenzo, werde nicht Rast noch Ruhe finden, bis der Verbrecher am Balkon der Signoria an den Füßen aufgehängt wird! Erhebe dich, Fiora! Dein Vater war einer der Besten in unserer Stadt und außerdem mein Freund. Ich verspreche dir, ihn zu rächen ...«

Fiora noch immer bei der Hand haltend, schritt er auf den Leichnam zu und betrachtete ihn einen Augenblick. Im Kerzenlicht trat das klare Profil Francescos stärker hervor, und es schien, als hätte er im Tod sein jugendliches Aussehen zurückgewonnen.

»›Wer glücklich sein will, der beeile sich‹«, murmelte er, »›denn fraglich ist's am nächsten Tag!‹ Francesco besaß alles, was einen Mann glücklich macht, und doch fand sich eine feige, verbrecherische Hand, die ihn hinterrücks ermordete – ihn, der nie einem anderen Böses zugefügt hatte. Wer kann das sein?«

»Du hast es selbst gerade gesagt, Seigneur: ein Feigling, der zweifellos nicht in eigenem Auftrag gehandelt hat.«

»Was soll das heißen?«

»Daß man eine Mörderhand auch dingen kann, wenn man es nicht selbst zu tun wagt. An zwielichtigen Gestalten hat es, wie man sagt, in den unteren Stadtvierteln keinen Mangel, und alles, selbst ein Menschenleben, ist käuflich. Es hängt nur vom Preis ab, den man bereit ist, dafür zu zahlen ...«

Lorenzo sah Fiora mit so gespannter Aufmerksamkeit an, daß sich seine kurzsichtigen Augen zu Schlitzen verengten:

»Denkst du an jemand Bestimmten? Du weißt, daß eine Beschuldigung ohne Beweise eine ernste Angelegenheit ist, die nach dem Gesetz bestraft werden kann.«
»Deshalb werde ich auch niemanden beschuldigen, solange ich keine Gewißheit habe. Dann aber ...«
»Dann bin ich es, der dafür zuständig ist«, sagte Lorenzo streng und setzte dann milder hinzu: »Du bist jetzt allein, Fiora, und du bist zu jung, um einsam zu sein. Dein Vater wünschte dich zwar noch nicht zu verheiraten, aber jetzt brauchst du einen Gefährten. Um so mehr, als du nicht nur ein großes Vermögen erbst, sondern damit auch schwierige geschäftliche Aufgaben. Die Tuchveredelung allein war Francesco nicht genug. Er fügte ihr ein Bankhaus hinzu und Schiffe, von denen zwei im Hafen von Venedig liegen – ohne die *Santa Maria del Fiore* mitzuzählen, die für seinen persönlichen Gebrauch bestimmt war und die in dem kleinen Hafen von Livorno ankert, den er, wie ich weiß, zu einem großen Handelshafen machen wollte –; dazu eine Alaunmine in Volterra sowie Kontore in Paris, London und Brügge ... und vielleicht noch andere Dinge mehr, von denen ich nichts weiß. Es ist notwendig, daß an der Spitze all dessen ein Mann steht ... Und ich weiß, daß mein junger Vetter Luca Tornabuoni aufs höchste von dir eingenommen ist. Willst du ... später, wenn dein Schmerz nicht mehr ganz so groß ist, daran denken?«
»Später ... vielleicht. Im Augenblick habe ich nicht den Wunsch zu heiraten.«
Sie war erstaunt, mit welch fester Stimme sie diese Lüge hervorbrachte. Noch nicht einmal rot war sie geworden, als sie dem Prächtigen die Hoffnung auf eine Ehe mit dessen Vetter ließ, die es niemals geben würde; andererseits war sie ein wenig erschreckt darüber, mit welcher Eile Lorenzo die Werbung Lucas vorantrieb. Die Trauer war eine Sache für ihn, und die Geschäfte waren eine andere, und er hegte offensichtlich den Wunsch, das kleine Reich Beltramis den oh-

nehin schon unermeßlich reichen Besitztümern seiner Familie hinzuzufügen.
Nachdem er sich nochmals vor der sterblichen Hülle seines Freundes verneigt hatte, grüßte Lorenzo Fiora zum Abschied und wandte sich zur Tür. Da plötzlich besann er sich: »Hast du als das einzige Kind Francescos irgendeinen Anlaß, um dein eigenes Leben zu fürchten?«
»Bis heute morgen nicht«, erwiderte die junge Frau. »Jetzt aber bin ich mir nicht mehr sicher.«
»Es wird gut sein, Sicherheitsvorkehrungen zu treffen. Ich werde dir Savaglio zusammen mit einigen Wachposten schicken.«
»Ich danke dir, aber wird das etwas nützen? Du kannst dieses Haus nicht bis in alle Ewigkeit bewachen lassen. Und ich bin von treuen Dienern umgeben. Wenigstens glaube ich das ...«
»Jedenfalls mag die Anwesenheit von bewaffneten Männern dazu beitragen, eventuelle Versuche gar nicht erst zuzulassen, und wir müssen uns Zeit geben, um den Mörder zu finden. Verlasse so lange nicht das Haus, bis übermorgen die Beisetzung stattgefunden hat. Selbstverständlich werden wir alle anwesend sein.«
»Ich danke dir von ganzem Herzen. Dein Schutz und deine Freundschaft sind mir wertvoll, Seigneur Lorenzo ...«
»Aber sie vermögen dich gegebenenfalls nicht zu beschützen, wenn du dich nicht sehr bald schon für einen Ehemann entscheidest.«
Mehr sprach er nicht, aber Fiora wußte, wie hartnäckig er war. Eines Tages würde sie ihm doch die Wahrheit sagen müssen. Andererseits hatte er recht. Ein Mann war nötig, der den Geschäften Beltramis vorstand, und Fiora bedauerte, daß sie so gar nichts davon verstand. Wäre sie ein Junge gewesen, so hätte ihr Vater seit zwei oder drei Jahren bereits damit begonnen, ihn in seine Tätigkeit einzuführen, damit er später einmal seine Nachfolge antreten könnte; doch sie,

die so gelehrt auf anderen Gebieten war, wußte über die schwierigen Geschäftsabläufe nur wenig. Der grausame, vorzeitige Tod ihres Vaters ließ sie hilflos zurück.
»Seigneur Lorenzo ist weise und will nur Euer Glück«, sagte hinter ihr Léonarde mit ruhiger Stimme.
»Vorausgesetzt, daß sich dieses Glück mit den Interessen seiner Familie in Einklang bringen läßt. Mit anderen Worten, daß ich Luca heirate ...«
»Was im Augenblick nicht möglich ist, aber vielleicht läßt sich doch noch eine Lösung finden. Warum bittet Ihr Seigneur Lorenzo nicht, irgendeinen klugen Mann, der absolut vertrauenswürdig ist, die Leitung Eurer Geschäfte übernehmen zu lassen? Er wäre sicherlich darüber geschmeichelt, und Ihr hättet die Möglichkeit, Euch seinem Heiratsplan bis auf weiteres zu entziehen. Bevor nicht einige Monate vergangen sind, gestattet es Euch Eure Trauer ohnehin nicht, Hochzeitskerzen anzuzünden.«
»Das ist ein kluger Rat. Sobald mein Vater ... dieses Haus für immer verlassen hat, werde ich mit Lorenzo de Medici darüber sprechen.«
Die Totenrufer liefen durch die Stadt und kündeten an allen Straßenecken vom Ableben Francesco Beltramis, während die Bediensteten der Bestattungsunternehmen unter den armen Einwohnern aus den unteren Stadtvierteln Klageweiber und -männer aussuchten. Man würde ihnen weite schwarze Gewänder mit Kapuzen überziehen, die so geschnitten waren, daß man sie später zu ordentlicher Kleidung verarbeiten konnte. Die Aussegnung sollte von keinerlei Pomp begleitet sein, da es nicht schicklich war, eine Totenfeier mit der gleichen Pracht zu begehen wie ein beliebiges Fest. Der Glanz der Zeremonie lag vor allem in der Anwesenheit hochgestellter Persönlichkeiten, und bei dem traditionellen Leichenschmaus würden nicht mehr als zwei Gänge serviert werden.
Im Trauerhaus trafen Freunde oder einfach nur Neugierige

ein, da die Nachricht vom tragischen Tod des Kaufmanns sich verbreitet hatte, noch bevor die Totenrufer sie verkündeten. In Windeseile war sie durch die Stadt gegangen, und die Leute drängten sich in den Straßen, um von dem Toten Abschied zu nehmen oder auch einfach nur, um – wie im Falle derer, die niemals die Gelegenheit hatten, den Palast Beltramis zu betreten – ihre Lust an dessen Pracht zu befriedigen. Zu Fioras Glück traf Hauptmann Savaglio, den Lorenzo zur Bewachung des Gebäudes abkommandiert hatte, unter den Leuten eine strenge Auswahl, und dabei ging er keineswegs immer ganz sanft vor.

»Wenn ich nicht für Ordnung sorgen würde«, antwortete er Léonarde, die ihn darauf angesprochen hatte, »dann würden alle Dirnen und Raufbolde der Stadt bei Euch erscheinen. Sie ziehen sich ein ordentliches Kleid aus dem Leihhaus über und machen dann scheinheilig ihre Aufwartung, ist doch die Gelegenheit nur allzu günstig, einmal ein prachtvolles Haus von innen zu sehen. Pech für sie, daß ich sie fast alle kenne!«

Unmittelbar nach dem Prächtigen kam Luca Tornabuoni. Fiora, die mit großen Liebesbeteuerungen oder gar mit einem Heiratsantrag rechnete, war auf der Hut, doch der junge Mann verneigte sich nur tief, nachdem er zuvor dem Verstorbenen die Ehre erwiesen hatte, und sagte lediglich:

»Ruft nach mir, wenn Ihr die Dienste eines treuen Freundes braucht, der unendlich glücklich wäre, Euren Kummer ein wenig zu lindern.«

Fiora reichte ihm dankbar die Hand.

»Danke, Luca! Ich werde daran denken ...«

Zu ihrer großen Überraschung kamen bald auch Simonetta und Marco Vespucci in Begleitung ihres Vetters Amerigo. Hell und strahlend wie immer, trotz des dunklen Kleides, das sie aus Respekt angelegt hatte, kam der »Stern von Genua« auf Fiora zu und umarmte sie mit einer Freundlichkeit und Anteilnahme, die die junge Frau rührten.

»Ihr werdet Euch sehr einsam vorkommen in diesem großen Palast«, sagte sie zu ihr. »Warum kommt Ihr nicht einige Zeit zu mir und lebt bei mir? Wir haben uns nie viel miteinander unterhalten, aber ich würde mich freuen, wenn Ihr mich als eine ältere Schwester oder doch wenigstens als eine aufrichtige Freundin betrachtetet.«
Fiora erwiderte ihren Kuß aufrichtig, ja ein wenig beschämt. Wie sehr hatte sie diese wundervolle junge Frau, in der sie unbedingt eine Rivalin sehen wollte, zwei Monate zuvor noch gehaßt! ... oder vielmehr zwei Jahrhunderte zuvor! Auch wenn sie verschmäht worden war, so hinderte doch die Ehefrau Philippe de Selongeys wahrhaftig nichts mehr daran, die Freundin Simonettas zu werden. Und ein großer Kummer überkam sie bei dem Gedanken an die Weissagung des Griechen, und sie wünschte von ganzem Herzen, daß er sich irren möge ...
Marco Vespucci bekräftigte die Einladung seiner Frau, doch dann löste Vetter Amerigo, der immer auf halbem Wege zu den Sternen war, leichte Verwirrung aus, indem er Fiora den Rücken zuwandte und Léonarde ehrerbietig die Hand küßte, die daraufhin kaum ein Lächeln unterdrücken konnte. Simonetta blickte betreten zur Decke und rettete die Situation, indem sie den zerstreuten Vetter schnell aus dem Sterbezimmer geleitete.
Chiara, die ihr Onkel schon am frühen Morgen zu seinem Weingut nach San Gervasio mitgenommen hatte, trat ungestüm herein, begleitet von der dicken Colomba und einem Diener, der den Kleiderkoffer trug.
»Ich weiche nicht mehr von deiner Seite!« erklärte sie, als sie Fiora umarmte. »Ich richte mich so lange bei dir ein, bis du genug von mir hast. Und versuche nicht, mich davon abzubringen. Etwas sagt mir, daß du schon sehr bald Hilfe brauchst.«
Ohne eine Antwort abzuwarten, kniete sie vor dem Bett nieder, barg ihr Gesicht in den Händen und vertiefte sich in ein

Gebet. Gerührt von so viel spontaner Zärtlichkeit, betrachtete Fiora die Betende einen Augenblick und wandte sich dann trotz ihrer wachsenden Müdigkeit wieder ihren mühevollen Pflichten zu, die darin bestanden, all diejenigen, die vorstellig wurden, zu empfangen. Und doch wußte sie, daß ihr das Schlimmste noch bevorstand: So würde sie gleich – wenn nicht ein Wunder geschehe – die verhaßte Hieronyma zu begrüßen haben, die – davon war sie überzeugt – ihren Vater hatte ermorden lassen ... Ihre einzige Hoffnung war, daß die Dame es inmitten all der Trauer nicht wagen würde, ihr skandalöses Heiratsangebot vom Vorabend zu erneuern. Aber das hieß, sie schlecht zu kennen ...

Sie kam gegen Abend, als der Palast widerhallte von lautem Wehklagen und Schluchzen. Fiora verließ gerade das Zimmer, in dem seit einer guten Stunde der Maler Sandro Botticelli in einer Ecke saß und schweigend mit tränenverschleiertem Blick das letzte Konterfei von dem Mann anfertigte, der seit jeher von seinem Genie überzeugt gewesen war. Sie ging in die Galerie, um dort auf das Eintreffen ihrer Feindin zu warten, denn sie wollte ihr den Zutritt zu dem Zimmer verwehren, in dem ihr Vater ruhte.

Der Anblick Hieronymas, die gleich einer Matrone im alten Rom in Trauergewändern und mit tränenüberströmtem Gesicht daherkam, drehte ihr das Herz um. Sie wollte losschreien und den Befehl geben, daß man dieses Monster an Heuchelei hinauswerfe, aber Chiara hielt sie zurück:

»Selbst wenn du recht hast mit dem, was du glaubst, mußt du sie jetzt empfangen.«

»Ich will nicht, daß sie zu meinem Vater geht!«

»Du kannst sie daran nicht hindern. Sie gehört zur Familie. Du darfst dich keinerlei Kritik aussetzen.«

Fiora schluckte ihre Wut hinunter und neigte schweigend ihren Kopf zum Gruß, bevor sie dann selbst vor der Besucherin die Türe zum Sterbezimmer öffnete, in das diese mit einem Aufschrei hineinstürzte:

»Wo bist du, Francesco! Mein Vetter ..., mein Bruder! Niemals wirst du wissen, wie sehr ich dich geliebt habe und wie sehr ...«
»Ich glaube im Gegenteil, daß mein Vater da, wo er jetzt ist, sehr wohl weiß, was er von den Gefühlen eines jeden zu halten hat!« bemerkte Fiora trocken, außerstande, noch länger an sich zu halten. »Ich bitte dich, mäßige dich etwas in deinem Schmerz, Cousine! Mein Vater mochte es nicht, wenn man seine Gefühle allzusehr zur Schau trug.«
»Davon verstehst du nichts! Wir echten Florentiner lassen unserer Freude und unserem Schmerz gern freien Lauf. Aber um das begreifen zu können, muß man von unserem Blute sein ...«
Sie kniete am Kopfende des Bettes und nahm somit Botticelli die Sicht. Seufzend hielt der Maler inne – und eine gute Viertelstunde noch mußte er auf diese Weise verharren. Das Gebet Hieronymas, das von Beschwörungen an die Seele Francescos begleitet war, wollte kein Ende nehmen und war für Fiora, die auf der anderen Seite des Bettes stand und ihre Cousine betrachtete, höchst provozierend. Schließlich beugte sich Hieronyma herab, drückte einen Kuß auf die erkaltete Stirn und rief leidenschaftlich:
»Ruhe in Frieden, Francesco! Ich werde deine Aufgabe übernehmen! Von nun an werde ich über all das wachen, was dir lieb war, das schwöre ich dir!«
Schwerfällig, da ihr die Trauerschleier hinderlich waren, erhob sie sich. Mit eisigem Blick verfolgte Fiora jede ihrer Bewegungen:
»Dieser Schwur ist nicht nötig, Cousine! Keiner hier bittet dich um irgend etwas, am allerwenigsten mein Vater!«
»Ich bin die Älteste in der Familie. Von nun an bin ich das Oberhaupt, und ich werde das auch zu beweisen wissen. Dennoch bin ich bereit, dir, was die Zukunft betrifft, die Wahl zu lassen. Ist es dir lieber, wenn du unter meinem Dach lebst oder wenn wir, ich und meine Familie, hier einziehen?«

Die Dreistigkeit Hieronymas verschlug Fiora fast die Sprache, als sie aber den Haß und die Habgier sah, die in den dunklen Augen der Frau aufblitzten, war sie gewarnt.
»Weder das eine noch das andere! Wie kannst du es wagen, über etwas zu verfügen, das dir nicht gehört, und noch dazu über mich selbst?«
»Was mir jetzt noch nicht gehört, wird schon bald mein sein. Und was dich betrifft, so ist es an der Zeit, daß du deine Prinzessinnenallüren ablegst. Bald wirst du nur noch die ergebene Ehefrau meines Sohnes Pietro sein ..., wie wir, mein Vetter und ich, es beschlossen hatten!«
»Wie kannst du es wagen, da er noch immer zugegen ist und uns hört, solche Lügen zu verbreiten? Glaubst du, ich wüßte nicht, was sich gestern hier im Orgelsaal abgespielt hat? Mein Vater hat voller Verachtung eine Heirat abgelehnt, die ihn beleidigte ...«
»... und die er dennoch nicht verhindern konnte. Er war zu klug, um das nicht zu begreifen. Sobald die Trauerzeit vorüber ist, werden wir Hochzeit feiern.«
»Niemals! Du wirst mich nicht dazu zwingen können! Ich werde mich an Monseigneur Lorenzo wenden!«
Da begann Hieronyma zu lachen:
»Auch dein Herr wird daran nichts ändern können. So bedeutungsvoll er sich auch gibt, wir befinden uns noch immer in einer Republik. Er wird sich wohl oder übel dem Willen des Volkes beugen müssen! Du wirst schon sehen, du wirst schon sehen ...« Und sie lachte noch lauter.
Botticelli ließ daraufhin Zeichenpapier und Kohle fahren und stürzte bleich vor Wut auf sie zu, um sie nach draußen zu zerren.
»Bist du von Sinnen?« fuhr der Maler sie an. »Du wagst es, im Zimmer eines Toten zu lachen und Drohungen auszustoßen? Das bringt kein Glück, Donna Hieronyma, und mehr noch als das solltest du den Zorn Gottes fürchten!«
»Laß mich los, elender Schmierfink! Dir steht es gerade

recht an, die rächenden Blitze des Himmels herabzurufen, du, der du wie alle deinesgleichen in Ausschweifung und Laster lebst!«

»Das ist zweifellos der Grund, weshalb uns Kirchen und Klöster immer neue Aufträge erteilen. Geh', ohne noch mehr Lärm zu verbreiten, Donna Hieronyma! Hier gibt es niemanden, den du überzeugen müßtest, und du störst den Frieden eines Toten!«

Wütend machte sich Hieronyma von dem Maler los, brachte ihre Toilette in Ordnung und ging mit einem drohenden Blick zur Tür hinaus, die Léonarde ihr weit aufhielt.

»Bald werde ich wiederkommen, und dann werde ich noch viel lauter als heute lachen, und zwar hier und ohne daß mich irgend jemand daran hindern kann! Du wirst mich wiedersehen, Fiora! Und das schon sehr bald!«

»Das ist nun schon das zweite Mal, daß sie so droht«, bemerkte Chiara, die die Szene wortlos verfolgt hatte. »Woher nimmt sie bloß das Recht dazu?«

Fiora antwortete nicht gleich, da sie noch immer zögerte, einer Fremden das Drama ihrer Herkunft anzuvertrauen, und forschend blickte sie in das liebenswerte Gesicht Chiaras. War sie wirklich so sehr ihre Freundin, daß sie darüber hinwegsehen konnte, oder würde sie sich voller Abscheu von ihr abwenden?

Und plötzlich stand ihr Entschluß fest. Es kam auf einen Versuch an. Bestünde ihn die Tochter der adeligen Albizzi nicht, so wäre Fiora letztlich nur noch etwas verlassener in dem Verhängnis, dem ihr Leben Tag für Tag ein Stück mehr entgegensteuerte:

»Komm'!« sagte sie. »Du wirst es gleich erfahren ...«

Sie zündete eine Wachskerze an und nahm den Schlüssel zum *Studiolo* aus der Truhe, in der ihr Vater ihn gewöhnlich aufbewahrte; nach einem letzten Blick auf die sterbliche Hülle einer starken und großzügigen Seele, geleitete Fiora ihre Freundin auf die Galerie hinaus. Nur matt war ihr Weg

von den Fackeln beleuchtet, die im Innenhof in eisernen Haltern brannten.
Geräuschlos öffnete sich die Tür, hinter der die kostbar schimmernden Einlegearbeiten zum Vorschein kamen. Fiora ließ Chiara eintreten, schloß sorgfältig die Tür und ging dann auf das Porträt zu. Sie zog das Samttuch ab und beleuchtete das helle Gesicht, das plötzlich zum Leben erweckt schien.
»Aber das bist ja du!...« sagte Chiara, »und doch bist du es nicht wirklich ... Das liegt vielleicht an dem blonden Haar ...«
»Ich habe Modell gesessen, ohne daß ich übrigens irgend etwas geahnt hätte, denn das Porträt ist das meiner Mutter, Marie de Brévailles.«
»Ich dachte, du kenntest nicht einmal ihren Namen.«
»Das stimmte auch. Ich habe ihn erst vor ganz kurzer Zeit erfahren. Und wenn du willst, so werde ich dir jetzt ihre Geschichte erzählen. Deshalb habe ich dich auch hierhergeführt ... Willst du?«
Statt einer Antwort setzte sich Chiara auf einen der Sessel, legte die Hände ineinander und wartete, während Fiora nach und nach alle Kerzen in dem großen Leuchter anzündete.
»Warum machst du so viel Licht?« fragte Chiara.
»Weil sich ein blutiger Abgrund vor dir auftun wird. Die Schatten werden dadurch auch für mich nicht ganz so groß sein. Bedenke, daß mein Vater mir erst gestern alles erzählt hat! Gestern erst ... und doch scheint mir jetzt, als hätte ich es immer gewußt ...«
»Willst du wirklich alles erzählen? Noch kannst du schweigen, wenn dir das lieber ist.«
»Nein. Ich will es dir sagen, aber ich werde mich nicht zu dir setzen. Ich werde dort bei dem Fenster sitzen, damit du mich nicht sehen kannst. Danach ... wenn ich dir alles erzählt habe, kannst du, ohne dich umzudrehen, das Zimmer

und dieses Haus verlassen, wenn du es für richtig hältst!«
»Aber ...«
»Sage nichts! Solange du die Geschichte nicht kennst, kannst du nicht wissen, wie du darüber denkst, und ich will dir freie Wahl lassen. Ich sage damit nur, daß ich dir nicht böse bin, wenn du gehst!«
Langsam trat Fiora aus dem Lichtschein heraus. Ihr schwarzes Kleid verschmolz mit den Schatten im Zimmer. Aufgeregt preßte Chiara die Hände gegeneinander und schloß die Augen – ohne daß sie sich der Angst, die sie empfand, erwehren konnte. Die warme, ruhige Stimme Fioras drang zu ihr herüber, als käme sie aus uralten Zeiten.
»Ein jeder hier glaubt, daß ich heimlich in den feinen Leinentüchern eines französischen Schlosses zur Welt gebracht wurde. Nichts ist der Wahrheit ferner. Ich habe das Licht der Welt in Dijon erblickt, im Stroh des Kerkers, in dem meine Mutter auf ihren Tod wartete ... Und ich bin auch nicht die Tochter Francesco Beltramis.«
Das überraschte »Oh!« ihrer Freundin bemerkte Fiora gar nicht. Sie gab die Schilderung ihres Vaters wieder, ohne auch nur die geringste Einzelheit auszulassen; ihre junge, mal gedämpfte, mal bebende Stimme verlieh der Tragödie Jean und Marie de Brévailles' Farben von seltener Intensität. Chiara hatte die Augen auf das Porträt geheftet und wagte kaum zu atmen, so gebannt war sie von der Stimme, die aus dem Dunkel zu ihr herüberdrang und die die Glut einer unwiderstehlichen Leidenschaft vor ihren Augen aufleuchten ließ. Und die Stimme erzählte von der Flucht in das gemeinsame Leben, das es nicht gab, von der Jagd, die man auf die beiden jungen Menschen machte, und schließlich von dem Todesurteil, der Hinrichtung, gegen die sich die plötzliche und alles umfassende, vollkommene Liebe eines Durchreisenden aufgebäumt hatte. Die junge Florentinerin glaubte, eine jener phantastischen Erzählungen zu hören, wie sie an den Straßenecken von Bänkelsängern vorgetragen wurden – doch

dieses Märchen hier klang wie die Wahrheit selbst. Als die Stimme Fioras verklang, hielt der Zauber noch eine Weile an. Dann folgte ein Schweigen, das so tief war, daß es der Erzählerin unerträglich wurde. Das Urteil, das sie erwartete und vor dem sie jetzt Angst hatte, schnürte ihr den Hals zu. Doch Chiara reagierte nicht. Ihr Gesicht war wie versteinert, und sie starrte mit weiten Augen ins Nichts. Sie sagte kein Wort.

Dann erhob sie sich plötzlich, und Fiora blieb fast das Herz stehen ... Aber statt zur Tür hinaus ging Chiara geradewegs auf ihre Freundin zu.

»Warum dachtest du, ich würde dir den Rücken kehren?«

»Das ist doch verständlich, oder?«

»Nicht für mich. Doch beantworte mir zunächst eine Frage: Was empfindest du, wenn du an deine Eltern denkst? Scham?«

»Nein ... o nein! Großes Mitleid, in das sich auch Zärtlichkeit mischt. Ich bin fast so alt wie meine Mutter, als sie sterben mußte. Und ich habe das Gefühl, als stünden mir meine Eltern so nah wie ein Bruder und eine Schwester. Voller Zorn denke ich an die, die sie aufs Schafott gebracht haben, an diesen abscheulichen Ehemann oder den Vater, der seine Tochter einem solchen Mann nicht nur ausgeliefert hat, sondern es auch nicht wagte, gegen eine öffentliche Hinrichtung anzukämpfen, die letztlich auch für ihn selbst entehrend war; und nicht zuletzt auch an die gnadenlosen Fürsten, allen voran Herzog Karl, dem Jean de Brévailles so treu gedient hatte und den er ebenso liebte wie ...«

Sie biß sich auf die Lippen. Sie wollte sagen: »wie Philippe ihn liebt ...«, aber sie mochte nicht von diesem Mann sprechen, der sie durch eine lügnerische Ehe an sich gebunden hatte, und so fuhr sie hastig fort:

»Für all diese empfinde ich nur Haß und den Wunsch, mich an ihnen zu rächen ...«

»Rächen? Wie willst du dich an ihnen rächen? Herzog Philippe ist tot, und du weißt nicht, ob Seigneur du Hamel und dein Großvater noch am Leben sind.«

»Nenne ihn nicht so! Es gibt keinerlei Veranlassung dafür. Solange ich lebe, wird Francesco Beltrami mein Vater bleiben, der einzige, den ich gekannt habe und den ich lieben durfte. Doch ich glaube, daß ich eines Tages – vielleicht schon bald – nach Burgund fahren werde, um dort meine Rechnungen zu begleichen. Wenn nicht Gott bereits über ihr Leben verfügt hat. Außerdem gibt es noch immer einen Schuldigen: Herzog Karl!«

»Bist du von Sinnen? Du willst einem Fürsten die Schuld geben, von dem man sagt, daß er mächtiger ist als alle? Liegt dir denn soviel daran, wie deine Mutter zu sterben?«

»Wie dem auch sei, so weit sind wir noch nicht. Zunächst muß ich mich an dem Schurken ... oder an der Schurkin rächen, die meinen Vater ermorden ließ. Sein Blut schreit am lautesten nach Rache! Die anderen kommen dran, wenn sie an der Reihe sind.«

Chiara fröstelte, als habe sich plötzlich Todeskälte in das elegante und behagliche Zimmer eingeschlichen.

»Dein Kummer verwirrt dich, Fiora! Überlaß die Gerechtigkeit denen, deren Aufgabe sie ist! Lorenzo von Medici hat nicht die geringste Neigung, den Mörder Messer Beltramis ungestraft herumlaufen zu lassen, und ihm kannst du vertrauen. Was diese unglückselige Geschichte betrifft, die dein Vater siebzehn Jahre lang in seinem Herzen verschlossen gehalten hat, so wäre es besser, du würdest sowenig wie möglich daran denken. Wenn er noch lebte ...«

»Aber bedenke doch, was du da sagst! Hast du Hieronyma vergessen? Glaubst du, daß sie, die schon über diese Waffe gegen mich verfügt, sich ihrer nicht auch bedienen will? Ich habe soeben die Ehe mit ihrem Sohn abgelehnt – wie es auch mein Vater getan hatte, und du hast gehört, was sie geantwortet hat.«

»Das stimmt. Ich hatte es vergessen. Dann bleibt also nur

eine Lösung – die, die auch dein Vater angestrebt hat: Lorenzo alles zu sagen! Er wird dir helfen, wenn ich mich nicht sehr täusche!«
Fiora holte das Samttuch und legte es behutsam wieder über das Porträt ...
»Ich werde deinem Rat folgen. Noch am Abend nach der Bestattung werde ich ihn bitten, mich anzuhören.«

Ganz Florenz war auf den Beinen, als Francesco Beltrami am übernächsten Tag aus dem Haus getragen wurde, um seine letzte Reise anzutreten. Er lag mit einem weißen Tuch bedeckt auf einer Bahre, die auf den Schultern von sechs Männern – den mächtigsten aus der Zunft der Calimala – ruhte. Der Trauerzug war bescheiden, wie es das Gesetz verlangte: Vier Mönche gingen mit Kerzen dem Leichnam voran, dem etwa zwanzig pflichtbewußte Klagemänner in schlechtgenähten, schwarzen Gewändern folgten. Hinter ihnen war die hohe, schwarze Gestalt Fioras zu erkennen, die von Léonarde und Chiara begleitet wurde und die die lange Reihe seiner Diener und all derer anführte, die für den mächtigen Kaufmann in den verschiedensten Häusern gearbeitet hatten. Es gab weder Musik noch Gesang; Wolken jagten den grauen Himmel entlang, und Schwalben schossen in schnellem Flug vorüber. Nur die Totenglocke war zu hören, begleitet von sämtlichen Kirchenglocken von Florenz. So hatte es der Prächtige beschlossen ...
Damit alle dabeisein konnten, hatte er angeordnet, daß die religiöse Feier im Dom stattfinden sollte, bevor dann der Verstorbene in die Kirche Orsanmichele gebracht und dort beerdigt werden würde.
Auf dem Weg drängte sich ein buntgemischter Haufen, während rings um das märchenhafte Baptisterium und neben der farbenprächtigen Kathedrale alles versammelt war, was in der Stadt Rang und Namen hatte: die oberen Zünfte, vertreten durch die Mitglieder der Calimala, durch die Woll-

und Seidenhändler, die Vertreter des Bankgewerbes, die Juristen, Apotheker und Rauchwarenhändler – eine jede Zunft mit ihrer Fahne – sowie die unteren Zünfte der Fleischer, Schmiede und Schuhmacher, der Zimmerleute, Schank- und Gastwirte, der Gerber, Öl-, Salz- und Käsehändler, der Waffenschmiede und schließlich der Bäcker, die der am wenigsten angesehenen, weil am leichtesten zugänglichen Zunft der Stadt angehörten ... Die Mitglieder der Signoria waren vollständig in der Loggia del Bigallo gegenüber dem Südportal des Baptisteriums versammelt, ebenso wie Lorenzo und Giuliano de Medici, die in schwarzen Samt gekleidet in unmittelbarer Nähe des Duomo standen und von Familienangehörigen und Freunden umgeben waren. Nicht ein Dichter, ein Philosoph oder Maler, der gefehlt hätte! Sandro Botticelli war ebenso da wie Verrocchio mit seinen Schülern Perugino und Leonardo da Vinci sowie all den Lehrjungen, die die Farben anreiben, die Pinsel reinigen und über die Versorgung der Werkstatt mit Material wachen mußten.

Es war die Kirche, die der Feier den eigentlichen Glanz verlieh. Vor den geöffneten Portalen der Kathedrale, in deren Innerem ein Meer von Kerzen brannte, bildeten die goldenen Chorröcke, die purpurnen Roben und schimmernden Mützen der Bischöfe und Äbte aus verschiedenen Klöstern ein geradezu märchenhaftes Abbild der unerhörten Pracht jenes Paradieses, in das die Seele Francesco Beltramis aufsteigen würde.

Die Glocken tönten von dem steil in den Himmel aufragenden Campanile herab, dem selbst dieser graue Tag nichts von seiner Farbenpracht zu nehmen vermochte, während im Kircheninnern die Orgel erklang, in deren Lied wenig später, als der Verstorbene in das Sanktuarium getragen wurde, an die dreißig Chorknaben einfielen.

Die Bahrenträger schickten sich an, langsam dem Geistlichen in das Kircheninnere zu folgen, als plötzlich eine

schwarzverschleierte Gestalt mit ausgebreiteten Armen vor sie hintrat.
»Zurück! Der Mann, den ihr an diesen heiligen Ort geleitet, ist in Sünde gestorben! Er wird so lange keinen Zutritt zu diesem Ort haben, bis nicht allen die Wahrheit bekannt ist!«
»Hieronyma!« stöhnte Fiora. »Mein Gott, was will sie?«
»Ich fürchte, ich weiß, was sie vorhat«, murmelte Léonarde.
»Jedenfalls hat sie Mut! Wenn Ser Francesco, ohne die Beichte abgelegt zu haben, gestorben ist, so ist sie gewiß nicht ganz unschuldig daran!«
»Dessen bin ich mir sicher! Leider haben wir keine Beweise gegen sie, und das weiß sie auch.«
Die Menge geriet in Aufruhr, und ein Raunen ging durch die Reihen, von dem nicht zu sagen war, ob Zorn oder Empörung es ausgelöst hatten. Hauptmann Savaglio, der Fiora gefolgt war, stürzte herbei, um die Störenfriedin beiseite zu stoßen. Doch diese setzte sich heftig zur Wehr und schrie:
»Niemand wird mich zum Schweigen bringen! Es muß Gerechtigkeit einkehren, und der Skandal muß aufhören!«
»Sei still, Weib, und scher' dich davon!« donnerte Savaglio.
»Dein Verhalten ist skandalös und gottlos! Wenn irgend jemand hier das Recht hat, Gerechtigkeit zu fordern, dann der Tote, den man auf schmähliche Weise ermordet hat ...«
Er winkte seine Leute herbei, doch schon trat der Gonfaloniere auf ihn zu:
»Laß diese Frau los! Es ist Gesetz in unserer Stadt und gereicht ihr zur Ehre, daß jeder Bürger frei seine Meinung äußern kann.«
»Frei, das ja, aber nicht zu jedem beliebigen Zeitpunkt!«
»Der Meinung bin auch ich«, ertönte die rauhe Stimme Lorenzo de Medicis, der sich einschaltete. »Wir haben uns hier versammelt, um einem der Unseren, einem der Besten unter uns, ein letztes Mal Lebewohl zu sagen. Dein Verhalten ist schamlos! Weiche, Hieronyma Pazzi. Wenn du eine Beschwerde vorzubringen hast, so wird man sie anhören – aber

nicht jetzt! Man läßt einen Toten nicht vor dem Hause Gottes warten!«
Doch Hieronyma wußte sehr wohl, daß unter den Anwesenden auch solche waren, die Francesco Beltrami beneidet und gehaßt hatten, und sie wußte auch, daß sie, wenn sie von Skandal sprach, üble Neugier unter den Leuten weckte. Und so rief sie, so laut sie nur konnte:
»Dieser Tote ist mein Blutsverwandter. Trotzdem appelliere ich gegen ihn an das Urteil des Volkes, da er sich der Lüge und der Verschleierung schuldig gemacht hat! Er ist der Pracht nicht würdig, die ihn hier erwartet. Er hat Florenz verraten und das Ansehen der Bürger in unserer Republik gedemütigt, indem er eine als seine Tochter ausgegeben hat, die unter den denkbar unwürdigsten Umständen auf die Welt gekommen ist!«
»Wirst du endlich schweigen?« fuhr Lorenzo sie an. »Liegt der Grund für deine tugendsame Empörung – die mir ein wenig verspätet erscheint, da Fiora Beltrami ein Säugling war, als Francesco sie hierherbrachte – nicht vielmehr in dem heftigen Wunsch, dir ein interessantes Erbe zuzuschanzen?«
»Ich habe den Betrug erst vor kurzem entdeckt und ...«
»Dummes Geschwätz! Wir alle wissen, daß Donna Fiora der Liebesbeziehung entsprungen ist, die Francesco einst mit einer französischen Adeligen hatte!«
»Dummes Geschwätz nennst du es? Ich nenne das Lüge! Mein Vetter Beltrami hat dieses Geschöpf zu sich genommen, weil sein Vater und seine Mutter blutig hingerichtet worden waren für das zweifache Verbrechen, das sie begangen hatten: Inzest und Ehebruch!«
Sie hatte so laut geschrien, daß Lorenzo einen Schritt zurückwich. Ihm war, als sei ihm aus dem Atem der Frau der Dunst der Hölle entgegengeschlagen. Der Gonfaloniere Petrucci nutzte die Situation, um seinerseits das Wort zu ergreifen, da er den unmerklichen Stimmungswandel spürte,

der sich allmählich in der Menge vollzog – jener leidenschaftlichen, wankelmütigen Menge von Florentinern, die imstande war, aus einer Laune heraus diejenige noch am Abend auf das Schafott zu bringen, die sie am gleichen Morgen noch verehrt hatte. Es war, als käme eine jener kleinen, unvermuteten Wellen auf, die aus ruhiger See entstehen, als ginge einer jener Schauer durch die Reihen, die dem Fieber vorauseilen und auf Sturm deuten ...

»Monna Hieronyma«, sagte er, »was du da soeben gesagt hast, wiegt überaus schwer, und du wirst verstehen, daß die Signoria das nicht ohne Beweise hinnehmen kann. Hast du diese Beweise?«

»Ja. Ich verfüge über die vertraulichen Mitteilungen eines Mannes, der an jenem Tag in Dijon in Burgund zugegen war, als die Doppelhinrichtung vorgenommen wurde – und damit an jenem Tag, als mein Vetter diese ... Ausgeburt der Sünde zu sich genommen hat! Es befindet sich noch eine weitere Zeugin hier an diesem Ort: diese Frau da«, fügte sie hinzu und wies mit dem Finger auf Léonarde, »die er damals mitgenommen hat, damit sie sich um das Geschöpf kümmert, das man besser in die Kloake hätte werfen sollen, statt ihr den schönen Namen einer Florentinerin zu geben, und die hier hinter dem Leichnam meines unglücklichen Vetters steht und sich damit brüstet, seine Tochter zu sein, obgleich sie diesen Namen nur einem teuflischen Machwerk zu verdanken hat.«

Diesmal murrte die Menge auf. Hieronyma wußte, was sie tat, wenn sie Hexerei mit ins Spiel brachte, und mit diebischer Freude stellte sie fest, daß sie dabei war, zu gewinnen. Mit ein wenig Glück würde die Menge Feuer fangen und über Fiora, die ihr so verhaßt war, herfallen und sie in Stücke reißen, während diese nur die Hände über das Gesicht schlüge und alles täte, um ja nichts mehr zu sehen ... Doch so überrascht Lorenzo auch zunächst gewesen war – er war nicht gewillt, sich von einer hysterischen Frau auf diese

Weise herumkommandieren noch sich seine Pflicht von einem Volk vorschreiben zu lassen, das ihm für seine Macht dankbar war, weil er ihm zu Wohlstand verhalf. Außerdem verabscheute er die Pazzi seit jeher und fürchtete sie wie die Pest.

»Nun aber genug!« rief er. »Ich habe bereits gesagt, und ich wiederhole es noch einmal, daß dieser Auftritt vor einer Kirche empörend ist und daß die Beerdigung eines Mannes, der allzeit geachtet und bewundert war, nicht zum Vorwand dienen darf, um persönliche Rechnungen zu begleichen. Wenn Francesco Beltrami gegen die Gesetze unserer Stadt verstoßen hat – und es konnte sich dabei nur um eine Herzensanwandlung handeln –, so werden wir später darüber urteilen ... Im Augenblick jedoch ...«

»Bitte entschuldige«, unterbrach ihn Petrucci, »aber was verstehst du unter ›später‹?«

»Wenn Francesco Beltrami im Grabe ruht, das auf ihn wartet.«

»Du bist also damit einverstanden, daß unmittelbar nach der Beerdigung die, die wir seine Tochter nennen, ihre Gouvernante sowie die Anklägerin und deren Zeuge in die Signoria geführt und dort angehört und einander gegenübergestellt werden?«

Der Prächtige zögerte einen Augenblick. Er ließ seinen düsteren Blick durch die Reihen seiner Freunde und seiner Wächter gleiten, und aus allen Köpfen und Gesichtern, die er streifte, konnte er herauslesen, daß sie das gleiche von ihm erwarteten. Er sah Fiora, wie sie tränenüberströmt dastand, gestützt von der totenblassen Léonarde und Chiara Albizzi, deren Augen vor Zorn funkelten. Doch schon waren von allen Seiten Rufe zu hören:

»Gerechtigkeit! Es muß Recht geschehen!« und sogar »Nieder mit der Hexe!«

Er begriff, daß er nichts damit gewinnen würde, wenn er sich der Forderung des Gonfaloniere widersetzte. Er wußte

nur zu gut, daß er seine Macht der Anhängerschaft des größten Teils unter ihnen verdankte und daß eine Affäre wie diese unter Umständen ein ausgezeichneter Vorwand für einen Aufstand war.
»Nun denn!« sagte er schließlich. »Es geschehe, wie es uns das Recht in unserer Stadt gebietet.«
»So nehmt denn, Wachen der Signoria, diese Frauen in Gewahrsam und führt sie zum Palast. Sie werden so lange dort warten, bis über ihr Schicksal entschieden ist!«
Als Fiora klar wurde, daß man ihr das Recht nehmen wollte, ihrem geliebten Vater das letzte Geleit zu geben, geriet sie außer sich:
»Ich will bei der Beerdigung meines Vaters dabeisein!« rief sie. »Er war das Kostbarste, was ich auf der Welt besaß ...«
»Wenn er nicht dein Vater ist«, spottete Petrucci, »dann hast du hier nichts zu suchen!«
»Ich bin vor eben dieser Signoria rechtmäßig adoptiert worden.«
»Aber offenbar aufgrund einer falschen Aussage. Und wir schätzen keine falschen Aussagen!«
»Das mag sein. Und doch hört ihr auf die Beschuldigungen dieser Frau, als handele es sich dabei um die Worte des Evangeliums, und das, obgleich sie gestern noch meinen Vater bat, ihrem Sohn meine Hand zu gewähren! Meine schändliche Herkunft schien sie nicht allzusehr zu stören, verglichen mit dem Vermögen, das sie zu erlangen hoffte ... und noch immer zu erlangen hofft!«
»Ist das wahr?« fragte Lorenzo Hieronyma streng.
»Das ist falsch«, kreischte diese. »Nichts ist falscher! Ich, die ich einer Adelsfamilie angehöre ...«
»Du wolltest, daß ich als deine Schwiegertochter zu dir ins Haus komme. Es gibt Zeugen für deinen letzten Besuch am Abend vor dem Tod meines Vaters. Trotz deiner Drohungen hat er es abgelehnt, mich mit deinem Pietro zu verheiraten ... Und am nächsten Tag ist er ermordet worden!«

Hieronyma schrie, als hätte sie eine Schlange zu ihren Füßen entdeckt.
»Du wagst es, mich zu beschuldigen, elende Kreatur, die du schon bald wieder in dem Pfuhl landen wirst, aus dem du gekommen bist?«
»Ich habe niemanden beschuldigt«, sagte Fiora. »Aber wenn du dich wiedererkannt hast, so ist das nicht meine Schuld! Und was deinen Zeugen betrifft, so weiß ich sehr wohl, wer es ist: Marino Betti, unser Gutsverwalter, ein Mann, den mein Vater für treu hielt, da er ihn mit Wohltaten überschüttet hatte, von dem aber das Gerücht umgeht, er sei dein Liebhaber.«
Hemmungslos, bereit, sich vor aller Augen gegen diese unwürdige Frau zur Wehr zu setzen, wollte sich Fiora fauchend auf sie stürzen, als Lorenzo sie fest um den Leib faßte und zur Ruhe zwang:
»Deine Wut macht dich blind, Fiora. Du mußt jetzt verstehen, daß alles, was soeben gesagt worden ist, außerordentlich ernst ist und daß wir die Dinge beim besten Willen nicht einfach auf sich beruhen lassen können. Unterwerfe dich freiwillig dem Urteil der Prioren! Ich werde dasein, sei dessen gewiß.«
»Dann verweigerst also auch du mir das Recht, bis zum letzten Augenblick bei meinem Vater zu bleiben?« fragte sie voller Schmerz und wies auf den Leichnam, den die sechs Honoratioren wie versteinert auf ihren Schultern trugen.
»Laß mich an deiner Stelle dabeisein! Wenn alles wieder seine Ordnung gefunden hat, kannst du an seinem Grab beten, wann immer du willst ...«
Mit einem kaum merklichen Lächeln sah sie ihm in die Augen.
»Willst du nach all dem, was du soeben gehört hast, Seigneur Lorenzo, noch immer, daß ich deinen Vetter heirate?« murmelte sie so leise, daß nur er allein es hören konnte. »Luca behauptet, mich zu lieben ..., und doch läßt er mich allein in einem Kampf, von dem mein Leben abhängt ...«

Fiora sagte das nicht ohne Grund. Denn soeben noch, als sie vor dem Dom angelangt war, hatte sie links von Giuliano de Medici Luca Tornabuoni entdeckt. Er hatte sie mit glühenden Augen angesehen, und doch war er jetzt, in diesem Augenblick verschwunden. Lorenzo schaute sich suchend nach dem jungen Mann um und wurde, als er ihn nicht finden konnte, plötzlich rot.

»Verzeih'«, sagte er leise. »Es kann sein, daß ich mich geirrt habe ..., vielleicht war er gar nicht da.«

»Du bist ein schlechter Lügner, Seigneur Lorenzo ...«

»Doch, er war da«, ertönte plötzlich die ruhige Stimme des Demetrios, der hinter dem Prächtigen aufgetaucht war. »Aber ich habe ihn fortgehen sehen, als diese Frau von deiner Herkunft sprach, Donna Fiora. Es muß ihm wohl mit einem Male eingefallen sein, daß eines seiner Pferde krank ist und seine Pflege braucht ...«

»Also, was machen wir nun?« fragte Petrucci ungeduldig.

Fiora rief Léonarde zu sich und wandte sich dann zu Petrucci.

»Laß uns zur Signoria führen ..., hochgebietender Herr! Ich werde dort auf die Entscheidung der edlen Prioren warten. Aber vergiß nicht, von dieser Frau zu fordern, daß sie ihren Zeugen mitbringt!«

Der genannte Zeuge war nicht weit. Mit niedergeschlagenen Augen trat er aus der Menge und stellte sich neben seine angebliche Geliebte. In schneidendem Ton rief ihm Fiora entgegen:

»Fürchtest du nicht, treuer Marino, daß der Geist meines Vaters dich um deinen Schlaf bringt? An deiner Stelle wäre ich nicht sehr stolz ...«

Der Mann antwortete nicht und schien ganz in sich zurückgezogen. Doch schon wurden er und Hieronyma ebenso wie Fiora und Léonarde von den Wachen der Signoria umringt. Verwirrt von dem Geschehen erschien der Geistliche erneut in der Portalvorhalle, um den Trauerzug anzuführen.

Sichtlich ermüdet setzten die Sargträger ihren vorgeschriebenen Weg fort, und Fiora, die, umringt von vier Soldaten, regungslos am Arm Léonardes hing, sah, wie der aufgebahrte Leichnam ihres Vaters im Marmorportal verschwand. Sie mußte ihn ziehen lassen – ihn, der nun der einzigen wirklichen Liebe beraubt war, die zu wecken ihm je vergönnt war.

Die Kirche vermochte die Menschenmenge nicht zu fassen, und so mußten die Portale offenbleiben. Nicht ohne Mühe gelang es Fiora, Chiara fortzuschicken. Aufs äußerste empört, weigerte sich das junge Mädchen hartnäckig, ihre Freundin allein zu lassen. Sie behauptete, gleichfalls als Zeugin zur Signoria abgeführt werden zu wollen, und vielleicht wäre es Fiora wirklich nicht gelungen, sie davon abzuhalten, wenn Chiaras Onkel Giorgio Albizzi sie nicht beim Arm gegriffen hätte:

»Komm!« befahl er trocken. »Du hast hier nichts zu suchen.«

Trotz ihres Mutes spürte Fiora, wie ihr angesichts dieses Zeichens von kalter Verachtung die Tränen in die Augen stiegen. Albizzi war der Freund Francescos gewesen, und doch zog er sich bereits bei der ersten Anschuldigung zurück und nahm Fiora damit eine ihrer treuesten Stützen. Durch den Tränenschleier hindurch sah die junge Frau, wie das kleine, verweinte Gesicht ihrer einzigen Freundin in der Menge verschwand, die nun ihrerseits Fiora mit der gleichen Neugierde anstarrte, die sie sonst gewöhnlich dem Löwenkäfig entgegenbrachte.

Sie wandte sich ab und sagte dann harsch zu dem Sergeanten, der über ihre Wächter zu befehlen hatte:

»Nun? Was wartest du noch? Willst du uns nicht abführen?«

Dieses prachtvolle Geschöpf besaß so viel Autorität, daß der Soldat zu seiner eigenen Verwunderung antwortete:

»Zu Befehl!«

Und so schritten sie durch die zurückweichende Menge,

während durch die offenen Portale des Duomo die erhabenen Klänge des *Requiems* brausten und die Luft zum Erzittern brachten.

Nach einem kurzen Zögern folgten ihnen viele der Anwesenden und verzichteten auf die Beerdigung, die weniger interessant war als das, was man nun erwartete. Der Weg vom Duomo zum Palazzo Vecchio – dem Sitz der Signoria –, der zweihundert Jahre zuvor erbaut worden war, war nicht weit, und über die Via dè Calzaiuoli – die Straße der Schuhmacher – gelangten sie schnell dorthin. Gestützt auf den Arm Léonardes hatte Fiora immer mehr die absurde Vorstellung, eine angenehme, behagliche, gut geordnete Welt zu verlassen und in eine neue einzutreten, die fremd und bedrohlich zugleich war und aus lauter feindlichen Gesichtern und schimpfspeienden Rachen zu bestehen schien. All die Leute, die sie gestern noch mit einer Artigkeit auf den Lippen, einem Lächeln oder gar ein paar Versen grüßten, hatten sich, aufgepeitscht durch die rachsüchtige Hieronyma, zu Feinden gewandelt, die sie ohne die eiserne Absperrung, die man um sie herum errichtet hatte, vielleicht gesteinigt hätten.

»Warum«, murmelte Léonarde, die sich bemühte, die Beleidigungen zu überhören, die man ihnen auf Schritt und Tritt zurief, »warum sagen wir ihnen nicht einfach, daß Ihr gar nicht mehr zu dieser Stadt gehört, daß Ihr durch Eure Heirat zu einer Adeligen unseres guten Burgunds geworden seid?«

»Weil ich keinerlei Beweise für meine Heirat habe. Ich weiß nicht, wo mein Vater die Dokumente aufbewahrt hat ...«

»Aber ich weiß es. In der Nacht vor seinem Tod hat Euer Vater mir vieles gesagt ...«

»Was Euch aber möglicherweise nichts mehr nützen wird. Wer weiß, was aus uns wird? Und um Euch fürchte ich am meisten ...«

»Weil ich eine andere Version erzählen könnte als Hieronyma? Habt keine Angst, ich weiß mich schon zu verteidigen. Außerdem bin ich fest davon überzeugt, daß Ihr auf Seigneur Lorenzo zählen könnt. Er scheint entschlossen zu sein, Euch bei der Verteidigung des Andenkens Eures Vaters zu helfen ...«

»Deshalb kann ich ihm meine Heirat mit Philippe nicht offenbaren. Das hieße, meinen letzten Fürsprecher zu verlieren, und den einflußreichsten dazu. Aber, weil ich gerade daran denke: Wißt Ihr, wo Khatoun ist? Ich habe sie nicht mehr gesehen, seitdem wir das Haus verlassen haben ...«

»Sie muß noch dort sein. Sie wollte an der Beerdigung Messer Francescos nicht teilnehmen, weil sie die Totenfeierlichkeiten fast ebenso fürchtet wie den Tod selbst ...«

»Das ist mir ganz lieb so. Diese widerwärtige Hieronyma, die nie Geld genug hatte, um sich eine Sklavin zu leisten, wäre glatt imstande gewesen, sie schon morgen bei einer öffentlichen Versteigerung meistbietend verkaufen zu lassen oder, was noch schlimmer wäre, sie gleichfalls der Hexerei zu beschuldigen ...«

Sie waren an ihrem Ziel angelangt. Vor ihnen, den Gefangenen, ragte der mächtige Bau des Palazzo Vecchio mit seinem roh behauenen Mauerwerk, seinem Wehrgang und seinem hohen, schlanken Turm von Arnolfo auf, der an eine noch nicht aufgeblühte Lilie erinnerte. Grünlivrierte Wachen öffneten ihnen die Tore, und sie stiegen die enge Treppe hinauf, die zum großen Ratssaal führte, wo sich in Kürze das Schicksal Fioras und derer, die ihr treu geblieben waren, entscheiden würde.

Als sie durch die niedrige Pforte in den großen Saal eintraten, bekreuzigte sich Léonarde, und beinahe unwillkürlich tat es ihr Fiora nach. Sollten sie wirklich bis zum bitteren Ende gehen müssen?

Zweiter Teil

Der Alptraum

7. Kapitel

Bitteres Brot

Trostlos war die Zelle und grau: Auf zwei Holzböcken lag eine Strohmatte mit einer durchlöcherten Decke, ein Kruzifix hing an der Wand, die ehemals weiß gewesen sein mochte und nun Spuren von Feuchtigkeit aufwies, ein Schemel zum Sitzen und ein weiterer mit einer Waschschüssel darauf, zwei rauhe Handtücher und ein Nachttopf unter dem Lager vervollständigten schließlich die spärliche Einrichtung. Fiora drehte sich protestierend um, aber da hatte sich die Gefängnistür mit dem eingelassenen Gitter schon wieder geschlossen, und sie konnte hören, wie der Schlüssel im Schloß umgedreht wurde. Was war geschehen?

Die Versammlung im großen Saal der Signoria war äußerst lebhaft verlaufen. Hieronyma hatte vor den Prioren und dem Gonfaloniere, die sich zu einer Art Tribunal zusammengefunden hatten, ihre Anschuldigung wiederholt, bestärkt von Marino, der mit niedergeschlagenen Augen bezeugte, was er an jenem düsteren Dezembertag in Dijon gesehen hatte. Freilich auf seine – gehässige – Weise: So berichtete er, Francesco Beltrami hätte den Mann Marie de Brévailles' getötet, um ihm das Kind wegzunehmen. Daraufhin schaltete sich Léonarde ein. Sie zeichnete ein grauenerregendes Bild von Regnault du Hamel, vor dem sich die beiden verzweifelten jungen Liebenden strahlend abhoben. Sie sprach von der Aufgebrachtheit Francesco Beltramis und von seinem Zorn über den Mörder, der eiskalt entschlossen gewesen war, ein nur wenige Tage altes Kind zu töten. Sie erzählte von dem alten Priester und der in einem Zimmer im Goldenen Kreuz vorgenommenen Taufe Fioras und von all den Bemühungen, die der Kaufmann aus Florenz unternommen hatte, um diesem kleinen Mädchen, das er sogleich in sein Herz geschlossen hatte und das in eine nur allzu rauhe Welt hineingeboren worden war, eine Zukunft zu sichern. Er hatte Vertrauen in eben jenen Marino gehabt, der ihn trotz der Wohltaten, die er empfangen hatte, schmählich verriet, und das für eine Frau, die sich selbst ihre Ehre nahm, indem sie sich mit ihm einließ. Ja, Francesco Beltrami hatte tatsächlich den Wunsch gehabt, daß dieses Kind seines Herzens auch in den Augen aller anderen seine Tochter würde, und er hatte kaum gelogen, als er sie als solche ausgab: Denn war sie nicht wirklich das uneheliche Kind einer Adligen? ... Schlau wie sie war, hatte Léonarde Mercet – es war das erste Mal, daß Fiora den vollständigen Namen ihrer Gouvernante hörte – ihre Rede damit abgeschlossen, daß sie die Rache des Herrn auf den ungetreuen Diener herabbeschwor. Schlaflose Nächte hatte sie ihm prophezeit und geweissagt, daß alle zwölf Plagen Ägyptens über ihn und seinen Besitz hereinbrechen würden und daß er am Ende seiner Tage in die ewige Verdammnis einginge. Und mit – freilich höchst subjektiver – Befriedigung konnte sie mitansehen, wie sich der Elende unter ihren Worten krümmte und so sehr die Beherrschung verlor, daß er sich vor ihr auf die Knie warf.

Lorenzo von Medici hatte sich gleichfalls eingeschaltet und ein leidenschaftliches Plädoyer für seinen verstorbenen Freund und für die jugendliche Unschuld seiner Wahltochter gehalten. Er hatte die Habgier der Dame Pazzi angeprangert ebenso wie das eigenartige Verhalten, das sie gezeigt hatte, indem sie nach einem abgelehnten Heiratsantrag lauthals Gerechtigkeit forderte für etwas, worunter sie nicht im geringsten zu leiden gehabt hatte. Dummerweise hatte er dabei den Fehler begangen, alle Pazzi – denn er mochte keinen von ihnen –, zu verurteilen, so daß ihn Petrucci verärgert zu mehr Mäßigung aufrief.

Für die Mitglieder der Signoria, unter denen sich zweifellos viele Freunde der Medici befanden, aber auch einige ihrer

Feinde, war die Situation verworren und schwer zu beurteilen. Um so mehr, als sich die Geistlichkeit in Person des Abts von San Marco einmischte; jenem Ort, wohin sich Lorenzo gern zurückzog. Als guter Dominikaner nun verstand sich der Priester als großer Anprangerer Satans und dessen Brut. Und für diesen unversöhnlichen Mönch konnte das Kind, das aus einer inzestuösen und ehebrecherischen Liebesverbindung hervorgegangen war, nur eine Ausgeburt der Hölle sein, die auch durch die Taufe nicht davon erlöst werden konnte, war doch die Taufe selbst hier bereits ein Sakrileg. Seine dröhnende Stimme machte großen Eindruck auf die »hochgebietenden Herren«, unter denen auch einige einfache Gemüter waren, und einen schrecklichen Augenblick lang fragte sich Fiora, ob nicht vor dem Palazzo Vecchio bereits ein Scheiterhaufen auf sie wartete ..., zumal Hieronyma, durch die unerwartete Verstärkung ermutigt, ihren Kampf erbitterter denn je wieder aufnahm und die Prioren beschwor, nicht länger einen solchen Skandal unter dem Himmel von Florenz zu dulden, das nichts als Gefahren und Flüche dafür ernten würde.
Das war mehr, als Fiora ertragen konnte. Zornerfüllt war sie vor ihre Feindin getreten und hatte sie laut und mit eisiger Stimme beschuldigt, ihren Vater durch angestifteten Meuchelmord ums Leben gebracht zu haben und ihren, Fioras, Niedergang herbeizuwünschen, um sich das märchenhaft große Erbe zu sichern.
Daraufhin entstand Tumult, Geschrei, kurz: ein schier unglaubliches Durcheinander. Die Anhänger der jeweiligen Parteien beschimpften sich gegenseitig, und es fehlte nicht viel, und sie wären handgreiflich geworden. Petrucci mußte schließlich die Wachen herbeirufen lassen, um wieder Ruhe in den Saal zu bringen, der freilich seit den heldenhaften Zeiten der Guelfen und Ghibellinen etliche Male Zeuge solcher Versammlungen geworden war. In Florenz waren Tumulte fast ebensosehr beliebt wie Feste, Kavalkaden, große Pro-

zessionen und die schönen Künste. Es war eine Möglichkeit von vielen, sich selbst zu beweisen, daß man trotz der Macht der Medici noch immer in einer Republik lebte.

Als wieder einigermaßen Ruhe eingekehrt war, stimmten die Prioren ab, nachdem sie sich kurz mit Lorenzo beraten hatten. Außerstande, in einer solch verworrenen Situation zu entscheiden, beschlossen sie, das gesamte Vermögen des verstorbenen Francesco Beltrami so lange unter Zwangsverwaltung stellen zu lassen, bis man zu einem definitiven Urteil fände. Indes sollte ein Verwalter, dessen Wahl der Bank Medici überlassen war, ernannt werden, um sicherzustellen, daß die Geschäfte des verstorbenen Kaufmanns weiterliefen und seine zahlreichen Angestellten nicht arbeitslos würden. Was Fiora betraf, die, ohne über Beweise zu verfügen, eine Anschuldigung vorgebracht hatte, so mußte sie – wie ihr die gerunzelte Stirn Lorenzos zu verstehen gab – mit einer Gefängnisstrafe rechnen. Obgleich sie sich in acht genommen hatte, war sie zu weit gegangen. Der Prächtige würde es trotz seines großen Einflusses schwer haben, sie wieder herauszuholen, falls die Prioren beschlössen, das Gesetz in seiner ganzen Strenge walten zu lassen. Einen Augenblick lang war alles in der Schwebe gewesen, aber nur für einen Augenblick. Denn wenig später kam der Abt von San Marco auf die Angelegenheit zurück und schob einen Mönch vor sich her, der die weiße Kutte, das schwarze Skapulier und das silberne Kreuz der Dominikaner trug.

»Gestattet, hochgebietende Herren«, sagte er mit näselnder Stimme, »daß ich Euch Fray Ignacio Ortega vorstelle, der aus unserem Kloster in Valladolid in Kastilien kommt und es sich zur Aufgabe gemacht hat, durch die Länder der Christenheit zu reisen wie einst unser heiliger Ordensgründer, um das Evangelium zu predigen und die Schlingen des Bösen aufzuspüren. Fray Ignacio, der sich auf dem Gebiet der Höllenkunst bestens auskennt, wünscht Euch eine Lösung vorzuschlagen, die allen genehm sein dürfte ...«

Der Neuankömmling, ein Mann mittleren Alters von großer, ein wenig gebeugter Gestalt, war fast kahlköpfig, und über seinen niedrigen Augenbrauen lag eine hohe Stirn. Er hatte eine riesige Nase, einen strengen Mund und Augen, die hinter den schweren Lidern kaum zu sehen waren. Es ging etwas Beklemmendes und Düsteres von ihm aus, das alle stark berührte. Als er aufgefordert wurde, sich zu äußern, trat er hervor, die Hände in die weiten, weißen Ärmel geschoben, grüßte wie ein Mann, der sich seinem Publikum überlegen weiß, und wartete dann ab.

»So seid uns doppelt willkommen, Fray Ignacio«, sagte der Älteste unter den Prioren, der das Amt des Präsidenten innehatte. »Wir werden Euer Ehren mit Respekt anhören.«

Der Neuankömmling betrachtete zunächst Hieronyma und dann Fiora, auf deren Gesicht er seinen Blick eine Weile ruhen ließ, und sagte dann in fließendem Toskanisch, dem seine trockene Stimme einen eigentümlich rauhen Klang verlieh:

»Diese beiden Frauen hassen einander allzusehr, als daß es möglich wäre, die Wahrheit aus ihnen herauszubekommen, doch es gibt ein Mittel, um diese Wahrheit zu erfahren. Ich schlage vor, das Urteil Gottes anzurufen. Laßt sie beide die Wasserprobe machen!«

Es herrschte großes Schweigen. In dieser Stadt, in der die Freiheit des Geistes und die Kenntnis der griechischen Philosophie so selbstverständlich geworden waren, daß die Kirche nicht selten darüber beunruhigt war, fand das Gottesurteil kaum Anwendung, da man darin einen Brauch aus vergangenen Zeiten sah. Lorenzo erhob sogleich Einspruch, und an dem verärgerten Blick, den er dem spanischen Mönch zuwarf, war jedem ersichtlich, daß ihm dieser ebensowenig gefiel wie dessen Vorschlag:

»Wollen wir, bevor wir zu dieser extremen Lösung greifen, nicht doch eher den Männern vertrauen, die in dieser Stadt für Gerechtigkeit und Ordnung zuständig sind: unseren

Magistratsherren also, dem Bargello[1] und dem Gonfaloniere Petrucci? Ich glaube, daß sie sehr wohl in der Lage sind, den Mörder Francesco Beltramis ausfindig zu machen ..., oder aber die Mörder, wenn es sich denn um einen Auftrag handelt.«

Das Kompliment entspannte die Atmosphäre. Ermutigt durch das beifällige Kopfnicken mancher Mitglieder wollte Lorenzo fortfahren, um seinen Vorteil zu nutzen, als Hieronyma vortrat und sich vor Fray Ignacio hinkniete.

»Was mich betrifft, so bin ich bereit, mich dem Urteil des Höchsten zu unterwerfen, und ich glaube, allerehrwürdigster Vater, daß Ihr recht habt. Gott allein kann mich von einer so schändlichen Anschuldigung reinwaschen – einer Anschuldigung, die mich allerdings nicht verwundert, da sie von einem so jämmerlichen Geschöpf stammt!«

Fiora war über den unglaublichen Mut, den dieses Weibsstück hatte, so verblüfft, daß es ihr den Atem nahm. Verachtete sie Gott derart, daß sie ihn in ihr Verbrechen einzubeziehen und zu ihrem Komplizen zu machen gedachte? Doch da stand Hieronyma auch schon auf und wandte sich ihr siegesgewiß zu.

»Nun zu dir, nichtswürdige Tochter! Was hast du dazu zu sagen?«

Sanft machte sich Fiora von Léonarde los, die versuchte, sie zurückzuhalten, und trat ruhigen Schrittes nach vorn, doch statt auf den fremden Mönch zuzugehen, kniete sie sich vor die Mitglieder der Signoria:

»Auch ich bin bereit, vor das Tribunal Gottes zu treten, und ich wiederhole laut und deutlich meine Anschuldigung: Mein Vater – und niemand wird mich je daran hindern, ihn so zu nennen – ist im Auftrag dieser Frau ermordet worden, und ich danke dem ehrwürdigen Bruder Ignacio, daß er mir

1) Der Polizeipräsident.

gestattet, auf diese Weise den Beweis zu erbringen, der mir bislang fehlte.«

Es überkam sie plötzlich ein großer Friede. Gewiß, sie wußte, daß ihr, wenn sie das Gottesurteil annahm, der Tod so gut wie sicher war: In zwei, drei Tagen würde man sie, nur mit einem Hemd bekleidet und so gefesselt, daß sie sich nicht mehr befreien konnte, in den Arno werfen; aber sie würde dann ihrem Vater in den Himmel nachfolgen können und aus einem Leben scheiden, das für sie ohnehin kaum mehr von Wichtigkeit war. Der einzige Mensch, der sie verteidigt hätte, lebte nicht mehr, und der, den sie liebte, hatte sie betrogen und ohne Hoffnung auf seine Rückkehr sitzenlassen. Sie hatte mitansehen müssen, wie diejenigen von ihr gewichen waren, die sie zu lieben behauptet hatten, und sich die ganze Stadt, die ihr gestern noch zugelächelt und ihr Schmeicheleien gesagt hatte, mit jener Schadenfreude gegen sie wandte, wie sie das graue Mittelmaß der Menge verspürt, wenn sie plötzlich einen Menschen stürzen sieht, der ihr bislang überlegen war.

Eines aber tröstete sie: Sie würde sterben, nun gut, aber Hieronyma träfe das gleiche Schicksal. Es sei denn ... es sei denn, sie hätte sich, gerissen wie sie war, einen Ausweg ausgedacht, um dem Tod durch Ertrinken zu entgehen. Aber welchen?

Der Prächtige stellte sich offenbar die gleiche Frage. Mit finsterem Blick sah er Hieronyma an und vermochte ebensowenig wie Fiora zu begreifen, was diese Frau wohl dazu veranlaßt haben mochte, auf den Vorschlag des spanischen Mönchs einzugehen, als handele es sich dabei um eine außergewöhnliche Chance. Nachdem beide Frauen in das Gottesurteil eingewilligt hatten, war es erneut zum Tumult gekommen. Alle redeten sie gleichzeitig, und es war schwer, für Ruhe zu sorgen. Nur Lorenzo und die beiden Mönche verharrten regungslos und warteten darauf, daß sich der Lärm wieder legte. Schließlich aber erzielten die Mitglieder

der Signoria doch eine Übereinkunft, und man beschloß, daß die beiden Frauen nach Ablauf von drei Tagen auf je einer Barke in die Mitte des Flusses gebracht werden würden und dann, nachdem sie gebeichtet und die Messe gehört hatten, vom Henker in das Wasser gestoßen würden. Die Entscheidung, die die Signoria dann träfe, hinge natürlich von dem Ergebnis der Wasserprobe ab. Bis dahin würden beide in das Kloster der Dominikanerinnen von Santa Lucia gebracht, um sich zu sammeln und im Gebet zu verharren, bis die Stunde des Urteils gekommen war.
Fiora ließ sich ihre Enttäuschung nicht anmerken. Sie hatte gehofft, den letzten Augenblick in ihrem vertrauten Umfeld abwarten zu dürfen, und selbst das hatte man ihr verwehrt. Wie für ihren Vater würde nun auch für sie die Reise, die sie am Morgen angetreten hatte, die letzte sein ... Gott war wahrhaftig bisweilen recht grausam, und die junge Frau hatte kaum Hoffnung, daß er ihretwegen ein Wunder geschehen ließe.
Mit Tränen in den Augen umarmte sie Léonarde, die rückhaltlos schluchzte, da man ihr verwehrt hatte, das Schicksal ihrer Ziehtochter zu teilen. Statt dessen erhielt die Gouvernante nur die Erlaubnis, in den Palast Beltramis zurückzukehren, bis das Ergebnis des Gottesgerichts feststünde. Danach würde man über ihr Los entscheiden.
»Hab' keine Angst«, murmelte Lorenzo von Medici, dem es gelungen war, an Fiora heranzutreten, »ich werde auf sie achtgeben für den Fall, daß ...«
Er wagte den Satz nicht zu Ende zu sprechen, aber die junge Frau begriff, daß sein kritischer Verstand sich nicht allzuviel von himmlischen Interventionen versprach.
»... ich werde sie zu mir ins Haus nehmen«, schloß er, aber Léonarde verstand es nicht so, wie er es meinte:
»Wenn Ihr zulaßt, daß mein Kind in diesem aberwitzigen Prozeß sein Leben läßt«, erklärte sie auf französisch, »dann werde ich nicht einen Tag länger in dieser schändlichen Stadt

bleiben, und bis ans Ende meiner Tage werde ich dafür beten, daß der Fluch Gottes auf sie herniederkommt!«

»Laßt uns zunächst abwarten und sehen, wie er urteilt ...«, seufzte Lorenzo unerschütterlich.

Schon schickten sich die Soldaten an, die beiden verfeindeten Frauen ins Kloster zu bringen. Da umarmte Fiora ein letztes Mal Léonarde, die sich verzweifelt an sie klammerte.

»Gebt auf mein Haus acht und auf alle, die dort leben. Und kümmert Euch um Khatoun. Sie ist schwach wie ein Kätzchen ...«

Draußen hatte sich die Menge wieder versammelt, die geheimnisvollerweise bereits wußte, was geschehen war. Die lange Wartezeit hatte sie noch unruhiger werden lassen, und so wurden die beiden Frauen auf ihrem Gang zum Kloster, das sich nicht weit vom Stadttor San Niccolo befand, von anzüglichen, ja gar beleidigenden Bemerkungen begleitet. Nicht einen einzigen Freund erblickte Fiora auf ihrem schweren Gang, mit Ausnahme der hohen Gestalt des Demetrios Lascaris, der in einer Ecke der Loggia dei Priori stand und Fiora so lange nachblickte, wie er nur irgend konnte; aber auch er rührte sich nicht, und die junge Frau entsann sich der Hilfe, die er ihr angeboten hatte, als sie ihrer nicht bedurfte. Und sie dachte, daß auch dieser so seltsame Mann letztlich war wie die anderen: vor allem auf seine eigene Sicherheit bedacht. Und wenn sie es recht überlegte, so hatte er wirklich keinen Grund, besonderen Anteil an ihr zu nehmen ..., was sie indes nicht daran hinderte, auch diese letzte Abkehr noch als schmerzlich zu empfinden, und als die schweren Tore des Klosters Santa Lucia hinter ihr ins Schloß fielen, schien es Fiora, als höre sie ihren eigenen Grabdeckel niederfallen ...

Fiora kauerte auf ihrer erbärmlichen Bettstelle und ging in Gedanken immer und immer wieder die Stunden jenes entsetzlichen Tages durch. Sie fühlte sich so müde und gerädert, als hätte man mit einem Prügel auf sie eingeschlagen. Für sie war diese Zelle die allerletzte Enttäuschung gewesen, denn sie erinnerte sich an zwei, drei Besuche, die sie mit Chiara hierher unternommen hatte. Chiara war eine entfernte Cousine der Priorin, Mutter Maddalena degli Angeli, und so wußte sie, daß die Nonnen ebenso wie die Damen, die sich zeitweise ins Kloster zurückzogen, zwar in einfachen Kammern untergebracht wurden, aber in solchen, die sauber waren, deren Wände Heiligenbilder schmückten und die zu dem schönen Garten hinaus lagen, der die Mitte des Klosters einnahm. Das schmale Fenster ihrer eigenen Kammer hingegen, das von zwei kreuzförmigen Gittern noch zusätzlich gesichert war, lag zum Hinterhof hinaus, auf dem sich Abfälle häuften und die Latrinen standen. Der Gestank war übel, und wenn es schon ein Gefängnis sein mußte, so bedauerte Fiora doch, daß man sie nicht in einen wirklichen Kerker gesperrt hatte, denn offenbar entsprach dieser schändliche Ort hier exakt der Einschätzung, die man von ihr hatte.

Ihre letzten Illusionen schwanden schließlich dahin, als ihr bei Einbruch der Dunkelheit eine Laienschwester, deren verfleckter Kittel verriet, daß sie zum Küchenpersonal gehörte, ein Stück trockenes Brot, einen Krug Wasser und einen Teller Kohlsuppe brachte, in der ein ranziges Stück Speck schwamm. Voller Ekel stieß Fiora den Teller von sich:

»Die Klosterküche hat keine großen Fortschritte gemacht, seitdem ich das letzte Mal hier war«, spottete sie. »Ich glaubte wahrhaftig, Anspruch auf eine andere Behandlung zu haben.«

»Seht nur, wie sie sich ziert!« rief die Schwester aus, die ein fettleibiges Geschöpf mit einem roten, behaarten Gesicht war. »Unsere Mutter ist reichlich gnädig, daß sie überhaupt eingewilligt hat, ein Satansgeschöpf wie dich hier aufzunehmen und durchzufüttern! Du solltest ihr auf Knien dafür danken.«

»Ach! Etwa, weil ich jetzt plötzlich ein Satansgeschöpf bin? Ich bin immerhin getauft. Und als ich vor noch gar nicht so langer Zeit hierherkam, sparte man weder mit Schmeicheleien noch mit Liebenswürdigkeiten gegenüber der, die man für die Tochter des steinreichen Francesco Beltrami hielt. Und jetzt soll ich auf Knien für eine Suppe danken, die noch nicht einmal zum Schweinefraß taugt? Geh' und sag' der Mutter Priorin, daß ich sie zu sprechen wünsche!«

»So spricht man nicht mit der Mutter Priorin! Sie hält sich gerade in der Kapelle auf und schließt sich den Gebeten jener Heiligen an, die mit dir zusammen hierhergebracht wurde und nun deinetwegen leiden muß.«

Hieronyma als Heilige zu titulieren war wirklich der Gipfel! Fiora maß die dicke Nonne mit unverhohlenem Abscheu und zuckte die Schultern.

»Habe ich denn etwa nicht das Recht zu beten? Führt mich zur Kapelle!«

»Hexen halten sich immer für besser als die wahren Christen. Unsere Schwestern wollen nicht durch deine Gegenwart gestört werden, und wenn du beten willst ...«

Sie wies mit ihrem dicken, vor Wut zitternden Finger auf das Kreuz an der Wand:

»... dann brauchst du das nur hier zu tun! Unser Herr ist überall, aber natürlich können deinesgleichen nur dann beten, wenn sie auf Samtkissen knien und den Duft von Weihwasser in der Nase haben ...«

»Scher' dich fort!« rief Fiora außer sich vor Wut. »Und nimm diesen schändlichen Fraß mit. Wasser und Brot sind mir genug.«

Mit einem boshaften Lächeln ließ die Schwester daraufhin den Teller zu Boden fallen, der in tausend Stücke zerbrach und den Saum von Fioras schwarzem Kleid bespritzte.

»Ich werde sagen, daß du das gewesen bist«, sagte sie boshaft. »Ich hoffe, du wirst dafür ausgepeitscht!«

»Das würde ich deinen Schwestern nicht raten, wenn ich

nicht in drei Tagen vor der Signoria erzählen soll, wie ich hier in diesem Hause, in das man mich zur Verwahrung gegeben hat, behandelt worden bin. Ich werde es ohnehin sagen und werde erzählen, welchen Unterschied man zwischen mir und der Frau gemacht hat, die meinen Vater ermordet hat. Es würde mich überraschen, wenn Monseigneur Lorenzo darüber erfreut wäre.«

Unter Türknallen verließ die Schwester den Raum und schloß zweimal hinter sich ab. Fiora setzte sich aufs Bett. Nie zuvor war ihr das Herz derart schwer gewesen. Sie war darauf gefaßt zu sterben, aber mußte es wirklich sein, daß sie ihre letzten Tage derart häßlich, derart schmutzig und schäbig verbrachte? War es denn nicht schon hart genug, keine andere Hoffnung mehr zu haben als den Tod, und das, obgleich sie erst siebzehn Jahre alt war?

Obwohl sie bemüht war, sich von allem Irdischen zu lösen, blieb die Natur in ihr doch lebendig und forderte ihr Recht. Sie merkte, daß sie Hunger hatte, und biß herzhaft in das Stück Brot, das nicht allzu hart war, und trank einige Schlucke von dem frischen, klaren Wasser. Sie fühlte sich gleich ein wenig besser, aber dafür war ihr kalt. Das Fenster bestand lediglich aus einer Maueröffnung, und es gab keine Fensterscheibe, die den Raum vor der Außentemperatur schützte. Draußen prasselte in heftigen Güssen, aufgepeitscht von einem strammen Nordwind, der Regen hernieder, der eingesetzt hatte, als sie in Santa Lucia angelangt waren. Er drang in die Gefängniszelle ein – denn als solche mußte man sie wahrhaft bezeichnen – und ließ den fettigen Wasserfleck, den der zerbrochene Suppenteller hinterlassen hatte, immer größer werden.

Fiora hätte nicht übel Lust gehabt, die Tonscherben und Essensreste, die auf dem Boden verstreut lagen, aufzuheben und zum Fenster hinauszuwerfen, aber ihr Stolz hielt sie zurück. Es war nicht ihre Sache, die Arbeit einer Magd zu verrichten. Sie wollte so lange es irgend ging wenigstens ihre

Würde bewahren. Wenn sie das Gottesgericht überlebte, so sollte aus ihr werden, was immer die Vorsehung wollte, die ja ohnehin nicht allzuviel Interesse an ihr zu haben schien. Über eines jedoch war sie sich sicher: Sie würde auch mit letzter Kraft um die Gerechtigkeit kämpfen.
Isokrates hatte irgendwo einmal geschrieben: »Man darf nicht mutlos werden, wenn man sich für eine gerechte Sache in Gefahr begibt.« Dieser Satz tröstete sie. Die ihr so teuren griechischen Philosophen wußten allzeit das Richtige zu sagen, und überdies entsprachen sie ihrem kämpferischen Naturell weitaus mehr als die demutsvollen Ratschläge des Evangeliums. Während Plato riet, böse Menschen zu fliehen, empfahl Christus, seinen Nächsten zu lieben wie sich selbst. Fiora aber sah sich außerstande, Hieronyma schwesterliche Gefühle entgegenzubringen. Sollte sie tatsächlich in drei Tagen sterben müssen, so würde sie sie bis in den Tod hinein hassen; niemals könnte sie ihr je verzeihen – ebensowenig wie den Verfolgern ihrer Mutter oder jenem Mann, der ihr aus Treue zu seinem Fürsten so viel Leid zugefügt hatte.
Die lieblichen Klänge des Angelus waren Balsam für ihr aufgewühltes Herz, und doch konnten sie es nicht besänftigen. Noch nicht einmal beten mochte Fiora. Da ihr kalt war, wikkelte sie sich in ihre Decke ein und legte sich zum Schlafen nieder. Ihr junger, erschöpfter Körper verlangte so sehr nach Ruhe, daß Fiora nicht lange warten mußte: Wenige Augenblicke, nachdem sie die Augen geschlossen hatte, versank sie in tiefen Schlaf.
Aus Angst, sicherlich vor dem, was bald auf sie zukäme, fiel sie in einen schweren Traum. Sie sah sich barfüßig und nur mit einem Hemd bekleidet am Ufer eines schwefeligen, brodelnden Wassers stehen. Ihr gegenüber am anderen Ufer stand Philippe de Selongey; er rief nach ihr und streckte die Arme nach ihr aus. Sie wollte ihm entgegeneilen, doch immer mehr und immer stärkere Fesseln hielten sie zurück

– Fesseln, die von grausamer Hand um sie geschlungen wurden. Noch immer rief Philippe nach ihr ... Dann verspürte sie einen heftigen Stoß und versank im Wasser. Es gelang ihr, wieder an die Oberfläche zu tauchen und sich über Wasser zu halten; doch nun lachte Philippe, der an der anderen Uferböschung stand, lachte über die unendlichen Anstrengungen, die sie unternahm, um zu ihm zu gelangen. Sie sah, wie er seine Hand nach einer Frau ausstreckte, die auf ihn zukam und deren Gesicht sie nicht erkennen konnte – eine Frau, die, wie Fiora im Traum wußte, sehr schön war. Sie lachten nun alle beide, aber dann wandten sie sich ab und gingen Arm in Arm davon. Fiora versuchte, hinter ihnen herzurufen, aber sie schluckte so viel Wasser, daß sie keinen Ton über ihre Lippen brachte ...

Ein Stoß riß sie aus dem Schlaf. Atemlos von dem Alptraum, der sie verfolgt hatte, schreckte sie von ihrem Lager hoch und sah im grauen Morgenlicht eine Nonne neben ihrem Bett stehen. Diesmal war es keine Laienschwester, sondern eine große, schlanke Ordensschwester, deren Kleidung untadelig war. Das Gesicht in dem schmalen Oval, das die weiße Haube freigab, war ohne Alter und in seiner Ebenmäßigkeit schön, wenn auch kein einziger weicher Zug die Strenge des Gesichts milderte.

»Steh' auf! Und folge mir!« befahl die Dominikanerin.

Unwillkürlich gehorchte Fiora, und ihr Blick fiel auf die dicke Schwester vom Vorabend, die auf dem Steinfußboden kniete und damit beschäftigt war, ihn sauber zu wischen. Als Fiora an ihr vorüberging, hob sie den Kopf und spuckte so haßerfüllt vor ihr auf den Boden, daß der jungen Frau ein Schauer über den Rücken lief.

»Wohin führst du mich?« fragte Fiora, ohne die geringste Antwort zu erhalten. Die hohe, schwarzweiße Gestalt vor ihr schien zu schweben, so leicht bewegte sich ihr Ordenskleid, und Fiora hatte den Eindruck, als folge sie einem Phantom. Sie durchquerten mehrere Flure, gingen an der nur schwach beleuchteten Kapelle vorüber, in der die gleichmäßigen Stimmen der Nonnen zu hören waren, die die Morgenmesse sangen, und gelangten zum Kloster, das Fiora noch gut in Erinnerung hatte. Dort schloß ihre Begleiterin vor ihr die Türe zu einer Zelle auf, die sich im entlegensten Winkel der Kapelle befand.

»Um dich vor sündhafter Denunziation zu schützen, hat unsere ehrwürdige Mutter beschlossen, dich bis zum Tag des Gottesgerichts hier unterzubringen. Du kannst natürlich nicht hinausgehen, aber wenigstens findest du auf dem Bett saubere Kleider zum Wechseln ...«

»Sage der ehrwürdigen Mutter in meinem Namen Dank«, murmelte Fiora und fügte hinzu: »Darf ich darauf hoffen, an den Messen teilzunehmen?«

»Verlange nicht zuviel! Keine einzige unserer Mitschwestern wünscht, in deine Nähe zu kommen, und ich sagte dir bereits, daß du die Zelle erst verlassen darfst, wenn du zum Gottesgericht gehst. Tue Buße!«

»Wofür?«

»Wenn du es nicht weißt – so weiß es Gott! Aber ich glaube, du weißt sehr wohl, wofür. Es ist eine schwere Sünde, einen unschuldigen Menschen eines Verbrechens zu bezichtigen!«

»Unschuldig? Was weißt denn du schon davon?«

»Arme Frau! Man muß sie in unserer Kapelle beten sehen, mit gekreuzten Armen und unter Tränen und flehentlichen Bitten, daß endlich Licht in dein hartes Herz dringen möge, um überzeugt zu sein, daß sie eine reine Seele hat ...«

»Etwa deshalb, weil sie für mich betet?« fragte Fiora erstaunt.

»Sie tut den ganzen Tag nichts anderes als das. Deshalb sage ich dir: Tue Buße!«

Und damit verschwand die Nonne, schloß die Türe der neuen Zelle ebenso gewissenhaft hinter sich zu wie die der alten und ließ Fiora hin und her gerissen zwischen Wut und Ekel zurück. Niemals hatte sie für möglich gehalten, daß

Hieronymas Heuchelei ein solches Ausmaß erreichen könnte. Sie suchte nach irgend etwas, woran sie ihre Wut auslassen konnte, doch obschon die neue Unterbringung bequemer und vor allem sauberer war, war sie doch ebenso spärlich eingerichtet wie die vorherige.

An der einen Wand stand, wenn auch schmal wie eine Koje, ein Bett, ein richtiges Bett diesmal mit zierlichen Säulen und einem weißen Bettvorhang; darauf hatte man ein Kleid und einen weißen Schleier zurechtgelegt, wie er von Novizinnen getragen wurde. Außerdem standen in dem Zimmer zwei Schemel und eine kleine Truhe mit einer Wasserkanne und einer Waschschüssel darauf. Darüber hing ein plumpes, von unbekannter Hand gemaltes Bild, das einem von Fra Angelico geschaffenen Gemälde bei den Dominikanern von San Marco nachempfunden war und das den Tod der heiligen Luzia vor dem Präfekten Paschasius von Syrakus zeigte. Neben der knienden Märtyrerin, die zum Himmel emporblickte und dabei entsetzlich schielte, stand der Henker und hatte sein blutiges Werk schon begonnen; es war viel Blut zu sehen, das der Maler mit Gold ausgeschmückt hatte, um zu zeigen, wie kostbar es war. Fiora wußte, daß das Leben der Heiligen, aufgeteilt in eine Reihe einzelner Fresken, die Zellen der Nonnen schmückte, andere Fresken erzählten vom Leben Christi und dem der heiligen Agathe, auf deren Grab Luzia die Gnade Gottes empfing.

Aus Neugier und weil sie wußte, daß die Nonnen dem Armutsgelübde unterlagen, räumte Fiora die Toilettengegenstände zur Seite und öffnete die Truhe – um sie jedoch im nächsten Augenblick mit einem Schauer des Entsetzens wieder zu schließen: Denn sie enthielt nicht nur eine Klopfpeitsche, sondern auch einen Foltergürtel, der mit eisernen Spitzen versehen war, sowie ein Büßerhemd aus Roßhaar – alle drei dazu bestimmt, den Körper zu züchtigen und das Opfer für seine unreinen Gedanken zu bestrafen ... Sie

fragte sich, ob wohl in allen Zellen solche Geißeln aufbewahrt wurden und welch abwegige Gedanken Frauen, die sich selbst als die Bräute eines Gottes der Gnade, der Liebe und der Barmherzigkeit betrachteten, dazu verleiten mochten, zu derartigen Mitteln zu greifen. Wieviel Liebesleid, wie viele unterdrückte Leidenschaften mochten sich körperlicher Pein bedienen, um die Erinnerung an das Erlittene auszulöschen? Hinterließ denn die Liebe, wie sie selbst sie in den Armen Philippes erlebt hatte, derart schmerzvolle Wunden? Oder war im Gegenteil bei denen, die als Jungfrauen in dieses Haus kamen, vielleicht eher die Reue daran schuld, niemals etwas dergleichen erlebt zu haben?
Fiora bereute nichts, und sollte sie überleben, so wußte sie, daß sie niemals versuchen würde, mit Hilfe einer Peitsche oder eines Büßerhemdes die Erinnerung an empfangene Zärtlichkeiten in sich auszulöschen. Nur eine einzige Liebesnacht hatte ihr seltsamer Ehemann mit ihr verbringen wollen, und diese Nacht hatte er auch ihr geschenkt, auf unvergeßliche Weise. Niemals würde Fiora die Erinnerung daran zu tilgen suchen, und wenn sie sich rächen wollte, so für die Mittel, die er angewendet hatte, um diese Nacht zu erhalten ... Und nicht nur diese Nacht, sondern auch die enorme Summe Geld, die damit verbunden war. Wenn, dann wollte sie sich dafür rächen, daß Philippe ohne Zögern in einem jungen Mädchen die Liebe geweckt hatte, obgleich er sehr wohl wußte, daß er sie für alle Zeiten verlassen würde. Er hatte seinem Herrn treu gedient und eigene Bedürfnisse gestillt. Und wenn er behauptete, dafür sterben zu wollen, so glaubte die junge Frau kein einziges Wort davon. Herr von Selongey liebte das Leben viel zu sehr, um im Ernst daran zu denken, es aufs Spiel zu setzen. Außerdem beherrschte er die Kunst der Liebe viel zu gut, als daß er auf ewig darauf verzichten mochte ... Andere Frauen nach ihr würden die gleichen Küsse und Liebkosungen von ihm empfangen, und wenn sie auch in ohnmächtiger Wut darüber mit

den Zähnen knirschte, so konnte Fiora sich gegen diese Gedanken doch nicht wehren. Philippe hatte es verstanden, den geschickten Kaufmann Beltrami nach seinem Willen zu lenken, und die Erinnerung an diese Heirat, selbst wenn sie entehrend für ihn war und er sie am nächsten Tag vielleicht schon leugnete, belastete sein Gewissen sicher nicht. Es war ja so einfach, die zu vergessen, die er so ungeniert verurteilt hatte, ohne Ehemann und Kinder in der leeren Pracht eines florentinischen Palastes dahinzuwelken. Grotesk wäre es, sollte er nie vom tragischen Schicksal seiner Gräfin von Selongey erfahren ...

Der wütenden jungen Frau kam plötzlich ein Gedanke in den Sinn. Vielleicht blieb ihr doch noch ein Mittel, um die Pläne ihres Ehemannes zu durchkreuzen: Sie wußte, daß Philippe ihre königliche Mitgift in Form eines Wechsels entgegengenommen hatte, der von der Fuggerbank in Augsburg ausbezahlt werden sollte, was möglicherweise noch nicht geschehen war. Nun, so würde sie eben in zwei Tagen, bevor man sie in Fesseln die tödliche Barke besteigen ließe, laut und deutlich vor den Medici diese für sie kränkende Heirat verkünden und dann darum bitten, den Wechsel nicht auszahlen zu lassen. Auf diese Weise würde sie sich nicht nur an Philippe, sondern auch an Karl dem Kühnen rächen, dem er sie zu opfern gewagt hatte! Und sie könnte beruhigt sterben!

Trotzdem: Der Gedanke an den Tod war ihr schrecklich. Jener gnadenähnliche Zustand, den sie empfunden hatte, als sie unmittelbar nach Hieronyma beschloß, sich dem Gottesgericht zu unterwerfen, war verflogen. Sie war wieder ganz sie selbst: ein Mädchen von siebzehn Jahren, gesund und schön, ein Mädchen, das unbändige Lust verspürte, zu leben und die weiche Frühlingsluft einzuatmen, gemeinsam mit einer gleichaltrigen Freundin zu lachen, schöne Bücher zu lesen, den Lautenklängen und dem Gesang der Dichter zu lauschen ... und auch zu lieben! Vor allem aber hatte sie

nicht die geringste Lust, in den im Winter schlammiggelben Fluten jenes Flusses zu verwesen.
Ein Gebet drängte sich ihr aus tiefstem Herzen auf die Lippen:
»Herr, wenn ich recht habe, so laß mich nicht sterben!«
Vielleicht, um sich zu beweisen, daß sie noch immer am Leben war, verspürte sie den Drang, irgend etwas zu tun, auch wenn ihr die Enge der Gefängniszelle nicht viel Gelegenheit dazu bot. Sie schüttete Wasser in die Waschschüssel, riß sich ihr Kleid aus feinem schwarzen Tuch, das so entsetzlich nach Kohl roch, vom Leibe und begann, sich sorgfältig zu waschen. Zwar war das bei dem wenigen Wasser nicht leicht, und auch die grobe Seife aus Talg und Holzasche hatte nur entfernt Ähnlichkeit mit den erlesenen, duftenden Pasten, die der Apotheker Landucci aus Venedig kommen ließ; aber es war doch immerhin ein tröstliches Gefühl, sauber zu sein. Anschließend kämmte sie lange ihr dichtes schwarzes Haar, auf dem noch immer der leichte Duft jenes kostbaren Parfums lag, das Khatoun beim Frisieren darauf gestäubt hatte. Sie bedauerte es, denn es war nicht gut, sich Bilder aus einer angenehmen Vergangenheit so vor Augen zu führen; sie gab sich Mühe, an etwas anderes zu denken, und flocht sich die Haare zu einem dicken Zopf, den sie über ihre Schulter fallen ließ. Zuletzt streifte sie sich das weiße Kleid über, das man für sie zurechtgelegt hatte. Die selbstgesponnene Wolle war zwar rauh, aber sauber und angenehm zu tragen.
Eine Glocke ertönte und lockte Fiora an das kleine Fenster, das neben dem Tor zu den Klosterarkaden hin lag. Sie sah, wie sich die Nonnen in einer langen, schwarzweißen Reihe leisen Schrittes zur Kapelle begaben. Keine einzige von ihnen wandte den Kopf in ihre Richtung, und unter den Klängen des *Veni Creator* verschwanden sie schließlich in der Kapelle ...
Selbst nachdem sich die Türen geschlossen hatten, drangen

ihre Stimmen noch zu ihr herüber, und Fiora lauschte, in den Anblick des frisch angelegten Klostergartens vertieft, in dem Lorbeersträucher, Eiben und Zitronenbäume rings um buchsbaumumsäumte Beete herum wuchsen, auf denen die Nonnen Heilpflanzen zogen. In der Mitte befand sich eine steinerne Brunnenschale, aus der ein winziger Wasserstrahl emporsprudelte und die als Vogeltränke diente. Das Bild, das sich ihr bot, war so schön, so besänftigend und lieblich, daß die Gefangene eine ganze Weile verharrte, um es in sich aufzunehmen. Es war sicherlich eines der letzten Bilder, das sie noch würde bewundern können, aber immerhin konnten ihre Augen bis zum letzten Augenblick all diese Schönheit in sich aufnehmen. Danach brauchten sie nur noch zum Himmel emporzublicken und sich zu schließen ..., um sich niemals wieder zu öffnen.

Doch es war eigenartig: Je mehr Fiora sich bemühte, sich in ihr Schicksal zu fügen, desto weniger wollte es ihr gelingen.

Der Tag war lang. Die Gefangene verbrachte ihn damit, in den Garten hinauszublicken und den Tauben zuzusehen. Freilich verlor er viel von seinem Zauber, als sie Hieronyma bemerkte, die noch immer in ihrem Trauerstaat war und Arm in Arm mit der Mutter Maddalena spazierenging ... Und mit einemmal mußte sie daran denken, was ihr Chiara bei einem ihrer Besuche im Kloster gesagt hatte: Die Äbtissin der Dominikanerinnen stand zwar mit den Albizzi auf vertrautem Fuß, ihre Mutter aber war eine Pazzi gewesen. Und in dieser verwandtschaftlichen Beziehung lag wohl auch der Grund, daß ihre Feindin bevorzugt behandelt wurde. Während diese ein Mitglied des florentinischen Adels blieb, versagte man ihr selbst das Recht, sich Tochter Francesco Beltramis zu nennen. Und während die andere wie eine Freundin aufgenommen wurde, betrachtete man Fiora als eine Gefangene.

Andererseits hatte ihre Drohung, die schändliche Behandlung, die man ihr zukommen ließ, in aller Öffentlichkeit anzuprangern, Erfolg gehabt, wie der Wechsel in die neue Zelle bewies. Und auch als man ihr gegen Mittag die Mahlzeit brachte, stellte sie fest, daß diese wenn auch nicht gerade delikat, so doch durchaus angenehm schmeckte: Es waren Fleischklößchen mit Teigwaren als Beilage sowie ein Stück Weißbrot. Nur das Wasser war das gleiche geblieben ... Fiora aß alles auf und dachte, daß der Hunger wahrhaftig kein guter Kampfgenosse war und daß man sich leichter tut, wenn man im Vollbesitz seiner Kräfte ist. Den ganzen Tag über war sie von diesem Gedanken überzeugt, doch als der Abend nahte, überfiel sie von neuem die Angst. Wie schön wäre es gewesen, wenn sie eine Freundin gehabt hätte, der sie sich hätte anvertrauen können in jenem Kloster, in dem kaum irgend jemand ihr noch zulächelte und keiner sie ansehen wollte. Ja, sie wollten nicht einmal in ihre Nähe kommen.

Wieder hatten sich die Nonnen in der Kapelle zusammengefunden, um die Komplet – die letzte Abendmesse – zu singen, als dieselbe Nonne erschien, die sie auch am Morgen schon abgeholt hatte. Sie trug eine Kerze in der Hand und war ebenso kühl und distanziert wie vorher.

»Lege dir diesen Schleier über und folge mir!« befahl sie und wies auf das weiße Stück Stoff.

»Wohin gehen wir?«

»Das wirst du gleich sehen! Aber ich rate dir, etwas weniger stolz zu sein! Dort, wohin ich dich führe, ist Bescheidenheit angebracht und nicht dieser selbstsichere Blick und dieser Hochmut!«

»Von Kindheit an hat man mich gelehrt, den Kopf aufrecht zu tragen ... unter welchen Umständen auch immer!«

Die Nonne hob die Schultern, schritt aus der Zelle und trat in das Gewölbefeld des Klosters, das dem anderen gegenüberlag und zur Kapelle führte. Fiora folgte ihr. Der leichte Wind, der vorüberstrich, hielt die Flamme niedrig. Aber es war ohnehin kein Licht notwendig: Die Nacht, die über dem Klostergarten lag, war so sternenklar, daß man den Weg mühelos erkennen konnte, und Fiora, die seit dem Morgen in ihrer Zelle eingesperrt gewesen war, atmete voller Wonne den frischen Duft ein. Doch sie gingen nicht weit – denn kaum waren sie auf der anderen Seite des Klosters angelangt, da öffnete die Nonne eine niedrige Tür und hieß ihre Begleiterin eintreten. Die beiden Frauen standen am Eingang eines stattlichen Saales, dessen romanisches Gewölbe von mächtigen Rundpfeilern getragen war. An einem Tisch, auf dem ein Leuchter mit fünf Kerzen brannte, saßen Mutter Maddalena degli Angeli und der spanische Mönch von San Marco, Fray Ignacio Ortega, und blickten ihr regungslos entgegen.

»Danke, Schwester Prisca!« sagte die Priorin. »Und du, Fiora, tritt heran. Unser ehrwürdiger Bruder Ignacio wünscht, dir einige Fragen zu stellen. Vergiß nicht, wenn du ihm antwortest, daß er ein Abgesandter unseres Heiligen Vaters Papst Sixtus ist, den Gott uns in Heil und Gesundheit erhalten möge.«

Fiora verneigte sich wortlos und fragte sich insgeheim, was wohl ein Abgesandter des Papstes zu dieser nächtlichen Stunde in einem Nonnenkloster zu suchen hatte. Auch war ihr nicht recht klar, was er ihr zu sagen haben mochte, aber da er das Gottesurteil vorgeschlagen hatte, würde sie vor ihm auf der Hut sein müssen.

Es herrschte Schweigen. Zurückgelehnt in einen dunklen Holzstuhl musterte der Mönch mit halbgeschlossenen Augen die hohe, schlanke, weiße Gestalt, die aufrecht und würdevoll vor ihm stand, ohne Angst, wie es schien, und doch keineswegs hochmütig. Das Kerzenlicht ließ ihre feinen Gesichtszüge stärker hervortreten und verlieh ihren großen grauen Augen unter dem weißen Schleier einen goldenen Glanz; der Zopf, zu dem sie ihr glänzendes Haar geflochten hatte, fiel schwer über ihre Schulter. Fray Ignacio biß sich auf die schmalen Lippen und fuhr mit der Zungenspitze darüber. Dann erhob er sich mit einem Seufzer aus

seiner bequemen Haltung und stützte sich mit den Ellenbogen auf den Tisch:
»Du behauptest, du seist Fiora Beltrami?« fragte er, nachdem er einen kurzen Blick in die Unterlagen vor ihm geworfen hatte.
»Ich habe niemals behauptet, jemand anderes zu sein. Die ehrwürdige Mutter hier kann das bezeugen: Sie kennt mich seit langem.«
»Es scheint fast, als sei die ehrwürdige Mutter ebenso von dir getäuscht worden wie alle anderen in dieser Stadt und als hättest du keinerlei Recht dazu, diesen Namen zu tragen.«
»Das Recht dazu hat mir die Signoria selbst zugestanden. Sie hat die Adoptionsurkunde unterzeichnet, die ihr mein Vater vorgelegt hat.«
»Aber diese Adoptionsurkunde war ungültig, da dein ... Vater die Signoria wissentlich getäuscht hat. In Wirklichkeit bist du die Tochter zweier sündiger Seelen, denen Gott nur Gerechtigkeit widerfahren ließ, als er sie in den Abgrund der Hölle stürzte.«
»Gott allein vermag darüber zu urteilen, was Gerechtigkeit ist, und ich glaube vor allem an seine Barmherzigkeit.«
Fioras Stimme war ebenso fest wie ihre Haltung. Fray Ignacio hob seine faltigen Lider und musterte sie so eindringlich, als wolle er sie dadurch zur Demut zwingen. Fiora hielt seinen Augen, deren Farbe unbestimmt war, stand, ohne den Blick zu senken. Eine leichte Röte überzog die Wangen des spanischen Mönchs.
»Das ist eine bequeme Einstellung! Vertrittst du sie deshalb, weil du seine Gerechtigkeit fürchtest? Und doch hast du dich sehr schnell bereit gefunden, dich dem Gottesurteil zu unterwerfen. Sicher – du warst in gewisser Weise dazu gezwungen ... Denn nicht du hast dich als erste dazu bereit gefunden, sondern die, die du beschuldigt hast. Wenn sie – und alles weist darauf hin – unschuldig ist, dann wirst du sterben. Fürchtest du den Tod nicht?«

»Ich müßte lügen, wenn ich behauptete, daß ich ihn nicht fürchte. Schließlich bin ich erst siebzehn, ehrwürdiger Vater ... Wenn ich recht behalte, werde ich nicht sterben. Dann wird es vielmehr Hieronyma sein, die stirbt, und so müßtet Ihr eigentlich sie fragen, weshalb sie so schnell eingewilligt hat.«
»Nun, weil ihr Gewissen ebenso rein ist wie ihre Seele«, rief Mutter Maddalena aus, »und weil sie voll und ganz auf Gott vertraut. Und ich bin mir keineswegs sicher, ob man von dir das gleiche behaupten kann!«
Fray Ignacio hob beschwichtigend die Hand, und die Priorin verstummte.
»Das werden wir noch sehen. Wer ist dein Beichtvater?«
Fiora zögerte. Sie beichtete nur selten, und wenn, dann mal beim Pfarrer der Santa-Trinita-Kirche und mal beim Pfarrverweser von Orsanmichele, ohne daß sie zu sagen vermocht hätte, wen von beiden sie bevorzugte. Es hing ebensosehr von der Zeit wie von ihrer Laune ab, und da sie nie eine schwere Sünde begangen hatte, schien es ihr unnütz, ihre geheimsten Gedanken einem Menschen anzuvertrauen, der ihr so gut wie unbekannt war. Freimütig gestand sie, welchen Anteil diese beiden Überlegungen an ihrem religiösen Leben hatten, und als sie sah, wie Fray Ignacio seine große Nase rümpfte, war ihr augenblicklich klar, daß sie ihn damit aufs höchste schockiert hatte:
»Was sagst du da? Du hast keinen, der dein Gewissen lenkt?«
»Ich hatte immer Vertrauen in die Weisheit und die Aufrichtigkeit meines Vaters. Er war es, der mein Gewissen lenkte ...«
»Ein Mann, der so gut lügen konnte? Er wird dich wohl kaum der Kirche nahegebracht haben. Denn ihr hätte man dich eigentlich nach deiner Geburt anvertrauen sollen, damit du in der wohltuenden Strenge eines Klosters hättest Buße tun können für die schwere Sünde deiner Geburt, von der dich selbst die Taufe nicht reinzuwaschen vermochte.«

»Mein Vater dachte nicht daran, mich derart für etwas büßen zu lassen, an dem ich selbst unschuldig war. Er wollte immer, daß ich mich für ein Mädchen wie alle anderen auch hielt. Er wollte, daß ich glücklich bin ...«

»Das ist wohl zweifellos auch der Grund dafür«, fuhr Mutter Maddalena dazwischen, »weshalb er dich nach den gottlosen Lehren der antiken Philosophen hat erziehen lassen, deren Geist in dieser Stadt wie eine Seuche umgeht, in der man den profanen Schriften, den Künsten, den Festlichkeiten und dem Vergnügen all das opfert, was nur Gott zukommen sollte.«

»Der Papst weiß von alledem, meine liebe Schwester, und er ist sehr darüber besorgt. Die geistige Wirrnis, die in Florenz herrscht, bekümmert ihn um so mehr, als die Herrscher selbst ein beklagenswertes Beispiel dafür geben. Die Brüder Medici legen offenbar nur wenig Wert auf den christlichen Glauben und die Ehre der Frauen. Ehebruch und Ausschweifung greifen an ihrem Hof ungehemmt um sich. Sie haben die Leute, die seit jeher zu Ruhm und Reichtum der Stadt beigetragen haben, ins Exil geschickt, getötet oder einfach nur in Ungnade fallen lassen – aus ihren Räten entfernt und statt dessen einfache Leute an ihre Stelle berufen ... Doch Gott wird sie nicht vergessen!«

Verblüfft betrachtete Fiora den Mönch, der sich wie in Ekstase befand. Die Augen auf das Deckengewölbe gerichtet, als warte er darauf, daß es sich auftat und der himmlischen Strafe Einlaß gewährte, stand er mit geballten Fäusten am Tisch und ließ seinem wütenden Fanatismus freien Lauf ... ebenso wie seinem Haß gegenüber den Medici ...

»Glaubt Ihr, daß der Antichrist eines Tages von unserer Welt verschwunden sein wird?« fragte Mutter Maddalena mit verschlungenen Händen und Tränen in den Augen.

Jäh kam Fray Ignacio wieder zu sich und wischte sich den Schweiß von der Glatze.

»Genau das hofft Seine Heiligkeit, und ich bin gesandt worden, um ihm mit Auge und Ohr zu dienen. Ich bin fremd hier und somit unparteiisch, aber was ich bisher erlebt habe, bestärkt mein Bedauern darüber, daß das wirksame Instrument der Inquisition, das unter unserer Aufsicht so viel Erfolg zeigte, den Predigermönchen übertragen worden ist, die sich kaum darum kümmern. Dagegen wäre zu wünschen, daß die Inquisition in diesem Land wieder mit aller Strenge eingeführt würde. Auch Königin Isabella von Kastilien, die mich nach Rom entsandt hat, sähe es übrigens gern, wenn der Papst in ihren Königreichen, die sie von den ungläubigen Mauren zurückzuerobern hofft, die Einführung der Inquisition gestattete ..., aber mir scheint, wir kommen ein wenig vom Fall dieses Mädchens hier ab, die das alles offenbar nicht interessiert. Statt dessen sieht sie uns mit großen Augen an. Den Blick zu senken, muß sie erst noch lernen!«

»Wir kommen gar nicht so weit davon ab, wie Ihr meint, höchst ehrwürdiger Bruder. Denn ist sie nicht das schlimmste Beispiel für eine gottlose Erziehung?«

»Bücher zu lesen hat noch niemals daran gehindert, dem Herrn zu dienen und ihn zu lieben«, erwiderte Fiora empört. »Ich glaube, ich bin eine ebenso gute Christin wie ...«

»Wie ich vielleicht? Du vergißt dich wohl, Fiora!«

»Lassen wir das, meine Schwester!« unterbrach sie Fray Ignacio barsch. »Im Augenblick bin ich hier, um eine Seele zu retten, solange noch Zeit dazu ist. Du sagtest soeben, daß du den Tod fürchtest, Sünderin. Das will ich dir gern glauben, denn du bist in der Tat jung ... und schön, auch wenn deine Schönheit das Blendwerk des Bösen ist. Ich will dir also eine einfache Frage stellen: Möchtest du leben?«

»So Gott will und mich der Fluß nicht in die Tiefe reißt, werde ich leben«, erwiderte Fiora ruhig.

»Ich muß gestehen, du hast Mut ..., oder rechnest du damit, daß ... der andere dir hilft?«

»Der andere? Welcher andere?«

»Spiele nicht die Unschuldige. So unschuldig schaust du nicht drein. Ich meine den, an den sich die Hexer und Hexen immer wenden, und du verfügst durchaus über alle Attribute einer Hexe. Ich habe Frauen wie dich gesehen, die selbst noch im Angesicht des Scheiterhaufens lächelten ...«
»Habt Ihr mich etwa hierherkommen lassen, um mich zu beleidigen?« rief Fiora empört. »Ich bin ebensowenig eine Hexe, wie es meine armen Eltern waren, deren einziges Verbrechen darin bestand, den Menschen zu lieben, der ihnen versagt war!«
»Ich rate dir, sie nicht allzu oft zu erwähnen! Aber wie dem auch sei, ich will dir gern glauben: Du bist also keine Hexe«, fuhr der Mönch mit einer Stimme fort, die, eben noch kalt und schneidend, nun plötzlich sanft und einschmeichelnd klang. »Du bist nur ein armes Schaf Gottes, das von bösen Hirten in die Irre geleitet wurde. Deshalb gebe ich dir den Rat, dich in Sicherheit zu bringen.«
»Kannst du denn verhindern, daß ich ins Wasser gestoßen werde, wo doch die ganze Stadt voller Ungeduld auf das Ereignis wartet?«
»Ich sehe, du machst dir kaum Illusionen darüber, was du von seiten deiner ehemaligen Freunde zu erwarten hast«, sagte Fray Ignacio mit einem feinen Lächeln. »Nun, mir selbst ist es nicht möglich, dich vor dem Gottesurteil zu bewahren. Der einzige Mensch, der das kann, bist du selbst.«
»Ich?«
»Wer sonst? Du mußt nur eine Kleinigkeit dafür tun: Gestehe hier vor mir, daß du diese arme Frau ... aus Kummer vielleicht – du siehst, ich gebe mir Mühe, dich zu verstehen! – zu Unrecht beschuldigt hast ... Bedenke, daß sie auf die schreckliche Bewährungsprobe, die ich vorgeschlagen habe, eingegangen ist, als handele es sich dabei um einen rettenden Strohhalm. Sie kann also nicht schuldig sein. Gestehe, daß du dich geirrt hast, und ich werde dafür sorgen, daß sich die Menschen hier in Florenz beruhigen ...«

»Und wenn ich mich nun dazu bereit erkläre, was wird dann aus mir?«

»Du wirst zunächst im Kloster bleiben unter der Obhut Mutter Maddalenas. Das wird das Klügste sein, denn wie du selbst schon sagst: Die guten Florentiner sehen in dir nunmehr ... ein nichtswürdiges Geschöpf. Und das Vermögen deines Vaters könntest du ohnehin nicht mehr zurückerlangen: Der Medici wird nur allzu froh sein, wenn er es für sich behalten kann. Man würde dich nur beschimpfen und auf die Straße jagen.«

»Aber was würde mich denn dazu zwingen, hierzubleiben? Ich könnte Florenz doch den Rücken kehren!«

»Das wirst du ja auch tun. Wenn sich die Gemüter ein wenig beruhigt haben und man dich vergessen hat, werde ich dich nach Rom bringen lassen, wo dich Seine Heiligkeit auf meine Bitte hin empfangen wird. Dann kannst du entscheiden, ob du in ein dir genehmes Kloster gehen oder in die Dienste einer Adeligen eintreten willst. Wie zum Beispiel der Nichte des Papstes: Gräfin Catarina ... Sie würde eine junge Frau, die von den Medici auf schändliche Weise fallengelassen und ihres Erbes beraubt worden ist, gewiß voller Güte aufnehmen.«

Zunächst war Fiora von dem plötzlich so freundschaftlichen Ton des spanischen Mönchs verwirrt und verstand nicht recht, weshalb diesem soviel daran lag, sie zu einer Zurücknahme ihrer Anschuldigung zu bewegen, aber nun begriff sie mit einemmal. Fray Ignacio war gekommen, um über die vermeintliche Verderbtheit und den Machtmißbrauch Lorenzos und Giulianos Erkundigungen einzuholen, und beabsichtigte, sie zu einem seiner Schachzüge zu benutzen. Wenn sie sich auch in politischen Dingen nur wenig auskannte, so war sie doch ausreichend informiert, um zu wissen, daß Sixtus IV. ein Erzfeind der Medici war, weil er Florenz seinem Neffen Girolamo Riario, dem Ehemann Catarina Sforzas, vermachen wollte. Er setzte alles daran, diejenigen um sich zu scharen, die dem Herrscher der begehrten Stadtrepublik feindlich gesonnen waren. So würde Fiora in Rom auf Francesco Pazzi treffen, der bei der *Giostra* eine Niederlage erlitten hatte und über den man munkelte, daß der Papst ihn an seinen Geldgeschäften beteiligte und daß er mit dem Segen des alten Jacopo bereits den größten Teil des Familienvermögens nach Rom geschafft hatte.

Würde Hieronyma in aller Öffentlichkeit für rein und unschuldig erklärt, so wäre das für Lorenzo, der versucht hatte, Fiora zu verteidigen, eine stete Beleidigung ... Und höchstwahrscheinlich gelänge es ihr auch, sich von der Signoria einen erheblichen Teil des Vermögens von Beltrami zusprechen zu lassen.

Als er sah, daß die junge Frau schwieg, wurde Fray Ignacio ungeduldig:

»Nun? Was hast du dazu zu sagen? Das ist ein großzügiges Angebot, wie ich meine?«

»Das will ich auch meinen«, sagte die Priorin. »Ich für meinen Teil bin bereit, dich hierzubehalten, wo man dich deiner Situation entsprechend als einen Schützling der Kirche behandeln wird ...«

Fiora betrachtete sie eindringlich: Sie, die Oberin, deren Augen noch immer feucht vor törichter Gefühlsseligkeit waren, und dann den Mönch, der die störende Angewohnheit hatte, sich ständig auf die Lippen zu beißen und mit der Zunge darüberzufahren. Sie fühlte sich von beiden gleichermaßen abgestoßen.

»Ich danke euch beiden sehr ... für das wohlwollende Interesse, das ihr mir entgegenbringt, aber ich ziehe es vor, das Gottesurteil abzuwarten. Ich hoffe, es gestattet mir zu beweisen, daß ich recht habe!«

Fray Ignacio, der sich wieder hingesetzt hatte, schnellte von seinem Sitz hoch:

»Arme Irre! Damit hast du dein Todesurteil unterschrie-

ben!« jammerte er, während seine Begleiterin zum Himmel emporblickte und die Hände rang.
»Woher willst du das wissen, ehrwürdiger Vater! Es könnte doch auch sein, daß ich überlebe.«
»Aber nicht auf dem Scheiterhaufen! Ich hatte doch recht: Du bist eine Hexe, und sollte das Unglück es wollen, daß du aus dem Fluß lebend wieder auftauchst, so werde ich dich zum Scheiterhaufen verurteilen lassen! Genauso wie ich vielleicht den Medici und seine Anhängerschaft eines Tages dazu verurteilen lasse. Ich weiß, daß er mit einem griechischen Arzt Umgang pflegt, der ein Zauberer ist und über seherische Fähigkeiten verfügt. Er muß eine Ausgeburt der Hölle sein! Sobald der Papst diese verfluchte Stadt einmal in seinen Händen haben wird, werden sie euch alle verbrennen ... du aber, du wirst vor allen anderen auf den Scheiterhaufen gehen, und das zum höchsten Ruhm Gottes!«
Er war außer sich, und mit seinem wutverzerrten, schäumenden Mund und den funkelnden Augen sah er im flakkernden Licht der Kerzen aus wie der Teufel selbst.
»Gott allein wird darüber befinden. Aber seinen Ruhm solltest du ihm selbst überlassen. Er versteht sich gewiß besser darauf als du!«
»Ist das dein letztes Wort? Du lehnst also ab?«
»Ja. Und jetzt würde ich mit deiner Erlaubnis gern in meine Zelle zurückkehren. Es ist schon spät ..., und ich möchte in Ruhe beten.«
»Ruchlose! Nach dem Scheiterhaufen erwartet dich das Höllenfeuer!«
Er schrie so laut, daß Mutter Maddalena – aus Angst sicherlich, er könnte von den Nonnen gehört werden – hastig in die Hände klatschte, um Schwester Prisca herbeizurufen. Die Nonne konnte nicht weit weg gewesen sein, denn sie erschien unverzüglich. Und schon im nächsten Augenblick war Fiora wieder auf dem Weg zurück zu ihrer Zelle. Kaum war sie dort angelangt, da hörte sie die Nonnen aus der Ka-

pelle herauskommen. Fiora bemerkte, wie sie auf leisen Bastsohlen entlangschritten und tuschelten: Sicherlich hatten sich die Töchter der heiligen Lucia gefragt, weshalb die Mutter Priorin nicht an der Abendmesse teilgenommen hatte. Dann aber war kein Laut mehr zu hören – nur das wütende Gebell eines Hundes in der Nachbarschaft und wenig später die wiederholten Rufe der Wachsoldaten, die von den Türmen der Stadtmauer aus einander antworteten.
Fiora sah, daß man ihr während ihrer Abwesenheit das Abendessen gebracht hatte, das diesmal aus einem Käseteig mit Basilikumsoße bestand. Aber es war kalt geworden, und so aß sie nur wenig davon. Da ihr die Mahlzeit zu schwer war, beschränkte sie sich auf das Brot und das Wasser. Obgleich sie den ganzen Tag über keine Bewegung gehabt hatte, fühlte sie sich abgespannt; vor allem ihr Kopf war müde ...
Als sich die Tore des Klosters hinter ihr geschlossen hatten, hatte Fiora gehofft, wenigstens etwas Ruhe zu finden. Aber seit sie hier war, an diesem Ort, der dafür geschaffen war, zu beten und zu meditieren, hatte sie nichts als Boshaftigkeit, Engherzigkeit und Verachtung verspürt. Und nun hatte sie an diesem Abend noch zwei fanatischen Seelen begegnen müssen, die entschlossen waren, sie für ihre Machenschaften zu benutzen. Sogar mit dem Scheiterhaufen hatte der Mönch ihr gedroht. Und trotz der Angst, die er ihr einflößte, hatte sie nicht nachgegeben, und sie war froh darüber ...
Sie dachte daran, daß ihr nur noch zwei Tage blieben, und angesichts der Zeit, die so unaufhaltsam verflog, krampfte sich ihr Herz zusammen. In einem Kerker hatte ihr Schicksal seinen Anfang genommen; sollte es nun in einem anderen Kerker enden? Sie dachte an ihre Mutter und an all das, was sie erduldet hatte. Wie sehr mußte Marie an Leib und Seele in jenen schweren Stunden der Geburt gelitten haben, bewacht von unbarmherzigen Aufsehern und in dem schrecklichen Gedanken, daß sie nicht das Recht haben

würde, dieses kleine Geschöpf leben zu sehen, ja daß es sogar binnen kurzem sterben würde! Tage und Nächte waren es, die sie im Todeskampf verbracht hatte mit dem Beil des Henkers als einziger Hoffnung ... Ihr aber hatte wenigstens die Nähe des Geliebten Halt gegeben, den sie noch in ihrer letzten Stunde bei der Hand hatte halten können, während Fioras Liebe verloren schien ... Wie anders wäre alles gewesen, hätte Philippe sie wirklich geliebt, so geliebt, wie Jean Marie geliebt hatte – Jean, den sie nicht so recht als ihren Vater anzusehen vermochte!

Eines Tages würde ihr eigenartiger Gemahl erfahren, daß Fiora, die er geschworen hatte zu lieben und zu verteidigen in guten wie in schlechten Zeiten, elendig gestorben war. Ob er ihr nur eine einzige Träne nachweinte? Aber nein, ein Selongey durfte ja nicht weinen. Gewiß würde er eher eine große Erleichterung verspüren. Denn dann war ja die Schande ausgemerzt und der Fleck verschwunden ... Und er konnte sich frohgemut einer anderen zuwenden, einer Frau, die – wer weiß? – bereits einen festen Platz in seinem Leben und in seinen Gedanken einnahm.

An diesem Abend wollte es Fiora nicht recht gelingen zu beten. Allzu weit war Gott von ihr entfernt und allzu gleichgültig ihr gegenüber, da er zuließ, daß ein Fluch auf einer Unschuldigen lastete. Und was diejenigen betraf, die seinen Ruhm und seine Güte auf Erden vermehren sollten, so hatten sie ihr alles andere gezeigt als das Antlitz des Gekreuzigten und seiner zärtlichen Mutter ... Weinend versank Fiora in Schlaf.

Der darauffolgende Tag war trostlos. Am frühen Morgen erschien eine andere Laienschwester, nahm die kaum angerührte Schüssel mit und wischte flüchtig die Zelle auf; doch hielt sie während der ganzen Zeit, die ihre Arbeit in Anspruch nahm, den Blick hartnäckig gesenkt und antwortete Fiora mit keinem Wort.

Den ganzen Tag über war sie dann allein. Nicht einmal mehr

etwas zu essen brachte man ihr; man hatte wohl beschlossen, ihr ein strengeres Strafmaß aufzuerlegen als spürbare Reaktion auf ihr Verhalten gegenüber dem Tribunal, das am Abend zuvor die Priorin und der spanische Mönch abgehalten hatten. Sie nahm es gelassen hin und bedauerte nur, wenn die Stunde des Gottesgerichts schlüge, mit geringerer Kraft in die Bewährungsprobe gehen zu müssen.
Den ganzen Tag verbrachte sie zusammengerollt auf ihrem Bett. Draußen fiel seit dem Morgen ununterbrochen ein feiner Regen vom Himmel und setzte den Garten unter Wasser. Es sangen keine Vögel mehr, und je weiter der Tag vorrückte, desto mehr fühlte Fiora, wie ihr Herz schwer wurde. Als der Abend anbrach, erschien zu ihrer großen Überraschung die gleiche Schwester, die schon am Morgen bei ihr gewesen war, und brachte ihr Brot, Wasser und einen großen Teller mit einer dicken Suppe, die nach frischem Gemüse duftete. Und zu ihrer noch größeren Überraschung sprach sie mit ihr.
»Sie ist heiß«, sagte die Laienschwester. »Iß schnell!«
Sie sprach in fast freundschaftlichem Ton, und Fiora fühlte, wie ihr Herz sich erwärmte. Sie war die erste hier in diesem Hause, die mit ihr wie mit einem menschlichen Wesen umging.
»Danke schön«, sagte sie mit einem Lächeln, das die Schwester jedoch nicht erwiderte. Aber das war unwichtig. Mit gesundem Appetit, wie er jungen Leuten eigen ist, löffelte sie die Suppe, die ihr trotz des ungewöhnlichen, undefinierbaren Geschmacks köstlich erschien. Sie hatte überdies gar nicht die Zeit, sich darüber den Kopf zu zerbrechen, denn kaum hatte sie den letzten Löffel zu sich genommen, als ihr der Teller aus den Händen glitt. Fiora fielen die Augen zu, und sie versank in tiefen Schlaf ...

8. Kapitel

Das Hünenweib

Als Fiora die Augen aufschlug, befand sie sich in einer Umgebung, die so gänzlich anders war, als die, in der sie eingeschlafen war, daß sie glaubte, noch immer zu träumen, und deshalb sogleich die Augen wieder schloß. Aber ihr schwerer Kopf, ihr trockener Mund und ein unangenehmes Gefühl von Übelkeit brachten ihr die Wirklichkeit deutlich zu Bewußtsein. Erneut hob sie die Augenlider und versuchte, sich aufzurichten, da verspürte sie einen heftigen Schmerz in ihrem Kopf, und mit einem Stöhnen sank sie zurück. Regungslos und ohne auch nur das geringste zu begreifen, musterte sie die unglaubliche Umgebung, in der sie sich befand. Der Raum glich einem Schwitzbad, denn Fiora sah einen großen Holzzuber auf dem Kachelboden stehen, in den eine Abflußrinne eingelassen war, die in ein Loch unten an der Wand mündete. Auch ein Kohlebecken war vorhanden, und obgleich kein Feuer darin brannte, war der Rohputz an der Decke schwarz von Ruß. Fiora kam sich vor wie in einem Gefängnis, denn hoch oben in der Wand war ein Fensterloch eingelassen, durch das nur wenig Licht drang; andererseits hatte der Raum durchaus etwas von einem Zimmer an sich, denn das Bett, in dem Fiora lag, war bequem und groß genug für drei oder vier Personen. Laken und Bettücher waren sauber, und der Bettvorhang aus einem Stoff mit großem Rankenmuster in grellen rot-gelben Tönen war zwar recht ausgefranst, wies aber als Zeichen einer glanzvollen Vergangenheit vereinzelt goldene Fäden auf. Auf einer großen Truhe, von der die grüne Farbe abgeblättert war, brannte ein eiserner Leuchter mit sechs Kerzen, an dem jede Menge Wachs heruntertropfte und der die Wand beleuch-

tete, die sich dem Bett gegenüber befand. Und diese war bemalt ...
Mit groben Pinselstrichen – denn das Gemälde trug keineswegs die Handschrift jener jungen Malergenies, die der Stolz von Florenz waren, sondern zeugte ganz im Gegenteil von einem ausgeprägten Sinn für drastische und naive Darstellung und schwelgte in Farben – hatte der unbekannte Maler an der Wand die Liebesabenteuer einer drallen Nymphe mit einem stämmigen Satyr dargestellt. Fiora wurde dunkelrot, so sehr war sie davon angewidert, und kniff die Augen zu, um das schändliche Machwerk nicht länger ansehen zu müssen.
»Wenn du dich schlafend stellen willst, dann bist du bei mir an der falschen Adresse!« hörte sie jemanden mit heiserer Schnapsstimme sagen.
Als Fiora vorsichtig unter ihren Augenlidern hervorspähte, war das Wandbild verschwunden. Statt dessen stand ein Ungetüm vor ihr: ein hünenhaftes Wesen mit der tiefen, rauhen Stimme eines Landsknechts, mit Händen wie Dreschflegeln und Schultern, die einem Lastenträger zu gehören schienen, ganz zu schweigen von den Armen, die vor Muskeln nur so strotzten. Fiora erschien die Gestalt geradezu riesenhaft und fast ebenso breit wie hoch. Und doch war es nicht zu leugnen: Die da vor ihr stand, war eine Frau. Das bewiesen die Brüste, die unter dem grellgrünen Seidenkleid wie Schiffskanonen hervorragten sowie das wallende, krause rote Haar, unter dem sich ein Gesicht verbarg, das ebenso grobschlächtig war wie der übrige Körper und dem man doch eine gewisse Schönheit vielleicht nicht hätte absprechen mögen, wäre es nicht gar so stark geschminkt und wären die Augen etwas größer gewesen; sie blickten kalt wie zwei kleine grüne Kieselsteine. Eine Fülle von Schmuck klirrte und glitzerte leise bei jeder ihrer Bewegungen.
»Ich stelle mich nicht schlafend«, sagte Fiora, »aber ich wüßte gern, wo ich bin.«

»Das ist nicht schwer zu beantworten: Du bist hier bei mir.«
»Was heißt das, bei dir? Wer bist du?«
Die Frau lehnte sich schwer gegen die Bettsäulen, so daß das Bett schwankte und Fiora erneut einen heftigen Schmerz verspürte.
»Wo du hier bist, geht dich nichts an! Und was mich betrifft: Ich werde Pippa genannt, die große Pippa oder auch das Hünenweib. Da du nicht in meinen Kreisen verkehrst, sagt dir das auch nicht viel.«
»Nein ..., gar nichts. Aber wie bin ich hierhergekommen? Ich bin doch gestern abend noch im Kloster eingeschlafen.«
»Das war nicht gestern abend: das war vorgestern abend. Ich hab' schon geglaubt, du würdest gar nicht mehr aufwachen ... und die Nonnen hätten dir von ihrem Schlafmittel ein bißchen zuviel verpaßt ...«
»... Schlafmittel? Weshalb denn?«
Pippa brach in wieherndes Gelächter aus und entblößte dabei Zähne, stark wie Mühlsteine:
»Aus purer Freundlichkeit. Du weißt doch, es sind Heilige. Sie haben sich wohl gedacht, daß es Verschwendung wäre, dich ins Wasser zu werfen.«
»Willst du damit sagen ..., daß sie mich hierhergebracht haben?«
»Man muß ja nicht gleich übertreiben! Oder kannst du dir etwa vorstellen, daß die guten Schwestern hierherkommen?«
Wieder lachte sie aus vollem Halse!
»Tu' mir den Gefallen und höre auf zu lachen!« stöhnte Fiora. »Ich habe wahnsinnige Kopfschmerzen und außerdem ist mir übel! Ich habe einen ganz pelzigen Mund.«
Sofort hörte Pippa auf, runzelte die Stirn und befühlte den Kopf der jungen Frau.
»Genau, was ich gesagt habe: Sie haben dir zuviel verpaßt. Na, wir werden das schon wieder hinkriegen!«
Kurz darauf kehrte sie mit einer großen dampfenden Ton-

tasse zurück, von der ein angenehmer Duft ausging. Sie drückte sie Fiora in die Hände, hielt diese unter den Schultern und setzte sie auf.

»Trink das! Ich weiß, es ist sehr heiß, aber das macht nichts.«

Obgleich sich Fiora fast den Mund verbrannte, trank sie mit heldenhafter Miene alles aus. Trotz des Honigs schmeckte der Tee, der aus viel Zitrone, Pfefferminz und noch einer anderen, undefinierbaren Substanz bestand, bitter. Nachdem sie alles ausgetrunken hatte, glühte die junge Frau bis in die Haarwurzeln und war bald schweißgebadet. Als Pippa sie wieder ins Bett legte und alles, was sie in der Holztruhe an Decken finden konnte, über ihr ausbreitete, protestierte Fiora zwar, aber Pippa wollte nichts davon hören.

»So!« sagte sie befriedigt. »In einer Stunde komme ich zurück und sehe nach dir. Und wehe, du rührst dich!«

Eine Stunde später war das Bett klatschnaß geschwitzt, und Fiora verspürte weder Kopfschmerzen mehr, noch war ihr übel. Statt dessen kam sie schier um vor Hunger, und als das mächtige Weib mit frischen Laken wieder im Zimmer erschien, fragte Fiora, ob es möglich sei, irgend etwas zu essen zu bekommen. Pippa lachte:

»Man könnte fast meinen, es geht dir besser? Das seh' ich gern. Ich mag es nicht, wenn jemand bei mir krank ist. Gleich lasse ich dir etwas zu essen bringen. Aber jetzt steh' auf. Ich muß die Laken wechseln!«

Fiora erhob sich und stellte fest, daß sie noch immer das Hemd trug, das man ihr im Kloster Santa Lucia gegeben hatte, und daß es ebenso durchgeschwitzt war wie alles andere.

»Zieh das aus!« befahl Pippa, die einem Erdbeben gleich im Handumdrehen den Kohleofen in Gang gesetzt, duftende Kräuter darauf verteilt hatte und sich nun über das Bett hermachte.

»Was soll ich anziehen?« fragte Fiora und sah sich suchend nach einem Kleidungsstück um.

»Nur zu! Das sehen wir dann schon! Mach' schnell!«
Fiora zog das Hemd aus und streckte die Hand nach einer der Decken aus, die Pippa vom Bett nahm, um sich darin einzuwickeln, doch schroff hielt sie die Frau davon ab:
»Halt' mal still! Ich muß mir schließlich ansehen, wie du nackt aussiehst. Ein hübsches Gesichtchen ist zwar schön und gut, aber der Rest muß auch stimmen ... Halt' still, hab' ich dir gesagt! Zwing' mich nicht, jetzt schon die Peitsche zu holen!«
»Die Peitsche?« rief Fiora empört aus. »Ich verbiete dir, mich auch nur anzurühren! Denkst du, ich ließe so mit mir umspringen? Ich kenne dich nicht, und ich will hier raus!«
Ohne sich darum zu kümmern, wie sie aussah, stürzte sie auf die Tür zu, doch Pippa packte sie so fest beim Arm, daß Fiora sich wie in einem Schraubstock fühlte.
»Willst du wohl endlich Ruhe geben?« fuhr das Weib sie an. »Hier wird getan, was ich sage, und du gehst nur dorthin, wohin ich es will! Hast du kapiert?«
Fiora krümmte sich unter dem eisernen Griff und tat sich nur dabei weh. Mit Tränen der Wut in den Augen, die sie mit Mühe zurückzuhalten vermochte, mußte sie sich schließlich wohl oder übel hinstellen und den prüfenden Blick des Weibsstücks über sich ergehen lassen. Diese hatte sie nun losgelassen und war einige Schritte zurückgetreten, um sie von Kopf bis Fuß zu begutachten; dann trat sie wieder auf sie zu, befühlte ihre Brüste, um zu prüfen, wie fest sie waren, tätschelte ihren Bauch und ihr Gesäß, fuhr ihr über die Schenkel und warf Fiora schließlich mit einem Seufzer ein abgetragenes Hemd aus roter Seide zu.
»Wenn ich mit dir kein Vermögen mache, dann bin ich wirklich der allergrößte Tölpel! Denn, Teufel noch mal, du bist wirklich ein Prachtexemplar! Der Freier wird zufrieden sein, hoffentlich richtet er dich nicht übel zu ...«
»Der ... Freier?« wiederholte Fiora verdutzt. »Welcher Freier? Was willst du von mir?«

Die Hände in die Hüften gestemmt und Fiora um Kopfeslänge überragend, baute sich Pippa vor ihr auf.
»Der Freier ist der, der dich hierherbringen ließ, zu mir, Pippa, der berühmtesten Kupplerin vom Tyrrhenischen Meer bis zur Adria! Er will dich entjungfern und so oft mit dir schlafen, bis ihm die Lust daran vergeht! Oder bis ihm das Geld ausgeht, und ich hoffe, daß das bald der Fall sein wird, denn jetzt, da ich dich gesehen habe, habe ich keineswegs die Absicht, dich an irgendeinen x-beliebigen zu verkaufen. Ich hab' da schon so eine Idee ...«
Als Fiora begriff, in was für einer schrecklichen Situation sie sich befand, geriet sie – anders als Pippa vermutet hatte – außer sich vor Empörung.
»Glaubst du etwa, ich ließe so mit mir umgehen?« schrie sie Pippa an. »Du weißt wohl nicht, wer ich bin ...«
»Wer du warst, meinst du wohl? Denn jetzt bist du nichts mehr, Fiora Beltrami, ja weniger sogar als das: Du bist eine Verbrecherin, die auf der Flucht ist, eine Hexe, die nicht nur von der Kirche verfolgt wird, sondern hinter der auch die Wächter des Bargello her sind! Soll ich dir sagen warum?«
»Warum denn?«
»Dann hör' zu! Gestern morgen haben die Schwestern von Santa Lucia bemerkt, daß du mit Hilfe einer Leiter über den Hinterhof geflohen bist. Man hat deinen Schleier unter der Leiter gefunden. Natürlich glaubt jeder, daß du ausgerissen bist, weil du Angst vorm Gottesgericht hattest. Also mußtest du auch schuldig sein. Und da du nicht da warst, hat dich die Signoria eben verurteilt. Der Prior von San Marco war da, zusammen mit einem spanischen Mönch, und beide haben gefordert, dich, sobald man dich fände, in die Stinche[1] zu werfen, bis du verurteilt wirst ... und auf den Scheiterhaufen kommst! Hast du jetzt kapiert?«

---

1) Das Gefängnis von Florenz.

Fassungslos brach Fiora zusammen und sank auf die Dekken nieder, die in einem unordentlichen Haufen am Boden lagen. Sie hatte die höllische Intrige, die gegen sie gesponnen wurde, durchschaut. Drahtzieher waren gewiß die Pazzi, der alte Jacopo und seine ruchlose Schwiegertochter. Jetzt war ihr auch klar, weshalb Hieronyma so eifrig nach dem Gottesurteil verlangt hatte: Es mußte alles schon längst abgesprochen gewesen sein, als es zu dem skandalösen Auftritt auf dem Domvorplatz kam. Auch die Komplizen hatten damals schon festgestanden, allen voran der Prior von San Marco und Fray Ignacio Ortega – denn kam dieser nicht aus Rom, wo Francesco Pazzi am Hof des Papstes in hoher Gunst stand? –, und verbittert stellte Fiora fest, daß die Macht der Medici auf tönernen Füßen stand und daß es möglich, ja sogar leicht möglich war, sie zu unterhöhlen, wenn man das Volk, jenes tausendköpfige Ungeheuer, dessen Meinung sich beständig änderte, manipulierte. Genauso wie vielleicht sogar die Signoria, die Lorenzo doch immerhin mit Leuten besetzt hatte, von denen er glaubte, sie seien ihm treu ergeben. Fiora selbst hatte dieses Wetterwendische zu spüren bekommen, und ein weiterer Stimmungsumschlag konnte möglicherweise auch die Medici selbst hinwegfegen, da doch die Pazzi, obgleich verbannt und halbwegs ruiniert, noch immer imstande waren, Einfluß zu nehmen und die Dinge für sich zu entscheiden.
Mit verschränkten Armen baute sich das Hünenweib vor Fiora auf und kostete ihren Triumph über jenes schöne Geschöpf aus, das sie am Boden zerstört glaubte. Aber da kannte sie Fiora schlecht. – Jäh stand diese auf und sah ihr gerade ins Gesicht:
»Wenn alle glauben, ich sei geflohen, ist es dann nicht sehr riskant für dich, mich hierzubehalten?« fragte sie kühl.
»Ich glaube nicht, daß ich allzuviel riskiere. Wer kommt schon auf den Gedanken, die Tochter Beltramis in einem Haus wie diesem zu suchen? Jedenfalls ist's mir das wert.

Ich sagte dir ja schon, daß ich dich brauche, um endlich reich zu werden.«

»Indem du mich irgendwelchen Männern auslieferst, die zu dir kommen? Du vergißt eines: Hier in Florenz kennen mich viele; es könnte mich jemand ...«

»Wiedererkennen, meinst du? Hältst du mich für blöd? Natürlich kann das passieren, aber du glaubst doch etwa nicht, daß ich dich – abgesehen von dem, der dich jetzt will – mit jedem x-beliebigen schlafen lasse, auf die Gefahr hin, daß dir irgendein Betrunkener den Bauch aufschlitzt? Du bist schließlich nichts für einen besoffenen Matrosen. Wenn du's genau wissen willst: Die, die dich hierhergebracht haben, wollen, daß ich dich, nach allem, was du weißt, nach Ancona schaffe, um dich dort möglichst ohne viel Aufhebens ..., aber zu einem guten Preis, an irgendeinen türkischen Seeräuber zu verkaufen.«

»In Ancona? Auf päpstlichem Boden? Das glaubst du doch selbst nicht!«

»Und ob. Unser jetziger Heiliger Vater schert sich nicht um Kreuzzüge. Ihm geht's in erster Linie um's Geld. Außerdem weiß er längst nicht immer, was sich hinter seinem Rücken abspielt ... Aber du kannst beruhigt sein: Da wirst du nicht hinkommen. Ich riskiere doch nicht, dich voreilig an irgendeinen Türken zu verkaufen, wenn es gleichzeitig in Rom einen Kardinal gibt, der dich in Gold aufwiegt ...«

»Ein Kardinal?« fragte Fiora entsetzt.

»Warum nicht? Es sind Männer wie alle anderen auch, und der hier erst recht. Dem darf man kein hübsches Mädchen versprechen. Er heißt Rodrigo Borgia und ist der Kardinalvizekanzler! Ein wahrer Hengst! Du wirst schon sehen ...«

»Ich werde überhaupt nichts sehen«, schrie Fiora sie an. »Glaubst du etwa wirklich, ich bliebe hier?«

»Es wird dir gar nichts anderes übrigbleiben!«

»Dann bringe ich mich eben um!«

»Dazu wirst du keine Gelegenheit haben. Wir werden dich

schön bewachen, mein Schätzchen. Aber jetzt ist es genug. Ich dachte, du hättest Hunger?«

»Der ist mir über unserer netten Unterhaltung vergangen ...«

Pippa packte Fiora daraufhin so unsanft beim Kinn, daß es ihr weh tat:

»Mach' dich bloß nicht über mich lustig! 's könnte dir noch leid tun!«

»Na, na! Du hast mir doch eben selbst gesagt, daß du nicht zu denen gehörst, die gute Ware verkommen lassen.«

»'s gibt auch noch andere Mittel als die Peitsche. Paprika zum Beispiel, wenn man es nur auf die richtige Stelle streut. Leg' dich jetzt hin. Ich laß' dir was zu essen bringen, und dann wirst du noch mal schlafen. Es gibt nichts Besseres, um schön zu sein, als anständigen Schlaf und gute Nahrung. Ab morgen mußt du vorzeigbar sein ...«

Doch Fiora hatte keine Lust mehr zu schlafen. Kaum war sie allein, als sie eingehend ihre neue Bleibe musterte und nach irgendeinem Ausgang suchte, irgendeinem Durchschlupf, durch den sie sich wieder in die Freiheit retten konnte. Gewiß, Pippa hatte ihr deutlich gesagt, daß sie draußen ein sehr viel strengeres Gefängnis erwartete als das, in dem sie war, und ein grausamer Tod dazu; aber sie dachte, daß das alles immer noch besser sei, als dortzubleiben und der Laune eines Unbekannten ausgeliefert zu sein, von dem sie vergeblich überlegte, wer es wohl sein mochte.

Leider schien die Flucht schwierig, wenn nicht gar aussichtslos zu sein. Die niedrige Tür wirkte mit ihren Eisenbeschlägen und dem großen Schloß abweisend und war unmöglich zu öffnen. Es war ausgeschlossen, auf diesem Wege hinauszugelangen, es sei denn, sie ließ sich auf einen Kampf mit dem Hünenweib ein, und das wäre blanker Wahnsinn gewesen: Gegen eine solche Übermacht kam sie nicht an ...

Die Fensteröffnung, an die sie mit Hilfe eines Schemels heranreichte, führte in eine Art Blindschacht hinaus, der ir-

gendwo einen Ausgang haben mußte. Gleichwohl konnte die junge Frau feststellen, daß ihr Zimmer im Erdgeschoß lag, was sie ohnehin bereits vermutet hatte, denn durch das Loch der Abflußrinne drang ein wenig Tageslicht zu ihr herein. Um hinauszugelangen, war es nötig, zumindest einen der Eisenpfähle, die in das Fenster eingelassen waren, zu durchschneiden oder herauszubrechen. Fiora rüttelte und stellte fest, daß sich einer von ihnen ein wenig bewegte. Aber da knarrte das Schloß, und Fiora sprang ins Bett, um bei ihren Versuchen nicht ertappt zu werden.
Als Pippa sie im Bett liegend fand, lächelte sie strahlend:
»Man könnte fast meinen, du seist vernünftig geworden. Wenn das so ist, dann werden wir wohl miteinander auskommen können. Schau' mal, was ich dir hier bringe: Hühnchen in Safransoße, Weißbrot und kandierte Pflaumen! Und morgen bekommst du Chianti, damit du anständig Farbe kriegst und dein Blut ein bißchen in Wallung gerät ...«
Sie stellte Fiora den Teller auf die Knie und warf ihr zu ihrer großen Überraschung sogar eine Serviette über die Schulter zu – eine Seltenheit, die nur in ganz wenigen, höchst vornehmen Häusern anzutreffen war! – mit der Bemerkung, diese sei dazu da, die Laken zu schonen. Dann sah sie zu, wie Fiora elegant mit den Fingerspitzen die Geflügelstückchen aufnahm und dabei kaum die rötliche Soße berührte:
»Man sieht, daß du gut erzogen bist!« bemerkte sie. »Wie eine richtige Prinzessin, die in den schönsten Palästen zu Hause ist. Schade, daß man dir nicht beigebracht hat, im Bett ebenso geschickt zu sein, aber nach der Geschichte morgen abend, die möglicherweise nicht sehr angenehm für dich wird, werde ich dir schon zeigen, wie man bei einem Mann die Lust weckt, auch dann, wenn er keine hat. Ich bin sicher, du hast Talent ...«
In Fiora brannte noch immer der Gedanke an ihre Hochzeitsnacht, aber sie verdrängte ihn. So wundervoll Philippe

als Lehrmeister auch gewesen war, hier an diesem Ort wollte sie nicht an ihn denken. Außerdem waren im Innern des Hauses Schreie zu hören, und so stürzte Pippa aus dem Zimmer, um zu sehen, was vorgefallen sei. Als sie wenige Minuten später wieder erschien, hielt sie mit eiserner Faust ein graues Lumpenbündel, aus dem ein Ächzen und Stöhnen drang. Sie ließ es neben dem Bett auf den Boden fallen:
»Man hat das hier gefunden; seit einer ganzen Weile schon strich sie um das Haus herum. Du weißt nicht zufällig, wer das sein könnte?«
Da bewegte sich das Häufchen Stoff, und zum Vorschein kam das schreckverzerrte Gesicht Khatouns. Blut tropfte ihr von der Stirn.
Fiora stieß einen Schrei aus und stürzte sogleich neben der jungen Tatarin auf die Knie; Khatouns Gesicht leuchtete auf.
»Khatoun!« rief Fiora. »Was ist dir zugestoßen?«
Sie wollte sie in die Arme schließen und ihr das noch immer blutende Gesicht abwischen, doch Pippa stieß sie grob zurück.
»Nicht anfassen! Du beantwortest mir erst meine Fragen! Wer ist das?«
»Sie heißt Khatoun. Mein Vater hat ihre Mutter, eine Tatarin, gekauft, als sie schwanger war. Sie ist im Palais zur Welt gekommen und ist seit jeher meine Gefährtin.«
»Eine Sklavin, was?«
»Ja, aber ich habe sie nie als solche angesehen. Ich ... ich habe sie sehr gern. Sie muß versorgt werden, du siehst doch, daß sie verwundet ist.«
»Das hat sie sich selbst zuzuschreiben! Sie hat sich gesträubt wie eine Katze, als Beppo, mein kleiner Bruder, sie angefaßt hat. Sogar gekratzt hat sie ihn. Da hat er eben zugeschlagen. Aber jetzt will ich wissen, was sie da zu suchen hatte.«
»Sie muß zuerst versorgt werden«, schrie Fiora. »Du siehst doch, daß sie verletzt ist und fast stirbt!«

Tatsächlich hatte Khatoun versucht aufzustehen, aber die Kräfte verließen sie, und so sackte sie wieder auf dem Steinboden zusammen, während sich ihr kleines Gesicht grünlich verfärbte und sie spitz um die Nase wurde ... Ohne zu antworten, beugte sich Pippa herab, nahm sie hoch und legte sie auf das Bett, wobei sie unwillig vor sich hin brummte, daß die Lumpen, in die Khatoun gehüllt sei, ihr die Bettücher verdürben. Aber es war nicht abzustreiten, daß das Weib etwas konnte: Beunruhigt sah Fiora zu, wie sie im Nu die Wunde säuberte, eine blutstillende Salbe daraufstrich und dann der Verletzten ein Fläschchen Riechsalz unter die Nase hielt, das außerordentlich kräftig wirken mußte, denn Khatoun erwachte aus ihrer Ohnmacht und nieste.

»Na also!« bemerkte Pippa. »Du siehst, sie ist keineswegs gestorben! Jetzt müssen wir sie nur zum Reden bringen! ...«

»Ein wenig Geduld noch!« sagte Fiora empört. »Gib ihr etwas zu trinken! Ein wenig Wein!«

»Man könnte fast meinen, sie gibt mir Befehle!« schnaubte das Hünenweib, holte dann aber eine Weinkaraffe und gab Khatoun einen Fingerhut voll davon zu trinken; und obwohl diese völlig erschöpft vor Müdigkeit schien, kam sie wieder ganz und gar zu sich. Dann erzählte sie, wie sie sich am Tag nach der Beerdigung ihres Herrn als Bettlerin verkleidet zum Kloster von Santa Lucia begeben hatte. Mit dem sicheren Instinkt einer treuen Hündin hatte sie geahnt, daß Fiora in diesem »heiligen« Haus eine Gefahr drohte. Und so hatte sie ausgeharrt und war nur von ihrem Platz gewichen, um sich die wenigen Nahrungsmittel zu besorgen, die sie sich von den Groschen, die ihr die Passanten zuwarfen, kaufen konnte.

»Und du hast mit den anderen Bettlern keinen Ärger bekommen?« fragte Pippa. »Das wundert mich ein bißchen: Die Plätze vor den Kirchen und Klöstern sind sehr begehrt. Normalerweise lohnt es sich dort ...«

»Ich habe keinen gesehen«, sagte Khatoun und sah das Riesenweib mit unschuldsvollem Blick an. »Vielleicht war der Bettler, der sonst immer dort ist, krank?«
»Das ist unwahrscheinlich! Diese Leute sind zäh. Entweder sie leben oder sie sind tot. Dazwischen gibt es nichts. Aber erzähl' weiter!«
Es gab nicht mehr viel zu sagen. In der zweiten Nacht, in der sie auf der Lauer gelegen hatte, hatte die kleine Sklavin bemerkt, wie sich um Mitternacht die Tür öffnete. Verhüllte Männer waren gekommen und hatten ein dunkles, längliches Paket in Empfang genommen, das sich einer von ihnen auf die Schulter stemmte. Daraufhin waren sie lautlos wieder von dannen gezogen, und Khatoun war ihnen bis zu dem besagten Hause nachgeschlichen, in das sie sie hatte eintreten sehen. Ohne daß sie hätte sagen können warum, war sie sich sicher gewesen, daß das Paket Fiora war. Als sie dann aus üblen Gerüchten in der Stadt erfuhr, daß das Gottesgericht nicht stattfände, weil die Angeklagte geflohen sei, war ihr klar, daß sie recht gehabt hatte mit ihrer Annahme ... Seitdem war sie davon überzeugt, daß Fiora sich in dem Haus befand, in das sie die zwei Männer hatte eintreten sehen.
Gebannt und mit leuchtenden Augen lauschte Fiora dem Bericht der jungen Tatarin, aber aus Vorsicht wagte sie nicht, die Frage zu stellen, die ihr auf den Lippen brannte. Pippa war es statt dessen, die sie stellte, ganz nebenbei, so als handele es sich um etwas Unwesentliches; sie spielte dabei mit einer langen Haarnadel, die sie sich aus dem Haar gezogen hatte.
»Wie kommt es, daß du keinen zu Hilfe gerufen hast? Daß du dir keine Unterstützung geholt hast?«
Khatoun schlug die Augen nieder, und man konnte sehen, wie ihr langsam Tränen über die elfenbeinfarbenen Wangen liefen.
»Ich bin zum Palais zurückgekehrt und wollte sagen, was ge-

schehen war, und Hilfe holen, aber ich konnte nicht mehr hinein. Soldaten standen um das Palais herum und hielten die Menge zurück. Die Menge ... schrie: ›Nieder! ... Nieder mit der Hexe!‹ Auch im Palais waren bereits Leute. Überall wühlten sie herum und ... und plünderten; man konnte die Möbel krachen hören, die sie in den Hof hinunterwarfen ..., es war ... schrecklich! Und ich, ich wußte nicht mehr, wo ich noch hingehen ... und wen ich holen sollte. Ich dachte an Donna Chiara, aber der Türsteher hat mich davongejagt. Also bin ich wieder hierher zurückgekehrt, um zu versuchen ... Tja, was, das weiß ich eigentlich auch nicht.«

Fiora schnürte es die Kehle zu, als sie die wenigen Sätze hörte, aus denen hervorging, daß man sie vollkommen ruiniert und all ihrer Hoffnungen beraubt hatte. Nicht Kummer war es, was sie empfand – man hatte ihr ja noch nicht einmal Zeit gelassen, sich dem Schmerz über den Tod ihres Vaters hinzugeben –, sondern vielmehr Zorn und ohnmächtige Wut. Alles hatte man ihr entrissen, nur ihre Würde hatte man ihr gelassen, doch auch die würde man ihr in wenigen Stunden rauben. Entweihen wollte man sie und schänden. Man würde sie mit Schmutz bewerfen und in den Sumpf zurückstoßen, vor dem der gute Francesco Beltrami das unschuldige Kind hatte bewahren wollen ... Sie redete sich in Zorn:

»Und Lorenzo? ... Lorenzo de Medici, der Herrscher von Florenz, was hat er getan, während man mir nachstellte, um mich zu töten, und während man mein Haus plünderte ... und am Ende vielleicht auch meine alte Léonarde umbrachte? Wo war er da, der Prächtige, der Allmächtige? Im Garten der Badia oder von Careggi? Um die blühenden Lorbeerbäume zu bewundern und dabei Verse zum Lob der Schönheit zu dichten? Oder um irgendein seltenes Werk zu lesen? Mein Vater besaß prachtvolle Bücher ..., aber vielleicht hat Lorenzo de Medici sie ja sogar fein säuberlich in seine eigene Bibliothek hinüberschaffen lassen?«

Fiora schrie wie ein Klageweib der Antike, während ihr bittere Tränen aus den Augen quollen ... Hastig preßte ihr Pippa die große Hand auf den Mund:

»So sei doch endlich still! Oder willst du uns alle an den Galgen bringen? Hier sind Leute im Haus. Die Mädchen sind bei der Arbeit, und die Freier kommen.«

»Was hast du denn zu befürchten?« fragte Fiora verbittert. »Ich habe schließlich nur gesagt, daß die Medici nicht ganz so einflußreich sind, wie sie meinen ...«

»Trotzdem haben sie überall ihre Spitzel. Das macht sie so mächtig – die Spitzel und das Geld! Sie haben nicht mehr blaues Blut in den Adern als ich, und das weiß er auch, der gute Lorenzo; deshalb hat er schließlich eine römische Prinzessin geheiratet, damit er ein paar Tropfen fürstliches Blut abbekommt. Also beruhige dich! Und wenn du's wissen willst: Ich kann dich verstehen. Das ist schon schwer zu schlucken.«

»Das ist gelinde ausgedrückt.«

»Gut, aber du hast ja schließlich noch nicht alles verloren. Hast ja immer noch dein hübsches Gesichtchen ... und deinen Körper. Wenn ich dir beigebracht habe, wie du damit umgehen kannst, wirst du sehen, daß man damit viel ausrichtet. Du wirst in Rom ein Vermögen machen, und vielleicht gelingt es dir ja eines Tages sogar, dich zu rächen. Aber jetzt gehst du ins Bett und schläfst! Und was die hier betrifft ...«

»Was hast du mit ihr vor?« rief Fiora alarmiert und nahm Khatoun in die Arme.

»Ich hatte eigentlich vor, sie umzubringen, weil nur die den Mund halten, die tot sind, aber vielleicht kann ich ja was Besseres mit ihr anstellen ...«

»Was?«

»Sie ausziehen und sehen, was drunter ist! Eine tatarische Sklavin ist teuer. Was kann sie denn?«

»Singen, tanzen, auf der Laute spielen ... Aber ich verbiete dir, sie auf den Sklavenmarkt zu bringen. Sie gehört mir, und ich habe sie sehr gern. Wenn du uns voneinander trennst, wirst du überhaupt nichts mehr von mir erreichen. Ich werde es schon fertigbringen, mir das Leben zu nehmen!«

Doch statt einer Antwort seufzte Pippa nur tief, ließ Khatoun aufstehen und begann, sie auszuziehen. Es war, als mache sich ein großer, rothaariger Affe über eine frische Nuß her. Viel zu müde, um auch nur zu ahnen, was da vor sich ging, ließ Khatoun alles mit sich geschehen, aber die Beine gaben ihr nach, und obgleich sie versuchte, die Augen offenzuhalten, fielen sie ihr zu. Das Hünenweib unterwarf sie der gleichen Prüfung, der sie auch Fiora unterzogen hatte. Diese wartete ungeduldig darauf, daß sie fertig würde, als sie plötzlich zusammenzuckte und ihren Augen und Ohren nicht mehr traute: Unter den Händen Pippas, die ihr sanft über den Körper strich, stöhnte und wand sich Khatoun mit halbverdrehten Augen und war nun trotz ihres Schlafzimmerblicks hellwach. Sie schnurrte wie eine Katze, die zärtlich gestreichelt wird. Plötzlich ließ sie sich, die Hände auf ihre Brüste gepreßt, auf ihre gespreizten Knie fallen, während Pippas Hände nach ihrem Schoß suchten. Wie ein Bogen spannte sich ihr junger, elfenbeinfarbener Körper, und Khatoun keuchte wie ein verdurstendes Tier, bis sie schließlich mit einem Aufschrei zusammensank und sich krümmte ... Pippa, die sich hingekniet hatte, stand auf, als wäre das, was sich soeben ereignet hatte, die natürlichste Sache auf der Welt.

Sie warf Fiora, die sprachlos daneben stand, einen schelmischen Blick zu:

»Die müßte auch noch andere Sachen können als tanzen und auf der Laute spielen, die Kleine! Hast du niemals mit ihr geschlafen?«

»Bist du verrückt?« rief Fiora empört aus. »Schlafen kann man doch nur mit einem Mann ..., und auch nur mit einem, den man liebt!«

»Dann hast du noch 'ne ganze Menge zu lernen! Frauen können sich nämlich untereinander große Dienste erweisen, äußerst angenehme Dienste sogar, die sie die Brutalität der Männer vergessen lassen. Die, die sich darauf verstehen, Frauen Freude zu bereiten, sind selten. Die meisten führen sich auf wie Landsknechte in einer Stadt, die sie im Sturm erobert haben. Eine Frau dagegen kann sehr ... Soll ich's dir zeigen?«

»Nein danke!« sagte Fiora und betrachtete leicht angewidert den leblosen Körper Khatouns, der direkten Weges von Wollust in Schlaf hinübergeglitten war. Es schien ihr, als hätte man ihre kleine Sklavin beschmutzt ... Pippa aber lachte nur, bückte sich, hob Khatoun ohne große Anstrengung auf und warf sie aufs Bett.

»Mach' doch nicht so ein Gesicht! Was da passiert ist, ist doch ganz natürlich, vor allem für eine Asiatin. Behalt' sie heut' nacht bei dir! Morgen geht's dann für sie an die Arbeit. Aber im Augenblick ist sie derart erledigt, daß sie sich nicht mal mehr entsinnen wird, was eigentlich geschehen ist ...«

Kurz bevor sie hinausging, drehte sie sich noch einmal um.

»Ach ja! Auch du wirst morgen abend an die Arbeit gehen. Und das wird möglicherweise nicht sehr komisch für dich werden. Aber ich werd' dir beistehen!«

In dieser Nacht tat Fiora kein Auge zu. Im Hause herrschte eine einzige Orgie: Die Wände erzitterten wie unter einem Trommelwirbel, und der jungen Frau dröhnte der Kopf. Sie hörte alles: die Lieder der Betrunkenen, Schreie, Gelächter, Stöhnen – und alles stieß sie gleichermaßen ab. Gegen zwei Uhr dann krachten schwere Fußtritte gegen ihre Tür, doch das Schloß hielt stand, so daß keiner eindringen konnte. Sie hörte die Leute fluchen und vor Schmerz stöhnen und verstand nun, was Pippa damit meinte, wenn sie von der Brutalität der Männer sprach ... Als sie sich auf die Seite drehte, sah sie Khatoun fest schlafen, und tiefes Mitleid überkam sie. Sie schalt sich jetzt, daß sie sie einen Augenblick lang ver-

achtet hatte. Armes kleines Geschöpf: So ergeben war sie ihr! Hatte sich freiwillig nicht nur der Kälte, dem Regen und den Strapazen ausgesetzt, sondern auch der Angst und den Gefahren, die das Leben auf der Straße, die Nächte im Freien und üble Begegnungen mit sich brachten, und all das, um zu versuchen, ihre Herrin von ihrem schrecklichen Schicksal zu befreien! Der Gedanke, daß das Hünenweib sie schon am nächsten Tag in ihre Hölle hinabstoßen und jenen Rohlingen ausliefern würde, die sie draußen lachen und fluchen hörte, erfüllte sie mit Schrecken. Sie fürchtete mehr um das Schicksal Khatouns als um ihr eigenes, denn sie verspürte jetzt eine Macht in sich, von der sie niemals auch nur geahnt hatte, daß sie sie besaß. Der Haß und die Habgier Hieronymas hatten sie jäh aus ihrer lieblichen und eleganten Umwelt herausgerissen und sie zu einer Beute der Raubtiere gemacht, und ihr war klar, daß sie mit allen Waffen würde kämpfen müssen, wenn sie weiterleben wollte. Und wenn sie – mehr noch – eines Tages jene Rachegelüste in sich stillen wollte, die ihr Herz wie jenes unheilvolle Schlinggewächs überwucherten, dessen tödliche Spiralen allmählich die anderen Pflanzen erstickten, ohne daß diese anders gerettet werden könnten als durch die Hand des Gärtners. Sie aber hatte ja keinen helfenden Gärtner, der ihr Herz erlöste, das so ganz und gar für die Liebe geschaffen war und nun nach und nach verkümmern würde ..., wenn ihm nicht das Labsal der Zärtlichkeit wieder zuflösse. Der einzige, der in der Lage war, dieses Wunder zu vollbringen, kümmerte sich nicht darum und würde es auch niemals tun ...
Erst als der Hahn krähte, kehrte wieder Ruhe in Pippas Haus ein. Fiora hörte, wie der letzte betrunken davonzog. Mit grauenhaft falscher Stimme grölte er ein Lied, das Fiora sehr liebte:

Ich ging ein Blümelein pflücken
So schöne blühen auf Eurem weißen Antlitz ...

Von jener heiseren Stimme gesungen, war die Romanze kaum noch wiederzuerkennen. In ihr spiegelte sich wider, was aus Fioras Leben geworden war: ein Alptraum, ein einziger Hohn, und sie steckte so tief in dem Pfuhl, daß sie gar nicht wußte, wie sie sich jemals wieder daraus befreien sollte! ...

Sie hatte in Khatoun eine Leidensgenossin. Mit einemmal waren die Unterschiede zwischen ihr und der jungen Sklavin getilgt. Khatoun war für sie nun wie eine Schwester, weniger belastbar vielleicht als sie selbst und eine, die man beschützen mußte, aber doch eine, mit der es immerhin möglich wurde, einen Fluchtplan zu entwickeln, da sie wußte, wo genau sich Pippas Haus befand.

Erst im Morgengrauen, als im Hause nur noch Schnarchen zu hören war, schlief Fiora ein ...

Der Lärm von schlagenden Türen und plätscherndem Wasser, das irgendwo ausgegossen wurde, weckte sie auf. Pippa, die lässig eine Art Morgenmantel aus leuchtend blauer Seide trug, war damit beschäftigt, Eimer mit Wasser, die sie vor der Türe abgestellt hatte, in den Holzzuber zu gießen. Offenbar sollte ihre seltsame Unterkunft tatsächlich als Schwitzbad dienen: Pippa bereitete ein Bad vor.

Fiora spähte unter ihren Wimpern hervor und beobachtete sie. Das Weib war tatsächlich wie ein Mann gebaut, mit Ausnahme der beiden Brüste, die wie aus weißem Marmor waren und hin und wieder unter dem Kleidungsstück hervorlugten. Ihr Körper war muskulös mit kräftig ausgebildeten Schultern und Armen ohne ein Gramm Fett, und ihre milchweiße Haut schien ebenso glatt zu sein wie die eines Kindes, mit Ausnahme ihrer Schulter, auf der eine üble Narbe zu sehen war, die von einem alten Messerstich herrührte und von einem gefährlichen Lebenswandel zeugte.

Als Pippa genug Wasser eingefüllt hatte, tauchte sie ihren Arm ein, um die Temperatur zu prüfen, verschwand dann für einen Augenblick und kam mit einem Gefäß zurück, aus dem sie eine Handvoll Badezusatz in den Bottich streute. Der vertraute Duft von Pinienharz und Lorbeerblättern erfüllte den Raum – Léonarde, die mit den florentinischen Bräuchen vertraut geworden war, hatte immer etwas davon in das Waschwasser geben lassen, damit die Wäsche duftete. Aber in diesem Falle handelte es sich nicht um Waschwasser ...

Ohne sich auch nur zu vergewissern, daß sie wach war, hob Pippa Fiora aus dem Bett und tauchte sie, wenn auch nicht ohne deren Protest, bis zu den Schultern ins Wasser.

»Wäre es nicht viel einfacher, mich zu bitten, aufzustehen und in das Bad zu steigen?« fragte sie.

»Das ist nicht gesagt. 's gibt Leute, die sich nicht waschen wollen. Und so hab' ich keine Diskussionen.«

»Aber ich wasche mich gern, und Khatoun auch. Wir haben selbst ein großes Bad zu Hause. Ich habe jeden Tag gebadet!«

Pippa schnaubte verächtlich:

»Ist das nicht ein bißchen viel? Jeden Tag ein Bad, das muß doch die Haut strapazieren?«

»Du siehst, daß das nicht der Fall ist. Ich habe gehört, daß die Zafolina, die berühmte Kurtisane, um die sich die reichsten Männer der Stadt streiten, manchmal sogar zweimal am Tag badet!«

Diesmal verschlug es Pippa offenkundig die Sprache. Es war ihrer Auffassung nach undenkbar, daß die Tochter Francesco Beltramis auch nur eine Ahnung davon hatte, daß es so etwas wie Kurtisanen gab. Fiora erklärte ihr daraufhin, daß die Zafolina so gut erzogen, so diskret, fromm und großzügig war, daß sie nicht selten in den besten Häusern empfangen wurde. Man bewunderte ihre Toiletten und ihren Schmuck und hörte sie gerne sprechen oder singen. Das hatte nichts mit dem zu tun, was ...

»Was hier geschieht?« ergänzte Pippa den Satz, während sie

die junge Frau kräftig einseifte: »Na siehst du, ein solches Leben wirst du einmal führen, wenn du tust, was ich dir sage. Nur wird deines noch viel schöner sein, weil du in Rom leben und für den Papst singen wirst! Wir werden einmal reich sein wie die Königin von Sabbat ...«
»Von Saba!« korrigierte sie Fiora, aber das Hünenweib hörte nicht hin. Während sie ihrem neuen Zögling energisch die Haare wusch, träumte sie mit offenen Augen und sah sich bereits über die Geschäfte Fioras walten, die von dem ganzen Heiligen Kollegium, das ihr zu Füßen läge, mit Gold und Juwelen überhäuft würde. Aber die junge Frau hörte ihr ebensowenig zu.
Sie hing ihren Gedanken nach und gab sich dabei ganz dem Vergnügen hin, ein warmes, duftendes Bad zu nehmen, das sie überdies bitter nötig hatte. Denn seit mehreren Tagen schon war sie nicht mehr in den Genuß dieses Vergnügens gekommen, da es der Brauch wollte, daß man in einem Trauerhause kein Bad nahm ...
Als sie fertig war, stieg Khatoun, die Anweisung erhalten hatte, allein zurechtzukommen, in das Bad, während Pippa Fiora in ein Tuch hüllte und sie mit dem Rücken zum Kohlebecken setzte, damit ihre Haare trockneten.
»Gleich komme ich wieder, und dann massiere ich dich und reibe dich mit Öl ein!« erklärte sie und verließ zu Fioras größter Befriedigung das Zimmer; sogleich trat sie zu Khatoun, die damit beschäftigt war, sich einzuseifen.
»Ich kann dir gar nicht genug danken für das, was du getan hast«, sagte sie zu ihr. »Aber kannst du mir sagen, wo wir sind?«
»Im Viertel San Spirito, auf der anderen Seite des Arno. Das Haus befindet sich hinter dem eines Kerzenhändlers, ungefähr auf halber Höhe einer Gasse, die auf den großen Palast zuläuft, der sich noch im Bau befindet ...«
»Den Pitti-Palast, dessen Bau sie einstellen mußten?«
»Genau den. Man betritt das Haus durch einen langen

Gang, von dem aus kein einziges Fenster zur Straße hinausführt. Über der Eingangstür hängt eine rote Laterne.«
»Mit anderen Worten, es wird nicht leicht sein, hier herauszukommen, wenn überhaupt. Wer kommt schon auf den Gedanken, uns hier zu suchen?«
»Aber einer weiß Bescheid ...« Khatoun senkte die Stimme um mehrere Tonlagen und plätscherte mit dem Badewasser, damit man das, was sie sagte, nicht hörte. »Ein alter Bettler, auf den ich in der Nähe des Klosters gestoßen bin. Er ist sehr gut zu mir gewesen und sehr großzügig. Das Weib hatte nämlich recht: Es ist verboten, dort zu betteln, es sei denn, die anderen erlauben es; aber er hat es mir erlaubt. Er hat mich ein wenig unter seine Fittiche genommen und war bei mir, als die Männer dich hierhergeschafft haben.«
»Hattest du ihm denn gesagt, warum du dein Lager ausgerechnet in der Nähe des Klosters Santa Lucia aufgeschlagen hast?«
»Ja.«
»Und trotzdem hat er dir geholfen?«
»Ja, aber dann hat er mir geraten, wieder nach Hause zurückzukehren. Ich wollte nicht. Dann ist er weggegangen und hat mir gesagt, daß ich riskiere, festgenommen zu werden, wenn ich noch länger dort bliebe ...«
Niedergeschlagen setzte sich Fiora wieder auf ihren Platz neben dem Feuer. Der winzige Hoffnungsschimmer, den sie gehabt hatte, verschwand wie der Bettler in der Nacht. Er hatte Mitleid mit Khatoun gehabt, das war alles! Es war blanker Wahnsinn, irgendwelche Hoffnungen auf einen Bettler zu setzen. Sie mußten versuchen, irgendeine andere Lösung zu finden. Aber welche?
Als Pippa zurückkam, wusch sie zunächst Khatoun die Haare, ließ sie dann aus dem Bad steigen und zog den Stöpsel heraus, um den Zuber zu leeren. Dann kam sie zu Fiora zurück, befahl ihr, sich auf dem Bett auszustrecken, und salbte ihr den Körper mit einem duftenden Öl ein, während

Khatoun sich abtrocknete. Mit gerümpfter Nase sog Fiora den Duft ein, den das Weib verbreitete.
»Was ist das für ein Öl? Dasjenige, das ich benutzt habe, bestand aus Iris, Eisenkraut und ein wenig Jasmin.«
»Das riecht sicher sehr gut, aber für die Liebe dürfte das nicht viel nützen. Das hier ist Nardenöl und kostet viel zuviel Geld, als daß du das Gesicht verziehen dürftest. Wenn du weißt, wie man damit umgeht, kannst du die Männer verrückt nach dir machen ...«
Hastig griff Fiora nach der Hand, mit der Pippa ihr den Bauch massieren wollte.
»Gilt das immer noch ..., das mit heute abend?«
»Daß ich den erwarte, der dich haben will? Ja, aber frag' mich nicht nach seinem Namen: Ich werd' ihn dir nicht sagen. Du wirst schon sehen.«
»Und sie«, fragte Fiora und wies mit dem Kinn nach ihrer früheren Sklavin. »Willst du sie wirklich in die Hölle hinabstoßen zu all den Betrunkenen und rohen Kerlen, die ich heute nacht gehört habe?«
»Mach' dir keine Sorgen! Ich werd' sie jemandem geben, der sie zu schätzen weiß. So ein kleines Ding wie sie kostet viel, und man kann eine ganze Menge Geld damit machen. Außerdem scheint sie ja Gefallen an der Liebe zu haben ...«
»Hast du keine Angst, daß man sie wiedererkennen und von ihr auf mich schließen könnte? Tatarische Sklavinnen sind zu selten, als daß man sie nicht kennte. Laß sie bei mir. Schicke sie mit mir nach Rom. Kardinal Borgia ist sicher reich genug, um sie zu kaufen, und wenn nicht, dann bekommst du, wenn ich reich geworden bin, das Geld von mir ...«
Es kostete Fiora Überwindung, wie eine Kurtisane zu sprechen, aber um Khatoun vor einem schrecklichen Schicksal zu bewahren, hätte sie sogar mit dem Teufel persönlich verhandelt.
»Sie kann heut' abend nicht bei dir bleiben«, erwiderte

Pippa, während sie ihrem Zögling energisch Brust und Schultern massierte. »Außerdem verbringt sie ja vielleicht einen ganz angenehmen Abend. Der Freier, dem ich sie geben werde, ist, was seine Großzügigkeit betrifft, ein wahrer Herr, außerdem kommt er nicht von hier. Ihr habt also nichts zu befürchten ...«

Fiora begriff, daß daran nichts mehr zu ändern war, und schwieg, während Pippa sie weitermassierte. Ihr Körper duftete jetzt wie Landuccis Laden nach einer Lieferung mit Parfums. Verbittert fragte sie nach einer Weile:

»Und ich, darf ich mich auch auf einen angenehmen Abend, wie du es nennst, gefaßt machen?«

Pippa hielt inne. Unwillkürlich wischte sie sich die Hände an ihrem Kleid ab und seufzte:

»Nein. Du scheinst mir ein recht mutiges Mädchen zu sein, so daß ich dir die Wahrheit sagen kann, außerdem ist es immer besser, wenn man vorher Bescheid weiß. Du wirst keinen sehr erfreulichen Abend haben, weil ... weil der Betreffende halb verrückt ist. Aber ich werd' dabeisein ... oder zumindest nicht weit weg, um das Schlimmste zu verhindern. Was dich betrifft, so mußt du nur an das denken, was ich dir versprochen habe ..., an das Vermögen, das du einmal machen wirst!«

Geld schien für dieses Weib offensichtlich das höchste Gut zu sein und das einzig erstrebenswerte Ziel, und Fiora, die einen Augenblick lang geglaubt hatte, sie könnte vielleicht ihr Herz erweichen, gab die Hoffnung wieder auf. Pippa war dafür bezahlt worden, daß sie ihren schändlichen Auftrag erledigte, und wenn sie ihre Gefangene mit einer gewissen Duldsamkeit behandelte, so nur, weil sie damit rechnete, behutsam weitaus mehr Geld mit ihr machen zu können, als sie ursprünglich geglaubt hatte.

Über den Wohltaten, die Pippa ihr fortwährend zukommen ließ, sowie einem leichten Essen und ein paar Stunden Ruhe ging der Tag vorbei. Als es Abend wurde, kam das Hünenweib und kleidete Fiora in eine weite Tunika aus weißem, ganz und gar durchsichtigen Musselin und steckte ihr Jasmin- und Orangenblüten ins Haar. Khatoun, der man Zechinen ins Haar gesteckt und ein rotes Seidenkleid übergezogen hatte, das ihre Brust freiließ, war bereits verschwunden ...

»Du siehst fast aus wie eine Braut!« sagte Pippa, als sie ihr Werk begutachtete. »Das wird ihm gefallen. Jungfrauen liebt er über alles. Es macht ihm Spaß, ihnen die Unschuld zu rauben, und ich habe ihm schon etliche besorgt. Danach verliert er schnell das Interesse an ihnen, aber bei dir ist das was anderes: Du bist so schön!«

Um ein Haar hätte Fiora gesagt, daß sie ja gar keine Jungfrau mehr war, dachte sich dann aber, daß sie das wohl auch nicht mehr retten würde. Wenn dieser Mann derartige Anstrengungen unternommen hatte, um sie zu bekommen, dann weil er aus irgendeinem Grund Wert auf sie legte. Vergeblich hatte sie versucht, sich vorzustellen, wer der Unbekannte sein mochte. Alles, was sie im Augenblick erhoffen konnte, war, daß er menschlichen Gefühlen gleichwohl zugänglich war. Und so nahm sie ihren ganzen Mut zusammen und wartete im sanften Schein der Kerzen, der ihr Haar glänzen ließ und auf ihrer samtenen Haut spielte, halb ausgestreckt auf dem aufgeschlagenen Bett.

Als dann aber Pippa die Türe öffnete, um den »Freier« eintreten zu lassen, stieß Fiora einen entsetzten Schrei aus, sprang aus dem Bett und flüchtete sich hinter die Vorhänge, die sie krampfhaft um ihren Körper geschlungen hielt: Herein trat nämlich Pietro Pazzi, der bucklige und hinkende Pietro, jene grauenhafte Kreatur, die Hieronyma geboren hatte, jener Kerl, den sie ihr zum Ehemann geben wollte ... Obgleich er erst zwanzig Jahre zählte, schien er in Wirklichkeit ohne Alter zu sein, so tief waren die Spuren, die das Laster auf seinem fahlen Gesicht bereits hinterlassen hatte. Seine Nase war lang und platt und sein Haar schütter und

strähnig, er hatte große Ohren, ein spitzes Kinn und kleine schwarze Augen, deren eines sich von Zeit zu Zeit schloß, weil er die Angewohnheit hatte, eine Gesichtshälfte beständig nach oben zu verziehen. Lediglich seine strahlend weißen Zähne waren von einer gewissen Schönheit.
Bislang hatte Fiora den so ungestalten jungen Mann von ganzem Herzen bedauert, den die Ironie des Schicksals ausgerechnet in der Stadt in Europa hatte zur Welt kommen lassen, in der Schönheit am meisten galt. Nie sah man ihn unter den jungen Leuten seines Alters, da diese in ihrer Grausamkeit für seine Mißbildung nichts als Spott und Sarkasmus übrig hatten. Und was die Mädchen betraf – diejenigen zumindest, denen es ihr Name oder ihr Vermögen gestattete –, so flohen sie ihn. Chiara verabscheute ihn, ja fürchtete ihn sogar. Sie hielt ihn für eine Ausgeburt des Teufels und hütete sich, auch nur einen Fuß in den Palast Beltrami zu setzen, wenn sie wußte, daß der junge Pazzi dorthin kommen sollte. Aber das geschah nur selten, da er kaum das Anwesen seines Großvaters in Montughi verließ, wo er sich der Alchimie und der Aufzucht von Bluthunden widmete.
Das Entsetzen, das er bei Fiora hervorrief, schien ihn zu amüsieren, denn er brach in Gelächter aus.
»Na, meine hübsche Braut, ist das alles, was ein Liebhaber zur Begrüßung erwarten kann? Fast könnte man meinen, du hättest Angst vor mir?«
Sein spöttischer Ton weckte Fioras Zorn, den sie über der Angst beinahe vergessen hätte. Ohne hinter den Vorhängen hervorzutreten, antwortete sie:
»Ich habe noch nie Angst vor dir gehabt, das weißt du. Ich glaube sogar, immer sehr freundlich zu dir gewesen zu sein ...«
»Gewiß, gewiß! Freundlich ..., das ja. Und doch hast du es abgelehnt, mich zu heiraten. So weit reichte deine ›Freundlichkeit‹ denn doch nicht, oder?«
»Man kann einem Menschen nicht die Hand fürs Leben rei-

chen, ohne ihm nicht auch sein Herz zu schenken. So leid es mir auch tut, Pietro, aber ich liebe dich nicht.«
»Nun, sei nicht allzu betrübt darüber: Ich liebe dich auch nicht ... Ja, ich glaube sogar eher, ich hasse dich. Und doch wollte ich dich für mich haben.«
»Sei ehrlich! Du wolltest meine Mitgift haben und das Vermögen meines Vaters ...«
»Stelle dein Licht nicht allzu sehr unter den Scheffel!« sagte er mit einem hämischen Lachen, das auf die äußerst gespannten Nerven der jungen Frau wie ein Reibeisen wirkte. »Natürlich wollte ich das Vermögen der Beltramis, und es steht mir auch rechtmäßig zu, da du nicht zählst. Aber in erster Linie wollte ich dich haben, um dir meine Art zu leben beizubringen. Und um dich all meinen Wünschen und Launen gefügig zu machen ... Ach, was für ein schönes Leben hätte ich dir bieten können, Tag und Nacht an mein Bett gekettet wie eine Hündin ... Du hast meine Hunde nie gesehen, nicht wahr?... Schade ..., es sind schöne, starke Hunde, die mir die Hände lecken, damit ich sie streichle. Du hättest zusammen mit ihnen gelebt und von ihrem Teller gegessen ... Sogar ein schönes, silberbesticktes Halsband aus Leder hatte ich für deinen hübschen Hals anfertigen lassen. Ach, wie glücklich hätten wir alle miteinander sein können! Ich sah dich schon nackt neben Moloch, meinem Lieblingshund, auf dem Teppich in meinem Zimmer schlafen und auf einen Peitschenhieb von mir gehorchen ... Die Peitsche da, siehst du?...« Und er zog unter seinem schwarzen Mantel, den er sich lässig über die Schultern geworfen hatte, einen langen, geflochtenen Lederriemen hervor und ließ ihn knallen. »Aber es ist noch nicht zu spät, weißt du. Jetzt will ich dich erst einmal auf meine Art und Weise ehelichen, da nämlich, auf diesem Bordellbett ... Und dann werden wir sehen, wie wir unseren schönen Traum verwirklichen können ... Komm', meine Süße, schau' dir deinen Meister an!«
Er war verrückt, daran bestand kein Zweifel. Mit seinem

starren Blick und dem Mund, aus dem ihm der Speichel troff, sah Pietro grauenerregend, ja dämonisch aus ...
»Niemals!« rief Fiora außer sich. »Ich verbiete dir, mir nahe zu kommen!«
»Du verbietest es mir? Du verbietest deinem Meister etwas? Das wirst du bereuen ... Hierher, habe ich gesagt! Auf die Knie, hier zu meinen Füßen!«
Erschreckt von der Wendung, die das Geschehen nahm, fuhr Pippa dazwischen:
»Etwas Geduld, Herr! Du kannst später, wenn sie sich ein wenig an dich gewöhnt hat, immer noch zur Peitsche greifen«, sagte sie beschwichtigend. »Bedenke, daß du ein zartes, junges Geschöpf vor dir hast, das noch eine Jungfrau ist und sich gar nicht vorstellen kann, wie lustvoll es ist, mit dir zu schlafen ... Nimm sie erst einmal! Ich bin sicher, daß sie danach ganz lieb sein wird ... und gefügig!«
Pietros Blick wurde unsicher. Er schnaubte zwei-, dreimal heftig und ließ die Peitsche dann fallen:
»Du hast recht. Wir wollen erst einmal Hochzeit feiern! Führ' sie zu mir!«
Pippa ließ sich das nicht zweimal sagen. Obgleich sich Fiora verzweifelt wehrte, zerrte sie sie aus ihrem Versteck hervor und zwang sie auf das Bett nieder, wo sich die junge Frau sogleich zusammenrollte. Ihr Herz schlug wie wild, als Pietro mit einem Wutschrei erneut nach seiner Peitsche griff und auf ihre Schultern und ihren Rücken eindrosch. Er wollte noch weiter auf sie einschlagen, aber als das Hünenweib endlich begriff, daß er imstande war, ihren kostbaren Zögling zu töten, fiel ihm Pippa in den Arm.
»Ich hab' dir doch schon 'mal gesagt: etwas Geduld, Herr! Es ist sinnlos, auf sie einzuschlagen: Du bekommst nur lauter Blutflecken davon. Ich halt' sie dir!«
»Dann halte sie aber gut fest! Sonst kratzt sie mich noch!«
»Hab' keine Sorge! Ich paß schon auf. Zieh' dich nur aus!«
Und ganz leise flüsterte sie dann Fiora ins Ohr: »Laß ihn um

Gottes willen gewähren! Er ist sonst imstande, dich umzubringen!«
Daß Pippa an einem solchen Ort und in einem solchen Moment den Willen Gottes anrief, zeigte, wie beunruhigt sie war. Doch sie brauchte von niemandem Hilfe: Denn sie hatte den Widerstand der Unglücklichen gebrochen, die nun mit festgehaltenen Schultern und Armen ausgestreckt auf dem Bett lag.
Pietro zog sich unterdessen seinen weiten Mantel aus und warf ihn in die Ecke.
»Ich ziehe mich nie aus, wenn ich die Mädchen entjungfere. Dies Kleidungsstück hier finden sie viel angenehmer. Es erregt sie!«
Und in der Tat war das Wams, das er trug, mit lauter kleinen spitzen Eisennieten versehen, die, wenn auch ohne ernsthafte Wunden zu verursachen, die Haut seiner Opfer aufs übelste zurichten mußten.
»Teufel noch mal!« flüsterte Pippa verdutzt. Sie wußte zwar, daß Hieronymas Sohn abartig veranlagt war, aber obgleich sie in ihrem Hause schon so manchem Rohling begegnet war, war sie von diesem hier verwirrt.
Als Fiora sah, daß er auf sie zukam, kniff sie fest die Augen zu und preßte ihre Beine nervös zusammen, aber schon fuhr ihr das Ungetüm grob mit dem Knie dazwischen, machte sich frei und drang mit Gewalt in sie ein ... Doch schon im nächsten Augenblick fuhr er wieder zurück und zerkratzte dabei der jungen Frau Brust und Bauch so sehr, daß sie vor Schmerz aufstöhnte.
»Sie ist gar keine Jungfrau mehr!« rief er mit schriller Stimme.
»Keine Jungfrau mehr?« wiederholte Pippa erstaunt. »Da mußt du dich irren, Herr! Du hast ziemlich kräftig zugestoßen!«
»Ich bin doch nicht verrückt, Pippa, und ich habe immer gewußt, ob ein Mädchen noch unberührt war oder nicht! Die

hier hat ihren Dienst bereits getan ... Und sie wird mir auch sagen, bei wem. Verstehst du mich, dreckige kleine Hure? So groß du auch tust, du bist nicht besser als die Dirnen, die sich in den Tavernen am Fluß herumtreiben! Willst du wohl reden!«

Erneut stürzte er sich auf sie, packte sie beim Hals und würgte sie. Pippa stieß einen Schrei aus:

»Wie soll sie reden, wenn du sie erwürgst? Laß sie gefälligst los ... Ich sag' dir, du sollst sie loslassen!«

Sie war gerade dabei, den Kerl beim Handgelenk zu packen, als plötzlich ein Mann vor ihr stand, ohne daß sie zu sagen vermocht hätte, woher er kam. Er war in Lumpen gehüllt und sah aus wie eine Fledermaus, so groß und schwarz, daß sie glaubte, der Teufel persönlich stünde vor ihr. Sie sah gerade noch, wie er Pietro den blitzenden Dolch in den Rükken stieß ...

Der Bucklige schrie kurz auf und sank dann zusammen. Er ließ Fiora, die dabei war zu ersticken, gerade noch rechtzeitig los. Pippa, die auf der anderen Bettseite auf den Knien lag, um die junge Frau besser festhalten zu können, erhob sich ächzend. Mit starrem Blick sah sie zunächst zu dem leblosen Körper und dann zu dem in Lumpen gehüllten Bettler hinüber, der nur mit einer Hand und ohne sichtbare Anstrengung den Toten beim Kragen packte und ihn von Fiora herunterzog, auf der er mit seinem ganzen Gewicht lag. Angeekelt stieß er ihn wie einen widerlichen Gegenstand auf den Boden. Der Leib der jungen Frau war über und über mit kleinen blutigen Kratzern übersät; sie rührte sich nicht. Fiora war blaß um die Nasenspitze herum und atmete schwer ...

»Da hast du ja was Schönes angerichtet!« murmelte Pippa, die voller Schrecken mitansehen mußte, wie der Blutfleck auf Pietros Rücken immer größer wurde. »Aber wer bist du eigentlich?«

»Jemand, der dich sicherlich an den Galgen ... oder vielleicht gar auf den Scheiterhaufen gebracht hätte, wenn dieses Ungeheuer Madonna Beltrami in deinem Hause umgebracht hätte. Es war schon schlimm genug, eine Frau gefangenzuhalten, die mit Gewalt aus klösterlicher Obhut verschleppt worden ist«, sagte Demetrios ruhig und klopfte sanft Fioras wunden Hals ab, um sicherzugehen, daß nichts verletzt war. »Du warst seine Komplizin. Du hast ihr die Arme festgehalten, als er sie würgte.«

»Ich hätte nie zugelassen, daß er bis zum Äußersten geht! Ich schwöre es bei ...«

»Schwöre nicht, Pippa! Das ist nur verlorene Zeit. Kümmere dich lieber um sie. Er hat sie ganz schön zugerichtet!«

Der griechische Arzt zog unter seinen schmutzigen Gewändern ein kleines Fläschchen hervor und hielt es Fiora an ihre bleichen Lippen; er träufelte ihr einige Tropfen davon in den Mund, und schon wenige Sekunden später wurde der ganze Körper wie von einem langen Schauer erfaßt. Dann schlug Fiora die Augen auf und betrachtete höchst erstaunt das bärtige Gesicht über ihr. Blitzschnell legte ihr Demetrios den Finger auf den Mund, so daß sie gerade noch einen Aufschrei unterdrücken konnte:

»Geht es dir besser?«

»Ja«, hauchte sie. »Ja ... Danke!«

Emsig machte sich Pippa daran, ihr die zerrissene Musselintunika auszuziehen und den Körper mit Orangenwasser abzureiben. Dann holte sie ein kleines Cremetöpfchen hervor, nahm eine Fingerspitze voll Salbe daraus und strich sie auf Fioras Wunden. Dabei sprach sie beschwichtigend auf das Opfer ein, ohne indes den seltsamen Besucher auch nur einen Augenblick aus den Augen zu lassen.

»Da, mein Täubchen, da! Ist ja schon alles gut! Einmal richtig ausschlafen, und es wird nichts mehr zu sehen sein!«

»Was das Ausschlafen betrifft, so bin ich damit einverstanden, aber nicht hier!« sagte Demetrios. »Zieh' ihr irgend etwas über. Ich nehm' sie mit!«

Im Nu war in Pippa wieder der Kampfgeist erwacht. Sie sprang auf und trat vor den Griechen hin, stemmte die Arme in die Hüften und ließ bedrohlich ihre mächtigen Muskeln spielen:
»Du nimmst überhaupt nichts mit! Du hast schon genug Schaden angerichtet – einfach so mir nichts, dir nichts einen guten Kunden zu töten. Aber die hier, die behalt' ich! Hast du kapiert? Außerdem, wer bist du überhaupt? Doch nur ein Bettler. Ich habe ein, zwei kräftige Kerle hier, die mir wenn nötig beistehen. Ganz abgesehen davon, daß ich die Wachen rufen kann. Und dann sag' ich die Wahrheit: Nämlich daß du einen Adeligen getötet hast, und dann bist du es, der gehenkt wird! Ja ... Warum rufe ich sie eigentlich nicht gleich?«
Sie wollte rufen, aber da streckte Demetrios seinen Arm aus und hielt dem Weib seine gespreizten Finger vor die Augen, woraufhin diese kräftig schluckte und mit offenem Mund stehenblieb. Ohne seine Haltung zu ändern, trat der Grieche einen Schritt vor, während Pippa gleichzeitig einen Schritt zurückwich, und das so oft, bis sie steif wie ein Brett an der Wand stand. Demetrios' schwarze Augen leuchteten wie Fackeln.
»Du wirst niemanden rufen, Pippa«, sagte er mit ruhiger Stimme, ohne sie aus den Augen zu lassen. »Im Gegenteil, du wirst mir gehorchen ... Hörst du, was ich sage?«
»Ja ... ja, ich höre! Sprich! Ich werde dir gehorchen!«
Ihre Stimme klang jetzt ganz verändert, wie von ferne ...
»Dann hör' zu: Du wirst diese junge Frau ankleiden und uns dann bis zur Türe geleiten. Dann wirst du deinen Bruder rufen, und sobald dein Haus leer ist, werdet ihr beide den Leichnam zum Fluß hinuntertragen und ihn, mit ein oder zwei großen Steinen beschwert, dort hineinwerfen. Danach kommt Ihr wieder zurück. Erst dann wirst du wieder aufwachen, aber du wirst alles vergessen haben, was hier geschehen ist. Und was deine Gefangene betrifft, so sagst du, sie sei

während einer Schlägerei unter Betrunkenen entkommen ...«
Seine ganze Kraft schien sich in seinem Blick zu konzentrieren und in der Hand, mit der er Pippa an die Wand drückte. Er betonte jede Silbe einzeln, so als wolle er sie dem Weib auf diese Weise besser ins Gedächtnis schreiben. Die Frau starrte mit weit aufgerissenen Augen vor sich hin und rührte sich nicht. Sie sah aus wie eine große Statue, und Fiora betrachtete sie mit Staunen. Dann, nach einem kurzen Schweigen, fragte Demetrios:
»Hast du verstanden, was ich dir befohlen habe?«
»Ja.«
»Wirst du alles ausführen? Und auch nichts dabei vergessen?«
»Ich werde nichts vergessen ...«
»Dann gehe und tu, was ich dir gesagt habe!« sagte er mit lauter Stimme und ließ langsam seinen Arm sinken. Pippa schwankte, als fehle ihr plötzlich der Halt, und machte sich dann wie ein Automat mit steifen Bewegungen an die Arbeit. Sie zog Fiora, die sich nicht mehr zu rühren wagte, die Gewänder über, die sie bei ihrer Ankunft getragen hatte und die Pippa aus der Truhe hervorholte: das Hemd und das weiße Kleid der Novizinnen sowie die geflochtenen Bastsandalen. Schließlich gab ihr Demetrios den schwarzen Mantel Pietros, damit sie die junge Frau darin einhülle, und reichte dieser dann die Hand.
»Komm'!« sagte er. »Hab' keine Angst! Sie wird uns, wie ich es ihr befohlen habe, bis zur Tür geleiten ...«
Tatsächlich zündete Pippa ebenso teilnahmslos eine Kerze auf dem Kandelaber an und wandte sich zur Türe. Fiora wollte der Hand, die sie mit sich zog, nicht folgen.
»Und Khatoun? Ohne sie kann ich nicht gehen!«
»Die kleine Tatarin, die dir so treu ergeben ist? Wo ist sie?«
Ratlos hob Fiora die Schultern:
»Ich weiß es nicht. Irgendwo im Hause ... Mit einem ...

fremden Mann. Pippa hat gesagt, sie gebe sie jemandem, der sie zu schätzen wisse ... Wir müssen sie finden!«
Demetrios runzelte die Stirn:
»Das geht jetzt nicht. Das Haus ist groß, und wir können nicht überall herumsuchen. Außerdem kann ich unmöglich eine ganze Schar von Leuten einschläfern, wie ich das hier mit diesem Weib getan habe. Wir müssen ohne sie aufbrechen.«
»Nein!« sagte Fiora. »Ich weigere mich, ohne sie zu gehen. Weiß Gott, was ihr zustößt, wenn wir sie mit diesen Bestien allein lassen!«
»Ich wüßte nicht, was du unternehmen könntest, um sie zu schützen. Aber sei sicher: Sie riskiert nichts! Dazu kennt Pippa den Wert eines hübschen Mädchens viel zu gut. Ich lasse sie morgen holen. Das Hünenweib kann nicht lange widerstehen, wenn ihr Geld angeboten wird, und sie wird genug bekommen. Komm' jetzt, wir müssen uns beeilen!«
Pippa wartete an der Tür wie eine guterzogene Dienerin. Als Demetrios und Fiora bei ihr angelangt waren, ging sie ihnen voraus und hob die Kerze, um ihnen den Weg zu leuchten. Sie gingen über einen Flur, der im nächtlichen Dunkel lag und an dessen Ende sie in einen Innenhof gelangten – denselben, auf den auch Fioras eigenartige Badekammer hinausführte. Als sie unter einem Gewölbe hindurchgingen, von dem aus eine Treppe in das obere Stockwerk hinaufführte, waren Schreie und Gelächter zu hören. Es klang so nah, daß die Fliehende unsägliche Angst verspürte bei dem Gedanken, daß sich eine Türe öffnen und einige von den Männern, die drinnen ein wahres Bacchanal abzuhalten schienen, heraustreten könnten.
»Hab' keine Angst«, flüsterte Demetrios. »Solange sie uns begleitet, haben wir nichts zu fürchten. Außerdem ist sie um den großen Saal herumgegangen ... Und wir sind schon fast draußen ...«
Als sie wieder am Ende eines Flurs angelangt waren, öffnete

Pippa eine Tür und trat zur Seite, um ihre Begleiter durchzulassen. Dann schloß sie die Tür wieder. Mit unendlicher Freude sah Fiora über sich den weiten, nachtblauen und mit Sternen übersäten Himmel, der wie ein glitzerndes Band zwischen den schwarzen, engen Häuserfassaden der Gasse auf sie niederschien. Tief atmete sie die feuchte Luft ein, die nach Fisch, Öl und brennenden Holzscheiten duftete, und drückte fest die Hand des Demetrios.

»Wie soll ich dir nur danken ...«, sagte sie, aber er unterbrach sie sogleich.

»Wir haben später noch viel Zeit, um miteinander zu reden. Im Augenblick müssen wir uns in Sicherheit bringen, so lange, bis die Nacht vorüber ist. Dann, wenn der Tag anbricht und die Stadttore wieder offen sind, werde ich dich zu mir nach Fiesole bringen ...«

»Wohin gehen wir? ...«

»Zu dem Freund, der mir diese Kleider hier geliehen hat ... und noch einige andere Dinge mehr ...«

Mit äußerster Vorsicht und erst nachdem sie sich vergewissert hatten, daß sich die Wachen von ihnen entfernten und nicht etwa näher kamen, traten sie aus der Gasse heraus. Vor ihnen lag eine verlassene Baustelle: Von dem großen Palast, der dort entstehen sollte, waren nur das Erdgeschoß und ein Teil des ersten Stockwerks zu sehen; trotzdem war der Bau mit seinem Mauerwerk aus mächtigen, roh behauenen Bossenquadern sehr beeindruckend.[1)]

Da sie übel beleumdet war, wagten die Leute aus dem Viertel nicht, sich der Baustelle zu nähern. Der Mann, der den Palast ehedem hatte erbauen lassen wollen, war Luca Pitti, einer der reichsten Männer von Florenz. Er hatte Brunelleschi, den genialen Baumeister des Baptisteriums, dem auch der Dom seine mächtige korallenfarbene Kuppel verdankt,

---

1) Der Bau des Palazzo Pitti wurde erst ein Jahrhundert später von Cosimo I. von Medici wieder aufgenommen und fortgeführt.

mit Plänen für den Bau beauftragt. Ehrgeizig wollte er, daß der Palast der größte und der reichste in der Stadt würde.
Nach dem Tode des Großvaters von Lorenzo, Cosimo, hatte sich Pitti mit Soderini, dem damaligen Gonfaloniere, gegen Cosimos Sohn, Piero den Gichtbrüchigen, verschworen, um ihm die Macht aus den schwachen Händen zu reißen, aber das Komplott war gescheitert und Pitti war schließlich arm und fern der geliebten Stadt in der Verbannung gestorben. Die Leute indes wollten sich in ihrer Phantasie mit einem so einfachen Ende nicht zufriedengeben, und so wurde – freilich hinter vorgehaltener Hand – behauptet, man habe die sterblichen Überreste Luca Pittis, der im Auftrag der Medici ermordet worden sei, unter seinem unvollendeten Palast begraben, und da Legenden meist zählebig sind, bekreuzigten sich die Frauen ein jedes Mal, wenn sie an den mächtigen Mauern und den großen, leeren Fassadenbögen vorübergingen, deren blinde, rechteckige Fensteröffnungen sich in tiefem Dunkel verloren. Niemand wäre je auf den Gedanken gekommen, auch nur einen dieser liegengebliebenen Steine mitzunehmen, von denen man sagte, daß ein Fluch auf ihnen laste. Fünfunddreißig Jahre nun ging das schon so ...
Demetrios allerdings zog seine Begleiterin geradewegs zu der verlassenen Baustelle hin, ohne auf die Angst, die sie davor hatte, Rücksicht zu nehmen.
»Ein Mädchen, deren Geist von der griechischen Aufklärung geprägt ist, läßt sich doch nicht von einem dummen Gerücht beirren!« munterte er sie auf ...
Er zog sie hinter sich her und ging mit ihr um den Palast herum, hinter dem die Ansätze zu einer Gartenanlage erkennbar waren, die sich über einen Hügel erstrecken sollte, sie tauchten dann in eine der Türöffnungen ein, die nie mit Türflügeln versehen worden waren. Demetrios tappte durch das Dunkel und traf schließlich auf einen feinen Lichtstrahl,

der durch einen Bretterverschlag nach außen fiel, und gab ein spezielles Klopfzeichen.
»Wer ist da?« fragte eine rauhe Stimme von innen.
»Mendici!«[1]
Die Tür, oder was man als solche bezeichnen mochte, öffnete sich, und zum Vorschein kam ein Raum, der ursprünglich wohl als Dienerkammer gedacht war. Das Licht ging von einem kleinen Feuer aus, das in der Mitte auf dem gestampften Boden brannte. Ein kleiner knochiger Mann mit langen grauen Haaren, auf dessen verwittertem Gesicht ein spärlicher Bart sproß, ließ die Ankömmlinge herein. Nachdem er die Besucher mit einem flüchtigen Blick gestreift hatte, kehrte er zur Feuerstelle zurück und rührte in einem Tontopf:
»Du hast offenbar Erfolg gehabt?«
»Ja. Dank deiner Hilfe, Bernardino. Aber es war auch höchste Zeit. Ich habe Pietro Pazzi töten müssen. Er war es, der Fioras Entführung veranlaßt hatte, und als ich kam, wollte er sie gerade erwürgen. Jetzt müßten Pippa und ihr Bruder eigentlich damit beschäftigt sein, ihn im Arno zu versenken, beschwert mit ein paar Steinen, damit er nicht wieder auftaucht.«
»Ein Gauner weniger!« bemerkte der Alte beifällig. »Was dich betrifft, junges Fräulein, sei willkommen! Du bist hier bei einem Freund ..., außerdem kennst du mich, denn du bist oft gut zu mir gewesen.«
Wirklich entsann sich Fiora des alten Mannes, der immer in der Nähe des Domportals bettelte und dabei ein altes Klagelied sang.
»Ich danke dir«, sagte sie, »aber ... ich war der Meinung, du seist taub und blind?«
Er lachte leise auf und erklärte dann stolz, daß man viel Erfahrung brauche, um die Augen so zu verdrehen, daß man

1) Bettler.

nur das Weiße vom Augapfel sah; taub zu sein hingegen sei nicht weiter schwierig.

»Jetzt aber schlafe erst einmal, du hast es sicher nötig. Hier ist mein Bett«, fügte er hinzu und wies auf einen Haufen von Lumpen, der als Ausstattung seiner Behausung diente. »Sobald der Hahn kräht, wecke ich dich ...«

»Du nimmst mich bei dir auf, und das, obgleich du dadurch dein Leben aufs Spiel setzt. Ich nehme an, du weißt, was du tust?«

»Ich riskiere weniger, als du glaubst, kleines Mädchen. Störe dich nicht an den ärmlichen Verhältnissen, in denen ich lebe; in Wirklichkeit verfüge ich nämlich über eine Macht, um die mich viele Fürsten beneiden würden. Denn die Bettlerzunft ist die größte, die es gibt, und die, die ihr angehören, erkennen sich rings um das Mittelmeer und sogar darüber hinaus an dem einfachen Kennwort *Mendici!* Ich herrsche über die Bettler von Florenz: über echte und falsche Krüppel, Taschendiebe und Schnorrer. Es ist eine ganze Armee, und wenn sie auch oft nur im Dunkeln zuschlägt, so ist sie doch deshalb nicht weniger zu fürchten. Wenn es irgendwo im Volk gärt, sind wir immer mittendrin. Aber siehst du, ich verdanke dieses Leben, das mir so lieb und teuer ist, deinem Begleiter. Sein Wissen hat mich gerettet. Und Bernardino begleicht seine Schulden immer! ... Schlaf' jetzt und schließ' die Ohren, denn der Grieche und ich haben miteinander zu reden.«

Fiora streckte sich auf den übelriechenden Lumpen aus, als wären es samtweiche Kissen. Sie vergaß ihren geschundenen Körper und den schmerzenden Hals und versank fast augenblicklich in tiefen Schlaf. Einige Schritte von ihr entfernt hockten der griechische Arzt und der Bettlerkönig wie seltsame Nachtvögel am Feuer und unterhielten sich bis zum Morgengrauen leise über ihre heimlichen Angelegenheiten. Als der Hahn krähte, zog Demetrios aus seinen Lumpen eine Handvoll Florine hervor und drückte sie seinem Kom-

plizen in die Hand. Dann erhob er sich und streckte seine langen Glieder:
»Glaubst du, daß du es schaffst?« fragte er.
Der andere zuckte nur mit den Schultern und ließ genüßlich die Goldstücke von der einen Hand in die andere gleiten.
»Das ist ein Kinderspiel. Die Nachricht, daß das junge Mädchen aus dem Kloster entführt worden und nicht etwa geflohen ist, wird wie der Wirbelwind umgehen und in zwei Stunden schon auf allen Märkten und Kirchplätzen bekannt sein.«
»Bist du sicher, daß du und deine Bettelbrüder nicht dem Bargello in die Hände fallt?«
»Man kann den Wind nicht aufhalten. Er entsteht, ohne daß jemand weiß, woher er kommt und weshalb, und ebenso geht er auch wieder, aber wir werden schon darauf achten, daß er sich nicht allzu schnell wieder legt. Sei unbesorgt! Darin haben wir Übung, und die Klatschweiber werden schließlich dafür bezahlt.«
Demetrios wiegte den Kopf, lächelte und wandte sich zu Fiora, um sie zu wecken. Und eine Stunde später schon gingen sie von allen unbemerkt und ohne daß sie die Wachsoldaten nur eines Blickes würdigten, zur Porta a Pinti hinaus, die nach Fiesole führte, und schlichen sich an der Mauer des Kamaldulenserklosters und am prachtvollen Garten der Badia-Kirche vorbei, die Cosimo von Medici einst hatte erbauen lassen.
Die Morgenluft war frisch und klar, und es herrschte jenes schöne, irisierende Licht, das auf einen sonnigen Tag hindeutete. Und wenn Fioras Herz auch nicht mehr angsterfüllt war, so war es ihr doch schwer, als sie neben Demetrios den staubigen Weg entlangging, den sie früher so oft zu Pferd oder auf einem Maultier unter fröhlichem Glockengeläut entlanggeritten war. Weiter oben stand ihr Haus, dessen großes, braunes Dach sie erkennen konnte – jenes wundervolle

Haus inmitten der Lorbeerbäume, in dem Philippe ihr Stunden des höchsten Glücks geschenkt hatte; und sie blinzelte mit den Augen ins Licht wie ein Nachtvogel, der plötzlich in die Sonne hinausfliegt. Die Dinge hatten ihr Gesicht verändert, und auch die Farben waren nicht mehr die alten. Wie eine Königin, die unversehens zur Bettlerin geworden war, fühlte sie sich inmitten der schönen Landschaft, die sie von ganzem Herzen und mit allen Fasern ihres Körpers liebte und die sie nun nicht mehr wiedererkannte.

Demetrios beobachtete aus den Augenwinkeln, wie sie durch eine Regenfurche stapfte, griff nach ihrem Arm und ließ sie nicht mehr los.

»Der Anstieg erscheint dir rauh und der Weg bitter, Fiora Beltrami, weil du von oben herabgestürzt bist und deine Wunden noch immer bluten, doch wisse, daß, wer den Gipfel erklimmen will, den Berg auch hinaufsteigen muß.«

»Glaubst du denn, daß es für mich überhaupt noch einen Gipfel gibt? Ich bin es leid, Demetrios ...«

»Ich sagte es dir schon: Du blutest zwar noch, aber Narben machen die Haut nur widerstandsfähiger. Ich werde dich heilen, und dann wirst du auch wieder einen Horizont am Himmel erkennen. Du wirst feststellen, daß du wieder Freude daran hast ..., zu lieben und geliebt zu werden.«

»Nie! Niemals mehr werde ich je wieder lieben können! Mein Herz ist viel zu verbittert, als daß es je eines Tages wieder Liebe empfinden könnte. Alles, was ich im Augenblick begehre, ist, meinen Vater, meine Mutter und mich selbst zu rächen. Bedenke, daß man mir alles genommen hat; daß man mein Haus geplündert und verwüstet und vielleicht sogar diejenige getötet hat, die mich meine ganze Kindheit hindurch betreut hat, meine liebe Léonarde, an die ich in jenem Haus, aus dem du mich herausgeholt hast, kaum zu denken wagte.«

»Ich kann dir versichern, daß niemand getötet worden ist, als man den Palast Beltrami gestürmt hat. Die Diener, die nicht die Flucht ergriffen haben, sind zerstreut worden. Bernardino, der Bettler, hat sich erkundigt. Deine Léonarde hat einen Unterschlupf gefunden.«

»Aber wo? Waren ihr nicht alle Türen verschlossen? Selbst die von Colomba, der Gouvernante meiner Freundin Chiara Albizzi? Es sei denn ... sie hat zu ihrer Nichte Jeannette fliehen können, die einen Bauern aus dem Mugello geheiratet hat. Oh! Wenn ich doch nur sicher sein könnte, daß es so ist.«

»Ich werde sie wiederfinden, sei unbesorgt! Und was dich betrifft, so ist es nur natürlich, daß du auf Rache sinnst.«

»Das ist der einzige Gedanke, den ich habe! Aber ich verfüge über keine Mittel mehr, um mich zu rächen; ich habe nichts mehr als meine zwei Hände«, fügte sie bitter hinzu und streckte ihre schmalen Finger aus, die mit den zerschundenen Fingernägeln viel zu zart zu sein schienen für eine so schwere Aufgabe.

»Kannst du mir denn nicht vertrauen? Gemeinsam werden wir die Waffen, die dir jetzt noch fehlen, schon finden. Gib die Hoffnung nicht auf! Ich weiß, wie weit der Weg ist, und ich weiß auch, daß noch so manche Überraschungen auf dich warten. Ich habe dir noch vieles beizubringen ...«

Fiora sah ihren Begleiter neugierig an:

»Du bist wirklich ein seltsamer Mensch: Es ist nicht das erste Mal, daß ich das feststelle. Ich habe deine Weissagung an jenem Ballabend im Palast der Medici nicht vergessen ...«

»Noch, wie ich hoffe, das Versprechen, das ich dir damals gab, nämlich daß ich dir helfe, wenn es nötig ist?«

»Nein, auch das habe ich nicht vergessen ..., aber ich wollte nicht so recht daran glauben. Verzeih', denn du hast mich vor einem Schicksal gerettet, das weitaus schlimmer gewesen wäre als der Tod. Ich werde dir dafür nie genug danken können. Und doch muß ich gestehen, daß du mir ein wenig Angst einflößt. Woher nimmst du diese eigenartigen Kräfte, die dir zu eigen sind? Du hast gestern das Hünenweib mit einer einzigen Handbewegung zu einer gehorsamen Dienerin gemacht und ...«

»Schscht! Darüber sprechen wir später. Man kann nie wissen, wie weit der Wind die Worte trägt ... Wisse nur dies eine: Man kann sich den Verstand eines Menschen leicht gefügig machen, solange er unter dem Eindruck eines starken Gefühls steht.«

Schweigend gingen sie weiter. Demetrios ließ die Straße hinter sich und schlug einen schmalen Pfad ein, der zwischen kleinen Mäuerchen aus Trockenstein, die das Erdreich unter den Weinstöcken und unter den Olivenbäumen zusammenhielten, den Berg hinanführte. Die Sonne näherte sich dem Zenit. Sie verbreitete eine frühlingshafte Wärme über den Hügeln, aus denen hie und da Zypressen wie große schwarze Punkte herausragten. Irgendwo zwischen den silbrig schimmernden Blättern eines alten Olivenbaums saß eine Amsel und sang. Fiora blieb einen Augenblick stehen, um ihr zuzuhören und dabei ein wenig auszuruhen. Schweiß stand ihr auf Stirn und Oberlippe, und ihre staubigen Füße in den Bastsandalen schmerzten.

»Warum gehen wir hier entlang?« fragte sie. »Ist das nicht ein Umweg?«

»Im Gegenteil, für den, der zu mir will, ist es der kürzeste Weg. Außerdem ... umgehen wir damit ein Haus, das dir in doppelter Hinsicht lieb und teuer sein muß. Denn bist du nicht dort die Frau des Grafen von Selongey geworden, des Gesandten Karls des Kühnen?«

Wie vom Donner gerührt sah Fiora ihren seltsamen Begleiter an und unterdrückte mit Not ein Kreuzeszeichen.

»Um das zu wissen, mußt du der Teufel persönlich sein!« murmelte sie.

Als der Arzt aus Griechenland daraufhin loslachte, war Fiora einigermaßen empört, so als sei diese menschliche Äußerung bei einer so eigenartigen Persönlichkeit, die sie ein wenig abstoßend fand, unangebracht.

»Nein«, sagte er ruhig. »Ich weiß nur, was ich wissen muß. Aber jetzt laß uns bitte weitergehen! Wir haben beide saubere Kleidung nötig, ein wenig Ruhe und ... ein kühles Glas Wein!«

9. Kapitel

Der Arzt aus Byzanz

Das Haus des griechischen Arztes befand sich etwas abseits des Ortes Fiesole am Ende einer Allee mit hohen Zypressen, die links und rechts von dem Besucher wie zwei grüne Mauern aufragten. Das Gebäude war zur Zeit der Bruderkämpfe zwischen den Guelfen und den Ghibellinen zweihundert Jahre zuvor entstanden und erinnerte an ein kleines Castello, das einst zur Verteidigung der alten etruskischen Stadt gedient haben mußte. Es bestand aus hohen, rötlichen Mauern, über deren frühere Zinnen man ein großes, leicht abfallendes Dach gebaut hatte. Ein viereckiger, gleichfalls überdachter Turm verstärkte den wehrhaften Eindruck, den das Gebäude vermittelte; die dazugehörigen Gärten hingegen standen denen der prächtigsten Herrensitze in nichts nach und verliehen den alten Mauern ein sanftes, fast liebliches Aussehen.

Stattliche Pinien, unter denen ein Brunnen leise dahinplätscherte, warfen ihre Schatten auf ein großes, tiefer liegendes Geviert und ließen eine geschützte Oase entstehen, in der üppige Büsche mit Rosenlorbeer wuchsen sowie Heckenrosen und blauschwarze Iris, Lavendelsträucher und weiße Päonien, Granatapfelbäumchen voller roter Blüten, Zitronen- und Orangenbäume in mächtigen roten Tontöpfen und daneben in großflächigen, buchsbaumumsäumten Beeten all jene Heilpflanzen und »Basiskräuter«, die ein Arzt nur irgend brauchen konnte. Auch Obstbäume wie Kirsch-, Pflaumen- und Birnbäume waren vorhanden sowie, in einer Mulde des Hügels gelegen, ein großes Gemüsebeet, das an die Scheunen eines Gehöfts angrenzte. Eine Art Terrasse, für die man die Steine einer alten Mauer verwendet und in

das Erdreich eingestampft hatte, lag hinter dem Haus im Schatten eines alten, kräftigen Rebstocks. Das war das Domizil, das Demetrios von Lorenzo erhalten hatte.
»Als sein Leibarzt verfüge ich auch über ein Zimmer im Palais in der Via Larga, ebenso wie in seinen anderen Domizilen, aber er weiß, daß ich gern unabhängig bin und etwas abseits des Trubels lebe. Deshalb hat er mir dieses Haus geschenkt. Es ist weder groß noch schön genug, als daß es bei den anderen Neid erweckte, aber ich fühle mich hier wohl und arbeite hier um so ungestörter, als die Leute mich schon schnell mit Hexerei in Zusammenhang gebracht haben und sich von mir fernhalten. Tatsächlich führt am hinteren Ende meines Gartens der Weg nach Fontelucente vorbei ...«
Fiora hatte diesbezüglich keine Erklärungen nötig. Wie alle Bewohner der Region wußte sie, daß in den Grotten von Fontelucente eine Hexengemeinschaft lebte, die ebenso berüchtigt war wie die von Norcia in der Nähe von Spoleto. Beltrami hatte seiner Tochter nie erlaubt, Spaziergänge in diese gefährliche Gegend zu unternehmen. So kannte sie auch das Haus des Demetrios nicht, obwohl es nicht weit von der Villa Beltrami entfernt lag.
Ein Mann öffnete den Wanderern das schwere Eingangstor mit den großen, verrosteten Eisennägeln, das das Haus nach außen absicherte. Er war ebenso klein und untersetzt, wie Demetrios groß und hager war. Sein kantiges Gesicht und seine schiefe Nase gaben ihm ein kühnes Aussehen. Er hatte einen Stiernacken, ausladende Schultern und einen breiten Mund und war mit seinen etwa fünfunddreißig Jahren erheblich jünger als sein Herr. Das schwarze, störrische Haar stand ihm vom Kopf ab. Als er sie begrüßte, war ihm die Freude deutlich ins Gesicht geschrieben:
»Ich glaubte schon, du kämst nie wieder, Herr!« sagte der Mann. »Lorenzo von Medici hat bereits zweimal nach dir fragen lassen ...«
»Und was hast du geantwortet?«

»Was du mir gesagt hattest: daß du dich nach Prato begeben hättest, um dort durch die Berührung mit der heiligen Gürtelschnur einen Balsam segnen zu lassen, den du als Heilmittel gegen die schmerzenden Nieren Madonna Lucrezias, der Mutter Seiner Hoheit, angerührt hast ...«
»Und beim zweiten Mal, was hast du da gesagt?«
»Daß du noch immer nicht zurückgekehrt seist ...«
»Sehr gut«, sagte Demetrios mit einem feinen Lächeln. »Fiora, hiermit stelle ich dir Esteban vor«, setzte er hinzu und legte seine Hand auf die Schulter seines Dieners. »Er stammt aus Toledo in Spanien. Dort habe ich ihn vor einigen Jahren getroffen. Er ist meine rechte Hand und gleichzeitig mein Haushofmeister, mein Gärtner, der Vollstrecker meines Willens und bisweilen auch mein Aug' und Ohr ... Du kennst ihn zwar nicht, aber dafür kennt er dich um so besser. Er war es, der in einer Winternacht gesehen hat, daß sich einige Personen in das benachbarte Kloster begaben und später dann ... Zusammen mit Samia, einer Sklavin aus Ägypten, die mir vom Palais der Medici zur Verfügung gestellt worden ist und die stumm ist, stellt er das ganze Personal des Hauses dar.«
Esteban verneigte sich mit einer Eleganz, die man von einem so kräftig gebauten Mann wie ihm gar nicht erwartet hätte, und klatschte in die Hände. Daraufhin erschien eine hochgewachsene, dunkelhäutige junge Frau in einer dunkelblauen, gerafften Tunika, die über den Hüften von einem leuchtendroten Schal zusammengehalten war.
»Das ist Donna Fiora«, sagte der Grieche zu ihr. »Du mußt ihr ebenso treu dienen wie mir. Sie ist todmüde und schmutzig und hat Hunger. Du weißt also, was du zu tun hast. Du verbrennst die Kleider, die sie trägt, und versorgst dann ihre Schürfwunden, so wie ich es dir beigebracht habe. Und du, Fiora, ruhe dich aus und denke vor allem nicht mehr an das, was geschehen ist. Schlafe so lange, wie du möchtest. Ein besseres Heilmittel gibt es nicht.«

Samia verneigte sich ein zweites Mal und nahm die junge Frau bei der Hand. Zusammen gingen sie durch eine große, weißgekalkte Halle, die als Vorraum diente und deren einziger Schmuck die rot und blau bemalten Kreuzgewölbe waren. Der Boden bestand aus kleinen Ziegelsteinen, und an den Wänden lehnten Gartengeräte, über denen Pferdegeschirre, Zügel, Halfter und Reitpeitschen hingen ... Am hinteren Ende des Vorraums, der einst als Wachraum gedient haben mußte, führte eine Türe auf einen kleinen Hof hinaus, von dem aus man erst das eigentliche Haus betrat. Samia führte ihre Begleiterin in eine geräumige Küche, in der es nach dem Ragout duftete, das in einem Topf über dem Feuer schmorte, es roch nach Zwiebeln, Knoblauch und Paprika und den Bündeln mit Thymian, Lorbeer, Majoran und Rosmarin, die von der Decke herunterhingen.
Da eine Unterhaltung schwierig, ja unmöglich war, ließ Fiora alles mit sich geschehen. Samia zog ihr die Gewänder aus, warf sie in eine Ecke, um sie später in Ruhe zu verbrennen, bedeutete Fiora, in einen großen Zuber zu steigen, und wusch sie mit reichlich Wasser ab. Dann trocknete sie sie behende, streifte ihr ein leinenes Hemd über und Samtpantoffeln, die ihr ein wenig zu groß, aber bequem waren, ließ sie dann am Tisch Platz nehmen und stellte einen großen Teller von dem gewürzten Lammragout, eine dicke Scheibe Käse sowie kleines Marzipangebäck und einen wohlschmeckenden Chianti vor sie hin, der nun, da sie der Unterwelt entronnen war, wieder Farbe in ihre Wangen brachte.
Fiora, die die gute Mahlzeit mit Löwenhunger verschlungen hatte, fühlte, wie ihr Kopf und ihr Körper immer schwerer wurden. Willig ließ sie sich in ein Zimmer führen, in dem sie ein blütenweißes Bett mit aufgeschlagener Decke erwartete. Selig schlüpfte sie unter die Laken, die angenehm nach Lavendel dufteten, und schlief, kaum daß sie auf dem Kissen lag, ein.
Samia blieb noch einen Augenblick neben ihr stehen; als sie

sicher war, daß Fiora schlief, zog sie den Bettvorhang vor und verließ das Zimmer, um zu Demetrios und Esteban in die Küche zu gehen. Der griechische Arzt hatte sich unterdessen kurz am Brunnen im Garten frisch gemacht und sein Bettlerkleid gegen eines jener Gewänder aus schwarzem Samt eingetauscht, die er so gern trug.

Während Esteban große Scheiben von dem Brotlaib, der auf dem Tisch lag, abschnitt, goß sich Demetrios einen Kelch mit Wein ein und trank ihn genüßlich und sichtlich zufrieden aus wie einer, der seit langem nichts Derartiges mehr getrunken hat.

»Die Gastfreundschaft unserer Bettlerfreunde ist zwar großzügig, aber ihr Wein ist doch nicht ganz so gut wie unserer. Es tut wohl, wieder zu Hause zu sein ...«

Mit Appetit machte er sich über das Ragout her, das ihm die Sklavin auftrug, trank noch einen Kelch mit Wein und wandte sich dann zu Esteban:

»Hast du getan, was ich dir aufgetragen habe?«

»Ja, Herr ... Als sich die beiden Frauen kürzlich zum Kloster Santa Lucia begaben, habe ich mich an den Mann herangemacht, den du mir gezeigt hattest ...«

»Marino Betti, der trotz des Eides, den er einst geleistet hatte, der Dame Pazzi die Geschichte Beltramis erzählt hat?«

»Sei unbesorgt, ich habe mich nicht geirrt. Ich bin auf ihn zugegangen. Er wirkte unter den Leuten, die alle gleichzeitig sprachen, ganz verwirrt. Ich habe so getan, als sei ich begeistert. Ich sagte ihm, wie sehr ich es bewundere, daß er seiner Pflicht als Bürger von Florenz und auch als Christ nachgekommen sei, indem er den Betrug, den der verstorbene Beltrami begangen habe, zu Lasten seiner eigenen Interessen aufgedeckt habe, da er auf diese Weise schließlich eine Verwalterstelle verlöre, die ihm sicherlich nicht gerade wenig Geld eingebracht hatte ... Es schien fast so, als richteten ihn meine Worte wieder ein wenig auf, zumal alle anderen sich eher von ihm zu distanzieren schienen. Dann sind wir gemeinsam gegangen ...«

Esteban hielt einen Augenblick inne, um zu trinken.

»Und dann?« fragte Demetrios.

»Wir sind in einer Schiffertaverne am Fluß unten eingekehrt, und ich habe etwas zu trinken bestellt. Er hat hintereinander zwei Becher geleert wie einer, der es bitter nötig hat. Natürlich habe ich noch einmal nachbestellt und dabei versucht, ihn zum Reden zu bringen; aber er antwortete recht einsilbig, und aus dem Blick, den er über meine Schulter hinweg ins Leere richtete, war Angst herauszulesen. Er griff wieder zum Becher, trank aber diesmal langsamer. Daraufhin habe ich Brot, Schinken und Käse bestellt und gesagt, es sei nicht gut, auf leeren Magen zu trinken, damit war er einverstanden. Wir haben also zu essen angefangen. Ich holte mein Messer hervor und er das seine. Es glich in der Form in etwa dem, das du mir gegeben hattest ...«

»Dem des Mörders also!«

»Ja, nur daß das seinige ein Heft aus Holz statt aus Horn hatte. Wir haben weitergetrunken, und ich habe schließlich so getan, als sei ich betrunken.«

»Und er?«

»Er ist ein alter Stallknecht und hält eine ganze Menge aus; aber als auch er schließlich ein wenig zu wanken begann, habe ich gedacht, das sei der richtige Augenblick. Ich habe angefangen, wild herumzugestikulieren, so daß das Messer vom Tisch fiel. Ich bückte mich, um es aufzuheben, und dabei habe ich es dann gegen das andere ausgetauscht. Er hat es nicht gleich bemerkt. Aber dann, plötzlich, hat er es doch gesehen. Er wurde bleich, und ich glaubte schon, die Augen fielen ihm aus dem Kopf. Er stand auf, griff nach dem Messer und ging auf mich los. Aber ich war darauf gefaßt und konnte dem Hieb ausweichen. Der Tisch zwischen uns ist zusammengebrochen, so daß wir beide schließlich mit Waffen in der Hand einander gegenüberstanden. Mit irrem

Blick sah er mich an, doch ich wartete ab. Dann begann ich zu lachen und sagte: ›Man hat mir erzählt, daß die Leute hier eine Heidenangst vor Gespenstern haben. Irgend etwas sagt mir, daß du in Zukunft nicht mehr so gut schlafen wirst wie früher. Ein Herr, den man verraten und ermordet hat – das muß wahrhaftig ein rachsüchtiges Schreckgespenst abgeben.‹ Ich hätte nicht gedacht, daß ich damit einen solchen Eindruck auf ihn machen würde. Wenn ich je auf dem Gesicht eines Menschen blankes Entsetzen gesehen habe, so bei ihm. Er wich zurück, als stünde das Gespenst bereits zwischen uns, und rannte davon, als seien sämtliche Höllengeister hinter ihm her.«

»Und du, was hast du gemacht?«

»Ich habe ihn laufen lassen ... und die Rechnung bezahlt«, antwortete Esteban philosophisch. »Ich habe zwar einen Augenblick lang daran gedacht, ihm hinterherzulaufen und ihn umzubringen, aber auf offener Straße ...«

»Das hast du gut gemacht. Das Leben dieses Lumpen ist Sache derjenigen, die hier über uns schläft ...«

»Gewiß, aber sie ist eine Dame, und ich kann mir nicht vorstellen, daß sie das Messer zieht. Wisse jedenfalls, daß ich bereit bin, es für sie zu tun!«

»Sie wird nicht nachgeben, denn sie lechzt nach Rache. Das Horoskop, das ich von ihr erstellt habe, sagt mir, daß in dieser schönen jungen Frau, die für die Liebe und das stille Glück geschaffen ist, eine unerbittliche Nemesis schlummert. Bedenke nur, daß ihr eine Frau aus Haß und Habgier in nur wenig mehr als einer Woche all das entrissen hat, was ihr lieb und teuer war, ihren Vater, ihr Vermögen ... und ihren Stolz und ihre Ehre als Frau. Ich habe sie bei Pippa, der Kupplerin vom Borgo San Spirito, gefunden, just in dem Moment, als der bucklige Pietro Pazzi sie erdrosseln wollte, nachdem er sie zuvor schon vergewaltigt hatte. Ich habe diesen Widerling umgebracht ... Da wir gerade über Pippa sprechen: Sattle dein Pferd und reite zu ihr und kaufe ihr

eine kleine tatarische Sklavin namens Khatoun ab, die Donna Fiora gehört und die sich hat erwischen lassen, als sie versuchte, Fiora zu befreien. Nimm Gold mit!«
»Wofür? Ich habe Schwert und Degen. Das müßte doch ausreichen, oder?...«
»Gold ist mir lieber. Es könnte nämlich sein, daß das Hünenweib stärker ist als du! Sie ist gefährlich, außerdem wird sie beschützt. Und ihr muß sterbensbang zumute sein, seitdem bei ihr ein Pazzi getötet worden ist. Wenn sie ihre Leute und Kunden gegen dich aufhetzt, hast du vielleicht keine Chance mehr. Aber bevor du losreitest, sattle mir mein Maultier. Der Prächtige hat lange genug auf mich gewartet ... Weißt du überhaupt, wo er ist?«
»Er war in der Badia-Kirche, mußte aber in den Palast zurück, um einen Gesandten König Eduards von England zu empfangen.«

Wie jedesmal, wenn er ein wenig Zeit hatte, hielt sich Lorenzo von Medici in seinem Garten auf. Da er ebensosehr Poet wie Staatsmann war, liebte er es, Kopf und Augen inmitten des üppigen Grüns ausruhen zu lassen, dem Zwitschern der Vögel zu lauschen und nichts anderes über seinem Haupt zu wissen als den endlosen, blauen Himmel. Da seine Gärtner eine Vorliebe für Buchsbäume hegten, hatten sie diese auf der notgedrungen begrenzten Gartenfläche, die der Stadtpalast bot, zu Hunden, Hirschen und Elefanten zurechtgestutzt. Sogar eine Galeere mit vollen Segeln hatten sie sich ausgedacht, und das alles war um ein Meisterwerk herum angeordnet: der *Judith* von Donatello, die sich über einer großen Granitmuschel erhob. Unter der Kolonnade, die in den Garten führte, waren drei romanische Sarkophage zu sehen, ein geschickt restaurierter, antiker *Marsyas* ebenso wie der wundervolle *David* von Donatello.
Demetrios blieb unter der Kolonnade stehen und suchte im Schatten des *Marsyas* Schutz. Denn der Prächtige war nicht

allein: Ihm und der *Judith* gegenüber war das weiße Ordenskleid mit dem schwarzen Skapulier des Fray Ignacio zu sehen. Um ein geheimes Gespräch konnte es sich nicht handeln, denn die Stimme des Mönchs tönte laut wie ein Fanfarenstoß beim Jüngsten Gericht, und er hatte offenkundig die Absicht, von soviel Leuten wie nur irgend möglich gehört zu werden. Demetrios brauchte hinter seinem Satyr keineswegs die Ohren zu spitzen.

»Hast du von dem Gerücht gehört, das seit heute morgen durch die Stadt geht, ohne daß jemand weiß, woher es eigentlich kommt?« fragte der Spanier mit schmetternder Stimme. »Das Mädchen, das dem Gottesgericht unterworfen werden sollte und das aus dem Kloster Santa Lucia geflohen ist, soll angeblich nicht geflüchtet sein, was mich offen gestanden ein wenig überrascht hat: Sie soll entführt worden sein.«

»Ich weiß. Meine Mutter, Madonna Lucrezia, hat mir davon berichtet, als sie heute morgen aus der Messe kam. Aber wie du schon sagtest: Keiner weiß, woher das Gerücht stammt. Man weiß also nicht recht, was man davon halten soll.«

»Bei uns sagt man, daß da wo Rauch, auch Feuer ist ...«

»Das sagt man auch bei uns, aber was du nicht wissen kannst, da du nicht von hier bist, ist, daß kein Volk mehr Phantasie hat als die Florentiner. Sie lieben alles, was phantastisch und märchenhaft ist, und verstehen es ebenso gut, alte Geschichten zu erzählen wie neue zu erfinden.«

Der hagere Körper des Mönchs straffte sich unter dem weißen Ordensgewand.

»Mir scheint, du nimmst diese Angelegenheit recht leicht. Glaubst du nicht, daß es angebracht wäre, der Sache nachzugehen?«

»Ich habe Fiora Beltrami bereits suchen lassen, und die Signoria hat das gleiche veranlaßt, ebenfalls ohne Erfolg. Das arme Kind muß die Stadt wohl verlassen haben ...«

»Armes Kind! Ich nenne sie eine Hexe! Dieses Teufelsge-

schöpf verfügt in deiner Stadt, vielleicht sogar in deinem Palast, über Helfershelfer, die sie dem Urteil Gottes entzogen haben – und nicht nur das: auch dem der Menschen.«
Die finsteren Augen des Prächtigen blitzten auf:
»In meinem Palast? Willst du mir damit etwa unterstellen, ich sei für die Entführung verantwortlich und versteckte sie gar hier in meinem Hause?«
Die heisere Stimme Lorenzos bebte vor Zorn. Erschrocken wich Fray Ignacio zurück.
»Verzeih', wenn ich mich mißverständlich ausgedrückt habe, und bedenke, daß es nur Gotteseifer ist, der mich treibt. Ich habe keineswegs von dir gesprochen. Es gibt viele Leute in deinem Palast, und du kannst schließlich nicht wissen, was deine zahlreichen Freunde alles tun ... Freunde, die vielleicht nicht immer solche sind, wie sie sich für einen großen Fürsten ziemen ...«
»Ich bin kein Fürst, sondern nur der erste unter den Bürgern dieser Stadt. Wir befinden uns hier in einer Republik, Fray Ignacio! Ich habe also das Recht, mir die Freunde auszusuchen, die mir gefallen!«
»Laß die Wortspielereien. Wenn du auch selbst nicht fürstlichen Geblüts bist, so sind es doch deine Frau und deine Söhne, und es schickt sich nun einmal nicht, daß Kinder von hohem Stand, die zu Großem bestimmt sind, nicht in christlichem Glauben erzogen werden. Statt dessen hast du ihnen als Lehrmeister irgendeinen dahergelaufenen Hungerleider gegeben, der Griechisch spricht und ihnen die Antichristen zum Vorbild gibt, die die Alten einst als Götter bezeichneten.«
»Können wir uns vielleicht an ein Thema halten?« erwiderte Lorenzo mit schneidender Stimme. »Worüber genau wolltest du mit mir sprechen, Mönch? Über die mögliche Entführung einer armen Unglücklichen – wobei ich mich vergeblich frage, weshalb du sie mit solcher Verbissenheit verfolgst – oder über die Erziehung meiner Kinder?«

»Ich bin gekommen, um mit dir über deine Stadt zu sprechen«, sagte Fray Ignacio leidenschaftlich, »über deine Stadt, in der Christus in Vergessenheit gerät und in der sein Wort weitaus weniger begierig aufgenommen wird denn irgendein Lied – deine Stadt, die du in den Abgrund führst. Das jedenfalls ist die Hauptsorge Seiner Heiligkeit ...«
»Ich lasse dich gleich festnehmen, Mönch! Seiner Heiligkeit, wie du ihn nennst, ist vor allem daran gelegen, Florenz und die dazugehörigen Gebiete in den Besitz seines Neffen Riario, des früheren Zöllners, übergehen zu lassen. Daher rührt sein großes Interesse für diese Stadt.«
»Scham und Schande über dich, Lorenzo von Medici, wenn du dich nicht dazu entschließt, dem Ruf Gottes zu folgen, den ich dir überbringe! Papst Sixtus IV. sendet mich ...«
»Der Papst verfügt über vierzig Kardinäle und eine ganze Armee von Bischöfen und Äbten. Warum also sollte er ausgerechnet dich, einen Spanier, senden, um sein Wort zu verkünden?«
»Um herauszufinden, wie sehr sich mein Mut und mein Gotteseifer in einer abtrünnigen Stadt bewähren, bevor er mich in mein Heimatland zurückschickt, wo eine große Aufgabe auf mich wartet. Wenigstens vermute ich das. Königin Isabella von Kastilien ist besorgt über die Unruhe, die Juden und *Conversos* in ihrem Königreich stiften, und deshalb hat sie mich zu Seiner Heiligkeit gesandt, um ihn, da er ihr wohlgesonnen ist, um Hilfe zu bitten.«
Lorenzo verzog seine breiten Lippen zu einem sarkastischen Lächeln, so daß seine lange Nase beinahe bis ans Kinn reichte.
»Mir scheint, Königin Isabella hat wahrhaftig größere Sorgen als die Stellung der Kirche. Sie ist im Dezember vergangenen Jahres in Segovia zur Königin von Kastilien gekrönt worden – gegen den Willen der Hälfte ihrer Granden und ohne daß sie es notwendig gefunden hätte, ihren Ehemann, Prinz Ferdinand von Aragon, an den Weihen teilhaben zu

lassen. Und jetzt befindet sie sich im Krieg gegen König Alfons V. von Portugal, der die – wie man sagt illegitime – Tochter des verstorbenen Königs von Kastilien Heinrich IV. geheiratet hat, dessen Schwester Isabella ist. Du siehst, ich bin auf dem laufenden ..., wie ich überhaupt über alles informiert bin, was in Europa vor sich geht.«

»Ich kann mir vorstellen, daß du überall deine Spione hast, und doch bist du schlecht informiert. Königin Isabella stellt Gott über alles. Sie hat die Absicht, im Namen Gottes alles zurückzuerobern, was sich noch in der schwarzen Hand der Mauren befindet, und sie hofft, in ihren Kronlanden endlich die Heilige Inquisition einführen zu können ...«

»Deren Haupt du dann gerne wärest! Ich gebe zu, du scheinst dafür wie geschaffen ... Aber Florenz braucht keinen Großinquisitor. Und deshalb bitte ich dich, Fray Ignacio, dich aus unseren Angelegenheiten herauszuhalten, ja, besser noch, sogleich nach Rom zurückzukehren. Ich werde dir für den Papst ein Schreiben mitgeben, in dem ich dir deinen Eifer und deine Fähigkeiten bescheinigen werde.«

»Ich werde erst dann gehen, wenn sich diese Sündentochter dem Gottesgericht unterworfen hat. Lasse die Stadt Straße für Straße und Haus für Haus durchsuchen ... und vergiß dabei auch nicht die deiner Freunde ... und dein eigenes! Finde sie, und ich werde zufrieden sein, vorerst wenigstens. Nur die Kirche weiß, wie man mit solchen Geschöpfen umgehen muß.«

»Mit ihr ... oder mit ihrem Vermögen?«

»Das Ordenskleid, das ich trage, sollte mich eigentlich vor solchen Unterstellungen schützen. Was interessiert mich schon ihr Vermögen?«

»Dir will ich das gerne glauben. Doch für einen engen Freund unseres Heiligen Vaters, einen gewissen Francesco Pazzi, ist es von höchster Bedeutung.«

»Ich kenne diesen Mann nicht.«

»Um so besser für dich. Aber wie dem auch sei ..., falls du ihm später einmal begegnen solltest, dann sage ihm, daß das Vermögen der Beltramis den Pazzis niemals zufließen wird. Ob man Fiora nun findet oder nicht!«
»Donna Hieronyma hat aber Anspruch darauf!«
»Donna Fiora ist rechtmäßig adoptiert worden. Aufgrund einer falschen Aussage, mag sein, aber das ist eine rechtliche Frage, die eingehend erörtert werden muß und die möglicherweise nie endgültig geklärt werden kann. Einstweilen wird die Bank Medici die Aufgabe übernehmen, das Vermögen zu verwalten und gewinnbringend anzulegen. Unter der Aufsicht der Signoria selbstverständlich«, fügte Lorenzo mit einem Lächeln hinzu, das ein nicht eingeweihter Beobachter vielleicht als teuflisch bezeichnet hätte. Das Gesicht Fray Ignacios bot indes einen noch unerfreulicheren Anblick. Es wurde bleich vor Zorn. Seine Augen funkelten, und er streckte die Hand zum Himmel, so daß sein magerer Arm unter dem weiten Ärmel sichtbar wurde:
»Hüte dich davor, die Duldsamkeit Gottes allzusehr zu strapazieren, Medici!« donnerte er. »Eines Tages ...«
Das plötzliche Erscheinen des Demetrios schnitt ihm das Wort ab. Der Grieche hoffte, Lorenzo von dem spanischen Mönch befreien zu können, und hatte deshalb beschlossen, aus dem Versteck hinter dem *Marsyas* hervorzutreten. Lorenzos Lächeln zeigte ihm, daß er richtig gehandelt hatte.
»Man sagte mir, du habest nach mir verlangt, Herr? Hast du irgendein Leiden?« Dann wandte er sich zu dem Mönch und grüßte ihn steif: »Verzeih', daß ich dich unterbreche, ehrwürdiger Mönch. Es drängt mich nur, so schnell wie möglich dort zu helfen, wo Hilfe nötig ist. Aber was sagtest du noch?«
Fray Ignacio hatte seinen drohend erhobenen Arm wieder fallen lassen und schob seine Hände in die Ärmel; lediglich seine Augen blitzten hart wie Granit, als er den Störenfried ansah. Voller Ekel sagte er dann:

»Der Blitz treffe dieses Nest von Ketzern! Wie kannst du es wagen, das Wort an einen Gottesmann zu richten, du Hexer und Helfershelfer Satans? Fort mit dir! Schon dein Atem verpestet mir die Luft ...«
»Es ist Sache desjenigen, sich zurückzuziehen, der sich gestört fühlt«, sagte Lorenzo ruhig. »Guten Abend, Fray Ignacio!«
Der Dominikaner verstand, daß er nicht mehr länger erwünscht war, und zog sich grußlos und leise fluchend zurück. Die beiden Männer sahen ihm nach, wie er durch die Kolonnade ging, den *Cortile* überquerte und dann im Portal des Palastes verschwand.
»Ein übler Kerl!« brummte Demetrios. »Was wollte er hier?«
Das übermütige, perlende Lachen, in das Lorenzo ausbrach, war so schallend, daß ein grau-rosa schimmerndes Taubenpärchen, das sich auf der Schulter der *Judith* niedergelassen hatte, erschreckt aufflog.
»Aber Demetrios! Das weißt du doch ebenso gut wie ich. Glaubst du, ich hätte nicht gesehen, wie du dich hinter dem *Marsyas* versteckt hast? Das hast du übrigens gut gemacht.«
Er trat von der Statue weg, rückte den Ledergürtel zurecht, der die schweren Falten seines langen, braunen, mit Marderfell verbrämten Samtgewandes zusammenhielt, und schob seinen Arm unter den des Arztes.
»Laß uns nun zurückkehren, mein Freund. Dieser Mönch hat mir für heute den Genuß am Garten verdorben. Laß uns in mein *Studiolo* gehen ...«
Seite an Seite stiegen die beiden Männer die steile Treppe zum oberen Stockwerk hinauf. Lorenzo sah auf seine Füße und sagte nichts, und der Arzt, der teilweise die Gedanken erriet, die hinter der breiten, intelligenten Stirn zu arbeiten schienen, respektierte sein Schweigen. Gemeinsam durchquerten sie die Empfangssäle, in denen sich kostbare Kunstwerke dem Auge aufdrängten und die mit seidenen Teppi-

chen von fernen Märkten des Orients ausgestattet waren. Sie gelangten schließlich in einen großen Raum, an dessen Wänden ringsum Eichenschränke mit schweren eisernen Beschlägen standen, einige waren geöffnet, und eine Fülle reichverzierter, in Samt oder spanisches Leder gebundener Bücher wurde sichtbar. Ein kleiner Mann unbestimmten Alters, der wie ein Mönch gekleidet war und eine Brille auf der Nasenspitze trug, saß vor einem der Schränke an einem eingelegten Tisch und arbeitete.

Als die beiden Männer eintraten, blickte er auf, lächelte und wollte sich erheben, doch Lorenzo hielt ihn an seinem Platz zurück:

»Bleib' sitzen, Marsile! Demetrios kommt als Freund und nicht als Arzt, außerdem kann uns deine Weisheit eine große Hilfe sein.«

»Ich stehe ganz zu Eurer Verfügung«, sagte der kleine Mann und setzte sich wieder ... Marsile Ficino, Platoniker, Arzt und Domherr der Kirche San Lorenzo in einem – eine dreifache Funktion, mit der er auf originelle Weise fertig wurde, indem er wie ein Sybarit lebte, die Medizin anderen überließ und die Lehre Platos von der Kirchenkanzel herabpredigte –, war einer der engsten Vertrauten des Prächtigen.

Dieser nahm an einem Tisch Platz, auf dem eine ungewöhnliche Vase stand, die aus einem riesigen Amethyst geschnitten und mit Perlen verziert war. Noch immer sagte er kein Wort, doch bemerkte Demetrios seinen müden Gesichtsausdruck, als er am Tisch Halt suchte.

»Du leidest, Herr«, sagte er. »Kann es sein, daß du deinen Arzt tatsächlich benötigst, du, der du noch so jung bist und so kräftig gebaut? Wenn ja, so verzeih' mein spätes Kommen!«

»Mein Hals tat mir etwas weh, aber jetzt geht es mir schon wieder besser. Man hat mir übrigens gesagt, daß du in heiliger Mission für meine Mutter unterwegs gewesen seist«, setzte er mit einem spöttischen Lächeln hinzu. »Du hättest es für nützlich befunden, einen gewissen Balsam zur Linderung ihrer Nierenschmerzen durch die Gürtelschnur der Heiligen Jungfrau segnen zu lassen? Du, der du weder an Gott noch an den Teufel glaubst. Ich hoffe, mein Onkel Paolo, der Großpropst der Kathedrale von Prato ist, hat dich freundlich empfangen? Einen Ungläubigen von deinem Rang!«

»Ich hatte angeordnet, das zu sagen, falls du nach mir riefest. Ich wußte nicht, wen du in einem solchen Fall damit beauftragen würdest. Und das einfache Volk sieht es immer gern, wenn man bei einem Wunder Hilfe sucht ...«

»Das war eine kluge Überlegung! Aber wenn du nicht in Prato warst, wo warst du dann?«

»Ich habe für Gerechtigkeit gesorgt, während mein Diener den Mörder Francesco Beltramis verfolgt hat.«

Lorenzo schrak zusammen und richtete sich auf. Seine Augen blitzten.

»Hat er ihn gefunden?«

»Ja. Es ist Marino Betti, der frühere Verwalter Beltramis. Er hat ihn um der schönen Augen Hieronymas willen verraten. Ich hatte es mir übrigens fast schon gedacht.«

»Hast du Beweise?«

»Nein, aber ich bin mir absolut sicher ...«

Demetrios erzählte, was sich in der Taverne unten am Fluß abgespielt hatte.

»Er hat ihn nicht getötet, weil er der Meinung war, daß es ihm nicht zustünde, Gerechtigkeit zu üben«, fügte er hinzu.

»Ohne Beweise wird die Signoria niemals bereit sein, ihn festnehmen zu lassen. Sie hat das Palais Beltrami ihren Schergen nur allzu gern zur Plünderung überlassen, und wenn ich nicht wäre, hätte die Signoria längst schon Hand an das sagenhafte Erbe gelegt ... Jeder fordert seinen Teil von der Beute.«

»Esteban dachte nicht an diese Art der Gerechtigkeit, sondern an die, wie sie der Tochter des Opfers zusteht!«

»Fiora?« fragte Lorenzo und zuckte mit den Schultern. »Dafür müßten wir erst wissen, was aus ihr geworden ist. Seit heute morgen gehen die widersprüchlichsten Gerüchte um. Zunächst glaubte man, sie sei geflohen – was mich in ihrem Falle verwundert hätte. Jetzt hingegen spricht man von Entführung, und soeben habe ich Besuch von der jungen Chiara Albizzi erhalten. Sie forderte Gerechtigkeit für ihre Freundin und schrie dabei noch lauter als der spanische Mönch. Sie behauptete sogar, Fiora Beltrami habe genauso ermordet werden sollen wie ihr Vater.«

»Eine treue Freundin«, seufzte Demetrios, »was für ein Geschenk Gottes! Das verlangt Mut, wenn sich gleichzeitig eine ganze Stadt in eine blutrünstige Meute verwandelt und einem armen Reh hinterherjagt.«

»Solange keine Philosophen die Städte regieren«, bemerkte Marsile Ficino, »solange werden auch die Übel der Menschheit nicht ausgerottet werden ...«

»Blutrünstigkeit und Liebe zum Geld sind nun einmal unheilbar, ob man nun Philosoph ist oder nicht!« sagte Demetrios. »Und Plato hat keineswegs immer recht. Was die kleine Albizzi betrifft, so hat sie mit Grund das Schlimmste befürchtet: Donna Fiora wäre tatsächlich um ein Haar ermordet worden.«

»Wann? Von wem? Woher weißt du das?«

»Wann? Vergangene Nacht. Von wem? Von Pietro Pazzi. Und wo? – denn du hast vergessen, mich das zu fragen – bei dem Hünenweib ...«

Lorenzo sprang von seinem Sessel auf. Sein Gesicht wurde dunkelrot.

»Bei diesem Weib? ... Aber was ...«

»Was die geliebte Tochter Francesco Beltramis dort suchte? Das ist wahrhaftig eine gute Frage, und es wird mir ein Vergnügen sein, sie dir zu beantworten; denn ich war es, der den Buckligen erdolcht und somit daran gehindert hat, Donna Fiora zu erwürgen! Setze dich, Herr, damit dir nicht schwindlig wird, denn ich werde einen Höllenkreis vor dir auftun, den Dante vergessen hat.«

Demetrios zog sich einen Schemel heran, setzte sich und schilderte seinen Zuhörern den Leidensweg, den Fiora gehen mußte, seit man sie aus ihrer Trauer gerissen und dazu gezwungen hatte, ihr Leben in Sicherheit zu bringen. Er erzählte ohne jedes Pathos, in kurzen Sätzen, präzise und eindringlich. Er wußte, daß die Phantasie seiner beiden Zuhörer den Rest ergänzen würde.

Lange bevor er mit seinem Bericht zu Ende war, war Lorenzo von seinem Sessel aufgesprungen, ohne daran zu denken, den Stuhl, der auf den kostbaren Steinboden gekippt war, wieder aufzurichten, und lief unruhig – mit gesenktem Kopf und die Hände auf dem Rücken – im Zimmer auf und ab. Als Demetrios geendet hatte, brach es aus ihm hervor:

»Die Nonnen von Santa Lucia sind imstande, ein Geschöpf, das ihnen anvertraut worden ist, einfach einem solchen Schicksal auszuliefern? Und die Pazzi schmieden ihre ruchlosen Komplotte in meiner Stadt und unter meinen Augen! Ausgerechnet Fiora, die so schön, so rein ist ..., zur Prostituierten zu machen!«

Er blieb vor dem griechischen Arzt stehen:

»Und natürlich ist sie jetzt bei dir?«

»Wo sonst? Ich hoffe nur, daß du das nicht deinem Freund Fray Ignacio sagst«, fügte Demetrios mit einem Lächeln hinzu. »Er wäre glatt imstande, uns beide auf ein und demselben Scheiterhaufen zu verbrennen.«

Der Blick, den ihm Lorenzo zuwarf, gab ihm zu verstehen, daß er zu weit gegangen war, und so entschuldigte er sich und schob die unglückliche Äußerung auf seine Entrüstung über den spanischen Mönch. Und als wolle er das Gespräch abschließen, fragte er dann:

»Jetzt mußt du mir nur noch sagen, was ich mit ihr machen soll.«

Lorenzo antwortete nicht. Er dachte nach. Statt dessen ergriff der Mönch und Philosoph das Wort.

»Eines macht mich stutzig, Demetrios, und ich bitte um Nachsicht, wenn ich dir indiskret erscheine. Du bist ein Mann in fortgeschrittenem Alter und ein Gelehrter, der von jugendlichem Leichtsinn weit entfernt ist. Weshalb also nimmst du so viel Anteil am Schicksal dieses jungen Mädchens? Wegen ihrer Schönheit? Das wäre freilich bei einem Griechen nicht verwunderlich ...«

»Ich kann in der Tat nur schwer mitansehen, wenn ein Kunstwerk zerstört wird. Aber bei Donna Fiora kommt noch etwas anderes hinzu ... Du weißt, daß ich in den Sternen lese und gelegentlich Zukunftsvisionen habe, die ich mir nicht erklären kann. Nun, eine solche Vision habe ich gehabt, als ich am Abend der *Giostra* diesem Mädchen begegnet bin.«

»Und was hast du gesehen?« fragte Ficino neugierig.

»Darüber möchte ich lieber nicht sprechen. In der Folge aber ist es mir gelungen, Datum und Ort ihrer Geburt zu erfahren, und daraus habe ich dann ein Horoskop erstellt, das in mancherlei Hinsicht dem meinen ähnelt. So wußte ich sicher, daß sie schon bald ihren natürlichen Beschützer verlieren und Hilfe brauchen würde, und so habe ich beschlossen, einen Stern in meine Obhut zu nehmen, der vielleicht eines Tages hell aufleuchten könnte ...«

Lorenzo war näher getreten und hatte den Worten des Griechen gelauscht. Er legte ihm die Hand auf die Schulter.

»Wenn du ihr Schicksal kennst, warum fragst du mich dann, was du mit ihr machen sollst?«

»Alles weiß ich nicht ..., und du bist schließlich der Herrscher. Du weißt jetzt, was sie betrifft, die Wahrheit. Warum sollten wir ihr nicht Gerechtigkeit widerfahren lassen? Die Lüge, die sich ihr Vater vorzuwerfen hatte, war nur allzu verständlich, und Fiora ist ganz und gar unschuldig daran. Hat sie nicht schon genug gelitten?«

»Wenn du unter Gerechtigkeit verstehst, ihr zu ihrem Palais und ihren Besitztümern zurückzuverhelfen und die Dinge wieder in ihre alte Ordnung zu bringen, so ist das unmöglich. Das Volk würde es nicht zulassen. Das Bild, das es von ihr hat, ist das eines Teufelsgeschöpfes. Wir müßten sie Tag und Nacht bewachen lassen. Außerdem ... bin ich mir der Loyalität des verstorbenen Beltrami nicht mehr ganz so sicher wie früher ...«

»Wie das?« fragte Marsile Ficino empört. »Er war der großzügigste, freimütigste und rechtschaffenste Mann, den ich ... nach dir kenne!«

»Und wie erklärst du dir dann dies?«

Lorenzo holte aus einem Schrank eine Kassette aus Malachit hervor, öffnete sie und nahm eine Pergamentrolle heraus, die er auseinanderrollte.

»Angelo Donati, dem ich mit dem Einverständnis der Signoria vorläufig die Verwaltung von Beltramis Geschäften übertragen habe, hat von der Fuggerbank in Augsburg die Bitte um Rückerstattung eines Wechsels erhalten, den Francesco Beltrami an Messire Philippe de Selongey ausgestellt hat – einen Wechsel über einen Betrag von hunderttausend Goldflorin ...«

»Donnerwetter!« sagte Ficino. »Eine stattliche Summe! Und ein wahrhaft königliches Lösegeld!«

»Fragt sich nur, für welchen Gefangenen. Das Seltsamste daran ist, daß die Summe auf Bitten Selongeys direkt an die Schatzkammer des Herzogs Karl von Burgund überwiesen worden ist. Deshalb zweifle ich jetzt an der Treue Beltramis. Er wußte, wie eng mein Bündnis mit König Ludwig von Frankreich ist, und trotzdem hat er Geld – und was für einen Betrag – in die Kriegskasse des Feindes gezahlt. Wenn Karl der Kühne seinen Herrschaftstraum verwirklichen sollte, dann würde innerhalb kürzester Zeit zwischen uns, Savoyen und Mailand und deren allmächtig gewordenen Bündnispartnern der Krieg ausbrechen ... Ich nenne das Verrat!«

»Urteile nicht, solange du das Problem nicht von allen Seiten kennst«, sagte Demetrios. »Es muß irgendeinen Grund dafür geben ..., einen einfachen Grund, der sich im Augenblick vielleicht deiner Kenntnis entzieht. Aber schenke diesem Toten, den du geliebt hast, Vertrauen und sage mir, welche Entscheidung du für seine Tochter triffst!«
»Behalte sie bei dir! Dort ist sie sicher, vorausgesetzt, daß sie das Haus unter keinen Umständen verläßt und acht gibt, daß sie von niemandem entdeckt wird. Denn sie ist in Fiesole bekannt. Was dann kommt, werden wir sehen: Ich muß erst noch darüber nachdenken!«
Sein Ton war knapp, und Demetrios dachte, daß es unklug, wenn nicht gar gefährlich wäre, auf dem Thema weiter zu beharren. Lorenzo, das wußte er, konnte von gnadenloser Grausamkeit sein, wenn er sich verraten glaubte, und in der Tiefe seiner Seele verbargen sich unerwartete Abgründe. So erhob er sich und machte eine tiefe Verbeugung:
»Ich werde Donna Fiora übermitteln, was du gesagt hast, aber darf ich dich, bevor ich dich verlasse, um einen Gefallen bitten?«
»Bitte!«
»Das arme Kind ist in Sorge über eine gewisse Léonarde, die sie großgezogen hat und an der sie sehr hängt. Diese Frau ist an dem Tag verschwunden, an dem das Palais geplündert wurde. Möglicherweise weiß Donna Chiara Albizzi, wo sie sich befindet. Ich selbst kann aber nicht zu ihr gehen, ohne Verdacht zu erregen und bei ihrer Familie vielleicht Mißfallen zu erwecken ...«
»Wenn Chiara irgend etwas wüßte, wüßte auch ich davon. Geh' also beruhigt!«
Er hatte die Worte kaum ausgesprochen, da wurde die Ruhe, die das Palais Medici umgab, von fröhlichen Musik- und Liederklängen, mit Pferdegetrappel und dem Geläut von Eselsglocken unterbrochen. Ein strahlender Reiterzug füllte die Straße und drängte sich um das Portal, um in den

Hof des Palais zu gelangen. Es waren Giuliano und seine Freunde, die von einer Landpartie zurückkehrten und die Via Larga in ein riesiges, buntes Gemälde verwandelten. Die Kostüme, die sie trugen, schimmerten rosa, weiß, korallenrot, zartgrün oder blaßgelb, und es war, als ob der Wind über die Gärten von Florenz hinweggestrichen sei und alle Blütenblätter mitgenommen habe, um sie dann im Herzen der Stadt wieder fallen zu lassen. Das Zaumzeug der Pferde glänzte in roten oder blauen Farben und war mit goldenen Borten eingefaßt; die jungen Frauen trugen große weiße Fliedersträuße, deren betörender Duft ihnen neue verführerische Reize verlieh. Alle Gesichter leuchteten im frischen Glanz des Frühlings und lächelten, während Giuliano und Simonetta, die wie immer zart und strahlend war, nur Augen füreinander hatten ... Nur für sie schienen die Flöten und Violen zu spielen.
Demetrios, der gerade die Treppe herunterkam, streifte die muntere Truppe mit einem Blick und stellte fest, daß Chiara Albizzi fehlte – was nicht weiter verwunderlich war, da das junge Mädchen am Nachmittag in den Palast gekommen war. Dafür aber bemerkte er, daß Luca Tornabuoni anwesend war. Er sah prachtvoll aus mit seiner kurzen, gelben, silberbestickten Tunika und dem schwarzgelockten Haar, das im Licht der untergehenden Sonne glänzte. Es war offensichtlich, daß die Aufmerksamkeit und das Lächeln des jungen Mannes einem blonden Geschöpf mit blauen Augen galten, das ihm lachend einen duftenden Fliederzweig unter die Nase hielt ... Als sie alle vom Pferd stiegen, sah der Grieche, daß Luca seine Begleiterin, als er ihr herunterhalf, etwas länger als nötig in seinen Armen hielt ...
Einer spontanen Eingebung folgend, trat Demetrios auf die beiden jungen Leute zu und sagte zu der jungen Frau:
»Verschenke dein Herz nicht an diesen Jüngling, Demoiselle, denn er ist der unbeständigste Mensch auf der Welt!«
Der junge Tornabuoni wurde rot vor Zorn.

»Die Gunst, mit der dich mein Vetter Lorenzo auszeichnet, gibt dir noch lange nicht das Recht, mich zu beleidigen.«
»Ist es eine Beleidigung, wenn man einfach die Wahrheit sagt? Vor einer Woche noch liebtest du eine andere, doch nicht einmal eine einzige Stunde hat deine Liebesglut dem hereinbrechenden Verhängnis standgehalten. Und du behauptest, ein Mann zu sein ... Nimm dich in acht, daß nicht das Schicksal eines Tages auch über dich hereinbricht und du mitansehen mußt, wie deine Freunde sich von dir abwenden!«
War Luca zunächst dunkelrot geworden, so erbleichte er nun unter dem funkelnden Blick des Arztes.
»Was willst du damit sagen? Bist du ein Magier? Kannst du in der Zukunft lesen?«
»Vielleicht ..., aber das spielt keine Rolle. Und auch du spielst keine Rolle. Setze nur dein süßes Leben fort, mein Junge, denn zu etwas anderem taugst du nicht! Und im übrigen«, fügte er mit einem listigen Lächeln hinzu, »hat sie dich nicht geliebt.«
Demetrios drehte sich auf dem Absatz um und machte sein Pferd los, das er an einem der dicken Eisenringe festgebunden hatte, die zu diesem Zweck in die Palastmauern getrieben waren. Er empfand eine diebische Freude darüber, daß er diesem sorglosen Paar die Freude verdorben hatte. Ihr Glück hatte auf ihn wie eine Beleidigung derjenigen gewirkt, die keine Zukunft mehr hatte, da man ihr alles geraubt hatte, was sie besaß, und die dort oben in Fiesole darauf wartete, daß ein törichter Haufen sie endlich vergessen möge.
Auch mit der Reaktion Lorenzos war er nicht recht zufrieden. Er hatte den Eindruck, daß der Wechsel der Augsburger Bank gerade im richtigen Augenblick gekommen war, um die Kontrolle über ein Vermögen zu rechtfertigen, das das höchstpersönliche Eigentum Fioras war und keines anderen. Hätte man Marino Betti gefoltert, so hätte er sein Ver-

brechen sicherlich gestanden und gewiß auch Hieronyma dabei preisgegeben, aber Lorenzo wollte ihn noch nicht einmal festnehmen lassen aus Angst vor der Reaktion der Signoria und mehr noch vor der des Volkes, dessen wankelmütigen und grausamen Charakter er sehr wohl kannte. Und wer vermochte schon zu sagen, ob sich nicht in diese Angst auch eine heimliche Zufriedenheit darüber mischte, von nun an ein Vermögen zu kontrollieren, dessen Umfang ihn eigentlich nichts anging? Daß der Prächtige das Volk fürchtete, obgleich es ihm zujubelte und ihn beweihräucherte, stand für Demetrios außer Frage. Er wußte, daß Lorenzo, wenn er zu Fuß durch die Straßen ging, ein Panzerhemd unter seinen Samt- oder Seidengewändern trug. Er war der erste Bürger einer Republik, die frei sein wollte, und nicht der Tyrann einer durch Gewalt unterworfenen Stadt, selbst wenn dies seiner Natur entsprochen hätte ...

Demetrios ließ die Zügel seines Pferdes schleifen und ritt im Schrittempo die Via Larga hinauf. Es war jene abendliche Stunde, in der die Läden schlossen und allenthalben die Gespräche begannen. Überall bildeten sich kleine Grüppchen an den Eingangstüren, und viele – vor allem Männer – begaben sich allein oder in Begleitung zu den Plätzen, wo sie, wie sie sicher wußten, ihre Freunde trafen. Demetrios verscheuchte mit dem Handrücken eine Fliege, die Vorbote eines heißen Sommers war, und hob zugleich grüßend die Hand, denn von der Türschwelle seines Ladens hatte ihm der Buchhändler Bisticci zugewunken. Demetrios ritt auf ihn zu.

»Hast du Neuigkeiten für mich?«

»Ja ..., ausgezeichnete sogar! Ich habe einen jungen Araber ausfindig gemacht, der über eine hervorragende Handschrift verfügt. Die Abschrift der Abhandlung von Ibn Sina ist gerade in Arbeit. Du wirst sie in ein oder zwei Monaten haben!«

Die Freude, die Demetrios darüber zeigte, war um so lebhafter, als er sie gar nicht aufrichtig empfand. Viel zu lange schon hatte er auf dieses Buch gewartet ... Und außerdem: Was wußte er schon, wo er in zwei Monaten wäre? Eine seiner Vorahnungen, die bisweilen fast hellseherisch anmuteten, sagte ihm, daß das Castello unter dem Hügelvorsprung zu dieser Zeit leer und er selbst weit fort sein würde. Aber wo? ... Er machte sich darüber freilich nur wenig Gedanken, denn von Jugend an war sein Leben ein einziger langer Irrweg auf der Suche nach Weisheit gewesen; der Eintritt Fioras in sein Leben aber verschaffte ihm vielleicht die Möglichkeit, sich einen alten Traum zu erfüllen: eines Tages nämlich zu seinen Füßen den Leichnam des letzten Herzogs von Burgund liegen zu sehen, des letzten jener großen Herzöge des Abendlandes, die die Welt mit ihrem Glanz, ihrer Macht und ihrem Stolz in Staunen versetzten, deren Eitelkeit jedoch seinen jungen Bruder Theodose ebenso sicher getötet hatte wie der türkische Peiniger, der ihn aufgespießt hatte! Seinen kleinen Bruder! Das einzige Geschöpf, das er je geliebt hatte!

Er war fünfzehn Jahre jünger gewesen, und als ihre Eltern gestorben waren, lebten sie allein in dem großen Palast von Phanar in Byzanz, wo Theodose zur Welt gekommen war. Demetrios selbst war auf der Insel Kos, der Heimat des Hippokrates, geboren, wo sein Vater Besitzungen hatte. Dort verspürte er auch zum ersten Mal seine Berufung.

Als 1453 der türkische Sultan Mohammed II. vor den Stadtmauern von Byzanz lag, zählte Demetrios fünfunddreißig Jahre und Theodose zwanzig. Während der Ältere bereits über ein umfangreiches Wissen als Arzt verfügte, zählte der Jüngere zur Jeunesse dorée, wie es sich für den Sproß einer alten, reichen Familie gehörte, die in der Vergangenheit einmal den Thron innegehabt hatte, und der ältere Bruder verfolgte die Eskapaden des jüngeren mit einem nachsichtigen Lächeln. Aber dann war der Krieg ausgebrochen, und beide hatten sie auf ihre Weise gekämpft: Theodose unter dem silbernen Helmsturz der Garden Kaiser Konstantins, den er aufrichtig verehrte und schätzte, und Demetrios in dem Lazarett, das er unter seinem eigenen Dach für die vielen Verwundeten, die jeden Tag eintrafen, notdürftig errichtet hatte.

Der Türkensturm an jenem traurigen Morgen des 23. April, als die Byzantiner erschreckt festgestellt hatten, daß die feindlichen Galeeren eine Hügelkette überquert und bereits in das Goldene Horn vorgedrungen waren, war über das Palastlazarett wie ein Gewittersturm hereingebrochen. Demetrios hatte sich daraufhin den letzten Kämpfenden angeschlossen und am 29. Mai in der Nähe der Heiligen Römischen Pforte den Basileus[1)] fallen sehen, der als einziges äußeres Zeichen seines ehemaligen Reiches nur noch seine purpurnen *Campagia*, die mit dem Doppelkopfadler verzierten Halbstiefel, behalten hatte. Auch hatte er damals gerade noch Theodose retten können, der ebenfalls an jenem Ort sterben wollte.

Unter unzähligen Hemmnissen war es den beiden Lascaris gelungen, die brennende Stadt zu verlassen und sich nach Venedig einzuschiffen. Das ganze christliche Abendland war empört und rief zum Krieg gegen den Sultan auf – am nachdrücklichsten und lautesten von allen Fürsten Herzog Philippe von Burgund. Theodose, der an nichts anderes mehr dachte als an Rache, hatte seinen älteren Bruder an den Hof von Burgund mitgezogen, wo sie pompös empfangen worden waren. Ein jeder riß sich um sie und feierte sie als die Geretteten von Byzanz; besonders der jüngere Bruder war gefragt, denn Demetrios begriff in seiner Scharfsichtigkeit sehr wohl, wie künstlich der Trubel war, den man um sie machte.

Theodoses Gutgläubigkeit wurde noch verstärkt, als beide Brüder Gelegenheit erhielten, in Lille an dem prachtvollsten

1) Der Kaiser.

Fest teilzunehmen, das je gegeben wurde – einem Fest, das unter dem Namen des »Fasaneneids« in die Geschichte einging …

Ein alter Brauch lag ihm zugrunde: Wenn Lehensherren und Ritter sich zu einer größeren Unternehmung zusammenschlossen und ihrem Eid ein besonderes Gewicht beimessen wollten, so leisteten sie diesen Eid mit Vorliebe auf einen edlen Vogel, wie beispielsweise den Pfau. Im Verlauf eines feierlichen Festmahles wurde das Tier dann gebraten und, geschmückt mit seinen eigenen Federn, den Anwesenden serviert. Dann wurde es von einem Ritter so zerlegt, daß jeder der Teilnehmer ein Stück davon erhielt. Sie gingen auf diese Weise ein geheimnisvolles Bündnis unter Waffengefährten ein, das an die Tradition des Abendmahls und der Tafelrunde anknüpfte.

Das Fest des Fasans fand am 17. Juni 1454 statt, und es wurden die prachtvollsten Kostüme, die herrlichsten Dekorationen und die ungewöhnlichsten Maschinerien dafür entworfen. Im Angesicht eines prächtigen, mit einer Goldkette und Edelsteinen geschmückten Fasans schworen damals Herzog Philippe, sein Sohn Karl, die Ritter vom Goldenen Vlies und die höchsten Lehensherren einander, zu einem Kreuzzug gegen Mohammed II. aufzubrechen und ihm Byzanz zu entreißen.

Für Theodose, der damals Freudentränen weinte, war damit alles gesagt; von den Burgundern dazu ermutigt, wollte er nach Beendigung seiner Geschäfte aufbrechen und die gute Nachricht denen überbringen, die von dem Volk seiner Vorfahren übriggeblieben waren, und sie auf den Kampf vorbereiten. Obgleich Demetrios von den schlimmsten Vorahnungen erfüllt war, brach er mit ihm zusammen auf. Monatelang reisten sie quer durch Griechenland und über die griechischen Inseln und kündigten den Kreuzzug wie ein neues Evangelium an, doch nichts geschah … Theodose wollte der Wahrheit nicht ins Auge sehen: Der Fasaneneid hatte lediglich dazu gedient, ein märchenhaftes Fest zu veranstalten. Weder Herzog Philippe noch sein Sohn hatten Lust, ihr Reich zu verlassen, um in der Ferne mit einem Feind Händel zu suchen, auch wenn sie diesen Feind für den Antichristen hielten. Sie hatten sich lediglich einen Spaß daraus gemacht, eine alte Rittertradition wieder aufzugreifen, der sie sich angeblich so stark verbunden fühlten. Weiter nichts!

Von alledem wollte jedoch Theodose nichts wissen. Er vertraute auf einen feierlichen Schwur, den zu verletzen die Ehre verlieren bedeutet hätte. Und so wartete er in Athen mit seinem Bruder auf das Eintreffen der Kreuzfahrer und rief zu Hoffnung und Widerstand auf.

Doch statt des strahlenden Heeres der Kreuzfahrer sah er stets und immer nur den unbezwingbaren Türken näher kommen. 1456 schließlich fiel Athen, und Theodose wurde gefangengenommen. Demetrios, der gerade an einem anderen Punkt der Stadt Verwundete versorgte, war nicht bei ihm gewesen, doch hatte er ihn sterben sehen – hatte gesehen, wie er auf entsetzliche Weise das Leben lassen mußte, weil er selbst noch als Gefangener verkündet hatte, daß bald schon der große Herzog des Abendlandes käme, um die Feinde Christi zu bestrafen. Demetrios glaubte, den Verstand verlieren zu müssen. Als die Nacht hereingebrochen war, hatte er Theodose einen Dolchstoß versetzt, um ihn von seinen Qualen zu erlösen, dann war er geflohen. Seit jenem Tag glaubte er nicht mehr an Gott, und er hatte sich damals geschworen, an denen Rache zu nehmen, durch deren Schuld sein jüngerer Bruder ein so grauenhaftes Ende genommen hatte. Doch fern war Burgund und reich und mächtig, und seine Fürsten waren wohl bewacht, während er selbst nichts anderes mehr besaß als seinen Bettelsack, in den er die wenigen Instrumente packte, die er brauchen konnte.

In den folgenden Jahren war Demetrios bestrebt gewesen, sich immer mehr Wissen anzueignen, da er hoffte, mit diesem Wissen später einmal Macht zu erlangen. Überallhin hatte ihn sein Wissensdurst getrieben: nach Ägypten und in die Wüste Arabiens, nach Afrika und in das letzte Reich der Mauren in Spanien, zu den Juden von Toledo, wo er in die Kabbala eingeführt worden war, und schließlich an die berühmte Universität von Montpellier, wo die beiden großen Männer Arnauld de Villeneuve und Guy de Chauliac noch immer unvergessen waren; aber auch in die düsteren Schlupfwinkel der Hexen und Magier hatte ihn seine Suche nach Wissen geführt. Er hatte sich mit dem Lauf der Gestirne und ihrer Wirkung auf das menschliche Schicksal befaßt. Er hatte durch Enthaltsamkeit hellseherische Fähigkeiten erworben und bei einem jüdischen Arzt aus Malta jene seltsamen Kräfte erlernt, die ein Blick, aus dem ein unbeugsamer Wille sprach, auszuüben vermochte. Als er glaubte, endlich jene Macht erlangt zu haben, die er so heiß ersehnte, hatte er sich mit Esteban, der sich ihm in Kastilien angeschlossen hatte, nach Marseille eingeschifft. Aber ein Sturm hatte sie – die nun mittelloser denn je und zudem sterbenskrank waren – an die Küste des Golfs von Genua verschlagen. Dort hatte sie ein Kaufmann aufgelesen, gesund gepflegt und Demetrios darauf hingewiesen, daß einer dessen Vettern, der berühmte Grammatiker Constantin Lascaris, am Hof des Herzogs von Mailand lebe. Gewiß könne er einem so bedeutenden Arzt wie ihm weiterhelfen.

Jener Vetter Constantin nun war zwar liebenswürdig gewesen, doch wünschte er allem Anschein nach nicht, daß sich die Familie Lascaris in Mailand weiter vergrößerte, und so hatte er seinen Herzog um ein freundliches Empfehlungsschreiben für Lorenzo von Medici gebeten, der allzeit bestrebt war, Griechen von hoher Kultur bei sich aufzunehmen.

Demetrios war erschöpft und sehnte sich nach ein wenig Ruhe. Er fand sie in Florenz, wo der Prächtige ihn wie einen Freund behandelt und ganz nach dessen Wünschen unterge-

bracht hatte. In seinem Castello in Fiesole fühlte sich der Vertriebene wohl. Er arbeitete an einem Werk über den Blutkreislauf, in dem er die Theorien des allmächtigen Galen – jenes Lieblingskindes der Kirche, der seine Werke zu Glaubensartikeln erhoben hatte – heftig widerlegte. Wer mit den Ansichten dieses verstorbenen Arztes aus Pergamon nicht einverstanden war, wagte es, als Ketzer zu gelten. In Florenz aber, das ganz von humanistischem Gedankengut durchdrungen war, fürchtete Demetrios den Zorn der Kirche nicht. Mit Feuereifer widmete er sich seiner Aufgabe als Gelehrter, und diese Leidenschaft hatte seine Rachsucht ein wenig gemildert. Doch dann wollte es der Zufall, daß er an einem Tag nicht nur Fiora, sondern auch dem Gesandten Karls des Kühnen begegnete, und der alte Haß war erneut in ihm erwacht. Er hatte dem Gesandten nachspioniert und war Zeuge einer kurzen Romanze mit der jungen Florentinerin geworden, die Visionen in ihm geweckt hatte.
Die Aufdeckung ihrer geheimnisvollen Herkunft hatte nur bestätigt, was ihm das Sternbild des jungen Mädchens bereits offenbart hatte, und er verglich es, einer Eingebung folgend, mit dem Karls von Burgund. Damals begriff er, daß er mit ihr möglicherweise die Waffen in Händen hielt, die zu finden er schon nicht mehr gehofft hatte. Und so hatte er es sich zur Aufgabe gemacht, sie zu retten – koste es, was es wolle ...
Das laute Krächzen einer Krähe, die aus dem Gebüsch hochflog, schreckte Demetrios aus seinen bitteren Gedanken. Er schüttelte sich und stellte fest, daß er sich bereits auf der Straße befand und die Stadttore weit hinter ihm lagen. Die untergehende Sonne tauchte alles in malven- und orangenfarbenes Licht und kündigte den Abend an. Der Arzt trieb sein Tier zur Eile. Ihn drängte es, nach Hause zurückzukehren, hatte er doch seit sechsunddreißig Stunden kein Auge mehr zugetan.
Er traf Fiora unter den Weinstöcken auf der Terrasse. Sie

trug eine Tunika von Samia aus purpurner Seide, was Demetrios zu der Feststellung veranlaßte, daß ihr noch einige Kleidungsstücke besorgt werden müßten, wenngleich er sich gestand, daß das schlichte Gewand Fioras klassische Schönheit vorzüglich zur Geltung brachte. Mit ihrem nur von einem Band zurückgehaltenen Haar sah sie aus wie eine junge Griechin.

Neben ihr saß Esteban und schien wie verzaubert. Die junge Frau unterhielt sich mit ihm in kastilischer Sprache, und der einstige Spähreiter war für alles empfänglich, was ihn an sein Heimatland erinnerte, das er trotz allem, was er dort erlitten hatte, noch immer liebte. Ihrem Gespräch und den Tränen, die in Fioras Augen schimmerten, entnahm Demetrios, als er näher kam, daß Esteban ihr von seiner Mission bei Pippa berichtete und daß diese Mission offenbar erfolglos gewesen war.

»Du hast sie nicht mitgebracht?« fragte er. »Hat sich das Hünenweib also geweigert? Ich hatte dir aber doch gesagt, was du in diesem Falle tun solltest.«

»Das Hünenweib hat überhaupt nichts verweigert. Sie hätte mir sogar ihre Seele verkauft, wenn ich sie von ihr verlangt hätte, so groß war ihre Gier auf das, was ich ihr bot; aber die junge Tatarin ist nicht mehr bei ihr. Der Mann, mit dem sie die Nacht verbracht hat, hat sich so in sie verliebt, daß er sie um jeden Preis kaufen wollte. Und da er Pippa einen beachtlichen Betrag bot, hat sie sich überreden lassen – um so leichter, als ihr wohl kaum mehr daran lag, eine so riskante Zeugin in ihrem Hause zu behalten ...«

»Sie sprach von einem Fremden«, sagte Fiora. »Hat sie seinen Namen genannt und gesagt, wohin er ginge?«

»Nach Rom, aber wie er heißt, weiß sie nicht. Sie weiß nur, daß er Arzt ist und daß sie ihn mit Ser Sebastiano anredete ... Und dann sagte sie auch, daß das Mädchen glücklich schien, mit diesem Mann mitzugehen, der jung ist ... und keineswegs häßlich!«

Fiora sagte nichts. Sie war verwirrt ... Konnte es wirklich sein, daß Khatoun an einem solchen Ort wie Pippas Haus ihr Glück gefunden hatte? Oder hatte sie geglaubt, von Fiora im Stich gelassen worden zu sein, und deshalb ganz bewußt den ersten rettenden Strohhalm ergriffen, der sich ihr bot?
»Wie dem auch sei«, seufzte Demetrios, der ihre Gedanken erraten hatte, »es ist uns nicht möglich, weiter nach ihr zu suchen. Und wenn sie einverstanden war, warum sollten wir ihr dann nicht die Chance lassen, glücklich zu werden?«
»Kann man der Aussage einer Frau wie Pippa trauen?« fragte Fiora.
»Warum nicht? Da wir ihr Gold angeboten haben, hatte sie nicht den geringsten Grund, uns anzulügen. Aber jetzt laßt uns essen! Ich bin ... sehr müde.«
Tatsächlich war Demetrios an diesem Abend sogar zu müde, um Fiora zu erzählen, was sich zwischen Marino Betti und Esteban zugetragen hatte. Das hatte wahrhaftig noch Zeit ... Schon lange hatte er sich nicht mehr so müde gefühlt. Zum ersten Mal in seinem Leben spürte er, daß er nicht mehr ganz jung war.
Fiora hingegen blieb noch lange im Garten. Da sie tagsüber geschlafen hatte, war sie nicht müde; außerdem war die Nacht wundervoll. Lange blickte sie zu den Sternen empor – jenen Sternen, in denen Demetrios zu lesen vermochte, während sie für Fiora in ihrer Unwissenheit nur ein prachtvoller Anblick waren. Und doch hätte sie gern gewußt, welcher ihr Stern war ... und ob sie je eines Tages auf den ihrer kleinen Khatoun stoßen würde, ihrer letzten Freundin, von der ihr erst jetzt, da sie sie verloren hatte, bewußt wurde, wie lieb und teuer sie ihr war.

10. Kapitel

Höllenfahrt

»Was hast du mit mir vor?« fragte Fiora.
Demetrios, der an einem großen Tisch saß und schrieb, umgeben von verstaubten Büchern und Papieren voller Ziffern und eigenartiger Zeichnungen, blickte auf und sah die junge Frau an.
»Langweilst du dich schon?«
»Nein. Und ich will auch nicht undankbar erscheinen, aber ich kann nicht ewig in deinem Garten sitzen und die Vögel beobachten oder in der Küche sein und Samia dabei zusehen, wie sie die Mahlzeiten zubereitet. Ich muß irgend etwas tun. Und sei es auch nur, um zu vergessen, daß mir von all denen, die ich liebe, keiner mehr geblieben ist.«
»Gestern habe ich Seigneur Lorenzo genau die gleiche Frage gestellt, die du mir jetzt stellst«, sagte Demetrios seufzend.
»Und was hat er darauf geantwortet?«
»Daß du dich vor allem unter gar keinen Umständen von hier fortbewegen und dich vor niemandem hier aus der Gegend blicken lassen sollst.«
Unwirsch zuckte Fiora die Schultern. Nichts tun ... und warten! Und das, obwohl sie darauf brannte, ihren Feinden hinterherzustürzen und über sie herzufallen ...
»Erinnere dich an das, was du mir gesagt hast! Hast du nicht versprochen, mir die Waffen in die Hand zu geben, die mir bislang noch fehlten, um die Meinen zu rächen?«
»Ja, das habe ich dir versprochen, und ich werde auch Wort halten. Eines aber wisse: Die wichtigste dieser Waffen ist Geduld. Ich fürchte, es wird dir sehr schwer fallen, das zu lernen, und das ist verständlich: Du bist jung und impulsiv, wie ein Vogel, den man in einen Käfig gesperrt hat, um ihn

vor der Katze zu schützen. Er begreift es nicht und flattert wild umher und verletzt sich dabei nur am Gitter des Käfigs. Du hingegen weißt, daß du in Gefahr bist. Laß also den Gemütern Zeit, sich zu beruhigen!«

»Und Hieronyma damit Zeit, über mich zu triumphieren?«

»Warum nicht? Nichts ist gefährlicher als der Triumph! Er macht blind, träge, nachgiebig und wiegt den Betreffenden in betrügerischer Sicherheit ... Laß doch diese Frau im Glauben, sie sei siegreich und käme ungestraft davon! Du wirst sie dadurch nur um so leichter zu fassen bekommen. Auch wenn sie es noch nicht weiß, so ist sie doch schon getroffen, denn sie hat ihren Sohn verloren ... Geduld aber heißt in erster Linie: warten! Warten können im Schutz des Schattens, warten können in der Nacht und in finsterer Gasse. Ich warte schon seit fast zwanzig Jahren!«

»Und worauf?«

»Auf das gleiche wie du: auf Rache! Du hast mich gefragt, warum ich so sehr Anteil an dir nehme, seitdem ich dir zum ersten Mal begegnet bin, und warum ich dir damals sogleich meine Hilfe angeboten habe. Du hast dir vielleicht gedacht, ich hegte zweideutige Absichten und deine Schönheit zöge mich an?«

»Ich habe nie irgend etwas dergleichen gedacht!« erwiderte Fiora.

»Und du hast recht damit gehabt. Ich empfinde nichts für dich: weder Begierde noch Liebe. Jetzt vielleicht ein wenig Freundschaft, weil du mutig bist. Nein, meine Hilfe habe ich dir deshalb angeboten, weil ich wußte, daß du sie brauchen würdest, freilich mit dem Hintergedanken, danach deine Unterstützung für meine eigenen Pläne zu erhalten. In den Sternen habe ich gelesen, daß das möglich ist.«

»In den Sternen? Ist ihnen denn am Los der Menschen soviel gelegen?«

»Nein, aber sie sind nun einmal da, und sowohl ihre Konstellation im Augenblick der Geburt als auch ihre Bahnen ermöglichen es den Eingeweihten, aus dem großen Buch des Himmels viele Dinge herauszulesen. Sieh' nur!«

Demetrios kramte aus einem Schrank hinter seinem Arbeitsstuhl verschiedene Pergamentrollen hervor. Er rollte zwei auseinander und beschwerte sie mit verschiedenen Gegenständen auf dem Schreibtisch.

»Hier siehst du mein Sternbild und dort das deine. Ich hatte große Mühe, das genaue Datum deiner Geburt herauszufinden, und natürlich war es mir nicht möglich, die Uhrzeit zu erfahren. Deshalb ist dein Horoskop unvollständig und auch ein wenig ungenau, die wesentlichen Linien aber lassen sich erkennen. Und diese weisen nun gewisse Übereinstimmungen mit meinem Sternbild auf. Über einen bestimmten Zeitraum hinweg verknüpfen sich unsere Schicksale miteinander.«

»Und diese hier?« fragte Fiora und wies auf die dritte Pergamentrolle, die noch immer mit einem roten Band zusammengerollt dalag.

»Dazu werden wir später noch kommen, wenn du willst. Vorerst aber ..., immer vorausgesetzt, daß du gern möchtest, und auch, weil du nichts anderes zu tun hast«, fügte der Grieche mit einem Lächeln hinzu, was bei ihm nur selten vorkam, »möchte ich dir gern eine Geschichte erzählen; meine Geschichte! Und dann wirst du mir sagen, ob du in den Pakt einwilligst, den ich dir vorschlage.«

»Und was ist, wenn ich nicht einwillige?«

Demetrios sah die junge Frau einen Augenblick an und lächelte dann erneut.

»Einfach aus Freude daran, abzulehnen, nicht wahr? Das würde mich wundern; aber gesetzt den Fall, es wäre so, dann bliebest du so lange hier, wie es dir gefällt. Danach gäbe ich dir ein wenig Geld und ein Pferd und würde dir die Türe öffnen, damit du hingehen kannst, wohin du willst.«

Fiora räumte von einem Schemel Bücher fort und setzte sich.

»Geschichten habe ich immer geliebt«, sagte sie schlicht. »Ich höre!«

Demetrios setzte sich in seinen Sessel, stützte die Ellenbogen auf die Armlehnen und schloß die Augen.

»Nicht immer bin ich jener Nachtvogel gewesen, der ich heute bin und der so furchterregend auf kleine Kinder ... und auch auf andere wirkt. Auch ich war einmal jung und reich und ein Prinz, denn die Lascaris haben früher über Byzanz geherrscht. Ich besaß einen Palast, wie du, und ich hatte einen jüngeren Bruder ...«

Und Demetrios breitete sein buntgewirktes Leben vor der jungen Frau aus, die zunächst kalt und gleichgültig dreinschaute, doch dann immer aufmerksamer lauschte. Seine tiefe Stimme verfügte über eine erstaunliche Ausdruckskraft, so daß seine junge Zuhörerin bald ihre Umgebung vergaß: Sie sah nicht mehr den großen Raum mit den weißgekalkten Wänden und den dunklen Holzschränken oder den Ofen aus feuerfestem Ton, der unter einer Art umgestülptem Trichter aus rußgeschwärztem Blech in einer Ecke des Raumes stand. Sie sah auch nicht den großen ziegenledernen Blasebalg und die Regale mit den Apothekertöpfchen, den kleinen getrockneten Kräuterbüscheln und den unzähligen Retorten, Phiolen und Mörsern. Fiora sah statt dessen Byzanz – jene kostbare Agraffe, die Europa mit Asien verband und blau-golden schimmerte wie ein Juwel, das über dem Bosporus und dem Goldenen Horn erstrahlt; sie hatte den treulosen Sultan in seinem roten Schleiergewand vor Augen und sah Krieg, Blut und Massaker vor sich erstehen. Sie sah Theodose in all seiner Kühnheit und seiner wahnsinnigen Leidenschaft vor sich, und sein Herz erschien ihr wie das eines Helden. Auch das Fasanenfest sah sie in seiner betörenden Pracht und erkannte vor dem schillernden Hintergrund die Gesichter der beiden Männer wieder, die sie zu hassen gelernt hatte: Herzog Philippe und seinen Sohn Karl, jenen Mann, der kein Mitleid kannte, jenen Ritter, der seinen Eid brach, und jenen Fürsten schließlich, dessentwegen Philippe sie genommen und dann zurückgestoßen hatte ... Aber so glutvoll und farbig der Erzähler auch das Leben Theodoses bis zu dessen Tod schilderte, so zurückhaltend zeigte er sich hinsichtlich seiner eigenen Biographie, die er in nur wenigen Sätzen zusammenfaßte. Er sprach weder über seine Forschungen noch über die Entdeckungen, die er gemacht hatte. Dieser Bereich war nur ihm selbst vorbehalten, und er hatte nicht die Absicht, Fiora Einblick zu gewähren. Außerdem stellte sie ohnehin keine Fragen. Als Demetrios schließlich schwieg, wies sie mit dem Finger auf jene Pergamentrolle, die noch immer ungeöffnet dalag.

»Ist dies Horoskop hier das des Herzogs von Burgund?«

»Du bist klug. Daran habe ich nie gezweifelt.«

»Und was hat es nun mit jenem Pakt auf sich, von dem du sprachst?«

»Ich glaube, du hast bereits begriffen: Ich werde dir helfen, dich zu rächen, wenn du auch mir hilfst.«

»Das werde ich um so lieber tun, als ich mit dem, den man den Kühnen nennt, eine Rechnung zu begleichen habe. Aber ich gestehe offen, daß ich nicht recht weiß, wie uns das gelingen soll.«

»Und doch wird es uns gelingen! Ich war mir dessen in dem Augenblick gewiß, als ich den Gesandten aus Burgund auf dich zustreben, deine Nähe suchen und dich schließlich heiraten sah ...«

»Sprich' nicht von ihm!« rief Fiora voller Zorn.

»Und doch ist es notwendig, daß wir über ihn sprechen. Schließlich bist du die Gräfin von Selongey, seine Frau, und so wird er dich wohl empfangen müssen. Aber lassen wir das im Augenblick. Bist du mit dem Pakt einverstanden, den ich dir anbiete?«

»Ja, um so mehr, als du bereits einen Teil erfüllt hast. Denn hast du nicht Pietro getötet? Soll ich dir mein Einverständnis schriftlich geben?«

»Nein. Der Blutschwur erscheint mir verläßlicher als ein Fetzen Papier. Er macht dich zu meiner Schwester; einer Schwester, die die anderen noch fürchten werden, das schwöre ich dir.«

Ihre Blicke kreuzten sich.

»Ich bin einverstanden!« sagte Fiora.

Daraufhin zog Demetrios das Stilett hervor, das in einem Lederschaft an seinem Gürtel hing.

»Reiche mir deine linke Hand!«

Die junge Frau gehorchte, und so fügte ihr der Arzt am Handgelenk einen kleinen Schnitt zu, aus dem Blut heraustropfte. Dann verletzte er sich selbst an seinem rechten Arm und drückte seine Wunde auf die ihre.

»Nun hat sich unser Blut vermischt«, sagte er. »Von jetzt an sind wir in guten wie in schlechten Zeiten untrennbar miteinander verbunden!«

Er griff nach einem Fläschchen und träufelte einige Tropfen daraus auf Fioras Handgelenk, woraufhin die Wunde aufhörte zu bluten. Dann wiederholte er die kleine Geste bei sich selbst. Fasziniert sah Fiora zu.

»Wirst du mir einige deiner Geheimnisse verraten?« fragte sie.

»Ich werde dich vieles lehren. Die Kunst zum Beispiel, einen Zaubertrank zu mischen, der die Kräfte lähmt, oder aber tödliches Gift herzustellen, und auch die Kunst, aus Gesichtszügen einen Charakter herauszulesen oder ...«

»Halt ein! Warum Gift?«

»Das kann sehr nützlich sein ...«

»Nicht für mich! Rauschmittel, die den Schlaf herbeiführen, das ja; aber nicht Gift. Andere Waffen sind mir lieber: diejenigen zum Beispiel, mit denen die Männer kämpfen. Ich bin, glaube ich, eine gute Reiterin, aber gerne wüßte ich auch das Schwert zu führen und mit einem Degen umzugehen ...«

Zum ersten Mal hörte Fiora, wie Demetrios lachte.

»Das ist Sache von Esteban. Er ist ein Meister in dieser Kunst und wird sich ein Vergnügen daraus machen, dich zu unterrichten: Ich glaube, er ist dir bereits ergeben.«
In diesem Augenblick trat Esteban ins Zimmer ...
»Zwei Mönche sind auf dem Weg hierher, Herr!«
»Mönche? Welchem Orden gehören sie an?«
»Ihren Kutten nach zu urteilen, sind es Dominikaner wie die von dort oben«, antwortete Esteban und wies mit dem Kopf ungefähr in die Richtung des Klosters, in dem Fiora getraut worden war.
»Sie müssen sich im Weg geirrt haben. Geh' ihnen entgegen und zeige ihnen den richtigen Pfad! Aber auf alle Fälle werde ich selbst noch einmal nachsehen.«
Demetrios folgte dem Diener aus dem Zimmer, und Fiora ging ihnen bis zur Eingangshalle hinterher. Durch die offene Türe sah sie im roten Abendlicht zwei Mönche mitten auf der Zypressenallee mit heruntergezogenen Kapuzen auf ihren Maultieren gemächlich auf sie zureiten. Der eine von ihnen war schmächtig, der andere aber, der vorausritt, schien außerordentlich beleibt, denn seine Kutte war praller als die seines Ordensbruders.
Fiora sah, wie Esteban den Reisenden entgegenlief und ihnen gestenreich erklärte, daß sie sich im Weg geirrt hätten, doch die Mönche wollten nicht umkehren. Sie wechselten einige Worte und kamen schließlich alle zusammen auf das Haus zu.
»Versteck' dich!« befahl Demetrios der jungen Frau. »Ich will sehen, was sie von uns wollen.«
Voller Bedauern zog sich Fiora in den Innenhof zurück, freilich so, daß sie das Geschehen vor dem Hause beobachten konnte. Kaum war Demetrios auf die beiden Reiter zugetreten, als diese ihre Kapuzen zurückschlugen ... Und mit einem Freudenschrei stürzte Fiora, alle Vorsicht vergessend, hinaus: Der dicke Mönch war niemand anderer als Colomba, der andere Léonarde ...

Weinend und lachend zugleich fiel sie ihrer alten Gouvernante in die Arme, die hastig vom Pferd heruntergerutscht war, um sie zu begrüßen. Die beiden Frauen umarmten sich in der Eingangstüre und schienen von den Anstrengungen des Demetrios kaum Notiz zu nehmen, der sie zurück ins Innere des Hauses drängte.
»Ihr?« stammelte Fiora unwillkürlich auf französisch, »Ihr, meine Léonarde? Ich hatte kaum mehr zu hoffen gewagt, Euch wiederzusehen ... Ich fürchtete ..., ich glaubte ... Oh! Mein Gott! Was rede ich da!« sagte sie und trat einen Schritt zurück, um die Wiedergefundene eingehend zu betrachten. »Aber durch welches Wunder seid Ihr nur hierhergelangt?«
»Durch gar kein Wunder, Donna Fiora«, lispelte Colomba, »wir haben nur ein paar Vorsichtsmaßnahmen ergriffen! Gleich am nächsten Morgen, nachdem sie dich nach Santa Lucia gebracht hatten – die arme Heilige! Ihr hat man wahrhaft keinen guten Dienst damit erwiesen! Ich muß bald einmal ein paar Kerzen für sie anzünden! – aber was sagte ich doch? Ach ja! ... Gleich am nächsten Morgen also sind wir mit Donna Chiara zu dir gegangen und haben Donna Léonarde mitgenommen. Wir wußten, daß ihr ein Unglück zustieße, wenn sie allein im Palais zurückbliebe. Die Hausangestellten starben alle schier vor Angst ..., und wir haben recht gehabt, so zu handeln. Wenn man bedenkt, was geschehen ist! Diese schrecklichen Soldaten und dann dieses wundervolle Haus, das sie geplündert haben! Es gibt wirklich Leute, die fürchten weder Gott noch den Teufel!«
War Colomba erst einmal so recht in Fahrt, war es aussichtslos, ihr Einhalt zu gebieten. Diesmal jedoch hörte ihr Fiora voller Entzücken zu und lauerte auf den Augenblick, da sie ihr ihre Dankbarkeit bezeugen konnte. Als fürchte sie, daß Léonarde plötzlich wieder verschwinden könnte, hielt Fiora sie fest beim Arm. Doch die alte Demoiselle sah sie erstaunt an.
»Aber wie seid Ihr denn eigentlich gekleidet, mein Engel?«

brachte sie schließlich hervor. »Dieses rote Gewand ..., wo Ihr doch in tiefer Trauer seid?«
»Diese Tunika gehört Samia, der Dienerin von Demetrios. Ich habe nichts anderes zum Anziehen. Mein schwarzes Kleid ist im Kloster geblieben ...«
»Aber Donna Chiara hat daran gedacht«, sagte Colomba. »Wir haben einen Lastesel mit Kleidern für dich und Léonarde und einige andere Kleinigkeiten, die wir mitnehmen konnten. *Poveretta!* So viel Unglück auf einmal! Noch nicht einmal in Ruhe weinen lassen hat man dich ... Und nun wirst du noch mehr weinen müssen ...«
Etwas Eiskaltes legte sich über die Freude, die Fiora empfand, ohne daß es diese gänzlich zu ersticken vermochte, und doch rief es erneut jene Angst in ihr wach, die sie all die vergangenen Tage hindurch begleitet hatte. Hilfesuchend blickte sie zu Demetrios hinüber, aber schon rügte Léonarde ihre Freundin:
»Müßt Ihr denn jetzt schon davon sprechen? Wir sind doch gerade erst angekommen.«
»Ihr müßt erst einmal ein wenig ausruhen«, fügte der Arzt hinzu. »Kommt in die Küche! Es ist Zeit zu essen, und Samia wird noch ergänzen, was fehlt. Esteban wird eure Maultiere in den Stall bringen, denn ich gehe nicht davon aus, daß du heute abend noch in die Stadt zurückreitest, oder, Donna Colomba? Es wäre nicht sehr klug, außerdem werden die Stadttore in wenigen Minuten geschlossen ...«
Demetrios' ungewöhnlicher Redefluß brachte die treffliche Frau zum Schweigen. Sie murmelte, daß Donna Chiara sie nicht vor dem nächsten Tag zurückerwarte und daß sie froh darüber wäre, eine Kleinigkeit zu essen.
Der Arzt schob sie alle in die Küche. Samia, die von Esteban benachrichtigt worden war, war eifrig damit beschäftigt, zwei Hähnchen auf einen Bratspieß zu stecken, und schnitt dann dicke Scheiben von einem Schinken herunter, den sie von einem der Deckenbalken abgehängt hatte. Colomba

verfolgte die Vorbereitungen mit zufriedener Miene, setzte sich neben das Feuer und erbot sich, den Spieß zu drehen, wenn man ihr nur irgendeinen kleinen Trunk »zur Stärkung« reichen wolle, da ihr vom Ritt auf dem Esel übel geworden sei. Eilfertig kam Demetrios ihrem Wunsch nach und öffnete eine dickbauchige Korbflasche, die er auch dann noch auf dem Tisch stehen ließ, als die rundliche Besucherin den halben Becher *Grappa* in einem Zug geleert hatte ... Er füllte weitere Becher und ermunterte Léonarde, von dem stärkenden Trunk zu kosten. Die arme Frau sah wahrhaftig mitgenommen aus und hatte von den Tränen, die sie in der letzten Zeit vergossen hatte, gerötete Augen – ein Umstand, von dem in der allgemeinen Wiedersehensfreude noch keiner Notiz genommen hatte. Doch Léonarde lehnte ab:
»Etwas später vielleicht. Was ich zu berichten habe, ist zu schrecklich! Möglicherweise wird auch Fiora etwas Stärkung brauchen ...«
»Aber was ist denn geschehen?« fragte die junge Frau.
»Eine Greueltat, die sich mit nichts beschreiben läßt, mein Herz. Ich hätte niemals geglaubt, daß die Leute hier zu einer so infamen Tat, zu einer derart schändlichen Handlung fähig sind ...«
In wenigen hastigen Sätzen, die sie mehr auszuspeien denn zu sprechen schien, aus Angst, die Worte könnten ihr den Mund vergiften, erzählte sie, was geschehen war: Als an jenem Morgen der Küster die Kirche Orsanmichele betrat, um den Altar für die Frühmesse zu richten, hatte sich ihm ein Anblick geboten, der ihn mit einem Aufschrei des Entsetzens wieder auf die Straße hinausstürzen ließ: Verbrecherische Hände hatten das noch frische Grab Francesco Beltramis geöffnet, den Leichnam herausgeholt, in Stücke gerissen und liegen lassen, ohne auch nur den geringsten Versuch zu unternehmen, die frevlerische Tat zu verschleiern ... Leichenblaß und mit vor Entsetzen starrem Blick war Fiora aufgesprungen.

»Weshalb? ... Aber weshalb denn?«
»Um das Herz herauszuschneiden«, erwiderte Colomba. »Das ist hier in der Gegend eine alte Wahnvorstellung: Man tut das, um zu verhindern, daß der Geist eines Toten den Lebenden die Nächte raubt. Ich habe es Leonarda schon gesagt: Man muß das Herz verbrennen und dann die Asche im Wind verstreuen ... Es war gewiß der Mörder, der sich das Herz geholt hat.«
Für Demetrios, der an die Drohungen dachte, die Esteban Marino Betti bei dessen Flucht aus der Taverne hinterhergeschleudert hatte, bestand daran kein Zweifel ... Als er sah, daß Fiora am ganzen Leibe zitterte, drückte er sie sanft wieder auf den Stuhl zurück und gab ihr ein wenig *Grappa* zu trinken.
»Hat man Asche in der Kirche gefunden?« fragte er.
»Nein«, erwiderte Colomba, »der Mann hatte offenbar Angst, entdeckt zu werden, wenn er in der Kirche ein Feuer angezündet hätte. Er hat das Herz mitgenommen. Und jetzt geht es in der Stadt drunter und drüber, und da keiner genau weiß, an wen er sich wenden soll, laufen alle durcheinander und rufen ›Tod!‹, ohne recht zu wissen warum.«
»Und doch ist diese Greueltat nicht verwunderlich«, sagte Demetrios. »Der Mörder Ser Francescos fürchtete um seinen Schlaf.«
»Aber es weiß keiner, wer der Mörder ist, oder?« fragte Léonarde, und Fiora sah den Griechen mit einem vorwurfsvollen Blick an.
»Ich dachte, mit Hilfe des Messers könntest du herausfinden, wer es war? Du hattest versprochen, den Mörder meines Vaters zu finden.«
»Ich habe ihn auch gefunden. Oder besser gesagt, Esteban hat ihn gefunden. Wenn ich es dir bisher noch nicht gesagt habe, so deshalb, weil ich wollte, daß du dir hier ein paar Tage Ruhe gönnst, was du dringend nötig hast ...«
»Ich habe genug geruht! Wer ist es?«

»Wer soll es sein? Marino Betti natürlich. Er hat im Auftrag der Dame Pazzi den Mord begangen.«
Und er erzählte, wie Esteban in der Taverne unten am Fluß Gewißheit erlangt hatte. Fioras Entschluß stand fest.
»Gebt mir Eure Mönchskutte, liebe Léonarde«, befahl sie, »und du, Demetrios, gib mir eine Waffe und ein Pferd! Unser Anwesen liegt nur eine knappe Meile von hier entfernt, und ich will nicht, daß dieser Schurke, der die toten Geister so sehr fürchtet, noch einen neuen Tag heraufziehen sieht!«
»Aber, aber!« sagte Demetrios und legte der jungen Frau besänftigend die Hand auf die Schulter. »Solche Angelegenheiten wollen vorbereitet sein. Der Mann ist stärker als du. Oder willst du auch heute nacht sterben? Montughi liegt nicht weit von der Stadt entfernt. Wenn es tatsächlich soviel Gerede gegeben hat, dann weiß Marino sicherlich Bescheid. Und da er Angst hat, wird er sich in acht nehmen. Wer weiß, vielleicht versteckt er sich sogar?«
»Und wenn schon, dann müssen wir ihn eben finden. Wenn nicht ihn, dann wenigstens seine Komplizin, die noch verbrecherischer ist als er. Ich will nach Montughi gehen!«
»Das werden wir auch tun, du, ich und Esteban, aber erst morgen nacht.«
Léonarde nahm Fiora in die Arme, was nicht ganz einfach war, denn sie war wie erstarrt vor Entsetzen.
»Was er sagt, ist klug. Höre auf ihn, mein Engel, und widme mir diesen Abend, nun, da wir uns wiedergefunden haben. Es ist auf Befehl von Monseigneur Lorenzo alles für Euren armen Vater getan worden, was nur möglich ist. Der Leichnam ist noch einmal gesegnet und geweiht und wieder zurück ins Grab gelegt worden. Sogar Wachen sind um die entweihte Kirche herum aufgestellt worden, und morgen wird der Bischof kommen und die Kirche wieder reinsprechen. Die Zunftmitglieder der Calimala kochen vor Wut, denn die Kirche ist ihr Heiligtum. Ich bin sicher, wenn Mon-

seigneur Lorenzo wüßte, wer unseren guten Herrn ermordet hat, ...«
»Er weiß es«, unterbrach sie Demetrios, »ich habe es ihm gestern gesagt ...«
Er trat auf Fiora zu, die wie eine Statue in den Armen Léonardes lag. Sie schien in einer Art Trance nichts zu hören und nichts zu sehen. Er beugte sich zu der jungen Frau hinüber, blickte ihr in die Augen, nahm ihren Kopf zwischen die Hände und begann, ihr Stirn und Schläfen sanft mit beiden Daumen zu massieren und dabei unverständliche Worte zu murmeln. Dann fügte er mit leiser Stimme hinzu:
»Komm' zu dir, Fiora! Komm' wieder zu uns zurück! Lasse deinen Körper sich entspannen und beruhigen! Bezwinge dieses Feuer, das dich verzehrt! Morgen werde ich dich zu deinem Feind führen, und dann wird er für seine Verbrechen büßen ... Morgen, Fiora, morgen ...«
Ein Schauder erfaßte den Körper der jungen Frau, und ihr Blick füllte sich wieder mit Leben.
»Morgen ...«, murmelte sie.
Dann plötzlich schluchzte sie unvermittelt auf und brach in den Armen Léonardes tränenüberströmt zusammen.
»Laß sie nur weinen, solange ihr danach zumute ist«, sagte Demetrios, »denn die Tränen erlösen sie von der Gefahr, von der sie bedroht war.«
»Welcher Gefahr?« fragte Léonarde leise ...
»Dem Wahnsinn! Sie hat allzuviel durchmachen müssen ... Es reicht jetzt ...«
In der darauffolgenden Nacht traten drei Reiter nach Einbruch der Dunkelheit bewaffnet aus dem Castello. Demetrios hatte seine langen Gewänder gegen enganliegende Beinkleider und ein schwarzes Wams eingetauscht. Fiora hatte unter den Kleidungsstücken, die ihre Freundin Chiara mitgeschickt hatte, zu ihrer Überraschung ein leuchtend grünes Jünglingskostüm entdeckt, an dem ein kleiner Zettel befestigt war, auf dem geschrieben stand: ›Du kannst es viel-

leicht brauchen! Du weißt, wie gern ich dich habe ...‹ Und als sie die Kleider an jenem Abend anlegte, dankte sie aus vollem Herzen dafür, daß die tiefe Freundschaft der klugen Chiara diese Idee eingegeben hatte ...

Fiora übernahm die Führung, da sie den etwa vier Meilen langen Weg von der Villa in Fiesole bis zu dem Anwesen, das Marino verwaltete, auswendig kannte. Er führte über die Berge und durch das Tal von Mugnone in die Nähe der Kirche la Badia. Die Aprilnacht war mild und schön. Der Himmel war sternenübersät und breitete sich wie ein weiter, samtblauer Mantel, an dem unzählige kleine Diamanten prangten, über der Landschaft aus. Es duftete nach Pinien und Flieder, und die Erde war noch feucht von einem kurzen Regenschauer, der gegen Abend niedergegangen war. Hie und da, je nach Verlauf des Weges, konnte sie die Stadtmauer von Florenz erkennen sowie die Fackeln der Wachposten und die Campanile und Kirchenkuppeln, die ihr eigenes Licht zu erzeugen schienen. Je weiter sie vorankamen, desto näher rückte die Stadt, dann aber, nach einer Wegbiegung, war sie nicht mehr zu sehen.

Kurz vor dem kleinen Ort la Pietra, in dem alles schlief, lenkte Fiora ihr Pferd auf einen schmalen Weg, der von Büschen gesäumt war, und folgte ihm kurze Zeit, bis sich vor ihnen am Nachthimmel schwarz die großen Gebäude des Hofes abzeichneten, die hinter einer mächtigen Pinie lagen, deren weitausladende Baumkrone wie ein Tintenfleck auf dem nachtblauen Himmel aussah. Die junge Frau wies mit der Reitgerte dorthin.

»Wir sind da«, flüsterte sie. »Sie müßten alle schlafen. Es ist nirgendwo ein Licht zu sehen.«

»Trotzdem wollen wir die Pferde hierlassen«, sagte Esteban, der die Unternehmung leitete, da er mehr Erfahrung mit Handgreiflichkeiten hatte als sein Herr. Dieser nickte stumm.

Die Reiter stiegen ab, banden die Pferde an einem Baum fest

und schlichen so leise wie nur irgend möglich auf die Gebäude zu. Der sandige Weg erleichterte ihnen die Aufgabe.
»Sind keine Hunde da?« fragte Demetrios.
»Doch«, antwortete Fiora, »aber sie sind im Hof, und außerdem kennen sie mich ...«
»Ich würde mich an deiner Stelle nicht darauf verlassen. Die Kleider, die du trägst, sind sie nicht gewöhnt. Und uns kennen sie schon gar nicht ... Aber sei unbesorgt, ich habe alles, was wir brauchen.«
»Trotzdem kommt es mir merkwürdig vor«, flüsterte die junge Frau wenig später. »Sowenig Lärm wir auch machen, sie müßten uns hören. Aber sie bellen überhaupt nicht ... Und seht nur! Das Tor steht ja ganz weit offen!«
Tatsächlich stand das Flügeltor, durch das man das Anwesen betrat, gähnend weit offen, und man konnte auf den großen, leeren Hof und das niedrige Haus dahinter sehen, dessen Tür gleichfalls offenstand und aus dem kein Lebenszeichen drang.
»Fast scheint es, als sei kein Mensch da«, hauchte Fiora. »Wo sind nur die Hunde und ...«
Da schlug Esteban plötzlich die Hände über dem Kopf zusammen, fuhr herum und stellte sich mit ausgebreiteten Armen vor Fiora, um ihr den Weg zu versperren.
»Führe sie zurück zu den Pferden, Herr! Eben habe ich eine Entdeckung gemacht, die nichts für die Augen einer jungen Dame ist ...«
»Was immer es auch ist – ich will es sehen«, protestierte Fiora. »Du vergißt, daß wir hier bei dem Mörder meines Vaters sind und daß ich hierhergekommen bin, um ihn mit eigenen Händen zu töten.«
»Die Mühe brauchst du dir nicht mehr zu machen: Das ist bereits geschehen! Ich dachte mir schon, daß dieser Geruch unnatürlich ist, sogar für einen Bauernhof.«
Tatsächlich hatte ein schaler, widerwärtiger Gestank den würzigen Duft, der über dem Land lag, verdrängt. Wider-

willig trat Esteban zur Seite und wies mit dem Arm auf die große Pinie, die vor dem Eingang des Hofes aufragte. An einem der unteren Äste hing eine schauerliche Frucht: Es war der aufgeschlitzte Leib Marino Bettis, und was sie rochen, war der Gestank von Blut und Tod.

Fiora sah den zerfetzten Leichnam unverwandt an. Der Mörder hatte ihn vom Brustbein bis zum Unterleib und von einer Hüfte zur anderen aufgeschlitzt, so daß die Gedärme heraushingen. Zudem hatte man ihm die rechte Hand abgeschnitten ... Demetrios zog einen Feuerstahl und eine Art Kellerratte aus der Tasche und schlug sie gegeneinander, um Feuer zu machen. Dann befahl er Esteban:

»Führe sie jetzt zurück! Sie hat genug gesehen; ich möchte noch verschiedene Dinge untersuchen ...«

Anders als er befürchtet hatte, ließ sich Fiora widerstandslos fortführen. Eine unbändige Freude hatte sie erfaßt, als sie sah, auf welch barbarische Weise Gerechtigkeit geübt worden war, und doch war ihre Freude nicht vollständig: Denn die Hand, die ihren Vater getötet hatte, war zwar abgeschlagen, doch der Kopf blieb. Dennoch fühlte sie sich in gewisser Weise erleichtert. Sie hatte noch niemals jemanden getötet und hatte den ganzen Weg über gefürchtet, daß sie im Augenblick der Tat die Kräfte verlassen könnten. Gott sei Dank hatte Marino seine Strafe erhalten, ohne daß sie Schuld auf sich laden mußte, aber das Schicksal würde sie vielleicht nicht immer davor bewahren. In Zukunft würde sie so handeln müssen, daß sie sicher sein konnte, niemals ihrer natürlichen weiblichen Empfindsamkeit nachzugeben.

»Nun?« fragte sie Demetrios, als er ihnen nachgekommen war und sich die Hände an seinem Taschentuch abwischte. »Was hast du entdeckt?«

»Der Mann ist gefoltert worden«, sagte er. »Man hat ihm die Füße versengt. Und man hat ihm außerdem das Herz aus der Brust gerissen.«

»Seitdem ich hier bin, frage ich mich, wer das wohl getan

hat?« sagte Esteban. »Man könnte fast meinen, es sei ein Metzger oder ein Chirurg bei der Arbeit gewesen, so sauber sind die Schnitte ...«
»Oder sonst irgend jemand, der an den Umgang mit Waffen gewöhnt ist!« unterbrach ihn Fiora. »Was nutzt es, nach Einzelheiten zu forschen? Die Gerechtigkeit Gottes hat gesiegt, das ist alles!«
»Du bist nicht sehr neugierig«, sagte Demetrios. »Ich neige eher dazu, es für einen Akt der Gerechtigkeit von seiten Lorenzo de Medicis zu halten – eine Gerechtigkeit, die zwar im geheimen geübt wurde, aber doch eine, die von der ganzen Art her durchaus zu ihm paßt, wenn er nicht anders handeln kann. Sein Hauptmann Savaglio kennt kein Zögern und keine Gnade, wenn es darum geht, seinem Herrn zu dienen. Und im übrigen ist es so, wie du schon gesagt hast, Fiora: Er weiß meisterlich mit Waffen umzugehen. Ja, es könnte durchaus so gewesen sein ..., wenn da nicht dieses herausgerissene Herz wäre.«
»Aber hat er denn nicht auch meinem Vater das Herz herausgerissen? Es ist nur gerecht, wie mir scheint?«
»Vielleicht ... aber dann gäbe es keinen Grund, es aufzubewahren; allerdings habe ich keine Spuren gefunden. Marino muß in der vergangenen Nacht umgebracht worden sein, und es ist möglich, daß Hunde hier vorbeigekommen sind ... Keiner wird uns dazu etwas sagen können. Hier auf diesem Hof lebt keine Menschenseele mehr. Der Schreck hat sie alle verjagt ...«
Ohne sich weiter um seine Begleiter zu kümmern, fuhr der Arzt laut denkend fort:
»Ja ..., so ist es sicherlich gewesen. Es sei denn, Savaglio – wenn er es denn gewesen ist – wollte seinem Herrn das Herz als Beweis für seine Tat bringen. Auch das ist möglich, gewiß ... Und doch kann ich nicht so recht daran glauben.«
»Warum nicht?« fragte Fiora, gereizt über die ihrer Meinung nach gegenstandslosen Überlegungen ...

»Weil wir heute den 28. April haben.«
»Na und?«
»Übermorgen ist der 30.«
»Das ist doch klar. Was soll das?«
»Die Nacht zwischen dem 30. April und dem 1. Mai ist für die Hexer und Hexen in allen Ländern eine wichtige Nacht. Im Harzgebirge in Deutschland, wo der große Hexensabbat stattfindet, nennt man sie die Walpurgisnacht, die Nacht der Walpurgis. Auch die Hexer und Hexen von Norcia werden sich übermorgen treffen ..., ebenso wie die von Fontelucente!«
»Ich sehe noch immer keinen Zusammenhang mit dem, was hier vorgefallen ist.«
Ohne zu antworten ging Demetrios zu seinem Pferd, zog es herum und stieg in den Sattel.
»Ich war schon immer neugierig«, sagte er. Und irgend etwas sagt mir, daß es vielleicht interessant sein könnte, zu wissen, was in dieser Walpurgisnacht geschieht ...«
Der Morgen nahte bereits, als sie in das Castello zurückkehrten. Léonarde, die Fioras Bett teilte und nicht schlafen konnte, lehnte am Fenster und wartete. Als die junge Frau ins Zimmer kam und sich die nach französischer Art geschnittene Kapuze, unter der sich ihr Haar verbarg, abnahm und auf eine Truhe warf, sah sie Léonarde fragend an. Seitdem ihr »Kind« losgezogen war und verkündet hatte, sie wolle Marino Betti töten, hatte die arme Frau keine Ruhe mehr gefunden ... Mit einem feinen Lächeln sah Fiora sie an.
»Als wir ankamen, war er bereits tot«, sagte sie. »Ich war vergebens dort ...«
»Gott sei gelobt! Der Gedanke war mir unerträglich, daß Ihr, mein Engel, tatsächlich fähig sein könntet ...«
»Léonarde! Léonarde! Ich bitte Euch ... Begreift doch endlich, daß nichts mehr so ist, wie es früher einmal war, und auch nie mehr so sein wird. Ihr wißt doch, was geschehen ist, seitdem wir uns aus den Augen verloren. Ich bin nicht

mehr die unschuldige Fiora, die Ihr in Euren Armen gewiegt und aufwachsen gesehen habt. Ich bin eine andere jetzt ..., eine, die ich offen gestanden auch noch nicht recht kenne und die Euch vielleicht bald schon mit Schrecken erfüllt.«

»Nie! Niemals, was auch immer Ihr tut! Mein Herz hat Euch zu meinem Kind erkoren, und nichts und niemand ..., nicht einmal Ihr selbst werdet daran auch nur irgend etwas ändern können. Bedenkt, daß Rache, so berauschend sie auch sein mag, immer einen bitteren Nachgeschmack hinterläßt und daß Gott ...«

»Sprecht mir nicht von Gott! Nie wieder!« rief Fiora. »Er schlägt mich mit einem Übel nach dem anderen, obgleich ich niemals etwas Böses getan habe. Er behandelt mich wie eine Feindin, so als hätte er mich verworfen! Oder was haben all die Verbrechen, die sich unentwegt vor mir auftun, und all diese Greuel sonst zu bedeuten? Entsprechen sie etwa dem Willen Gottes? Ich dachte, er sei gut und barmherzig ...«

»Hat er nicht selbst Qualen erduldet, indem er zuließ, daß sein Sohn am Kreuze litt?« fragte Léonarde zutiefst betrübt.

»Läßt sich denn die Qual eines Gottes mit der eines Mannes oder einer Frau vergleichen? Kann er in seiner Unermeßlichkeit denn überhaupt wissen, was das ist, Schmerz? Nein, Léonarde. Ich bitte Euch, laßt mich die Aufgabe erfüllen, die ich mir gestellt habe, und sprecht mir nicht mehr von Gott!«

»Wie Ihr wollt! Aber Ihr werdet mich nicht daran hindern können, zu IHM über Euch zu sprechen.«

Als sich Demetrios zwei Tage später nach dem Abendessen fertig machte, um zu den Hexen und Hexenmeistern aufzubrechen, erklärte Fiora, daß sie die Absicht habe, ihn zu begleiten. Demetrios sah sie von der Seite an.

»Ich bin mir nicht sicher, ob das der rechte Anblick für dich ist. Es geschehen dort unerfreuliche Dinge, und außerdem ist es gefährlich.«

»Hör' auf, mich vor diesem oder jenem Anblick verschonen zu wollen! Du wußtest sehr wohl, als du von diesem Treffen sprachst, daß ich mit dir gehen würde.«

»Ja ..., ja, ich wußte es, aber jetzt bedaure ich, daß ich davon erzählt habe. Wäre es nicht besser, einen Augenblick auszuruhen und die Höllenfahrt, auf die du dich begeben hast, nicht bis zum Äußersten zu treiben? Ich wünschte, du ersparTest dir das selbst ...«

»Aller Anfang ist schwer. Zumindest werde ich sehen, ob Dante recht hat, der in seinem Kapitel über die Hölle Hexen und Hexer beschreibt, deren Köpfe so nach hinten verdreht sind, daß ihnen die Tränen über den Rücken laufen.«

Fontelucente hatte einen schlechten Ruf. Es war allgemein berüchtigt und galt als das größte Hexenzentrum in der ganzen Toskana. Es bestand aus Gesteinshaufen, einer Grotte und verschiedenen Hütten, die von Geschöpfen bewohnt waren, an denen außer ihrer äußeren Gestalt nichts an Menschen erinnerte. Zumeist waren es arme Kreaturen, die Elend, Krankheit oder menschliche Dummheit in ein larvenhaftes Dasein zurückgedrängt hatten und die aus ihrer Not und der sie umgebenden Natur eigenwillige Kenntnisse gezogen hatten. Überall gehetzt und verjagt, hatten sie sich von Gott abgewandt, und damit von einer Barmherzigkeit, an die sie nicht mehr glauben konnten, um fortan mit den Höllenmächten einen Handel einzugehen, der sie rächte und ihnen zugleich gestattete, Angst zu verbreiten. Es gelang ihnen aufs vollkommenste, und die Furcht, die sie mit ihren Zauberformeln und ihrer Magie einflößten, war so groß, daß ein Niemandsland um ihren Ort herum entstand, lieblich und fruchtbar zwar, aber mit einem Fluch belastet. Nun entsprang an diesem Ort eine klare, helle Quelle, um die herum eine dichte und vielfältige Vegetation entstanden war. Aber da das Wasser an jenem geächteten Ort sprudelte, mied jedermann sie, aus Angst vor ihrer Zauberwirkung.

Und doch kam es vor, daß in finsterer Nacht eine vermummte Gestalt sich nach Fontelucente schlich. Ein junges Mädchen vielleicht, das die Frucht sündiger Liebe dort zu verbergen suchte, oder eine eifersüchtige Ehefrau, die eine Rivalin loswerden wollte, ein verliebter Jüngling, den seine Schöne verschmähte, oder gar eine adlige Dame, die ihre Liebesleidenschaft dazu gezwungen hatte, gegen ein königliches Entgelt schändliche Hilfe zu suchen. Sie alle schöpften aus ihrer Angst, ihrem Haß oder ihrer Liebe den Mut, zu den Hexenmeistern zu gehen, von denen einige reicher waren, als es der Anschein vermuten ließ.

Das Leben in der Natur hatte diesen Leuten Geheimnisse erschlossen. Hinzu kamen allerlei Zaubermittel und grauenerregende oder gar abstoßende Mischungen, Zaubertränke und anderes mehr, die sie an Hilfesuchende verkauften. Und ihre Rezepturen erwiesen sich bisweilen als so wirksam, daß der Kranke tatsächlich genas. Die Folge davon war, daß sie die Dankbarkeit der Betreffenden fast ebensosehr schützte wie deren Furcht.

Zu bestimmten Zeiten, meistens jedoch bei Neumond, versammelten sich die Hexer und Hexen mit den Kumpanen, die in der Umgebung verstreut lebten, und auch mit solchen, die von weit her gekommen waren, um ihren Beschützer zu ehren und zu feiern – jenen Gott der Finsternis und Herrscher über das Böse, dessen Name die Gottesfürchtigen nicht auszusprechen wagten und den die Kirchenleute, nicht ohne sich dabei zu bekreuzigen, den Satan nannten. Aus Gründen der Vorsicht freilich wechselte der Versammlungsort ein jedes Mal, wobei das entsprechende Kennwort durch scheinbar harmlose Mitteilungen ausgegeben wurde, die auf den Straßen und Märkten kursierten. Auf diese Weise hatte es auch Demetrios, der an jenem Morgen in die Stadt hinuntergegangen war, von Bernardino erfahren, der wie üblich vor dem Duomo bettelte und der es ihm gegen ein stattliches Trinkgeld zugeraunt hatte.

Diesmal handelte es sich um einen Platz, der am Hang des

Berges Ceceri vor einem kleinen Wäldchen abseits jeder Behausung lag und der von den alten, eingefallenen Mauern eines früheren, nun verlassenen Klosters umgeben war.
Als Demetrios, Fiora und Esteban in die Nähe des Platzes gelangten, war es kurz vor Mitternacht. Vorsichtshalber waren sie zu Fuß gegangen und hatten einen verschlungenen Weg eingeschlagen, der durch Gebüsch und Felsgestein hindurchführte. Der Grieche ging mit sicherem Schritt voraus. Schließlich verhielt er hinter einer zerfallenen Mauer, die an jener Stelle eine kleine Vertiefung aufwies und von dichtem Rankenwerk überwuchert war.
»Von hier aus können wir alles übersehen, ohne Gefahr zu laufen, daß man uns sieht. Ich kenne diesen Ort gut, denn ich bin hin und wieder hiergewesen, um zu meditieren ...«
Er ließ Fiora auf einem verwitterten Stein Platz nehmen und zeigte ihr, wie sie die Zweige eines dichtbewachsenen Hartriegels, der von einem Brombeerstrauch durchsetzt war, ein wenig auseinanderhalten müsse, um genug sehen zu können. Als zusätzlichen Schutz trug die junge Frau auf den Rat des Demetrios wie ihre Begleiter eine schwarze Maske und dicke Handschuhe. Sie waren auf diese Weise nicht zu erkennen und zudem einigermaßen gegen die Dornen der Brombeersträucher geschützt.
Vor ihnen lag inmitten der Ruinen des ehemaligen Klosters ein weites, offenes Feld, das sich vor den schemenhaften Umrissen wie ein großes dunkles Tuch ausbreitete. Kein Laut war zu hören, nur ein Käuzchen rief dreimal in dem nahegelegenen Wald, und wie ein tiefer Seufzer drang es aus dem Feld empor.
Ein Mann trat mit einer Fackel aus den Ruinen hervor und zündete in Windeseile zwei Scheiterhaufen an, die an beiden Seiten der Wiese aufgeschichtet waren; mit einem Schlag leuchtete diese wie eine Theaterbühne auf und bot ein abscheuliches Bild. Zwischen den Scheiterhaufen nämlich ragte ein mächtiger Tisch empor, der aus zwei Felsbrocken

und einer Steinplatte bestand und der vor einer kleinen, efeuumrankten Anhöhe mit einer Statue plaziert war, die so grauenvoll lebendig wirkte, daß Fiora die Schläfen pochten und die Haare zu Berge standen.
Vor ihnen saß, die Bocksbeine zum Schneidersitz gekreuzt, eine nackte Männergestalt mit einer abscheulichen Fratze. Die spitzen Ohren, die langen, nach innen gebogenen Hörner sowie der zottige Bart waren die eines Ziegenbocks, die lange Hakennase jedoch und der rote, verzerrte Mund, die leuchtenden, rot-weißen Augen glichen denen eines Menschen. Zwischen den Hörnern flackerten drei Kerzen, die der Mann soeben anzündete, und in den Klauen hielt die gräßliche Statue eine Sichel und einen goldenen Becher ...
»Der Teufel!« flüsterte Fiora und bekreuzigte sich. Aber schon hielt ihr Demetrios energisch die Hand vor den Mund.
»Kein Wort mehr!« flüsterte er ihr ins Ohr. »Sonst werden wir erwischt ...«
In der Tat hatte das Entfachen der Scheiterhaufen rings um das schauerliche Trugbild eine Vielzahl dunkel gekleideter Phantomgestalten hervorgerufen, die ihre Mäntel abwarfen und die seltsamste Versammlung lumpenbekleideter Schauergestalten abgaben, die sich selbst im Fiebertraum kaum vorstellen ließ: zahnlose alte Weiber mit eingefallenen Mündern und Mißgestalten mit leuchtenden Augen und strähnigem Haar, junge, von Ausschweifungen gezeichnete Frauen, Hexer und Hexen von Fontelucente und andere Schreckgestalten; sie alle verharrten still und reglos wie die Wasserspeier an den Kirchen und waren kaum weniger abstoßend als ihr Herr und Meister.
Der Mann steckte die Fackel in die Erde, verschwand und erschien kurze Zeit darauf mit einem schwarzen Tuch, das er über der steinernen Tischplatte ausbreitete; auch zwei eiserne Leuchter mit großen schwarzen Kerzen brachte er mit, die er anzündete und deren dicker, beißender Qualm

das Haupt des Götzen in Rauchschwaden hüllte. Die Anwesenden verfielen in ein monotones Summen, das zunächst kaum hörbar war, dann aber immer lauter wurde, bis alle, Männer und Frauen, sich langsam im Rhythmus zu wiegen begannen, indes dabei unaufhörlich starr vor sich hinblickten und die Hände auf den Knien gekreuzt hielten. Ein melodiöses Summen stieg, begleitet von dicken Rauchschwaden, aus der Wiese empor. Allmählich begann sich das Feld zu beleben ...

Vermummte Gestalten traten zu zweit, zu dritt oder einzeln aus dem Gehölz und den eingefallenen Mauern. Als sie ihre Mäntel zurückschlugen, sah Fiora, deren neugierigem Blick nichts entging, daß es Bauern und Bäuerinnen waren, wie auch Greise in schwarzen, abgetragenen Gewändern, deren kahle Köpfe und müde Augen von langen Nachtwachen zeugten, während derer sie unlösbaren Geheimnissen auf die Spur zu kommen suchten; aber auch Bettler, unter denen sie sogar Bernardino wiederzuerkennen glaubte, und junge, kräftige Burschen und hübsche Mädchen. Überrascht stellte sie fest, daß drei verkleidete Frauen darunter waren, deren kostbare Gewänder auf ihre hohe gesellschaftliche Stellung schließen ließen, zu ihnen schienen einige ebenfalls verkleidete Männer zu gehören. Das Auffallendste war die eigentümliche Verbundenheit, die zwischen den Teilnehmern herrschte. Aus allen Augen sprach die gleiche Erwartung, gleichgültig ob es sich um Damen, in Lumpen gehüllte Bettler oder Bauern handelte.

Die lodernden Scheiterhaufen, in die man Harz geworfen hatte, tauchten alle Gesichter in ein gleichmäßiges, gelbes Licht. Mit undurchsichtiger Miene wiegten sich die Hexer und Hexen noch immer im Rhythmus ihrer monotonen, düsteren und scheinbar endlosen Gesänge, von denen, ebenso wie von dem allgemeinen Wogen, auch die Neuhinzukommenden erfaßt wurden. Fiora war fasziniert und mußte sich an den Zweigen, hinter denen sie sich verbarg, festhalten,

um nicht gleichfalls in den wiegenden Rhythmus zu verfallen, aber ein Dorn des Brombeerstrauchs, der sich durch ihren Handschuh gebohrt hatte, riß sie aus ihrem Bann ...
Plötzlich ertönte, ähnlich einem Gongschlag, ein dumpfer, tiefer Ton, und es trat Stille ein. Ein Gefolge schritt aus den Ruinen hervor ...
An seiner Spitze bewegte sich ein Mohr von athletischem Körperbau, der ein Kreuz mit einem Hundekadaver vor sich her trug und der mit einem leuchtendroten Meßgewand bekleidet war, unter dessen Tuch sein bronzeschimmernder Körper zu ahnen war. Ihm folgten zwei leichtgeschürzte junge Frauen in durchsichtigen weißen Tuniken. Sie trugen Kränze aus Efeu, und während die eine einen Weihrauchschwengel in ihren Händen hielt, trug die andere eine Schale mit Weizenkörnern und schwarzen Oliven. Ein Mann, der aussah wie ein Priester, bildete den Schluß der unheiligen Prozession.
Das Gewand, das ihn bekleidete, war die genaue Nachbildung eines priesterlichen Meßgewandes. Es war weiß, mit lodernden schwarzen Flammen bestickt und rot unterlegt. Anstelle des Kreuzes prangte eine Fratze darauf. Über seinem bärtigen Gesicht trug er einen schwarzen Helm mit zwei Hörnern, und in der Hand hielt er einen Kelch, über dem ein rotes Tuch lag. Als er vorbeiging, erhoben sich die Hexer und Hexen und verneigten sich. Dann traten sie vom Altar des Satans einige Schritte zurück, um sich zu beiden Seiten der Anwesenden in zwei Reihen zu formieren.
Der Priester stellte den Kelch auf den Altar, fiel auf die Knie, reckte die Arme zu der Teufelsstatue empor und rief mit lauter Stimme:
»Vater des Bösen und der Sünde, Vater des Lasters und des Verbrechens, Satan, du Gott des Vergnügens und des Reichtums, ewiger Quell der Manneskraft und der verbotenen Lüste, Herrscher, der du regierst über die Lasterhaften und Unzuchttreibenden, komm zu uns heute nacht, an diesen

Ort, an dem wir uns versammelt haben, um dich zu ehren und anzubeten!«

Ungeachtet seiner Ermahnungen konnte Fiora nicht umhin, Demetrios leise zu fragen:

»Wer ist dieser Mann?«

»Ein ehemaliger Mönch. Man muß Priester gewesen sein, um diese frevlerische Messe abhalten zu dürfen ...«

»Er geht ...«

»Ja, aber sei still; und kein Wort mehr, was immer du auch siehst!«

Die Zeremonie nahm eine neue Wendung: Zunächst traten die Hexer und Hexen, dann die anderen Teilnehmer in Zweierreihen zu je einem Mann und einer Frau hervor, um sich vor dem Dämon zu verneigen. Sie warfen sich vor dem Altar und der Statue nieder, kehrten dann zu ihren Plätzen zurück und reihten sich wie die Gläubigen in der Kirche auf. Nur eine Frau – die, die zuletzt erschienen war – kam allein; es war eine der drei Frauen, die der besseren Gesellschaft angehören mußten. Sie trug eine Art Hostienteller aus Silber in den Händen, auf dem etwas lag, das nicht zu erkennen war. Dann kniete sie nieder und reichte dem Priester den kleinen Teller, der ihn zu dem Götzen emporhob.

»So nimm, o Vater des Verbrechens und der Lüge, diese Herzen hin, die einem Betrüger und einem Mörder aus dem Leib gerissen wurden und die dir nun deine Dienerin darbringt, auf daß du deine Wohltaten über sie ergehen läßt! Und auch sie selbst bietet sich dir dar, möge das Opfer, das wir nun zelebrieren wollen, auf ihrem Leib vollzogen werden.«

Demetrios, der merkte, daß Fiora zitterte, legte den Arm um sie und preßte ihr aus Angst, daß sie wider Willen aufschreien könnte, erneut die Hand auf den Mund.

»Ich habe dir ja gesagt«, flüsterte er, »daß wir in die Hölle hinabsteigen werden ... Nur Mut!«

Die Frau entkleidete sich im Schein des Feuers und streckte

sich nackt auf dem Altar aus. Voller Entsetzen erkannte Fiora die fürchterliche Hieronyma. Der Kelch, den man ihr für einen kurzen Augenblick genommen hatte, wurde nun vorsichtig auf ihren weißen Leib gesetzt. Obgleich sie nicht mehr zwanzig war, hatte Hieronyma noch immer einen üppigen, festen Körper, der sehr wohl die Begierde so mancher Männer zu erregen vermochte und auch erklärte, weshalb Hieronyma Macht über Marino Betti gewonnen hatte.

Die scheußliche Satansmesse begann. Fiora dröhnten die Ohren von den gräßlichen Verwünschungen so sehr, daß sie nichts mehr hörte. Sie war wie hypnotisiert von der nackten Frauengestalt, deren langes, unnatürlich blondes Haar auf den Boden herabfiel.

Und dann geschah etwas so Grauenvolles, daß sich Fiora unter Demetrios' Hand die Lippen blutig biß. Aus den vorderen Reihen der Versammelten trat eine Frau hervor, die in wilder Verzückung vor sich hin starrte. Sie trug ein Neugeborenes, das sie dem Priester darreichte. Dieser nahm es, legte es Hieronyma auf den Bauch und schnitt ihm blitzschnell die Kehle durch. Und obgleich nur ein kleines Winseln zu hören war, schauderte es die teuflische Versammlung. Fiora, halb ohnmächtig vor Entsetzen, erkannte auf all den Gesichtern nichts als bestialische Grausamkeit.

Nachdem der Priester alles Blut im Kelch gesammelt hatte, tauchte er seine Lippen darin ein, küßte die Brüste Hieronymas und reichte den Kelch einer seiner mörderischen Helferinnen, damit diese ihn in der ersten Reihe herumgehen ließe. Ein anderes Mädchen holte einen Krug, in dem man einen Absud gemischt hatte, der die Wirkung des Weins um ein Vielfaches steigerte. Sie alle tranken davon und aßen dazu dünne Teigkuchen, die alsbald ausgeteilt wurden. Dann begannen sie, sich zum Klang der Flötenmusik zu wiegen, die der große Mohr anstimmte. Sie tanzten Rücken an Rücken, mit verschlungenen Händen und zur Seite gewandtem Kopf, so daß sich ihre Wangen berührten.

Die frevlerische Messe erreichte ihren Höhepunkt. Der Priester, der unter seinem Meßgewand keine weiteren Kleidungsstücke trug, warf dieses ab und stieg auf Hieronyma. Damit war das Zeichen für den Beginn einer kaum vorstellbaren Orgie gegeben, die im rötlichen Schimmer der verlöschenden Glut ihren scheußlichen Lauf nahm. Wo immer man hinsah, überall wälzten sich die Paare wahllos und ohne Rücksicht auf gesellschaftlichen Rang – der alte Mann mit dem jungen Mädchen, die vornehme Dame mit dem Stallknecht. Fiora, die glaubte, den Verstand verlieren zu müssen, schloß die Augen. Plötzlich ließ Demetrios sie los.
»Rühre dich auf keinen Fall von der Stelle!« flüsterte er. »Ich lasse dich mit Esteban allein zurück. Ich werde euch später holen ...«
»Wohin gehst du?«
Statt einer Antwort legte er nur den Finger auf den Mund und verschwand, ohne daß sich auch nur ein Zweiglein rührte, im Dunkeln. Gesang und Flötenspiel hatten geendet; man hörte ein einziges Seufzen und Stöhnen und das Geräusch zerreißender Stoffe. Fiora wagte es nicht, zu Esteban hinüberzublicken, den sie heftig neben sich schnaufen hörte. Ein gellender Schrei ertönte:
»Die Wachleute! Rette sich, wer kann!«
Panik brach aus. Im Nu vergaß ein jeder seinen Gespielen, seine Gespielin und dachte nur noch an Flucht. Auch der Höllenpriester riß sich von Hieronyma los und verschwand in der Finsternis, während sein Helfer und die beiden jungen Frauen eilig die bemalte Teufelsstatue aus Holz davontrugen. Fiora sah, wie Hieronyma, die unter der Maske zu ersticken drohte und sich diese deshalb vom Gesicht gerissen hatte, aufstand; da verwehrte ihr eine hohe schwarze Gestalt die hastige Flucht und richtete drei Finger auf ihre verwirrten Augen ... Vergeblich versuchte sie, gegen die unsichtbare Macht dieses Mannes anzukämpfen, dann fiel sie wie leblos auf den Altar zurück ...

Demetrios beugte sich herab, barg den kleinen, hingeopferten Kinderleib, den man auf den Boden geworfen hatte, legte ihn der Frau wieder auf den blutverschmierten Bauch und eilte davon. Schon waren zahllose Lichter zu sehen, begleitet von klirrenden Schritten ...

Einen kurzen Augenblick später war Demetrios wieder bei Fiora und Esteban.

»Kommt!« befahl er. »Beeilt euch! Wir haben gerade noch Zeit zu fliehen ...«

»Kommen von dort wirklich die Wachleute der Republik?« fragte Fiora.

»Ja. Genau zu dem Zeitpunkt, den ich angegeben hatte. Seigneur Lorenzo hat getan, um was ich ihn bat.«

»Aber wer hat ihm Bescheid gegeben?«

»Ich natürlich. Doch wollte ich nicht, daß all die armen Schlucker, die ihr Elend hier zu vergessen suchen, ins Gefängnis geworfen, gefoltert oder gar verbrannt werden ... Nur Hieronyma wird heute nacht im Kerker landen und auf ihre Hinrichtung warten ...«

»Wie konntest du wissen, daß sie heute nacht hiersein würde?«

»Ich habe dir ja schon einmal gesagt, daß ich immer weiß, was ich wissen muß ... Aber nun müssen wir uns beeilen ...«

Nur eine Stunde später langten sie wieder im Castello an, wo Léonarde, die Samia schlafen geschickt hatte, auf sie wartete. Sie empfing die drei wortlos und servierte ihnen Glühwein mit Zimt. Dabei sah sie Fiora prüfend an, deren bleiches, angestrengtes Gesicht deutlich erkennen ließ, daß sie fürchterliche Stunden hinter sich hatte, doch die junge Frau, die ihre eiskalten Hände an dem heißen Becher wärmte, lächelte ihr so zärtlich zu, daß die Gouvernante nicht länger schweigen konnte.

»Ihr scheint recht müde zu sein, mein Täubchen, und doch habe ich Euch lange nicht mehr so lächeln gesehen. Seid Ihr glücklich und zufrieden heute nacht?«

»Ja ..., zum ersten Mal seit langem! Der Tod meines Vaters ist gerächt, meine liebe Léonarde, ebenso wie all das andere, das ich Hieronymas wegen zu erleiden hatte. Morgen werde ich Euch alles erzählen; jetzt aber bin ich sterbensmüde ...«

»Wenn das so ist, glaubt Ihr dann, daß Euch Gerechtigkeit widerfahren wird und Ihr endlich wieder nach Hause zurückkehren könnt?«

»Das weiß ich nicht ... Aber vielleicht, da nun meine Feinde geschlagen sind ...«

»Es sind noch immer welche übrig«, sagte Demetrios streng und hielt seine langen, weißen Hände über das wieder aufflackernde Feuer. »Aber ist es wirklich das, was du dir wünschst: nach Hause zurückzukehren, wieder in Wohlstand zu leben und an nichts mehr zu denken? Hast du denn vergessen, daß ...«

»Daß wir einen Pakt geschlossen haben? Ich bin mir dessen um so mehr bewußt, als ich im Augenblick nichts sehnlicher begehre, als jenen Mann wiederzufinden, der mich am Morgen nach unserer Hochzeit verlassen hat, und mich an jenen zu rächen, die meine Eltern auf das Schafott gebracht haben. Aber ich gestehe offen, daß ich gerne für eine Zeit wieder in mein friedliches Zuhause zurückkehren würde und daß ich es genießen würde, wie früher durch die Straßen von Florenz zu spazieren, ohne daß man mir Todesdrohungen hinterherruft oder mit Steinen nach mir wirft, und wenn ich das Grab desjenigen mit Blumen schmücken könnte, der immer und ewig mein Vater bleiben wird; ich gestehe auch, daß ich glücklich wäre, wenn dieser Zorn, den ich seit so vielen Tagen schon mit mir herumtrage, sich wieder legen würde und ich noch einmal eine Florentinerin wie alle anderen sein könnte, in der Gewißheit, daß ich mich am Ende all jener Reisen, die jetzt noch vor mir liegen, hier wieder heimisch fühle ... Ist das etwa zuviel verlangt?«

Um ihren fragenden Blick nicht länger ertragen zu müssen, sah Demetrios weg und ging aus der Küche. Sie hörten, wie er die Treppe zum Turm hinaufstieg, wohin er sich zurückzuziehen pflegte, wenn er die Sterne beobachten und ihre Botschaft vernehmen wollte. An jenem Morgen jedoch – der neue Tag zog bereits herauf – wandte Demetrios den Blick vom Himmel und betrachtete die schlafende Stadt. Er wußte, daß Florenz mit Fiora Beltrami nichts mehr zu tun haben wollte, aber er hatte nicht den Mut, es ihr zu sagen ...

11. Kapitel

»Bevor ich an das ersehnte Ufer gelange ...«

Das Gerücht, das unten am Fluß, dort wo die Schiffer arbeiteten, seinen Lauf genommen hatte, sickerte durch die Straßen und Plätze, kam den Kriegern zu Ohren, die man sogleich benachrichtigt hatte, erreichte den Bargello und die Signoria und breitete sich schließlich wie ein Lauffeuer in der restlichen Stadt aus: Ein Fischer hatte den Leichnam Pietro Pazzis aus dem Arno gezogen; er wies einen Messerstich zwischen den Schultern auf ...

Esteban, der zum Mercato Vecchio hinuntergegangen war, um einzukaufen, hörte von dem Gerücht. Auch bei der Geflügelhändlerin war die Rede davon, und als er schließlich beim Metzger angelangt war, hatte er bereits die Ohren voll davon – freilich mit Varianten, denn die »Ondits« schossen nur so aus dem Boden. Ein jeder behauptete, mehr zu wissen als der andere, und so kursierten die unglaublichsten Versionen.

Esteban mochte keinen Klatsch. Seine Mutter hatte einst zu Hause in Kastilien ihr Leben hingeben müssen, weil ein Nachbar sie beschuldigt hatte, seinen Brunnen vergiftet und seinen Sohn der Manneskraft beraubt zu haben. Und wiewohl sie eine gute Christin war, hatte man die alte Frau zum Scheiterhaufen verurteilt. In seiner Verzweiflung hatte ihr Sohn damals dem Henkersknecht seinen ganzen Besitz geopfert, damit er ihr die Kehle zudrückte, bevor er sie ins Feuer stieße. Danach tötete Esteban den Nachbarn und seinen Sohn und zündete ihren Hof an. Demetrios Lascaris, der kurz zuvor ins Land gekommen war, hatte ihn gerade noch rechtzeitig mitnehmen können, bevor man ihn verhaftete. Und auf diese Weise hatte er ihm nicht nur das Leben

gerettet, sondern sich auch für alle Zeiten dessen Treue und Dankbarkeit gesichert.
Nein, Esteban liebte wahrhaftig kein Gerede. Er haßte es ebensosehr wie die Priester, die zusammen mit dem *Alkalden*[1] des Landes seine Mutter verurteilt hatten, weil der Ankläger ein reicher Mann war, sie hingegen nur eine arme Frau ... Der Dienst bei dem griechischen Arzt und Philosophen, Astrologen und Magier kam ihm sehr gelegen, da er dort neben den kleinen alltäglichen Aufgaben eine gewisse Freiheit genoß: Niemals hatte ihm Demetrios je zum Vorwurf gemacht, daß er den Wein und die Frauen liebte, und er liebte sie wie den Kampf, die Waffen und den Krieg, die seit seinem zwölften Lebensjahr sein Leben bestimmt hatten ...
Fest entschlossen, so genaue Informationen wie nur möglich zu erhalten, stellte er sein bepacktes Maultier an der Herberge Croce di Malta ab und begab sich zur Signoria und der angrenzenden Loggia dei Priori, wo immer drei oder vier diskutierende Honoratioren anzutreffen waren. Und so sah er auch den alten Jacopo Pazzi, der sich gerade an seinem Wohnsitz in Florenz aufhielt und der wutschnaubend wie ein wildgewordener Stier den alten Palast stürmte und schon einen Augenblick später in Begleitung des Bargello und einer Schar von Wachsoldaten wieder herauskam. Entsetzen erfaßte die Menschenmenge auf dem Platz: War der Patriarch verhaftet worden? Doch die Ungewißheit währte nur einen Augenblick. Der Trupp ging zum Ponte Vecchio hinunter, und Esteban folgte ihm. Dort angelangt, wurde er Zeuge, wie man das Hünenweib und ihren Bruder verhaftete. Pippa leistete derart heftigen Widerstand, daß fünf Männer nötig waren, um mit ihr fertig zu werden. Als man sie schließlich in die Stinchen – das Gefängnis der Stadt – abführte, fluchte und schimpfte sie lautstark, was die Gaffer in gleicher Weise beantworteten, denn die Florentiner lie-

1) Alkalde: Richter, Bürgermeister in Spanien (Anm. d. Übers.).

ßen nie eine Gelegenheit aus, um sich zu Gehör zu bringen und sich zu produzieren. Wurde jemand in den Kerker geführt, so konnte man doch allemal auf gut Glück »Zum Tode!« rufen: In der Hälfte aller Fälle hatte man damit recht.

Ernüchtert stellte Esteban fest, daß er genug gesehen hatte und es höchste Zeit war, seinen Herrn über den Vorfall zu informieren, zumal sich Pippas Gefolge, als es über die Brücke davonzog, eine weitere Person angeschlossen hatte: Fray Ignacio nämlich, der den alten Pazzi einholte und sich ihm, heftig auf ihn einredend, an die Fersen heftete. Unwillkürlich verspürte der Kastilier seinem Landsmann gegenüber große Abneigung; er hielt ihn für scheinheilig, grausam und hinterhältig, und das Zusammentreffen der beiden Männer erschien ihm höchst beunruhigend.

Er schob sich mit den Ellenbogen durch die Menge, ging zu seinem Maultier zurück, packte diesem noch einen kleinen Krug mit Olivenöl auf, trank dann, um kein Aufsehen zu erregen, wie üblich seinen Becher Wein und verließ so schnell wie möglich die Stadt. Indes entging ihm nicht, daß sich vor dem Palast der Medici bereits ein Auflauf gebildet hatte und die Leute einen Höllenlärm veranstalteten, da alle gleichzeitig sprachen und wild mit den Armen herumfuchtelten.

Als er wieder in Fiesole angelangt war, fand er Demetrios im Arbeitszimmer. Er war damit beschäftigt, einige Bücher sorgfältig in Stoff einzuschlagen und in einem kleinen Koffer zu verstauen, der neben ihm auf einem Schemel stand. Auf dem Tisch waren auf einem Stück Wildleder blank poliert und in säuberlichster Ordnung allerlei chirurgische Instrumente aufgereiht, wie Lanzetten, Skalpelle, Trepane, gerade und gebogene Nadeln, Pinzetten und anderes mehr, die den Arzt seit Byzanz auf all seinen Wegen begleitet hatten und die er allen Widrigkeiten seiner langen Wanderschaft zum Trotz hatte retten können. Die alte Ledertasche, in der

er die Instrumente für gewöhnlich aufbewahrte, stand weit geöffnet neben ihm.
Esteban warf einen flüchtigen Blick auf die Vorbereitungen.
»Bereitest du dich auf eine Reise vor, Herr?« fragte er.
»Man muß allzeit reisebereit sein, mein Junge. Doch sag': Warum bist du früher als sonst zurückgekehrt? Ich sehe deinem Gesicht an, daß du mir irgend etwas zu sagen hast.«
»Stimmt. Und es stimmt auch, daß ich beunruhigt bin.«
Der Kastilier war kein Mann großer Worte. Er erzählte in wenigen Sätzen, was er gesehen und gehört hatte, und versuchte aus der Miene des Griechen herauszulesen, welchen Eindruck seine Schilderung auf ihn machte. Doch Demetrios, der seinen Koffer inzwischen fertig gepackt hatte, schloß ihn nur und sagte:
»So, so!«
Dann wandte er sich seinen Instrumenten zu, wischte sie sorgfältig nacheinander ab, wickelte sie in das Stück Wildleder und packte sie in seine Tasche. Esteban sah zu, wie er schweigend seine Arbeit verrichtete.
»Hole Donna Fiora! Sie ist im Garten.«
Einen Augenblick später trat Fiora ein, schwarzweiß gekleidet, zierlich und ganz der Konvention entsprechend. Nichts mehr erinnerte an die junge Frau in der weißen Nonnentracht und den geflochtenen Sandalen, die dem Kloster entronnen war, nichts mehr an die junge Griechin in der roten Tunika oder an den Pagen in dem grünen Wams; nun stand eine junge Frau in Trauerkleidung und mit streng zurückgekämmtem Haar vor ihm, und Demetrios ertappte sich dabei, daß er es bedauerte. Nur die großen blaßgrauen Augen waren noch immer die gleichen, und der Grieche wußte, wie zornerfüllt sie dreinblicken konnten und daß sich hinter dieser eleganten, freundlichen Erscheinung ein glühendes Herz und ein stolzer, mutiger Charakter verbargen. Als statte Fiora Demetrios einen Besuch ab, war Léonarde mit ihr gekommen und stand nun mit vor dem Bauch

gefalteten Händen neben der Tür, wie es sich für die Begleiterin einer Adeligen ziemte. Demetrios war versucht, Léonarde darum zu bitten, sie allein zu lassen, dachte aber sogleich, daß er damit wohl gegen die gesellschaftlichen Sitten verstieße. Es war nutzlos, ihr irgend etwas zu verheimlichen: Sie erführe ohnehin sehr schnell davon. Hinter ihr war der Kastilier ins Zimmer getreten ...

»Esteban ist mit Nachrichten aus der Stadt zurückgekehrt, die ich beunruhigend finde«, sagte Demetrios. »Es ist nötig, daß du darüber Bescheid weißt.«

Fiora hörte sich an, was Esteban zu berichten hatte, und schien nicht weiter davon beeindruckt. Erst als er den spanischen Mönch erwähnte, runzelte sie die Stirn.

»Wieder dieser Mann!« seufzte sie. »Wie kommt es, daß er sich derartig für die Pazzi einsetzt? Er scheint sie gegen alles und jeden verteidigen zu wollen.«

»Wenn er tatsächlich der geheime Gesandte Papst Sixtus' IV. ist, dann ist es nicht verwunderlich, denn dann ist er gewiß auch der Mandatar von dessen Günstling, Francesco Pazzi ... Ich dachte, das sei dir klar?«

»Ja! Aber er gehört zu den fanatischen Priestern, die wie besessen vom Teufel sind und die an allen Ecken Hexen wittern. Die Wache aber hat Hieronyma in jener Nacht so vorfinden müssen, wie wir sie zurückgelassen haben: Nackt auf einem Götzenaltar, mit dem Blut des Opfers beschmiert und den Leichnam des getöteten Kindes auf dem Bauch. Mir scheint, das ist es, was Fray Ignacio in erster Linie interessieren müßte. Und doch hat ihn Esteban mit Jacopo Pazzi sprechen sehen wie mit einem Freund!«

»Ja, wie mit einem Freund!« bekräftigte Esteban nochmals.

»Das ist eigenartig, du hast recht!« sagte Demetrios und wandte sich seinem Diener zu: »Aber du hast uns noch nicht alles von deiner Mission berichtet. Hast du die Leute in der Stadt von Hieronyma sprechen gehört, und davon, daß sie die Wache in den Kerker werfen mußte?«

Der Kastilier schüttelte den struppigen Kopf.
»Nein. Ich habe nichts dergleichen gehört. Ich kam gerade zum Markt, als ich erfuhr, daß man soeben den Leichnam ihres Sohnes aus dem Wasser gezogen hatte. Alle sprachen nur davon.«
»Eigenartig! Die Stadt müßte eigentlich aufs äußerste empört sein. Und was den Mönch betrifft, so müßte er angesichts einer solchen Intrige eigentlich verlangen, daß die gesamte Familie geköpft wird ..., statt dessen unterhält er sich freundschaftlich mit dem Oberhaupt! Das ist wirklich schwer zu verstehen! ... Ich muß sehen, was dahintersteckt! Sattle mein Maultier, Esteban!«
»Wo willst du hin?« fragte Fiora.
»Zu Seigneur Lorenzo. Er war es, mit dem ich das Einschreiten der Wache auf dem Ceceri vereinbart hatte. Er muß schließlich wissen, was danach geschehen ist.«
»Gehe nicht! Irgend etwas sagt mir, daß du dich in Gefahr begibst«, bat die junge Frau mit angsterfüllter Stimme. »Siehst du, heute bin ich es, die eine Vorahnung hat. Sie haben Pippa festgenommen. Weiß Gott, was diese Frau aussagt!«
»Sie kann nichts aussagen. Außer einem Bettler hat sie niemanden gesehen ...«
»Ja, aber einen Bettler, der über ungewöhnliche Fähigkeiten verfügt. Bist du ganz sicher, daß man sich an nichts mehr erinnern kann, wenn man aus dem Schlaf aufwacht, den du herbeiführst? Das Hünenweib ist schlau und weiß sich zur Wehr zu setzen; um ihr Leben zu retten, wird sie jeden Beliebigen beschuldigen ...«
»Oder sie wird sagen, daß sie nichts weiß. Und daß der junge Pazzi ebenso wieder gegangen ist, wie er gekommen ist ...«
»Vielleicht; aber eines ist sicher: Der alte Jacopo wußte alles, und auch, warum sein Enkel an jenem Abend zu Pippa ging. Ich bitte dich, bleibe hier! Laß uns noch ein wenig warten!

Lorenzo wird dir möglicherweise irgendwelche Nachrichten zukommen lassen ...«
Fiora zitterte plötzlich, und ihre Erregung machte Demetrios betroffen. Zudem wurde sie von Esteban unterstützt:
»Sie hat recht, Herr. Uns drängt nichts. Laß uns diesen Tag und die Nacht noch abwarten. Wenn du willst, werde ich dann morgen, sobald die Stadttore geöffnet sind, losreiten und Neuigkeiten einholen. Dann kannst du mir einen Brief für Seigneur Lorenzo mitgeben ... Ich erkenne dich gar nicht wieder, ausgerechnet du, der du dich nie von Ungeduld drängen läßt.«
Der Arzt zuckte die Achseln und fuhr sich mit leicht fiebriger Hand über das Gesicht. Er ging zu der Ledertasche, die er soeben geschlossen hatte, und stützte sich auf sie, so als suche er neue Kräfte aus ihr zu schöpfen. Dann wandte er sich um und sah zu Léonarde hinüber, die noch immer stumm und unbeweglich wie eine Statue neben der Türe stand.
»Und Ihr, Dame Léonarde«, sagte er auf französisch, »was ratet Ihr mir?«
»Ich dachte zwar nicht, daß meine Meinung für Euch von Belang sein könnte, aber ich nehme an, daß Ihr seit heute morgen mit irgendeinem Ereignis rechnet ..., mit einem Ereignis, das Euch zur Abreise zwingen könnte. Denn wozu hättet Ihr sonst die ganze Zeit diesen Koffer und diese Tasche hier gepackt und all die Vorbereitungen getroffen?«
»Ich hätte wissen müssen, daß dem Blick einer guten Hausfrau nichts entgeht«, sagte er lachend. »Es stimmt: Seit heute nacht warte ich auf irgend etwas, ohne daß ich sagen könnte worauf. Mir scheint, die Stunde naht, da wir dieses Haus verlassen müssen.«
»Aber dann wenigstens freiwillig! Folgt dem Rat Estebans! Auf ein paar Stunden mehr oder weniger kommt es nicht an ...«
Demetrios schüttelte den Kopf und ging, ohne etwas zu er-

widern, aus dem Zimmer. Fiora folgte ihm. Hintereinander und ohne ein Wort zu wechseln stiegen sie den Turm hinauf. Noch immer suchte die junge Frau nach Gründen, weshalb sie sich eben so heftig dagegen gesträubt hatte, daß der Grieche in die Stadt hinunterritt, aber eines war gewiß: In jenem Augenblick war ihr klar gewesen – so klar, als hätte eine geheimnisvolle Stimme es ihr zugeraunt –, daß Demetrios, wenn er sich nach Florenz begäbe, nicht mehr lebend zurückkehren würde. Und der Gedanke, auch diesen letzten Freund noch zu verlieren, der ihretwegen sogar einen Mord begangen hatte, war ihr unerträglich. Dieser fremde, seltsame Mensch, vor dem sie ursprünglich Angst gehabt hatte, lag ihr nun am Herzen. Weder empfand sie für ihn die tiefe Zärtlichkeit, die sie ihrem Vater entgegengebracht hatte, noch die glühende Liebe, die Philippe in ihr geweckt hatte und die noch immer unter dem erloschenen Feuer weiterzuglimmen schien, noch fühlte sie für ihn jene Zuneigung, die sie ihrer alten Léonarde gegenüber hegte und von der Khatoun einen Teil mitgenommen hatte, oder jene unbeschwerte Freundschaft, die sie mit Chiara Albizzi verband. Was Fiora für Demetrios empfand, war ein Gemisch aus Dankbarkeit, Freundschaft und auch ehrfürchtigem Respekt, vergleichbar mit dem, den sie einst ihren Lehrern entgegengebracht hatte, die den Sinn für Bildung und Schönheit in ihr geweckt hatten. Kurz: etwas, das stark war und auf das Verlaß war. Waren sie nicht ohnehin durch den Pakt aneinander gebunden, den sie geschlossen und mit ihrem Blut besiegelt hatten? ... Als sie oben auf dem Turm angelangt waren, trat Fiora auf Demetrios zu, der lässig an den alten Turmzinnen lehnte, und legte ihre Hand auf die seine.

»Du und ich, wir haben beide keine Familie mehr«, sagte sie leise.

»Du hast einen Ehemann ...«

»Nein. Das war nichts als ein Traum, den ich einmal geträumt habe und der sich längst ins Lächerliche verkehrt hat.

Wenn ich ihn wiederfinden möchte, so deshalb, weil ich ihn das Leid, das er mir zugefügt hat, und seine Verachtung mir gegenüber büßen lassen will. Er hat mir alles genommen, was ich besaß, ohne mir etwas dafür zu geben, nur einen Namen, den ich niemals tragen werde. Du hingegen hast mich gerettet und es sogar auf dich genommen, mich zu rächen. Und da wir uns gegenseitig einen Blutschwur geleistet haben, möchte ich, daß du in mir ... eine Tochter siehst.«
»Eine Enkeltochter! Ich könnte dein Großvater sein, Fiora. Aber, siehst du, wie können wir wissen, was die Zukunft für uns bereithält?«
»Weißt auch du es nicht?«
»Nein, auch ich weiß es nicht! Nicht immer lüftet das Schicksal seinen Schleier, und auch der Lauf der Sterne vermag uns nicht alles zu verraten. Wer weiß, vielleicht ist es besser, uns nicht von unseren Gefühlen gefangennehmen zu lassen. Es könnte sein, daß wir irgendwann einmal darunter leiden. Wir haben uns als Kampfgenossen zusammengetan: Laß uns versuchen, uns damit zu bescheiden; aber ich werde über dich wachen ... wie ein Großvater. Und niemals werde ich je vergessen, was du mir heute angeboten hast: Es ist der erste Glücksmoment für mich seit dem Tode von Theodose ...«
Dann nahm er Fioras Hand, drückte einen flüchtigen Kuß darauf und schob sie unter seinen Arm.
»Es ist Zeit zu essen. Laß uns hinuntergehen; wir wollen Esteban ersparen, uns bis hierher folgen zu müssen.«
Gegen Abend stiegen sie erneut auf den Turm. Ein dumpfer Lärm drang aus der Stadt empor. Irgend etwas geschah, das Aufruhr im Volk erregte – ein Umstand, für den die Florentiner allzeit empfänglich waren. Um eine Rebellion konnte es sich nicht handeln, da die Vacca, die große Glocke der Signoria, die nur als Sturmglocke diente, stumm blieb. Da plötzlich erklangen Fanfaren, und Demetrios hielt sich die Hand über die Augen und beugte sich vor:

»Sieh' nur! Die Sonne ist noch nicht untergegangen, und doch werden bereits die Stadttore geschlossen ...«
So war es. Selbst aus dieser Entfernung hörte man das Krachen der niedersausenden Fallgitter und das Knarren der Zugbrücken, die hochgezogen wurden. Geschärft von der klaren Bergluft hatten Demetrios' Adleraugen selbst diese Vorgänge erspäht. Die Stadt schloß ihre Tore früher als sonst. Mehr Wachleute als sonst schienen auf den Befestigungsanlagen zu stehen.
»Sollte ein Feind im Anmarsch sein?« fragte Fiora.
»Dann würde die Vacca schlagen, um alle zu den Waffen zu rufen. Nein, da geht in der Stadt selbst etwas vor sich, und man will vermeiden, daß die Unruhe auf das Umland übergreift ... Doch sieh' nur! Dort unten brennt es ...«
Wirklich quoll an einer Stelle der Stadt nahe dem Fluß dikker, schwarzer Qualm empor, in dem rote Flammen loderten ...
»Mein Gott!« stöhnte Fiora, »was für ein Wahnsinn, mitten in der Stadt ein Feuer anzuzünden, wo es doch noch immer so viele Holzhäuser gibt! Fast könnte man meinen, es sei ganz in der Nähe unseres Palastes ...«
Demetrios antwortete nicht. Beide verharrten einen Augenblick und betrachteten den im Süden aufsteigenden Rauch und die Sonne, die im Meer unterging. Violettes Licht lag über dem Land, und in der Abendstille war das Getöse, das in der Stadt herrschte, besonders deutlich zu hören ... Die junge Frau und der Grieche schauten gebannt und konnten den Blick nicht von der wie ein Kessel brodelnden Stadt abwenden, in der selbst die Dächer noch im diffusen, staubigen Abendlicht zu wogen schienen. Die atemlose Stimme Estebans, den sie nicht hatten kommen hören, schreckte sie auf.
»Herr! Seigneur Lorenzo ist da! Er will dich sehen, dich und Donna Fiora! Macht schnell!«
Hastig stiegen sie hinab. Lorenzo stand in dem grünen Ge-

wand, das er besonders schätzte, neben dem Fenster in Demetrios' Arbeitszimmer und war von seinem Freund Poliziano begleitet, der an einem der Schränke lehnte und mit seinen Handschuhen spielte. Sein hageres Gesicht war sorgenvoll, und er erschien Fiora noch größer als bei ihrer letzten Begegnung in der Signoria. Als Lorenzo sie eintreten hörte, wandte er sich vom Fenster ab und blickte ihnen entgegen.

»Du hier, Seigneur?« fragte Demetrios und verneigte sich, während seine Begleiterin nur flüchtig knickste und ihn so knapp wie möglich begrüßte. »Welch große Ehre.«

»Ich mußte kommen, weil die Zeit drängt. Gerade eben habe ich die Stadt verlassen, um mich zur Badia-Kirche zu begeben, wo eine Versammlung unserer platonischen Akademie stattfindet. Ich habe den Befehl gegeben, die Stadttore hinter mir zu schließen. Man wird sie erst morgen früh zur gewohnten Stunde wieder öffnen. Und in dieser Nacht müßt ihr soviel Abstand wie nur irgend möglich zwischen Euch und die, die euren Tod wollen, legen!«

»Wirst du die Güte haben, uns zu sagen, was eigentlich vor sich geht, Seigneur?« fragte Fiora mit Eisesstimme. »Wir wissen, daß man den Leichnam Pietro Pazzis aus dem Arno gezogen hat und daß Pippa festgenommen worden ist, doch verstehe ich nicht recht, weshalb man ausgerechnet uns töten will?«

»Weil diese Frau ausgesagt hat. Sie beschuldigt dich, den Buckligen mit Hilfe eines Hexers, der wie ein Bettler gekleidet war, erdolcht zu haben ...«

»Ich? Und wie glaubt man, bin ich wohl zu ihr gekommen?«

»Sie sagt, sie kenne dich schon seit langem. Du ... kämest gewöhnlich zu ihr, um dich dort mit Männern zu treffen, und so sei es nur natürlich, daß du nach deiner Flucht aus dem Kloster in ihrem Hause Zuflucht gesucht hättest ... Pietro sei ... einer von denen gewesen, die dich geliebt hätten ...«

»Kann man denn in deiner Stadt tatsächlich über jeden erzählen, was man will? Und natürlich haben ihr alle geglaubt, nicht wahr?« rief die junge Frau empört.

»Der Pöbel glaubt immer, was ihm gefällt.«

»Wirklich? Dann sage mir, wie der Pöbel die Nachricht von der Festnahme Hieronymas aufgenommen hat. Und wie es kommt, daß ihr Schwiegervater Tag und Nacht in der Signoria zubringt.«

»Das Volk wußte nichts von der Verhaftung.«

Lorenzo wandte den Blick von dem jungen, vor Zorn glühenden Antlitz, und seine heisere Stimme klang tonlos, als er sagte:

»Hieronyma ist aus den Stinchen geflohen, bevor die Nachricht bekannt war. Sie ist fort und keiner weiß, wo ...«

»Was?« entfuhr es Fiora und Demetrios im gleichen Atemzug.

»Wie ist das möglich?«

»Unter den Polizisten befanden sich zwei Klienten der Pazzi. Sie haben den alten Jacopo sofort benachrichtigt. Und dieser ist dann höchstpersönlich mit seinen Leuten und dem spanischen Mönch erschienen, um seine Schwiegertochter zu holen, die im übrigen noch bewußtlos war. So konnten sie behaupten, sie sei verhext worden und Opfer eines abscheulichen Komplotts ... Die Leiche Pietros und die Aussagen des Hünenweibs haben das Faß schließlich zum Überlaufen gebracht. Dieser gewisse Fray Ignacio hat den ganzen Tag lang auf allen Plätzen und an allen Straßenecken gepredigt, daß man dich, Fiora, und Demetrios festnehmen müsse ...«

»Und du«, stieß Fiora aus, »was hast du getan? Du, der Herrscher von Florenz, der Allmächtige, der Prächtige? Was hast du getan, als man meinen Vater, deinen Freund, ermordete? Was hast du getan, als man in Santa Lucia Anschuldigungen gegen mich erhob und mich schließlich aus dem Kloster verschleppte, um mich dem Hünenweib auszuliefern und damit irgendeinem x-beliebigen Mann, aber vor allem diesem Schurken von Pietro, der mich erwürgen wollte? Ohne Demetrios' Hilfe wäre ich längst tot, denn du hast nichts unternommen. Du läßt zu, daß man mir alles nimmt, du läßt zu ...«

»... daß man das Palais der Beltrami anzündet«, fügte der Grieche sanft hinzu. »Denn das Palais ist es, das brennt, nicht wahr?«

Fiora fuhr herum und blickte ihn voller Abscheu an.

»... mein Zuhause?«

»Ja, Fiora«, sagte Lorenzo, »dein Zuhause. Wann wirst du endlich begreifen, daß wir in einer Republik leben und daß ich nur in dem Maße über Macht verfüge, wie ich dieser Republik zu Reichtum, Glück und Stärke verhelfe?«

»Ich verstehe. Du läßt einen fremden Mönch die Massen aufhetzen, während du selbst mit den Königen und den Großen dieser Welt diskutierst? Aber ist dir eigentlich klar, daß dieser Mann, dieser geheime Gesandte eines Papstes, dem du ein Dorn im Auge bist, mehr noch dein Feind ist als meiner? Ich bin nur eine Figur auf seinem Schachbrett, ein Vorwand, nichts anderes.«

»Was weißt du denn schon davon?«

»Mehr als du ...«

Und sie erzählte in kurzen Sätzen, was sich im Kapitelsaal des Klosters Santa Lucia zugetragen hatte.

»Laß den Mönch nur weiter so machen!« fügte sie verächtlich hinzu, »und der Neffe von Sixtus IV. wird der neue Herrscher von Florenz sein, und er wird seinen Willen schon durchzusetzen wissen!«

Das häßliche und doch verführerische Gesicht Lorenzos war, während Fiora sprach, grün geworden, so als hätte plötzlich die Farbe seines Samtgewandes abgefärbt.

»Der Mönch ist im Kloster von San Marco abgestiegen. Noch in dieser Nacht wird er dort festgenommen und unter sicherem Begleitschutz zur Stadtgrenze von Florenz gebracht werden. Ich danke dir, daß du mir einen Beweis erbracht hast für das, was ich ohnehin bereits befürchtet habe. Demetrios kann das bezeugen!«

»Gewiß!« bestätigte dieser ironisch, »aber deshalb wird man uns nicht weniger an den Pranger stellen ..., während die Dame Pazzi in der großen weiten Welt unterwegs ist.«

»Ich verspreche dir, daß ich sie suchen lassen werde. Für euch aber kann ich im Augenblick nichts anderes tun, als euch zur Abreise zu bewegen und euch an einen sicheren Ort zu bringen ...«

»Ich werde sie schon allein finden«, erwiderte Fiora aufgebracht. »Kümmere dich nicht um mich. Du hast es ja noch nicht einmal fertiggebracht, meinen Vater zu rächen, den man ermordet und verunglimpft hat ...«

»Marino Betti ist tot. Ich war es, der Savaglio den Auftrag gegeben hat, ihn zu töten.«

»Ja, aber das bei Nacht und Nebel, statt an hellichtem Tage und in aller Öffentlichkeit! Das bedeutet, daß mein Vater für immer und in aller Augen als ein Lump, ein Lügner, wenn nicht gar als ein Verräter gelten wird.«

»Warum auch nicht?« entgegnete Lorenzo voller Zorn. »Ich habe allen Grund anzunehmen, daß er die Republik verraten hat, gab er doch sein Geld für die Waffen des Herzogs von Burgund hin. Die Fugger haben die Rückzahlung eines Wechsels über hunderttausend Florin gefordert, die im Auftrag des Messire Philippe de Selongey an die Schatzkammer von Burgund ausbezahlt worden sind. Was hast du dazu zu sagen?«

»Nichts ... nur eine Frage: Ist der Betrag ausbezahlt worden?«

»An die Fuggerbank? Natürlich nicht. Dein Vater ist tot, und sein Besitz steht unter Aufsicht ...«

»Unter deiner Aufsicht! Und das, ohne daß du das geringste Recht dazu hast!«

»Es war die einzige Möglichkeit, um zu verhindern, daß er den Pazzi in die Hände fällt, zumal deine Adoption rechtlich nicht ganz einwandfrei ist! Und was die Fugger betrifft, nun, Pech für sie! Sie werden sich mit dem Herzog von Burgund einigen müssen.«

»So wird also mein Vater als ein Lump und ein Lügner gelten«, sagte Fiora langsam, »und nicht nur das, sondern auch als ein unehrenhafter Mann, er, an dessen Wort nie jemand gezweifelt hat. Das Geld war meine Mitgift!«

»Deine Mitgift?«

»Ja. In der Nacht, bevor der Gesandte aus Burgund abgereist ist, habe ich ihn hier an diesem Ort in der Kapelle des benachbarten Klosters geheiratet. Er wußte über meine Herkunft Bescheid und wollte die Heirat, weil du es abgelehnt hattest, seinen Herrn zu unterstützen. Ich bin Gräfin von Selongey.«

»Beweise! Hast du Beweise dafür«, rief Lorenzo, dessen Gesicht anfangs leichenblaß gewesen war, sich nun aber dunkelrot verfärbte. Fiora wollte gerade antworten, daß sie nicht wüßte, wo sich die Beweisdokumente im Augenblick befänden, als sich eine andere Stimme zu Wort meldete:

»Hier sind sie, Seigneur!« sagte Léonarde ruhig und trat mit einer Rolle in der Hand nach vorn, an der ein grünes Band hing. »Du findest darin die Adoptionsurkunde Donna Fioras, ihren Heiratsvertrag, unterzeichnet und versiegelt von ihrem Ehemann, eine Abschrift des Wechsels und sogar noch eine Bestätigung mit der Unterschrift und dem Siegel des Klosterpriors, Padre Antonio. Ser Francesco Beltrami hat mir das alles am Abend, bevor er starb, gegeben, weil er wußte, daß er von Feinden belauert wurde ...«

Der Prächtige nahm die Rolle und reichte sie Poliziano, der aus seiner Bewegungslosigkeit aufschrak, und ging dann schweren Schrittes auf den hohen Armsessel des Demetrios zu und setzte sich.

»Lies!« sagte er schlicht.

Der Dichter öffnete das Band, überflog mit geschultem Blick die Urkunden und rollte sie wieder zusammen:

»Es ist alles in Ordnung, Herr!«
»Es gibt noch einen weiteren Beweis«, sagte Léonarde und zog aus ihrem Mieder den goldenen Ring mit dem Wappen der Selongey hervor. Sie zeigte ihn Lorenzo und steckte ihn dann Fiora mit einem Hauch von Feierlichkeit an den Finger, woraufhin diese unwillkürlich ihre Hand schloß.
»Dann bist du die Frau eines der bedeutendsten Männer von Burgund?« murmelte Lorenzo. Er lachte kurz und freudlos auf und fügte hinzu: »Warum ist dein Gemahl nicht gekommen, als noch Zeit dazu war, und hat laut und deutlich vor all denen, die dich beschuldigt haben, nach dir verlangt? Warum hat er für die Schmach, die man seinem Namen zugefügt hat, nicht Wiedergutmachung durch einen Kampf mit Waffen gefordert?«
»Weil ich in diesem Augenblick zweifellos schon Witwe bin«, sagte Fiora mit bitterer Stimme. »Messire de Selongey war fest entschlossen zu sterben, um sich für den Makel, den er seinem Namen zugefügt hat, indem er mich heiratete, zu bestrafen ... Er hat sich selbst verkauft, um Karl dem Kühnen zu helfen!«
Lorenzo erhob sich, ging ein paar Schritte auf und ab und blieb dann vor Fiora stehen, der stille Tränen über das erstarrte Gesicht liefen.
»Armes Kind!« sagte er unendlich sanft. »Wirst du wohl je wieder an die Liebe und die Treue eines Mannes glauben können?«
Außerstande, auch nur ein einziges Wort hervorzubringen, und mit einemmal unendlich müde, schüttelte sie den Kopf.
»Wie dem auch sei«, fuhr Lorenzo fort, »wenn dein Ehemann tot ist, so erst seit kurzem. Denn an dem Tag, als das Palais geplündert wurde, war er da!«
Fiora schoß das Blut in die Wangen.
»Das kann nicht sein!« sagte sie mit erstickter Stimme ...
»Doch«, entgegnete Poliziano, »es ist wahr. Ich habe ihn selbst gesehen, ihn aber zunächst nicht wiedererkannt, weil

er wie ein einfacher Mann gekleidet war. Er befand sich in der Menge und beobachtete das Geschehen. Ich habe gesehen, wie er mit jemandem sprach. Er fragte wohl, was das alles zu bedeuten habe. Mir selbst war nicht klar, was ihn dorthin zog, und so habe ich einen Augenblick gezögert, auf ihn zuzugehen. Als ich mich dann aber doch dazu durchgerungen hatte, versperrten mir die Leute den Weg, und so ist er spurlos verschwunden.«

»Ich glaubte, er sei gekommen, um zu spionieren«, fuhr Lorenzo fort. »Deshalb ließ ich alle Herbergen und Tavernen nach ihm absuchen, aber keiner hatte ihn gesehen, und keiner konnte sagen, was aus ihm geworden ist ...«

Als höre sie Sphärenklänge, leuchteten Fioras Augen auf.

»So ist er also doch zurückgekommen!« seufzte sie. »Zurückgekommen, obgleich er geschworen hatte, mich niemals mehr wiederzusehen ...«

»Verzeih' mir, wenn ich das sage«, sagte Lorenzo, »aber bist du sicher, daß er dich wiedersehen wollte?«

»Wen sonst?« fragte sie mit unerwartet heftiger Stimme.

»Deinen Vater! ... Die Stadt Neuß leistet dem Burgunder noch immer Widerstand, und vorgestern, am 1. Mai, wurde die Waffenruhe, die vor nunmehr drei Jahren zwischen Frankreich und Burgund geschlossen und zwischenzeitlich zweimal verlängert worden ist, aufgehoben ..., und zwar endgültig!«

»Wagst du damit etwa zu behaupten, daß er noch einmal gekommen ist, um Geld zu holen?«

»Was sonst? Er mußte schließlich wissen, was dir zugestoßen ist, wenn er die Leute auf der Straße gefragt hat ..., und trotzdem ist er wieder abgereist, ohne dich zu suchen.«

Fiora schwankte, und Demetrios, der es sah, reichte der jungen Frau stützend den Arm.

»Kann sie denn nicht wenigstens gnädigerweise im Zweifel darüber gelassen werden?« fragte er vorwurfsvoll. »Muß es wirklich sein, daß sie im Gefühl der Verzweiflung von hier weggeht? Ich darf dich voller Respekt daran erinnern, wie dringend du uns geraten hast, die Stadt auf schnellstem Wege zu verlassen, als du hierher kamst. Mir scheint, es sind genug der Worte gewechselt, und da wir davongejagt werden ...«

»Ich jage euch nicht davon«, sagte Lorenzo mit müder Stimme, »ich versuche nur, euch zu retten, denn auch wenn ihr es nicht glauben wollt, ihr seid mir beide lieb und teuer. Hier der Beweis!«

Er zog aus seinem Gewand einen versiegelten Brief hervor und reichte ihn Demetrios.

»Dieser Brief ist für König Ludwig von Frankreich, zu dem ich dich schicke. Er wird den kundigen Arzt gern willkommen heißen, da er an ... sehr schmerzhaften Hämorrhoiden leidet, die nicht heilen wollen. Außerdem habe ich ihm geschrieben, daß du mein Freund bist.«

»Ich danke dir. Und was wird aus ... ihr?« fragte Demetrios und wies mit dem Kopf zu Fiora hinüber, die Léonarde auf einem Stuhl hatte Platz nehmen lassen.

»Ich dachte mir, daß du sie nach Paris bringen könntest, wo sie – oder vielmehr Beltrami – einen Vetter hat, der dort sein Kontor führt. Es wird ihr an nichts fehlen, da Donati, der im Augenblick die Geschäfte ihres Vaters führt, verpflichtet ist, über deren ordentlichen Ablauf zu wachen. Aber was ich da eben erfahren habe, ändert freilich manches. Gib mir ein Pergament, und macht euch für die Abreise fertig.«

»Was mich betrifft, so bin ich mit allem fertig«, sagte Demetrios.

»Wir auch!« sagte Léonarde.

Der Arzt hatte auf dem Tisch alles zurechtgelegt, was zum Schreiben nötig war, kaum aber griff Lorenzo nach der Feder, unterbrach ihn Fiora:

»Was hast du vor?«

»Dir ein Empfehlungsschreiben für König Ludwig mitzugeben, damit ...«

»... er die Frau von Philippe de Selongey als Geisel nehmen kann? Du sagtest doch soeben selbst, daß ich nicht mehr mit dem Mann rechnen könne, dem ich angetraut worden bin.«
»Nein«, fuhr Lorenzo mit ernster Miene fort. »Ich will ihm schreiben, daß ich ihm die ... unglückliche Tochter Francesco Beltramis schicke, jenes Freundes also, den ich verloren habe. Sein Name ist am Hof von Frankreich wohlbekannt.«
Er wollte gerade zum Schreiben ansetzen, als Fiora ihm das noch unbeschriebene Blatt wegnahm und es zerriß:
»Überlaß mein Schicksal nur getrost mir! Solange ich nicht freigesprochen werde von allem, was man mir vorgeworfen hat, und solange mir nicht vor aller Augen meine Rechte wieder zuerkannt werden, und zwar durch dich persönlich, brauche ich deine Empfehlungsschreiben nicht.«
»Ich bitte dich, Fiora: Hab' Geduld!«
»Geduld? Welches Gedicht war es noch, in dem Petrarca schrieb: ›Bevor ich an das ersehnte Ufer gelange, hat der Lorbeer seine grünen Blätter verloren ...‹? Niemals wirst du es wagen, gegen den Willen des Volkes zu handeln, Lorenzo ..., aber hüte dich vor dem Tag, an dem sich das Volk von einem neuen Idol hinreißen läßt! Und hüte dich vor dem Papst!«
Stolz und aufrechten Hauptes kehrte Fiora dem Prächtigen den Rücken – jenem Mann, in dem Grazie und Glanz ihrer Jugend Ausdruck gefunden hatten – und verließ den Raum.
Augenblicke später setzte sie, bekleidet mit dem grünen Wams, den Fuß in den Steigbügel, den Lorenzo ihr hielt. Er hatte ihr sein Pferd gegeben, während Demetrios und Léonarde auf den Pferden Polizianos und Savaglios ritten. Die drei Männer hatten vor, zu Fuß zur Badia-Kirche zurückzugehen. Esteban ritt auf seinem eigenen Pferd, und das Maultier, das mal ihm, mal seinem Herrn diente, trug das wenige, das sie an Gepäck hatten.
Bevor er aufbrach, betrachtete Demetrios nachdenklich das

kleine Castello, in dem er nach so vielen Jahren des Herumirrens eine friedliche und wohltuende Bleibe gefunden hatte. Es würde nun wohl verriegelt werden – wenn es nicht schon morgen die aufgebrachte Menge anzündete! –, die schöne Samia würde ins Badia-Kloster zurückkehren oder in das Palais in der Via Larga. Der Grieche wußte, daß er trotz allem Freunde zurückließ: Poliziano hatte geweint, als er ihn umarmte, und selbst Lorenzo hatte ihn in die Arme geschlossen ... und ihm dabei zugeraunt, daß sich in den Satteltaschen seines Pferdes und in denen Fioras Gold befände ... Doch der Arzt war nicht traurig: Er dachte an die Rache, die er nun endlich nehmen konnte, dank jener schönen Frau, die ihm Gott ... oder der Teufel als Gefährtin, ja vielleicht sogar als Komplizin gesandt hatte ... Er war viel zu sehr daran gewöhnt, Abschied nehmen zu müssen, als daß ihm dieser nun schwerfiel.
Ohne es zugeben zu wollen, war Léonarde glücklich. Sie hatte ihr Kind wiedergefunden und würde nun ihr Heimatland wiedersehen, jenes Burgund, das sie selbst über der Schönheit von Florenz nie hatte vergessen können. Es war ein richtiges christliches Land, wo nicht erst heidnischen Gottheiten lobgepriesen und danach die Messe gesungen wurde!
Esteban dachte an gar nichts. Er ging dorthin, wohin sein Herr ging, an den er sich gebunden hatte, und doch war er froh, aufzubrechen. Er liebte das Abenteuer und den Kampf viel zu sehr, als daß ihn die Freuden, die ihm der Markt und das friedvolle Leben inmitten der lieblichen Natur boten, wirklich zufriedengestellt hätten. Gewiß, es war alles sehr viel spannender geworden, seitdem diejenige in ihr Dasein getreten war, die er insgeheim »die Madonna mit den grauen Augen« nannte, aber es war doch gut, nun zu neuen Ufern aufzubrechen ...
Fiora lauschte in die Nacht hinein. Wind war aufgekommen und trug ihr aus der Stadt jene Gerüchte zu, die sich wohl

nicht bald wieder beruhigen würden. Innerhalb der Befestigungsmauern konnte sie die flackernden Lichter und die dünnen Rauchschleier erkennen, die auf Fiora wie Rauchfahnen aus dem Krater eines Vulkans wirkten, der kurz vor dem Ausbruch stand ... Es war ihr Tod, der dort unten in der Stadt lautstark gefordert wurde, und Fiora mußte alle Hoffnungen begraben, jemals wieder nach Florenz zurückzukehren. Und doch blieb ihr Herz, allem, was sie erlitten hatte, zum Trotz, tief in der Stadt der roten Lilie verwurzelt. Wie im Traum drang die Stimme Lorenzos an ihr Ohr, der ihr noch immer die Zügel hielt.

»Willst du mir nicht Lebewohl sagen, Fiora? Auch wenn du mich verabscheust, so möchte ich doch, daß du weißt, daß nichts mehr so sein wird, wie es einmal war. Mit dir verliert die Stadt einen Teil ihrer Schönheit ...«

»Leb' wohl, Seigneur Lorenzo! Wenn dir wirklich soviel an der Schönheit deiner Stadt liegt, dann habe ein Auge auf Simonetta Vespucci ... Auch sie könntest du verlieren ...«, und sie dachte an die Weissagung des Demetrios.

»Was liegt mir schon an Simonetta! Nicht ich bin es, den sie liebt ... Dich aber, so scheint mir jetzt, hätte ich lieben können.«

Er reichte ihr die Zügel, und sie ergriff sie mit fester Hand. Sie sah, wie Lorenzos schwarze Augen in der Dunkelheit funkelten, und einer plötzlichen Eingebung folgend, neigte sie sich zu dem Prächtigen herab und küßte ihn flüchtig auf die Lippen:

»Wer weiß, ob wir uns wiedersehen, Monseigneur! Denk' an mich!«

Sie wollte davonstürmen, doch Lorenzo hielt das Pferd mit einer Kraft zurück, die man seiner hageren Gestalt gar nicht zugetraut hätte.

»Wer hat mir diesen Kuß gegeben? War es Fiora Beltrami, oder war es die Gräfin von Selongey?«

»Weder die eine noch die andere. Es war nur eine Tochter

dieses Landes: eine Florentinerin ..., eine einfache Florentinerin!«

Da sie nicht wollte, daß er ihre Tränen sah, gab sie ihrem Pferd die Sporen und ritt im Galopp über die lange Zypressenallee davon. Demetrios erreichte sie als erster.

»Wir müssen auf den Weg in Richtung Prato«, sagte er mit seiner tiefen Stimme. »Wir müssen durch die Berge reiten ... Laß dich von mir führen!«

Sie lächelte ihn an:

»Aber nur, wenn du mich dorthin führst, wohin ich will! ... Für diesmal ist mir Hieronyma zwar entkommen, aber eines Tages werde ich sie schon noch finden. Bis dahin haben wir einige andere Rechnungen zu begleichen.«

Fiora streifte ihre Kapuze herunter und hob den Kopf, um noch ein letztes Mal die frische Bergluft in ihrem Haar zu spüren. Die Nacht war mild und schön und voller Frühlingsdüfte – eine Nacht, wie geschaffen, um glücklich zu sein; doch für sie war es die Nacht ihrer Vertreibung ... Die Glocke des Klosters von Fiesole, die aus der Entfernung dünner klang als sonst, läutete zur letzten Abendandacht. Fiora schloß die Augen, um sich ihren Klang besser einprägen zu können. Sie tastete unter ihrem Wams nach dem goldenen Ring, der nun wieder wie früher an der Kette um Fioras Hals hing.

»Philippe«, murmelte sie so leise, daß selbst der Wind es nicht hören konnte, »Philippe ... warum bist du zurückgekommen?«

Saint-Mandé, den 1. März 1988